Valentina Nazarova

Hidden Track – Die verlorene Spur

PIPER

Zu diesem Buch

In ihrer Kindheit waren Jen und Nika unzertrennlich. Als Jen zum Studieren nach London zieht, vermisst Nika ihre große Schwester schmerzlich. Nur ihr täglicher Kontakt über Facebook und die zahlreichen CDs, die Jen ihr hinterlassen hat, trösten Nika über die Sehnsucht hinweg. Doch eines Tages reißen die Nachrichten abrupt ab, und Nika hört nie wieder von Jen – sie ist wie vom Erdboden verschluckt. Während die Polizei glaubt, Jen sei nach einem Streit mit ihren Eltern untergetaucht, ist Nika sich sicher: Niemals hätte ihre Schwester ohne Grund den Kontakt abgebrochen. Erst acht Jahre später findet Nika einen neuen Hinweis darauf, was damals passiert sein könnte, und sie beschließt, selbst nach der Wahrheit zu suchen. Begleitet vom Soundtrack von Oasis, Nirvana und den Libertines begibt sich Nika auf die Spuren von Jen und setzt nach und nach ein Bild der Ereignisse zusammen, das schrecklicher ist, als sie jemals geahnt hat.

Valentina Nazarova wurde 1987 in Sankt Petersburg geboren und studierte Kreatives Schreiben an der Northampton Universität. Anschließend arbeitete sie als IT-Expertin. Nach mehreren Lyrikbänden erschien in Russland 2016 ihr Debütroman »Hidden Track«, dessen erste Auflage innerhalb eines Monats ausverkauft war. Heute lebt Nazarova mit Mann und Hund in Sankt Petersburg.

Valentina Nazarova

HIDDEN TRACK

Die verlorene Spur

Thriller

Aus dem Englischen
von Stefan Lux

PIPER

Mehr über unsere Autoren und Bücher:
www.piper.de

Wenn Ihnen dieser Thriller gefallen hat, schreiben Sie uns unter Nennung des Titels »Hidden Track – Die verlorene Spur« an *empfehlungen@piper.de*, und wir empfehlen Ihnen gerne vergleichbare Bücher.

FSC
www.fsc.org
MIX
Papier aus verantwortungsvollen Quellen
FSC® C083411

Deutsche Erstausgabe
ISBN 978-3-492-31444-2
Mai 2019

Titel der russischen Originalausgabe:
»Девушка с плеером«, AST, Russland 2016

Umschlaggestaltung: zero-media.net, München
Umschlagabbildung: FinePic®, München
Satz: Kösel Media GmbH, Krugzell
Gesetzt aus der Scala
Druck und Bindung: CPI books GmbH, Leck
Printed in the EU

Für die Jungs aus der Band

Schreibe ich Ihnen doch jetzt so, ohne selbst zu wissen, was ich schreibe, ich weiß nichts, gar nichts weiß ich und will auch nichts durchlesen, nichts verbessern, nichts, nichts. Ich schreibe nur, um zu schreiben, immer noch mehr zu schreiben …
Mein Täubchen, mein Liebling, mein Kind Sie!

Fjodor Dostojewski, Arme Leute

Von: Nika Lukina
An: Jen Lukina

Freitag, 27. April 2007

Priwet, Jenja!

Herzlichen Glückwunsch zu deinem Geburtstag, große Schwester! Mama sagt, jetzt, wo du einundzwanzig bist, giltst du offiziell als Erwachsene. Sie lächelt dabei, aber ich spüre, dass sie ein bisschen traurig ist.

Amüsierst du dich? Wie läuft es an der Uni? Wie ist das Wetter in England? Ist es warm genug für das blaue Kleid, das Mama dir geschenkt hat?

Danke, dass du mir die Facebook-Seite eingerichtet hast. Ich finde es schön, dass wir uns jetzt öfter unterhalten können.

Übrigens eine tolle Idee, die Messages in Englisch zu schreiben. Es ist fast, als hätten wir eine Geheimsprache, wie in einem Buch oder einem Film.

Liebe und Küsse aus Sankt Petersburg,

Nika & Mama

Status: *gelesen.*

Von: Jen Lukina
An: Nika Lukina

Samstag, 28. April 2007

Hi, kleine *sestra,*

danke für deine Geburtstagswünsche! Ich lade demnächst ein paar Bilder hoch, damit du mich in meinem traumhaften blauen Kleid sehen kannst. Versprochen! Es ist wunderschön hier – die Sonne scheint, und der Himmel ist wolkenlos. Ich habe das Gefühl, dieser Sommer wird etwas Besonderes.

Wie geht es zu Hause? Vielleicht komme ich im August auf Besuch! Bist du schon aufgeregt? Ich ja!

Liebe Grüße an Mama.

Jen x

Status: *gelesen.*

Von: Nika Lukina
An: Jen Lukina

Freitag, 4. Mai 2007

Jenja,

uns geht es gut. Es ist richtig warm hier. Na ja, jeansjackenwarm. Ich wünschte, es wäre schon August.

Hab deinen alten CD-Player gefunden. Darf ich ihn benutzen?

Nika xx

Status: *gelesen.*

Von: Jen Lukina
An: Nika Lukina

Sonntag, 6. Mai 2007

Nika,

klar, du kannst ihn haben. Du musst mir nur versprechen, keine dummen Emo-Bands damit zu hören, okay?

Ich weiß, dass Kids in deinem Alter sie lieben, trotzdem sind sie Mist. Hol dir meine CD-Sammlung aus meinem Zimmer. Und hör sie durch.

Fang an mit:

The Libertines – da gibt's zwei CDs. Ich weiß nicht, welche wichtiger ist, ich liebe sie beide sehr.

Oasis – *(What's the Story) Morning Glory?*

Radiohead – *Kid A & Hail to a Thief*

Placebo – *Sleeping with Ghosts*

Nirvana – *Nevermind*

Musik kann dir in allen Situationen helfen, Nika. Das Leben ist manchmal kompliziert. Leute können dir das Gefühl geben, wertlos und unwichtig zu sein, und manchmal wird alles so düster und hoffnungslos, dass es auf der ganzen Welt kein Licht mehr zu geben scheint – aber die Musik hilft dir. Immer. Manchmal ist sie dein einziger Freund.

Vergiss nicht, dass es Tausende Bands gibt, die nur so tun, als hätte ihre Musik eine Bedeutung. Sie tun so, als würden sie sie wichtig nehmen. Sie sagen all die richtigen Dinge und tragen die richtigen Klamotten. Aber sie sind nicht echt – fall nicht auf sie rein. Das sind bloß Heuchler, die aus den falschen Gründen Musik machen. Sie haben keine eigene Seele und vergreifen sich nur allzu gern an deiner.

Ich liebe dich.

J x

Status: *gelesen.*

Von: Nika Lukina
An: Jen Lukina

Sonntag, 6. Mai 2007

Jen,

vielen, vielen Dank! Ich versuche, mir alles zu merken, auch wenn ich glaube, dass ich noch niemandem ohne Seele begegnet bin.

Ich hab mir noch eine von deinen CDs genommen: *Hot Fuss* von den Killers. Die gefallen mir bisher am besten, auch wenn sie nicht auf deiner Liste sind. Sie klingen fröhlich, und ihre Texte erzählen Geschichten. Ich verstehe nicht alles, aber soweit ich es beurteilen kann, sind sie cool. Ich habe viele Wörter in deinem Wörterbuch nachgeschlagen. Die Killers haben doch eine Seele, oder?

Ich würde sie so gern live sehen, wenn ich dich in England besuche. Können wir hin? Bitte sag Ja.

Deine kleine *sestra,*

Nika

Status: *gelesen.*

Von: Jen Lukina
An: Nika Lukina

Donnerstag, 10. Mai 2007

Hi, Süße,

natürlich gehen wir hin! Und lassen uns ein Autogramm geben. Die Killers sind echte Rocker. Ich schaue sie mir im Sommer auf einem Festival an. Bilo und Biggles sind auch dabei!

Übrigens habe ich eine Idee. Erzähl mir bei jeder Message, was du gerade hörst. Auf diese Weise bin ich sicher, dass du einen anständigen Musikgeschmack entwickelst. Ich will, dass du genauso verrückt nach Musik wirst wie ich, meine liebe Schwester.

Küss Mama von mir!

Alles Liebe,

Jen xx

Status: *gelesen.*

Von: Nika Lukina
An: Jen Lukina

Mittwoch, 13. Juni 2007
Radiohead – *Kid A*

Jen,

ich fahre mit Mama und Papa in die Ferien. Ich hoffe, es macht dir nichts aus, wenn ich deine CDs mitnehme. Ich werde sehr vorsichtig sein und sie nicht verkratzen, Ehrenwort. Ich schreibe, wann immer es möglich ist. Keine Ahnung, ob's auf den griechischen Inseln WLAN gibt.

Ich vermisse dich so sehr, *sestra*. Jeden Abend vor dem Einschlafen hab ich Radiohead gehört. Im Dunkeln krieg ich davon Gänsehaut.

N x

Status: *gelesen.*

Von: Jen Lukina
An: Nika Lukina

Donnerstag, 14. Juni 2007

Nika,

viel Spaß im Urlaub.

Frag Mama, ob sie dir einen iPod kauft. Es gibt sooo viel tolle Musik, die ich mit dir teilen will. Bis bald. Hab dich lieb!

Jen

Status: *gelesen.*

Von: Nika Lukina
An: Jen Lukina

Dienstag, 19. Juni 2007
The Libertines – *Music When The Lights Go Out*

Jenja,

wie geht es dir? Sind an der Uni jetzt auch Ferien?

Das Meer ist toll – wie es riecht und diese hypnotischen Farben. Es hat solche Macht, genau wie die Musik. Im Moment höre ich die Killers, manchmal auch die Libertines. Die anderen Bands klingen für den Sommer entweder zu traurig oder zu wütend.

Ich vermisse dich so. Ich kann den August kaum abwarten.

N x

Status: *gelesen.*

Von: Nika Lukina
An: Jen Lukina

Samstag, 23. Juni 2007
The Killers – *Jenny Was a Friend of Mine*

Hi, *sestra,*

wie geht es dir? Ich langweile mich ein bisschen. Wir waren heute nicht am Strand, gestern auch nicht. Ich hänge viel allein rum, immer mit Kopfhörer. Allmählich gefällt mir das sogar ganz gut.

Morgen machen wir einen Bootsausflug, keine Ahnung, wann ich wieder schreiben kann. Hoffentlich erwartet mich das nächste Mal auf Facebook eine schöne lange Antwort von dir mit einem ganzen Haufen Fotos.

Nika x

Status: *gelesen.*

Von: Nika Lukina
An: Jen Lukina

Freitag, 29. Juni 2007
Placebo – *English Summer Rain*

Wollte dir nur sagen, dass es Mama nicht so gut geht. Vielleicht wäre es keine schlechte Idee, wenn du früher kommst.

Alles Liebe,
Nika

Status: *ungelesen.*

Von: Nika Lukina
An: Jen Lukina

Montag, 2. Juli 2007
Oasis – *Hello*

Jen,

Mama ist krank vor Sorgen. Bitte lad dein Telefon auf und ruf sie an.

Status: *ungelesen.*

Von: Nika Lukina
An: Jen Lukina

Mittwoch, 4. Juli 2007
Radiohead – *Sail to the Moon*

Alles in Ordnung? Wo bist du? Warum ist dein Handy ausgeschaltet?

Status: *ungelesen.*

Von: Nika Lukina
An: Jen Lukina

Dienstag, 10. Juli 2007
Nirvana – *Something in the Way*

Jen, bitte antworte. Sag uns, dass es dir gut geht.

Status: *ungelesen.*

Von: Nika Lukina
An: Jen Lukina

Donnerstag, 26. Juli 2007
Radiohead – *I Will*

Jen,

wo bist du? Mama ist krank, sie war in letzter Zeit oft beim Arzt. Alle scheinen zu glauben, dass ich dumm bin und nicht kapiere, was los ist. Aber ich kapiere es! Ich weiß, dass mich alle anlügen – sogar Mama. Etwas Schlimmes wird passieren. Ich hab Angst, Jen. Bitte, bitte antworte und komm bald nach Hause.

Staus: *ungelesen.*

Von: Nika Lukina
An: Jen Lukina

Montag, 12. November 2007
Nirvana – *Endless Nameless*

Mama ist letzte Nacht gestorben. An Krebs. Er wurde im Juli diagnostiziert, aber da war es schon zu spät. Papa sagt, es war von Anfang an hoffnungslos.

Es ist über drei Monate her, seit wir uns zuletzt unterhalten haben. Wo bist du?

Die Beerdigung ist am Freitag. Bitte komm! Alle sind komplett durchgedreht. Vor allem Papa. Er weint. Ich hab ihn noch nie weinen sehen.

Bis zuletzt hat Mama jeden Tag nach dir gefragt. Immer wieder hat sie Leute angerufen und gefragt, ob du dich gemeldet hast. Am Ende hat Papa ihr das Telefon weggenommen, weil sie sich zu sehr aufregte. Er sagte, die Polizei kümmert sich um alles und er wäre sicher, es geht dir gut. Schließlich bist du kein kleines Mädchen mehr.

Vor einer Woche ist Mama bewusstlos geworden und nicht wieder aufgewacht.

In letzter Zeit hab ich oft Nirvana gehört.

Ich weine nicht. Ich glaube, alle erwarten das von mir, aber ich kann nicht. Ständig nimmt mich irgendjemand in den Arm und erzählt mir, wie leid es ihm tut. Ich hasse das. Heißt das, ich hab Mama nicht geliebt?

Im Dunkeln höre ich deine CDs. Es ist das Einzige, was ein bisschen hilft.

Komm nach Hause, Schwester.

Status: *ungelesen.*

Von: Nika Lukina
An: Jen Lukina

Samstag, 17. November 2007
Nirvana – *Polly*

Gestern wurde Mama begraben. Sie lag in einem lackierten Sarg in unserer Kirche. Alle haben sie geküsst, aber ich konnte das nicht. Es war, als läge da jemand anders. Ich meine, klar weiß ich, dass sie es war, ich bin ja nicht verrückt, aber irgendwie war sie es auch nicht. Verstehst du, was ich meine? Niemals hätte sie so viel Make-up aufgelegt. Außerdem hatte sie eine lächerliche Lockenperücke auf. Bestimmt hätte sie sich kaputtgelacht, wenn sie sich so hätte sehen können. Es war alles so pseudo.

Ich weiß nicht, was mit mir nicht stimmt. Papa hat heute

in der Schule angerufen, damit ich zu Hause bleiben kann. Alles kommt mir so unwirklich vor. Wird das jemals aufhören? Wird es jemals wieder gut sein, Jen?

Status: *ungelesen.*

Von: Nika Lukina
An: Jen Lukina

Dienstag, 1. Januar 2008
Tokio Hotel – *Don't Jump*

FROHES NEUES JAHR, DU BLÖDES MISTSTÜCK!

Wie kannst du uns in so einer Zeit alleinlassen? Verdammt, ich hasse dich, hörst du?

PS: Ich höre auf deinem geliebten CD-Player Tokio Hotel, also komm und schlag mich, du Miststück. Ich hoffe, du bist tot wie Mama.

Status: *ungelesen.*

Von: Nika Lukina
An: Jen Lukina

Mittwoch, 2. Januar 2008
Radiohead – *Where I End and You Begin*

Jen, es tut mir so leid, was ich zuletzt geschrieben hab. Ich hab nichts davon ernst gemeint. Die CD von Tokio Hotel habe ich zerbrochen und weggeworfen. Weißt du, ich hatte zum ersten Mal im Leben von Papas Whisky getrunken.

Deshalb war ich so wütend auf alles, nicht nur auf dich. Ich fühle mich so hilflos.

Ich liebe dich, *sestra*. Bitte komm zurück nach Hause.

Status: *ungelesen.*

Von: Nika Lukina
An: Jen Lukina

Mittwoch, 23. April 2008
The Libertines – *I Get Along*

Heute wirst du zweiundzwanzig. Alles Gute zum Geburtstag, *sestra*. Feierst du? Ich schon. Ich hab ein Stück Möhrenkuchen und eine rote Kerze gekauft.

Ich höre *I Get Along* von den Libs in einer Endlosschleife. Rat mal, welchen Song ich am liebsten mag? Ich glaube, langsam begreife ich, was sie meinen, wenn sie im Refrain *fuck them!* singen.

Status: *ungelesen.*

Von: Nika Lukina
An: Jen Lukina

Donnerstag, 23. April 2009
My Chemical Romance – *Welcome to the Black Parade*

Hi, Jen!

Alles Gute zum Geburtstag!

Ich hab Neuigkeiten: Papa will wieder heiraten. Sie heißt Olga und ist Hostess in Papas Lieblingsrestaurant. Sie ist wirklich hübsch. Wahrscheinlich ist sie auch nett, aber ich hasse sie trotzdem.

In letzter Zeit höre ich viel My Chemical Romance. Ich vermute, dass du sie für beschissene Emos hältst – *gowno* würdest du wahrscheinlich sagen. Aber das ist mir egal. Sie geben mir das Gefühl, dass ich irgendwo hingehöre, dass ich nicht allein bin. Nichts anderes hilft.

Status: *ungelesen.*

Von: Nika Lukina
An: Jen Lukina

Freitag, 23. April 2010
Green Day – *Boulevard of Broken Dreams*

Hey, Jen!

Alles Gute zum Geburtstag, *sestra*!

Noch mehr große Neuigkeiten: Letzte Woche wurde unser Halbbruder geboren. Alle sind total aufgeregt, und ich könnte kotzen. Aber wenigstens lassen sie mich in Ruhe! Ballons, Karten, Blumen, Geschenkpapier – alles ist babyblau und riecht nach Kacke und Talkumpuder. Also hab ich mir die Haare schwarz gefärbt, mich total betrunken und den Badezimmerboden vollgekotzt, während Olgas Freundinnen im Wohnzimmer Kaffee getrunken haben. Ich kann nicht glauben, dass Papa dich und Mama so leicht vergessen konnte! Ich fühle mich so schrecklich schwach, so klein, so wertlos!

Papa versucht, meine Liebe zu kaufen. Es ist so erbärmlich. Aber natürlich finde ich meinen neuen iPod toll. Ich hab drei Alben von Green Day runtergeladen. Ich kann mich nicht entscheiden, ob sie pseudo sind oder nicht, aber ich schätze, du würdest sie mögen.

Und übrigens, hast du schon gehört, dass Oasis sich aufgelöst haben? Jetzt ist es offiziell. Noel hat die Band verlassen und erklärt, er hätte genug.

Status: *ungelesen.*

Von: Nika Lukina
An: Jen Lukina

Samstag, 23. April 2011
Placebo – *Song to Say Goodbye*

Plötzlich spüre ich es ganz klar – du bist tot. Ich hab gehört, dass so etwas bei engen Blutsverwandten möglich ist. Dass man spüren kann, wenn etwas nicht stimmt. Wahrscheinlich ist es damals im Sommer passiert, vor vier Jahren. Ich kenne sogar das Datum: den 13. Juli 2007. Jemand hat dir das Leben genommen.

Die britische Polizei sieht das allerdings anders. Vor nicht allzu langer Zeit, als Papa mal so richtig betrunken war, *wot gowno,* konnte ich ihn dazu bringen, mir alles über die Ermittlungen zu erzählen. Da hab ich erfahren, dass dein Telefon nach wochenlangem Schweigen für einen kurzen Augenblick noch einmal aktiv war. Am 13. Juli 2007 wurde dein Signal in Kent empfangen, in der Nähe des Kanaltunnels. Sie glauben, du bist nach Paris oder Amsterdam abgehauen. Vielleicht, weil du in England in irgendwelchen Schwierigkeiten stecktest. Oder einfach weil du Lust dazu hattest. Oder du bist ertrunken oder wurdest von Aliens entführt. Kannst du dir das vorstellen? Es ist ihnen scheißegal,

Jen. Und das gilt, offen gesagt, auch für Papa. Angeblich gehörst du zu einer Hochrisikogruppe: jung, Ausländerin, keine Familie in der Nähe und fragwürdige Freunde. Als wäre damit klar, dass irgendwas passieren muss. Wegen solchen Geschichten ist es so schwierig, ein Visum für Großbritannien zu bekommen.

Ich habe oft die Vision, wie du am Rand der weißen Klippen von Dover stehst, die Arme im Wind ausbreitest und mit aller Kraft *fuck yeah!* brüllst, wie ein Rockstar vor einem ausgeflippten Publikum. Du wunderschöne, unmögliche *sestra*.

Status: *ungelesen.*

Von: Nika Lukina
An: Jen Lukina

Freitag, 13. Juli 2012
My Chemical Romance – *The Ghost of You*

Es ist fünf Uhr früh. Ich schaue mir vom Dach den Sonnenaufgang an. Die Stadt erwacht von den Toten. MCR dröhnt in meine Ohrhörer (na und?!), rote und rosafarbene Sonnenstrahlen gleiten über mein Gesicht. Das hier ist echt. Es ist das Hier und Jetzt. Es ist mein Leben. Ich meine, ich bin betrunken, aber wen kümmert's! Dadurch wird es nicht weniger echt.

Fünf Jahre, Jen. Ich kann nicht mal mehr dein Gesicht sehen – es ist nur ein Fleck, ein unscharfer Fleck. Und du hast aufgehört, mich in meinen Träumen zu besuchen.

Ich versuche, überhaupt nicht an dich zu denken, das macht es einfacher. Aber manchmal erinnern kleine Dinge mich plötzlich an dich, Songs, Gerüche oder Worte, die ich in einer überfüllten U-Bahn höre. An dich oder an Mama. Dann zittere ich und spüre diesen dunklen, scharfen Stich in meinem Solarplexus. Und ich schließe die Augen und lasse mich von der Erinnerung davontragen, in die Küche unserer alten Wohnung, wo Mama auf ihrem uralten Kassettenrekorder immer ihre dummen Lieder gespielt hat und wir durchs Zimmer tanzten wie Feen im Wald. Die meiste Zeit allerdings tue ich so, als hätte es dich nie gegeben, als hättest du nur in meinem Kopf existiert. Ich kann kein Opfer sein, Jen. Ich kann nicht das Mädchen sein, das seine Mutter verloren hat. Das Mädchen, dessen Schwester vermisst wird. Ich kann es verdammt noch mal nicht ertragen, wenn Leute mir das Gefühl geben, ein Opfer zu sein. Ich will ihnen die Köpfe einschlagen. Ich will deine CDs wegwerfen. Ich will euch vergessen. Ich will glücklich und normal und eine komplette Person sein … nicht bloß jemand, den du und Mama zurückgelassen habt.

Auf Wiedersehen.

Status: *ungelesen.*

Von: Nika Lukina
An: Jen Lukina

Sonntag, 31. Mai 2015
3:56
Schenja Ljubitsch – *Russian Girl*

Hey,

ich hab's versucht. Ich hab mir alle Mühe gegeben, so zu tun, als wäre alles in Ordnung. Und für einige Zeit war auch beinahe alles in Ordnung, aber das Leben erinnert uns manchmal auf merkwürdige und grausame Art daran, wer wir sind und was wir wirklich wert sind.

Etwas Schlimmes ist mir zugestoßen, *sestra*. Und wie es aussieht, bist du, meine lange verlorene Schwester, der einzige Mensch, mit dem ich meinen Schmerz teilen kann, ohne Angst haben zu müssen, bemitleidet oder verurteilt zu werden.

Wir standen uns nie nahe, du und ich. Ich war immer eifersüchtig – auf dein Haar, deine Haut, auf die Art, wie Mama dich behandelt hat. Ich habe es gehasst, dass ich bei ihr immer nur die zweite Geige spielte. Ich weiß, dass ihr beide Geheimnisse hattet. Aber eines Tages ist irgendein Faden gerissen, und plötzlich war sie deine Feindin. Du hast deine Klamotten in einen großen schwarzen Koffer gepackt und ein One-Way-Ticket in ein anderes Land gebucht. Niemand konnte sich den Grund erklären. Aber du bist abgehauen, einfach so. Zuerst war ich froh, aber dann hab ich gemerkt, wie sehr ich dich vermisse. Ohne dich war alles öde und still. Nur die zwei Male pro Jahr, wenn du für eine Woche zu Besuch gekommen bist, wurde alles wieder lebendig.

Meine Erinnerungen an dich sind inzwischen vage und verschwommen, als würde ich unser früheres Leben aus einem fahrenden Zug betrachten und zwischen den vorbeihuschenden Baumstämmen nur vage Umrisse erkennen.

Ich war dreizehn. Die Osterferien waren fast vorbei, und Papa brachte dich zum Flughafen. Ich durfte nicht mitkommen. Stattdessen habe ich von meinem Fenster aus zugeschaut, wie du deinen abgewetzten Koffer in Papas Wagen verstaut hast. Du wolltest gerade auf der Beifahrerseite einsteigen, da hast du dich plötzlich noch mal umgedreht und mir zugewinkt, als hättest du meinen Blick gespürt. Manche Menschen verlassen einen wie Mama – nach einem langen, qualvollen Abschied bleibt nichts mehr zu sagen. Bei dir war es das komplette Gegenteil. Gerade noch hattest du vor mir gestanden, und einen Wimpernschlag später warst du weg. Für immer. Kein Auf Wiedersehen, nichts.

Ich erinnere mich an eine Shopping-Tour. Du, ich und Mama im Einkaufszentrum. Mama hat mir meinen allerersten Latte spendiert. Danach war ich so überdreht, dass ihr beide euch kaputtgelacht habt. Dann waren wir in diesem Hippieladen, wo Mama dir das blaue Kleid gekauft hat. Das Kleid, das du an dem Tag anhattest, als du fortgingst. Hätte ich damals bloß gewusst, dass es das letzte Mal war, dass wir so zusammen sind, nur wir drei. Es war auch überhaupt das letzte Mal, dass jemand mit mir shoppen gegangen ist. Ein paar Monate später wart ihr beide weg. Danach interessierte es eigentlich keinen mehr, welche Klamotten ich trug, solange nur mein Arsch bedeckt war und ich nicht allzu schlimm roch. Papa gab mir einfach jedes Mal Geld, wenn ich ihn darum bat. Das macht er heute noch. Ich hab herausgefunden – vielleicht früher, als gut für mich war –, dass Papa mir keine Bitte abschlagen kann, Hauptsache, ich bringe ihn in Gegenwart von seinen und Olgas Freunden nicht in peinliche Situationen. Und so hab ich meinen Beitrag dazu geleistet, die Trümmer unserer Familie mit einer respektablen bürgerlichen Fassade zu umgeben.

Über Jahre hinweg hab ich mir nur zwei Gefühle zugestanden: Hass und Wut. Ich hab geflucht, getrunken und mich wahllos von Jungs anfassen lassen. Und ich hab viel Musik gehört.

Deine CDs haben mich verwandelt. Die Musik gab mir die Kraft, euer Verschwinden zu ertragen. Durch sie bekam alles um mich herum eine unerklärliche, schmerzhafte

Tiefe, eine doppelte Bedeutung, einen Sinn. Wahrscheinlich war ich eine typische Emo – wütend, emotional und obsessiv. Ich finde es immer noch schwierig, Leuten zu vertrauen, solange ich nicht weiß, was sie auf ihrem iPod haben. (Wusstest du, dass es einen Riesenunterschied zwischen dem gibt, was die Leute zu hören behaupten – oder dem Band-Logo auf ihrem T-Shirt –, und dem, was sie um fünf Uhr morgens tatsächlich spielen, wenn sie nach einer verkorksten Nacht fertig und allein sind? Ich will immer wissen, was jemand in diesem Zustand hört, denn dann kommt die Wahrheit ans Licht.)

Ich hab lange gegen Menschen rebelliert, durch die ich mich klein und unsicher fühlte. Das hat Spaß gemacht, aber vor ein paar Jahren hab ich beschlossen, mich in den Griff zu kriegen. Ich hab mir vor dem Badezimmerspiegel das rabenschwarze Haar abgeschnitten und einen Privatlehrer genommen, um in der Schule wieder Anschluss zu finden. Außerdem hab ich aufgehört, deine Musik zu hören. Das Leben kann leicht sein und fast schon Spaß machen, wenn man sich beschäftigt hält und nicht zu viel nachdenkt.

Als ich Papa sagte, ich wolle für ein Jahr ins Ausland, rollte er mit den Augen. Aber hatte er eine Wahl? Ich wusste, dass er mich nicht gern um sich hatte. Er wollte das Leben mit seiner neuen Familie genießen. Es endete damit, dass ich nach London kam – wo ich bis heute geblieben bin. Eigentlich dachte ich, dass Papa wütend wäre und von mir verlangen würde, auf der Stelle nach Hause zu kommen. Doch er sagte bloß, ich solle vorsichtig sein und mich nicht in Schwierigkeiten bringen. Dann schickte er das Geld, das ich brauchte. Es war nicht billig, mich auf Distanz zu halten. Da siehst du, wie wenig er sich um mich schert, Jenja.

Eine Sache müssen wir klarstellen: Ich bin nicht deinetwegen in England. Bis vor Kurzem hab ich nur ganz selten an dich gedacht. Ich wollte einfach etwas Neues. London erschien mir cool. Warum zum Teufel denn nicht? Vor allem, wo ich intelligent genug bin, um mit einem hübschen Stipendium an einer anständigen Uni unterzukommen. Papa war bereit, den Rest zuzuschießen. Er hätte alles getan, damit ich glücklich und weit weg von seinem perfekten neuen Leben bin.

London ist ein merkwürdiger Ort. Hier ist alles voller Russen – sie sind buchstäblich überall. Es gibt russische Zeitschriften, Zahnärzte, Gynäkologen, Schulen, Geschäfte, Kindergärten und Gott weiß was. Und sie sind freundlich – ich meine, *wirklich* freundlich. Ständig laden sie mich zu Partys und Konzerten und Ausstellungen ein. Und jedes Mal, wenn sie mich nach meinem Leben in Russland fragen, setzen sie dieses verständnisvolle Lächeln auf. Pseudo, pseudo, pseudo.

Meine Kommilitonen allerdings haben mich anfangs gehasst, weil sie dachten, dass Papa ein *nowy russki* ist. Du weißt schon. Sie können sich gar nicht vorstellen, dass es bei uns auch Leute gibt, die ihr Geld auf die altmodische, langweilige Art verdienen und einfach arbeiten, ohne irgendwelche Kontakte zur Mafia. Als sie irgendwann genug davon hatten, mich wegen des Geldes meiner Familie abzulehnen, fingen sie an, mich wegen »meines Verlusts« zu bemitleiden. Oh, *sestra*, wie gern hätte ich ihnen in die Fresse gehauen, weil sie mich wie ein trauriges, kleines, hilfebedürftiges Mädchen behandelten. Ich wollte von niemandem Hilfe. Ich war bestens in der Lage, auf mich selbst aufzupassen.

Jedenfalls vermeide ich es, wenn irgendwie möglich,

mich als Russin zu outen. Es gibt einfach zu viele Vorurteile. Obwohl es, wie du weißt, vor Briten praktisch unmöglich ist, deine Herkunft zu verstecken – es sei denn, du lügst ihnen ins Gesicht. Sobald sie einen Akzent hören, fragen sie dich unweigerlich, woher du kommst, vor allem bei einem so schrägen Akzent wie meinem. Er ist von all den Songs geprägt, die ich deinetwegen gehört hab, von all deinen Indie-Göttern. Und natürlich von meinen verschiedenen Englisch-Nachhilfelehrern – ein Mädchen aus Bristol, ein Australier und auch zwei amerikanische Studenten, einer aus New York, der andere aus Georgia.

Ich bin jetzt so alt wie du bei deinem Verschwinden: einundzwanzig. Vielleicht ist das, was mir passiert ist, ja eine Art Familienfluch. Keine Ahnung. Mama hat dich mit einundzwanzig bekommen. Vielleicht ist es in unserer Familie ein einschneidendes Alter, was weiß ich.

Status: *ungelesen.*

Von: Nika Lukina
An: Jen Lukina

Sonntag, 31. Mai 2015
4:41
Nirvana – *Rape Me*

Sorry, ich hatte versehentlich auf Senden geklickt.

Egal, wo war ich? Ach ja. Es passierte im März, am letzten Vorlesungstag. Am nächsten Morgen wollten alle in den Osterurlaub aufbrechen. Ehrlich gesagt freute ich mich darauf, die Campus-Bibliothek für mich allein zu haben – das gelbe Licht der Frühlingssonne in den staubigen Sälen, das Echo meiner Schritte, der spezielle Geruch und die summende Melodie der Fotokopierer.

Ich gehe selten in die Bars der Studentenvereinigungen, sie sind deprimierend, aber an jenem Tag ließ ich mich von den Mädchen aus meinem Vertriebsanalyseseminar dazu überreden. Als wir ankamen, war der Raum schon überfüllt, und es roch nach billigen Drinks. Ich bestellte den preiswertesten Cocktail auf der Karte, blieb an der Bar stehen und sang *Love Spreads* von den Stone Roses mit, das gerade laut gespielt wurde. Die Mädels lästerten über den Dekan der Fakultät, der gerade mitten in seiner Scheidung steckte. Ein typischer Abend, echt. Dann klingelte mein Telefon, und ich ging raus, um den Anruf anzunehmen. Es war acht Uhr abends. Ich war nur ein paar Minuten draußen. Das Letzte, woran ich mich erinnere, ist, dass ich an meinem Drink genippt hab. Danach wurde die Welt stockdunkel.

Als ich die Augen öffnete, war ich wieder in meinem Zimmer im Studentenwohnheim, und die Vorhänge waren fest zugezogen. Es war mitten der Nacht. Keine Geräusche aus der Küche, kein Lachen, kein Fluchen, keine Musik. Ich griff nach meinem Handy, doch es war nicht an seinem üblichen Platz auf dem Nachttisch. Und auch der Nachttisch war nicht an seinem Platz. Also setzte ich mich auf und schaute mich um. All meine Sachen waren weg. Ich hob den Vorhang an einer Ecke hoch und schaute hinaus. Die Sonne strahlte auf einen verlassenen Parkplatz. Jetzt begriff ich, dass ich nicht in meinem Zimmer war, sondern in einem identisch geschnittenen im anderen Flügel des Gebäudes – dem Flügel, in dem auch die Bar liegt. Minutenlang starrte ich einfach so aus dem Fenster, mit völlig leerem Kopf. Dann erhob ich mich und musterte mich im

Spiegel. Meine Klamotten machten einen ziemlich ramponierten Eindruck: Mein Hoodie war auf links gedreht, und der lange Reißverschluss an meinem Kleid war geöffnet. Meine Leggins und die Handtasche lagen neben dem Bett auf dem Boden. Ich rieb mir übers Gesicht, nahm meine Sachen vom Boden und ging leise hinaus. Auf dem Gang war es still und menschenleer. Ich kam mir vor wie in einem Endzeit-Film. Du weißt schon, die Sequenz, in der die Hauptfigur aus dem Koma erwacht und feststellt, dass die Welt nicht mehr dieselbe ist wie zuvor. Und was mich betrifft, wird die Welt tatsächlich nie mehr sein, wie sie war.

Ich zitterte am ganzen Körper, mein Mund war trocken, meine Kehle brannte vor Durst. Ich stolperte in die leere Küche, öffnete den Wasserhahn und trank, bis mein Bauch anschwoll und ich nicht mehr schlucken konnte.

Alles erschien mir surreal. Über den verlassenen Campus ging ich nach Hause und hörte den Nachhall meiner Schritte. Die Luft war dicht und klebrig, das Licht gedämpft und grünlich wie Wasser in der Tiefe des Meeres. Als ich endlich zurück in meinem Zimmer war, schloss ich die Tür ab, zog mich aus und stellte mich vor den Spiegel, der genau dasselbe Modell war wie der in dem Zimmer, in dem ich aufgewacht war. Ich entdeckte keine Blutergüsse oder Kratzspuren an meinem Körper, doch an meiner Haut schien ein fremder, kaum wahrnehmbarer Geruch zu kleben, süß und eklig.

Ich stellte mich unter die Dusche und drehte den Hahn langsam auf, bis das Wasser fast unerträglich heiß war. Das kleine Bad füllte sich mit Dampf. Mitten in der Duschkabine rollte ich mich zu einem Ball zusammen und blieb so lange sitzen, bis das Zittern aufhörte und der Geruch verschwunden war.

Es war Mittag, mir fehlten also ungefähr sechzehn Stunden. Ich hatte solche Geschichten schon öfter gehört – der Campus-Sicherheitsdienst hatte uns davor gewarnt, und in der Gemeinschaftsküche hing sogar ein Merkblatt an der Kühlschranktür: Lassen Sie Ihr Getränk niemals unbeaufsichtigt. Es war so offensichtlich, doch ich brachte es nicht über mich, die Worte laut auszusprechen.

Ich hatte sechzehn Stunden meines Lebens verloren. Für sechzehn Stunden hatte ich keine Kontrolle über mich und meinen Körper gehabt. Jemand hatte mich benutzt. Der Gedanke machte mich so wütend, dass ich am liebsten alles kurz und klein geschlagen hätte.

Mein Telefon war still – keine Hinweistöne, keine entgangenen Anrufe oder Messages. Auch ich hatte niemanden angerufen. Ich ging ins Bett und zog mir die Decke über den Kopf. Dann griff ich nach meinem Laptop und suchte eine alte Playlist heraus, die ich bei Spotify angelegt hatte. Deine Musik schafft es immer noch, mich zu beruhigen.

Zwei Wochen vergingen. Die Flure meines Studentenwohnheims erwachten nach und nach wieder zum Leben, doch ich schloss mich die meiste Zeit in meinem Zimmer ein. Niemand suchte nach mir, ich erhielt keine Anrufe oder SMS, es gab keine Fragen, keine Antworten. Die betreffende Nacht hatte sich einfach nicht ereignet. Aber natürlich war das Unsinn, Jenja. Am ersten Vorlesungstag nahm ich mir ein Zimmer zur Untermiete in der Wohnung eines amerikanischen Mädchens namens Laura, das ich aus einem meiner Seminare kannte. Ich hielt es keinen Tag länger auf dem Campus aus. Schon beim Anblick des Gebäudes wurde mir übel vor Zorn und Verzweiflung.

Ich versuche, nicht an diese Nacht zu denken. Aber das funktioniert irgendwie nicht. Je mehr ich zu vergessen versuche, desto mehr kriecht es in meinen Kopf und unter meine Haut. Es kommt mir vor wie eine Horrorversion von *Aschenputtel* – jemand belegt dich mit einem Fluch, und du wirst zum Objekt, machtlos und schwach. Du wirst zum Opfer eines anderen. Aber ich bin kein Opfer, Jenja. Ich bin alles andere als ein Opfer. Ich bin stark, ich nehme mein Leben in die Hand. Ich bin lieber Schuft als Opfer.

Ich weiß nicht, ob ich tatsächlich körperlich vergewaltigt wurde. Ich habe gegoogelt, nach welchen Anzeichen ich suchen muss, und bin mir nicht sicher. Zumindest ist keine brutale Gewalt angewendet worden. Oder vielleicht hab ich mich nicht genügend gewehrt, ich weiß es nicht. Ich möchte es auch lieber nicht wissen. Auf jeden Fall bin ich einen Tag später zu Boots gegangen und habe mir die Pille danach geholt. Ein pandschabischer Apotheker schenkte mir einen langen, freundlichen Blick, als er meine Daten notierte. Nach einigen Wochen ging ich in ein Krankenhaus. Ich war sauber. Also kein Grund, noch weiter darüber nachzudenken. Ich will nicht wissen, was sie mir angetan haben. Ich bin größer als das.

Ich hab herausgefunden, wer das Zimmer mietet, in dem ich aufgewacht bin. Aber nachdem das heiße Wasser und die Zeit längst alle Spuren vernichtet haben, kann ich sowieso nichts mehr unternehmen. Ich musste die ganze Sache vergessen. Man würde mich höchstens bemitleiden oder als Schlampe bezeichnen. Vergessen ist die beste Medizin.

Allerdings ist das Vergessen nicht gerade meine starke Seite.

Ich war sechzehn Stunden lang verschwunden, und kein Mensch hat es bemerkt, geschweige denn sich Sorgen gemacht oder die Polizei gerufen. Ich war niemandem so wichtig, dass er bemerkt hätte, dass ich in Schwierigkeiten war. Als ich die Mädels, mit denen ich ausgegangen war, vorsichtig gefragt habe, wie der Abend so war, sagten sie: ganz gut, und es wäre albern von mir gewesen, so früh zu gehen und ohne mich wenigstens zu verabschieden.

Als ich die Bar bei Tageslicht sah, habe ich die Überwachungskameras bemerkt. Sie sind überall – eine am Eingang, zwei über dem Tresen, ein paar am DJ-Pult und über der Tanzfläche. Wenn mir etwas Schlimmes, ich meine etwas wirklich, *wirklich* Schlimmes zugestoßen wäre, hätte die Polizei die Aufzeichnungen anschauen und denjenigen, der mich unter Drogen gesetzt hatte, aufspüren können. So, wie sie sich die Aufnahmen von der Bushaltestelle in Notown angeschaut hat, wo du wenige Minuten vor deinem Verschwinden zum letzten Mal gesehen wurdest, an jenem Junitag vor acht Jahren. Ich vertippe mich aus irgendeinem Grund übrigens immer wieder bei dem Wort »verschwinden« ... Vielleicht ist das ja ein Zeichen.

Diese Sache, die mir passiert ist, hat etwas in meinem Hirn angestoßen. Ich kann nicht mehr ändern, was mir passiert ist. Aber ich kann herausfinden, was mit dir geschehen ist. Und aufhören, die kleine Schwester des verschwundenen Mädchens zu sein. Ich bin stark und clever, und ich weiß, dass ich es kann. Ich kann die Wahrheit herausfinden.

Es hätte jeder passieren können. Eine Bar, ein Fremder mit einem Pillenfläschchen, Freundinnen, denen alles egal ist. Ich hab sechzehn Stunden verloren, du acht Jahre. Sechzehn Stunden reichen aus, um jemanden sehr weit weg zu schaffen. Ich hab gehört, dass es ungefähr drei bis vier Stunden dauert, um jemanden aus dem Land zu bringen. Und weitere zwölf, um einen Menschen an jeden beliebigen Fleck Europas zu transportieren. Ich hätte in einem winzigen Apartment in einem schäbigen Hochhaus am Rand irgendeiner großen Stadt aufwachen können. In einem Hundezwinger. Um dann stundenweise an respektabel aussehende Fremde vermietet zu werden. Ausschließlich Barzahlung. Dann, nach ein paar Wochen Missbrauch und Hunger, wäre ich einfach zusammengebrochen. Praktisch jeder würde unter solchen Bedingungen zusammenbrechen. Oder sterben.

Ich gehe immer wieder den zeitlichen Ablauf deines Verschwindens durch. Die wenigen Informationen, die ich besitze, hab ich notiert. Am 23. Juni hast du etwa um 7:50 Uhr mit einem kleinen Rucksack dein Haus verlassen und bist zur Bushaltestelle im Stadtzentrum gegangen. Um 8:15 Uhr warst du dann aus dem Blickfeld der Kamera verschwunden. Etwa ab diesem Zeitpunkt sendete auch dein Telefon kein Signal mehr. Bis zum 13. Juli, an diesem Tag wurde es in Kent zum letzten Mal eingeschaltet, an den weißen Klippen von Dover. Hast du versucht, um Hilfe zu rufen, Jenja?

Ich hab ein paar Theorien entwickelt, was dir zugestoßen sein könnte, *sestra*. Die erste ist, dass du von Menschenhändlern gekidnappt wurdest. Bei Wikipedia heißt es, dass die Gewinne in diesem Geschäftszweig jährlich bei über dreißig Milliarden Dollar liegen. Das ist ziemlich lukrativ. Ich hab auch Geschichten von Menschen gelesen, die aus der Sklaverei geflohen sind. Wenn ich richtigliege, hat dich jemand angelockt, indem er dir etwas versprochen hat, was du unbedingt wolltest – und dich dann festgehalten. Wenn das stimmt, bist du jetzt wahrscheinlich tot. Aber das ändert nichts, nicht für mich.

Scheiße, Jenja, wie ich mir wünschte, dass Papa ein *krutoj* wäre, ein harter Kerl. Wie der verdammte Liam Neeson.

Hast du jemals *96 Hours* gesehen? Wahrscheinlich hab ich ihn mir zu oft angeschaut. Warum ist Papa nie hergekommen, um dich zu suchen? Warum hat Papa dich nicht geliebt, Jenja?

Die zweite Theorie ist mir in einer schlaflosen Nacht gekommen, als ich wieder eine Episode aus einer schlechten True-Crime-Serie auf ITV4 gesehen hab. All diese verblichenen Zeitungsausschnitte, die fröhlichen Jahrbuchfotos lächelnder Kinder, die weißen Kreideumrisse auf blutbefleckten Böden, die Gegenüberstellungen und die aufgeschlitzten, im Tod lächelnden Opfer. Stundenlang hab ich mir reingezogen, wie schnauzbärtige Polizisten in Lederjacken ihre Geschichten erzählten. Die meisten Mörder wurden wegen eines scheinbar unbedeutenden Details geschnappt, einer winzigen Einzelheit, die irgendwie nicht ins Bild passte, oder aufgrund einer bloßen Eingebung.

Und dann sah ich ihr Gesicht. Sie war der jüngste Neuzugang auf Großbritanniens Liste der »bedeutendsten ungeklärten Mordfälle«. Der Leichenfund hatte es in die Schlagzeilen geschafft: »Totes Mädchen im Keller eines abgerissenen viktorianischen Hauses entdeckt.« Die Polizei kannte weder ihre Identität noch den Todeszeitpunkt. Mehrere Schichten eines dicken Acrylteppichs hatten die Leiche vor Sauerstoff und Feuchtigkeit geschützt, sodass ihr Tod irgendwann zwischen Mitte der 1970er-Jahre und den frühen 2000ern eingetreten sein konnte. Die Pathologen kamen zu keinem eindeutigen Ergebnis. Sicher waren sie nur, was die Todesursache betraf – ein Schlag gegen die Schläfe mit einem stumpfen, schweren Gegenstand. Sie wurde nackt gefunden. Ihre Habseligkeiten – ein blaues Trägerkleid, eine leere Handtasche und ein einzelner hochhackiger Schuh – lagen neben ihr. Sie wurde von einem

Bauarbeiter gefunden. Vielleicht wirst du eines Tages auch auf diese Weise entdeckt, von einem Kerl wie diesem Bauarbeiter. Eine wunderschöne, zerbrochene, in Beton gebettete Skulptur wie der gefrorene Han Solo. Vergewaltigt und ermordet.

Bis zum heutigen Tag kennt die Polizei den Namen dieses Opfers nicht. Niemand hat Anspruch auf ihre Leiche angemeldet, obwohl die Forensiker eine Rekonstruktion des Gesichts angefertigt haben. Sie sah dir überhaupt nicht ähnlich, aber du hättest sie sein können, *sestra*. Vielleicht hast du jemanden wütend gemacht. Vielleicht hast du dich, anders als ich, zu heftig gewehrt. Vielleicht wartest du in irgendeinem Keller auf mich, eingewickelt in einen orangeroten Teppich aus irgendeinem alten Ford Contour. Ich komme dich holen.

Irgendwo läuft jemand herum, der genau weiß, was passiert ist. Ich werde ihn finden und zum Reden bringen. Das verspreche ich dir, Jenja. Ich schulde es Mama.

Ich muss immer wieder an deinen letzten Besuch bei uns denken. Irgendetwas stimmte nicht. Du warst nicht du selbst. Vielleicht wusstest du etwas, kanntest ein vergiftetes Geheimnis, das einen dunklen Schatten über unsere letzten gemeinsamen Tage warf. Was es auch gewesen sein mag, du hast es für dich behalten. Und doch musst du irgendetwas hinterlassen haben – etwas Winziges, dessen Bedeutung nur von jemandem erkannt wird, der dich wirklich liebt. Und dieser Jemand bin ich. Ich werde es erkennen.

Status: *ungelesen.*

Von: Nika Lukina
An: Jen Lukina

Samstag, 20. Juni 2015
23:49
Joy Division – *Shadow Play*

Hey!

Seit ich dir das alles erzählt hab, fühle ich mich seltsam erleichtert. Na ja, eigentlich nicht dir, sondern deinem Profilfoto, das ich hier im Facebook Messenger sehe.

Erinnerst du dich noch, dass ich gesagt hab, du musst etwas hinterlassen haben, irgendwas, einen Hinweis, der von niemandem außer mir bemerkt wird? Wie ein geheimer Code? Also, wenn wir einen Code hätten, etwas Wahres und Stabiles, das wir teilen, dann müsste es die Musik sein.

In einer deiner letzten Messages hast du erwähnt, dass du die Killers auf einem Musikfestival sehen wolltest und dass Bilo und Biggles auch dort sein würden. Die ganzen Jahre über hab ich geglaubt, Bilo und Biggles wären die Spitznamen von Leuten, mit denen du rumhängst. Und ich weiß wirklich nicht, warum ich das nicht vorher getan habe: Ich hab sie endlich gegoogelt. Billy Bilo und Biggles sind die Spitznamen von Peter Doherty und Carl Barat von den Libertines. Damit war es leicht, herauszufinden, zu welchem Festival du wolltest. Da die Libertines sich damals schon aufgelöst hatten, musste es um die neuen Bands von Doherty und Barat gehen: Babyshambles und Dirty Pretty Things. Ich hab ihre Tourpläne für 2007 verglichen und dann nach Festivals gesucht, auf denen auch die Killers aufgetreten sind. Und da gab es in ganz Großbritannien nur einen Treffer: das Glastonbury Festival of Contemporary Performing Arts. Ich hab mir die Daten für Glasto ’07 rausgesucht. Es war das Wochenende, an dem du verschwunden bist. Alles passte ganz genau – du hast Notown an einem Freitagmorgen verlassen, damit du rechtzeitig ankommst, um die Bands zu sehen.

Ich bin nicht sicher, ob es nur Glück war oder ob du mir absichtlich diese Spur aus Brotkrumen hinterlassen hast. So oder so: Es sieht danach aus, als wären die Leute, die behaupten, man müsse etwas nur stark genug wollen, damit das Universum einen Weg findet, dabei zu helfen, doch nicht völlig durchgeknallt. Nach drei weiteren Wochen mit Websuchen und stundenlangem Anschauen von Videos fand ich schließlich eine Spur von dir. Ich weiß noch genau, dass ich mich im Schlafzimmer in eine Decke gewickelt hatte wie ein riesiger Burrito, dass ich auf YouTube unterwegs war und dazu Tee trank. Wenn du auf YouTube nach Glastonbury 2007 suchst, bekommst du mehr als eine halbe Million Treffer. Die meisten dieser Videos haben gar nichts mit dem Thema zu tun, manche stammen aus dem falschen Jahr, manche sind drei Stunden lang. Ich war bereit, mir auf der Suche nach der Wahrheit jedes einzelne anzuschauen, *sestra*.

Ich sah gerade Ausschnitte aus dem Set der Killers und stellte mir vor, dass wir beide gemeinsam zu einem ihrer Konzerte gegangen wären, wie du es mir einmal versprochen hattest. Ich gab mich düsteren, nostalgischen Gedanken hin, meine Augen brannten schon, und ich achtete nicht mehr richtig auf das, was auf dem Bildschirm passierte. Halb träumte ich, halb erinnerte ich mich an früher. Mein Tee war längst kalt geworden.

Das Video endete, und das nächste begann automatisch. Es war ein Backstage-Interview mit den Killers. Sie standen auf einem matschigen Rasenstück, von Leuten umringt.

Hinter ihnen war ein langer, grüner Zaun. Brandon Flowers hatte sich einen grotesken Schnurrbart wachsen lassen, mit dem er wie ein Perverser aussah. Er trug eine goldene, paillettenbesetzte Jacke und lächelte auf seine charmante, kindliche Art in die Kamera.

Und dann sah ich dich.

Ich sprang auf und ließ meinen Teebecher fallen. Er rollte über die Decke und hinterließ einen dunkelbraunen Fleck. Ich hielt das Video an. Brandons makelloses Gesicht gefror mitten im Satz zu einem dämonischen Grinsen. Ein dünnes, barfüßiges Mädchen in einem blauen Kleid, das einen Kranz aus Gänseblümchen im Haar trug, stand ungefähr zehn Meter hinter ihm. Das warst du, Jenja. Ich drückte wieder auf Play. Als du die Kamera bemerktest, lächeltest du und winktest. Dann gingst du weg und riefst jemandem, der ein Stück entfernt sein musste, etwas Unhörbares zu. Dann war das Video zu Ende.

Das Glastonbury Festival of Contemporary Performing Arts ist eines der größten, ältesten und coolsten Open-Air-Musikfestivals auf der Welt. 2007 waren 175 000 Leute dort. Ich ging die Ergebnisse einer Bildsuche für Glasto '07 durch – Jungs und Mädels in Hippieklamotten, die vor der riesigen, raumschiffartigen Bühne namens Pyramid Stage mitten auf einer Milchviehfarm lachten, tanzten, sich küssten und Gras rauchten. Dann ein paar der auftretenden Künstler: Björk, Arctic Monkeys, ein paar wichtig aussehende alte Knacker, Amy Winehouse. Wusstest du, dass sie gestorben ist und dass Pete Doherty einen Wahnsinnssong über sie geschrieben hat? Sorry, dass ich abschweife, aber ich dachte, es könnte dich vielleicht interessieren. Auf sämtlichen Glasto-Fotos gab es jedenfalls eine Gemeinsamkeit – Schlamm. Dicker brauner Schlamm bedeckte sämtliche

Gesichter, Klamotten, Schuhe, Instrumente – praktisch alles. Was für eine perfekte Tarnung.

Da warst du nun also, Jenja. Ich sah mir das Video Hunderte Male an, um etwas zu entdecken, das mir den nächsten Hinweis liefern könnte. Mit wem warst du dort, *sestra*? Mit irgendwem ganz sicher, was sonst? Jedes Mal, wenn dein Gesicht auf dem Bildschirm auftauchte, stellte ich dir wieder und wieder laut dieselbe Frage. Doch du gabst mir keine Antwort, du lächeltest bloß, winktest und schütteltest den blumengeschmückten Kopf.

Ich mailte das Festivalbüro an und bat darum, für mich nachzuschauen, ob du dich angemeldet hattest. Ich wusste, dass im Jahr 2007 ein neues Registrierungssystem eingeführt worden war, was bedeutete, dass sie die Daten aller Ticketbesitzer gespeichert hatten. Binnen einer Stunde oder so bekam ich eine knappe, sehr höfliche Rückmeldung. Sie versicherten mir, dass keine deiner beiden Mailadressen (von denen ich wusste) je zur Registrierung benutzt worden war. Das galt auch für deinen Namen, in allen fünf Varianten, die ich angegeben hatte, inklusive Mamas Mädchennamen. Offiziell bist du nicht auf dem Festival gewesen. Aber ich wusste jetzt sicher, dass du trotzdem dabei warst. Jemand muss dir geholfen haben, ohne Ticket reinzukommen. Aber wer, *sestra*?

Ich ging in die Küche und steckte den Bettbezug mit dem Teeflecken in die Waschmaschine. Das Licht war an, meine Mitbewohnerin saß am Tisch. Wir sind keine richtigen Freundinnen, aber nicht, weil ich sie nicht mag. Es ist bloß so, dass ich nach der Episode in der Studentenkneipe erst recht kein Vertrauen mehr in Freundschaften habe. Wer braucht Feinde, wenn er solche Freundinnen hat? Sicher begreifst du das.

»Nika, ich wusste nicht, dass du da bist. Wie läuft's?« Laura lächelte, wandte den Blick aber nicht von ihrem Laptop ab.

»Ganz okay. Und bei dir?« Ich lächelte zurück. »Du warst doch schon mal in Glastonbury, oder?«

»Ja, war ich.« Jetzt warf sie mir einen neugierigen Blick zu. »Letztes Jahr. Und dieses Jahr will ich auch hin. Warum?«

»Einfach so. Ich wollte nur wissen, wie es ist. Ist es … gefährlich?«

Sie schob den Laptop beiseite.

»Hmmm … gefährlich?« Sie runzelte die Stirn. »Na ja, allein solltest du nicht hingehen, falls du das vorhast. Weißt du, wo so viele Menschen sind, müssen zwangsläufig ein paar Idioten dabei sein. Das lässt sich rein statistisch nicht vermeiden. Und alle sind zugedröhnt. Aber wirklich gefährlich ist es nicht. Bloß anders als alle anderen Festivals, auf denen ich war. Lauter Hippies. Und die Atmosphäre ist ein bisschen skurril, irgendwie tun alle so, als lebte man immer noch im Jahr 1969. Auf jeden Fall ist es viel besser als Coachella. Und das Programm ist normalerweise ziemlich gut. Nur die besten Bands treten dort auf.«

Laura kniff die Augen zusammen und schien auf eine Reaktion zu warten. Mein plötzliches Interesse an dem Thema musste bei ihr Fragen aufgeworfen haben.

Ich liebe Musik. Genau genommen hätte ich ohne sie wohl nicht überlebt. Du hattest völlig recht damit, dass sie der einzige Freund ist, der dich nie im Stich lässt. Durch die Musik fühle ich mich lebendig, manchmal mehr, als mir lieb ist. Ich verliere den Verstand, und alles, was ich sonst zurückzuhalten versuche, kommt durch die Musik raus.

Dann kann ich nicht mehr so tun, als wäre ich die fröhliche, temperamentvolle und aktive Person, als die ich mich anderen Leuten so gern präsentiere. Ich werde verletzlich. Wenn ich zu einem Gig gehe, bekomme ich immer dieses Gefühl, du weißt schon, wie wenn ein Kerl es dir mit der Zunge macht und dein Körper sich unwillkürlich zu krümmen beginnt und du diese furchterregende Energie in dir spürst. Wie ein Exorzismus. Dann will ich nur noch, dass es aufhört, weil ich die Kontrolle verliere, Jenja. So geht es mir mit Musik – ich höre auf, ich selbst zu sein oder diejenige, die zu sein ich mich entschieden habe. Deshalb gehe ich selten zu Konzerten.

Musik ist vor allem eine Kunstform, kein Kult. Du kannst sie auch lieben, ohne dich ihr zu unterwerfen. Und wenn ich doch mal zu einem Gig gehe, bin ich so eine, die an der Bar rumhängt, auf Instagram unterwegs ist und niemals mitsingt. Ich will es nicht zulassen, dass die Musik mir so unter die Haut geht wie früher, als ich jung war. Rockmusik lässt dich echten Schmerz und echte Freude spüren. Und so wie weinen oder Sex haben ist das viel zu privat, um es in der Öffentlichkeit auszuleben. Das macht mir einfach keinen Spaß.

Laura hatte mich schon mehrmals eingeladen, mit ihr auf Konzerte zu gehen, doch ich hatte jedes Mal abgelehnt. Kein Wunder, dass sie überrascht auf meine Frage nach Glasto reagierte.

»Warum interessiert es dich?«

Ich hätte es ihr gern erzählt. So, wie ich es vielen Leuten vor ihr gern erzählt hätte. Aber es ist so schwer, darüber zu reden. Ich hab Probleme damit, wenn Leute mich bemitleiden. Dann komme ich mir klein und hilflos und irgendwie bloßgestellt vor. Ich weiß, dass es helfen soll, mit anderen über schwierige Themen zu sprechen, aber ich tue mich wirklich schwer damit und verschweige das meiste einfach. Meine dunkle Seite gehört mir ganz allein. Ich zeige sie anderen nicht. Niemand muss wissen, dass ich jede Nacht um vier vor Angst gelähmt aufwache und manchmal schwören könnte, dass mich jemand aus dunklen Ecken und Gassen heraus anstarrt. Niemand muss wissen, was ich jeden Abend tue, um einschlafen zu können, und dass ich einen alten CD-Player unter dem Kissen liegen habe, als wäre er ein in Weihwasser gebadetes, silbernes Kruzifix. Ich will, dass die anderen mich als stark, fröhlich und unbeschwert wahrnehmen, als jemanden ohne Geheimnisse. Aber zum Teufel mit diesen Vorbehalten, ich hatte eine Mission zu erledigen und musste mit irgendwem reden, der schon in Glasto gewesen war.

»Darf ich?« Ich beugte mich über Lauras Laptop. Sie nickte. Ich öffnete YouTube, gab den Namen des Videos ein und klickte auf »Play«. Wenige Minuten später hielt ich es an.

Ich deutete auf den Bildschirm und hinterließ einen schwitzigen Fingerabdruck auf dem brandneuen Retina-Display.

»Das ist meine Schwester Jenja.«

»Ich dachte, das wäre Brandon Flowers.«

Auf meinen scharfen Blick hin lächelte Laura entschuldigend.

»Das ist ja cool. Deine Schwester treibt sich mit Rockstars rum. Wahnsinn! Und das ist Glasto! Welches Jahr ist es?«

»2007.« Ich schluckte deutlich vernehmbar und bereitete mich darauf vor, etwas laut auszusprechen, das ich noch nie ausgesprochen hatte. »Sie ist verschwunden.«

»Verschwunden?« Lauras Mund verwandelte sich in ein trauriges Emoji. »Du meinst … tot?«

»Ich weiß es nicht. Sie verschwand 2007. Genauer gesagt, an diesem Tag hier.«

»O mein Gott!« Laura legte die Handfläche vor den Mund. »Scheiße, Süße, das ist ja schrecklich. Es tut mir so leid. Wie … was ist passiert?«

Vielleicht lag es daran, dass ich mich so lange vor der Welt versteckt hatte, oder vielleicht hatte ich die ganze Zeit über auch nur eine Freundin gebraucht. Jedenfalls konnte ich, sobald sie gefragt hatte, nicht mehr aufhören zu reden. Ich redete und redete, ohne sie überhaupt anzusehen. Irgendwann spürte ich, wie mir die Tränen in die Augen traten.

»Das Mädchen in Blau ist meine Schwester Jen. Also, ihr richtiger russischer Name ist Jewgenija, aber sie lässt sich Jen oder Jenja nennen. Sie ist acht Jahre älter als ich. Ich war erst elf, als sie von zu Hause wegging und nach England zog, um Literatur zu studieren. Aber ehrlich gesagt glaube ich, dass ihre Entscheidung vor allem mit ihrer Liebe zur Rockmusik zu tun hatte. Sie kam mehrmals zu Besuch nach Hause, und wir haben über Facebook gechattet. Aber dann hörte es einfach auf. Sie verschwand. Wir wussten nicht mal, an welchem Tag genau, weil wir auf einer Bootsreise waren. Wir hockten irgendwo auf einer winzigen Insel im Mittelmeer, und der Empfang dort war miserabel. Als wir nach Hause kamen, rief Mama bei Jen an, doch ihr Telefon war ausgeschaltet. Daraufhin versuchte Mama es erst bei ihrer Uni und dann bei der Polizei. Sie war nirgends zu finden. Schließlich schickte man uns Aufnahmen von einer Überwachungskamera. Darauf war sie frühmorgens an einem Freitag mit ihrem Rucksack an einer Bushaltestelle zu sehen. Und danach gab es keine Spur mehr. Wir wussten nicht, wo sie hinwollte oder was als Nächstes geschah ... bis zu diesem Video.«

Wieder drückte ich auf Play. Brandon redete, du lächeltest.

»Mein Gott, das ist ja schrecklich. Ich ... es tut mir so leid, Nika.« Laura tätschelte mir die Schulter. »Was hat die Polizei gesagt?«

»Nicht viel.« Ich starrte aus dem Küchenfenster und beobachtete das blinkende Licht auf dem weit entfernten British Telecom Tower. »Eigentlich nur, dass ihr Telefon noch ein letztes Mal kurz eingeschaltet wurde, und zwar Mitte Juli in Kent. Daher vermutete die Polizei, dass sie eine Fähre nach Frankreich genommen hat oder nach irgendwo anders in Westeuropa. Oder sie wurde gegen ihren Willen auf eine Fähre geschafft. Na ja, sie haben das nicht laut ausgesprochen, aber ich weiß, dass sie es so meinten.« Ich warf ihr einen bedeutungsvollen Blick zu. »Menschenhandel.«

»Süße, das ist so verdammt beschissen.« Laura wirkte fassungslos. »Aber sie könnte doch auch allein eine Fähre oder einen Zug genommen haben und ... abgehauen sein?«

»So einfach ist das nicht. Weißt du, man hätte ihren Pass gestempelt, und es gäbe irgendwelche Aufzeichnungen darüber, dass sie Großbritannien verlassen hat. Wir sind Russen, das heißt, wir können nicht einfach nach Herzenslust rumreisen wie ihr. Wir brauchen Visa und müssen uns am Flughafen in die Schlange für ›alle anderen Länder‹ stellen.«

»Ist ihr Reisepass gefunden worden?«

»Nein. Kein Pass, kein Portemonnaie, kein Bargeld oder Karten. Deshalb hat die Polizei entschieden, dass die Sache nicht weiterverfolgt werden muss. Ein junges Mädchen aus einem Schwellenland ohne Job, Besitz oder Ehemann –

höher kann das Risiko kaum sein. Wahrscheinlich zähle ich auch zur Hochrisiko-Gruppe. Was ein weiteres Argument dafür sein dürfte, die Visaanforderungen in Großbritannien noch mehr zu verschärfen. Leute wie wir sind bloß Zahlen in einer Statistik.«

Laura legte den Arm um meine Schultern, ein unbeholfener Versuch, mich zu umarmen. Ich drückte wieder auf Play, und wir sahen dich noch einmal winken, lächeln und aus dem Bild gehen.

»Habt ihr beiden euch nahegestanden? Es muss so schwer für dich gewesen sein.«

»Nahe? Irgendwie schon, aber auch wieder nicht. Ich denke, wir wären uns viel nähergekommen, wenn ich etwas älter gewesen wäre. Aber … ich schätze mal, es sollte einfach nicht sein. Ich weiß noch, dass ich immer ein bisschen eifersüchtig auf sie war und wie sie sein wollte, weil sie einfach so cool war.«

Laura umarmte mich immer noch, und plötzlich verspürte ich den Drang, mich diesem Ausdruck ihres Mitgefühls zu entziehen. Deshalb griff ich nach dem halb leeren Päckchen Chips, das auf der anderen Seite ihres Laptops lag.

»Ich weiß, dass sie am 22. Juni nach Glasto fuhr und am nächsten Tag noch lebte, denn dieses Video wurde am 23. gemacht. Das ist sehr wichtig. Sie war also da, hat aber kein Ticket gekauft. Ist es schwierig, sich da irgendwie einzuschmuggeln?«

Laura lachte leise.

»Schwierig? Eher unmöglich!«

»Das macht es noch seltsamer«, stellte ich seufzend fest.

»Willst du es der Polizei vorführen?«

Laura setzte den Wasserkessel auf und nahm zwei Tassen

aus dem Schrank. Ich kaute geräuschvoll auf ihren Salz-Essig-Chips herum.

»Ich weiß nicht. Vor acht Jahren haben sie nicht viel unternommen. Was sollte das Video ändern?«

Laura machte Musik an, ein verträumtes Instrumentalstück, das ich nicht kannte. Und kurz darauf stellte sie mir eine Tasse mit dampfendem Kräutertee hin.

»Also, was hast du vor?«

Ich zuckte die Achseln. Ich hatte noch keine Gelegenheit gehabt, mir darüber Gedanken zu machen.

»Glaubst du, dass jemand, der seit acht Jahren verschwunden ist, noch am Leben sein kann?«, fragte ich. Als hätte ihre Meinung zu diesem Thema irgendeine Bedeutung.

Laura schaute weg. Ich rührte Zucker in meinen Tee. Das Stück endete.

»Ich weiß es wirklich nicht.«

»Natürlich …«

»Aber ich weiß, was du tun solltest, Nika.« Plötzlich hellte sich ihre Miene auf. »Poste etwas auf Facebook. Dieses Video, ein paar Fotos von ihr. Und schreib ein paar Hashtags dazu, zum Beispiel Glasto und The Killers und anderes, was wichtig sein könnte. Stell einfach alles zusammen, möglichst kurz und informativ, aber auch anrührend. Und vielleicht werden Leute es teilen, und irgendjemand stößt darauf und erinnert sich. So würde ich es jedenfalls machen.«

»Meinst du? Es ist doch so lange her.« Die Stille machte mich fertig. »Ich meine, wer erinnert sich daran, was vor acht Jahren war?«

»Du selbst erinnerst dich auf jeden Fall.« Laura drückte auf einen Knopf, wartete eine Sekunde und ließ den Gott der Zufallswiedergabe entscheiden. Eine wunderschöne gebrochene Stimme erfüllte die Küche. Es war *Shadowplay* von Joy Division. »Wenn ich du wäre, würde ich nicht aufhören. Ich würde keine Ruhe geben, ehe ich nicht die Wahrheit erfahren habe oder mir wenigstens sagen könnte, dass ich alles Menschenmögliche getan hab, um sie herauszufinden.«

Ich schaute wieder nach draußen. Die Straßenbeleuchtung tauchte alles in ein diffuses Orange, genau der Ton vom Instagram-Filter Kelvin. Ich habe dieses widersprüchliche Verhältnis zur Dunkelheit. Manchmal sehne ich mich heftig nach ihr, manchmal laufe ich panisch vor ihr weg.

»Nika?« Lauras Stimme schien aus großer Entfernung zu kommen. Schon wieder war der Song zu Ende, und ein neuer hatte begonnen, lauter Gitarren-Post-Rock, wie Laura ihn gern hörte – zu laut für meine momentane Stimmung. Der Name der Band war irgendwie zu ausgefallen, um ihn mir merken zu können, drei Wörter, eins davon war »Red«. Gedankenverloren blendete ich die Musik aus.

»Alles in Ordnung?«, hörte ich Lauras Stimme. Ich musste eine Ewigkeit vor dem Fenster gestanden haben.

»Alles gut. Ich gehe jetzt bloß ein bisschen auf mein Zimmer.«

Ich loggte mich auf Facebook ein und fand dein Profil. Eine typische aufgegebene Seite – voll mit Spam und lahmen Geburtstagsgrüßen. Ich hatte mich nie dazu überwinden können, sie in eine Gedenkseite umzuwandeln. Ich schaute mir deine Posts an. Viele waren es nicht, und ich hatte alles schon tausendmal gesehen. Du hast in diesem dunklen Zeitalter vor dem iPhone gelebt – damals habt ihr noch nicht alles dokumentiert, was ihr gesehen habt, so, wie wir es heute machen. Ich suchte mein Lieblingsfoto von dir heraus, das letzte, das du hochgeladen hast. Es war an einem sonnigen Tag in irgendeinem Garten aufgenommen worden, mit einem Haus im Hintergrund. Dein Haar war auf eine Seite gekämmt. Du sahst so süß aus und typisch 2007. Zum Schutz vor der Sonne hieltest du eine Hand hoch und lächeltest. Die Zigarette zwischen deinen Fingern war bis zum Filter heruntergebrannt.

Ich fügte das Foto meinem Post hinzu, dazu den Link zum Video. Ich hatte geschrieben: »Hi! Ich bitte euch alle um Hilfe. Meine Schwester Jenja (Jen) Lukina wird seit dem Sommer 2007 vermisst. Ich habe herausgefunden, dass sie zuletzt am 23. Juni 2007 beim Glastonbury Festival gesehen wurde. Sie trug ein blassblaues Sommerkleid und einen Kranz aus Gänseblümchen im Haar. Falls ihr sie kanntet oder sie gesehen habt, setzt euch bitte mit mir in Verbindung. Falls nicht, könnt ihr mir trotzdem helfen, indem ihr diesen Post mit euren Freunden teilt. Zusammen können wir meine Schwester finden. Danke.«

Mit einem Klick postete ich die Message, ehe ich es mir anders überlegen konnte. Zum ersten Mal seit Monaten zog ich mir in dieser Nacht keine Decke über den Kopf. Nicht weil es zu heiß war, sondern weil ich wollte, dass die Monster unter meinem Bett rauskamen.

Status: *ungelesen.*

Von: Nika Lukina
An: Jen Lukina

Sonntag, 21. Juni 2015
17:31
Radiohead – *How to Disappear Completely*

Priwet sestra!

Ich schreibe das hier im Zug. Was bedeutet, dass ich den Umkehrpunkt bereits hinter mir gelassen habe. Jetzt gibt es kein Zurück mehr. Die Aussicht ist schlicht und öde: Außenbezirke, sozialer Wohnungsbau, graue Parkhäuser mit mehreren Etagen, weit hinten der geisterhafte Schatten des Wembley-Stadions. Selbst im Sonnenlicht sieht es nicht besser aus. Vielleicht ist England alles in allem doch nicht so attraktiv. Also stecke ich meine Ohrhörer ein, suche den richtigen Soundtrack für diese Szenerie und drücke auf Play.

Ich schätze, es ist eine gute Idee, alles auf Facebook zu verewigen, was ich vorhabe. Wenn mir etwas zustößt, wird es gefunden und kann als Beweis ausgewertet werden. Was für ein optimistischer Gedanke, was für ein vielversprechender Start für meine Reise! Dir zu schreiben hat auch einen therapeutischen Effekt, keine Frage. Ich meine, schau mich an. Ich verlasse das Haus zum ersten Mal seit Monaten mit einem anderen Ziel als Uni oder Supermarkt. Vielleicht suche ich aber auch bloß verzweifelt nach einer Entschuldigung dafür, dass ich mich mit einer Toten unterhalte.

Wahrscheinlich willst du wissen, warum ich in diesem Zug sitze und wohin ich will, denn es steht, wie du sicher längst erraten hast, im Zusammenhang mit meiner Ermittlung. Habe ich mein kleines Projekt tatsächlich gerade als »Ermittlung« bezeichnet?! Bin ich jetzt eine Detektivin? Ha!

Heute Morgen bin ich aus dem Schlaf hochgefahren und saß plötzlich kerzengerade im Bett. Mein Kopf war schwer, als hätte ich gestern Abend getrunken, was nicht der Fall war. Ich griff nach meinem Telefon. Es war Mittag. Ich konnte mich nicht erinnern, wann ich das letzte Mal verschlafen hatte. Ganz im Gegenteil, meistens bin ich froh, wenn ich sechs Stunden Schlaf bekomme, sogar am Wochenende. Wie alle, die nach sozialen Medien süchtig sind, checkte ich als Erstes meinen Facebook-Account. Mein Post von gestern Abend hatte eine phänomenale Aufmerksamkeit erhalten. Likes, Shares, Kommentare – *wow*, dachte ich, *ich bin berühmt!* Und dann kapierte ich es. Die allermeisten meiner dreihundertsiebenundsechzig Facebook-Freunde hatten nicht die geringste Ahnung von deiner Existenz gehabt, geschweige denn von deinem Verschwinden. Selbst meine russischen Freunde und die Leute, mit denen ich zur Schule gegangen war, wussten nichts davon. Und jetzt reagierten zwanzig Prozent meiner Freunde auf meinen Post. Das war ziemlich beeindruckend. Ich glaube nicht, dass ich je zuvor so viele Messages bekommen hatte. Dabei hätte ich die wichtigste dann beinahe übersehen. Es war die Freundschaftsanfrage einer Frau namens Hannah Bellamy. Dein Name war nicht auf der Liste ihrer Freunde, aber sie wohnte in Notown. Ich akzeptierte ihre Anfrage und ging in die Küche, um mir schnell einen Kaffee zu holen.

Nachdem ich Laura guten Morgen gesagt hatte, erzählte ich ihr von der Wirkung meines Posts.

»Ja, ich hab ihn gesehen und geteilt. Ich glaube, sogar die offizielle Glasto-Seite hat ihn geteilt. Das ist echt beeindruckend«, sagte sie und goss etwas heiße Milch in ihren frisch aufgebrühten Nespresso. »Weißt du, Nika, das wäre ein großartiges Thema für deine Bachelorarbeit.«

Tatsächlich redeten wir ständig über unsere Bachelorarbeiten, es war ein Thema, das uns wirklich verband – der Umstand, dass sie uns beiden wichtig waren, ohne dass wir besessene Streber gewesen wären, und dass wir uns darauf freuten, sie zu schreiben. Ich machte mir Sorgen wegen der superschweren Zulassungsanforderungen fürs Masterstudium, das ich anschließend machen wollte. Überhaupt reinzukommen würde schwierig genug werden, also musste ich mich wirklich ins Zeug legen, um nicht an einer mittelmäßigen Hochschule zu landen.

»Was hat das mit meiner Bachelorarbeit zu tun?«, fragte ich Laura, die gedankenverloren auf einer ihrer blond gebleichten Locken herumkaute.

»Die Suche nach einer vermissten Person mittels der sozialen Medien. Denk nur mal einen Moment darüber nach. Du könntest den Verlauf und die Ergebnisse auf Facebook teilen und die Viralität deines ursprünglichen Posts und aller späteren Updates auswerten. Sie könnten dir sogar einen Praktikumsplatz anbieten.«

»Mit ›sie‹ meinst du jetzt Facebook? Ja, klar!« Ich kicherte. »Zuck höchstpersönlich wird sich über Facetime melden und mich bitten, bei ihm einzusteigen.«

»Unterschätz deine Möglichkeiten nicht, Nika. Wenn du die sozialen Medien richtig nutzt, kannst du die Welt auf den Kopf stellen. Den Leuten ist gar nicht klar, wie viele Informationen da draußen verfügbar sind. Selbst wenn deine Suche vergeblich bleibt, macht es sich gut in deinen Bewerbungsunterlagen.«

»Das ist das Letzte, worüber ich mir im Moment den Kopf zerbreche«, sagte ich. Aber sie hatte recht.

»Ich bin sicher, du findest … etwas. Neulich war dieses amerikanische Mädchen in den Nachrichten, die auf You-

Tube ihre eineiige Zwillingsschwester in Südkorea gefunden hat. Sie waren gleich nach der Geburt getrennt worden oder so was. Es ist also ein Trend – verschwundene Schwestern online wiederzufinden!« Laura kicherte. Als sie meinen Gesichtsausdruck bemerkte, sagte sie: »Tut mir leid, wenn das oberflächlich klingt, das wollte ich wirklich nicht. Ich versuche nur, dich aufzumuntern. Betrachte es als dein Kursprojekt.«

»Nur dass ich Marketing studiere, nicht Kriminologie.« Ich grinste und ging zurück in mein Zimmer.

Wie üblich checkte ich erst mal mein Telefon. Eine Message von Hannah erwartete mich: »Hallo, danke fürs Adden. Wie geht's? Ich bin Hannah, Jen war meine beste Freundin. Ich würde mich freuen, mit dir zu reden. x«

Fast wäre mir das iPhone aus den verschwitzten Fingern geglitten. Schnell tippte ich: »Hi, Hannah. Danke, dass du dich meldest. Klar, ich würde auch sehr gern mit dir reden. Wusstest du, dass Jen nach Glasto wollte? Könntest du mir bitte alles erzählen, was du weißt?«

»Ja, kein Problem.«

»Können wir heute noch reden?«

»Heute? Lass mich mal sehen.«

Eine Pause entstand. *Bitte, bitte, bitte sag Ja,* dachte ich. Dann erschienen drei grüne Punkte auf dem Display meines Telefons, die anzeigten, dass sie etwas tippte.

»Bitte«, fügte ich noch hastig hinzu.

Nach einer weiteren Pause kam endlich die Message: »Okay, ich suche ihre Sachen raus.«

»Ihre Sachen?«

»Ja, es hat sie nie jemand abgeholt. Irgendwo müssten sie noch sein.«

»Dann willst du mich also persönlich treffen?«

»Ja. Ist das ein Problem?«

»Nein, überhaupt nicht.«

»Also gut. Bist du in London?«

»Ja.«

»Nimm einen Zug von Euston Richtung Nottingham. Sie halten alle hier. Die Fahrt dauert eine Stunde.«

»Ah, okay. Klar.«

»Notown.«

»Ich weiß.«

Ich stimmte zu, bevor ich es mir genauer überlegen konnte. Eine Reise in eine gottverlassene Stadt mitten im Nirgendwo, ganz allein, um eine völlig Fremde zu treffen, die behauptet, deine allerbeste Freundin zu sein. Es ist wie ein Sprung ins kalte Wasser – entweder man tut es ohne nachzudenken oder überhaupt nicht.

»Was schätzt du, wann du hier bist?«

»Würde 17 Uhr passen?«

»Klar. Dann bis bald. x«

»Danke, Hannah.«

Sie textete mir noch ihre Telefonnummer und ging dann offline.

Ich kaufte ein Online-Ticket für einen Fensterplatz und öffnete dann ihr Facebook-Profil. Sie verriet ihr Geburtsjahr nicht, aber ich schätzte sie auf knapp über dreißig. Ihr Haar war professionell gebleicht, in einem teuren, kühlen Blondton, ihr Gesicht wirkte verquollen, ihre blassgrauen Augen leicht nervös. Sie hatte eines dieser typischen britischen Gesichter, die an ein ängstliches Nagetier erinnern. Sie war Mutter eines kleinen Mädchens von ungefähr fünf Jahren mit einem süßen, spitzen Gesicht und rotblonden Haaren.

Ich scrollte ihre Seite hinunter und ging zurück bis ins

Jahr 2007. Mein Herz setzte einen Moment lang aus. Da warst du, auf Fotos, die ich noch nie gesehen hatte. Glücklich, betrunken und lebendig.

Das Fotoalbum war mit »Halloween im The Queen '06« betitelt. Dein letztes Halloween. Du steckst in einem abgefahrenen Ziggy-Stardust-Outfit. Ein breites Lächeln. Ein anderes Album hieß »Silvester '06«. Es enthielt die typischen überbelichteten Partyfotos der Prä-Hipster-Ära. Auf einem Bild sitzt du auf dem Schoß eines langhaarigen Typen mit nacktem Oberkörper und einem Rosen-Tattoo auf der Brust. Eure Lippen berühren sich, wobei es mehr nach einem Biss als nach einem Kuss aussieht. Im Zimmer ist es dunkel, doch ich entdecke im Hintergrund Hannah, die mit einem hochgewachsenen Typen mit Filzhut, dessen Gesicht von der Kamera abgewandt ist, ein Bier trinkt. Riesige glitzernde Buchstaben im Hintergrund wünschen »Happy New Year 2007«. Dann war da noch ein anderes Bild, ein Gruppenfoto. Du trägst ein romantisches Hemdkleid, dein langes Haar ist geglättet. Ein Kahlkopf mit glasigen Augen und einem Spitzbart hat den Arm um deine Hüfte gelegt. Er sieht ein bisschen wie Merlin aus, der Zauberer aus dem Buch, das wir als Kinder hatten. Wer ist das? Du wirkst sorglos und glücklich, trinkst lachend Schampus und verdrehst die Augen.

Noch ein Album: »Telefon.« Ein Haufen verschwommener Aufnahmen. Ich fand eine, auf der du mit einer Zigarette in der Hand tanzt. Das Einzige, was man im Hintergrund erkennt, ist ein riesiges Schild über der Bühne, auf dem »shambles« steht. Du schaust mit halb geschlossenen Lidern nach oben, und aus deinem Mund dringt Rauch. Ich schloss meine Augen und stellte mir vor, mit dir zusammen dort zu sein. Ich konnte deine Zigarette beinahe schmecken und die rauen Gitarrenakkorde hören. Ich wünschte, ich könnte die Welt durch deine Augen sehen, Jenja, wenigstens für eine Sekunde. Was für ein magischer Ort muss sie für dich gewesen sein.

Ich zog mich an, nahm meinen Rucksack und ging ins Wohnzimmer. Laura schaute fern und tippte etwas auf ihrem Laptop. Fragend hob sie den Kopf und betrachtete mich mit leicht überraschter Miene – es kam selten vor, dass ich am Wochenende die Wohnung verließ.

»Wo willst du hin?«

»Notown.«

»Wo ist das?«, fragte sie stirnrunzelnd.

»Das ist die Stadt, in der meine Schwester gelebt hat. Mitten in der Pampa, der Name spricht Bände.«

»Dann hast du eine Antwort bekommen?« Laura wirkte augenblicklich aufgeregt.

»Ja. Ich hab eine Message von Jenjas Freundin erhalten. Sie hat meinen Post gesehen und mir Hilfe angeboten.«

Einen Moment lang glaubte ich, sie würde aufspringen und ihren Laptop fallen lassen, aber sie schnappte nur nach Luft und klatschte vor Freude in die Hände. »Oh, wow! Dann hat es funktioniert!«

»Ich schätze schon«, erwiderte ich achselzuckend. Zu diesem Zeitpunkt wollte ich meine Hoffnungen lieber nicht zu hoch schrauben. Also musste ich so schnell wie möglich fort von Laura mit ihrer positiven Einstellung. Ihr Lächeln wurde eine Spur blasser, und sie fügte hinzu: »Weißt du, etwas zu posten ist, als ob man einen Stein in einen Teich wirft – du erzeugst Wellen, die sich ins Universum ausbreiten. Wer weiß, wen sie erreichen und was sonst noch ans Tageslicht kommt. Aber du hast etwas in Gang gesetzt und kannst es nicht mehr … ungeschehen machen.« Sie bemerkte die Furcht in meinen Augen und hielt inne. »Soll ich mitkommen? Wie weit ist es?«

Ich schüttelte den Kopf.

»Danke, Laura, das ist wirklich nett von dir, aber ich komme schon klar. Ich bin ja nur ein paar Stunden weg. Abgesehen davon sieht es auf Google Street View nicht nach dem Ort aus, wo man einen netten Sonntag verbringen möchte.«

»Oh, wirklich? Ich glaube, ich weiß, was du meinst. Ich war schon mal in Leicester. Eine kleine Industriestadt, die von Doppelgängern der Gallagher-Brüder bewohnt wird: unhöfliche Jungs in Poloshirts und engen Jeans. Ich will mit!« Als sie aufstand, fiel ihr der Laptop tatsächlich herunter und landete mit einem dumpfen Aufprall auf dem Teppich. »Notown … Irgendwas klingelt da, ganz sicher. Den Namen hab ich erst kürzlich gehört. Ich glaube, irgendeine Berühmtheit wurde dort geboren.«

Wahrscheinlich wäre es eine gute Idee gewesen, sie mitzunehmen, vor allem, weil ich tatsächlich eine Scheißangst vor dieser Fahrt ins Unbekannte hatte. Aber die Wahrheit ist, dass ich sie nicht dabeihaben wollte. Ich wollte das allein durchziehen, ich musste es sogar allein durchziehen.

»Nein, echt, Laura, mach dir keine Sorgen. Ich bringe dir einen Kühlschrankmagneten mit.« Zum Abschied umarmte ich sie.

»Bring mir einen mit einem Bild von ein paar harten Indie-Rockern, du weißt schon, vom Typ ›hungrig nach Ruhm und Geld‹!« Sie kicherte. »Sie sollen aussehen wie die Kerle auf den Fotos aus dem Passbildautomaten im Rough-Trade-Laden. Ich hab die Nase voll von diesen Hipster-Idioten!«

»Klar, Laura, sobald ich den Anruf von Zuck bekommen

hab.« Ich zog die Tür hinter mir zu und ging zur nächsten U-Bahn-Station, um nach Euston zu fahren.

Der Bahnhof dort sah aus wie ein riesiges Aquarium voll kühler, recycelter Luft. Ich munterte mich mit einem großen Caramel Latte auf und versuchte, nicht an meine Angst zu denken.

Wusstest du, dass Bahnhöfe statistisch gesehen zu den fünf häufigsten Orten zählen, an denen Vermisste zuletzt gesehen wurden? Nur für den Fall ging ich an ein paar Überwachungskameras vorbei und starrte ihnen direkt ins blinkende rote Auge. Manche Leute checken sich über Swarm ein, aber ich bevorzuge in letzter Zeit die Kameras.

Ich machte es mir auf meinem Zweiter-Klasse-Sitzplatz gemütlich, schaute aus dem Fenster und nippte an meinem Latte. Ich bin noch nie Richtung Norden gefahren. Natürlich hab ich Tagesausflüge nach Oxford und Cambridge gemacht, aber das dürfte wohl nicht zählen. Der Zug ruckelte leicht, fuhr langsam an und ließ dann nach und nach die Geräusche und Gerüche der Großstadt hinter sich. Während ich meine vertraute Welt weggleiten sah, spürte ich, wie der kleine Tropfen Dunkelheit in meiner Brust sich bewegte, als machte er es sich für die bevorstehende Reise gemütlich.

Du könntest mich fragen, warum ich noch nie in Notown war, wo die Fahrt doch nur eine Stunde dauert. Die Wahrheit ist, dass ich das Bild nicht zerstören wollte, das ich mir gemacht hatte: schmale Straßen, Pflastersteine, viktorianische Herrenhäuser mit spukenden Geistern, hohe Dornenhecken, geheime Gärten und eine mittelalterliche Burg auf einer Klippe irgendwo im Moor. Ich schätze, solche Bilder vom ländlichen England hat jeder im Kopf, der *Harry Potter* gesehen hat. Ein Klischee, ich weiß, aber ich war gerade mal elf, als ich mir deine Welt so zurechtgelegt hab, Jen.

Als der Zug endlich das aufgeblähte London hinter sich gelassen hatte, veränderte sich die Aussicht. Ich sah nur noch Felder in verschiedenen smaragdgrünen Schattierungen, Schafe und hin und wieder ein malerisches Dorf.

Der schmerzlich leere Bereich zwischen meinen Ohrhörern füllte sich langsam mit der Stimme Thom Yorkes, wunderschön und nicht von dieser Welt. Ich hörte *OK Computer* und dachte an dich. Weißt du, als ich erwachsen wurde, veränderten sich meine Erinnerungen an dich, wurden auch erwachsener. Fragen kamen auf, die mir niemand beantwortete. Papa war mit seiner neuen Frau und dem Baby beschäftigt, und ich erholte mich mühsam von dem Schock, Mama verloren zu haben. Du rutschtest dabei irgendwie weg, wurdest von niemandem wirklich betrauert. Alle mühten sich nach Kräften, mit Mamas Tod zurechtzukommen. Aber dann wachte ich eines Morgens auf und begriff, dass diese Dunkelheit in meiner Brust nicht verschwinden würde, egal, wie viel ich trank oder rauchte oder wie viele Typen ich küsste. Also kaufte ich mir, genau wie heute, ein Zugticket. Ich fuhr zu unserem alten Sommerhaus und verbrachte den ganzen Sommer in der Garage, wo Papa all deine und Mamas Sachen verstaut hat, um Platz für sein neues Leben zu schaffen. Ich rauchte geklaute Marlboros und hörte deine alten CDs. Ich lernte Tausende Songtexte auswendig und schlug jedes unbekannte Wort nach, über das ich stolperte, bis ich die Bedeutung exakt begriff.

Während der Zug mich deiner letzten bekannten Adresse näher und näher bringt, stelle ich mir wieder die alten Fragen. Warum bist du von zu Hause weggegangen? Was machte Notown für dich zu etwas Besonderem? Was hat dich umgetrieben, als wir uns zuletzt gesehen haben? Warum hast du mir nie geantwortet? Wo bist du, Jenja? Ich werde die Wahrheit rausfinden, das verspreche ich. Egal, was es kostet. Ich will es so sehr, dass ich es schaffen werde. Diese Gedanken beruhigen und verstören mich zur gleichen Zeit, so wie Thom Yorkes Musik oder ein Waldspaziergang im Dunkeln. Ich denke über meine eigenen Ängste nach. Ich schätze, dass ich letztlich nur eine Angst habe – so schwach, unbedeutend und wertlos zu sein, dass ich komplett verschwinde. Deshalb schaue ich ständig nach Überwachungskameras, Notausgängen und Polizeirevieren. Ich zahle nur mit Kreditkarte, habe die GPS-Funktion meines Handys immer aktiviert und synchronisiere es mit der iCloud. Wahrscheinlich bin ich die Einzige, die sich tatsächlich darüber freut, dass Google und Facebook uns ständig im Auge behalten.

Status: *ungelesen.*

Von: Nika Lukina
An: Jen Lukina

Sonntag, 21. Juni 2015
19:51
The Enemy – *We'll Live and Die in These Towns*

Ich musste googeln, um einen Song zu finden, der trostlos genug für diesen Ort ist. The Enemy, die Band, stammt tatsächlich aus Coventry, das nur zwanzig Minuten von Notown entfernt liegt.

Sobald der Zug vor der Haltestelle Notown langsamer wurde, wählte ich Hannahs Nummer. Sie ging beinahe sofort dran.

»Hi, Hannah. Hier ist Nika.«

»Hallo! Wie ich sehe, bist du pünktlich, ganz anders als Jen.« Jetzt klang sie wie eine Kettenraucherin. »Ich hole dich am Bahnhof ab.«

»Oh … nein, danke, das ist nicht nötig. Ich gehe zu Fuß. Sag mir einfach, wo wir uns treffen können.«

»Okay, wenn du willst, aber ich muss dich warnen. Die Strecke gehört nicht gerade zu den zehn malerischsten Spaziergängen Großbritanniens. Ich warte auf dich im *Costa Coffee* in der Nähe des Marktplatzes. Es sind ungefähr zwanzig Minuten Fußweg.«

Ich ließ mir von Google den kürzesten Weg anzeigen, verließ den Bahnhof durch die Schiebetür und hielt mich nach links.

Hannah hatte recht – der Anblick war bescheiden. Hinter dem halb leeren Parkplatz begann eine düstere, schmale Straße mit verlassenen Fabrikgebäuden. Die Fenster waren entweder eingeworfen – dann glitzerte ihr zerbrochenes Glas in der Sonne – oder mit »Zu verkaufen«-Schildern zugenagelt. Ich ging weiter und kam an einem ASDA-Supermarkt, einem Arbeiterclub und einer hochschwangeren Frau vorbei, die rauchend an einer Bushaltestelle wartete. Nach weiteren »Zu verkaufen«-Schildern erreichte ich eine Siedlung mit Sozialwohnungen. Sie sind so leicht zu erkennen: winzige dreckige Fenster, Gemeinschaftsbalkone voller Wäscheständer, an denen Kleidung zum Trocknen hängt, geschmacklose Graffitis und der Gestank von Gras und Pisse. Die Dystopie des modernen Großbritanniens – genau die Art Ort, um die ich stets sorgfältig einen Bogen gemacht hatte. Schon jetzt war mir klar, dass mein Bilderbuchleben als Londonerin mir tausendmal lieber war.

Kurz darauf endete die Straße an einem winzigen, völlig sinnlosen Kreisverkehr, und ich näherte mich einer Brücke über einen trüben Kanal, der gerade breit genug war, dass zwei Lastkähne aneinander vorbeifahren konnten. Das gegenüberliegende Ufer wirkte vielversprechender. Viktorianische Reihenhäuser, ein Morrisons-Supermarkt und etwas, das wahrscheinlich der Turm einer Kathedrale war.

Doch das war nicht die Richtung, in die Google mich schickte. Ich folgte dem grünen Pfeil auf meinem Display und kam an einen kleinen Platz mit ein paar Bänken, Rutschen und Schaukeln zwischen öden Sozialbauten. Aus offenen Fenstern starrten mich Frauen mit teigigen Gesichtern, straff gebundenen Pferdeschwänzen und massiven goldenen Ohrringen an. Ich roch Gras und Frittieröl. An einer Hauswand hingen Schilder mit der Aufschrift: »In diesem Bereich hat der Stadtrat von Notown Überwachungskameras zur Vorbeugung und Aufklärung von Straftaten installiert.« Ich zählte vier schwenkbare Kameras – an jeder Seite des Platzes eine. Sie blickten auf die vier Gassen, die auf den Platz mündeten.

Eine kleine Gruppe Zehn- bis Zwölfjähriger, deren Sätze mit »hey« und »echt« gespickt waren, warf mit Steinen auf Bierdosen. Ich ging schneller und bog in eine der Gassen, die mich zu einer schmalen Fußgängerbrücke über den Kanal führte. Auch diese Brücke war großzügig mit Kameras versehen.

Ich überquerte den Morrisons-Parkplatz, ging einen sanft ansteigenden Hügel hinauf und kam am Rathaus, einem Theater und mehreren Bäckereien und Immobilienagenturen vorbei. Ein Stückchen weiter, hinter einem Taxistand, sah ich rote und grüne Marktstände. Der Geruch von fauligem Obst und aufgeheizten Pflastersteinen stieg mir in die Nase. Und dann spürte ich etwas Seltsames, eine Art Déjàvu, auch wenn das nicht möglich war, da ich hier nie zuvor gewesen war. Ich blieb stehen und schaute mich um. So sah deine Welt also aus, *sestra*. Die Rathausuhr schlug fünf. Der Markt schloss für heute – die Händler packten zusammen, und ein paar Kunden machten auf den letzten Drücker noch ein Schnäppchen mit billigen Kirschen und Erdbeeren, die sich nicht bis zum nächsten Tag halten würden. Der *Big Issue*-Verkäufer wünschte allen Passanten einen schönen Tag, während er ihnen die Straßenzeitung entgegenhielt. Die Neonreklame eines Pfandleihers flackerte violett und grün. Eine Gruppe von Rüpeln in einer Eckkneipe feuerte lautstark jemanden auf Sky Sports an. Ich schaute nach links und sah sie – die Bushaltestelle. Das Auge der Kamera starrte direkt auf die Bank. Der Ort, an dem du zuletzt gesehen wurdest. Jedenfalls bis ich vor einigen Tagen das Video entdeckte.

Ich bog nach rechts in eine belebte Fußgängerzone, kam an einem Burger King und einem Phones4You vorbei. Sämtliche Läden waren dabei, zu schließen. Als ich nur noch wenige Schritte vom *Costa Coffee* entfernt war, vibrierte das Telefon in meiner Tasche.

»Hi, Hannah, ich bin buchstäblich …« Sie ließ mich nicht ausreden.

»Nika, ich bin hinter dir.«

Ich drehte mich um und sah eine hochgewachsene Blondine, die mir zuwinkte. Sie lief auf mich zu und umarmte mich. Ihre Haare rochen gut, nach einer teuren Spülung aus dem Friseursalon.

»Ich freue mich so, dich kennenzulernen. Du siehst ihr unglaublich ähnlich!«

»Wirklich?« Da war ich mir nicht so sicher.

»Ehrenwort! Nur dass du größer und femininer wirkst …«

Sie meinte meine Titten. Nur damit du es weißt, Jenja, sie sind größer als deine. Ich lächelte, wir gingen hinein und bestellten zwei Iced Latte.

»Dann also willkommen in Notown, Nika«, sagte Hannah, nachdem wir uns an einen großen Fenstertisch gesetzt hatten. »Und wie gefällt es dir?« Sie wedelte theatralisch mit dem Arm, als wollte sie mir die Aussicht präsentieren.

Ihre Ironie sprach mich auf Anhieb an. Sie machte einen coolen Eindruck.

»Ganz in Ordnung. Aber warum gibt es so viele leer stehende Fabriken?«

»Also, genau deshalb wollte ich dich abholen und dir den Weg durch den verlassenen Teil der Stadt ersparen. Notown war einmal die britische Schuhhauptstadt.«

»Die Schuhhauptstadt?« Ich dachte, ich hätte sie falsch verstanden.

»Ganz genau. Hier wurden achtzig Prozent aller Schuhe in diesem Land hergestellt. Zu der Zeit war das eine völlig andere Stadt! Aber irgendwann haben die Fabrikbesitzer alles nach China verlegt. Billige Arbeitskräfte, du weißt schon. Die einzige Fabrik, die sich hier halten konnte, ist auf extravagantes Schuhwerk spezialisiert, das für tausend Pfund pro Paar in der Regent Street verkauft wird. Jedenfalls ist Notown seitdem eine Art Geisterstadt.« Sie lächelte traurig und wandte den Blick ab. »Aber das alles ist passiert, als ich noch klein war. Ich kenne es eigentlich gar nicht anders.«

Der Himmel über dem Rathaus färbte sich rosa.

»Du suchst also nach ihr?«, sagte sie nach kurzem Schweigen.

Ich zuckte die Schultern. Auf diese Frage hatte ich eigentlich keine Antwort, jedenfalls keine, die ich laut aussprechen wollte.

»Es ist alles so schnell gegangen. Ich hab dieses Video auf Facebook gepostet, und plötzlich sitze ich hier. Danke, dass du bereit bist, mit mir zu reden.« Um die Unruhe in den Griff zu bekommen, die meinen Körper erfasst hatte, legte ich die Hände fest um mein Latte-Glas. »Ich weiß nicht, wonach ich eigentlich suche. Vielleicht will ich bloß mehr über sie erfahren. Glaubst du nicht auch, dass es kein Zufall war, dass du meinen Post entdeckt hast? Dass es vielleicht so sein sollte – dass ich hierherkomme?«

Ich wusste, dass ich Blödsinn redete, aber es war mir egal.

»Zauberei war es jedenfalls nicht. Ein gemeinsamer Bekannter hat dein Video repostet.«

»Natürlich. Ich mein ja nur ...«

»Ich weiß, was du meinst. Du hast das Gefühl, dass sie vielleicht irgendwie nach dir ruft.«

Verblüfft, wie genau sie mich verstanden hatte, nickte ich.

»Du warst ihre beste Freundin?«

»Ja. Wir haben zusammengearbeitet und wir haben zusammengewohnt.« Sie schob sich die blonden Locken hinter die Ohren, und ich bemerkte, wie erschöpft und müde sie wirkte. Wie alt mochte sie sein? Fünfunddreißig? Siebenunddreißig? Selbst mit ihrem gebräunten und geschminkten Gesicht wirkte ihre Haut dünn und rissig.

»Wie habt ihr euch kennengelernt?«

»Bei der Arbeit. Als sie im Pub anfing, konnte ich sie erst nicht ausstehen. Sie träumte immer vor sich hin und klimperte mit ihren langen Wimpern, ehe sie etwas sagte. So, als ob es sie große Anstrengung koste, in die reale Welt zurückzukehren. Ich hielt sie für pseudo, aber das war sie nicht. Was den Musikgeschmack anging, hatten wir eine

Menge gemeinsam. Und wie du weißt, bedeutet das eine Menge, wenn man jung ist. Also haben wir uns angefreundet.«

Mein Gehirn ließ mich total im Stich. Mir war klar, dass ich ihr Fragen stellen sollte, möglichst bedeutsame, aber mir fiel nichts ein. Warum war ich sonst in dieses Kaff gefahren? Etwa nur, um mit ihr über deinen Musikgeschmack zu plaudern?

»Du hast gesagt, dass du immer noch Sachen von ihr hast.«

»Ja, sic liegen im Auto.«

Wir verstummten beide, jede in ihrer eigenen Welt, jede mit einem eigenen Bild von dir.

»Hannah«, sagte ich schließlich. »Weißt du, was mit ihr passiert ist?«

Sie rührte in ihrem Getränk, und plötzlich lag ein Ausdruck von Reue in ihrem Blick.

»Ich hab der Polizei vor acht Jahren alles gesagt, was ich wusste. Sie hatte vor, Notown den Sommer über zu verlassen, zusammen mit ihren neuen Freunden, diesen Amerikanern.«

Ich spürte eine Welle von Schmerz in meinen Schläfen anschwellen und wieder verebben. *Bitte mach mir keine Hoffnung,* dachte ich und versuchte, ihrem Blick auszuweichen. Hoffnung ist das Schlimmste auf der Welt.

»Das ist wirklich eigenartig«, sagte ich laut. »Uns gegenüber hat sie keine Pläne und auch keine amerikanischen Freunde erwähnt. Sie hat gesagt, sie wolle uns im August besuchen.«

Hannah zuckte die Achseln.

»Vielleicht war es ein Geheimnis. Jen liebte Geheimnisse.« Sie nippte an ihrem Kaffee und fuhr sich mit der

Zunge über die Lippen. »Vielleicht wollte sie mit ihren Kumpels durch Europa reisen und euch anschließend besuchen. Bei ihr konnte man sich nie sicher sein. Aber wir haben oft über ihre Reisepläne gesprochen.«

»Hast du diese Amerikaner kennengelernt?«

»Ich hab keinen von ihnen je getroffen.«

»Aber der Polizei hast du von ihnen erzählt?«

»Natürlich. Ich hab alles getan, um zu helfen.«

»Wusstest du, dass sie nach Glastonbury wollte?«

»Wirklich, wollte sie das?«

»Dort wurde das Video aufgenommen, das ich gepostet hab.«

»Ach so.« Sie fuhr sich über die Stirn. »Das hat sie mir gegenüber nie erwähnt.«

»Aber du behauptest, dass du ihre beste Freundin bist?« Ich spürte, dass irgendwo tief in meinem Bauch Ärger und Frustration hochkochten. Sie war wie diese blöden Ziegen, die mich in die Studentenbar geschleppt hatten. Sie hat sich nicht die Bohne für dich interessiert, *sestra*. Doch egal, wie sauer ich war, ich musste nett sein, wenn ich etwas von ihr erfahren wollte.

Hannahs Miene wirkte angespannt.

»Okay, wenn du es unbedingt wissen willst: Wir haben uns einige Wochen vor ihrem Verschwinden verkracht. Sie hat nicht mehr richtig mit mir geredet.«

»Weshalb?«

»Ich weiß nicht, ob ich das sagen sollte.« Sie warf mir einen Blick zu, den ich nicht deuten konnte.

»Erzähl es mir, Hannah. Ich will es wissen. Ich muss es wissen.«

Wieder rieb sie sich über das Gesicht.

»Sie hatte Probleme.«

»Was für Probleme?«

Sie zögerte.

»Hannah, bitte. Was für Probleme?«

»Psychische Probleme«, sagte sie schließlich und wandte gleich darauf den Blick ab.

»Was?«

»Na ja, sie war so ein emotionaler Mensch ... Sie hing in einer Endlosschleife zwischen Freude und Schmerz fest. Manchmal war sie ohne erkennbaren Grund richtig schlecht drauf. Dann schloss sie sich in ihrem Zimmer ein, hörte wieder und wieder denselben Song und rauchte am Fenster Kette. Ihretwegen musste ich den Rauchmelder ausschalten.«

Was sie sagte, ergab für mich keinen Sinn. Es klang nicht nach dir. Du warst immer so fröhlich und vergnügt.

»Wirklich?«

»Ja. Ich hab versucht, mit ihr zu reden, aber sie wollte nicht. Sie sagte immer wieder, dass ich mir nicht vorstellen könnte, was sie durchmachte. Und dass sie mal raus aus dieser Stadt müsse. Deshalb wollte sie auf Rucksacktour mit diesen Leuten gehen, den Amerikanern.«

»Hat sie Namen genannt?«

»Ich weiß nicht mehr, vielleicht. Aber das ist so lange her.«

»Hat sie mal erwähnt, wie sie die Amerikaner kennengelernt hat?«

»Online. Sie hat sie auf Facebook kennengelernt.«

Nein. Nein nein nein nein nein.

»Und das hast du auch der Polizei alles erzählt?«

»Wahrscheinlich sogar noch mehr als dir jetzt, weil meine Erinnerungen damals noch frisch waren.« Sie setzte ein entschuldigendes Lächeln auf und biss sich auf die Unterlippe.

»Sie hat also gesagt, du sollst sie in Ruhe lassen, und das hast du einfach … akzeptiert?«

»Irgendwie schon. Es tut mir so leid, Nika. Wer hätte das alles denn ahnen können?«

Sie hatte recht. Ich hatte keinen Grund, jetzt wütend zu sein.

»Hatte sie einen Freund?«

»Nichts Ernsthaftes. Sie mochte ihre Freiheit.«

»Ich hab Fotos von ihr in deinen Facebook-Alben gefunden – da war ein gruseliger alter Mann zu sehen, der sie umarmte. Kennst du ihn?«

Sie warf mir einen verblüfften Blick zu, also zeigte ich ihr das Foto. Zum Glück hatte ich es auf mein iPhone kopiert. »Der hier?« Mit ihrem schick manikürten Fingernagel deutete sie auf den alten Mann. »Das ist Alister, der Geschäftsführer des Pubs.«

»Standen sie sich nahe?«

»Wir standen uns alle nahe wie eine Familie. Ali war ein wunderbarer Typ. Er kümmerte sich um alle seine Bardamen. Aber nicht auf unangemessene Art, falls du darauf hinauswillst.«

»War?«

»Er starb vor einigen Jahren, hat sich aufgehängt. Es war so tragisch.«

Hannah blickte zur Uhr, und ich begriff, dass es Zeit zum Aufbruch war. Alles, was ich von ihr erfahren hatte, deutete in dieselbe Richtung und rief ein Gefühl in mir hervor, das ich nicht mochte.

»Also, hab ich dich richtig verstanden: Ihr wart beste Freundinnen und habt euch dann auseinandergelebt. Sie hat dich weggestoßen und sich lieber in ihr Zimmer eingeschlossen, um online mit Leuten zu chatten. Du hast keine

Ahnung, was in den Wochen vor ihrem Verschwinden mit ihr los war, und du wusstest auch nichts von ihrem Plan, nach Glastonbury zu fahren. Wo sie übrigens inoffiziell reingekommen sein muss, weil sie kein Ticket gekauft hatte. Darüber weißt du nichts, stimmt's?«

Sie nickte.

»Hast du sie als vermisst gemeldet?«

Hannah schüttelte den Kopf.

»Das dachte ich mir. Meine Mum hat es nämlich getan.«

Wieder spürte ich Zorn in mir aufwallen. Meine Wangen glühten.

»Es tut mir so leid, Nika!« Hannahs Augen wurden feucht. »Ich hab sie sehr gerngehabt, sie war wirklich meine beste Freundin. Ich hab damals einfach gehofft, dass sie über das, was sie gerade durchmacht, hinwegkommt und wieder normal wird. Es tut mir so leid, dass ich sie im Stich gelassen hab. Ich dachte, sie wäre einfach für eine Weile verreist. Was wahrscheinlich auch stimmte.«

Um mich abzukühlen, atmete ich tief durch.

»Nein, Hannah. So kann es nicht gewesen sein. Es ist nirgends dokumentiert, dass sie das Land je verlassen hätte.«

»Sie könnte illegal ausgereist sein. So schwer kann das nicht sein, man sieht es doch ständig im Fernsehen – all diese illegalen Einwanderer.«

Man hört auch ständig, dass Leute von Menschenhändlern entführt werden, dachte ich. Aber ich sprach es nicht laut aus. Ich schloss die Augen und zählte bis zehn. Meine Wut verebbte.

»Glaubst du, sie könnte noch am Leben sein?«, fragte ich ruhiger.

»Vielleicht will sie ja nicht gefunden werden«, antwortete Hannah. Doch im selben Moment wusste ich, dass wir beide dasselbe Gefühl hatten – dass diese Vermutung nicht zutraf.

Hannahs Telefon klingelte. Sie stellte es stumm und legte es in ihre Handtasche. Ich bemerkte, dass die Barista den Boden wischte. Wir waren die letzten Gäste. Es war Zeit zu gehen.

»Soll ich dich mitnehmen?«

Ich schüttelte den Kopf.

»Na, dann begleite mich wenigstens noch zum Auto. Ich geb dir ihre Sachen.«

»Okay.«

Wir betraten eine schmutzige Gasse, und Hannah blieb vor einem schwarzen Land Rover stehen.

»Wie hieß der Pub, in dem ihr gearbeitet habt?«

»*The Queen's Head.*«

»Was für ein entsetzlicher Name für einen Ort, wo man Spaß hat!«

»Wieso? Das ist ein typischer Name für ein Pub – warst du nie im *Shakespeare's Head* in London?«

»So hab ich das nie betrachtet.«

Sie zuckte die Schultern und griff nach ihrem Autoschlüssel.

»Hör mal, ich weiß, dass du mich für ein herzloses Miststück hältst. Aber das bin ich nicht. Ich wollte ihr helfen und ihr sagen, dass das, was sie machte, nicht richtig war. Aber sie hörte nicht auf mich. Ich weiß, ich hätte mir mehr Mühe geben sollen. Und ich kann mir nicht mal vorstellen, was eure Familie im Lauf der Jahre durchgemacht hat. Aber schau dich um! Würdest du nicht auch von hier weglaufen und nie zurückkommen wollen? Ich meine, ich würde es tun, wenn ich könnte.«

Ihr letzter Satz hing zwischen uns. Ich blickte auf ihre

Haare, ihre Kleidung und ihr Auto. Sie war nett und schien reich zu sein. Als gebrochene Person kam sie jedenfalls nicht rüber. Was also meinte sie damit?

»Ich begreife nur nicht, warum sie nicht mehr nach Hause gekommen ist«, bemerkte ich leise.

»Das kann ich dir nicht sagen. Sie sprach selten über ihr Zuhause.«

Hannah öffnete den Kofferraum und nahm einen mit Klebeband umwickelten Schuhkarton heraus.

»Ist das alles?« Irgendwie hatte ich zumindest mit einem prall gefüllten Koffer gerechnet.

»Es gab noch einiges mehr, aber ich bin in den letzten zehn Jahren häufig umgezogen. Das meiste von ihren Sachen habe ich bei Hilfsorganisationen abgegeben.«

»Oh.« Ich nahm den Karton und schüttelte ihn. Innen klimperte etwas.

»Also gut, danke für alles, Hannah.« Ich streckte ihr die Hand hin, doch sie nahm mich noch einmal in die Arme, fest und warm. Sie roch nach Geld, es war derselbe Geruch wie bei Papas neuer Frau.

Schließlich ließ sie mich los, schaute mir in die Augen und sagte: »Du siehst ihr so ähnlich, es ist Wahnsinn.«

Ich lächelte nur.

»Ruf mich an, wenn du etwas herausfindest«, sagte sie und stieg ins Auto. Ich hatte den Eindruck, sie meinte es ernst.

»Hannah, warte!« Ich klopfte an ihre Scheibe. Sie ließ sie hinuntergleiten.

»Was ist los? Soll ich dich doch mitnehmen?«

»Nein. Mir ist nur gerade noch etwas eingefallen. Es geht um ihr Kleid, das blassblaue. War es in ihrem Zimmer, als du ihre Sachen zusammengepackt hast?«

Sie kratzte sich mit ihren langen, spitzen Fingernägeln am Hinterkopf.

»Ich glaube nicht, nein. Aber wie gesagt, Nika, es ist ziemlich lange her.«

»Klar, das verstehe ich. Danke, Hannah.«

»Kein Problem, Schätzchen.«

Ich schaute ihr nach und konnte nicht aufhören, an dein Kleid zu denken.

Status: *ungelesen.*

Von: Nika Lukina
An: Jen Lukina

Sonntag, 21. Juni 2015
20:14
The Specials – *Ghost Town*

Sämtliche Kleinstädte haben eines gemeinsam: sonntags nach 19 Uhr verwandeln sie sich in verlassene Filmkulissen. Dann sind sie völlig ausgestorben, als wäre Christus am Jüngsten Tag erschienen und hätte nur die Trinker, Sünder und Aliens wie mich auf der Straße zurückgelassen.

Schnell breitete sich die Dunkelheit über die Geisterstadt. Der Wind nahm zu. Ich spürte den ersten Regentropfen auf meiner Wange, gerade als ich an einem leeren Pub vorbeiging. Draußen liefen ein paar Assis herum und rauchten, die letzten Zuschauer eines großen Sportspektakels, das im Pub übertragen worden war. Ich nahm denselben Weg zum Bahnhof, auf dem ich gekommen war. Meine Schritte hallten ein wenig, als ich den Hügel hinab Richtung Kanal ging. Ich zog meinen Hoodie über und rief Papa an. In Sankt Petersburg war es 23 Uhr, früh genug für Papa, der um diese Zeit normalerweise noch auf war. Ich wollte gerade wieder auflegen, als ich doch noch seine Stimme hörte. Er klang weit weg.

»Alles in Ordnung mit dir, Nika-*dotschka?*«, war das Erste, was er sagte. Nun ja, dachte ich mit einer Spur von Bitterkeit, immerhin hatte das Leben ihn gelehrt, das Wohlergehen seiner Töchter nicht für selbstverständlich zu halten.

»*Da*, Papa. Es geht mir gut. Und dir?«

»Nika, was ist los? Wir sind auf der Bootsfahrt, erinnerst du dich? Die Verbindung ist schlecht.«

Oh, klar! Ich schlug mir mit der Handfläche gegen die Stirn. Sie waren im Urlaub. Er hatte zwar seine Familie ausgewechselt, aber nichts an seiner Gewohnheit geändert, jedes Jahr Ende Juni eine Segeltour zu machen.

»*Dotschka?*«

»Alles in Ordnung, Papa. Ich wollte dir nur etwas sagen. Ich … Ich hab im Internet dieses Video gefunden. Jenja ist darin zu sehen.«

»Mein Gott! Ist es ein Porno?«

»Was? Papa! Nein … natürlich nicht!«

»Dann hat man sie also gefunden?«, fragte er nach einer langen Pause. Ich fragte mich, ob es in seiner Welt schlimmer war, eine Tochter zu haben, die in Pornofilmen auftritt, als eine tote Tochter.

»Nein, noch nicht. Aber vielleicht wird man sie jetzt finden. Das Video wurde an dem Tag gemacht, als sie Notown verlassen hat. Ich weiß jetzt, wo sie hingefahren ist. Auf ein Musikfestival namens Glastonbury.«

Der Anruf war eindeutig ein Fehler gewesen.

»Papa?« Am anderen Ende herrschte Totenstille.

»Ich bin hier. Ich sehe nur keinen Grund zur Aufregung,

Nika. Okay, sie war also bei einem Musikfestival. Sie besuchte ständig Musikfestivals. Ich dachte, es ginge um etwas … Reales.«

»Aber das tut es doch, Papa. Was ist, wenn jemand weiß, wohin sie nach dem Festival gefahren ist?«

»Nika, wir wissen doch schon, dass sie wahrscheinlich den Tunnel nach Frankreich genommen hat.«

»Aber wenn nun …«

»Nika, *dotschka*, überlass das der Polizei. Das ist ihre Aufgabe, nicht deine. Steigere dich nicht in irgendwas rein und mach vor allem nichts Dummes. Denk daran, wie viele Leute behauptet haben, sie gesehen zu haben – und jedes Mal stellte es sich am Ende als falsch heraus. Ich schaue mir dieses Video an, sobald wir zurück in Russland sind. Dann reden wir darüber. Aber bitte, mach keine Dummheiten, okay?«

Sosehr ich ihn in diesem Moment hasste, wusste ich doch, dass er recht hatte. Ich erinnerte mich, dass all die Mails und Anrufe von Leuten, die behaupteten, dich gesehen zu haben, uns letztlich nur das Herz brachen. Meins und Mamas. Bei Papa bin ich nicht so sicher. Vielleicht sollte ich einfach aufgeben. Vielleicht war die junge Frau in dem Video ja doch jemand anderes.

»Willst du sie denn nicht finden, Papa?«

»Doch. Natürlich will ich das.«

»Ich dachte bloß, ich …«

»Was immer du vorhast – lass es bleiben. Warte, bis ich zurück bin, dann können wir uns in Ruhe unterhalten. Und sei bis dahin vorsichtig, okay?«

»*Da*, Papa.«

»Na also, das ist meine brave *dotschka*. Ich muss jetzt auflegen. *Do swidanija*.«

»Bis dann, Papa.«

Er legte als Erster auf.

Papa hasst es, mit mir über dich zu sprechen. Ich glaube, er zieht es vor, so zu tun, als hätte es dich nie gegeben. Irgendwo hab ich gelesen, dass Verdrängung eine einfache Möglichkeit ist, über einen Verlust hinwegzukommen. Leider muss ich zugeben, dass ich dich in den letzten Jahren auch verdrängt hatte. Ausgefüllt von diesem unbequemen Gedanken drückte ich automatisch den Knopf an der Ampel gleich am Morrisons-Parkplatz. Wahrscheinlich war ich zu stark abgelenkt, sonst hätte ich die Schritte früher bemerkt. Sie kamen von hinten. Ich drehte mich um. Die Schritte verstummten. Nicht weit entfernt, noch in der Biegung der Straße, bewegten sich zwei Schatten. Ich wartete einen Moment ab. Langsam tauchten zwei Gestalten auf. Männer in dunkler Kleidung. Wir beäugten uns gegenseitig durch den Regen hindurch. Niemand rührte sich. Dann schaltete die Ampel auf Grün, und ich ging abrupt los, rannte beinahe über die Straße. Ich warf einen Blick zurück – sie folgten mir. Einer von ihnen hielt etwas in der Hand. Einen Schirm? Als sie an einer Laterne vorbeikamen, konnte ich sehen, dass es ein Baseballschläger war. Ihre Schritte näherten sich. Die Männer liefen nicht, gingen aber zügig. Mein Gesicht und meine Hände waren nass vom Regen. Ich versuchte, über Siri die Polizei zu rufen, doch es funktionierte nicht. Der Boden war glitschig, und ich hatte Angst, den Schuhkarton fallen zu lassen, wenn ich das Telefon in beide Hände nehmen würde. Sie kamen näher und näher. Ich lief schneller und stolperte über eine Fahrbahnschwelle. Ein scharfer Schmerz schoss in mein Sprunggelenk. Dann spürte ich es. Etwas traf mich am Hinterkopf. Nicht allzu fest, aber ich hörte ein Knacken. Unwillkürlich griff ich mir an den Hinterkopf und spürte etwas Zähflüssiges, Warmes. Blut! Nein, es war nur ein Ei – sie hatten ein Ei nach mir geworfen. Ich drehte mich um. Sie waren nur noch wenige Schritte hinter mir und hätten mich problemlos schnappen können, wenn sie es gewollt hätten. Sie blieben stehen und grinsten, starrten in mein panisches Gesicht. Der Typ mit dem Schläger wirbelte ihn durch die Luft. Ich schrie. Der andere bewarf mich wieder mit einem Ei, doch diesmal war ich schnell genug, um ihm auszuweichen. Mit einem scharfen, leisen Knacken landete es auf dem Boden.

So schnell ich konnte, rannte ich Richtung Fußgängerbrücke und Sozialsiedlung. Ich hatte eine Idee. Mein Gehirn widersprach, hielt sie für zu riskant, aber zum Teufel, wenigstens hatte ich so einen Plan, was ich unternehmen und in welche Richtung ich rennen musste. Ich sah das Hinweisschild auf die Kameras auf der Brücke. Vielleicht war die Idee tatsächlich schlecht, vielleicht auch nicht ... So schnell mein angeknackster Knöchel es zuließ, lief ich auf den Platz zu. Ich glaube, die Schlägertypen waren überrascht, dass ich mich hier auskannte. Sie setzten ihre Verfolgung fort.

Mitten auf dem Platz blieb ich stehen, voller Schmerzen und außer Atem. Langsam kamen sie näher. Ich will dir nichts vormachen: Ich wusste nicht mal, was ich damit bezweckte. Keine Ahnung, woher die verrückte Idee gekommen war, vielleicht aus einer dieser spätabendlichen True-Crime-Sendungen. Aber eine andere Möglichkeit fiel mir nun mal nicht ein, schon weil ich nicht mehr lange hätte weiterlaufen können. Ich griff in den Mülleimer neben einer Bank und zog eine Glasflasche heraus. Ich schleuderte die Flasche auf den Boden. Der Aufprall hallte über den ganzen Platz, als würde sein Echo von den Hauswänden zurückgeworfen. Der Lärm schien einen Schutzschild um mich herum zu errichten.

Ich sah mich um – es hatte funktioniert. Alle vier Kameras waren in Bewegung und fokussierten auf die Mitte des Platzes. In diesem Moment traten die Schläger ins Licht der einsamen Straßenlaterne, das ihre Gesichter in Orange tauchte. Also hatte ich recht gehabt! Die Kameras waren so programmiert, dass sie auf das Klirren von zerbrechendem Glas reagierten. Wahrscheinlich war die Polizei schon unterwegs.

»Bleibt bloß weg von mir!«, brüllte ich. »Und lächelt in die Kameras, ihr Idioten! Hilfe! Feuer! Terroristen! Bombe! Vergewaltigung! Mord!« Ich spürte, wie ich vor Wut und Angst am ganzen Körper zitterte. »Das Viertel hier ist gefährlich, Jungs, die Bullen sind jeden Moment hier!«

Die Häuser erwachten zum Leben. Ich hörte Leute aus offenen Fenstern rufen und fluchen. Mir war es egal. Ich war in Sicherheit. Und das in der gefährlichsten Gegend, die ich je betreten hatte. Ich triumphierte. Die Schläger starrten mich an. Ihre schwachsinnigen Gesichter ließen keine Regung erkennen. Beide trugen schwarze Hoodies und Baseballkappen.

»Was wollt ihr von mir?«, brüllte ich.

»Verpiss dich aus diesem Land, du dreckige kleine Immigrantennutte«, nuschelte einer der beiden. »Hörst du mich? Du blöde Fotze! Verstehst du, was ich sage?«

Ich hörte die Sirenen, doch die beiden wirkten nicht beunruhigt.

»Ob du mich gehört hast, verdammt?«

Ich nickte. Die Sirenen kamen mit jeder Sekunde näher. Die Typen warfen mir noch einen langen, bösartigen Blick zu und verschwanden dann in die Dunkelheit der nächsten Gasse.

Status: *ungelesen.*

Von: Nika Lukina
An: Jen Lukina

Sonntag, 21. Juni 2015
22:34
The Clash – *Should I Stay or Should I Go*

Etwa eine Viertelstunde später saß ich auf einer Bank im muffigen Bahnhof. Erst jetzt schwappte endlich die kalte Welle des Adrenalins über mich hinweg. Mein Körper macht mir dieses Geschenk – er warnt mich vor, ein paar Minuten bevor Angst und Verzweiflung richtig zuschlagen und ich zu kotzen und mir die Augen auszuheulen beginne. Ich schloss mich auf der Toilette ein, wo es nach Urin stank, spritzte mir eiskaltes Wasser ins Gesicht und wusch das Ei aus meinem Haar.

Wahrscheinlich war es folgendermaßen gelaufen: Ich war an diesem Pub an der Ecke vorbeigelaufen, vor dem die Raucher standen. Zwei dieser Assis hörten mich auf Russisch telefonieren. Von einem Dutzend Pints Stella befeuert, beschlossen die Wichser, mir eine kostenlose Nachhilfestunde in Sachen Migration zu geben und damit ihr Wochenende zu krönen. Faschistenschweine! Jenja, warum hat es dir in dieser Stadt so gut gefallen? Was war hier so besonders?

Ich kehrte zu meiner Bank zurück und nahm den Schuhkarton aus meinem Rucksack. Ich konnte es kaum abwarten, ihn zu öffnen, doch er war so gründlich zugeklebt, dass ich eine Schere brauchte. Und die hatte ich natürlich nicht dabei.

Alles, was Hannah mir erzählt hatte … Ein Teil von mir kann sich sogar vorstellen, dass du mit einem Haufen Hippies abgehauen bist und jetzt glücklich irgendwo in Kalifornien lebst – dass du Gras rauchst, surfst und Bioauberginen anbaust. Dort auf der Bahnhofsbank konnte ich es mir *ganz* deutlich ausmalen.

Das Summen des Telefons in meiner Tasche brachte mich in die Realität zurück. Wieder eine Freundschaftsanfrage, diesmal von einer Megan Green. Ein dünnes schwarzes Mädchen mit Pilotenbrille. Ich akzeptierte, obwohl es sich wahrscheinlich um Spam handelte. Laut Profilinfo war sie alleinstehend und wohnte in Notown. Ein paar Minuten später erhielt ich eine Message: »Hi, Nika. Ich bin Meg, Jens beste Freundin.«

Interessant. Schon wieder eine deiner besten Freundinnen, *sestra*? Ich schaute mir die Liste ihrer Freunde an – weder Hannah noch du tauchen darauf auf. Fotos von euch gibt es auch keine.

»Hi.«

Ich sah, dass sie etwas tippte. Dann hielt sie inne. Schließlich erschien ein Smiley auf dem Display. Toll, ein Smiley, was für ein vielversprechender Start.

Eine leise Stimme in meinem Kopf, die sich gesunder Menschenverstand nannte, empfahl mir, den Kontakt gleich wieder zu löschen. Wahrscheinlich hatte sich jemand bloß eine falsche Identität zugelegt und versuchte, mich übers Ohr zu hauen. Vielleicht wollte sie Geld für irgendwelche Informationen abzocken. Sie könnte sogar mit den Leuten in Verbindung stehen, die dir etwas angetan haben.

Die nächste Message lautete: »Wollen wir uns treffen?«

»Versteh mich bitte nicht falsch, aber ich hab keine Ahnung, ob du die Wahrheit sagst. Ich meine, ob du die bist, für die du dich ausgibst. Ich bin kurz davor, dich einfach zu blocken.«

»Wow. Das ist krass. Aber schätze, ich kapiere, mit wem du vorher schon gesprochen hast. Warte einen Augenblick.«

Ich wartete.

Schließlich öffnete sich ein Bild auf meinem Display. Ein uraltes Selfie, verschwommen und überbelichtet, aber immerhin deutlich genug, dass ich dein Gesicht erkennen konnte. Und neben dir ein lächelndes, langhaariges Mädchen, um dessen Schultern du den Arm gelegt hast. Ich sah gleich, wo es aufgenommen worden war – in demselben Garten, in dem auch mein Lieblingsfoto von dir gemacht wurde, das ich für meinen Post benutzt hab.

»Du hast also ein altes Foto von meiner Schwester. Na und?«

»Ich bin auch auf dem Bild. Das bin ich, neben ihr.«

Ich schaute genauer hin. Das Mädchen auf der Aufnahme wirkte jung und glücklich. Auf Megs Profilfoto sah man ihre schlechte Haut, und sie lächelte kein bisschen.

»Das bin ich vor acht Jahren. Hab ich deinen Test bestanden?«

»Ich glaube schon.«

Sicher war ich immer noch nicht. Aber es konnte wohl nicht schaden, wenn ich sie bei Tageslicht an einem öffentlichen Ort traf.

»Wo bist du?«

»Ich bin auch in Notown, etwa acht Kilometer von dir entfernt.«

Ich fluchte leise und deaktivierte »Standort teilen« in meinem Messenger.

»Eigentlich wollte ich die Stadt gerade verlassen.«

»Bleib hier. Heute Abend hab ich zu tun, aber wir können uns morgen in der Stadt treffen.«

»Was soll das heißen, morgen? Ich muss nach Hause, ich hab nichts zum Übernachten«, tippte ich, löschte dann aber alles. Sie wollte, dass ich hierblieb, an dem Ort, wo ich eben erst von irgendwelchen eierwerfenden Rowdys angegriffen worden war. Dass ich hierblieb, statt einen heißen Kakao zu trinken und durchs Fenster in die Dunkelheit zu starren, bis der Zug in Euston hielt. Und dass ich mich in eine potenziell gefährliche Situation brachte, trotz des Versprechens, das ich Papa vor gerade mal einer Stunde gegeben hatte. Die ängstliche Seite in mir sagte Nein. Das Opfer in mir schrie, ich solle so schnell wie möglich von hier verschwinden. Aber ich wollte weder auf die Angst noch auf das Opfer hören. Ich wollte hier übernachten. Ja, verdammt. Und ich konnte dieser Meg nur raten, mir etwas wirklich Interessantes zu erzählen.

»Wann morgen?«

»Zwölf Uhr mittags.«

»Okay. Im *Costa Coffee*, der Filiale am Marktplatz, um zwölf.«

»LOL – eine andere Filiale haben wir eh nicht.«

Sie ging offline. Ich sah, wie mein Zug kam und wieder abfuhr. Plötzlich spürte ich, wie hungrig ich war. Seit dem Frühstück hatte ich nichts mehr gegessen. Ich wog meine Möglichkeiten ab. Dann kam mir ein Geistesblitz – ich würde deinem Pub einen Besuch abstatten.

Ich erinnerte mich wieder an den Moment, als Papa erfuhr, dass du hinter der Theke in einem Pub arbeitest. Er war wütend, schrie Mama an und brüllte alle möglichen schlimmen Dinge über dich. Vielleicht würde es ja nicht schaden, wenn ich noch ein wenig die Detektivin spielte und mehr über die Welt erfuhr, in der du gelebt hast.

Ich verließ den Bahnhof und winkte ein Taxi heran. Erst als ich hinten eingestiegen war und die Ohrhörer eingesteckt hatte, wurde mir klar, dass ich mit zwei wichtigen Grundsätzen gebrochen hatte: Ich hatte das Taxi nicht über Uber bestellt und am Bahnhof nicht in die Überwachungskamera geschaut. Stattdessen war ich mit hochgezogener Kapuze daran vorbeigelaufen, das unbenutzte Rückfahrtticket in der Tasche. Nur deine sonderbare selbst ernannte Freundin wusste, dass ich über Nacht bleiben würde.

Das Taxi, ein Mini-Cab, stank nach Curry und Zigaretten. Ich machte es mir auf dem Rücksitz bequem und sah die Geisterstadt draußen vorbeihuschen. Der Fahrer kannte sich aus, und es stellte sich heraus, dass der Pub, in dem du gearbeitet hast, nur zehn Minuten entfernt lag. Der Wagen hielt vor einem zweigeschossigen Gebäude, das irgendwie mittelalterlich wirkte. Rechts daneben befand sich eine lange, dunkle Gasse, links ein anderer Pub, der scheinbar dichtgemacht hatte. Auf der gegenüberliegenden Straßenseite lag ein Park, der – soweit ich es in der Dunkelheit ausmachen konnte – riesig wirkte. Ich bezahlte den Fahrer und stieg aus. Über der großen, hölzernen Eingangstür hingen riesige, schmutzig goldene Lettern: *The Queen's Head*. Ein Schild mit einer gemein aussehenden, rothaarigen Frau mit einem großen, weißen, runden Kragen schaukelte leise quietschend im Wind. Ich drückte die Stirn gegen eines der Fenster, schirmte meine Augen vor der Straßenbeleuchtung ab und warf einen Blick hinein. Der Pub war geöffnet. Es gab nicht viele Gäste, aber genügend, um den Schankraum anheimelnd wirken zu lassen. Über der Bar leuchtete gedämpftes, rötliches Licht. Ich bemerkte einen dünnen

Barkeeper, der die Reste aus zwei Wodkaflaschen in eine dritte goss. Ich zog am Türgriff und trat ein.

Status: *ungelesen.*

Von: Nika Lukina
An: Jen Lukina

Sonntag, 21. Juni 2015
22:44
The Smiths – *Back to the Old House*

Zum zweiten Mal am Tag verspürte ich einen Anflug von Déjà-vu. Das Gefühl war beinahe so stark und überwältigend wie der Biergeruch, der aus dem uralten Teppich mit Blumenmuster hochstieg.

»Alles klar?«, fragte der Barkeeper fröhlich, als ich den Raum durchquerte und auf den Tresen zuging. Er war groß und rothaarig, etwa in meinem Alter, und hatte freundliche Augen.

Ich nickte und setzte mich auf einen hohen Barhocker. Innen wirkte der Pub größer und ziemlich alt. Unter der hohen Decke befanden sich hölzerne Trägerbalken, und die ungleichmäßig dunkelrot gestrichenen Wände zierten alte Fotos und gerahmte Zeitungsausschnitte. Ich sah mir einige Fotos genauer an – sie zeigten Notown in glanzvolleren Tagen. Auf einem war eine festliche Menge auf dem Marktplatz zu sehen, auf einem anderen die feierliche Eröffnung eines Einkaufszentrums. Daneben hing ein alter Artikel aus dem *Notown Chronicle and Echo:* »Pub aus Notown auf der Liste der hundert wichtigsten britischen Spukhäuser.« Ein Artikel aus neuerer Zeit verkündete: »*The Queen's*

Head feiert 350. Geburtstag – Eigentümer Alister Whittle kündigt an: ›Freibier für alle.‹« Dieser Pub, in dem du gearbeitet hast, Jen, war tatsächlich älter als unsere Heimatstadt Sankt Petersburg.

»Kann ich noch etwas zu essen bestellen?«, fragte ich, nachdem ich mir die Tafel mit Tagesgerichten über der Theke angeschaut hatte.

»Augenblick.« Der Barkeeper drehte sich um und rief: »Hey, Stuart, hat die Küche noch geöffnet?«

Eine hochgewachsene, weiß gekleidete Gestalt trat durch die Tür. Er trocknete sich mit einem Papiertuch die stark tätowierten Hände ab.

»Wer will das wissen?«, fragte er langsam.

Als ich in sein Gesicht schaute, klappte mir die Kinnlade herunter. Er und der Barkeeper waren eineiige Zwillinge. Nur dass das Kinn des Küchenchefs statt eines Barts nur kurze, spitze Stoppeln zierten.

Die Brüder tauschten Blicke aus und brachen in prustendes Gelächter aus wie zwei bekiffte Teenager. Was vermutlich zumindest teilweise stimmte, wenn ich so darüber nachdenke.

»Du musst schon entschuldigen«, sagte der Barkeeper, nachdem er sich mit dem Kragen seines schwarzen T-Shirts die Augen getrocknet hatte. »Aber du hättest dein Gesicht sehen sollen! Einfach unbezahlbar! Als hättest du ein Gespenst gesehen. Übrigens, ich bin Nick, und dieser hässliche Sack ist mein Bruder Stu.«

»Sehr erfreut«, sagte ich mit einem Lächeln, das unbeeindruckt wirken sollte. »Also, wie sieht's mit dem Essen aus?«

»Na ja …« Stu runzelte leicht die Stirn. »Es ist nach neun, ich hab dahinten schon alles sauber gemacht. Aber du kannst gern ein Sandwich oder einen Nachtisch bestellen, wenn das für dich okay ist.«

Er hatte recht, es war elf Minuten nach neun.

»Könnte ich ein Club-Sandwich auf Schwarzbrot und ein Stück Bramley Apple Pie bekommen?«, sagte ich nach einem Blick in die Karte. »Und eine Tasse Tee. Ihr habt doch Tee, oder?«

»Hmmm … Tee … lass mal sehen, ob das Haltbarkeitsdatum nicht überschritten ist.« Nick lachte leise über seinen eigenen Witz.

»Danke«, sagte ich und schenkte Stu ein Lächeln. »Ich setze mich ans Fenster.«

Stu verschwand in der Küche. Mit meinem Tee verzog ich mich an einen kleinen Ecktisch und wartete auf das Essen. Langsam war es Zeit, sich Gedanken über einen Schlafplatz zu machen. Ich nippte am Tee, der wahnsinnig gut schmeckte, nahm mein Telefon und öffnete TripAdvisor. Viel Auswahl gab es nicht – eine Filiale einer überteuerten Hotelkette, ein paar zweifelhafte B&Bs und noch ein Hotel, das ebenfalls zu einer Kette gehörte und zehn Kilometer entfernt lag. Nick brachte mein Essen, das Bilderbuchexemplar eines doppelstöckigen Sandwichs.

»Für das hungrige Mädchen. Hoffentlich erholt sich dein Sinn für Humor damit«, sagte er mit einem Zwinkern.

»Du bist Nick, oder?«

»Ja, und der hässliche Zwilling heißt Stu. Willst du uns zu deinen Facebook-Freunden hinzufügen, oder was?«

»Lass mich erst euer Essen probieren.« Ich lächelte. »Ich heiße übrigens Nika. Und ich brauche einen Rat.«

Er setzte sich neben mich und schüttelte meine ausgestreckte Hand.

»Ich geb dir einen Rat, wenn du mir einen gibst«, sagte

er lachend. »Nika, das ist ein seltsamer Name. Wie schreibt man ihn? Wie Nike, nur hinten mit einem ›a‹? Woher kommst du? Ich höre ja, dass du einen Akzent hast, aber ich kann ihn nicht einordnen.«

»Ich bin Russin.«

»Echt? Dann bist du eine *russki.*« Er klang ein wenig enttäuscht.

»Ist das etwas Schlimmes?«

»Nein, nein, überhaupt nicht. Ich hab nur einen Zehner verloren. Ich hab mit Stu gewettet, dass du Südafrikanerin bist. Du klingst ein bisschen wie Yolandi von Die Antwoord.«

»Wer, bitte? Wovon redest du?« Ich runzelte die Stirn, während ich kaute. Das Sandwich war richtig gut. »Und du kommst hier aus der Gegend, Nick?«

»Wie kommst du darauf?« Er machte ein trauriges Gesicht wie ein kleiner Junge.

Sein Hang zum Witzereißen war ansteckend, also versuchte ich es auch: »Durch deinen wunderschönen Akzent natürlich.«

Er lachte schon wieder.

»Mal ernsthaft, Nick, ich suche eine Übernachtungsmöglichkeit in Notown. Was kannst du empfehlen? Ich sehe, dass es mehrere B&Bs in der Nähe gibt. Hast du eine Ahnung, ob es da von Bettwanzen, Nutten, verdächtigen Flecken und solchen Annehmlichkeiten wimmelt? Denn die Bewertung ist einfach … unterirdisch.«

Er kniff die Augen ein wenig zusammen. Ich kannte ihn erst seit einer halben Stunde, war aber überzeugt, dass er etwas ausbrütete.

»Du brauchst kein Hotel. Du kannst bei uns oben schlafen. Stu und ich hatten sowieso schon überlegt, unser freies Zimmer über Couchsurfing anzubieten.«

»Wirklich?« Ich muss wenig überzeugt geklungen haben, denn er kratzte sich am Hinterkopf und rief quer durch den Raum: »Hey, Stuart! Komm aus der Küche raus, Mann!«

Sein Bruder trat durch die Schwingtür der Küche. Er hatte seine weiße Arbeitskleidung gegen ein komplett schwarzes Outfit getauscht. Ein abgetragenes Joy-Division-T-Shirt, eine hautenge Jeans und karierte Vans-Slipper.

»Komm rüber, du Langweiler.« Nick winkte ihm enthusiastisch zu. »Nika hier sucht einen Platz zum Pennen, leider hält sie uns für Psycho-Killer. Stimmt doch, Nika, oder soll ich dich Nike nennen?«

»Ich ...« Er ließ mir keine Chance zu antworten.

»Aber das sind wir eindeutig nicht!«, fuhr Nick fort. »Hey, Beaver«, rief er einem großen, untersetzten Typen an der Bar zu, der offenbar Stammgast war. »Hältst du Stu und mich für Psychos?«

»Natürlich nicht, Nick!«, lautete die Antwort.

»Könntest du dann bitte dieser Lady hier dein Wort geben? Sie sieht nicht besonders überzeugt aus.«

»Das sind Supertypen, Schätzchen. Mach dir mal keine Sorgen. Ich kenn sie, seit sie so groß sind.« Er machte eine ausholende Geste und deutete vage die Größe von Kindern an.

»Siehst du, Beaver sagt, wir sind in Ordnung«, stellte Nick fest. »Und selbst wenn wir durchgeknallte Killer wären, wie dumm müssten wir sein, eine Russin zu töten? Ihr gehört doch alle zur großen Familie ... zur Mafia.« Er versuchte sich an einem russischen Akzent, klang aber mehr wie eine schlechte Kopie von Marlon Brando.

Ich schaute erst ihn und dann Stuart an, der auf seine Schuhe starrte und die ganze Unterhaltung eher peinlich zu finden schien.

»Wärst du damit einverstanden, dass ich eine Nacht bei euch schlafe, Stu?«, fragte ich. »Übrigens besten Dank für das Essen, es war ausgezeichnet.«

»Kein Problem«, erwiderte er lächelnd.

»Also bist du dabei?« Nick sprang von seinem Stuhl auf.

»Ich schätze schon. Wie kommt's, dass ihr hier im Haus wohnt?«

»Der Vermieter hat nichts dagegen. Das hier war mal ein Puff – deshalb ist oben jede Menge Platz.«

»Macht er Witze?«, fragte ich Stuart.

Der schüttelte den Kopf. »Die Gaststätte ist sehr alt und wurde von verschiedenen Wirten unterschiedlich genutzt. Eine Zeit lang war es tatsächlich ganz offiziell ein Bordell.«

»Wow, dieses Haus hat wirklich … Geschichte. Ich schätze mal, mehr möchte ich im Moment gar nicht darüber wissen, sonst könnte ich es mir doch noch anders überlegen.«

Beide lachten über meinen lahmen Witz. Sie gaben ein lustiges Paar ab und waren offenbar chronisch bekifft. Ich wog meine Möglichkeiten ab, doch da ich bereits zugestimmt hatte, gab es nichts mehr zu überlegen. Es war abgemacht. Ich würde die Nacht in einem ehemaligen Bordell verbringen, das zu den Top-Spukhäusern des Landes zählte, mit eineiigen Zwillingen als Gastgebern. Und zumindest gab es Zeugen – diesen Kerl namens Beaver und eine Handvoll andere Gäste. Über der Tür blinkte mir das rote Auge einer Kamera entgegen.

Papa hätte sich bestimmt gefreut, dass ich mich so an mein Versprechen hielt.

»Du kannst hier warten, bis wir schließen, dann zeigen wir dir das Zimmer, okay?«, schlug Nick vor. Ich nickte. Stu ging zurück an den Tresen und begann eine leise Unterhaltung mit einem der Stammgäste.

Als ich mein Sandwich aufgegessen hatte, brachte Nick mir den Kuchen und noch einen Tee. Plötzlich registrierte ich, wie ruhig es in diesem Pub war – es gab keine Musik, was ziemlich ungewöhnlich war. Ich schaute nach draußen. Es war beinahe dunkel. Auch drinnen verschwanden die Ecken zwischen den dunkelroten Wänden zunehmend im Dunkeln. Ich hörte ein leises Geräusch, eine Art tiefen Pfiff. Als ich zur anderen Seite des Raums hinübersah, entdeckte ich einen alten Mann in einem Wintermantel. Er trug eine Brille mit goldener Fassung und sah nicht nach einem Obdachlosen aus, aber irgendetwas an ihm wirkte verstörend. Der alte Mann pfiff mehrmals und flüsterte etwas Unverständliches. Als unsere Blicke sich trafen, streckte er den Finger in meine Richtung und bedeutete mir, näher zu kommen. Ich wusste, dass er ein harmloser Spinner war, aber er machte mir trotzdem ein wenig Angst. Zur Sicherheit trat ich an den Tresen. Nick plauderte mit Stu und ein paar Gästen am anderen Ende. Ich ahnte, dass sie über mich redeten, aber es machte mir nichts aus. Eine völlig Fremde, dazu noch eine Ausländerin, die an einem dunklen, stürmischen Sonntagabend durch die Türen eines alten Pubs trat, in dem es spukte – das kam hier vermutlich eher selten vor.

Der Gastraum war im Retrostil eingerichtet. Wäre nicht die glänzende, nagelneue Musikbox in der Ecke gewesen, so hätte nichts auf das Jahr 2015 hingedeutet. An Orten wie dem *Queen's Head* schien die Zeit stillzustehen.

»Welche Droge darf es sein?«, fragte Nick, der zu mir herübergekommen war.

»Wie bitte?«

»Dein Drink. Was darf ich dir bringen? Leute, die in einen Pub wie diesen kommen, trinken normalerweise Alkohol, es sei denn, sie sind für Pub Watch im Einsatz. Also, was darf es sein?«

»Alles bestens. Tee ist prima.«

»Ah, ich kenne deinen Typ. Du möchtest einen Drink, bestellst aber keinen, weil du … ich weiß nicht … Schuldgefühle wegen des Trinkens hast?«

»Nicht schlecht.« Ich schenkte ihm ein Lächeln.

»Das ist mein Job. Ich verdiene meinen Lebensunterhalt damit, Alkohol zu verkaufen. Es gibt Leute, die glauben, dass ich hier Teufelswerk verrichte.«

Er nahm ein Pintglas und füllte es mit prickelndem, kaltem Cider.

»Hier ist ein Glas Strongbow, meine Liebe. Genieß es.«

»Eigentlich stehe ich mehr auf Wein.«

Er lehnte sich über den Tresen.

»Lass uns dieses Geheimnis für uns behalten. Wer trinkt mit zwanzig Wein? Das ist echt uncool. Eigentlich das erste Uncoole, das du bisher gesagt hast, Nike!«

Ich kicherte und nippte an dem Cider. Er schmeckte gut und frisch und war genau das, was ich gebraucht hatte.

»Wie lange arbeitet ihr beide schon hier?«

»Hmm … seit ungefähr zwei Wochen.«

»Was? Erst zwei Wochen?«

»Ja. Der Pub hat gerade frisch eröffnet.«

»Tatsächlich?« Ich runzelte die Stirn. »Allzu neu sieht es hier aber nicht aus.«

»Von neu hab ich auch nichts gesagt. Der Pub war lange geschlossen – sieben oder acht Jahre. Er hat gerade erst wieder aufgemacht. Wir haben noch nicht mal eine Musiklizenz. Deshalb ist zwar geöffnet … aber nur halboffiziell.«

»Okay, ich verstehe. Und warum war so lange geschlossen?« Meine Neugier war geweckt. Er hatte von acht Jahren gesprochen. Dann wäre der Pub also 2007 geschlossen worden, im Jahr, als du verschwandest.

»Es gab irgendwelche Streitereien und Schulden. Der alte Wirt ist pleitegegangen und hat sich umgebracht.« Nick deutete zur Decke über meinem Kopf. »Er soll sich über dem Tresen an einem dieser Balken erhängt haben. Die arme Sau hat es nicht ertragen, den Laden zu verlieren.«

Ich wartete darauf, dass sein Gesichtsausdruck sich änderte, denn ich war sicher, dass er mich nur auf den Arm genommen hatte. Vergeblich. Sein Gesicht blieb ernst.

»Du machst Witze, oder?«

»Nicht im Geringsten. Über den Tod würde ich mich nie lustig machen. Der Typ hat alles verloren. Die Schuldeneintreiber klopften an seine Tür, und er stand kurz vor der Zwangsräumung. Man fand ihn erst eine Woche nach seinem Tod. Ich weiß nicht, was dann passierte. Wahrscheinlich gab es eine Art Gerichtsverhandlung. Jedenfalls blieb der Pub über Jahre geschlossen. Ein Geist mehr in dieser Geisterstadt. Bis wir aufgetaucht sind.«

»Wie schrecklich.« Ich spürte, wie es mir kalt den Rücken herunterlief.

»Stu! Kümmer dich um die Bar. Ich gehe raus und rauch eine«, rief Nick. »Rauchst du?«

»Nein, aber ich komme gern mit raus.«

Ich ließ meine Sachen am Tresen und folgte Nick. Ich dachte, er würde die Vordertür benutzen, doch stattdessen ging er auf die Ecke zu, wo der unheimliche Alte gesessen hatte. Zu meiner Erleichterung war der Kerl verschwunden. Wir traten durch eine Tür mit der Aufschrift »Biergarten«.

Der Garten war ungefähr so groß wie ein Wohnzimmer

und mit ein paar Biertischen und Bänken ausgestattet. An der Wand standen mehrere Blumenkübel mit Rosenbüschen, ansonsten war überall Beton.

»Und ich dachte schon, ihr habt hier einen richtigen Biergarten.«

»Nike, hier kannst du gleichzeitig trinken und rauchen – das ist doch besser als das Paradies.« Er zündete sich eine Zigarette an und nahm einen tiefen Zug. »Soll ich dir noch eine Gruselgeschichte erzählen?«

»Klar, nur zu.«

»Siehst du die Fußabdrücke im Asphalt?« Er deutete auf eine in der funzeligen Außenbeleuchtung schwach erkennbare Spur, die sich von der Tür in die hinterste Ecke des Gartens zog. »Das sind die Fußspuren des verstorbenen Wirts. Wenige Tage bevor er sich umbrachte, hatte er den Boden erneuern lassen. Die Legende will, dass er hier sein geheimes Versteck hatte. Er wusste, wie man feiert. Er hatte den besten Shit in der ganzen Stadt. Und feierte diese Partys nach der Sperrstunde … Mann, die waren legendär. Ich meine, ich bin natürlich zu jung, um je auf einer gewesen zu sein, aber die Leute behaupten, hier wäre es ziemlich wild zugegangen.«

Ich brachte die restliche Zeit bis zum Schließen des Pubs damit zu, mit Nick zu plaudern. Er war leicht zu beeindrucken und lachte viel. Ein witziger Typ, vielleicht ein bisschen zu sehr Kiffer, aber ich mochte ihn. Er und sein Bruder waren in Notown geboren und aufgewachsen und schienen es, im Gegensatz zu Hannah, hier zu mögen.

Es war schon fast elf, als mir einfiel, dass ich Laura noch informieren musste, dass ich nicht nach Hause käme. Ich öffnete den Facebook Messenger und schrieb: »Alles in Ordnung, ich hab zwei Typen kennengelernt. Sie heißen

Nick und Stuart. Es sind Zwillinge, die einen Pub führen. Komme morgen zurück. x«

»Du lügst! Du hast Zwillinge an Land gezogen? Niemals! Ich will ein Foto!«

Vom Alkohol fühlte ich mich entspannt und locker. Ich nahm Nick und Stu in den Arm, und wir machten ein albernes Selfie, das ich Laura schickte.

»Tu nichts, das ich nicht auch tun würde ☺! x«, schrieb sie zurück.

Und das hatte ich auch nicht vor.

Status: *ungelesen.*

Von: Nika Lukina
An: Jen Lukina

Sonntag, 21. Juni 2015
23:57
The Cure – *Secrets*

Als die Jungs den riesigen Riegel an der schweren Eichentür des Pubs vorlegten, fühlte ich mich wie eine Königin, die in einem Schloss den Ansturm der feindlichen Truppen erwartet. Während Nick das Geld in der Kasse zählte, löschte Stuart die Lampen und schaltete die Alarmanlage ein. Dann stiegen wir die schmale Treppe hinter der Bar in den ersten Stock hinauf.

Der leer stehende Raum hatte ein großes Fenster mit Blick über die Straße und den Eingang des Pubs. Auf wundersame Weise fand Stu einen sauberen, wenn auch ungebügelten Satz Bettwäsche und eine nagelneue Zahnbürste. Ich ging in das winzige Bad, wusch mein Gesicht und machte mich fertig zum Schlafen. Ich war fix und fertig. Auf dem Weg hinaus stieß ich mit Nick zusammen.

»Schon auf dem Weg ins Bett?«, fragte er. Er warf eine große Bong in die Luft und fing sie wieder auf.

»Ich fürchte ja.« Ich betrachtete das Teil in seinen Händen.

»Keine Lust mehr zum Rauchen? Das hilft dir beim Einschlafen.«

»Heute werde ich wohl keine Hilfe brauchen. Der Tag war die Hölle.«

»Wie du willst.« Er machte sich auf den Weg zur rückwärtigen Tür. »Aber du solltest wissen, dass das unser Abendritual ist – vor dem Schlafengehen wird geraucht. Ein bisschen Respekt wäre schön.«

Es tat gut, mit ihm zu plaudern. Mit Nick fühlte ich mich vom ersten Moment an ungezwungen, als wären wir schon seit Jahren befreundet. Er war nicht übertrieben höflich, wie so mancher Typ es vielleicht wäre, wenn man sich kaum kennt und er einem einen Schlafplatz in seiner Wohnung angeboten hat. Er hatte keine Hintergedanken, er konnte Witze erzählen und war nicht wegen irgendwelcher Kleinigkeiten beleidigt – zum Beispiel wegen einer unbedachten Bemerkung. Ich weiß, dass ich gelegentlich nicht ganz einfach bin, aber im Grunde genommen bin ich ein offener Mensch, und deshalb fällt es mir viel leichter, mit offenen Leuten umzugehen. Na ja, früher jedenfalls, bevor Du-weißt-schon-was passierte. Nick war auf ungekünstelte Art cool und das Angenehmste, was mir heute passiert war. Was seinen Bruder anging, war ich nicht so sicher. Stille Menschen kann ich immer schlecht einschätzen. Wahrscheinlich war Stu nur ein normaler Emo-Typ, der sich in Gegenwart neuer Leute befangen fühlt, besonders, wenn es um Frauen geht.

Ich hatte von Nick erfahren, dass die Zwillinge in Notown geboren und aufgewachsen waren, dass ihr Vater in der Fabrik arbeitete, die die schicken Schuhe herstellte, und ihre Mutter Krankenschwester war. Stu wollte im nächsten Jahr an die Uni gehen, doch im Augenblick waren sie glücklich mit dem, was sie hatten: eine eigene Wohnung, in der sie feiern und rauchen konnten, wann immer sie wollten. Was für eine seltene und sympathische Situation – zwei junge Leute, die zufrieden waren.

Ich schloss die Schlafzimmertür hinter mir und betrachtete das Bett. Darauf stand sie wie der Heilige Gral in dem alten *Indiana-Jones*-Film: deine Schachtel. Ich ging ein Stück näher heran, vorsichtig, als wäre ich tatsächlich in einer magischen Höhle und nicht in einem ehemaligen Bordell über einer Kneipe. Meine Finger hielten die rostige Schere, die ich aus dem Bad der Jungs mitgenommen hatte, fest umklammert.

Es war ein Schuhkarton. Chuck Taylors Größe 37. Deine Größe – du hattest winzige Füße. Ich stieg ins Bett und hockte mich im Schneidersitz hin. Mithilfe der Schere ließ sich das Klebeband leicht entfernen, und ich überlegte, ob der Karton vielleicht erst kürzlich verschlossen worden war. Sehr vorsichtig nahm ich den Deckel ab.

Das Erste, was ich sah, war ein dicker Umschlag aus Pappe. Ich spürte, wie meine Nackenhaare sich aufrichteten. Eine Sekunde lang dachte ich, es wäre ein Brief von dir, ein Brief, in dem du alles erklärst, was geschehen ist. Aber das wäre viel zu einfach gewesen, ich weiß. Ich öffnete den Umschlag und ließ den Inhalt aufs Bett fallen: Quittungen, Konzerttickets, Handzettel, CD-Booklets, Servietten mit dem Aufdruck *Costa Coffee*, die mit Kritzeleien und kleinen Gedichten versehen waren, zu verblasst, um sie noch lesen zu können. Die meisten Bandnamen sagten mir nichts. Ich schaute nach, ob noch irgendwas im Umschlag steckte. Und tatsächlich. Ein Foto von dir, mir und Mama. Es war an dem Tag aufgenommen, als wir uns zum letzten Mal gesehen haben, im Frühjahr 2007. Ich betrachtete unsere fröhlichen Gesichter. Meiner Meinung nach hat die Erfindung der Fotografie der Menschheit einen Bärendienst erwiesen. So etwas sollte man einfach nicht sehen – die Toten, die einen anlächeln, für ewig und alle Zeit lebendig, in einem winzigen Moment gefangen wie in einer Schneekugel. Das Foto hatte ein Eselsohr und einen Fleck von einem Klebestreifen. Hattest du es an der Wand aufgehängt, *sestra?* Ich wickelte es in ein Papiertaschentuch und steckte es in meinen Rucksack.

Unter dem großen Umschlag entdeckte ich noch einen Stapel kleinere, ungeöffnete. Anscheinend unbezahlte Rechnungen. Ich öffnete den obersten – hoffentlich macht es dir nichts aus. Er war von deiner Uni. Du hattest die Studiengebühren fürs erste Semester deines dritten Jahres nicht bezahlt.

Ich wühlte noch tiefer in der Schachtel und zog ein Kleidungsstück heraus. Dein Lieblings-T-Shirt, abgetragen und an mehreren Stellen gerissen. Es trug den verblassten Druck eines lächelnden Alien-Schädels.

Gleich darunter, kühl und glatt wie die Perle in einer Auster, lag ein alter iPod Classic, die Version mit Festplatte. Inzwischen werden sie nicht mehr hergestellt. Ich strich mit den Fingern darüber und legte ihn vorsichtig beiseite. Was für ein Schatz!

Als Nächstes fand ich ein Buch, einen aus dem späten 19. Jahrhundert stammenden Nachdruck der Erstausgabe von *Ein Sommernachtstraum.* Wahllos schlug ich es irgendwo auf. Der süße, stickige Duft von uraltem Papier und Staub stieg mir in die Nase. Ein rechteckiges Stück Plastik fiel aus dem Buch heraus – dein Studentenausweis. Das Foto zeigte dich als Neunzehnjährige, schüchtern, süß und atemberaubend schön.

Ganz unten in der Schachtel befand sich eine Blechbüchse wie die, in denen Pfefferminz verkauft werden, nur größer, ungefähr so lang und breit wie meine Handfläche. Beim Versuch, sie zu öffnen, brach ich mir einen Fingernagel ab und musste die Schere benutzen. Sorry, ich habe einen kleinen Kratzer hinterlassen. Drinnen fand ich ein orthodoxes Kruzifix aus Gold an einer langen, verschlissenen, schwarzen Schnur, ein paar sonderbare Glasperlen, Mamas alte Perlenohrringe und eine kleine Glaspfeife von der Größe eines Feuerzeugs. Sie sah seltsam aus, kam mir aber bekannt vor. Ich fotografierte sie auf dem weißen Hintergrund des Betttuchs und startete eine Google-Suche. Eine Nanosekunde später wimmelte es auf meinem Display von ähnlich aussehenden Gegenständen. Ich klickte auf einen und las die Beschreibung – eine Crack-Pfeife. Der Puls hämmerte in meinen Schläfen, und für einen Moment verschwamm alles vor meinen Augen. »Sie war so ein emotionaler Mensch … Sie hing in einer Endlosschleife zwischen Freude und Schmerz fest. Manchmal war sie ohne erkennbaren Grund richtig schlecht drauf. Dann schloss sie sich in ihr Zimmer ein, hörte wieder und wieder denselben Song und rauchte am Fenster Kette.« Hannahs Worte drehten sich in meinem Kopf, plötzlich um eine neue, düstere Bedeutung reicher.

Plötzlich durchbrach ein Schwall unkontrollierten Gelächters jenseits der Tür die Stille im Haus. Meine Gastgeber amüsierten sich eindeutig besser als ich. Ich stand auf, öffnete die Tür einen Spaltbreit und steckte den Kopf hinaus. Sie saßen auf dem Balkon an der Rückseite des Hauses, und ich sah sie von hinten. Nicks Schultern wirkten ein wenig entspannter.

Sie wandten die Köpfe um und nickten gleichzeitig – erinnerten mich an diese winkenden Katzen aus dem China-Imbiss.

»Hey, Jungs, tut mir leid, wenn ich störe. Habt ihr zufällig ein altes iPhone-Kabel? Ich will meinen iPod laden.«

»Ich bring's dir gleich«, erwiderte Stu, und sie begannen wieder zu lachen und zu flüstern.

»Danke.«

Ein paar Minuten später brachte er mir das Kabel, und ich schloss den iPod an die Steckdose an. Ich konnte es kaum abwarten, bis er so weit geladen war, dass ich ihn einschalten konnte. Ungeduldig lief ich im Zimmer auf und ab und versuchte es wieder und wieder. Zwischendurch schaute ich aus dem Fenster. Die Straße war ins gelbliche Licht der Laternen getaucht. Der Park auf der anderen Straßenseite wirkte still und Furcht einflößend wie der starre Blick eines Tiers im Käfig. Als sich der iPod endlich zum Leben erwecken ließ, scrollte ich in der Liste der Bands auf und ab und wusste nicht, wo ich anfangen sollte. Vielleicht gab es ja eine Botschaft, die von mir entdeckt werden wollte. Keine Botschaft im eigentlichen Sinne natürlich, aber eine verborgene. Ein geheimer Code aus Songs, den ich entschlüsseln konnte. Auf jeden Fall würden mir die Songs, die du in den letzten Monaten vor deinem Verschwinden gehört hattest, viel darüber verraten, wie es dir ergangen war, *sestra*.

Ich rollte mich unter der Decke zusammen und steckte die Ohrhörer ein. Was für ein langer Tag! Ich muss mich wirklich zusammenreißen, um diese Message zu tippen, so schwer sind meine Lider. Ich denke über die alten Zeiten nach, als das hier ein Puff war, und stelle mir die Fabrikbesitzer in Anzügen und mit verquollenen Augen vor, die viktorianischen Nutten, das Geräusch, wenn die Korsetts abgelegt werden, und den keuchenden Atem der Männer. Ich denke an die berüchtigten Partys nach der Sperrstunde, an den toten Wirt und deine Pfeife. Ich denke an alles Mögliche, und das meiste davon ist schlecht. Doch aus irgendeinem Grund habe ich keine Angst, kein bisschen.

Ich starte die zufällige Wiedergabe und schaue durch die vorhanglosen Fenster hinaus zu den Sternen. Ich bete zum Gott der Zufallswiedergabe, mir ein Zeichen zu geben. Er antwortet mit *Remember me, the way I used to be.* Es sind die letzten Worte, die ich höre, ehe ich diese Message beende und auf Senden drücke. Gute Nacht.

Status: *ungelesen.*

Von: Nika Lukina
An: Jen Lukina

Montag, 22. Juni 2015
11:27
Elvis Perkins – *While You Were Sleeping*

Ich erwachte lächerlich früh. Die genaue Uhrzeit wusste ich nicht, doch dieses typische Licht – weiß und grell – verriet mir, dass es vor acht sein musste. Dieses Licht ist der Grund, warum ich den frühen Morgen so liebe – alles wirkt rein und leicht. Wenn ich die Welt im Morgenlicht sehe, kann ich kaum glauben, dass das Böse existiert. Ich bekomme dieses Gefühl, dass alles möglich ist und ich nur eins tun muss, um es Realität werden zu lassen, nämlich aus dem Bett steigen. Immer noch unter der Decke liegend, streckte ich meinen Körper und lauschte den Geräuschen dieses fremden Ortes, an dem ich erwacht war. Meine Gastgeber schienen noch zu schlafen. Auf Zehenspitzen schlich ich ins Bad, duschte schnell und zog mich an.

Die winzige Küche hier oben war der reine Horror. Die Spüle stand voll trübem Wasser, auf der Oberfläche trieben Asche und Fettaugen. Die Mülleimer quollen über, und in einer Ecke türmte sich ein Stapel leerer Pizzakartons. Ich habe bestimmt keinen Sauberkeitsfimmel, aber ich mag es, ein bisschen für Ordnung zu sorgen, davon wird mein Kopf klarer. Schließlich entdeckte ich ein Paar rosa Gummihandschuhe, die sich unter dem Spülbecken versteckten wie ein Cartoon-Oktopus. Dann stöpselte ich mir die Ohrhörer ein und scrollte durch deine Musik auf dem iPod.

O ja, deine Musik, *sestra*. Ich habe das Gefühl, dass du zwei Arten von Bands mochtest – verträumte und wütende. Was ich auf deinem iPod fand, überraschte mich, um es vorsichtig auszudrücken. Mochtest du Kasabian wirklich so gern? Ich meine, sie sind cool, aber doch wohl eher … für Jungs? Vielleicht sollte ich ihnen noch eine Chance geben. Und noch was – du bist der einzige Mensch, den ich kenne, der kein einziges Coldplay-Album besitzt. Nicht einen einzigen Song! Irgendwie beweist das, wie wenig ich über dich weiß. Übrigens ist mir eine Idee gekommen. Ich werde die Songs, die ich höre, weiterhin in jeder Message auflisten, damit du weißt, wie ich mich fühle. Aber von jetzt an höre ich nur noch Musik von deinem iPod. Musik sagt so viel mehr als bloße Worte. Ich werde mir deine Lieblingssongs anhören – das ist, als säßen wir nebeneinander auf deiner Wohnzimmercouch und würden uns die Kopfhörer teilen.

Um Ordnung ins Chaos zu bringen, in meinem Kopf und in der Küche hier, brauchte ich etwas Schnelles, etwas Fröhliches und Wütendes. Ich sprach mein übliches Gebet zum Gott der Zufallswiedergabe und drückte auf Play. Und bekam genau das, was ich brauchte: die Happy Mondays.

Lass uns noch mal zusammenfassen, was ich mit Sicherheit weiß, nicht viel zugegebenermaßen:

1. Du fuhrst nach Glasto und kamst ohne Ticket rein.

2. Nicht lange, bevor du die Stadt verließt, hattest du einen Streit mit deiner besten Freundin.

3. Du hattest einen ziemlich gruseligen Arbeitsplatz.

Ich sag's ja: nicht gerade viel. Die nächste Liste betrifft die Dinge, wo ich noch unsicher bin:

1. Vielleicht hattest du Probleme mit einer Depression und/oder Drogenmissbrauch – worauf die Pfeife hinweist.

2. Du hattest online Leute kennengelernt.

3. Du hattest vor, das Land zu verlassen und eine Reise zu machen.

Hoffentlich kann deine Freundin Meg noch was beisteuern. Ich finde es immer noch schräg, dass sowohl sie als auch Hannah sich als deine Busenfreundinnen bezeichnen und dabei nicht mal auf Facebook miteinander befreundet sind. Aber vielleicht waren sie das ja früher einmal. Bei einer Stadt dieser Größe müssen sie sich einfach kennen.

Plötzlich spürte ich einen leichten Klaps auf der Schulter. Ich schrie auf und ließ den eingeseiften Teller fallen, den ich gerade spülte. Er zerbrach in tausend weiße Splitter. Ich drehte mich um, und vor mir stand Stuart. Sein Haar stand wild in alle Richtungen ab, sein Gesicht war noch verquollen vom Schlaf, und seine Augen wirkten überrascht und ängstlich, so, als hätte er komplett vergessen, wer ich war und was ich in seiner Küche zu suchen hatte. Ich zog die Ohrhörer heraus.

»Tut mir leid!« Er lächelte schüchtern und machte sich daran, die Scherben vom Boden aufzusammeln. »Ich hab deinen Namen gerufen, aber du hattest die Musik so laut aufgedreht.«

»Tut mir leid, dass ich geschrien hab ... und dass der Teller jetzt kaputt ist.« Ich erwiderte sein Lächeln, wischte mir die Hände am T-Shirt ab und legte den iPod weg.

»Du hättest wirklich nicht ...« Er schaute sich in der Küche um. »Ich wollte früh aufstehen und sauber machen, aber du bist mir zuvorgekommen.«

»Kein Problem. Ich musste meinen Kopf irgendwie klar bekommen. Betrachte es als Dankeschön für die Übernachtungsmöglichkeit.«

»Willst du einen Tee?«

Ich nickte und sah ihm zu, wie er den Kessel aufsetzte und ein paar alte Becher aus dem Schrank holte, die Art, wie Leute sie aus dem Urlaub mitbringen.

»Einen tollen Musikgeschmack hast du übrigens«, sagte er anerkennend.

»Danke. Das Ding gehört allerdings meiner Schwester, nicht mir.«

»Ganz egal. Jedenfalls irre, dass du die Happy Mondays hörst.« Er drehte sich um und lächelte mich an. »Zucker?«

Ich schüttelte den Kopf.

»Toast?«

»Ja, bitte.«

»Der Tee ist fertig. Du kannst ihn ins Wohnzimmer bringen, wenn du magst. Ich komme gleich mit dem Toast.«

»Danke, Stuart.« Ich nahm die beiden Tassen und ging ins Wohnzimmer. Es war noch winziger als die Küche, genau genommen nur eine Nische im selben Raum, mit einem ramponierten Sofa, einem wackligen Couchtisch und einem alten, nicht angeschlossenen Fernseher. Ich hockte mich aufs Sofa, zog die Füße an und trank einen Schluck Tee. Er war heiß und köstlich.

Nach etwa fünf Minuten setzte Stuart sich zu mir. Er hatte ein Tablett mit Weizentoast, Erdbeermarmelade und Butter mitgebracht. Eine Weile saßen wir schweigend zusammen und genossen das einfache Vergnügen eines tollen britischen Frühstücks.

»Nick hat mir gar nicht erzählt, was dich nach Notown führt«, brach Stu schließlich das Schweigen, als wir beide aufgegessen hatten. »Außerdem bin ich unglaublich neugierig, was in diesem Karton ist. Eine innere Stimme sagt mir, nicht bloß ein Paar Turnschuhe.«

»Nick hat mich weder nach dem einen noch nach dem anderen gefragt.«

»Ha! Typisch Nick – wahrscheinlich hat er dir einen Haufen Geistergeschichten erzählt, aber kein einziges Mal nach dir gefragt.« Stuart lachte.

»Genau so war es.« Ich trank meinen letzten Schluck Tee.

»Also, warum bist du hier?«

»Ich suche jemanden.«

Stuart riss seine grün-grauen Augen auf und starrte mich an. »Die Sache gefällt mir jetzt schon.«

»Meine Schwester verschwand vor acht Jahren in dieser Stadt.« Ich beobachtete, wie er reagierte, doch er blinzelte nicht mal. »Na ja, das ist nicht hundertprozentig korrekt. Sie wohnte hier mehrere Jahre, fuhr dann eines Tages zu einem Musikfestival und kam nicht mehr zurück. Ich bin hier, weil ich rausfinden will, ob sie wieder nach Notown zurückkommen wollte oder … ob sie mit Absicht untertauchte.«

»Wow.« Wieder riss Stuart die Augen auf. »Das schlägt jede einzelne von Nicks Geschichten. Aber du hast noch nicht gesagt, was in dem Karton ist.«

»Du klingst genau wie Brad Pitt in dieser einen Szene in *Sieben*. Es sind bloß ihre Sachen. Ich hab mich gestern mit einer Freundin meiner Schwester getroffen, und sie hat mir den Karton gegeben. Nur ein paar Bücher und ein paar Gegenstände aus … ihrem Leben.«

»Daher hast du also den iPod mit all den coolen Songs?«

Ich nickte.

»Aber warum bist du gerade jetzt gekommen? Hat sich etwas Neues ergeben?«

»So ungefähr.«

Ich erzählte ihm alles von Bilo und Biggles, dem Video auf YouTube, meinem Facebook-Post, Hannahs Messages, meiner Reise nach Notown und meiner Begegnung mit den hiesigen Assis. Am Ende fasste ich zusammen, was ich bisher wusste und worüber ich von Meg mehr zu erfahren hoffte. Es fühlte sich gut an, ihm alles zu erzählen und zu sehen, wie sein Gesicht auf jedes einzelne Wort von mir reagierte. Alles laut auszusprechen half mir, die Dinge klarer zu sehen.

Stu schwieg einen Moment. Dann fragte er stirnrunzelnd: »Wo warst du genau, als diese Schwachköpfe dich bedroht haben?«

»Ich überquerte diese breite Straße … Ich ging auf den Parkplatz von Morrisons und die Fußgängerbrücke zu.«

»Okay.« Er rieb sich übers Kinn. »Das ist seltsam.«

»Was?«

»Die Straße ist eigentlich eine belebte Geschäftsstraße – Läden, Immobilienmakler und so. Ich hab da nie irgendwelche fiesen Typen rumhängen sehen. Es gibt eine Kneipe, aber sie liegt weiter oben an der Straße. Du hast den Platz nicht überquert, oder?«

»Nein. Ich glaube, ich bin daran vorbei und dann links abgebogen.«

»Das ergibt noch weniger Sinn.«

»Aber ich hab telefoniert, auf Russisch. Wahrscheinlich hab ich ziemlich laut gesprochen, weil die Verbindung schlecht war.«

»Dann muss das der Grund sein. Eine andere Erklärung fällt mir nicht ein. Und trotzdem ist es komisch. Ich hab nie gehört, dass etwas in der Art hier passiert wäre. Hier gibt's viele Polen, die problemlos überall hingehen und sich in ihrer Sprache unterhalten können. Verdammte Dreckschweine! Haben sie dir wehgetan?«

»Nee, nicht der Rede wert. Aber Angst haben sie mir gemacht. Als mich dieses Ei am Kopf traf … Einen Moment lang dachte ich, sie hätten mir den Schädel eingeschlagen und meine Hirnmasse würde rausquellen.«

Mit einem leisen Lachen betrachtete er mich. Dann wandte er den Blick ab.

»Weißt du, warum ich hierhergekommen bin, in den Pub? Ich glaube, das hab ich noch nicht erwähnt.«

»Warum?«

»Weil meine Schwester hier gearbeitet hat.«

»Ach komm!«

»Wirklich.«

»Das bedeutet, dass Ali ihr Chef war.«

»Ali?«

»Der Wirt, der sich umgebracht hat. Nick hat dir gestern Abend von ihm erzählt.«

»Ah ja, das hat er. Sogar seine Fußabdrücke hat er mir gezeigt. Ziemlich gruselig!«

»Und ob. Das ist einer der gruseligsten Pubs im ganzen Land.« Er klang stolz. »Ich weiß nicht, ob es hier wirklich spukt, wie manche Leute behaupten. Ich meine, ich hab nie fliegende Pintgläser oder so was gesehen. Aber manchmal, wenn ich allein in der Küche bin, hab ich das Gefühl, als ob mich jemand beobachtet.«

Er hielt inne und warf einen Blick über die Schulter. »Hier ist es ziemlich wild abgegangen, darauf kannst du wetten, vor allem in den guten alten Zeiten.«

»Du meinst die Partys des früheren Wirts?«

Er nickte. »Also, vor ungefähr zehn Jahren war dieser Pub *das* angesagte Ding in der Gegend. Beinahe jeden Abend Livemusik, Tanzen bis zum Morgengrauen … und so weiter. Alister feierte auch nach Sperrstunde. Leute, die er kannte, seine Kumpels, durften einfach bleiben, sich betrinken, Drogen nehmen und ihre Lieblingsmusik spielen. Ich hab Fotos mit Mädels gesehen, die auf dem Tresen tanzten. Ich glaube, mein Dad war mal auf einer dieser Partys, denn als Nick ihm erzählt hat, dass wir diesen Job hier bekommen haben, schaute er uns so komisch an. Und Mum fing sofort damit an, dass hier früher ein Puff und eine Satanistenkirche waren. Sie behauptet, der frühere Wirt wäre ein Hexenmeister gewesen und hier wären Schwarze Messen abgehalten worden. Das ist natürlich Blödsinn. Aber ich könnte mir schon vorstellen, dass es im Haus … spukt. Du hast heute Nacht nicht zufällig sonderbare Träume gehabt?«

Ich schüttelte den Kopf. »Überhaupt nicht.«

»Gut, gut. Jedenfalls ist der *Queen's Head* eine Legende. Wusstest du, dass The Red Room ihren allerersten Gig hier im Hinterraum gespielt haben? Krass, oder? Damals, zu Alis Zeiten, waren sie nur eine der lokalen Bands in Notown. Mann, ich wünschte, ich wäre zehn Jahre älter! All die gute Musik … die Atmosphäre …«

Bei dem Namen The Red Room klingelte etwas. Sie waren berühmt, liefen ständig auf MTV und im Radio. Ich glaube, Laura mag sie, aber ich kann nichts damit anfangen. Ich hänge an Bands der alten Schule, den Bands, die ich durch dich kennengelernt habe. Kanntest du The Red Room, *sestra*?

»Na und? Ein alter Hippie, der in seinem Haus den Sommer der Liebe aufleben lassen will, dadurch wird es nicht gleich zu einem Spukhaus. Warum glauben die Leute so etwas?«

Stuart kratzte sich am Hinterkopf. »Na ja, das Haus ist ziemlich alt. Angeblich wurde es von einem Haufen Betrüger gebaut. Es gab eine Zeit, als Mörder und Vergewaltiger hier ihre letzte Mahlzeit vorgesetzt bekamen, ehe sie auf dem Feld gleich gegenüber gehängt wurden. Manche glauben, dass ihre Seelen bis heute hier wohnen. Wie gesagt, ich persönlich hab nie etwas Ungewöhnliches gesehen, aber ich möchte auf keinen Fall allein unten eingesperrt sein – schon bei dem Gedanken bekomme ich eine Gänsehaut.«

»Und trotzdem hast du dich entschieden, hier einzuziehen?«

»Entweder hier mit ein paar Toten oder bei meiner Mum. Was ist schlimmer?«

Ich kicherte. Er hatte recht. Ich würde lieber den Rest meines Lebens hier verbringen, als zurück zu Papa zu ziehen.

»Was wurde nach Alisters Tod aus dem Pub? War er nicht ziemlich lange geschlossen?«

»Niemand weiß genau, was passierte, nachdem man Ali gefunden hatte. Um die Wahrheit zu sagen, weiß ich nicht mal genau, was mit ihm geschehen ist«, erklärte Stuart nach kurzer Pause. »Jemand hat mir erzählt, dass Ali eines Morgens einfach beschloss, dass es keinen Sinn hatte zu öffnen. Als die ersten Gäste kamen, waren die Türen geschlossen und sämtliche Lichter aus. Nach ein paar Tagen rief jemand die Polizei. Sie klopften an die Tür und entdeckten ihn sofort. Er hing über dem Tresen. Manche behaupten, er wäre zu diesem Zeitpunkt schon eine Woche tot gewesen. Es gab eine Art Abschiedsbrief, ein paar Worte nur, die auf einen Räumungsbescheid gekritzelt waren. Er hatte alles verloren – am Ende haben die Partys, die er so sehr liebte, ihm den Rest gegeben.«

Er schwieg eine Weile. Ich sah, wie er mit der Fingerspitze ein paar lose Zuckerkörnchen vom Tisch aufstippte und den Finger dann ableckte.

»Später wurde das Gebäude gepfändet. Jemand wollte es abreißen und einen Neubau hinsetzen, doch die Stadt stellte sich quer. Der Streit zog sich über Jahre hin, bis schließlich die neuen Eigentümer das Haus kauften und dafür sorgten, dass der Pub wieder eröffnet wird.«

»Jedenfalls hat das Haus eine bewegte Vergangenheit.«

»Und ob!«

»Weißt du, wann er gestorben ist? Ich frage mich, ob meine Schwester zu der Zeit noch hier gearbeitet hat.«

»Ich weiß es nicht genau. Schau bei Google nach – da findest du bestimmt was darüber. Die ganze Geschichte war ein gefundenes Fressen für die Regenbogenpresse. In Notown passiert praktisch nie etwas, und dann: Wumm!

Ein gewalttätiger alter Mann erhängt sich in seinem eigenen Pub.«

»Wieso gewalttätig?«

»Ach ja. Das habe ich noch nicht erwähnt: Er hatte eine Freundin, irgendein Mädchen aus Osteuropa. Kurz vor seinem Tod hat sie ihn angezeigt. Wegen häuslicher Gewalt. Er soll sie drei Tage lang im Keller eingesperrt haben. Vielleicht irre ich mich aber auch, also schau besser bei Google nach.«

»Eingesperrt? Das klingt ja beängstigend.« Ich spürte, wie mir Schweißtropfen an der Wirbelsäule hinabliefen. Das konnte nicht wahr sein. Nur ein Zufall. Ein Mädchen aus Osteuropa, das im Keller eingesperrt wurde? So sehen meine schlimmsten Albträume aus.

»Wer sind die neuen Besitzer?«

»Um ehrlich zu sein, hab ich nicht die geringste Ahnung. Wir kennen die Geschäftsführerin, aber die Besitzer sind hier noch nicht aufgetaucht. Vielleicht kommen sie ja morgen, zum Eröffnungskonzert.«

»Warum macht ihr die Eröffnungsparty an einem Dienstag?«

»Das ist eine Tradition – dienstags gibt's im *Queen's Head* Livemusik. Wahrscheinlich gehören die Besitzer zur alten Garde, sind irgendwie reich geworden und wollen nun die gute alte Zeit wieder aufleben lassen.«

»Sie könnten meine Schwester gekannt haben.«

»Vielleicht. War sie denn … ein Party-Girl?«, fragte er und schien die Worte sehr sorgfältig zu wählen.

»Sie war lebenslustig. Ich hab Fotos von ihr gesehen, auf denen sie hier trinkt und tanzt. Nach einer satanischen Sexorgie sehen sie allerdings nicht aus. Auf der anderen Seite gab es damals weder iPhone noch Snapchat. Das richtige

Hard-Core-Zeug hat es vielleicht einfach nicht ins Netz geschafft.«

Ich dachte an die Crack-Pfeife in der Schachtel.

»Für mich klingt das wie eine neue Geistergeschichte für die Annalen des *Queen's Head*«, sagte Stuart und schaute beiseite. »Oder wie ein Musikvideo … von den Killers zum Beispiel. Ich hoffe, du findest sie, egal, was passiert ist.«

»Danke, Stuart.« Ich schaute in seine großen, grüngrauen Augen und lächelte.

»Kein Problem.«

Das Telefon in meiner Tasche summte. Ich zog es heraus und schaute aufs Display. »Verdammt, ich komme zu spät zu meiner Verabredung! Ich muss sofort los!«

»Wie spät ist es?«

»Fast elf.«

»Tatsächlich? Nick sollte langsam aufstehen. Wir müssen bald öffnen.«

»Bis später, Stuart«, rief ich von der Tür aus.

»Vergiss nicht, bei TripAdvisor etwas über uns zu schreiben.« Er lächelte mich schüchtern an.

Ich lief die Treppe hinunter und eilte auf die Straße. Der Tag war hell und sonnig. Nichts erinnerte mehr an den Sturm vom Abend zuvor.

Um dir die Wahrheit zu sagen: Ich hasse Kleinstädte. Ich fühle mich klaustrophobisch, als wäre ich in einer schlechten Seifenoper gefangen oder in den Kulissen von *EastEnders*. Ich ging an mehreren leer stehenden Gebäuden vorbei. An einem Laternenpfahl hing ein Paar Turnschuhe. Eine Katze im Fenster einer Sozialwohnung warf mir einen bösen Blick zu. Ein Baby schrie. Ich fand es hier grauenvoll.

Ich stellte die Musik in meinen Ohrhörern lauter und beschleunigte meine Schritte. Was auch immer Meg mir zu erzählen hat, ich schwöre dir, geliebte *sestra*, es wird an meinen Gefühlen für dich nichts ändern.

Status: *ungelesen.*

Von: Nika Lukina
An: Jen Lukina

Montag, 22. Juni 2015
15:21
Bright Eyes – *Devil Town*

Ich entschied mich für denselben Tisch, an dem ich am Vorabend mit Hannah gesessen hatte. Die Mittagszeit machte sich bemerkbar – Leute mit Kaffee und Sandwichs in der Hand liefen die Straße rauf und runter, beschäftigt und die meisten, ohne zu lächeln. Ich dachte an den toten Wirt und den Betonboden im Biergarten. Düstere und unheimliche Gedanken für einen derart hellen, sonnigen Tag. Plötzlich wurde mir der Blick aus dem Fenster von einer Fremden verstellt.

»Nika?«, fragte eine feste, aber freundliche Stimme. Ich brauchte einen Moment, um ihr Gesicht im Gegenlicht zu erkennen. Sie trug einen asymmetrischen, pflegeintensiven Haarschnitt und ein Monroe-Piercing. Das Nächste, was ich bemerkte, waren eine Uniform in Schwarz und Neongelb und eine Kappe, die sie unter den Arm geklemmt hielt. Meg war also Polizistin – eine beruhigende Nachricht irgendwie.

Ich streckte ihr die Hand entgegen, und sie schüttelte sie mit festem Griff. Ihre Handfläche war rau und trocken.

»Hi, Meg«, sagte ich und entzog ihr die Hand.

»Oh, tut mir leid.« Sie lächelte und entblößte ihre schiefen, weißen Zähne. »Du siehst ihr so ähnlich.«

»Eigentlich gar nicht.«

»Die Augen – du hast dieselben Augen. Dieselbe Form und Farbe und … der Glanz.«

»Die meisten sagen, ich hätte die Augen meiner Mutter.«

»Ich hab Bilder von dir als Kind gesehen. Jen hatte eine Fotowand in ihrem Zimmer. Da waren viele Aufnahmen von dir!«

Ich fragte mich, was aus diesen Fotos geworden war. Ich wandte mich ab, ein bisschen verstört durch ihre gründliche Musterung meines Gesichts und den – wie ich glaube – hoffnungslosen Versuch, darin noch mehr zu entdecken, das sie an dich erinnerte.

»Bist du Polizistin?«

»Polizistin?« Sie lachte leise. »Ich wünschte, ich wäre es. Dummerweise bin ich bloß Parkplatznazi.«

»Was bist du?«

»Ich bin Politesse. Einer der fünf meistgehassten Berufe der Welt.«

»Oh, wirklich?«

Es gelang mir nicht, meine Enttäuschung zu verbergen. Sie musste es bemerkt haben, denn sie setzte schnell hinzu: »Na ja, es ist halt ein Job! Wenigstens bin ich keine Steuerprüferin.« Sie lächelte sanft. »Ich hol mir einen Kaffee.«

Nach wenigen Augenblicken tauchte sie mit einem riesigen, cremigen Latte wieder auf.

»Es ist ein bisschen bizarr, weißt du?« Ich hatte mich entschlossen, gleich auf den Punkt zu kommen. »Vor nicht mal vierundzwanzig Stunden hab ich hier mit einer Frau gesessen, die ebenfalls behauptet, Jens beste Freundin gewesen zu sein. Sie heißt Hannah Bellamy. Kennst du sie?«

»Oh, Hannah ...« Meg lächelte sarkastisch.

»Dann kennst du sie also?«

»Ja, sie war meine Chefin im Pub.«

»Heißt das, du hast mit meiner Schwester im *Queen's Head* zusammengearbeitet?«

»Ja, aber ich hab nur die leeren Gläser eingesammelt. Damals war ich sechzehn.« Sie trank einen Schluck Kaffee. »Ich sehe da einen roten Faden, du nicht? Mit sechzehn keine richtige Barfrau, mit vierundzwanzig keine richtige Polizistin. Ich schätze, das nennt man eine chronische Verliererin. Aber ich hatte Glück, den Job im Pub überhaupt zu bekommen, denn Ali war ein guter Mann.«

Ich lächelte höflich. Jetzt war ich es, die ihr Gesicht gründlich musterte. Auf jeden Fall sah sie älter aus, als sie tatsächlich war. Ich hatte sie auf Anfang dreißig geschätzt. Ihre Haut hatte einen stumpfen Grauton, und die Mundwinkel hingen herab wie bei einem traurigen Emoji.

»Ich hab von Ali gehört. Was für ein Drama! Kanntest du ihn gut?« Ich war gespannt auf ihre Reaktion.

Unwillkürlich zuckte sie zusammen, als wäre sie gerade von etwas gestochen worden. »Er war gut zu mir. Zu uns allen eigentlich.«

»Und die ganzen Drogen und Partys?«

»Was ist damit? Er liebte Partys, und er liebte es, von talentierten jungen Leuten umgeben zu sein. Wahrscheinlich fühlte er sich dadurch jünger.«

»War er auch gut zu Jen?«

»Sie war sein Liebling.«

»Wie meinst du das?«

»Als Mensch. Er liebte sie wie eine Tochter. Warum? Wie hast du mich verstanden?« Sie wirkte genervt. »Und wer hat dir überhaupt von ihm erzählt?«

»Niemand, es ist nicht wichtig. Warum fragst du?«

»Das ist einfach so typisch für Notown – Gerüchte über Leute zu verbreiten, von denen man aber eigentlich nichts weiß.«

»Genau deswegen wollte ich dich ja sehen. Du weißt alles über Jen, oder?« Ich versuchte, sie zu beruhigen, denn ich konnte es mir nicht leisten, sie zu verärgern, ehe ich ihr meine Fragen gestellt hatte.

»Ich glaube schon.« Sie zuckte die Achseln. »Wir standen uns ziemlich nah.«

»Weißt du von irgendwem, der sauer auf sie gewesen sein könnte? Oder ihr irgendetwas angetan haben könnte? Ein eifersüchtiger Freund oder so was?«

»Na ja, Jens Freund war schon ziemlich aufbrausend, aber ich bezweifle, dass er etwas mit ihrem … Verschwinden zu tun hat.«

»Wer war er?«

»Einfach ein Typ aus der Stadt, Chris MacConnell. Er war in einer Band.«

Das ergab Sinn. Du hast in einer Musikkneipe gearbeitet und warst mit einem Typen aus einer Band zusammen. Ich sah dich geradezu vor mir, neben einem Kerl, der aussah wie Luke von den Kooks oder Johnny Borrell. Ich malte mir eine Bilderbuchbeziehung wie in einem Musikvideo aus.

»War es etwas Ernstes?«, fragte ich.

»Für Jen auf jeden Fall, aber bei Chris sah es anders aus – er war Musiker.« Sie warf mir einen vielsagenden Blick zu. »Manche hielten ihn für ein Genie, eine Art Indie-Rock-Messias oder zumindest für den nächsten Jim Morrison. Er liebte sie, aber die Musik stand immer an erster Stelle, so war es einfach. Er hatte wirklich Talent. Er und sein bester Kumpel, Mark Rimmer, schrieben zusammen wunderbare

Songs, manche waren wirklich atemberaubend.« Meg seufzte und fuhr fort: »Er ist kein schlechter Kerl. Na ja, wenigstens war er es damals nicht. Schade, dass er nie groß rausgekommen ist.«

»Warum, was ist passiert?«

»Ich hab gehört, dass er sich mit seinen Kumpels aus der Band total verkracht hat und die Gruppe dann verließ. Das Traurige daran ist, dass sie kurz darauf richtig groß rauskamen. Wahrscheinlich hast du schon von ihnen gehört, sie heißen The Red Room. Dieses Jahr sind sie der Headliner beim Glastonbury Festival.«

Ich nahm mir vor, über die Band zu recherchieren. Der Name tauchte nicht zum ersten Mal auf.

»Tatsächlich? Meine Mitbewohnerin ist ein Fan. Ich wusste, dass sie hier aus der Gegend kommen, aber nicht, dass Jen mit einem von ihnen zusammen war. Mit wem? Lass mich raten. Dem Bassisten?«

Meg lächelte schief. »Schlimmer. Dem Sänger.«

»Wow.«

»Sie waren schon ein besonderes Paar, das kann ich dir sagen.« Megs Gesichtszüge wurden weicher, fast wirkte sie ein wenig verträumt. »Es ging immer turbulent zu. Sie stritten sich oft, bewarfen sich mit irgendwelchen Gegenständen, sprachen nicht mehr miteinander. Und dann sang er ein Lied, das sie mochte, während sie Drinks servierte. Sie tat, als würde sie ihn nicht kennen. Also sang er noch eins, und am Ende gingen sie zusammen nach Hause. Es war so eine Liebesbeziehung, wie man sie im Kino sieht. Manchmal war es hässlich, aber ich hab in meinem ganzen Leben kein leidenschaftlicheres Paar erlebt.«

»Wo ist er jetzt?«

»Soweit ich weiß, wohnt er immer noch in der Stadt. Ab

und zu läuft er mir über den Weg. Wahrscheinlich wohnt er sogar noch in diesem alten Haus mit der roten Tür.«

Das Haus mit der roten Tür? Ich hatte keine Ahnung, wovon sie sprach. Wahrscheinlich war es irgendeine Redensart, die ich nicht begriff, weil ich keine Muttersprachlerin war. Ich nahm mir vor, das später nachzuschlagen.

»Was ist aus der Band geworden? Und warum haben sie mit einem anderen Sänger weitergemacht, wenn dieser Chris so gut war? Ich meine, ich weiß, dass die Beatles den fünften Mann gefeuert haben, bevor sie berühmt wurden, aber er war auch nicht der Sänger!«

Ihr Gesicht nahm einen seltsamen Ausdruck an – eine säuerliche Mischung aus Ekel und Trauer, als betrachtete sie eine offene Wunde oder ein totes Tier.

»Ich weiß nichts über die Band und ihre Mitglieder. Auch Chris kenne ich nur über Jen.«

»Und dieser Kumpel, den du erwähnt hast – Mark? Lebt er auch noch hier?«

»Nein, er schreibt jetzt die Songs für The Red Room.«

»Echt?«

Sie antwortete nicht. Mir war klar, dass es an der Zeit war, das Thema zu wechseln, ehe sie richtig sauer wurde.

»Glaubst du, Chris würde mit mir sprechen?«

»Das dürfte von seiner Stimmung abhängen. Er kann ein bisschen schwierig sein. Und er trinkt. Außerdem ist das alles so lange her, dass er sich vielleicht nicht mehr richtig an sie erinnert.«

Beim letzten Satz zuckte ich innerlich zusammen. Wie hätte er dich vergessen können? Deine Hände, deine wilden Haare, dein schiefes Kätzchenlächeln? Ich war sicher, dass er sich an dich erinnerte. Vor allem, wenn ihr beide richtig verliebt wart.

Kinoliebe hatte Meg es genannt – bloß hatte sie nicht gesagt, in welcher Art Film.

»Übrigens hab ich gehört, dass er ein akustisches Set im *Queen's Head* spielen wird«, unterbrach Meg meine Gedanken.

»Wirklich? Was für ein Zufall! Ich hab in einem der Zimmer über dem Pub übernachtet.«

»In welchem?«, fragte sie mit funkelnden Augen.

»Dem Zimmer über dem Eingang. Vom Fenster aus kann ich das Pub-Schild sehen.«

»Jen wohnte in dem Zimmer mit Blick auf die Gasse.«

»Was? Sie wohnte über dem Pub?« Ich war geschockt. Meine Tasse zitterte in meinen Händen.

»Nur zwei Monate bevor … du weißt schon. Ali ließ sie dort wohnen.«

Ich spürte, wie mir der Schweiß den Rücken hinablief.

»Aber Hannah hat gesagt …«

»Hannah ist ein Miststück.« Megs Augen verengten sich zu Schlitzen. Sie war eindeutig wütend.

»Dann stimmt es also nicht, dass die beiden zusammengewohnt haben?«

»Doch. Aber nachdem sie sich total zerstritten hatten, zog deine Schwester aus. Den Teil hat sie wahrscheinlich ausgelassen, stimmt's?«

»Sie hat gesagt, dass sie sich verkracht hatten.«

Meg lachte sarkastisch. »Verkracht. Das ist eine sehr freundliche Formulierung. Sie hatten richtig heftigen Zoff.«

»Worum ging es dabei?« Ich wollte unbedingt wissen, an welchen Stellen Hannah noch gelogen hatte.

»Wahrscheinlich hat Jen irgendwann begriffen, dass ihre geliebte Hannah eine totale Soziopathin war … Keine Ahnung.«

Für mich klang ihre Bemerkung vor allem nach Eifersucht.

»Ihre Freundschaft war eigentlich seltsam«, fuhr Meg fort. »Sie hatten keine echten Gemeinsamkeiten, außer dass sie beide auf Indie-Rock und Jungs aus Bands standen.«

Eine Weile schwiegen wir. Wahrscheinlich dachten wir beide an dich. Ich jedenfalls tat es. Schließlich fragte ich sie das, was ich wirklich wissen wollte.

»Erzähl mir von Jen – wie war sie?« Ich trank einen Schluck von meinem wässrigen Kaffee. »Ich war dreizehn, als sie verschwand, und elf, als sie von zu Hause wegzog. Ich hatte nie die Chance, sie richtig kennenzulernen. Und das ist es, was ich mir am meisten wünsche. Welchen Typ Jungs mochte sie? Hat sie ihre Beine rasiert oder gewachst? Wann hat sie ihre Jungfräulichkeit verloren? Was hatte sie nach der Uni vor? Worum sollte es in ihrer Abschlussarbeit gehen, falls sie das schon wusste? Ich weiß so wenig von ihr, aber ich will alles erfahren. Ich erinnere mich, dass sie Gedichte schrieb und dass sie weinte, wenn sie Filme schaute, und dass sie den Geruch von rohem Fleisch hasste. Ich erinnere mich, wie ich mich in ihrer Gegenwart fühlte, nämlich so, als wäre alles ein Abenteuer. Und trotzdem ist sie ein großes Geheimnis für mich. Ich habe ihren alten iPod, er ist voll mit Songs – und manche davon sind so wütend und traurig. Und das passt einfach nicht zu der Jen, die ich kannte. Was hat sie so aus der Fassung gebracht? War es ihr Freund? Oder etwas anderes? Manchmal kommt es mir vor, als hätte es zwei Jens gegeben.«

Ich schmeckte die Tränen in meinem Mund. Es stimmte, Jenja. Ich muss diese kleinen Dinge erfahren, die dich ausgemacht haben. Ich muss. Ich will schmecken, was du geschmeckt hast, sehen, was du gesehen hast, fühlen, was du gefühlt hast. Außer den Songs, die uns verbanden, gibt es noch so viel anderes zu erfahren. Ich sehne mich danach. Weißt du, seitdem ich dich und Mama verloren hab, spüre ich vor allem Wut und Angst. Aber jedes Mal, wenn ich etwas von dir berühre, fühle ich mich ein bisschen hoffnungsvoller und lebendiger.

»Ich kannte sie nicht lange, bloß ein Jahr ungefähr, aber eine engere Freundin hatte ich in meinem ganzen Leben nicht.« Meg seufzte schwer. »In ihrer Gegenwart spürte ich vom ersten Moment an eine Wärme, ein Zusammengehörigkeitsgefühl. Als hätte ich plötzlich eine Schwester. An meine leibliche Mutter kann ich mich kaum erinnern – ich bin mein Leben lang von einer Pflegefamilie in die nächste gekommen. Und alle, auch die, die mir geholfen haben, betrachteten mich wie eine Art Irrtum, so, als hätte ich eigentlich abgetrieben gehört. Ich weiß, dass es ein bisschen böse klingt, aber die Leute haben mich benutzt: Ich war ein Objekt der Barmherzigkeit, mit dem sie sich ein paar zusätzliche Karmapunkte verdienen wollten oder einen sicheren Platz im Himmel gleich neben dem Jesuskind. Nie war jemand auf echte Art freundlich zu mir. Außer Jen. Von ihr hab ich gelernt, wie man sich die Nägel lackiert oder Eier brät. Sie hat mit mir ferngesehen, mir Tee gekocht und über meine Witze gelacht. Ich hab sie so verdammt geliebt.«

Plötzlich spürte ich im Bauch etwas Schweres, Kaltes. Es war der Verlust, das körperliche Gefühl, eine nahestehende Person verloren zu haben. Nachdem du und Mama plötzlich nicht mehr da wart, hatte ich es ständig gespürt. Aber vielleicht spielte auch nur meine Bauchspeicheldrüse verrückt.

Ich musste blass geworden sein, denn Meg griff nach meiner Hand und fragte: »Hey, sollen wir vielleicht nach draußen gehen? Ich glaube, die Klimaanlage funktioniert nicht.«

Ich war dankbar, dass sie mir einen Ausweg bot. Ich wollte nie zu den Leuten gehören, die ohnmächtig werden oder erbleichen, bloß weil sie übermäßig sensibel reagieren. Ich wollte robust sein, stark und unverwüstlich.

Aus dem Café traten wir hinaus auf die belebte Hauptstraße. Wir schlossen uns dem Strom der Fußgänger an und ließen uns eine Weile mit der Menge treiben, bis wir die weiß getünchten Wände des *Queen's Head* erreichten.

»Ich frag mich, was sie in dem Laden verändert haben.« Meg deutete mit dem Kopf auf den Pub.

»In meinen Augen sieht er ziemlich runtergekommen aus, also wahrscheinlich nicht viel. Dunkelrote Wände, ein alter, stinkender Teppich, ein riesiger Holztresen. Klingt das vertraut?«

Meg nickte.

»Willst du mit reinkommen? Die Jungs, die hier arbeiten, sind wirklich nett, und das Essen ist toll.«

»Nein, nein!« Sie wirkte plötzlich benommen. »Ich bringe es nicht über mich, noch nicht. Zu viele Geister, zu viele Erinnerungen, an die ich lieber nicht rühren möchte.«

»Gute Erinnerungen?«

»Überwiegend«, sagte sie. Wir gingen an der massiven Eingangstür vorbei. Doch sie drehte nicht einmal den Kopf, um einen Blick durchs Fenster zu werfen.

Ich hatte keine Ahnung, wohin wir gingen, beschloss aber, sie nicht zu fragen.

»Übrigens habe ich keine Geister gesehen«, erklärte ich.

»Das bedeutet nicht unbedingt, dass sie dich nicht gesehen haben.« Im ersten Moment dachte ich, sie wollte mich auf den Arm nehmen, aber ihre Miene blieb vollkommen ernst.

»Warst du mal auf einer von Alis berühmten Partys?« Ich versuchte, möglichst beiläufig zu klingen.

»Wohl kaum, ich war damals doch erst sechzehn. Wenn ich meine Schicht hinter mir hatte, schickte Ali mich nach Hause. Samstags durfte ich einen halben Cider trinken, und das war's.«

»Dann warst du kein einziges Mal dabei?«

»Doch, einmal. Auf einer Party von Hannah. Ali und seine Freundin waren im Urlaub. Ich hab mich so betrunken, dass Jen mich nach Hause tragen musste.« Sie lächelte.

Ich erkannte den Gesichtsausdruck wieder – heute Morgen hatte Stuart so ausgesehen. Meg schwelgte in Erinnerungen, dachte an die guten alten Zeiten und dass sie für immer vergangen waren. Scheinbar war Notown der perfekte Ort für Leute, die ihre Vergangenheit hochhielten. Denn eine Gegenwart schien es in dieser Stadt nicht zu geben.

»Wie schade, ich dachte, du könntest mir etwas über diese verrückten Nächte erzählen«, sagte ich.

»Hannah weiß alles darüber. Frag sie«, erwiderte Meg mit verbittertem Unterton.

»Als wir uns gestern getroffen haben, hatte ich nicht das Gefühl, dass sie gern an diese Zeit zurückdenkt. Hast du eine Ahnung, warum?« Wir standen an einer Fußgängerampel und warteten auf Grün.

»Das ist seltsam, weil sie am meisten von der Situation profitiert hat.«

»Wie meinst du das?«

Endlich schaltete die Ampel um, und wir setzten uns wieder in Bewegung.

»Ich klatsche nicht gern. Du solltest denjenigen fragen, der dir von Ali erzählt hat. Er weiß wahrscheinlich auch, was Hannah so treibt, seit Jen verschwunden ist.«

Ich wusste, dass ich ihr nicht vertrauen konnte. Sie war verletzt und verbittert. Menschen, die einen Groll hegen, sind selten objektiv.

Wir entfernten uns vom Stadtzentrum und kamen an einem mehrstöckigen Parkhaus vorbei, einem Gentlemen's Club mit einem schäbigen Türschild, das viel darüber verriet, was sich drinnen abspielte, und schließlich an mehreren Pubs. Dann überquerten wir erneut eine Straße und betraten einen kleinen Friedhof neben einer winzigen, uralten Kirche. Ich fragte mich, ob wir auf dem Weg zu einem Grab waren, vielleicht zu dem von Ali, doch der Weg zwischen den Grabsteinen hindurch diente offenbar nur als Abkürzung. Der Friedhof war bisher der schönste Flecken in der ganzen Stadt. Das tiefe Smaragdgrün des Grases und das Gelbgrau des Kalksteins taten meinen Augen gut.

Hinter dem Friedhof bogen wir in eine lange, schmale Straße mit Reihenhäusern ein.

»Zwischen Jens Sachen, die Hannah mir gegeben hat, hab ich etwas gefunden.« Ich ging langsamer und tastete nach der Pfeife in einer Seitentasche meines Rucksacks. Meg musterte sie mit einem unbeeindruckten Blick und beschleunigte ihre Schritte wieder.

»Das ist eine Crack-Pfeife«, sagte sie ausdruckslos.

Ich schluckte und hatte das Gefühl, jeden Moment in Tränen ausbrechen zu müssen. Nenn mich uncool, aber Crack-Pfeifen sind für mich kein alltäglicher Anblick.

»Sie gehörte nicht Jen, falls du dir deswegen Sorgen machst«, fügte Meg hinzu, als hätte sie meine Gedanken gehört.

»Wem denn? Ihrem Freund?« Ich zerrte an ihrem Ärmel und hielt sie mitten auf der Straße an.

»Es war meine.«

»Deine?«

»Ja.« Sie setzte sich wieder in Bewegung. »Mach kein Drama. Ich hab doch gesagt, dass ich ein ziemlich hartes Leben hatte.«

Sie nahm mir die Pfeife ab und warf sie ins Gebüsch.

»Jen hat mich einmal beim Rauchen erwischt, nicht lange bevor sie verschwand. Ich dachte, sie würde wütend werden, aber sie war einfach nur fassungslos. Ich gab ihr die Pfeife und versprach ihr, das Zeug nie wieder anzurühren.«

Sie wandte sich ab und ging weiter, beinahe im Laufschritt.

»Ich meine, schau dich mal um«, nahm sie nach kurzer Pause den Faden wieder auf und schaute mir direkt in die Augen. »Jeder ist abhängig von irgendwas – anders kannst du in dieser Stadt nicht überleben.«

»Wovon war Jen abhängig?«, fragte ich.

Sie lächelte. »Du wirst ihn bald kennenlernen.«

Wir bogen noch einmal ab. Die Straße war jetzt breiter, die Häuser aber unverändert heruntergekommen und alt. Abrupt hielt Meg vor einem dreigeschossigen, von oben bis unten eingerüsteten Reihenhaus.

»Hier hat Jen gewohnt.«

Status: *ungelesen.*

Von: Nika Lukina
An: Jen Lukina

Montag, 22. Juni 2015
17:47
Bloc Party – *Like Eating Glass*

Tut mir leid, dass ich die letzte Message so unvermittelt beenden musste – Facebook hat diese dämliche Regel, dass du pro Message nur eine bestimmte Zeichenzahl schreiben darfst. Ich versuche, mich kurzzufassen, versprochen. (Es sei denn, du willst noch weitere Einzelheiten über die Stadt erfahren, in der du gelebt hast. Und über die Menschen, die dir nahestanden. Vielleicht bekommst du ja Lust, zurückzukommen, wenn du über sie liest?)

Also, Meg und ich standen vor einem dreigeschossigen Reihenhaus, das von oben bis unten eingerüstet war.

»Es wurde höchste Zeit, dass sie etwas daran tun. Das Haus war schon vor acht Jahren eine einzige Bruchbude. Jens Zimmer war ganz oben.« Sie deutete mit dem Finger hinauf. »Ihr letzter Winter hier war ziemlich kalt, mit viel Wind und Regen. An der Decke über ihrem Bett war ein schwarzer, schimmeliger Fleck, der immer größer wurde. Wenn man ihn lange genug anschaute, konnte man ihm fast beim Wachsen zusehen. Ich weiß noch, dass es so kalt war, dass wir zum Schlafen unsere Mützen aufsetzten und uns einen Schlafsack teilten – Jen und Hannah konnten es sich nicht leisten zu heizen.« Sie lächelte bei der Erinnerung. »Und weißt du, was das Witzigste ist? Trotz der frostigen Kälte ist es eine meiner wärmsten Erinnerungen – mit Jen in diesem Haus zu sein, sich unter zwei Decken einzumummeln, Pizza zu essen und Fernsehen zu schauen.«

»Dann hast du bei ihr gewohnt?«

»Nein, aber sie ließ mich manchmal hier übernachten. Meine Wohnung lag mit dem Bus nur eine halbe Stunde entfernt. Wenn Hannah nicht da war, konnte ich über Nacht bleiben.«

»Warum nur dann, wenn Hannah nicht da war?«

Meg seufzte.

»Sie war eine Heuchlerin. Ich ziehe nicht gern über Leute her, wirklich nicht, aber bei ihr stimmt es einfach. Sie tat so, als wären sie und Jen beste Freundinnen und alles, weil sie zusammenwohnten und -arbeiteten und ausgingen. Aber ich wusste, wie Hannah wirklich war – ich hatte gehört, wie sie hinter Jens Rücken mit Alis Freundin redete. Hannah war eifersüchtig. Und sie hasste mich. Sie nannte mich eine Stalkerin, weil ich immer mit Jen zusammen sein wollte und manchmal ihre alten Klamotten trug. Sie sagte oft: ›Bring diese kleine Stalkerin bloß nicht auf falsche Ideen. Sie kann nicht bei uns schlafen, diese Rumtreiberin.‹ So redete sie sogar, wenn ich dabei war.«

»Das ist nicht nett.«

»Allerdings.«

Meg zündete sich eine Zigarette an und nahm einen tiefen Zug.

»Hannah hat mir erzählt, Jen hätte vorgehabt, mit ein paar Leuten, die sie im Netz kennengelernt hatte, zu verreisen. Weißt du irgendwas darüber, Meg?«

Ich sah ihr zu, wie sie den Rauch ausstieß.

»Mir gegenüber hat sie nichts davon erwähnt.« Sie kratzte sich am Hinterkopf. »Kein einziges Mal. Und ich weiß, dass sie mir so etwas erzählt hätte.«

»Hast du eine Ahnung, wer diese Leute sein könnten, diese Freunde aus dem Netz?«

»Überhaupt nicht. Sie hatte so viele Bekannte. Alle mochten sie, sie war wie ein Magnet. Sie zog die Menschen einfach an.«

Ich nickte. Meg starrte auf irgendeinen Punkt in weiter Ferne.

»Weißt du, dieses Haus war ein echter Albtraum, aber es hatte einen Pluspunkt, den Garten. Er war wild und völlig zugewachsen, aber – Wahnsinn! – ein echtes Wunder. Die alten Bäume sahen im Sonnenuntergang aus wie Drachen und Riesen. Jen liebte es, sich vom Balkon aus den Sonnenuntergang anzuschauen. Immer allein, und dabei rauchte sie, trank Strongbow Cider und war total in Gedanken versunken. Manchmal habe ich mich gefragt, worüber sie nachdenkt. Vielleicht hat sie ja wirklich ihre Flucht geplant, wer weiß. Ich kann nur sagen, dass sie in diesen Baumwipfeln etwas Besonderes gesehen hat. Wenn sie eine Weile dort draußen gesessen hatte, setzte ich den Kessel auf und klopfte ans Fenster. Dann kam sie nach Rauch riechend und lächelnd wieder herein, und wir tranken Tee und aßen Möhrenkuchen.«

Sie zog ein letztes Mal an ihrer Zigarette und warf dann den Stummel weg.

»Ich glaube, sie ist tot, verstehst du?«, sagte Meg, ohne mich anzuschauen. »Sonst hätte sie einen Weg gefunden, mir – uns – mitzuteilen, dass sie noch lebt. Sie ist tot. Aber ich komme immer noch manchmal her und rede mit ihr. Ich kann sie nicht loslassen. Ich vermisse sie so.«

»Hast du eine Vorstellung, wer ihr etwas angetan haben könnte?«, flüsterte ich.

»Nein. Ich meine, ich hab diese Theorie, aber …« Wie ein kleines Kind rieb sie sich die Augen. »Ich kann sie nicht laut aussprechen. Ich behaupte nicht gern Dinge, die ich nicht beweisen kann, es wären bloß Spekulationen auf der Basis von … meinen Gefühlen. Also nein, ich hab keine Ahnung.«

»Ich vermute, es ging um Menschenhandel. Jemand hat sie geködert, ihr etwas versprochen, sie einer Gehirnwäsche unterzogen …«

Meg lachte leise.

»Gehirnwäsche? Bei Jen? Du machst Witze.«

Das verletzte mich, weil es bewies, wie wenig ich von dir wusste.

»Wenn du mich fragst, Nika, musst du in der unmittelbaren Umgebung suchen.« Unvermittelt setzte sie sich wieder in Bewegung. Es war das erste Mal, dass sie meinen Namen ausgesprochen hatte.

»Wo willst du hin?«, rief ich.

»Komm, ich zeig dir noch etwas anderes. Danach muss ich los.«

Wir durchquerten wieder die schmale Gasse und bogen dann rechts ab.

»Warum wollte sie nach Glasto?«, fragte ich.

»Sie war ein totaler Musikfan, und es ist das größte Festival der Welt. Passt doch, oder?«

Wir bogen links ab und kamen an einem verlassenen Gebäude vorbei, an dessen Eingängen Abrisswarnungen hingen.

»Hat sie dir irgendetwas über Chris erzählt, ihren Freund? Vielleicht hatten sie sich getrennt?«

»Ich hab doch gesagt, es war eine On-Off-Beziehung. Und eigentlich hat sie mit niemandem über ihn gesprochen.«

»Hat die Polizei dich befragt?«

»Nein. Warum auch? Ich bin niemand.« Meg zuckte die

Achseln, und wir bogen in eine andere schmale Straße ein. Ich las das Straßenschild: Gypsy Lane. »Die Polizei hat ihren persönlichen Tutor befragt, außerdem Hannah und eine Handvoll von Jens Bekannten. Warum hätten sie sich mit einer Nebenfigur wie mir abgeben sollen? Sie hängten Handzettel an jede Bushaltestelle und jeden Laternenpfahl in der Stadt. Ihr Gesicht lächelte mich für den Rest des Sommers an. Dann wurde es Oktober, und ihr Lächeln verblasste. Die Zettel wurden überklebt, und alle vergaßen sie. Außer dir und mir.«

Meg hielt abrupt vor einem ganz gewöhnlich wirkenden Reihenhaus. An der schwarzen Haustür hing ein Schild mit der Nummer 27. Vor dem Haus parkte ein oranges Wohnmobil.

»Dieser Spinner hat die Tür neu gestrichen. Sie war früher blutrot.«

Ich brauchte einen Augenblick, um zu verdauen, was sie gerade gesagt hatte. Das Haus mit der roten Tür war also keine Metapher, sondern real. Hier bist du also ein und aus gegangen, *sestra*.

»Das ist das Haus von Chris. Ich glaube, er wohnt hier noch immer – jedenfalls gehört ihm das Auto, falls er es nicht zusammen mit dem Haus verkauft hat.«

»Gehen wir rein?«, fragte ich und hob die Hand, um anzuklopfen. Meg hielt mich zurück.

»Nein!«, flüsterte sie. »Was glaubst du denn? Wir können nicht einfach so aufkreuzen! Er wäre total angepisst.« Sie zog mich weg von der Tür und zur nahen Kreuzung an einer geschäftigen Straße.

»Warum?«, fragte ich, als sie mich endlich losgelassen hatte.

»Er ist bestimmt nüchtern und wütend. Und das willst

du dir nicht antun. Wenn du mit ihm reden musst, dann geh zu seinem Gig und tu so, als ob du zu haben bist.«

»Zu haben?«

»Ja, wie ein Groupie. Keine Ahnung.« Wir blieben an einer Bushaltestelle stehen. »Ich muss jetzt los, ich bin wirklich spät dran.«

»Danke, Meg.«

»Ruf mich an, wenn du Hilfe brauchst oder irgendwas herausfindest.« Sie umarmte mich linkisch. Ihr Bus näherte sich der Haltestelle. »Und sei sehr vorsichtig, Nika. Die Dinge sind nicht immer so, wie sie aussehen. Vor allem hier.«

Sie verschwand so schnell im Bus, dass ich nicht mehr fragen konnte, was sie damit meinte.

Ich schaute mich um und wurde von dem verstörenden Gefühl überwältigt, dass man mich manipulierte und anlog, genau wie damals, als ich klein war und niemand mir sagte, was mit Mama los war.

Google Maps verriet mir, dass ich mich auf der Hauptstraße von Notown befand, etwa zwanzig Minuten zu Fuß vom Pub. Ich lief los. Schon von Weitem sah ich die mächtigen weißen Mauern des *Queen's Head* vor mir aufragen. Aus der Ferne fühlte ich mich an ein Bild von Avalon erinnert, aus dem Buch, das Mama mir immer vorlas, als ich in der Vorschule war. Aus irgendeinem Grund löste der Anblick ein sicheres und ruhiges Gefühl in mir aus.

Status: *ungelesen.*

Von: Nika Lukina
An: Jen Lukina

Montag, 22. Juni 2015
17:59
Kooks – *Ooh La*

Im Pub war es kühl und ruhig. Der perfekte Zufluchtsort vor der seltenen, aber dafür umso stechenderen englischen Sommersonne. Ein Dutzend Büroangestellte in gestreiften Hemden verspeisten ihr zweifellos von Stuart zubereitetes Mittagessen. Hinter mir schloss sich knarzend die Tür. Aus dem Nichts tauchte Nick auf. Er lächelte, rieb sich die Augen und winkte mir zu.

»Was? Erzähl mir nicht, du wärst hinter dem Tresen eingeschlafen, Nick!«, ergriff ich sofort die Initiative.

»Nein«, erwiderte er viel zu schnell, um glaubhaft zu wirken. »Und überhaupt, was machst du hier? Du wolltest doch schon weg sein, oder nicht?«

»Ja.« Ich trat an den Tresen. Seine Frage erwischte mich auf dem falschen Fuß. Ich hatte längst auf dem Weg nach London sein wollen. Aber jetzt stand ich wieder hier, und wie es aussah, würde ich noch zwei Nächte hier verbringen müssen.

»Nick, ich hab gehört, es gibt hier morgen Abend Livemusik. Stimmt das?«

Er nickte.

»Wer spielt denn?«

»Wir haben drei Acts: allesamt lokale Größen.« Er warf mir einen spöttischen Blick zu. »Interessierst du dich plötzlich für die hiesige Musikszene?«

»Vielleicht. Wäre es in Ordnung, wenn ich noch ein, zwei Nächte hierbleibe?«

»Stu!«, brüllte er so laut, dass es mir in den Ohren dröhnte. »Hey, Stu-art!«

Sein Zwillingsbruder tauchte in der Küchentür auf und wischte sich mit dem Unterarm übers Gesicht.

»Was ist?«

»Ich sag doch, sie fährt auf dich ab, Mann!« Nick zwinkerte ihm zu.

»Was zum Teufel laberst du da, Nick?« Stuart versuchte, seine Verlegenheit zu überspielen, doch es war zu spät. Nick und ich hatten längst gemerkt, dass er errötet war.

»Ich hab euch beiden heute Morgen zugehört, ihr Turteltauben.« Nick lachte triumphierend. »Und jetzt erzählt sie mir, dass sie bleiben will, um sich ein paar unserer lokalen Bands anzuschauen. Das ist so was von offensichtlich – echt süß.«

»Du bist ein Blödmann!« Stu stürmte davon.

»Nick, du bist wirklich ein Mistkerl!« Ich versetzte ihm einen spielerischen Stoß. »Warum bist du so grässlich zu Stuart?«

Nick zapfte ein halbes Pint Cider und stellte es vor mir auf den Tresen.

»Ist das etwa deine Taktik?« Ich lachte. »Versuchst du wirklich, mich auf deine Seite zu ziehen, du vorlauter Depp? Ich warne dich: Es funktioniert. Besser, du schließt dich heute Nacht in deinem Zimmer ein.«

Nick zapfte sich eine Cola, und wir stießen an.

»Du hast also gelauscht, Nick?«

»Nicht mit Absicht. Ich hatte kein Klopapier mehr und wollte welches von unten holen. Dabei hab ich irgendwie mitbekommen, was du erzählt hast. Über deine Schwester und alles.« Er wirkte plötzlich sehr ernst. Wenn er einmal nicht grinste, war seine Ähnlichkeit mit Stuart unheimlich.

Ich frage mich, ob die Leute dich auf diese Weise in mir wiedererkennen – jedenfalls wenn Licht und Blickwinkel stimmen.

»Tut mir leid, dass ich dir bei deinen … Nachforschungen nicht helfen kann.«

»Kein Problem. Ihr helft mir schon eine Menge, wenn ihr mich hier schlafen lasst.«

Ich trank meinen Cider aus und ging in den Biergarten. Ich musste mit Hannah sprechen, musste sie zur Rede stellen und versuchen, die Wahrheit von ihr zu erfahren. Ich fand, dass mir das zustand, ich spürte ein Machtgefühl. Aber im tiefsten Inneren wusste ich, dass es der Cider war, der mir dieses Gefühl verschaffte.

Die Sonne blendete mich. Als ich die Augen schloss, tanzten rote Schatten auf der Innenseite meiner Lider. Als ich spürte, wie jemand meine Schulter berührte, zuckte ich zusammen und öffnete die Augen. Im gleißenden Sonnenlicht sah ich Stuarts Gesicht. Er wirkte schuldbewusst.

»Tut mir leid, wenn ich dich erschreckt hab«, sagte er und zog an seiner Zigarette.

»Schon in Ordnung. Im Moment bin ich halt ein bisschen schreckhaft.«

»Cool, dass du noch bleibst. Das Konzert morgen wird bestimmt ziemlich abgefahren.« Ich nahm eine Bewegung in seinen Mundwinkeln wahr. Er versuchte, ein Lächeln zu unterdrücken.

»Ich bleibe noch hier, weil ich etwas herausgefunden hab.«

»Wirklich?« Er riss die Augen auf.

»Meine Schwester hatte einen Freund. Vielleicht hast du mal von ihm gehört. Er heißt Chris … MacConnell.«

»Niemals!« Stuart trat seine Zigarette aus. »Du meinst *den* Chris MacConnell?«

»Für mich ist er einfach irgendein Chris MacConnell. Kennst du ihn?«

»Nicht persönlich, aber er ist ein echt abgefahrener Sänger. Und er tritt morgen hier bei uns auf. Früher war er bei The Red Room, hat die Band aber buchstäblich wenige Wochen vor ihrem Durchbruch verlassen. Inzwischen arbeitet er als Wachmann. Ich hab ihn schon spielen sehen – Mann, der ist unglaublich. Viel besser als Hugh.«

»Als wer?«

»Hugh Woodward, der jetzige Sänger von The Red Room. Ich meine, ich liebe diese Band, seit ich vierzehn bin, und sie sind richtig gut. Aber mit Chris ... Ich zeig dir ein YouTube-Video von 2007 mit der alten Besetzung. Du wirst es nicht glauben.«

»Du bist ein echter Fan!« Ich lachte und klopfte ihm auf die Schulter. »Vielleicht kann ich euch ja bekannt machen, falls ich es schaffe, morgen Abend mit ihm zu reden.«

»Wäre super.« Er grinste und schaute aufs Display seines Smartphones. »Ich geh besser mal wieder rein, meine Pause ist zu Ende.«

»Bis später dann, Stu.«

Als er fort war, nahm ich mein Telefon und wählte Hannahs Nummer. Sie ging nicht dran, also hinterließ ich eine lange Nachricht auf ihrer Mailbox, während ich den Fußspuren auf dem Beton im Biergarten folgte. Einige Abdrücke waren deutlicher als andere. In jedem einzelnen entdeckte ich in der Mitte ein winziges Rechteck, das mir schrecklich vertraut vorkam – es war das alte Doc-Martens-Logo. Dabei versuchte ich, mir den verzweifelten alten Wirt vorzustellen, wie er seine Geheimnisse im Betonboden versteckte.

Status: *ungelesen.*

Von: Nika Lukina
An: Jen Lukina

Montag, 22. Juni 2015
23:34
Incubus – *Monuments and Melodies*

Bei Tesco besorgte ich mir das Nötigste – ein paar farbige Stifte, eine Tüte Gummibärchen, ein Mars und zwei Unterhosen. Von Nick ließ ich mir eine riesige Tasse Kaffee machen und ging nach oben. Ich musste Ordnung in meine Gedanken bringen, und das gelang mir nur, wenn ich wie an der Uni vorging: viel Koffein und Zucker zu mir nahm und alles in verschiedenen Farben zu Papier brachte. Ich legte alles auf den Couchtisch im Wohnzimmer, trank einen großen Schluck Kaffee und schickte dir den Bericht über Meg und Stuart und alles, was ich zuvor erfahren hatte. Dann fügte ich meiner Liste mit sicheren Fakten noch ein paar Punkte hinzu:

Du warst mit einer lokalen Berühmtheit/einem Indie-Typen/einem totalen Loser namens Chris MacConnell zusammen. (Werde morgen Abend mit ihm reden.) Er war Mitglied in einer Band namens The Red Room, die inzwischen superberühmt ist (muss ich googeln!).

Hannah ist ein verlogenes Miststück???

Du warst sehr nett zu einem Mädchen, das bis zum heutigen Tag total für dich schwärmt.

Du hattest ein enges (ungesundes?) Verhältnis zu deinem Chef, dem Besitzer des *Queen's Head*.

Möglicherweise war er, Alister, gewalttätig gegenüber Frauen.

Vielleicht lag der Schlüssel zur Lösung des Rätsels direkt vor meiner Nase. Ich musste nur aus deiner Spur aus Brotkrumen, die du für mich hinterlassen hattest, die richtigen Schlüsse ziehen und den nächsten Schritt planen. Ich kritzelte immer neue Stichwörter auf verschiedenfarbige Zettel und brachte alle Informationen zu Papier. Dann arrangierte ich sämtliche Notizen auf dem Tisch – die Form erinnerte mich an das Unendlichkeitssymbol, mit deinem Verschwinden in der Mitte, am Schnittpunkt zweier Welten. Anschließend ging ich online und suchte nach Informationen über *The Queen's Head,* Alister und The Red Room.

Als es in meinen Schläfen zu hämmern begann, ging ich in die Küche. Die Sonne senkte sich langsam zum Horizont hinab, veränderte vor meinen Augen ihre Farbe von golden über orange zu blutrot und reflektierte von Dächern und Fenstern. Es war beinahe, als schaute ich bei etwas zu, das ich eigentlich nicht sehen sollte, bei einem geheimen Ritual, etwas Magischem. Ich musste an eine Zeile aus einem unserer Kinderbücher denken, wo es darum ging, dass der letzte Strahl der untergehenden Sonne die Stelle anzeigt, an der ein Schlüssel versteckt ist. Ich schaute direkt in den noch über dem Horizont stehenden Teil der Sonne, doch das Licht blendete mich. Vielleicht besaß ich den Schlüssel ja bereits. Vielleicht war der Name desjenigen, der dir etwas angetan hatte, längst gefallen?

Ich öffnete den Kühlschrank und nahm eine Dose Strongbow heraus. Sie war kalt und feucht. Ich drückte sie mir gegen die Stirn und blieb einen Moment stehen, um das kühle Metall auf meiner heißen, trockenen Haut zu spüren. Schließlich nahm ich deinen iPod und ging hinaus auf den Balkon.

Es war nicht mehr so heiß, und der Wind wehte die Gerüche einer nahe gelegenen Brauerei herüber. Ich musste an das Brot denken, das wir früher morgens immer von unserer Bäckerei in Sankt Petersburg bekommen haben. Ich genoss es, hier draußen zu sein, setzte mich auf die oberste Stufe und öffnete die Dose. Sie zischte wie eine bösartige alte Katze. Der Cider schmeckte frisch. Für eine Weile lauschte ich den Geräuschen der Stadt. Von unten hörte ich das Klappern von Tellern und die Stimmen der Leute, die im Pub zu Abend aßen, das entfernte Dröhnen eines Motorrads und Musik.

Dann schaltete ich deinen iPod ein und entdeckte eine Playlist, die mir schon einmal aufgefallen war. Sie hieß: »Gott weiß, es geht mir dreckig.« Ich steckte die Ohrhörer ein und drückte auf Play. Musik und Cider durchfluteten mein Gehirn. Ich fühlte mich kalt und entschlossen. Ich versuchte, meinen ganzen Körper zu spüren, jede einzelne Zelle, die geboren wurde und wieder starb. Nach allem, was ich in den letzten Monaten erlebt hatte, spürte ich zum ersten Mal, wie die Wut in meiner Brust etwas anderem Platz machte, etwas Intensiverem und Traurigerem. Vielleicht fühlt sich so das Erwachsenwerden an. Vielleicht hast du auf dem Balkon eures alten Hauses ja dasselbe gespürt, wenn du zugesehen hast, wie sich die Baumwipfel träge im Wind wiegten.

Plötzlich spürte ich einen Luftzug hinter mir. Doch ich hatte keine Angst, ich war glücklich.

»Jen?«, flüsterte ich.

Doch natürlich warst nicht du es, es war Stuart. Mit einer Dose Cider und einem noch nicht angezündeten Joint in den Händen nahm er leise neben mir Platz. Ich lächelte ihn an und zog einen Ohrhörer heraus.

»Da hast du es schon wieder getan, du Idiot!« Ich gab

ihm einen leichten Stoß. »Du hast mich erschreckt. Wenn du so weitermachst, solltest du bald mal googeln, wie man Erste Hilfe bei einem Herzstillstand leistet. Das war schon das dritte Mal!«

Er lächelte entschuldigend und zündete seinen Joint an.

»Ich hab Hallo gesagt, aber du hattest deine Musik laufen.«

»Dann ist es also meine Schuld?«, erwiderte ich kichernd.

»Was machst du hier draußen?«, fragte er und inhalierte tief.

»Nichts. Ich sitze einfach hier, schaue der Welt zu und höre Songs vom iPod meiner Schwester. Weißt du, ich denke immer, falls sie mir einen Hinweis hinterlassen hat, dann in einem Song. Weil sich zwischen uns beiden alles um Musik drehte.«

»Darf ich mal sehen?« Er nahm mir den iPod aus den Händen, vorsichtig, als wäre er etwas Zerbrechliches wie eine Muschel oder ein Schmetterlingsflügel. Dann scrollte er mit der Fingerspitze über das Display.

»Und, was denkst du?«

»Sie hatte einen tollen Musikgeschmack. Hier gibt's eine Menge Zeug, das ich wirklich liebe. Diese seltenen alten Aufnahmen von The Red Room zum Beispiel.« Er steckte sich den Ohrhörer ein und drückte auf Play. »Kannst du es hören? Das ist Chris MacConnells Stimme. Er klingt fantastisch, findest du nicht? So viel besser als Woodward.«

Die Qualität der Aufnahme war beschissen, doch was ich hören konnte, klang schnell und treibend – die Art von Musik, bei der man vögeln oder sich streiten will. Der Gesang war leidenschaftlich und rau. Etwas völlig anderes als die mittelmäßige Post-Rock-Band, die ich bei Laura gehört hatte.

»Der Typ ist gut«, stellte ich fest. »Durch seine Stimme und die Art, wie er singt, klingen die Songs nach einer Mischung aus The Strokes und den Sex Pistols. Ganz anders als die heutige Band. Die finde ich wirklich nicht schlecht, aber überhaupt nicht vergleichbar, wenn du mich fragst. Der Sänger ist allerdings irgendwie süß, wenn ich die Videos richtig im Kopf hab.«

Stu wirkte enttäuscht. »Klar, die Mädels stehen auf Hugh Woodward. Er hat Charme, ohne Frage.«

»Langsam«, widersprach ich. »Wer sagt, dass ich auf ihn stehe? Ich sagte nur, dass ihre Musik okay und der Sänger süß ist, mehr nicht. Ich gehöre nicht zu den Mädels, die auf Typen stehen, bloß weil sie in einer Band spielen, vor allem, wenn sie auch noch berühmt sind. So was finde ich traurig!«

»Sorry, das ist irgendwie falsch rausgekommen«, sagte er und verbarg das Gesicht in den Händen. »Ich kann mich nicht besonders gut ausdrücken.«

»Ist schon okay.«

Stu bot mir den Joint an, doch ich schüttelte den Kopf. Cider war prima, ich wollte mich mitten in der Woche nicht zudröhnen.

»Auf jeden Fall hat Hugh Woodward nichts mit der eigentlichen Musik zu tun. Der Bassist, Mark Rimmer, schreibt sämtliche Songs. Und verdammt, man muss seine Melodien einfach lieben – sie rühren einen wirklich an. Und die Texte … Es sind nicht bloß gereimte Verse, sie erzählen lebendige Geschichten.« Stus Lippen deuteten ein verträumtes Lächeln an. »Es ist immer wieder dieselbe Geschichte: die von Liebe und Verrat. Und von Erinnerungen an die guten alten Zeiten. Es ist eine Schande, dass MacConnell die Band verlassen hat. Sie hätten eine der größten

Bands der Welt werden können, weißt du? Aber irgendwas hat sie auseinandergebracht. Ich mag The Red Room bis heute, aber vor allem, weil sie unsere lokalen Helden sind – Jungs aus Notown, die tatsächlich groß rausgekommen sind.«

Ein paar Minuten saßen wir schweigend beisammen und hörten noch einen alten Song der Band. Als er zu Ende war, machte Stu sich wieder am Scrollrad zu schaffen.

»Was hältst du von ihr, nachdem du gesehen hast, welche Musik sie auf ihrem iPod hat?«, fragte ich. »Denn ich glaube wirklich, dass Musik dein Denken und deine Seele mehr beeinflusst als irgendetwas anderes.«

Gedankenverloren rieb sich Stuart das Kinn.

»Na ja«, begann er schließlich. »Ganz sicher glaubte sie an die Liebe und …« Er schaute mich schuldbewusst an. Ich brauchte einen Moment, bis ich begriffen hatte, was los war.

»Es ist schon in Ordnung, wenn du in der Vergangenheitsform von ihr sprichst«, sagte ich. »Falls du dir deswegen Sorgen machst. Das tue ich die ganze Zeit. Es bedeutet ja nicht automatisch, dass sie tot ist. Sie könnte sich ja auch verändert haben. Vielleicht hat sie heute einen ganz anderen Geschmack und andere Ansichten.«

Er nickte und nahm seinen Faden wieder auf: »Sie mochte gute Liebeslieder, so viel steht fest.«

»Aber geht es nicht irgendwie in allen Songs um Liebe … oder den Tod?«

Er warf mir einen Blick zu, in dem ich Verwunderung zu erkennen glaubte. Er war wirklich ein komischer Typ. Dann starrte er in die Dunkelheit der Gasse unter uns und trank nachdenklich an seinem Cider.

»Nicht in allen Songs, nein.« Wieder richtete er den Blick

auf das Display deines iPods. »Hör dir das mal an.« Er startete einen neuen Song, *True Love Waits* von Radiohead. Ich kannte jeden einzelnen Takt – ein Song über eine unerwiderte Liebe. Es gefiel mir, dass Stuart bis zum letzten Ton wartete, ehe er wieder etwas sagte.

»Wusstest du, dass dieser Song auf etwas zurückgeht, dass Thom Yorke in den Nachrichten gesehen hat? Eine Geschichte über einen kleinen Jungen, den seine Mutter ins Haus eingesperrt hatte, während sie für ein paar Tage unterwegs war. Da geht's nicht um Junge-liebt-Mädchen, sondern um ein Kind, das allein auf dem Dachboden eines leeren Hauses hockt, das einmal sein Zuhause war. Die Bedeutung ist gleich viel tiefer, wenn man weiß, was Yorke zu dem Text inspiriert hat. Jetzt, wo ich den Hintergrund kenne, finde ich das Zuhören beinahe schmerzhaft.«

Ich nickte.

»Aber es geht trotzdem um Liebe, wenn auch um eine andere Form davon. Es geht um eine unerwiderte universelle Liebe.«

Ich musste an dich denken, sah dich vor mir, eingesperrt in irgendeinem Keller. Dann dachte ich an Papas neue Familie.

»Sie hat auch über den Tod nachgedacht«, bemerkte Stuart, der weiter durch die Songs scrollte.

»Wer tut das nicht?« Ich trank den letzten Schluck aus meiner Dose. »Ich höre gern im Dunkeln Coldplay und denke darüber nach, wie ich mich irgendwann in Milliarden winziger Partikel auflösen werde und mein Körper zu etwas anderem wird, wie bei einer Art menschlichem Recycling.«

Stuart zog die Augenbrauen hoch.

»Hab ich was Falsches gesagt?«

»Hörst du wirklich ... Coldplay?«

Ich spürte, wie meine Wangen brannten, als hätte ich versehentlich etwas Beschämendes ausgeplaudert.

»Manchmal, nicht sehr oft. Warum? Magst du sie nicht?«

Er stieß einen tiefen, langen Seufzer aus.

»Nicht, dass ich irgendwas persönlich gegen sie hätte. Ihre frühen Alben waren ziemlich gut. Aber jetzt ... Sorry, ich kann mich nicht so gut konzentrieren, ich versuch's noch mal.« Er streckte den Rücken durch, so, als wolle er sich über ein Thema wie Politik oder Religion äußern, das uns auf der Stelle zu Feinden machen könnte. »Nika, die sind so pseudo, siehst du das nicht? Sie haben auf ihrem ersten Album alles gesagt, was sie zu sagen hatten. Und jetzt beuten sie bloß noch ihre Fans aus. Solche Leute verwandeln Musik in etwas, das ich hasse – in eine Industrie. Weißt du, warum ihr letztes Album an die Spitze der Charts kam? Weil sie es für 99 Pence verkauft haben.«

Seine Stimme klang ruhig, aber seltsam energisch. Und seine Worte erinnerten mich an etwas, das du einmal gesagt hattest.

»Weißt du, meine Schwester hat mal gesagt, ich soll mich vor Heuchlern hüten.«

»Vor Heuchlern?« Stu runzelte die Stirn.

»Sie meinte, es gäbe wahre Musiker. Und außerdem Heuchler, die zwar die äußere Form imitieren, innen aber hohl und nichtssagend sind. Ist es das, was du meinst?«

»Das ist eine interessante Beobachtung. Ja, ich glaube, das stimmt.«

»Ganz klar ist mir immer noch nicht, was sie damit sagen wollte.«

Stuart öffnete noch eine Dose Cider und nahm einen tiefen Schluck. Dann bot er mir die Dose an, und ich griff zu.

»Ich schätze, sie meint, dass Musik für uns – und auch schon für einige Generationen vor uns – etwas durch und durch Heiliges ist. Nicht nur ein Trend oder eine Form der Stressbewältigung im Alltag. Musik ist unsere Welt, unser Rückzugsraum, ein Ort, an dem wir keine Angst haben, ganz wir selbst zu sein. Musik lehrt uns etwas über das Leben, wahrscheinlich sogar mehr als Bücher und Filme, weil sie pure Emotion ist. Wenn du dich einsam fühlst – dreh einfach die Lautstärke hoch, schon bist du zu Hause, egal, wo du dich gerade aufhältst.« Wieder nahm er einen Schluck. »Stell dir nur mal vor: Wenn du zur Madchester-Szene gehören würdest, könntest du dann jemanden ernst nehmen, der R&B-Fan ist? Dabei geht es eigentlich gar nicht darum, dass irgendeine Band oder irgendein Stil besser ist als der andere. Sondern darum, dass Musik der schnellste Weg ist herauszufinden, ob du mit jemandem etwas gemeinsam hast. Und wenn wir schon von Heuchlern reden, für mich jedenfalls gilt, dass es keine echte Trennlinie zwischen verschiedenen Genres gibt, sondern nur eine zwischen Musik, die etwas Wahres und Echtes ausdrückt, und solcher, die pseudo ist. Darin besteht letztlich der riesige Unterschied zwischen Nirvana und Puddle of Mudd oder zwischen Ed Sheerans *Multiply* und Death Cab for Cutie. Und deshalb wird Fall Out Boy nur eine Handvoll Dreizehnjährige anlocken, während Gerard Way Stadien füllt, obwohl My Chemical Romance sich aufgelöst hat und seine Solo-Songs scheiße sind. Es geht nicht um Logik, sondern um Instinkt, um Gespür. Manche Menschen spüren es, während andere ihr Leben leben, ohne jemals auch nur darüber nachzudenken. Und es geht eigentlich auch nicht darum, ob man eine Band liebt oder hasst. Im Prinzip ist es ganz einfach: Entweder sie haben es, oder sie haben es nicht. Diesen unerklärlichen Touch ungeschönte Emotionalität, eine unbewusste Wahrhaftigkeit. Es muss nicht laut sein, um echt zu sein, und es geht sogar ohne Gitarre. Es gibt Bands, die ich absolut nicht ausstehen kann, und trotzdem begreife ich, dass sie wichtig sind und etwas Wahres zu sagen haben. Popularität spielt keine Rolle. Es geht um Ehrlichkeit – echte Songs, die echte Gefühle auslösen: Schmerz, Wut, Freude, Lust, alles Mögliche ... Hauptsache echt. Ich finde, dass Leute keine Songs schreiben sollten, wenn sie nicht die überwältigende Sehnsucht spüren, sich mitzuteilen und ihre Gefühle auszudrücken. Was sie sagen wollen, muss in erster Linie für sie selbst wichtig sein, und nicht nach Fans, Kritikern oder Produzenten schielen. Genau das unterscheidet einen wahren Musiker von einem Heuchler. Die Leute merken, wenn du nur so tust, als ob. Nicht alle natürlich, aber die meisten. Für einen echten Künstler ist seine Musik etwas Allumfassendes. Du kannst auf der Bühne kreischen und rumtoben, teure Gitarren zertrümmern, fluchen, den Leuten nach dem Mund reden, über dein hartes Leben oder die Rettung der Welt singen und für die Selfies deiner Fans ein Lächeln aufsetzen. Wenn du dann in dein Fünf-Sterne-Hotelzimmer gehst, Kräutertee aus dem Himalaja trinkst und vor Mitternacht sanft einschläfst, mit einem Körper so rein wie die Urinprobe eines Babys, dann brennst du nicht für deine Musik.« Er machte eine kurze Pause. »Ich will niemanden verurteilen«, sagte er dann und klang spöttisch. »Natürlich hat jeder ein Recht auf Kräutertee. Was ich meine, ist bloß, dass Menschen, die etwas zu sagen haben, von innen brennen. Sie spüren in sich gleichzeitig einen heftigen Schmerz und eine überwältigende Freude. Und durch die Musik teilen sie beides mit anderen. Dieses Feuer muss irgendwie gelöscht werden, und das funktioniert nicht mit Kräutertee. Deshalb trinken sie, spritzen Heroin, vögeln wie die Weltmeister und zerstören sich selbst. Echte Musik kannst du nicht abschalten, sie ist wie ein Stigma. Du kannst sie nicht wegschicken und nach Hause in dein normales Leben mit deiner blonden Frau fahren. Deswegen ist Bob Dylan, wenn er in *Subterranean Homesick Blues* singt, dass ihm das Geld fürs Abendessen fehlt, eine Million mal besser als all diese industriell gefertigten Nullachtfünfzehn-Post-Rock-Bands, die über den Krieg, die globale Erwärmung oder die Schrecken des Kapitalismus singen.« Er holte Atem. »Ich schätze, das hat sie gemeint. Vielleicht laber ich aber auch nur einen Haufen Schwachsinn.«

Ich lächelte ihn einfach nur an, ohne zu antworten. Seine Worte sickerten langsam in mich ein.

Jemand musste eine Münze in die Jukebox geworfen haben, denn wir hörten einen Song von unten. Etwas schrecklich Vertrautes, doch ich kam nicht auf den Namen.

»Welche Band ist das?«, fragte ich leise.

Wir sprachen nicht, bis der Song zu Ende ging und die Straßengeräusche wieder hervortraten.

»Incubus«, sagte Stuart schließlich.

Ich lehnte meinen Kopf an seine knochige Schulter und starrte in die Dunkelheit.

Status: *ungelesen.*

Von: Nika Lukina
An: Jen Lukina

Montag, 22. Juni 2015
23:59
Nick Cave and the Bad Seeds – *The Kindness of Strangers*

»Willst du dir etwas anschauen?« Ich durchbrach die Blase der Stille, die Stu und mich umgab.

»Klar«, sagte er und wandte mir sein Gesicht zu. Ich roch seinen Apfelatem.

»Hast du einen Laptop?«

Er nickte.

»Dann hol ihn bitte.«

Er stand auf und ging. Die Tür fiel leise hinter ihm zu.

Als Stuart zurückkam, wischte er den Bildschirm des Laptops mit einem Papiertaschentuch ab und legte ihn dann auf meine Knie. Ich tippte etwas in das Suchfeld.

»Mädchen in Blau aus Angel Meadow«, lautete der Titel des ersten Treffers in der Liste. Ich klickte ihn an und forderte Stuart auf, den Artikel zu lesen. Er handelte von einem abgerissenen Haus in Manchester, wo die Leiche einer jungen Frau zusammen mit ihrem blauen Kleid und ihrem indigoblauen BH gefunden worden war. Als er die Beschreibung ihrer Verletzungen las – der gebrochene Schädel und alles –, weiteten sich seine Augen.

»Das ist nicht Jen«, war das Erste, was ich sagte, als er fertig war. »Man weiß nicht, wer sie ist. Aber ihr Gesicht wurde rekonstruiert, und sie sieht Jen nicht ähnlich. Wegen ihres Kleidungsstils wird angenommen, dass sie in den späten Siebzigern oder den Achtzigern ums Leben kam. Willst du wissen, warum sie wichtig ist?«

Ich streckte die Hand nach dem Touchpad aus und gab

einen neuen Suchbegriff ein. Dann öffnete ich eine Seite – das Facebook-Profil eines gewissen Malcolm James.

»Wer ist der Typ?«, fragte Stu und verschob den Bildschirm ein Stück, um die Seite besser sehen zu können.

»Das ist Alisters Bruder.« Ich klickte auf seine Fotos. Wie für viele ältere Facebook-Nutzer war Datenschutz für ihn ein Fremdwort. »Er und Ali wohnten in den Achtzigern in Manchester, ganz in der Nähe von Angel Meadow.«

»Wie hast du das bloß ausgegraben?«

Er war offensichtlich beeindruckt, was mir schmeichelte.

»Es war eigentlich ganz leicht. Ich fand ein paar alte Zeitungsartikel über Alisters Tod. Dadurch erfuhr ich seinen Nachnamen und dass er einen Bruder hatte, der herkam, um sich um die Leiche zu kümmern. Eine Facebook-Suche hat mich dann zu all diesen alten Fotos geführt. Auf einem sind Alister und Malcolm als Kinder in Manchester zu sehen. Sie müssen dort aufgewachsen sein. Das vermute ich jedenfalls wegen der Bildunterschrift: ›Alister und ich vor Dads Pub, dem unvergleichlichen *Crown and Anchor*, der inzwischen leider abgerissen wurde.‹«

»Aber was hat das mit Jen ... oder dieser Unbekannten ... zu tun?«

»Lies es noch mal.« Ich klickte noch einmal den Tab mit dem Artikel über die nicht identifizierte Frau an. »Siehst du – neben ihrer Leiche wurde ein Guinness-Souvenir gefunden. Eine kleine Blechplatte mit einem Bild dieses lustigen Vogels.«

Er nickte verblüfft.

»Davon haben wir hier unten auch ein paar.«

»Wahrscheinlich gibt's die in jedem Pub. Aber begreifst du, worauf ich hinauswill?«

»Ich schätze schon«, brummte er. »Wir haben ein vermisstes Mädchen und eine nicht identifizierte Tote, und beide wohnten in nächster Nähe zu Alister James, dem Wirt.«

Ich nickte heftig. »Es macht mich fertig, Stu. Das Mädchen in Blau wurde vergewaltigt, ermordet und in einem Keller versteckt. Und hier«, ich deutete nach unten in den Garten, »haben wir einen Betonboden, der *wenige Tage* nach Jens Verschwinden aufgebracht wurde. *Wenige Tage!*«

Er zitterte. »Du glaubst, sie liegt unter dem Beton?«

»Ich weiß nicht, was ich glauben soll, Stu.«

»Ich schätze, du solltest mit Alis Ex sprechen. Mit der Frau, die ihn wegen Körperverletzung angezeigt hat.«

Ich seufzte und nahm eine Schluck Cider.

»Aber wie soll ich sie finden?«

»Wie hast du denn all das hier gefunden?«, fragte Stu. »Du bist brillant, Nika, clever und unbeirrbar. Dir wird schon etwas einfallen, ganz sicher.«

Ich tippte ihren Namen ein und erhielt über hundert Ergebnisse. Heute würde ich es nicht mehr schaffen, mich noch einmal auf gut Glück durch die Profile so vieler Leute zu klicken. Es musste warten. Ich rieb meine Schläfen und versuchte, mich zu konzentrieren.

»Lass mich mal sehen.« Stu bemerkte meine Frustration und nahm den Laptop von meinen Knien. »Das hier könnte sie sein. Hier steht, dass sie mal in Notown gewohnt hat.«

Ich schaute mir das Profilfoto an. Die Frau wirkte irgendwie derb, erinnerte mich aber vage an ein Mädchen, das ich auf ein paar Gruppenfotos auf Hannahs Seite gesehen hatte. Sie musste es sein.

»Danke, Stu.« Ich umarmte ihn unwillkürlich, sodass der Laptop beinahe hinuntergefallen wäre.

»Schon gut.«

»Ich schicke ihr gleich eine Message. Was soll ich schreiben?« Vor lauter Aufregung war mir leicht flau.

»Jedenfalls nicht, dass du ihren Ex für einen Doppelmörder hältst.«

»Danke, Stu.« Ich stieß ihn an. »Ich bin ja nicht völlig bescheuert.«

»Ich weiß.«

»Also, wie soll ich es angehen?«, fragte ich. »Schau mal, im letzten Monat hat irgendjemand sie in London eingecheckt. Wahrscheinlich lebt sie also noch in Großbritannien.«

»Hi, Barbora«, schrieb ich. »Du kennst mich nicht, ich bin die jüngere Schwester von Jen Lukina. Ich glaube, du kennst sie aus dem *Queen's Head* in Notown. Wusstest du schon, dass Jen vor acht Jahren verschwunden ist? Kannst du mir irgendwas darüber sagen? Können wir uns unterhalten? Vielen, vielen Dank. Nika x.«

Ich zeigte Stu die Message.

»Ja, das klingt prima.«

Ich klickte auf Absenden und schickte eine Freundschaftsanfrage hinterher.

»Ich hasse es zu warten!«, stöhnte ich.

Stuart lachte. Nach einer Minute des Schweigens sagte er: »Du weißt aber, dass das alles bloß Indizien sind?«

»Nur so lange, bis wir einen Vorschlaghammer holen und den Beton zertrümmern!« Ich lächelte zynisch. Doch sein Gesicht blieb reglos. »Das war ein Witz, klar?«

»Ich weiß. Aber wenn Alister nun wirklich ein Serienmörder war? Wenn er dieses Mädchen in Manchester tatsächlich umgebracht hat? Gruselig!« In einem einzigen großen Schluck leerte er die Dose. »Weißt du, woran mich das alles erinnert? Hast du schon mal von Bella gehört?«

»Aus *Twilight?*«

»Quatsch«, blaffte er. »Ich meine die Frau, deren Leiche während des Zweiten Weltkriegs von zwei Jungs in einem Baumstumpf in Buckinghamshire entdeckt wurde. Bella ist nicht ihr echter Name, nur ein Spitzname, der irgendwie hängen geblieben ist. Jemand hat sie in einen Baum gestopft, eine Bergulme, um genau zu sein. Der Täter hat ihr eine Hand abgetrennt und neben dem Baum vergraben. Niemand hat sie je identifiziert oder gar ihre Leiche begraben wollen. Einige Jahre nach dem Verbrechen tauchten diese Graffitis in der Stadt auf – sieben Worte, wieder und wieder: ›Wer hat Bella in die Ulme gesteckt?‹« Stu schaute mich prüfend an, ehe er fortfuhr: »Viel später, nach der Erfindung von DNA-Tests, sollte der Fall wieder aufgerollt werden, doch es stellte sich heraus, dass sämtliche Beweismittel verschwunden waren. Jemand hatte alles aus dem Labor mitgenommen und nie zurückgebracht – alles war weg, sogar die Leiche!«

»Wow«, murmelte ich. »Weißt du, was jetzt hier fehlt, Stu? Ein Lagerfeuer und geröstete Marshmallows. Himmel, ich liebe Gruselgeschichten.«

»Ich auch.« Er lächelte. »Nur dass deine noch gruseliger ist. Weil es keine Leiche gibt.«

»Ich weiß.«

»Es könnte immer noch alles gut sein, weißt du?«, sagte er leise.

»Könnte es«, stimmte ich zu, ohne an meine eigenen Worte zu glauben. »Danke, dass du das sagst. Vor ihrem Verschwinden hat sie übrigens in deinem Zimmer gewohnt.«

»Echt? Das ist jetzt wirklich unheimlich.«

Eine Weile starrten wir in den sternenbedeckten Himmel. Dann drehte ich mich zu Stuart um, rollte den Ärmel seines Hemds hoch und betrachtete seine Tattoos. Es waren überwiegend Songtexte von Nirvana, Radiohead, Interpol.

Plötzlich wandte er mir sein Gesicht zu, schob seine widerspenstigen Haare hinters Ohr und betrachtete mich einen langen, leicht unbehaglichen Moment lang – bis die Spannung durch eine laute Stimme hinter uns durchbrochen wurde.

»Erwischt!«, hörten wir Nick mit triumphierender Stimme rufen. »Was macht ihr beide hier draußen?«

»Nichts«, erwiderte ich.

»Ich rieche Gras und Alkohol!« Er ließ den Blick über den Laptop und die leeren Dosen schweifen. »Du bist ein beschissener Verräter, Stu. Einfach ohne deinen großen Bruder zu feiern!«

»Ich wollte sowieso gerade ins Bett.« Ich stand auf. »Gute Nacht, Jungs.«

»Nacht«, sagte Stu leise.

»Rieche ich schlecht, oder was ist los?« Nick zog die Stirn in Falten. »Warum läufst du weg?«

»Weil du schlecht riechst«, entgegnete ich lachend und ging zur Tür.

»Nika.« Gerade als ich nach der Türklinke griff, rief Stu meinen Namen. »Deine Schwester war bei Facebook, oder?«

»Ja. Warum?«

»Ist ihre Seite mal in eine Gedenkseite umgewandelt worden?«

»Nein, es ist eine ganz reguläre Seite.«

»Wir sollten versuchen, sie zu hacken. Was meinst du?«

»Daran hab ich auch schon gedacht, aber ich selbst kann es nicht.« Ich zuckte die Achseln. »Warum? Kannst du so etwas?«

»Weiß nicht, aber wir könnten morgen etwas versuchen.« Trotz der Dunkelheit meinte ich, ihn zwinkern zu sehen.

»Er weiß, wovon er spricht«, mischte Nick sich ein. »Stu hat uns mal einen extraerweiterten Probezugang zu Pornhub besorgt.«

»Halt's Maul!« Stu stieß seinen Bruder mit dem Ellbogen an.

»Doch, das hat er. Er ist brillant!«

»Ich weiß«, sagte ich und ging durch die Tür.

Schon nach einem einzigen Tag fühlt sich mein Zimmer wie ein Zuhause an. Ich kuschele mich in das gemütliche Bett. Ich will mich auf morgen vorbereiten. Denn dann werde ich deinen Ex-Freund treffen, Legende und Loser Chris MacConnell. Er ist nicht auf Facebook oder Twitter, was mir seltsam vorkommt. Vielleicht gibt es aber auch zu viele Leute seines Namens, und ich habe den richtigen bloß nicht gefunden.

Immer wieder muss ich an Alister und das tote Mädchen denken. Kann es ein Zufall sein? Natürlich. Und wenn nicht?

Dann googelte ich The Red Room. Laut Wikipedia wurde die Band 2002 von drei Teenagern aus Notown gegründet: Mark Rimmer, Chris MacConnell und Ben Wickers. Sie waren vom Erfolg der Libertines inspiriert und beschlossen, die größte Rockband der Welt zu werden, was in meinen Ohren ziemlich anmaßend und platt klingt. Mark spielte Bass und schrieb die meisten Songs, Chris war Gitarrist und Sänger, und Ben spielte Schlagzeug. 2007 kam die Band bei einer Plattenfirma unter und ging auf Tournee. Zu dieser Zeit war Chris schon nicht mehr der Sänger. Warum er die Band verließ, wird nirgendwo erklärt. 2008 erschien das erste Album, das gleich eine Nummer eins wurde. Das breite Publikum allerdings kannte sie vor allem wegen ihres größten Hits *Smokers Die Younger,* einem versteckten Track ihres ersten Albums. Er tauchte später in allen möglichen Soundtracks auf. Wundersamerweise kann ich den Text auswendig, ohne dass es mir bewusst gewesen wäre. Aktuell hat die Band die Aufnahmen für ihr viertes Album abgeschlossen, das unmittelbar vor ihrem Auftritt in Glastonbury erscheinen wird – wo sie am kommenden Sonntag als Top-Act auftreten.

Was soll ich ihm morgen sagen? Ich habe keine Ahnung, aber irgendwas werde ich schon improvisieren.

Dann dachte ich über die Band nach. Ich fand ihre Videos auf YouTube und schaute mir einige an. Ich lag richtig, als ich gesagt habe, ich fände ihre Musik okay. Der neue Sänger, Hugh, sieht auf eine draculamäßige Art und Weise tatsächlich gut aus. Er hat eins dieser Gesichter, die einfach zu perfekt sind, eingerahmt von schwarzen Locken, die er sicher bei einem teuren Friseur färben lässt. Ich suchte die alten Songs der Band auf deinem iPod und spielte den ab, den Stuart zuvor ausgesucht hatte. Die Stimme von Chris ist rau und ungeschliffen und hat einen deutlichen nordenglischen Akzent. Irgendwie gibt er denselben Worten einen anderen Klang – tiefer und gleichzeitig ironischer.

Mir fallen die Augen zu, und die Stimme deines Freundes hämmert tief in meinen Schläfen. Ich lasse alles los, was mich umtreibt, denn ich muss mich ausruhen. Hoffen wir nur, dass ich heute Nacht nicht von dem Wirt mit den blutigen Händen träume.

Status: *ungelesen.*

Von: Nika Lukina
An: Jen Lukina

Dienstag, 23. Juni 2015
12:37
The Streets – *Dry Your Eyes*

Hi, *sestra*,

ich hab heute Nacht nicht vom Wirt geträumt. Stattdessen hab ich dich gesehen, in meinem alten Traum von früher: Du stehst am Rand einer weißen Klippe, die Arme wie Flügel ausgebreitet. Du rufst irgendetwas, immer wieder und wieder, wie der Refrain in einem Song. Aber der Wind ist zu laut, als dass ich die Worte verstehen könnte.

Ich schlief lange und checkte als Erstes meinen Facebook-Account. Ich sah, dass Barbora meine Nachricht gelesen hatte, aber Antwort gab es keine – sie wollte nicht mit mir reden. Okay, prima. Aber ein Nein würde ich nicht akzeptieren. Ich konnte es mir nicht leisten, diese Spur aus den Augen zu verlieren. Ihr Profil war dürftig – kein Hinweis auf ihre Arbeitsstelle, keine Fotos. Aber irgendetwas musste zu finden sein. Ich scrollte nach unten und fand meinen Post von gestern Abend. Irgendeine Frau hatte sie in London eingecheckt, und zwar über einen längeren Zeitraum hinweg mehrmals pro Woche am selben Ort. Also klickte ich diesen Ort an – es war ein zwielichtig wirkender Pub in Soho. Moment mal, ist das nicht ein Codewort für ein Bordell? Ich war mir nicht sicher. Was immer sich dahinter verbarg, offiziell hieß es jedenfalls *The Red Lion* und hatte eine Facebook-Seite. Ich öffnete sie, überflog die Bilder und fand vor allem Termine von Fußballübertragungen, Speisekarten und solche Sachen. Bei den Fotos vom Inneren des Pubs hatte ich schließlich Glück. Es gab ein Bild vom Tresen, hinter dem zwei fertig aussehende Frauen standen. Die Bildunterschrift lautete: Für die Getränke sorgen Cindi und Barbie. Ich vergrößerte die Aufnahme stark. Barbora hatte neonrosa gefärbtes Haar mit dunklen Ansätzen und verquollene Augen, wie sie typisch sind für jemanden, der an chronischer Schlaflosigkeit leidet.

Ich wählte die Nummer des *Red Lion* und zählte die Klingelzeichen mit. Nach dem dritten hörte ich ein Klicken, gefolgt von einem beinahe kummervollen Seufzen.

»*The Red Lion*«, sagte eine tiefe weibliche Stimme in einem vielsagenden Ton, als wäre es nicht bloß der Name eines Pubs, sondern ein geheimes Passwort. Wer weiß, vielleicht war es das.

»Könnte ich bitte Miss Barbora Cervenka sprechen?«, fragte ich mit meinem besten britischen Akzent, der allerdings nicht perfekt ist.

»Wer will das wissen?«, entgegnete die Frau nach einer kurzen Pause. Ich war mir ziemlich sicher, dass sie es war, denn sie hatte eindeutig einen slawischen Akzent.

»Hi, Barbora!«, sagte ich auf gut Glück. »Ich heiße Nika Lukina. Ich hab dir gestern Abend eine Nachricht geschickt wegen meiner Schwester. Ich weiß, dass du sie gelesen hast.«

»Ich hab nichts zu sagen. Ruf hier nicht noch einmal an, du …«

»Barbora!« Ich hob meine Stimme und sprach schnell, damit sie mich auf jeden Fall hörte, bevor sie auflegte. »Es geht um Alister, Barbora. Bitte nimm dir fünf Minuten für mich. Dann lass ich dich in Ruhe, versprochen.«

Sie schwieg eine Weile, doch ich hörte sie atmen.

»Barbora?«

»Ich höre zu. Und du hast nur noch vier Minuten, ehe ich auflege«, erklärte sie gereizt.

»Ich hab in der Zeitung gelesen, dass du Alister angezeigt hast, weil er dich geschlagen hat. Könntest du mir sagen, was passiert ist? Was hat er dir angetan?«

»Du scheiß *kurwa*! Rufst du an, um mir zu erzählen, dass Ali diese Schlampe umgebracht hat? Wie kannst du es wagen! Ich hoffe, deine Schwester hat gelitten, hörst du? Sie hat es verdient!« Sie legte auf, ehe ich auch nur über eine Reaktion nachdenken konnte. Sie hatte ja recht: Meine Frage war nicht gerade der beste Einstieg gewesen.

Ich wählte die Nummer ein weiteres Mal und wartete lange. Dann rief ich nochmals und nochmals an. Beim dritten Versuch, ungefähr nach dem zehnten Klingeln, als ich gerade aufgeben und mich in einen Zug nach London setzen wollte, um sie persönlich zu sprechen, nahm sie schließlich ab.

»Was willst du von mir, du penetrantes kleines Miststück? Jen ist mir scheißegal! Und Ali …«

»Barbora, es tut mir so leid, es ist irgendwie falsch rausgekommen. Ich muss Jen einfach finden, verstehst du? Ich hab schon mit all ihren Bekannten gesprochen. Nur noch nicht mit den Leuten aus dieser Band, mit denen sie rumhing, The Red Room. Und mit dir. Und ich sage doch gar nicht, dass Ali ihr etwas angetan hat.« Das war eine Lüge. »Ich will nur sichergehen, dass er nichts damit zu tun hat. Bitte red mit mir, okay? Ich will dir nicht drohen, aber wenn du nicht am Telefon mit mir sprichst, dann komme ich in den Pub. Wirklich. Es tut mir leid, aber ich kann einfach keine Ruhe geben, bis ich weiß, was mit ihr geschehen ist.«

Schweigen. Ich wusste, dass es bedeutete, dass sie mit mir sprechen würde.

»Vor ein paar Tagen hab ich rausgefunden, dass sie zu einem Musikfestival gefahren ist, nach Glastonbury. Danach hat sie niemand mehr gesehen.«

»Ali und ich haben uns jedes Jahr Glasto angesehen.«

»Dann warst du da?«, rief ich aus.

»Nein. Bei der BBC. Es wird übertragen.«

»Ach so, klar. Dann habt ihr euch in diesem Jahr also zusammen Glasto angeschaut, ja? Und euch dann gestritten? Was ist zwischen dir und Ali geschehen?«

Sie seufzte.

»Barbora, bitte …«

»Was zwischen uns geschehen ist, war ihre Schuld. *Alles*, verstehst du?«

»Aber wie …«

»Jetzt hörst du mir mal zu.« Sie ließ mich nicht ausreden. »Du wolltest, dass ich rede, also rede ich jetzt, und du hältst die Klappe, klar?«

»Ja.«

»Wir haben uns ihretwegen gestritten. Ali gab ihr frei, kurzfristig. Und am Montag oder Dienstag war sie immer noch nicht zurück. Wir mussten das ganze Wochenende am Tresen stehen, nur wir beide, weil sonst keiner da war. Und wegen der Fernsehübertragung aus Glasto war ziemlich viel los. Wir waren beide fix und fertig. Ich hab ihm gesagt, er soll sie rausschmeißen, wenn sie zurückkommt. Denn ich wusste, dass sie ihn manipulierte. Sie tat ihm leid, und deshalb ließ er sie oben wohnen, und sie konnte immer dann arbeiten, wenn es ihr gerade passte. Ich habe ihm gesagt, sie müsste gehen. Sie und diese abgefuckten, talentlosen Möchtegern-Musiker. Sie mussten alle weg. Keine Partys mehr, keine Jen, den ganzen Scheiß nicht mehr. Er hat gesagt, es wäre bestimmt nicht ihre Schuld, dass sie nicht zur Arbeit kommt, dass irgendwas passiert sein müsste und dass sie sicher bald zurückkommen würde. Also sagte ich: entweder sie oder ich. Ich weiß noch, wie ich in der Tür stand und mich am Türrahmen festhielt, weil ich vielleicht ein bisschen betrunken war.« Sie schluchzte. »Ich erklärte ihm, dass Jen ihn nur benutzt und ihn nie an die Wäsche lassen würde, egal, wie sehr er sich bemüht. Er wurde furchtbar wütend. Aber er erhob nicht mal die Stimme. Er sagte nur, ich würde mich irren, was Jen anging. Dann ... knallte er die Tür zu. Er hatte meine Hand nicht gesehen. Es war dunkel. Ich schrie auf vor Schmerz und rannte weg. Ich fuhr in die Notaufnahme, wo sie mich fragten, was passiert wäre. Und weil ich so wütend war, sagte ich, dass Ali es gewesen sei ... dass er es absichtlich getan hätte. Und ich unterschrieb diese Anzeige.«

Ich hörte ihr leises Schluchzen.

»Das tut mir leid.«

»Scheiße! Es sollte dir deiner Schwester wegen leidtun, denn es war alles ihre Schuld. Ihre Freunde haben Ali in den Bankrott getrieben und in ...« Wieder schluchzte sie. »Ein paar Tage oder eine Woche später ging ich zur Polizei, um die Anzeige zurückzuziehen. Aber dafür war es schon zu spät.«

Ich wusste nicht, was ich sagen sollte. Nachdem wir beide eine Weile geschwiegen hatten, stellte ich ihr noch eine Frage.

»Warum hat er den Biergarten betoniert, wenn er doch wusste, dass der Pub schließen muss?«

»So war er einfach, mein Ali, ein Optimist. Er hoffte immer, dass alles sich irgendwie klären würde, dass die Menschen gut und aufrichtig waren. Er sagte immer, die

Leute bräuchten einen anständigen Ort zum Rauchen. Es war kurz vor der Einführung des Rauchverbots.«

»Wann genau hat er den Boden erneuert?«

»Da fragst du besser den Freund deiner Schwester.«

»Was?«

»Ali hat Chris MacConnell gebeten, dass er ihm den Boden macht. Als Gegenleistung für all die freien Getränke und das Gras, das Ali ihm und seiner miesen kleinen Clique gegeben hat.«

Das war etwas Neues. Ich versuchte, sie dazu zu bringen, mehr zu erzählen.

»Seine Clique? Meinst du seine Band, The Red Room? Warum nennst du sie mies? Was haben sie getan? Könnten sie irgendwas über Jen wissen? Vielleicht Mark oder Hugh?«

»Von diesem Teufel will ich nichts hören«, zischte sie. »Nenn nie wieder diesen Namen, niemals. Und halt dich von denen fern, hörst du?«

»Wieso? Barbora, ich verstehe dich nicht.«

Doch sie blieb mir die Antwort schuldig. Sie legte auf und zog das Telefon aus der Dose.

Jedenfalls hatte Ali ein Alibi. Ich war nicht ganz sicher, ob ich ihr glauben konnte, aber wenn er das ganze Wochenende am Tresen arbeiten musste, hatte er wohl kaum die Zeit gehabt, nach Somerset zu fahren, dich zu töten und wieder nach Hause zu kommen. Es sei denn … Es sei denn, du wärst aus Glasto zurückgekommen.

Ich war hungrig und unruhig. Ich zog mich an, besorgte mir im Tesco einen Kaffee und ein Sandwich und bummelte damit durch die Stadt. Im Park entdeckte ich eine leere Bank und setzte mich hin. Die Sonne schien mir ins Gesicht und kündigte einen magischen, wunderschönen Tag an. Einen dieser Tage, an denen man sich einfach glücklich fühlen muss. Ich trank einen Schluck Kaffee und warf einen Blick auf die Lokalzeitung, die jemand hatte liegen lassen. Die Überschrift lautete: »Glasto-Countdown für Lokalmatadoren. The Red Room machen Notown stolz.«

Status: *ungelesen.*

Von: Nika Lukina
An: Jen Lukina

Dienstag, 23. Juni 2015
19:17
The Fratellis – *Chelsea Dagger*

Ich unternahm einen langen Spaziergang durch den sonnigen Park. Das Gras war smaragdgrün. Ab und zu sah ich ausgebreitete Decken mit Paaren, die knutschten, Cider tranken und vom Gras und der warmen Sommerluft high waren. Ein kleiner, wuscheliger Hund rannte auf mich zu, gefolgt von einer Gruppe blond gelockter Kinder. Links von mir sah ich einen hässlichen Klotz aus Glas und Beton – die Uni der Stadt, in den 1960er-Jahren von eben jenen Genies entworfen, auf die der Architekturstil des Brutalismus zurückgeht. Auf der Eingangstreppe saßen Studenten und genossen die Sonne und ihre neu entdeckte, vorübergehende Freiheit. Plötzlich fühlte ich mich, als wäre ich in einem Film eingeschlafen und mittendrin wieder erwacht ohne die geringste Ahnung, was sich gerade abspielte. An einem Tag wie diesem kam mir das alles nicht real vor: eine verschwundene Schwester, ein vergifteter Drink, die Reise in eine Geisterstadt. Das alles war ein Film, den ich nicht begriff, weil ich eine wichtige Passage verpasst hatte, nämlich die, in der die Zusammenhänge erklärt werden. Und wahrscheinlich würdest du mir nicht glauben, wenn ich dir erzähle, dass ich für den Bruchteil einer Sekunde die Kinks aus einem Autoradio hörte, als ich vor einer roten Ampel stand.

Am späten Nachmittag betrat ich den Pub durch den Haupteingang und rechnete mit einer Menschenmenge, die das abendliche Konzert erwartete. Doch drinnen war es leer, kühl und ruhig wie immer.

»Hey, Nike!«, sagte Nick hinter dem Tresen. Er war damit beschäftigt, Pintgläser in ordentliche Reihen zu stellen.

»Hey, Nick. Wo sind denn die Leute?« Ich ging zum Tresen und setzte mich auf einen Hocker.

»Was meinst du?«, fragte er, zapfte ein halbes Pint Strongbow und stellte es mir hin.

»Das Konzert ist doch heute, oder? Warum ist es so ruhig? Wo sind die Band und die Instrumente?«

»Wir fangen doch erst in zwei Stunden an.« Er zuckte die Schultern. »Entspann dich, Nike. Es geht ja nicht um ein Muse-Konzert in Wembley. Bei solchen Gigs kommen die Leute nicht, bevor es losgeht. Trink deinen Cider und erzähl mir alles, was du heute gemacht hast. Irgendwelche neuen Spuren entdeckt?«

»Ich erzähl's dir später, okay?« Ich stürzte mein Getränk hinunter. »Ich muss noch etwas erledigen, das ich total vergessen hab.«

»Kein Problem.«

Ich lief nach oben und begutachtete meine Klamotten. Vielleicht sollte ich sagen: den Mangel an Klamotten. Ich hatte ein T-Shirt, das nicht allzu stark roch, ein T-Shirt, das roch, einen Hoodie mit einer Kruste aus getrocknetem Ei und eine Jeans. Kein Make-up, keine anderen Schuhe. Und

Meg hatte mir geraten, mich ein bisschen zurechtzumachen, wenn ich mit Chris reden wollte. Da dein Ex im Moment meine wichtigste Spur war, musste ich mir etwas Mühe geben.

Ich verließ das Haus und rannte zum Einkaufszentrum. Bei Top Shop kaufte ich einen kurzen Jeansrock, ein bauchfreies Top und ein Paar rote Flip-Flops. Dann besorgte ich bei Boots noch billiges Make-up und kehrte zurück in den Pub. Ich wusch mir die Haare und mühte mich mit einem winzigen Föhn ab, den Nick, wie er sich ausdrückte, als Erinnerung an die Zeit behalten hatte, als Stu noch »lange Schwulenhaare« gehabt hatte. Ich trug ein bisschen Grundierung auf, dann etwas blutroten Lippenstift und schwarze Mascara. Ich sah ganz passabel aus, ein bisschen trashig, aber in Ordnung. Wenn Papas neue Frau mich so gesehen hätte, hätte sie jedenfalls todsicher die Augen verdreht.

Es war Zeit, nach unten zu gehen. Ich hörte schon, wie eine der Bands Bass und Schlagzeug testete. Doch plötzlich bemerkte ich, wie hungrig ich war. Außer dem Sandwich im Park hatte ich den ganzen Tag nichts gegessen. In der Küche entdeckte ich etwas Käse, mit dem ich eine Scheibe Brot belegte. Dann schob ich alles für exakt dreiundzwanzig Sekunden in die Mikrowelle, genau wie ich es in der Zeit nach Mamas Tod morgens vor der Schule gemacht hatte – mein Standardfrühstück. Doch die Mikrowelle hier musste neueren Datums oder anders eingestellt sein. Sobald ich das Sandwich in die Hand nahm, ließ ich es wieder fallen – mit dem Käse nach unten mitten auf mein Top. Es hinterließ einen riesigen Fettfleck, sogar meine Haut darunter war gerötet.

»*Blin, nu schto sche tschort!*«, fluchte ich auf Russisch.

Ich betrachtete mich im Spiegel. »Du siehst ein bisschen

käsig aus«, würde Nick vielleicht bemerken, wenn er mich so sähe.

»*Idiotka! Nika, ty idiotka!*«

Ich ging wieder in mein Zimmer und wollte mir schon das weniger riechende T-Shirt überstreifen, als mein Blick auf den Schuhkarton mit deinen Sachen fiel. Ich nahm dein Totenkopf-T-Shirt heraus und zog es an. Es hatte die Form verloren und war an mehreren Stellen eingerissen, fügte meiner Taylor-Swift-Verkleidung aber eine interessante Note hinzu. Der Schädel lächelte mich aufmunternd an. Ich machte das Licht aus und ging nach unten.

Status: *ungelesen.*

Von: Nika Lukina
An: Jen Lukina

Dienstag, 23. Juni 2015
22:59
The Libertines – *Can't Stand Me Now*

Hi.

Ich liege auf dem Fußboden des Bads im ersten Stock und versuche zu atmen, wie man es im Yoga lernt: »Atme tief in deinen Bauch, atme aus, bis die Brust ganz leer ist.« Ich bin betrunken und habe eine massive Panikattacke.

Der Fußboden pulsiert unter Bassläufen, unten steht eine Band auf der Bühne, ich höre ihren Beat. Wie du wahrscheinlich schon vermutet hast, ist die ganze Sache mit Chris nicht abgelaufen wie geplant. Aber das war nicht alles. Weißt du, manche Dinge hinterlassen tiefere Spuren, als man glaubt, sie brennen sich ins Fleisch und verschwinden nicht mehr. Ich bin ein Opfer, Jen. Ich bin ein hilfloses, ängstliches Mädchen. Ich bin nicht stark genug für das, worauf ich mich eingelassen hab. Es tut mir leid, *sestra.*

Als ich nach dem Vorfall mit dem verdammten Käsebrot nach unten ging, entdeckte ich ihn sofort – er stand am Tresen. Ich sah erst nur seinen Rücken und den Hinterkopf, wusste aber gleich, dass er es war, dein Chris. Vielleicht lag es an der wahnsinnigen Energie, die er ausstrahlte, seiner unglaublichen Präsenz, mit der er den ganzen Raum zu füllen schien. Jedenfalls wusste ich, dass er es war. In dem Moment drehte er sich um.

Es war einer dieser Momente, von denen man – noch während man sie erlebt – gleich weiß, dass man sich noch Jahre später daran erinnern und darüber nachdenken wird. Ich erinnere mich an jedes kleinste Detail. Wie sich das Licht der über dem Tresen hängenden Lampe in seinen leicht vergrößerten Pupillen spiegelte, wie sich seine Lippen bewegten, während er sprach. An seine Grübchen, wenn er lächelte. Oh, ich bin solch eine Idiotin, ich sollte mich wirklich schämen.

Natürlich hatte ich erwartet, dass er wie Kurt Cobain aussieht, weil er ihm in diesen alten Videos, die ich mir angeschaut hatte, entfernt ähnelt. Aber das war wohl nur wegen seiner Haare gewesen, die inzwischen abgeschnitten sind. Er trägt einen extremen Bürstenschnitt, der an der Schädelbasis mehrere lange, dünne Narben erkennen lässt. Angezogen war er wie ein Fußball-Hooligan – ein Polohemd von Fred Perry, Jeans und leuchtend weiße Adidas-Turnschuhe. Er redete laut und lachte viel. An der Art, wie er die Schultern bewegte, bemerkte ich, dass er nervös war – aufgekratzt und unruhig, als hätte er zu viel Kaffee getrunken.

Ich ging ein Stück näher zum Tresen. Er war umringt von

einer Gruppe Leute, die ihm zuhörten. Ich wollte seine Aufmerksamkeit erregen, ihn von den anderen weglocken. Ich musste aussehen und mich benehmen wie ein heißes junges Ding. Also versuchte ich, Blickkontakt herzustellen, doch er entglitt mir immer wieder, als wäre er ein Eiswürfel in dem Wodkaglas, das eine junge Frau, die neben ihm stand, in der Hand hielt. Endlich hatte ich mich so nahe herangedrückt, dass ich ihn hören konnte – er hatte die heisere Stimme eines Rauchers. Sein Akzent klang breit und gewöhnlich, wie bei diesen Menschen in trashigen Fernsehshows, die endlos über Teenager-Schwangerschaften palavern. Er redete – du glaubst es nicht – leidenschaftlich über Fußball, am liebsten hätte ich mit den Augen gerollt. Konnte das wirklich der Typ sein, den du so heiß geliebt hast, *sestra?*

Plötzlich kam Bewegung in die Gruppe. Jemand näherte sich dem Tresen. Im nächsten Moment stand ein Mann neben mir. Er wirkte auf den ersten Blick wie ein Professor für Literatur in einem amerikanischen Film: Er trug eine Tweedjacke über einem Hemd, roch nach Zigarren, und seine müden blauen Augen versteckten sich hinter dicken Bifokalgläsern. Er kam mir völlig fehl am Platz und gleichzeitig irgendwie bekannt vor.

Der Mann entschuldigte sich, weil er mich angestoßen hatte. Dabei war der Schubser nicht der Rede wert gewesen. Ich nickte, musterte sein Gesicht und versuchte, mir darüber klar zu werden, warum er mir bekannt vorkam. Er trat ein Stück nach rechts, näher an Chris heran, und sagte: »Hallo, Chris! Lange nicht gesehen, Mann!«

Dann machte er mit der Hand diese Geste, die hier in England »Willst du etwas zu trinken?« bedeutet, für die man bei uns allerdings einen Schlag ins Gesicht bekommen würde. Chris zeigte ihm das volle Pintglas, das er in der Hand hielt, und widmete sich wieder einer Blondine und ihrem Freund, denen er erklärte, wie er letztes Jahr in einem Pub Alec Ferguson kennengelernt hätte. Dann hielt er plötzlich inne, richtete seinen Blick wieder auf den Mann in der Tweedjacke und starrte ihn an. Seine Augen verengten sich zu wütenden Schlitzen.

»Verdammt noch mal, was willst du hier?«

»Jemand hat mich eingeladen«, erwiderte der Mann mit der Tweedjacke ruhig. »Und ich wollte dich spielen sehen, Chris. Damit hast du doch sicher kein Problem, oder?«

»Und ob ich das habe, und das weißt du genau. Also verpiss dich.«

Ich sah, wie ein Mann, der direkt neben Chris stand, ihm die Hand auf die Schulter legte, um ihn zurückzuhalten. Ich glaube, für alle im Raum war spürbar, wie die Wut in Chris hochkochte. Plötzlich wurde es im Pub mucksmäuschenstill.

»Komm schon, Kumpel. Trink ein Glas mit mir, um der alten Zeiten willen.« Der Mann in der Tweedjacke blieb beharrlich. »Lass uns rausgehen und ein Glas trinken. Ich möchte etwas mit dir besprechen.«

Chris zitterte am ganzen Körper, er war angespannt und konzentriert wie ein Hund, der darauf wartet, dass sein Herrchen das Kommando zum Angriff gibt. Nur: Wer war sein Herrchen?

»Ich hab gesagt, du sollst dich verpissen, du Arschloch«, zischte Chris.

»Komm schon, Mann, beruhige dich. Du willst dich doch wohl nicht prügeln, oder? Nicht hier, meine ich. Wenn du mich verprügeln willst, lass uns rausgehen. Weißt du noch, was Ali immer gesagt hat? Benutz einmal die Faust in meinem Laden, und du hast lebenslanges Lokalverbot. Kannst du dich an Ali erinnern? An die guten alten Zeiten?«

Chris stürzte sich auf ihn und packte ihn am Kragen. Ich sah, wie seine Handknöchel weiß wurden. Doch der Mann in der Tweedjacke wirkte kein bisschen ängstlich. Nick sprang über den Tresen und packte Chris am Arm.

»Alles in Ordnung«, sagte der Mann in der Tweedjacke ruhig zu Nick.

Alle Augen waren auf Chris gerichtet. Für einen Moment glaubte ich, er würde seinem Kontrahenten eine Kopfnuss verpassen. Doch dieser blieb ruhig und wirkte völlig unbeeindruckt von Chris' wütendem Blick und seinen geballten Fäusten.

Plötzlich öffnete sich die Tür zum Hinterzimmer, und eine Flut von lauten, verschwitzten Menschen strömte in den Pub. Das erste Set musste vorbei sein.

»Wo ist MacConnell?«, rief jemand aus dem Hinterzimmer. »Er ist in zwanzig Minuten dran.«

»Hör auf mit diesem Unsinn und bereite dich auf deinen Gig vor, Chris«, sagte der Mann mit der Tweedjacke. »Du hast dich unmissverständlich ausgedrückt, ich gehe jetzt.«

Ich sah, wie die Farbe in Chris' Hände zurückkehrte, als er seinen Namen hörte.

Der Mann in der Tweedjacke verließ den Pub.

Nick reichte Chris ein frisches Pint. Er stürzte es hinunter und stolperte ins Hinterzimmer, während sich die Gäste um ihn herum langsam vom Schock der Konfrontation erholten, deren Zeugen sie gerade geworden waren.

»Wow«, sagte ich zu Nick, der mir einen Cider zapfte. »Das ist also der Typ, den ich nach seiner verschwundenen Freundin fragen will.« Ich kicherte nervös.

»Deshalb trägst du also Make-up. Für MacConnell.«

»Nicht für ihn. Eher …«

»Kein Problem, ich kapier's schon.« Er zwinkerte. »Du gehst jetzt besser rüber. Er fängt jeden Moment an.«

Ich ging in den Hinterraum und stieß dabei fast mit Stuart zusammen, der an der Tür stand. Seine Pupillen waren geweitet, und er wirkte leicht betrunken.

»Da bist du ja.« Er lächelte mich an. »Hast du den Streit mitgekriegt? Riesending, was?«

Ich nickte. »Ich fange an, mir Sorgen zu machen, Stu. Ich weiß nicht, wie ich an ihn rankommen soll. Er scheint nicht gerade darauf zu brennen, über die Vergangenheit zu sprechen, wie wir gerade selbst miterlebt haben.«

»Du machst das schon. Geh einfach nach dem Gig zu ihm und erzähl ihm, wie brillant er ist. Ich verspreche dir, das wird sein Herz zum Schmelzen bringen.«

»Okay«, erwiderte ich wenig überzeugt.

Ich schaute mich um. Der Raum war ziemlich groß, die Wände dunkelrot gestrichen und die Bühne klein und niedrig. Wir sahen, wie Chris auf die Bühne sprang, seine Gitarre aus einem schwarzen Koffer nahm und sich den abgenutzten Gurt umlegte. Der Raum füllte sich mit Menschen, überwiegend Paare in den Dreißigern und kleine Gruppen von Studenten.

»Schau dir die Gitarre an.« Ich spürte Stus heißen Atem an meiner Schläfe. »Das ist eine alte Gibson ES. Diese karminrote Farbe des Korpus ist etwas ganz Besonderes. Dieses Exemplar wurde eindeutig nach 1962 gebaut, denn danach benutzte man …«

Ich brach in Gelächter aus.

»Langweile ich dich?« Er lächelte. »Tut mir leid, ich liebe Gitarren nun mal …«

Ich kam nicht mehr dazu, zu antworten, da Chris nun ans Mikrofon trat. Das Konzert begann. Er starrte auf einen Punkt irgendwo über unseren Köpfen, in einer der dunklen Ecken des Raums. Dann griff er an den Kragen seines Poloshirts, strich sich über den Hinterkopf und griff schließlich nach einem abgetragenen Armband an seinem linken Handgelenk. Diese willkürliche Abfolge von Bewegungen erinnerte mich an Papa und seinen BMW mit den geheimen Knöpfen: Wenn man sie nicht in der richtigen Reihenfolge drückte, sprang der Wagen nicht an. Chris griff nach dem Mikro, und zum zweiten Mal in kurzer Zeit wurden seine Knöchel weiß. Einen Moment lang hörten wir aus den Lautsprechern nichts als sein schweres Atmen. Er hielt die Augen geschlossen, als müsse er sich mühsam zur Ruhe zwingen, als wolle er eigentlich gar nicht auf dieser Bühne stehen. Ich hörte, wie einige Leute zu flüstern begannen.

»Alles klar, Notown?«, sagte er schließlich. »Ziemlich komisch, wieder hier zu sein. Allein. Zum Glück spukt es in diesem Pub. Ich sehe so viele vertraute Gesichter. Hallo, Ali!« Er hob die Hand und winkte. »Das ist dein Pub, Kumpel, und es ist deine Party.«

Er nahm ein Glas vom Boden neben seinem Mikrofonständer, trank einen Schluck und stellte es wieder ab.

Wie soll man Musik beschreiben? Denn für mich ist sie nicht nur eine Abfolge von Tönen und Klangfarben, die ich höre, sondern vor allem etwas, das ich fühle. Also lass mich den Moment beschreiben, als Chris die Augen schloss und in die Saiten griff. Der erste traurige Akkord durchbrach die Stille. Er ließ ihn verklingen. Als er die Augen wieder öffnete und über das Publikum schweifen ließ, war er ein anderer Mann als zuvor. Ein Mann, der mit diesem Stella trinkenden, Fäuste ballenden Rohling, den ich in den letzten zwanzig Minuten erlebt hatte, nichts zu tun hatte. Sein Blick wirkte majestätisch und von dieser unglaublichen, überirdischen Sehnsucht erfüllt. Und von kalter Wut. Er sah aus wie ein verdammter Gott, Jenja – machtvoll, Furcht einflößend und verführerisch. Ich war wie versteinert und gleichzeitig erregt. Und als er anfing, den ersten Song zu spielen, wollte ich nur noch eins: dass dieses Gefühl niemals enden würde.

Es war eine Coverversion von einer Nummer der Stone Roses. Ich kannte den Refrain auswendig, aber nicht die Strophen. Doch das war egal. Chris' Stimme war rau und belegt, er schien mich mit jedem Wort, das aus seinem Mund kam, in seinen Bann zu ziehen. Ich beobachtete jede einzelne seiner Bewegungen, völlig unfähig, den Blick von ihm abzuwenden. An diesem Abend führte Chris MacConnell mich durch das Tal des Schreckens, und ich hatte keine Angst. Er war meine Auferstehung und mein Licht.

Und das meine ich ganz ernst. Du denkst wahrscheinlich, ich war betrunken, doch so war es nicht. Alle im Raum spürten es, sogar Stu.

Als der Song zu Ende war, drehte das Publikum durch.

»Verdammt, nur mit Gitarre bin ich richtig scheiße. Ich frag mich, wem dieses hübsche Schlagzeug hinter mir gehört.«

Zwei Jungs, die aussahen wie Fünfzehnjährige, sprangen auf die Bühne und sprachen kurz mit Chris. Er bedankte sich mit herzlichen Umarmungen. Einer der Jungs holte einen Bass, der andere setzte sich ans Schlagzeug.

»Applaus, Leute«, sagte Chris ins Mikrofon. »Diese wunderbaren Typen haben sich überreden lassen, mir mit ein bisschen Rhythmus auszuhelfen.« Die Menge jubelte. »Lasst uns ordentlich Krach machen!«

Und der Krach, den sie machten, stammte nicht von dieser Welt.

Wenn du tot bist, Jen, dann bist du wahrscheinlich ein Geist. Und ich wette, du wohnst hier, in diesem Pub, genau wie früher. Ich wette, du bist niemals ausgezogen. Denn bei diesem Gig habe ich genau gespürt, dass du da bist. Ich wusste es. Du hast mir wieder ein Zeichen gegeben. Ich weiß noch nicht, was du mir damit sagen wolltest, aber es kann kein Zufall gewesen sein.

»*To the centre of the city where all roads meet, waiting for you*«, murmelte Chris ins Mikrofon. »*To the depths of the ocean where all hopes sank, searching for you.*«

Mein Körper begann zu zittern. Es war *Shadowplay* von Joy Division, der Song, den die Killers in Glasto gecovert hatten, am Tag, an dem du zuletzt gesehen wurdest. Ich hörte mir den Text genau an. Meine Hände schwitzten, als ich Chris' heiserem Bariton lauschte: »*I was moving through the silence without motion, waiting for you.*« Ich sah, wie er sich zwischen den Zeilen die Lippen leckte. »*In a room with a window in the corner I found truth.*«

Sestra, ist er dein Mörder?

Das Gitarrensolo spielte er mit dem Rücken zum Publikum. Ich bemerkte, dass der Schweißfleck zwischen seinen Schulterblättern sich immer weiter ausbreitete. Seine Form ließ mich an einen Rorschachtest denken. Chris verströmte eine Energie wie elektrischer Strom. Die Menge atmete diese Energie ein und flippte mit jedem Atemzug mehr aus. Und als die Energie wieder aus den Lungen strömte, stieg sie zur Decke auf und explodierte dort wie ein Feuerwerk, dessen verbrannte Asche auf unsere Köpfe und Schultern regnete, auf Chris und seine Gitarre.

In der Art, wie er sang und sich bewegte, lag etwas Außerirdisches. Ein Geist war zum Leben erweckt worden und hatte von seinem Körper Besitz ergriffen – eine andere Erklärung hatte ich nicht. Ich konnte die Augen nicht von ihm abwenden, ich wollte ihn berühren, ihm nahe sein, ein Teil von ihm sein.

Plötzlich bemerkte ich, dass ich in der ersten Reihe stand und mich zur Melodie des Songs bewegte, den er sang. Ich war hinüber, fertig, am Ende. Chris schaute mir in die Augen. Oder vielleicht bildete ich es mir auch nur ein, weil ich es so sehr wollte. Der Song kam zum Ende.

»Hey, Chris, warum singst du nicht etwas von The Red Room?«, rief jemand aus dem Publikum hinter meinem Rücken. Jemand, der ziemlich nach Nick klang.

Chris' Hand krallte sich fester um das Mikrofon, und ich sah einen Funken Zorn in seinen Augen aufblitzen, doch nur für den Bruchteil einer Sekunde. Dann lächelte er jungenhaft.

»Keine Ahnung, von wem du sprichst, Kumpel. Sind die gut?« Das Publikum brach in Gelächter aus. »Okay, Jungs und Mädels. Das wird die letzte Nummer. Und sie ist von mir.«

Der Rhythmus veränderte sich. Er wurde leicht und beinahe romantisch. Mein Körper wiegte sich darin wie im Wind, als wäre ich der Vorhang in einem offenen Fenster. Seine Lippen berührten das Mikrofon, sanft und zart. Der Song handelte vom Verlust eines Menschen, den man vor sehr langer Zeit gekannt hat. Ich sah, wie seine Miene sich von energiegeladen zu verletzlich und sanft wandelte. Er fuhr sich mit der Zunge über die Lippen, und ich schmolz dahin. Dann hörte die Musik abrupt auf, ohne jede Vorwarnung.

»Danke«, sagte Chris. Mit dem Unterarm wischte er sich den Schweiß von der Stirn und sprang von der Bühne.

Auf der Stelle war er von Menschen umringt. Jeder wollte ihm die Hand schütteln, ihn in den Arm nehmen und ihm versichern, wie toll er war. Chris grinste und hüpfte herum wie ein Fünfjähriger, der eine ganze Kingsize-Packung Skittles verspeist hat. Ich sah ihm zu und dachte, dass es wirklich dumm von mir gewesen war, darauf zu hoffen, ausgerechnet nach dem Gig seine Aufmerksamkeit auf mich ziehen zu können. Er mochte kein Star sein, doch der Star des heutigen Abends war er ohne Frage.

Plötzlich fühlte ich mich beschämt und allein.

Status: *ungelesen.*

Von: Nika Lukina
An: Jen Lukina

Dienstag, 23. Juni 2015
23:19
Kasabian – *Shoot the Runner*

Jenja, du begreifst hoffentlich, warum ich mit ihm reden musste. Wenn es mich schon so verrückt gemacht hat, ihn spielen zu sehen, wage ich mir kaum vorzustellen, wie es für dich gewesen sein muss, mit ihm zusammen zu sein. O Scheiße, *sestra*, ich weiß nicht, was ich tun soll. Ein Teil von mir will dir alles erzählen, doch der andere Teil weiß, dass es dich verletzen wird. Aber ich schätze mal, du kennst die Wahrheit sowieso schon.

Ich verließ den Hinterraum, ging zur Toilette, spritzte mir kaltes Wasser ins Gesicht und zog meinen Lippenstift nach. Beim Anblick meines Spiegelbilds schwor ich mir, nicht die Kontrolle zu verlieren.

Chris stand an der Bar, am selben Platz wie zuvor, umgeben von alternden Mods und ihren fetten Freundinnen. Er war der König des Abends, jeder wollte etwas von ihm. Ich wusste nicht, wie ich mich ihm nähern sollte. Ich war zu schüchtern, um ihn einfach anzusprechen oder ihn am Arm zu packen, aber einen anderen Weg schien es nicht zu geben. Wir befanden uns in einem lauten, vollen Pub, und er war ein immens cooler Rockstar. Während ich einfach ein Niemand war.

Ich beobachtete ihn aus der Ferne und versuchte, mir schon mal einen guten Spruch einfallen zu lassen und meinen Mut zusammenzukratzen. Offenbar stellte ich mich nicht besonders unauffällig an, denn irgendwann musterte er mich plötzlich und schenkte mir dieses typische, träge halbe Lächeln. Ich sah seine Grübchen neben den Mundwinkeln. Galt das Lächeln tatsächlich mir, oder bildete ich mir bloß etwas ein? Ich drehte mich um, doch hinter mir war niemand zu sehen außer ein paar Assi-Typen an einem Spielautomaten. Als ich mich wieder in Richtung Tresen umwandte, war Chris nicht mehr zu sehen.

Jemand berührte mich am Arm. Im ersten Moment dachte ich an Stu. Es wäre nicht das erste Mal, dass der Kerl sich anschlich.

»Hör schon auf, Stu …« Ich drehte mich um und sah Chris MacConnell mit seinen wahnsinnigen Augen und den Grübchen vor mir stehen.

»Alles in Ordnung, *Loof*?«

Die schützende Seifenblase der Realität, in der ich geborgen war, zerplatzte. Es war, als hätte ich eine andere Dimension betreten. Plötzlich befand ich mich nicht mehr in einem Pub, sondern mitten in einem riesigen weißen Raum, der sich endlos um mich auszudehnen schien. Das Einzige außer mir war er, direkt vor mir. Seine Stimme, sein Geruch, das Brennen auf meiner Haut, als seine Finger mich berührten.

»Ja«, murmelte ich.

»Ich hab dich während des Gigs gesehen.« Er trat einen Schritt näher. »Bist du neu in der Stadt?«

»Ja, bin ich. Nur auf Besuch.« Ich befeuchtete meine Lippen und brachte ein schwaches Lächeln zustande. »Dein Gig … war toll. Hat mir richtig gut gefallen.«

Endlich spürte ich meine Sinne zurückkehren.

»Danke«, sagte er und stellte sein leeres Pintglas auf einen Tisch.

»Darf ich dir einen Drink spendieren?« Ich machte dieselbe Geste wie zuvor der Mann mit der Tweedjacke. »Als Ausdruck meiner Wertschätzung für deine Musik?«

»Warum nicht, Schätzchen.« Er strich mir über den Arm. »Ein Pint Stella, bitte.«

»Ich heiße übrigens Veronika.« Ich streckte ihm meine Hand entgegen.

»Chris.« Er schüttelte mir sanft die Hand.

»Ich weiß. Warte einfach hier, okay?« Ich strahlte ihn an und machte mich auf den Weg zum Tresen.

Es war ziemlich voll, doch Nick bemerkte mich und bediente mich schnell, nicht ohne mir wissend zuzuzwinkern. Um ehrlich zu sein, war ich überrascht, Chris noch an derselben Stelle vorzufinden, wo ich ihn verlassen hatte. Er rollte sich eine Zigarette mit Golden-Virginia-Tabak.

»Sollen wir draußen eine rauchen?«, fragte er, als ich mit den beiden beschlagenen Gläsern auftauchte.

»Klar.«

Er steckte sich die Zigarette hinters Ohr, nahm sein Pint und machte sich auf den Weg zur Tür. *So muss es sich anfüh-*

len, berühmt zu sein, dachte ich, als er mehrmals von Leuten aufgehalten wurde, die ihm versicherten, er sei ein echter Mythos. Ich folgte ihm auf dem Fuß und war irgendwie stolz, das Mädchen zu sein, das mit einem Rockstar zum Rauchen nach draußen ging. Kurz blockierte ein großer, fetter Mann mir den Weg, woraufhin Chris meine Hand packte und mich näher an sich zog. Schließlich erreichten wir den Ausgang. Die Luft draußen war angenehm kühl und frisch. Ich atmete ein paarmal ein und aus und fühlte mich plötzlich ruhelos.

Inzwischen hatte Chris sein Pint auf die Fensterbank gestellt. Mit dem Rücken gegen die Wand gelehnt, zündete er seine Zigarette an. Es wäre ein guter Moment gewesen, um nach dir zu fragen, doch ich brachte es nicht fertig. Ich stand einfach neben ihm und schaute dem Rauch nach, den er ausstieß.

»Möchtest du auch eine?« Er schaute mir in die Augen. »Echt unhöflich von mir, dir keine anzubieten.«

Ehe ich Nein sagen konnte, zog er eine weitere Selbstgedrehte aus dem Tabakpäckchen.

»Hier. Ich rolle immer ein paar auf Vorrat, wenn ich ein bisschen Zeit hab.«

Ich nahm sie und beugte mich über das Feuerzeug in seiner Hand. Die Zigarette war stark, beinahe hätte ich husten müssen. Bitte erzähl es keinem. Ich rauche eigentlich nicht, nur gelegentlich, wenn ich etwas trinke.

»Spielst du oft hier, Chris?« Keine Ahnung, warum ich das fragte, denn ich kannte die Antwort. Genau genommen kannte ich sämtliche Antworten außer einer.

»Eigentlich nicht. Na ja, jedenfalls nicht öffentlich.« Er schaute mir beim Rauchen zu, und ich betete, dass er nicht bemerken würde, dass ich es wie ein Schulmädchen machte – ohne den Rauch allzu tief in die Lunge zu lassen.

»Warum? Du bist wirklich gut.«

»Ist einfach so.« Er zuckte die Achseln. Ich entschied mich, nicht weiter nachzuhaken. Er trat seine Zigarette aus und rollte sich eine neue. Ich sah ihm zu, wie er langsam über den Rand des Papiers leckte. Ein großer Redner ist er nicht, dein Freund, jedenfalls nicht, wenn er allein mit einem Mädchen ist.

»Dann magst du also die Grateful Dead«, sagte er schließlich, als die Zigarette fertig war. »Die sind korrekt.«

Ich brauchte ein paar Sekunden, bis ich begriffen hatte, dass er von deinem T-Shirt sprach, das ich ausgeborgt hatte. Grinsend schaute er mir in die Augen. Ich wusste nicht, wie ich dieses Grinsen deuten sollte. Mochte er mich? Oder war er genervt? Oder beides? Wahrscheinlich war er ziemlich kaputt, denn er wirkte längst nicht mehr so aufgedreht wie zuvor, eher locker und entspannt, als wäre der Dämon in seinem Inneren einstweilen gefüttert und zum Schlafen gebettet worden. Eine Weile plapperten wir über Belanglosigkeiten, wobei wir von einem Thema zum nächsten wechselten – Leute und das Leben an sich, Notown und mein Musikgeschmack, verschiedene Konzerte. Ich konnte sogar ein Kompliment für seine Gibson ES einflechten, was ihn scheinbar ein bisschen beeindruckte. Ich hatte Spaß. Doch dann veränderte sich plötzlich irgendetwas.

Ich glaube, ich berührte ihn unabsichtlich. Schließlich war ich ein bisschen beschwipst und stand dicht neben ihm. Jedenfalls berührten sich unsere Finger. Das Nächste, was ich weiß, ist, dass ich mit dem Rücken gegen die Wand in einer dunklen Gasse gleich um die Ecke stand. Ich spürte, wie seine Gürtelschnalle fest gegen meinen nackten Bauch drückte. Die Wand vibrierte im Rhythmus der Musik drinnen. Meine Zunge war in seinem Mund. Ich schloss die Augen. Ich wollte das, was sich hier anbahnte, einfach geschehen lassen, Jenja. Ich dachte kein bisschen an dich. Es war mir egal. Ich wollte ihn, weil er ein Rockstar war und ich ein Mädchen im Publikum. Es war schön und ganz einfach, und ich fühlte mich so lebendig.

»Kommst du mit zu mir?« Sein heißes Flüstern kitzelte an meinem Ohr.

Anstatt zu antworten, küsste ich ihn. Doch ehe ich mich bewegen konnte, ehe ich ihm auf die beleuchtete Straße folgen konnte, hörte ich in meinem Kopf plötzlich eine fremde männliche Stimme: »Die ist komplett weg! Haha! Aber ich glaube, sie hätte nichts dagegen, oder, Dan? Ich meine, gerade eben noch konnte sie es kaum abwarten.« Ich öffnete die Augen, und für den Bruchteil einer Sekunde sah ich nicht das Gesicht von Chris vor mir, sondern das eines unbekannten jungen Typen. Schlagartig wurde mir übel. Ich schob Chris weg, beugte mich über eine Mülltonne und übergab mich unter Krämpfen.

»Alles in Ordnung, Babe?« Er klang besorgt.

Doch ich konnte nicht antworten. Ich konnte ihn nicht mal ansehen. Ich konnte nur weglaufen.

Status: *ungelesen.*

Von: Nika Lukina
An: Jen Lukina

Mittwoch, 24. Juni 2015
3:41
Oasis – *Don't Look Back in Anger*

Ich fühle mich jetzt besser, viel besser. Es tut mir leid, wenn ich dich gestern Abend aufgeregt hab. Ich war betrunken und hätte dir nicht erzählen sollen, was sich mit Chris abgespielt hat, jedenfalls nicht in allen Einzelheiten.

Nachdem ich mich gestern Abend endlich beruhigt hatte, ging ich hinunter, um ihn zu suchen. Ich wollte ihm alles erklären. Aber er war nirgends zu entdecken. Es war kurz vor der Sperrstunde, und der Pub war leer bis auf eine Handvoll Stammkunden. Ich ging zum Tresen und fragte Nick, ob er Chris gesehen hätte.

»MacConnell? Der ist vor ungefähr zwanzig Minuten gegangen«, erwiderte Nick.

»Oh, echt?« Er hat auf mich gewartet, Jen. Nachdem ich abgehauen war, ist er noch eine halbe Stunde hiergeblieben. In dem Moment war ich so sauer auf mich selbst.

»Ja, ich bin ziemlich sicher, dass er weg ist. Ich meine, er trug seinen Gitarrenkoffer. Und so ein Mädel mit Locken hing an ihm dran.«

Ich muss aufgebracht ausgesehen haben, denn Nick kam zu mir herüber und sagte: »Komm schon, Nike. Reg dich deswegen nicht auf. Soll ich dich mal in den Arm nehmen?«

Ich schüttelte den Kopf, doch er umarmte mich trotzdem. Und irgendwie fühlte ich mich ein kleines bisschen besser.

»Hast du mit ihm über deine Ermittlung gesprochen?«

Wieder schüttelte ich den Kopf.

»Dachte ich mir. Du hattest genug damit zu tun, ihn in der Gasse mit Haut und Haaren zu verschlingen, hm?« Er kicherte.

Ich rollte mit den Augen.

»Stu hat euch gesehen. Er hat nicht gesagt, was genau ihr beiden da getrieben habt. Aber ich hab dich beim Gig ja selbst gesehen, ich kann es mir zusammenreimen.«

»Stu hat es gesehen?« Mir wurde schwer ums Herz.

»Du machst dir zu viele Sorgen, Nike. Das ist dein Problem«, erklärte er und kehrte hinter den Tresen zurück. »Hier, trink was.«

Er füllte ein Schnapsglas. Als ich es zögernd betrachtete, nickte er mir ermutigend zu. Ich stürzte den Drink hinunter und musste beinahe würgen.

»Was war das? Das schmeckt wie verdammter Hustensaft!«

»Das war Jägermeister! Hast du noch nie einen probiert? Du siehst ein bisschen blass aus. Der tut dir gut!«

Ich betrachtete mich im Spiegel über dem Tresen. Blass kam ich mir eigentlich nicht vor. Allerdings war die Gegend um meinen Mund herum gerötet, wo Chris' Bartstoppel sich an meiner Haut gerieben hatten.

Es war schrecklich still im Pub, ich konnte die Ruhe kaum ertragen. Also ging ich zur Musikbox rüber und schaute die Liste der Songs durch. Plötzlich hörte ich hinter mir die Stimme einer Frau.

»Herzlichen Glückwunsch, Nika«, sagte Hannah. Ihre Stimme klang betrunken und bösartig. »Jetzt darfst du dich als Einheimische betrachten.«

»Wo? Im *Queen's Head*?«

»Nein, in der Stadt. Du hast Chris MacConnell gevögelt wie jede andere hier auch.« Sie hielt ein gefährlich volles

Glas Rotwein in der Hand und schwankte leicht. »Was sollen wir hören? Geh mal zur Seite!«

Sie schob mich aus dem Weg und drückte einen Knopf.

»Es ist nichts passiert, Hannah«, sagte ich leise, aber bestimmt. Sie schien es nicht zu registrieren.

Im nächsten Augenblick war der Raum von jazzigen Klavierakkorden erfüllt.

»*He left no time to regret* …« Hannah bewegte die Lippen zur Stimme von Amy Winehouse. »*Kept his dick wet* … Komm, Nika, setzen wir uns hin. Ich hab deine Nachricht erhalten. Ich weiß, dass du über deine Schwester reden willst. Die ihn übrigens genau in derselben Gasse gevögelt hat und dort in der Toilette und auch hinten im Garten.«

Sie schwankte zum nächsten Tisch und nahm Platz, wobei sie die Hälfte des Weins über ihr beigefarbenes Oberteil schüttete. Ich folgte ihr und setzte mich ihr gegenüber.

»Jen war ziemlich wie sie …«, erklärte sie mit einem Blick auf die Jukebox. »Wie Amy. Sie war einem Mann verfallen, war dermaßen von ihm besessen, dass sie nichts und niemanden um sich herum mehr sehen konnte. Und natürlich hat es böse geendet. Was nicht seine Schuld war, hörst du?«

»Was war nicht seine Schuld?«

»Du hättest sehen sollen, wie böse sie war.« Hannah wiegte sich im Takt der Musik. »Sie ging auf ihn los, zerkratzte ihm das Gesicht, machte Sachen kaputt … und Menschen. Sie hat die meisten seiner Freunde gevögelt, weißt du? Nur um ihm wehzutun, denn sie wusste, er würde zurückkommen. Und sie wusste, dass er den Gedanken, dass andere Männer sie berührten, nicht ertragen konnte. Sie hatte Fantasie. Sie tauchte an seinem Haus auf, wenn sie dort probten, mit nichts am Leib außer ihrem Mantel. Und hatte Kokain und selbst gebackene Muffins dabei. Sie war verrückt, doch er konnte ihr kein einziges Mal widerstehen.« Sie legte eine Pause ein und rieb sich übers Gesicht. »Ich erzähle dir jetzt etwas sehr Wichtiges, etwas, das das Leben mich auf die harte Tour gelehrt hat, Babe. Also hör zu und vergiss es nicht, okay? Jedes Mädchen kriegt jeden Typen einmal dazu, mit ihr zu schlafen. Was alles verändert, ist das zweite Mal. Es legt alles fest, was danach passiert. Manchmal gibt es kein zweites Mal, ganz egal, was du sagst oder tust. Das ist das größte Paradox von Beziehungen. Lass uns hoffen, dass es bei dir so sein wird, Schätzchen. Vertrau mir. Dir konnte nichts Besseres passieren, als dass er heute Abend mit einer anderen abgezogen ist.«

Sie strich mir beinahe zärtlich über den Kopf. Ich zuckte zurück. Dann stürzte sie den Rest ihres Weins hinunter und winkte Nick zu. Er brachte eine Flasche.

»Und ein Glas für Nika, bitte.«

»Weißt du, ich finde es wirklich amüsant, wie die Geschichte sich wiederholt. Direkt vor meinen Augen.« Sie goss mir ein Glas Wein ein. »Das Hinterzimmer, die Songs, das Pint Stella. Du trägst heute sogar ihr T-Shirt! Eure Blicke haben sich getroffen, und es ist passiert – das Schicksal hat zugeschlagen. Ich frage mich, was er sagen wird, wenn ich ihm erzähle, wer du bist – dass er es mit einem Geist getrieben hat. Ich wette, du hast es ihm nicht erzählt, stimmt's?«

»Nein.«

»Du hast ihn auf der Bühne gesehen, oder? Weißt du, er kann nichts dagegen tun. Als würde ein Dämon von ihm Besitz ergreifen. Er ist nicht verantwortlich für das, was dann passiert, verstehst du? Er ist ein Sklave dieser Macht.« Sie förderte ein Päckchen mit weißem Puder aus ihrer Handtasche zutage. »Willst du ein bisschen?«

Ich schüttelte den Kopf und schaute zu Nick hinüber, der gerade die Türen abschloss. Wollte sie das Kokain tatsächlich gleich hier vom Tisch schnupfen? Offenbar, denn sie häufte zwei breite Lines auf und machte sich gierig darüber her.

»Aber er ist ein echter Dreckskerl, das ist mir schon bewusst. Ohne ihn hätte alles ganz anders laufen können.«

Ihre Worte ergaben keinen Sinn. Ich entschloss mich zu warten, was sie von sich aus noch alles preisgeben würde. Fragen könnte ich später noch. Sie rieb sich mit dem Zeigefinger übers Zahnfleisch.

»Du glaubst, ich hätte dir alle möglichen Lügen aufgetischt, aber so ist es nicht. Dieses kleine Miststück Meg hat gelogen – sie war in Jen verliebt, weißt du? Hat sie das dir gegenüber erwähnt? Und ich hab Jen die Meinung gesagt, weil sie ihr immer wieder Hoffnung gemacht hat. Wenn ich du wäre, würde ich Meg nicht trauen.«

»Warum ist Jen bei dir ausgezogen? Das hast du mit keinem Wort erwähnt.«

»Weil sie nicht ausgezogen ist!« Hannah funkelte mich an und leckte über ihre trockenen Lippen. »Ali ließ sie bloß hier schlafen, wenn sie nicht mehr in der Lage war, nach Hause zu gehen. Das ist alles.«

»Warum hasst du meine Schwester so sehr?«

»Mein Gott! Ich hasse sie nicht! Ich hab das Miststück über alles geliebt. Sie war es, die mies zu mir war.« Hannah nahm eine Marlboro light aus der Schachtel und zündete sie an. »Rauchen fühlt sich auf Koks derart geil an, willst du wirklich keine Line? Egal, du solltest jedenfalls wissen, dass ich immer diejenige war, die die Scherben aufsammeln durfte, wenn John und Yoko sich mal wieder in Sid und Nancy verwandelt hatten. Ich fühlte mich verantwortlich, weil ich es war, die die beiden miteinander bekannt gemacht hat. Na ja, nicht wirklich bekannt gemacht, aber ich hab sie zu diesem Gig in London mitgenommen. Sie und ich teilten diese Leidenschaft für Musik, die sich manchmal in Besessenheit verwandelte. Jedenfalls sah sie ihn spielen, er schaute ihr in die Augen, und ab ging die Post. Sie verbrachten eine Woche im Bett. Als er dann von ihrer Liebe zu den Libertines erfuhr, trennten sie sich, denn er hasst die Band aus irgendwelchen irrationalen Gründen. Ich schätze, Pete Doherty hat ihm mal einen Drink über den Kopf gegossen oder so etwas. Also warf er sie raus. Und das war nur das erste von vielen Malen. Er und die Band standen kurz vor dem Durchbruch, und Jen war nur lästig. Doch er liebte auch die Aufmerksamkeit – vermutlich tut er das bis heute –, sodass sie jedes Mal wieder zusammenkamen. Sie wusste ganz genau, wie er tickte. So ging es länger als ein Jahr. Weißt du, letztlich glaube ich, dass er es ihretwegen nie aus dieser Stadt herausgeschafft hat. Du hast ja gesehen, wie großartig er ist. Ihretwegen hat er den Moment verpasst, in dem er ein Star hätte werden können. Er hat die Energie, die Leute mitzureißen und das gewisse Etwas rüberzubringen, das in ihm brennt. All das hat sie ruiniert.«

Hannah stand auf und ging zur Musikbox. Ich hörte, wie eine Münze fiel. Dann ertönte eine vertraute Stimme, belegt und nasal. Es war *Don't Look Back in Anger* von Oasis.

»Witzig, oder? Songs sorgen nie dafür, dass es einem besser geht. Sie sorgen nur dafür, dass alte Wunden wieder aufgerissen werden – die Wunden, von denen man dachte, sie wären längst verheilt. Ein paar Gitarrenakkorde aus einem alten Song können zerstören, was du dir jahrelang eingeredet hast. Wie meine Oma immer sagte: Rockmusik ist Teufelswerk. Und Chris dient diesem Teufel. Wir alle vermutlich – Chris, Jen, du und ich. Wir alle sind Sklaven seiner Macht.«

Sie warf mir einen langen Blick aus ihren ausdruckslosen und blutunterlaufenen Augen zu. Dann häufte sie eine weitere Line auf.

»Ich hab mein halbes Leben damit zugebracht, ihn aus dem Knast zu holen, ihm Geld zu leihen, seine Wunden zu vernähen. Wortwörtlich zu vernähen – ich habe es extra gelernt!« Sie kicherte dämonisch. »Und immer ging er mit solchen wie dir und Jen nach Hause.«

»Wart ihr zusammen?«, traute ich mich schließlich zu fragen.

Plötzlich ließ sie den Kopf nach hinten fallen und lachte so laut, als wäre sie völlig durchgedreht.

»Was, Chris und ich? Auf keinen Fall! Er ist mein Vetter.«

Status: *ungelesen.*

Von: Nika Lukina
An: Jen Lukina

Mittwoch, 24. Juni 2015
4:12
The Wombats – *Let's Dance to Joy Division*

Ich hatte genug von Hannahs Stimmungsschwankungen. Von ihr würde ich nichts erfahren. Vielleicht gab es ja auch nichts zu erfahren. Mein Schädel brummte von all den Drinks und der Panikattacke. Ich ging zur Musikbox, um etwas Fröhlicheres aufzulegen, etwas, von dem ich mich besser fühlen würde. Dann sah ich Stu. Irgendwie schämte ich mich dafür, wie ich mich früher am Abend benommen hatte – dass ich einfach verschwunden war –, doch er lächelte mir auf seine schüchterne, warme Art zu. Sofort wusste ich, dass alles in Ordnung war.

»Willst du mit raus hier?«, fragte er.

»Wohin?«

»Einfach raus. Es ist Dienstagabend, Studentennacht – alles hat geöffnet.«

»Und Hannah?«

»Die kommt schon klar. Sie lässt sich jeden Abend volllaufen. Nick besorgt ihr ein Uber-Taxi oder so was. Mach dir um sie keine Sorgen!«

Ich schaute ihn zögerlich an.

»Komm schon, es wird dir Spaß machen! Ein Kumpel von mir ist heute DJ in einer Studentenkneipe. Wenn du ihn bittest, spielt er jeden Song für dich.«

»Sogar Justin Bieber?«

»Den spielt er wahrscheinlich sowieso, aber ich werd ihn bitten, dir den Song ausdrücklich zu widmen. Abgemacht?«

Ich dachte an meinen letzten Besuch in einer Studentenbar und die ätzenden Erinnerungen, die heute Abend in der dunklen Gasse mit Chris plötzlich hochgekommen waren. Wollte ich zulassen, dass das, was geschehen war, in Zukunft mein Leben bestimmen würde? Auf keinen Fall.

Stu führte mich durch den Park auf das dunkle Monstrum auf dem Campusgelände zu. Wir kamen an ein paar kleineren Gebäuden, einem Parkplatz und mehreren Tennisplätzen vorbei. Schließlich erreichten wir die Kneipe.

Einer der Türsteher schüttelte Stu die Hand, dann waren wir drin. Alles wirkte düster und ein bisschen schmuddelig, aber mir gefiel es. Stu winkte jemandem zu und trat ans DJ-Pult. Dann ging er zur Bar und kam mit Drinks zurück.

»Es ist vielleicht nicht die Brick Lane, aber die beste

Adresse an einem Dienstagabend in Notown«, brüllte er mir ins Ohr. »Gefällt's dir?«

»Ich denke schon«, erwiderte ich nickend.

»Gut!« Stu strahlte. »Dann lass uns tanzen.«

»Nein! Nein, nein!«, protestierte ich. »Ich tanze nicht.«

»Jeder tanzt! Du kannst nicht die ganze Zeit an den Tod und vermisste Leute denken, Nika. Leb ein bisschen!« Er umschlang meine Hüfte, hob mich hoch und trug mich auf die Tanzfläche. Ich leistete keinen Widerstand. Er hatte recht. Nach allem, was heute Abend passiert war, konnte ich es gut gebrauchen.

Ich hüpfte und wiegte mich im Rhythmus und schrie und lachte. Und mehrmals landete ich auf Stus Füßen. Aber das war völlig egal. Ich dachte nicht nach, ich analysierte nichts, ich gab mir nicht die Schuld für das, was mir zugestoßen war. Ich war einfach ein Mädchen, das eine Sommernacht zu den Songs eines Laptop-DJs durchtanzte. Vielleicht sollte ich das öfter tun.

Status: *ungelesen.*

Von: Nika Lukina
An: Jen Lukina

Mittwoch, 24. Juni 2015
11:53
Razorlight – *In the Morning*

Morgen!

Trotz des Vorfalls in der Gasse und Hannahs betrunkenem Gequatsche war es eine gute Nacht. Auf jeden Fall war sie den Kater wert, der mich wie Blitz und Donner begrüßte, kaum dass ich die Augen geöffnet hatte. Ich konnte mich nur vage an den Heimweg erinnern. Stu und ich hatten die Kneipe mit einem Pint Cider verlassen, ihn im Park getrunken, uns ins weiche, feuchte Gras gelegt und die Sterne beobachtet. Ich sehe jetzt, dass ich dir vor dem Schlafengehen noch eine Nachricht geschickt hab, kann mich aber an nichts mehr erinnern.

Nicks Stimme weckte mich auf: »Aufstehen, Schluckspecht! Du hast mich gebeten, dich zu einer vernünftigen Zeit aus dem Bett zu werfen.«

»Echt? Wie spät ist es denn?«

»Halb elf. Ist das vernünftig genug, mein Fräulein?« Er lachte leise. »Wie geht's dir denn heute Morgen?«

»Beschissen!« Ich warf mein Kissen nach ihm, doch er fing es kurz vor seinem Gesicht ab. »Warum bist du so gemein zu mir?«

Sobald ich mich im Bett aufgesetzt hatte, überfielen mich brutale Kopfschmerzen mit der Macht eines Stromstoßes.

»Ich? Gemein? Niemals! Egal, Stu ist schon auf und macht ein deftiges Frühstück. Also beweg deinen müden Arsch aus dem Bett und beeil dich, sonst wird alles kalt.«

»Ja, Mutter!«, brummte ich.

Er war schon draußen, steckte aber noch einmal den Kopf durch die Tür.

»Ich wusste übrigens gar nicht, dass du unsere Chefin so gut kennst. Seit wann das?«

»Wa-as?« Ich verspürte einen Anflug von Panik. Hatte ich einen Blackout gehabt? Um nichts in der Welt konnte ich mich an eine Begegnung mit Nicks und Stus Chefin erinnern.

»Du weißt schon, Hannah Bellamy? Sie führt den Laden hier – na ja, jedenfalls, wenn sie nicht betrunken ist.«

»Langsam ... Der Pub gehört Hannah?«

»Ich sagte nicht, dass er ihr gehört, aber sie ist die Geschäftsführerin und die Arbeitgeberin von Stuart und mir. Wobei sie vielleicht tatsächlich die Besitzerin sein könnte. Sie ist reich.«

»Verstehe.« Interessante Neuigkeit. Ich rieb mir die Schläfen, um den Schmerz zu vertreiben, doch das war ein hoffnungsloses Unterfangen.

»Was für eine Nacht, Mann! Ich kann mir vorstellen, dass es ein bisschen wie die berühmten Partys nach Sperrstunde war, in den guten alten Zeiten, du weißt schon. Ich hatte keine Gelegenheit, mir Chris anzuhören, aber alle, mit denen ich gesprochen hab, behaupteten, er wäre total großartig gewesen. Ihn sollten sie als Headliner in Glasto auftreten lassen!«

Ich nickte. Ich war noch nicht bereit, über MacConnell nachzudenken oder gar zu sprechen. Nicht, ehe ich Schmerztabletten und Kaffee intus hatte.

»Ich bin nur froh, dass ich den Streit miterlebt hab! Chris MacConnell und Mark Rimmer unter einem Dach. Ich hätte es auf Snapchat stellen sollen!« Nick klang ziemlich aufgekratzt.

»Dieser Typ mit der Tweedjacke war Mark von The Red Room?« Ich kam mir so dumm vor. Wie hatte ich ihn mir entgehen lassen können? Im Rückblick war es total offensichtlich. Wer sonst hätte solch eine Szene auslösen können? Ich hätte die Möglichkeit nutzen und mich ihm vorstellen sollen. *Ich bin wahrhaftig die Königin der ungenutzten Möglichkeiten,* dachte ich.

»Ja, hast du ihn nicht erkannt? Er mag ja wie ein reicher alter Opa angezogen gewesen sein, aber trotzdem war es Mark. Mann, stell dir bloß vor: Wenn der Zeitpunkt nicht so schlecht gewesen wäre, hätten sie sich ein bisschen prügeln und sich anschließend versöhnen und die Band wieder zusammenbringen können!

»Warum hasst Chris ihn dermaßen?«

»Rockstars, hey! Wer weiß, was zwischen denen gelaufen ist. Vielleicht ging's um Mädels. Jedenfalls, wie gesagt, du setzt dich besser in Bewegung, wenn du etwas von der heißen, fettigen Katermedizin abhaben willst.«

»Nick?«, rief ich hinter ihm her, als er das Zimmer verlassen hatte. Er kam zurück.

»Was denn?«

»Wegen Stu. Hat er irgendwas gesagt? Ich meine, wir waren gestern zusammen aus, und es war ziemlich toll, aber er soll nicht denken ...«

»Er hat mir heute Morgen erzählt, dass er sich total in dich verliebt hat ...«

»O Scheiße!«

»Reg dich ab, Nike! Gibt's eigentlich etwas, worüber du dir *keine* Sorgen machst?« Er lächelte mich an, wie ein Erwachsener ein Kind anlächelt. »Entspann dich. War nur ein Scherz. Stuart hat eine Freundin, sie ist an der Uni in Nottingham.«

»Schwachkopf!« Ich warf ein zweites Kissen nach ihm, und diesmal versagten seine Reflexe. Es landete direkt auf seinem dummen Gesicht.

Ich fühlte mich erleichtert und auch ein bisschen aufgewühlt, doch das lag nur an meiner Unsicherheit.

»Nike, dies ist der dritte und letzte Aufruf – raus aus dem Bett! Und dusch dich besser, ehe du kommst – du stinkst erbärmlich! Und noch was, mach das Fenster auf!«

»Wie kannst du es wagen!« Ich machte auf beleidigt, obwohl ich wusste, dass er recht hatte. Ich stank tatsächlich.

Die kalte Dusche tat meinem erschöpften, dehydrierten Körper gut. Ich genoss es, mir den Zigarettengestank aus den Haaren und den Geruch von Bier und Chris MacConnell von der Haut zu spülen.

Ich wickelte mir ein riesiges, flauschiges Handtuch um den Kopf, zog mich an und ging hinüber in die Küche. Das Frühstück schmeckte himmlisch. Schon nach dem ersten Bissen spürte ich seine magischen Heilkräfte, die vom Kaffee verstärkt wurden.

Ich erzählte den Zwillingen alles, was ich am Vorabend herausbekommen hatte. Das Einzige, was ich ausließ, war mein kleines Abenteuer in der Gasse. Das gehörte mir ganz allein. Während ich sprach, beobachtete ich Stuart. Sah er anders aus als gestern? Wahrscheinlich bildete ich es mir nur ein.

»Ich fühle mich wie in einer Sackgasse. Ali könnte es gewesen sein. Aber seine Freundin behauptet, er hätte die Stadt an jenem Wochenende nicht verlassen – auch wenn sie indirekt eingeräumt hat, dass sie manchmal lügt. Jedenfalls ergibt dieses Szenario nur Sinn, falls Jen von Glasto in den Pub zurückgekehrt wäre, wo er … sie dann umgebracht hätte. Dann könnte Chris MacConnell ihm geholfen haben, die Leiche unter dem Beton im Garten zu verstecken. Aber warum hätte er das tun sollen?«

»Vielleicht kam sie zurück, stritt sich mit Chris, und er … du weißt schon«, schlug Nick vor. »Denn ein Hitzkopf ist er auf jeden Fall.«

Was konnte ich dazu sagen? Natürlich hatte ich über diese Möglichkeit nachgedacht, aber dann fielen mir seine Grübchen und sein sanftes Lachen wieder ein und die Art, wie er über zehn verschiedene Dinge gleichzeitig sprach und dabei unablässig mit den Händen in der Luft herumfuchtelte. Verdammt, es war alles so vertrackt. Mein Eindruck von ihm war so widersprüchlich. Ich hätte mehr Zeit mit ihm verbringen müssen.

»Und Alister kann es eigentlich nicht gewesen ein«, bemerkte Stu nachdenklich. »Hast du nicht erzählt, ihr Telefon wäre mehrere Wochen nach ihrem Verschwinden noch einmal eingeschaltet worden? Nun ja, Ali starb am darauffolgenden Samstag, also eine Woche nachdem sie zuletzt gesehen wurde. Und etwa zwei Wochen bevor ihr Telefon noch einmal aktiv war. Und das irgendwo unten im Süden. Also kommt Ali dafür nicht infrage.«

Er hatte recht. Ali konnte das Telefon nicht eingeschaltet haben. Um die Wahrheit zu sagen, glaube ich auch nicht mehr, dass er irgendetwas mit deinem Verschwinden zu tun hatte. Seit diese Geschichte über häusliche Gewalt sich als Lügenmärchen entpuppt hat, kommt es mir ziemlich unwahrscheinlich vor, dass er dir etwas angetan haben könnte. Er mag ein komischer alter Kauz gewesen sein, hatte zu der Zeit aber genügend eigene Sorgen.

»Nika!« Stus Stimme holte mich abrupt in die reale Welt zurück. »Ich hab total vergessen, dir etwas Wichtiges zu erzählen – es stand gestern in der Zeitung. Warte.«

Er lief nach unten und kam mit einem zerfledderten Exemplar des *Chronicle* zurück, der Ausgabe mit The Red Room auf dem Titel. Er blätterte um und legte den Finger auf einen Kasten mit der Überschrift: »Fakten, die nur echte TRR-Fans kennen.« Genau genommen ging es um Fakt Nummer drei. »The Red Room haben schon einmal in Glasto gespielt, nämlich 2007.«

»Mein Gott!« Eine Welle von Übelkeit wallte in mir auf.

»Ich hab's gegoogelt, und es stimmt. Sie spielten am Samstag ein Set auf der Avalon Stage.«

»Am selben Samstag, an dem die Killers gespielt haben.« Plötzlich wollte ich dringend allein sein. Ich lief ins Bad.

Also warst du mit Chris dort. Nun ergab einiges Sinn. Zum Beispiel, warum du kein Ticket kaufen musstest. Dein Freund trat dort auf. Er wird dich mit reingenommen haben.

»Nika, alles in Ordnung?« Ich hörte Stus Stimme hinter der Tür. Er klang besorgt.

»Ja, prima.« Ich spülte die Toilette um des Geräusches willen und öffnete die Tür. »Dieser beschissene Kater bringt mich um!«

Ich ging zurück in die Küche, wo Nick gerade aufräumte.

»Leute, wisst ihr, was ich glaube?«, fragte Nick, und seine besorgte Miene bereitete mir Unbehagen. »Chris könnte Alis Selbstmord inszeniert haben, weil Ali etwas gesehen hat.«

»Das klingt ein bisschen weit hergeholt, Nick«, wandte Stu ein.

»Und was meinst du?«, wandte Nick sich an mich.

Ich zuckte die Achseln. Ich wusste einfach nicht mehr, was ich sagen oder denken sollte. Ich hatte das Gefühl, dringend ein bisschen Ruhe zu brauchen, um über alles nachzudenken. Im Augenblick sah ich nur einen Haufen loser, Furcht einflößender Fakten, deren Zusammenhang sich mir nicht erschloss.

»Nike, du hast noch nicht gesagt, woher du Hannah kennst.«

»Sie wohnte mit meiner Schwester zusammen. Und sie ist die Cousine von Chris.«

»Und du hältst es wirklich für möglich, dass sie nicht wusste, dass er 2007 in Glasto gespielt hat? Ich meine, wenn einer unserer Vettern in Glasto spielen würde – oder selbst beim winzigen Rock in the Park Festival in Notown –, würde ich höchstpersönlich dafür sorgen, dass sämtliche Bekannte Bescheid wissen!«, rief Nick. Stu erhob keine Einwände.

Ich schloss die Augen. Wie gern wäre ich jetzt in London gewesen und hätte mit Laura auf dem Sofa gesessen, Tee getrunken und *MTV Rocks* angeschaut. Ich hätte nicht herkommen sollen. Das hier war eine Nummer zu groß für mich. Doch jetzt gab es kein Zurück mehr. Ich war deinem Schicksal auf der Spur, das spürte ich bis ins Innerste. Ich musste stark sein und clever dazu.

»Ich muss mit Chris reden ... noch mal. Und mit der Band«, erklärte ich schließlich. »Und bitte, Nick, keine Witze mehr, okay? Es ist ernst.«

Er nickte.

»Stu, wer war damals in Glasto? Chris und Mark, klar. Wer noch? Wie viele Mitglieder hatte die Band?«

Nach einigen Minuten mit dem Laptop auf seinen Knien berichtete Stu, was er herausgefunden hatte.

»Chris, Mark, auch Hugh, der damals Gitarre spielte, später aber Chris als Leadsänger ablöste. Und Ben Wickers, der ehemalige Schlagzeuger.«

»Ehemalig? Ist er tot?«, fragte ich.

»Nein, nicht dass ich wüsste. Er ist bloß 2008 aus der Band ausgestiegen.«

»Also nachdem Chris die Band verlassen hat, oder?«, hakte ich nach. »Und warum um alles in der Welt verlässt man eine Band, die gerade dabei ist, richtig berühmt zu werden?«

»Lass mich mal sehen ... Hier steht nur, dass Glasto Chris' letzter Auftritt war. Als sie im Juli in Amsterdam damit anfingen, ihre erste Single aufzunehmen, war Hugh der alleinige Sänger. Seine Stimme ähnelt der von Chris ein bisschen, aber ihm fehlt ...«

»Stu, wir reden jetzt nicht über Musik …«, unterbrach ich ihn, bedauerte aber sofort meinen harschen Ton. »Tut mir leid.«

»Nein, nein, du hast völlig recht, ich hab mich mitreißen lassen. Also … Irgendwann zwischen dem Juni-Samstagabend in Glasto und Mitte Juli, als die erste Aufnahmesession stattfand, beschloss Chris seinen Ausstieg … sozusagen fünf Minuten vor dem großen Durchbruch. Ziemlich ironisch.«

»Und zur selben Zeit verschwindet seine Freundin spurlos«, fügte ich hinzu.

Zu dritt verharrten wir schweigend, bis der Jingle eines Eiswagens den Bann brach.

»Scheiße, es ist schon nach elf!«, rief Nick. »Stu, wann kommt die Lieferung?«

»Um halb zwölf, soweit ich weiß.«

»Verflucht, wir müssen aufmachen!«

Sie liefen nach unten. Ich wusch das Geschirr ab und folgte ihnen in den Pub.

Es war kühl und dunkel. Die Stühle standen umgedreht auf den Tischen wie in einem Klassenraum nach Schulschluss. Ich sah zu, wie die Jungs den Pub zum Leben erweckten. Nick zog die Rollläden hoch und ließ die Sonne herein. Dann schaltete er das Licht über dem Tresen ein und stellte frisch gespülte, glänzende Pintgläser ins Regal. Wahrscheinlich hätte ich meine Hilfe anbieten sollen, aber ich war zu faul. Stattdessen tat ich etwas, das mir beim Nachdenken immer half. Ich fischte ein paar Münzen aus dem Trinkgeldglas und ging zur Musikbox.

Status: *ungelesen.*

Von: Nika Lukina
An: Jen Lukina

Mittwoch, 24. Juni 2015
14:07
The Pigeon Detectives – *I Found Out*

Die letzte Nacht erschien mir jetzt unwirklich. Der Pub, der noch vor zwölf Stunden von Stimmen und Musik vibriert hatte, war praktisch menschenleer und in eine feierliche Stille gehüllt, die mich an das Grabmal eines Diktators denken ließ. Ich schloss die Augen und rief mir das Bild von Chris an der Bar in Erinnerung, wie er mir den Rücken zuwandte, wobei die leichte Sonnenbräune an seinem Hals im dämmrigen Licht gerade eben zu erkennen war. Gleich darauf dachte ich an Hannah, wie sie zur Musikbox und wieder zurück gestolpert war und Rotwein auf ihrem hellen Oberteil verschüttet hatte. Es kam mir vor, als gehörten sie parallelen Welten an – vom Schicksal dazu verdammt, sich niemals über den Weg zu laufen. Was zum Teufel war los zwischen ihnen? Was zum Teufel war los mit allen in dieser Stadt?

Meine Gedanken wurden von einem Klopfen unterbrochen. Vor der Tür stand ein verschwitzter und ungeduldiger Lieferant. Nick öffnete die Kellerluke, die unter dem Teppich im Eingangsbereich verborgen lag, und verfrachtete die Fässer hinunter in die kühle, feuchte Dunkelheit.

»Nike, schalt das Radio ein, wenn du magst«, sagte Nick. »Und hör auf, mich wie eine Verrückte anzustarren!«

Ich hatte gar nicht gemerkt, dass ich ihn anstarrte. Meine Reaktionen und gedanklichen Abläufe vollzogen sich im Schneckentempo. Trotz des großartigen Frühstücks kämpfte ich noch mit den Auswirkungen des Katers. Hinter dem

Tresen entdeckte ich ein winziges Radio und wechselte von einem Sender zum nächsten, bis ich bei BBC2 landete. Und natürlich wurde gerade über Glastonbury und The Red Room gesprochen.

»Bevor wir erstmals ihren brandneuen Song hier auf BBC2 spielen, wollen wir einen ihrer zeitlosen Klassiker hören, den Song, der sie berühmt gemacht hat, *Smokers Die Younger*«, sagte die Moderatorin gerade. »Bei wie vielen Hochzeiten mag dieser Song seit seiner Veröffentlichung 2008 gespielt worden sein? Ich kann es mir nicht einmal vorstellen!«

Traurige Gitarrenklänge erfüllten den Raum, dann durchbrach eine Stimme die Düsternis wie ein Lichtstrahl – bitter, aber voller Hoffnung auf etwas, das noch kommen würde. Ich kannte den Text, es war beinahe unheimlich. Der Song war von der Sorte, wie er in einem Indie-Beziehungsdrama mit Zooey Deschanel gespielt wird. Inzwischen war die Melodie in ein wütendes Riff übergegangen. Ich versuchte, mir vorzustellen, wie derselbe Text gewirkt hätte, wenn Chris mit seiner rauen, heiseren Stimme ihn gesungen hätte statt des jetzigen Sängers, der deutlich klarer und kontrollierter klang. Einerseits ähnelten sich die Stimmen ein wenig – beide waren Baritone, wenn ich mich nicht irre –, und doch waren die Unterschiede riesig. Plötzlich dachte ich an Chris' Handflächen und seine Berührungen. Und dass er wahrscheinlich derjenige war, der dich ermordet hatte. Mir lief es eiskalt den Rücken hinunter, und von irgendwo ganz tief in mir fühlte ich eine irrationale Angst aufsteigen. Der Song endete genau in dem Augenblick, als ich das Gefühl hatte, in der Dunkelheit meiner Gedanken einen Umriss aufscheinen zu sehen, als ob ich kurz davorstand, etwas Wichtiges zu entdecken. Doch statt mir mit dem Schlussakkord die große Enthüllung zu präsentieren, hörte die Musik abrupt auf, fast als hätte jemand den Stecker gezogen. Jetzt erst registrierte ich, dass ich mitten im Raum stand und die Hände vors Gesicht geschlagen hatte. Nie zuvor war mir aufgefallen, wie gut dieser Song war.

»Und jetzt, bevor wir den brandneuen Song von Hugh und Mark hören, haben wir eine fantastische Überraschung für diejenigen von euch, die sich heute in der Heimatstadt der Band aufhalten«, zwitscherte die Ansagerin weiter. »Red-Room-Fans in Notown können die neue Scheibe schon heute kaufen und von der Band signieren lassen. Holt euch die brandneue CD! Weitere Einzelheiten dazu erfahrt ihr später.«

Was? Das Universum meinte es zu gut mit mir, das konnte einfach nicht wahr sein. Aber ich hatte mich tatsächlich nicht verhört, eine Sekunde später trat Stu mit demselben Gesichtsausdruck aus der Küche, den ich in diesem Moment wahrscheinlich auch hatte. Er hielt einen Beutel Limetten in der Hand.

»Hast du das gehört?«

»Ja.« Ich nickte. »Es ist unglaublich.«

»Eigentlich nicht, wenn man darüber nachdenkt. Mit ihren beiden letzten Alben haben sie es genauso gemacht.«

»Und wo haben sie die CDs signiert?«

»Beim örtlichen HMV, im Einkaufszentrum am Marktplatz. Wahrscheinlich findet es diesmal auch wieder dort statt.« Er stellte den Beutel auf den Tresen. »Du musst hingehen!«

»Ich weiß!«

»Du musst hingehen und … und …« Er kratzte sich am Kopf.

»An der Stelle hakt es bei mir auch. Was soll ich denn

sagen? Und wenn ich zu eingeschüchtert bin, um auch nur ein einziges Wort herauszubringen?«

»Nika, das ist deine Chance! Geh hin! Was kann schon passieren? Im allerschlimmsten Fall werfen sie dich raus. Du hast nichts zu verlieren.«

»Da hast du wohl recht.« Ich spürte ein plötzliches Gefühl von Wärme, so, als wäre ich nicht mehr allein. Als würde ich tatsächlich jemandem etwas bedeuten. »Danke, Stu. Ich finde es toll, was du für mich tust.«

»Und weißt du was, ich hab mir gerade eben ein paar Fan-Foren der Band angeschaut und Bens Adresse gefunden – das ist der Schlagzeuger, der 2008 aufgehört hat. Wahrscheinlich kannte er deine Schwester. Und auf jeden Fall war er an dem Abend, als sie verschwand, auf dem Festival.«

»Meinst du, ich sollte ihn besuchen?«

»Wir könnten das zusammen machen. Ich meine, ich wäre froh, wenn ich dir helfen kann.« Er besah sich seine Schuhe und fügte dann hinzu: »Natürlich nur, wenn du möchtest.«

Wollte ich, dass er mich begleitete? Es überraschte mich selbst, aber es war genau das, was ich wollte. Bei ihm fühlte ich mich seltsam sicher. Andererseits hatte ich definitiv größere Chancen, etwas aus einem alternden Indie-Boy herauszubekommen, wenn ich ihn allein besuchte.

»Vielleicht können wir seine Nummer rauskriegen und ihn vorher anrufen«, sagte Stu nach einer Pause, so, als wüsste er, was mir durch den Kopf ging. »Falls er einen Festnetzanschluss hat, könnten wir ihn auf der Website der British Telecom finden.«

»Das ist eine gute Idee.«

Er zog sein Smartphone aus der Tasche und rief die Website auf.

»Ja, es gibt eine Nummer«, sagte er ein paar Minuten später. »Aber wer weiß, ob sie noch aktiv ist. Und ich bin auch nicht sicher, ob es sich um den B. Wickers handelt, den wir suchen. Willst du es probieren?«

»Klar.«

Ich wählte die Nummer und wartete. Nach einer ganzen Weile wurde abgehoben.

»Hallo?«, meldete sich eine misstrauische männliche Stimme. Ich stellte das Telefon auf Lautsprecher, damit Stu unser Gespräch mithören konnte.

»Hallo, ich würde gern mit Ben Wickers sprechen«, sagte ich ruhig und langsam, um ihn nicht durch meine Nervosität abzuschrecken. Der Stimme nach zu urteilen konnte es sich um Bens Vater handeln.

»Hier ist Ben. Und wer ist da, bitte?«

»Ben? Hi! Ich heiße Nika Lukina. Jen Lukina war meine Schwester. Das russische Mädchen, mit dem du früher einmal bekannt warst, hier in Notown, vor acht Jahren.«

Eine Weile sagte er gar nichts. Ich glaubte schon, er hätte aufgelegt.

»Ben?«

»Ja, ich erinnere mich sehr gut an Jen. Sie war ... meine Freundin.« Die Verbindung war schlecht, und möglicherweise hatte ich die letzten Worte nicht richtig verstanden.

»Deine was? Könntest du das bitte wiederholen?«

»Meine Freundin«, wiederholte er laut und deutlich. Endlich klang er wie der dreißigjährige Mann, mit dem ich sprechen wollte, und nicht mehr wie ein bettlägeriger Großvater. »Hallo, Nika. Worüber wolltest du denn sprechen?«

Ich konnte mein Glück nicht fassen! Stuart und ich klatschten uns ab.

»Ich suche meine Schwester. Ich weiß, dass sie eure

Band nach Glasto begleitet hat. Weißt du, was dort passiert ist?«

Wieder schwieg er.

»Ben? Bist du noch da, Ben?«

»Ja. Aber ich fürchte, ich kann dir nicht helfen. Ich weiß nicht, was auf dem Festival passiert ist. Ich ... sie ... Sie war im Publikum, aber ich hab dort nicht mit ihr geredet ... und seitdem auch nicht mehr. Es tut mir leid.«

»Ben, bitte sag mir ...«

»Nika, es tut mir sehr leid, aber es gibt nichts zu erzählen. Es ist ein riesiges Festival mit Zehntausenden von Leuten.«

»Aber du hast gesagt, sie wäre deine Freundin gewesen. Wie kann es sein, dass du nicht weißt, was deine Freundin gemacht hat oder wohin sie gegangen ist? Ich meine, sie war doch mit dir zusammen dort!«

Er schluckte vernehmlich.

»Zu der Zeit war sie nicht mehr meine Freundin. Und sie war auch nicht mit mir zusammen dort. Sonst noch was?«

»Mit wem war sie denn da?«

»Ich ... ich weiß nicht.«

»Chris«, soufflierte Stu lautlos.

»War sie mit Chris MacConnell dort?«

»Nein«, erklärte Ben mit fester Stimme. »Ganz sicher nicht. Es war nett, mit dir zu sprechen, aber ich muss jetzt auflegen. Auf Wiederhören.«

Das Gespräch war vorbei. Ich wusste, dass es nichts bringen würde, noch einmal anzurufen. Anders als Barbora, die ich an ihrem Arbeitsplatz erwischt hatte, konnte er einfach das Telefon ausstecken und nie wieder rangehen.

»Na, wenn das kein bizarres Gespräch war!«, platzte Stu

heraus. »Ich meine, er klang so … Ich weiß nicht … Und dass er behauptet hat, deine Schwester wäre seine Freundin gewesen … Hat das dir gegenüber schon irgendjemand erwähnt?«

»Na ja, Hannah hat angedeutet, dass Jen und Chris sich mehrmals getrennt haben, aber von Ben hat sie keinen Ton gesagt.«

»Ich weiß ja, dass sie deine Schwester ist und alles, aber es ist ein Riesenunterschied, ob man nur mit jemandem schläft, weil man gerade jemanden braucht, oder ob man eine echte Beziehung führt. Also sagt Ben entweder die Wahrheit, oder er ist ein totaler Psycho, mit dem deine Schwester einmal rumgemacht hat und der sich deswegen eine Beziehung zurechtfantasiert. So oder so ist er jedenfalls eine interessante Figur, findest du nicht?«

Natürlich fand ich das auch. »Ich muss ihn besuchen.«

Stu blickte mich leicht besorgt an. »Und die Signierstunde?«

»Scheiße!« Ich schlug mir gegen die Stirn. »Wo wohnt er? Ist es weit von hier?«

»Eigentlich nicht. Am schnellsten bist du mit dem Zug da. Zwei Stationen nach Süden Richtung London. Aber vor acht kann ich hier nicht Schluss machen.«

»Stu.« Ich legte ihm eine Hand auf die Schulter. »Ich hab eine andere Aufgabe für dich. Du musst hierbleiben, Radio hören und mir sofort Bescheid geben, wenn Ort und Zeit der Signierstunde bekannt gegeben werden.«

»Ich will nicht, dass du allein hinfährst. Was ist, wenn er sich als totaler Irrer entpuppt? Für mich klang er ziemlich nach Norman Bates, weißt du?«

»Stu, das ist wirklich lieb von dir, aber ich kann nicht bis acht warten, ehrlich nicht. Ich muss mit ihm reden. Mein

Bauch sagt mir, dass er etwas weiß. Ich muss ihn zur Rede stellen.«

»Aber er könnte ... gefährlich sein. Gestern Abend hab ich gelesen, dass er einen Nervenzusammenbruch hatte – deswegen hat er die Band verlassen. Und jetzt lebt er wie ein völliger Einsiedler und geht praktisch nicht mehr aus dem Haus.«

»Das ist doch toll, dann treffe ich ihn auf jeden Fall an!«

Doch Stuart wirkte alles andere als begeistert.

»Komm schon, Stu! Ich bin kein dummes, hilfloses Mädchen. Wenn mir irgendwas komisch vorkommt, nehme ich die Beine in die Hand!«

»Ich weiß, du bist stark und superklug und wahrscheinlich eine irre schnelle Läuferin, aber ich will einfach nicht, dass dir was passiert«, sagte er und richtete den Blick wieder auf seine Schuhe.

Seine Reaktion rührte mich an. Es war lange her, seit jemand sich meinetwegen solche Gedanken gemacht hatte. Ich trat näher und vergrub mein Gesicht in seinem Koch-Overall. Er roch nach frischem Brot und Waschpulver. So verharrte ich einen Moment, ehe ich ihn wieder losließ.

»Ich gehe jetzt, Stu. Und du schickst mir eine SMS, sobald sie etwas ansagen, okay?«

Er nickte. Er ist wirklich ein guter Typ, *sestra*. Genau die Art Typ, um die du und ich meistens einen Bogen machen.

Ben wohnte tatsächlich nicht weit weg. Ich hatte nicht mal die Zeit, mich für die richtige Musik im Zug zu entscheiden, als er bereits an dem winzigen Provinzbahnhof hielt. Draußen war die Luft warm und feucht, als würde es bald regnen.

Ben wohnte in einer viktorianischen Doppelhaushälfte

mit einer blauen Tür und einem schmalen Vorbau. Sie lag am Ende einer langen, engen Straße und grenzte an endlose, smaragdgrüne Felder. An der Rückseite des Grundstücks befand sich ein hoher Holzzaun. Die andere Hälfte des Hauses stand zum Verkauf, wie ein Schild im Vorgarten anzeigte. Dort gab es in den Fenstern weder Blumen noch irgendwelche Dekoration oder Vorhänge. Im Kontrast dazu waren die Vorhänge bei Ben fest zugezogen.

Ich klopfte an die Tür – nichts. Vage vermutete ich, dass er zu Hause war, mich aber beim Näherkommen bemerkt hatte und jetzt dort drinnen hockte und einfach nicht aufmachen wollte. Ich klopfte noch einmal, diesmal lauter. Da nebenan niemand wohnte, musste ich mir wegen des Lärms keine Gedanken machen. Nun gut, wenn er so tat, als wäre er nicht zu Hause, würde ich halt so tun, als würde ich wieder gehen. Ich entfernte mich vom Haus, bog dann zweimal rechts ab und näherte mich von der Rückseite. Ich kroch zwischen Büschen hindurch bis nahe an den Zaun an der Seite des Hauses, sodass ich die Vorderseite im Blick hatte, versteckte mich hinter einem Baum und wartete darauf, dass er die Tür öffnen würde, um sicherzugehen, dass ich wirklich weg war. Zehn Minuten verstrichen, dann nochmals zehn. Ich wurde ungeduldig und rechnete jeden Moment mit einer SMS von Stuart, der mir mitteilen würde, dass ich auf der Stelle nach Notown zurückkehren müsse. Ich griff nach meinem Telefon und suchte nach Informationen über die Signierstunde. Doch ich fand nichts außer dem, was ich bereits von Stuart wusste, nämlich dass sie beim letzten Mal bei HMV im Einkaufszentrum stattgefunden hatte. Als Nächstes googelte ich Bens Namen und schaute mir die angezeigten Fotos an. Er war dünn, hatte rotblondes Haar, blasse, grüngraue Augen und ein sanftes, schüchternes Lächeln. Dann entdeckte ich ein altes Foto der Band, noch mit Chris. In ihren zerrissenen Jeans und ausgeleierten T-Shirts wirkten sie sehr jung und rock-'n'-rollmäßig. Ich war dermaßen in Gedanken versunken, dass ich beinahe den Radfahrer übersehen hätte, der am Haus gehalten hatte, abgestiegen war und jetzt sein Fahrrad die Stufen hochschleppte. Als er einen Schlüsselbund aus der Tasche zog, trat ich aus meinem Versteck und ging schnell auf ihn zu.

»Ben? Hi, Ben!«, rief ich.

Er blickte sich um. Es war tatsächlich Ben, nur älter und viel dürrer als auf den Fotos. Das scheue Lächeln allerdings hatte sich nicht verändert. Ein fettiger, ergrauender Pferdeschwanz schaute unter dem Fahrradhelm hervor. Ich glaube, ich habe ihn ein bisschen erschreckt, jedenfalls riss er bei meinem Anblick die Augen auf.

»Wir haben vor einer Stunde telefoniert«, erklärte ich, während er hektisch nach dem richtigen Schlüssel an dem riesigen Bund suchte. »Ich bin Nika, Jens jüngere Schwester.«

»Ich hab keine Lust, mich mit dir zu unterhalten. Du gehst jetzt besser«, sagte er, ohne mich auch nur eines Blickes zu würdigen. Schließlich fand er den richtigen Schlüssel und versuchte, ihn ins Schloss zu stecken. Seine Hand zitterte ein wenig.

»Es dauert nur eine Minute. Bitte, Ben. Alles, was ich will, ist mit dir reden.«

»Und wenn ich das nun nicht will?« Er drehte den Schlüssel.

»Bitte, Ben. Ich flehe dich an!« Verzweifelt versuchte ich, seinen Blick auf mich zu ziehen, während er das Fahrrad ins dunkle Hausinnere schob.

»Ich hab keine Zeit. Tut mir leid. Wiedersehen!« Die Tür flog direkt vor meiner Nase ins Schloss.

»Komm schon, bitte!« Mit beiden Händen hämmerte ich an die Tür. Ich durfte ihn nicht einfach so davonkommen lassen. »Bitte!«

Von drinnen war nichts zu hören, als wäre er überhaupt nicht da. Ich wartete einen Moment.

»Okay, wenn du nicht direkt mit mir sprechen willst, reden wir halt durch die Tür, von mir aus.« Ich setzte mich hin und lehnte mich an die Tür. »Warum hast du behauptet, Jen wäre deine Freundin gewesen? Sie war nie mit dir zusammen. Sie war in Chris MacConnell verliebt.« Sein Name rollte mir über die Zunge wie ein Karamellbonbon.

Nach einem kurzen Augenblick hörte ich, wie er sich drinnen bewegte. Er war nah an der Tür, wahrscheinlich gleich hinter mir.

»Ich werde jetzt die Polizei rufen«, sagte er ruhig, und ich spürte, dass er nicht bluffte. Eine Weile saß ich bloß da und wog meine Möglichkeiten ab. Dann klingelte mein Telefon. Ich stand auf und ging ein paar Schritte vom Haus weg.

»Hey, Stu!«

»Sie werden um 15 Uhr im HMV sein, aber du solltest früh genug erscheinen. Gleich nach der ersten Ankündigung hat sich eine größere Menschenmenge versammelt.« Er klang aufgeregt und ein bisschen außer Atem.

»Du bist der Beste!«

»Wie ist es mit Ben gelaufen? Hast du ihn gesehen?«

»Ja, aber es war zwecklos.« Ich schaute zur Uhr. Es war halb zwei. »Ich erzähle es dir später, Stu.«

»Okay.«

Dreißig Minuten später saß ich bereits im Zug, der mich

nach Notown zurückbrachte. Den größten Teil dieser Nachricht tippe ich am Bahnhof, mit dem Dieselqualm der Eisenbahn um die Nase.

Ich hoffe, Mark wird mit mir reden. Gestern Abend im Pub machte er einen ganz vernünftigen Eindruck. Aber was Hugh angeht, bin ich nicht so sicher. Irgendwie bin ich nervös. Ich weiß nicht, was ich von solchen Berühmtheiten erwarten darf. Wir werden sehen. Nicht alle berühmten Leute sind hochnäsig und arrogant. Ein Freund von mir hat erzählt, dass er einmal Ed Sheeran begegnet ist und der ihm ein Bier ausgegeben hat. Allerdings war er da noch nicht berühmt.

Melde mich bald, hab dich lieb.

Status: *ungelesen.*

Von: Nika Lukina
An: Jen Lukina

Mittwoch, 24. Juni 2015
16:31
Kings of Leon – *Fans*

Mir würden fünf Minuten mit ihnen reichen. Das war mein Gedanke, als ich am Bahnhof von Notown in ein Taxi sprang und den Fahrer bat, mich so schnell wie möglich zum Marktplatz zu bringen. Auf der Uhr am Armaturenbrett war es zwanzig nach zwei.

Das Erste, was ich sah, als ich aus dem Wagen stieg, war eine Gruppe von Menschen. Doch bei näherem Hinsehen entdeckte ich, dass es sich um eine Schlange von Wartenden handelte. Sie war so lang wie damals bei der Eröffnung der ersten Starbucks-Filiale in Moskau. Oder vielleicht wie die Schlangen vor Lenins Grabstätte, damals zu Zeiten der Sowjetunion. Das örtliche Kamerateam der BBC interviewte verträumt wirkende Mädchen in engen Jeans und bärtige Jungs, die sich gelangweilt gaben. An jeder Zufahrt zum Platz standen mehrere Polizeiwagen. Alles in allem wirkte die Szenerie bedrohlich, als würde die Stadt angegriffen oder etwas in der Art.

Ich kam mir vor wie James Bond oder dieser andere Typ aus *Mission: Impossible*, ich komme jetzt nicht auf den Namen. Wenn ich hier etwas erreichen wollte, musste ich so tapfer, klug und cool wie eben möglich sein.

Um ehrlich zu sein: Ich kann den ganzen Hype um berühmte Bands nicht begreifen. Versteh mich nicht falsch, ich liebe Musik. Wahrscheinlich könnte ich ohne sie nicht leben, aber für mich existiert sie völlig unabhängig von den Leuten, die sie hervorbringen. In ihnen sehe ich eher so was wie Dealer, die mir meine Lieblingsdroge verkaufen, und daher neige ich dazu, sie eher zu hassen als zu lieben. Manchmal verschneiden sie meine Lieblingsdroge mit etwas, das sie schwach und unbefriedigend macht, und manchmal machen sie die Droge so stark und mächtig, dass ich kurz vor der Überdosis stehe. Wie könnte ich so jemanden verehren?

Ich stellte mich in die Schlange und wartete. Die Mädels in meiner Nähe redeten über die Jungs aus der Band. Wortwahl und Tonfall schienen eher dazu geeignet, süße Babys oder Zuchthengste zu beschreiben. Die wertvollsten Informationen, die ich aus ihrem Geplapper zog, bestanden darin, dass Hugh gern Süßigkeiten naschte, Mark seine Tochter liebte und sie im Moment alle beide »irgendwie Singles« waren. Die Schlange setzte sich in Bewegung, langsam, aber sicher, sobald die Rathausuhr drei geschlagen hatte. Es dauerte etwa vierzig Minuten, bis ich den Haupteingang des Einkaufszentrums erreicht hatte. Dort bog die Schlange um eine Ecke, und ich sah das schwarzviolette Logo von HMV. Sobald ich mit einer Gruppe von Leuten eingelassen worden war, erklärte uns eine wichtig aussehende Blondine mit einem Ohrknopf die Grundregeln.

»Ihr könnt so viele Singles kaufen, wie ihr wollt, aber pro Person signiert die Band nur eine CD. Falls ihr Fotos machen wollt, schaltet den Blitz aus. Kein Kreischen, Hüpfen oder sonstiger Blödsinn, sonst handelt ihr euch Zutrittsverbot zu sämtlichen Auftritten ein. Und bitte vergesst nicht, dass die Band auf Tournee ist. Sie sind ziemlich müde. Zeigt ein bisschen Respekt!«

Ich nickte, dachte aber im Stillen, dass all das reichlich streng klang – mit Sex, Drugs, Rock 'n' Roll und Rebellion schien es jedenfalls nicht mehr viel zu tun zu haben.

Stück für Stück näherte ich mich dem Tisch, an dem zwei Männer saßen, von Angestellten und einem Paar stämmiger Rausschmeißer umgeben. Als sich das Mädchen direkt vor mir ein Stück zur Seite bewegte, konnte ich Hughs Gesicht sehen. Er war atemberaubend schön. Ich weiß, dass man diesen Begriff in Bezug auf Männer eigentlich nicht benutzen sollte, aber gut aussehend passte in diesem Fall einfach nicht. Er war schön. Wilde, pechschwarze Locken umrahmten seine unglaublich hohen Wangenknochen und verbargen große, dunkle Augen. Am Hals hatte er ein Tattoo, aber ich stand noch zu weit weg, um Details erkennen zu können. An seinen langen Fingern steckten zahllose Ringe. Er sah aus wie jemand, der von Transsilvanien direkt nach Versailles gezogen war und dort den größten Teil des

18. Jahrhunderts verbracht hatte. Oder wie der wunderschön gezeichnete Prinz in einem Anime. Plötzlich war mir klar, warum so viele Leute bei der Aussicht, ihm zu begegnen, derart unter Strom standen.

Trotz seines außergewöhnlich guten Aussehens benahm er sich ziemlich normal. Er lächelte, ließ sich von Mädchen in den Arm nehmen und schüttelte den Jungs die Hand. Er trank Red Bull (nicht die zuckerfreie Variante) und schob sich die Haare aus Nervosität immer wieder hinters Ohr. Vor zahlreichen Kameras zog er Grimassen und zeichnete Herzen und Sterne auf CD-Cover. Besonders starbesessene Mädchen durften ihre tränenüberströmten Gesichter sogar für eine Sekunde in der Mulde zwischen seinem Hals und dem spitzen Schlüsselbein vergraben. Er ließ es zu, dass sie mit ihren heißen, klebrigen Händen seine Finger ergriffen. Er rackerte sich ab wie ein Santa Claus in einem Einkaufszentrum, der die Kinder glücklich machen und die Eltern zum Geldausgeben verleiten will. Nun ja, immerhin war ein Einkaufszentrum genau der Ort, an dem wir uns befanden. Und trotzdem hatte ich das Gefühl, dass er die ganze Sache – auch wenn es ums Geschäft ging – wirklich genoss.

Ich starrte ihn lange an, und plötzlich erwiderte er völlig unerwartet meinen Blick. Damit hatte ich nicht gerechnet, sodass ich einen Moment lang nicht wusste, wie ich reagieren sollte. Er schenkte mir ein breites Lächeln, das schiefe Schneidezähne entblößte. Ein kleiner Makel, der seine Schönheit echt und vollkommen zu machen schien.

Dann richtete ich meinen Blick auf Mark, der neben Hugh saß. Er sah genauso aus, wie ich ihn von gestern Abend in Erinnerung hatte. Dieselbe Tweedjacke, dieselbe Brille, derselbe Gesichtsausdruck und dieselben erschöpften Augen. Ein wenig erinnerte er mich an Jarvis Cocker.

Aber nicht an den verrückten, wilden, arroganten Jarvis, sondern an den Jarvis von Mitte der 1990er-Jahre, als er ein wenig kultivierter und erwachsener geworden war. Ich spürte gleich, dass Mark kein großer Redner war, aber nicht, weil er nichts zu sagen hatte. Er schrieb brillante Songtexte, was bedeutete, dass sich ein ganzes Universum in seinem Kopf verbarg. Ich hatte auch gelesen, dass er gemeinhin als Intellektueller betrachtet wurde – er hatte bei einigen Filmen Regie geführt und mehrere Alben produziert. Doch obwohl er inzwischen seit einem knappen Jahrzehnt als Berühmtheit gelten konnte, spürte ich, dass er sich im Rampenlicht nicht wohlfühlte. Immer wieder schaute er zur Uhr, als wäre er lieber woanders und könnte es kaum abwarten, endlich gehen zu dürfen. Im Gegensatz zu Hugh schien er von klebrigen, simpel gestrickten Kleinstadtmädels die Nase voll zu haben. Zum Glück für ihn drängten sich weit weniger Mädchen danach, ihn zu küssen oder zu begrapschen, und diejenigen, die um seine Aufmerksamkeit buhlten, waren überwiegend junge Erwachsene beiderlei Geschlechts, die wie angehende Singer-Songwriter aussahen.

Plötzlich war ich an der Reihe, ehe ich mir hatte zurechtlegen können, was ich sagen wollte. Ich hatte sogar vergessen, mir die CD zu kaufen, sodass ich verwirrt und mit leeren Händen vor dem Tisch stand. Hugh lächelte und schaute mich in der Erwartung an, etwas zum Unterschreiben in die Hand gedrückt zu bekommen. Für einen Moment kam ich mir dumm vor wie ein gedankenloser, idiotischer Fan.

»Ich … Ich hab nichts mitgebracht …« Ich lächelte verlegen und verfluchte mich mit den schlimmsten russischen Schimpfworten, die mir einfielen. Die Trägheit in meinem

Kopf hatte ich eindeutig dem Kater zu verdanken. Ich schaute Hugh bloß hilfesuchend an.

»Das ist völlig okay.« Er lächelte wieder. »Ich kann ja dein … T-Shirt signieren?«

Er stand auf und lehnte sich über den Tisch. Er war groß, größer als Chris.

»Darf ich?«, fragte er, und ich nickte. Ich spürte die Spitze seines Stifts auf meinem Bauch. Eine Unterschrift und drei schwarze Sterne. Als ich aufblickte, sah ich seine Tätowierung, ein brennendes Haus, das aussah, als wäre es von einem Kind gezeichnet worden. Ich atmete ein. Er roch sauber und süß wie ein Baby.

»Danke.« Ich lächelte matt und hoffte, noch einmal seine schiefen Zähne zu sehen zu bekommen, doch er hatte sich bereits dem nächsten Mädchen in der Schlange zugewandt.

Ich trat ein paar Schritte nach links und stand nun vor Mark. Verzweifelt suchte ich nach etwas, das ich sagen konnte, doch mein Gehirn schien den Dienst zu verweigern.

»Hi, ich heiße Nika«, sagte ich spontan.

»Mark.« Mit der Andeutung eines Lächelns schaute er auf meine leeren Hände. »Willst du ein Autogramm auf dein T-Shirt?«

»Nein.«

»Wie bitte?« Er runzelte die Stirn.

»Ich will kein Autogramm aufs T-Shirt, Mark. Ich heiße Nika Lukina und bin gekommen, weil ich euch Fragen über meine Schwester Jen stellen will. Du hast sie vor acht Jahren gekannt.«

Er blinzelte. »Es tut mir leid, ich kann nicht ganz folgen … *Worum* geht es?«

»Alles in Ordnung?«, mischte sich die junge Frau mit

dem Ohrknopf ein, die plötzlich neben mir stand. Mark musste ein Notfallsignal gegeben haben.

»Großartig. Ich will mit Mark nur kurz über eine gemeinsame Bekannte reden«, erwiderte ich höflich und fest. »Mark und Hugh waren Freunde meiner Schwester, die 2007 hier gewohnt hat. Das stimmt doch, Mark?«

Ich schaute ihm geradewegs in die Augen.

»Komm schon, Mark. Ich hab dich gestern Abend im *Queen's Head* gesehen. Du hattest Streit mit Chris, über die guten alten Zeiten. Ich weiß, dass ihr in Glastonbury wart an dem Abend, als meine Schwester verschwand. Das weiß ich sicher. Du musst eine Ahnung haben, was mit Jen geschehen ist, Mark!« Meine Stimme war unwillkürlich lauter geworden, wahrscheinlich klang ich wie ein durchgedrehter Fan. Die Leute starrten mich an, sogar Hugh.

Eine Sekunde schien es mir, als bewege sich etwas im kalten, blauen Wasser seiner Augen. Doch ehe er etwas entgegnen konnte, packte mich die Ohrknopffrau am Arm und zerrte mich gemeinsam mit einem Rausschmeißer fort. Mir war klar, dass Widerstand zu nichts führen würde, doch ehe wir die Tür erreicht hatten, rief ich: »Mark, bitte such mich auf Facebook – Nika Lukina. Bitte hilf mir, meine Schwester zu finden!«

Status: *ungelesen.*

Von: Nika Lukina
An: Jen Lukina

Mittwoch, 24. Juni 2015
17:31
Pulp – *Common People*

Notown muss einmal schön gewesen sein. Hier und dort sah ich eine Spur dieser Schönheit aufblitzen. Sie versteckte sich in schattigen, schmalen Nebenstraßen, die sich im warmen Licht der Nachmittagssonne von ihrer besten Seite zeigten. Der Fußweg vom Stadtzentrum zum *Queen's Head* war mir inzwischen vertraut. Als ich an der Ampel auf der Hauptstraße hielt, wurde mir bewusst, dass ich auf merkwürdige Art das Gefühl hatte, nach Hause zu kommen. Und je näher ich dem Pub kam, spürte ich außerdem eine ungewohnte, zappelige Unruhe in meiner Brust: Ich hoffte, ziemlich irrational, ich würde heute Abend Chris über den Weg laufen.

Wahrscheinlich ist es ziemlich offensichtlich – ich schwärme heftig für deinen Lover, *sestra*. *Wot gowno*. Ich kann es weder verstehen noch unter Kontrolle halten. Wahrscheinlich genau das, was man von braven Mädchen wie mir erwartete – dass böse Jungs und Männer wie Chris uns scharfmachen und nicht zur Ruhe kommen lassen. Ich werde diesem Impuls nicht folgen, doch das pochende, hartnäckige Gefühl, das mir weiche Knie beschert, ist nun mal da.

Über deine tragische Liebesgeschichte hab ich jetzt schon viel nachgedacht. Im Kopf habe ich ein Bild, das von Dostojewskis *Der Idiot* inspiriert ist. Chris war Parfjon, ein impulsiver, grober Kerl ungefähr ums Jahr 1869 herum, und du warst die schöne Nastasja. Ihr habt gevögelt und euch gestritten. Es endete schlimm, in einem blutverschmierten

Bett. War er zu einem Mord in der Lage? So gut kenne ich ihn nicht. Noch nicht.

Nick hat mir erzählt, dass Chris seit der Wiedereröffnung schon einmal im Pub war. Also wird er möglicherweise wieder kommen. Vielleicht würde ich ihn gleich jetzt am Tresen vorfinden, auf einen Monolog über Cricketergebnisse konzentriert. Betrunken, überdreht und atemberaubend. Doch als ich eintrat, war er nicht dort. Nick war praktisch allein im Pub. Er winkte und bedeutete mir, näher zu kommen. Ich bestellte einen Teller Cheesy Chips, den Stu nach wenigen Minuten servierte.

»Ist das sein Autogramm?« Er entdeckte Hughs Handschrift auf meinem T-Shirt. »Und? Wie ist es gelaufen?«

Ich nickte und kaute. »Nicht schlecht. Gar nicht schlecht.«

»Nike, hab ich dir denn gar nichts beigebracht?« Nick schüttelte den Kopf und setzte eine traurige Miene auf. »Du hättest Hugh Woodward deine Titten präsentieren müssen! Du hast sie eindeutig dem falschen Typen gezeigt. Hugh, nicht Chris! Hugh passt besser!«

»Lass mich das beurteilen, okay?« Ich errötete. »Und wenn du es schon wissen musst: Ich wurde von der Security rausgeschmissen. Und das, mein Freund, ist mir im ganzen Leben noch nicht passiert.«

»Ha-haaaa!« Nick kriegte sich vor Lachen nicht mehr ein. »Was hast du gemacht?«

»Gar nichts Wildes. Ich hab bloß versucht, mit Mark Rimmer zu reden. Ich hab ihn nach Jen und Glasto gefragt, und Mark erstarrte praktisch. Also hab ich angefangen, es zu erklären und ganz viel geredet, in der Hoffnung, dass er irgendwie reagieren würde. Doch dieses Miststück von Managerin hat mich rausgeschmissen, bevor er auch nur einen Ton von sich geben konnte.«

»Also kein Glück bei Ben und keins bei Mark?«, fragte Stu.

»Ha! Das hast du gesagt, nicht ich!« Wieder lachte Nick los. Erst ein ärgerlicher Blick von Stu ließ ihn innehalten.

»Bei Mark kann ich es ja irgendwie verstehen, dass er nichts gesagt hat. Für ihn muss ich dermaßen aus heiterem Himmel aufgetaucht sein, dass ihm die Worte fehlten. Aber Ben … Er wollte mich einfach nicht dort haben, ich sollte um jeden Preis abhauen. Er hat sich nicht nur geweigert, mit mir zu reden, sondern mir auch mit der Polizei gedroht.«

»Wie ist sein Haus denn so?«, fragte Stu.

»Er hat mich nicht reingelassen. Es liegt ziemlich abgelegen, und die Vorhänge waren zugezogen. Drinnen muss es ziemlich dunkel sein, auch am helllichten Tag.«

»Dann ist es also möglich, dass er Jen im Keller seines Hauses versteckt hält?«, fragte Nick in völlig ernsthaftem Ton.

Ich kann nicht behaupten, dass mir dieser Gedanke nicht schon gekommen wäre.

»Denk doch nur mal darüber nach«, sagte Stu vorsichtig. »Deine Schwester und Chris sind verliebt. Sie trennen sich, und sie schnappt sich Ben als Notnagel. Aber das geht völlig in die Hose, weil Ben sich als obsessiver Soziopath entpuppt, der sie entführt und in seinen Keller sperrt …«

Ich ließ seine Worte einen Moment sacken.

»Und ihr Telefon? Es wurde am 13. Juli noch einmal im Süden benutzt. Wo war Ben an diesem Tag?«

»Lasst mich mal etwas googeln.« Stu nahm mein Smartphone und tippte etwas ein. »Scheiße … Auf der Wikipedia-Seite zum ersten Album von The Red Room steht, dass es zwischen dem 12. und dem 27. Juli in Amsterdam aufgenommen wurde. Damit dürften Ben und die anderen Bandmitglieder aus dem Rennen sein, was das Telefon angeht.«

Ich hatte das Gefühl, dass ich in einer anspruchsvollen Partie Tic-Tac-Toe steckte. Jedes Mal, wenn ich eine gute Stelle für meinen nächsten Kreis fand, machte jemand direkt daneben ein Kreuz und blockierte mich. Ich frage mich bloß, wer eigentlich mein Gegenspieler ist.

»Ich wüsste zu gern, wo Chris an diesem Tag war ...«, sagte Stuart schließlich.

»Ich auch«, stimmte ich ihm zu.

»Also ... lasst mich alle denkbaren Täter auflisten«, fuhr Stu fort. »Alister, der Wirt, könnte es gewesen sein. Das ist unwahrscheinlich, aber nicht hundertprozentig ausgeschlossen. Nehmen wir an, sie kam zurück aus Glasto, lief ihm über den Weg, und er ... tat was auch immer und sah dann zu, dass er die Leiche loswurde. Er könnte im Garten ein Loch gegraben und Chris dann gebeten haben, den Bereich zu betonieren ...«

»Er könnte ein Serienmörder gewesen sein – falls er auch dem Mädchen im blauen Kleid in Manchester den Schädel eingeschlagen hat!«, warf Nick ein.

»Um als Serienmörder zu gelten, muss man mindestens drei Leute umbringen«, korrigierte ihn Stu.

»Oh, ganz wie du meinst, Mister Serienmörder-Experte!«, zog Nick ihn auf.

»Aber ihr Telefon kann er nicht benutzt haben, weil er am 13. Juli schon tot war«, fuhr Stu fort, ohne weiter auf Nick einzugehen. »Und er hat eine Art Alibi von seiner Freundin. Wenn sie so wütend auf ihn war, dass sie den Cops Lügen über einen gewalttätigen Angriff erzählt hat, wäre sie doch sicher überglücklich gewesen, ihn wegen Mordes anzeigen zu können. Vor allem, wenn es um das

Mädchen ging, für das er ihrer Meinung nach schwärmte. Wie auch immer, Ali ist jedenfalls Kandidat Nummer eins. Auch wenn ich ihn nicht für den Täter halte. Es ist einfach zu kompliziert.«

»Wer ist Nummer zwei?«, fragte Nick.

»Chris MacConnell«, sagte Stu, ohne mich anzuschauen. »Ein Verbrechen aus Leidenschaft. Die Leiche könnte unter dem Beton liegen. Er war physisch dazu in der Lage und hatte Gelegenheit und Motiv.«

Ich nickte – das ergab Sinn.

»Und Möglichkeit drei? Ben, der Einzelgänger«, fuhr Stu fort.

»Falls er wirklich dahintersteckt, könnte sie sogar noch leben«, sagte Nick sehr leise. »Erinnerst du dich, was vor einer Weile durch die Nachrichten ging? Dieser irre Deutsche, der Frauen in seinem Haus versteckte?«

Ich antwortete nicht, aber nicht, weil er Blödsinn geredet hätte. Es war einfach alles zu viel, in meinem Kopf wirbelten die Hinweise, Sackgassen und Leichen durcheinander. Ein Teil von mir wollte einfach nur schreien und weglaufen.

»Jungs, Jungs! Warum seid ihr so sicher, dass ihr etwas Schlimmes zugestoßen ist? Vielleicht gibt es eine andere Erklärung ... Etwas, das wir noch nicht sehen?«

Seufzend schaute Stu mir in die Augen.

»Mir ist klar, dass du an ein Happy End glauben möchtest«, sagte er. »Du willst, dass sie lebt und einfach nicht angerufen hat, weil sie das Ladegerät ihres Handys verloren hat. Aber du weißt besser als wir, wie unwahrscheinlich das ist. Und wenn du ernsthaft entschlossen bist, die Wahrheit herauszufinden, musst du dich auf etwas Hässliches, Erschreckendes gefasst machen. Wer auch immer für ihr Verschwinden verantwortlich ist, wird versuchen, deine Nachforschungen um jeden Preis zu stoppen. Mir ist schon der Gedanke gekommen, dass auch die Männer, die dich neulich angegriffen haben, auf die eine oder andere Weise in den … Fall … verwickelt sein könnten. Je näher du der Wahrheit kommst, desto unheimlicher und komplizierter wird es werden. Jetzt wäre noch ein guter Zeitpunkt, mit der Sucherei aufzuhören, Nika. Niemand würde dir Vorwürfe machen. So gern ich dich hier habe, du brauchst dich nicht zu schämen, wenn du Notown jetzt ein für alle Mal den Rücken kehrst. Ich könnte es nicht ertragen, wenn dir irgendwas zustößt.«

Ich war verblüfft. Bisher war alles ein Spiel gewesen. Ich hatte Leute über dich ausgefragt, und sie erzählten mir etwas. Und entweder logen sie dabei oder sie erklärten mir, ich solle mich aus dem Staub machen. So oder so war bisher alles harmlos geblieben. Aber Stu hatte recht. Wenn tatsächlich ein Verbrechen begangen und vertuscht worden war, musste der Mörder mich als Bedrohung sehen, solange ich in der Vergangenheit herumstocherte, meine Nase in alles hineinsteckte und die Leute an eine längst vergessen geglaubte Geschichte erinnerte. Vielleicht waren die Typen, die mich verfolgt hatten, ja tatsächlich von irgendwem geschickt worden? Doch diesen Gedanken wollte ich einfach nicht wahrhaben, er kam mir allzu paranoid vor.

»Mit anderen Worten: Bist du sicher, dass du wie Alice in den Kaninchenbau springen willst?«, fragte Stu mit einem sanften Lächeln.

»Ich hocke schon eine ganze Weile tief drin, Stu. Und für mich ist das hier …« – ich wollte gerade sagen – »der einzige Ausweg«, doch in diesem Moment pingte mein Telefon und kündigte mir eine neue Message auf Facebook an.

Sie kam von einer Frau, die nicht auf meiner Kontaktliste

stand, einer gewissen Shauna Rossi. Ich betrachtete ihr Gesicht und stellte fest, dass sie ziemlich nach der nervigen Blondine mit dem Ohrknopf aus dem HMV aussah. »Nika, Mark Rimmer bittet dich, diese Nummer anzurufen«, schrieb sie. Darauf folgte eine zweite Message mit einer Telefonnummer. Und gleich eine dritte: »Sofort.«

»Alles klar?«, fragte Nick.

»Ja.« Ich strahlte. »Mark Rimmer will mit mir sprechen. Es sei denn, es nimmt mich jemand auf den Arm.«

»Echt?«, fragten die Zwillinge, und ihre identischen Mienen verrieten pure Aufregung. Wieder erinnerten sie mich an diese winkenden chinesischen Katzen.

»Und? Rufst du ihn an?«

»Na ja, was hab ich zu verlieren?« Ich klickte auf die Nummer und wartete.

»Hallo«, sagte eine sanfte männliche Stimme mit einem Akzent, der mich an die CDs erinnerte, die manchmal den *Cambridge-English-Language*-Lehrbüchern beiliegen. Es war Mark Rimmer. Im Hintergrund hörte ich Murmeln und Kreischen. Wahrscheinlich war die Signierstunde noch nicht zu Ende.

»Hallo, Mark, hier ist Nika.«

»Nika. Toll, dass du anrufst.« Einen Moment lang schwieg er, wahrscheinlich, weil er sich einen ruhigeren Ort zum Telefonieren suchte. »Erst mal muss ich mich für den Vorfall von eben entschuldigen. Es war ein komplettes Missverständnis. Ich stehe heute ein bisschen neben mir, verstehst du, die letzten paar ... Jahre waren ein bisschen hektisch. Und Shauna hat einfach überreagiert. Sie ist neu und nimmt ihren Job ziemlich ernst. Also: Vergeben und vergessen?«

»Klar.«

»Und was deine Schwester angeht, kann ich mich gut an sie erinnern. Wenn du über sie reden möchtest, erzähle ich dir gern alles, was ich weiß. Viel ist es nicht, aber wenn es dir irgendwie hilft … Allerdings hab ich nicht viel Zeit, es müsste also heute Nachmittag sein. Passt dir das?«

»Was? Wow, natürlich. Ich hab weiter nichts vor – ruf mich einfach an.« Ich war überrascht über den plötzlichen Sinneswandel. Er war mir so verschlossen und distanziert vorgekommen, und jetzt redete er mit mir, als wäre ich … nicht gerade eine Freundin, aber eine wichtige Person.

»Bist du noch in Notown?«

»Ja, genau genommen im *Queen's Head.*«

»Fantastisch. Dann schauen wir in ungefähr einer Stunde kurz vorbei. Wie klingt das?«

»Großartig.«

»Also gut. Dann bis gleich.«

Er legte auf.

»Wooow«, flüsterte Nick, der alles über Lautsprecher mit angehört hatte. »Wenn das keine Überraschung ist!«

»Er weiß, dass es nicht in Ordnung war, mich einfach so rauszuwerfen«, sagte ich nachdenklich. »Wahrscheinlich wollte er vermeiden, dass ich mich auf Facebook und Twitter darüber auslasse.«

»Kann sein«, sagte Stuart. »Vielleicht ist er aber auch einfach ein anständiger Kerl, der dir helfen will.«

»Ist auch egal. Hauptsache, er redet mit mir!«

Die nächste Stunde verbrachte ich damit, mir auf Stuarts Laptop mehrere Interviews mit der Band anzuschauen. Mark hielt sich die meiste Zeit über zurück und überließ Hugh das Reden. Er wirkte in Gedanken versunken, doch wenn man genauer hinschaute, merkte man, dass sein Gesicht und seine Augen auf jedes Wort reagierten, das gesprochen wurde. Hugh war gesprächig, temperamentvoll und cool. Und tatsächlich ziemlich witzig. Bei jemandem, der wie ein Gothic-Märchenprinz aussieht, rechnet man nicht unbedingt mit einer so offenen Persönlichkeit. Die beiden zusammen erinnerten mich an Vince Noir und Howard Moon in *The Mighty Boosh*, in der Episode, in der Vince Anführer eines Stammes am Nordpol ist.

Hier kommen Ausschnitte aus einem aktuelleren Interview:

»Unseren Erfolg verdanken wir Marks außergewöhnlichen Fähigkeiten als Songschreiber«, sagte Hugh mit diesem Lächeln, das seine schiefen Zähne zum Vorschein bringt. »Wenn die Leute Marks Songs hören, wollen sie singen und tanzen und leben. Er ist einer der großartigsten Songschreiber unserer Zeit.«

Mark schien die Augen verdrehen zu wollen.

»Wisst ihr noch, wie alles angefangen hat?«, fuhr der Fragesteller fort. »Was war euer erster Schritt zum Erfolg?«

»Wir wurden von Noel persönlich entdeckt. Das war ein wirklich unglaublicher Moment. Ich wusste nicht, dass er uns Backstage zusah. Nach dem Gig kam er jedenfalls auf uns zu und fragte uns, ob wir als Vorband bei ihrer nächsten Tournee auftreten wollten.«

Mark sah aus, als wolle er etwas sagen, grinste aber nur und zündete sich die nächste Zigarette an. Bei sämtlichen Interviews rauchte er Kette.

»Dann kam unser Debütalbum raus und kletterte in den Charts ganz nach oben.« Hugh warf die Arme hoch. »Wumm, einfach so!«

Der Interviewer lächelte.

»Und macht es euch noch Spaß, bei jedem einzelnen Gig *Smokers Die Younger* zu spielen? Denn ich weiß, dass Blur es zum Beispiel hassen, immer wieder *Song 2* zu spielen, und das gilt auch für Radiohead und *Creep*. Geht es euch nicht irgendwann auf die Nerven?«

»Um Himmels willen, nein!«, rief Hugh aus. »Es ist so ein fantastischer Song. Wir spielen ihn als Zugabe, und ich genieße es jedes Mal, dabei in die Gesichter des Publikums zu schauen ... Es ist verdammt fantastisch, Mann, es ist ein Geschenk, wenn man die Leute dazu bringen kann, sich zu fühlen, wie sie es in solchen Momenten tun.«

Hugh wirkte bewegt.

»Gibt es eine Geschichte zu diesem Song?«

»Na ja, es ist ein klassischer Song über gebrochene Herzen ...«, begann Hugh. Doch eine kaum merkliche Handbewegung von Mark brachte ihn zum Schweigen. Dann reichte er ihm das Mikrofon hinüber.

»Lasst mich das beantworten, wenn es recht ist«, sagte er. »Es war einer dieser verrückten, betrunkenen Abende, aus denen das Leben besteht, wenn man jung ist und wenig zu tun hat, außer high zu werden und Musik zu schreiben. An einem dieser Abende, wo man sich derart betrinkt, dass man jeden im Raum für einen echten Freund hält. Was sich in den meisten Fällen auch als wahr herausstellt.« Er nahm einen tiefen Zug an seiner Zigarette. »Da war dieses Mädchen. Sie und ich waren die Einzigen, die noch ... bei klarem Verstand waren. Sie setzte sich neben mich, erzählte mir von ihrem Leben, ihrer Liebe, ihrem gebrochenen Herzen. Sie redete, bis das kalte Morgenlicht ins Zimmer fiel und die Leute im Nachbarhaus aufwachten. Wir hörten, wie sie die Nachrichten sahen, wir rochen Kaffee und Toast. Aber all das geschah hinter einer Wand, es war das Leben anderer Leute und konnte niemals unseres sein. Wir hatten nur unsere Zigaretten und unsere Tagträume und diese

Nacht, die irgendwann zu Ende ging. Ich schlief ein, und als ich wach wurde, war dieser Song einfach da, in meinem Kopf. Und ich widmete ihn jemandem, den ich von Herzen geliebt und verloren hatte.«

Wow. Ich konnte beinahe den Rauch riechen und das Zimmer sehen, über das er sprach. Es war wunderschön und traurig, und höchstwahrscheinlich handelte der Song von Chris.

»Habt ihr noch Kontakt zu euren früheren Bandmitgliedern?«, lautete die nächste Frage.

Mark rutschte auf dem Sofa herum und zog sich wieder in sein Schweigen zurück. Hugh nahm das Mikrofon.

»Nur wenigen Leuten ist klar, dass es verdammt harte Arbeit ist, ein Rockstar zu sein. Die beiden Jungs, Chris und Ben, haben entschieden, dass diese Art von Leben nicht ihr Ding ist, und das ist völlig in Ordnung. Ich ...«

Mark hustete.

»Wolltest du etwas sagen, Marky?«, fragte Hugh, und Mark nahm das Mikro.

»Ja, ich wollte einfach sagen, dass wir ohne Chris und Ben niemals dort hingekommen wären, wo wir heute sind. Sie sind ein wichtiger Teil von The Red Room, und wir lieben sie beide. Auch wenn wir uns inzwischen nicht mehr oft sehen, stehen unsere Herzen und Türen ihnen jederzeit offen. Ich würde liebend gern ein Solo-Album mit Chris machen. Er ist ein extrem talentierter Musiker und ein guter Freund. Danke.«

»Dann zur letzten Frage, Jungs. Sie ist über Twitter reingekommen. Könnt ihr bitte erklären, wie sich euer Leben verändert hat, seit ihr berühmt geworden seid?«

»Ich weiß es nicht, ehrlich gesagt.« Hugh kicherte. »Mein Leben hat sich nicht besonders verändert, denn irgendwie war mir immer klar, dass ich ein Rockstar werden und nicht in einem Bürojob arbeiten wollte. Also hab ich mich praktisch seit meiner Geburt darauf vorbereitet. Aber Mark … Das Schlimmste für ihn ist, glaube ich, das Fliegen, stimmt's? Als wir auf die erste Tour mit Noel gingen, mussten wir ständig fliegen … Ich erinnere mich noch, wie Marky eines Tages einfach nicht an Bord der Maschine gehen konnte, obwohl alle anderen, mich eingeschlossen, schon drinnen waren. Er stieg in einen Zug und kam einen Tag später an.«

»Also gibt es nichts am Ruhm, das dich ängstigt, Hugh?«

»Nein, ich liebe den Ruhm. Ich weiß, dass es ein bisschen lahm klingt, aber ich liebe die Aufmerksamkeit und die Mädchen – ich finde es toll, ihr Held zu sein. Und wenn dir irgendjemand erzählt, dass es ihm keinen Spaß macht, dann lügt er, weil seine Frau sich das Interview anschauen könnte.« Er kicherte. »Es ist ein wunderbares Leben! Ich kann durch die Welt reisen, Leute kennenlernen und fantastische Musik machen, die mein bester Freund Mark geschrieben hat. Angst hab ich nur davor, dass dieses Märchen irgendwann zu Ende sein könnte und man mich vergisst.«

Er setzte ein freches Lächeln auf, und ich konnte nicht anders, als ebenfalls zu lächeln.

Status: *ungelesen.*

Von: Nika Lukina
An: Jen Lukina

Mittwoch, 24. Juni 2015
18:54
The Smiths – This Charming Man

Sorry, dass ich die letzte Message beenden musste, ohne mich zu verabschieden. Ich wurde von einem dieser stämmigen Rausschmeißer aus dem HMV unterbrochen, der den Pub betrat und auf mich zukam. Er trug eine schwarze Bomberjacke und einen Ohrknopf.

»Bist du Nika?«

»Ja, das bin ich.«

»Hi, ich bin Teddy und gehöre zur Security der Jungs. Dürfte ich mich kurz umschauen?«

Haha, Teddy? Ernsthaft? Einen ironischeren Namen als Teddy hätte ich mir für einen Herkules wie ihn nicht vorstellen können. Während Nick ihn herumführte, versuchte ich, meine Gedanken zu ordnen. Ich wusste, dass ich nur diese eine Chance haben würde, Mark alles zu fragen, was ich wissen wollte. Ich konnte es mir nicht leisten, es wieder zu vermasseln.

»Wozu brauchen sie Security?«, fragte Nick. »Versucht jemand, sie umzubringen?«

»Noch schlimmer«, erwiderte Teddy grimmig. »Paparazzi.«

»Schon komisch. Mark war gestern Abend hier, und es sah nicht so aus, als wäre ihm jemand gefolgt«, sagte ich.

»Es ist auch nicht Mark, hinter dem sie her sind.« Teddy grinste.

»Verstehe.« Ich hob die Augenbrauen. »Dann kommt Hugh also auch?«

Teddy schwieg. Klar, das ist sein Job.

Ich muss zugeben, dass ich aufgeregt war, die Jungs aus der Band zu treffen. Natürlich hatte das vor allem mit meinen Nachforschungen zu tun, aber ich stellte mir auch Lauras Gesicht vor, wenn ich erzählte, dass ich The Red Room kennengelernt und ein Bier mit ihnen getrunken hatte.

»Ich hole sie jetzt. Wir nehmen die Hintertür«, erklärte Teddy. Mit einem Nicken erklärte Nick sich einverstanden. Dann schaute er mich mit großen Augen an und verschwand in der Küche. *Das also ist der Preis des Ruhms,* dachte ich. *Man muss die Hintertür benutzen.*

Kurz darauf tauchten Hugh und Mark im hinteren Teil des Pubs auf. Nick eilte hinter den Tresen, und ich sah Stu einen Blick durch die Küchentür werfen. Teddy ging quer durch den Raum und postierte sich am Eingang.

Berühmten Leuten im wahren Leben zu begegnen ist eine merkwürdige Erfahrung. Sie sehen selten so aus wie im Fernsehen oder bei öffentlichen Auftritten. Hugh wirkte irgendwie verschlossener und lächelte weniger, während Mark mir entspannter vorkam. Als er auf mich zutrat, umarmte Hugh mich, als wären wir alte Freunde, was nett war. Im dämmrigen Licht des Pubs wirkte er dünn und bleich – und großartig. Er trug ein schwarzes T-Shirt, das ein Labyrinth von Tattoos auf seinen Armen freilegte. Er roch nach Fruchtkaugummi und gewaschener Haut. Ich frage mich, ob seine Haarfarbe echt ist. Und sind seine Augen tatsächlich so dunkel, wie sie wirken? Doch selbst wenn nichts davon echt gewesen wäre, sieht er einfach gut aus. War er vor acht Jahren, als du ihn kennengelernt hast, auch schon so attraktiv, Jenja?

Mark schüttelte mir die Hand und entschuldigte sich noch einmal. Ich mochte das Händeschütteln. Kaum jemand gibt einer jungen Frau die Hand, vor allem Männer nicht, von Männern in wichtigen Positionen ganz zu schweigen. Ich mochte das Gefühl, ernst genommen zu werden.

Wir setzten uns an den Tresen. Die Jungs bestellten Light Bier in Flaschen, was nicht ganz so beeindruckend war wie fünf Pints Stella, aber deutlich besser als Kräutertee.

»Hier hat sich nichts verändert«, bemerkte Hugh, als wir uns vorgestellt hatten. »Es sieht genauso aus wie damals, bevor der Laden dichtgemacht hat.«

»Bis auf die Leute ...«, fügte Mark hinzu. »Ali ist nicht mehr hier. Na ja, irgendwie schon, aber nicht mehr hinterm Tresen.«

»Meine Schwester hat euch wahrscheinlich einen Haufen Getränke serviert. Sie hat hier gearbeitet«, versuchte ich, das Gespräch in die richtige Richtung zu lenken.

»Ja. Sie wusste, wie man ein perfektes Guinness zapft, genau wie in der Fernsehwerbung.« Mark trank einen Schluck. »Warum hab ich das hier überhaupt bestellt? Kann ich bitte ein Guinness haben?«

Nick zapfte ihm ein Pint, das wahrscheinlich nicht perfekt, aber einigermaßen in Ordnung war. Wieder Guinness, dachte ich. Wie auf diesem Blechplättchen, das man neben der Leiche in Manchester gefunden hatte. War es Zufall? Wurde ich gerade Opfer einer Selbsttäuschung: Man stolpert über einen Begriff und hat plötzlich das Gefühl, ihn kurz darauf überall zu sehen oder zu hören? Oder steckt doch etwas hinter dieser Häufung? So oder so, ich genieße es sehr, wenn jemand nette Dinge über dich sagt, und bin dankbar für jedes neue Detail, mit dem ich mein Bild von dir nach und nach vervollständigen kann. Gerade überlegte ich, welche Frage ich als Nächstes stellen sollte, doch Mark war schneller.

»Also, Nika, du suchst nach deiner Schwester. Warum macht das nicht die Polizei? Hat sich etwas Neues über ihr Verschwinden ergeben, das dich nach Notown und in diesen Pub geführt hat?«

Nun, dann würde also er mir die Fragen stellen, dachte ich. *Prima.*

»Ich hab kürzlich erfahren, dass sie in Glastonbury war, nachdem sie zuletzt in Notown gesehen wurde. Auf YouTube hab ich ein Video gefunden, in dem sie auftaucht. Es war reines Glück. Es wurde an dem Tag aufgenommen, an dem sie von hier losfuhr – demselben Tag, an dem ihr dort gespielt habt. Ich hab den Clip über Facebook gepostet, und eine Frau hat geantwortet. Also kam ich her, um mit ihr zu sprechen, und erfuhr, dass ihr Jen auch gekannt habt«, fasste ich zusammen.

»Wie seltsam, ein Video auf YouTube …« Mark wirkte verwirrt. »Tauchen wir auch darin auf?«

»Nein, nein. Nur sie und … The Killers, die Band. Sie steht einfach im Hintergrund. Sie gehört nicht zu ihnen oder so was.«

»Oh, es geht um das Jahr, als die Killers die Headliner waren? Ich erinnere mich. Der Sound war miserabel.« Mark trank einen Schluck Guinness und wirkte beinahe zufrieden. »Ich hab gehört, dass die Band ziemlich sauer auf die Techniker war. Aber die Nachbarn drohten der Eavis-Familie damit, sie zu verklagen, wenn nach 22 Uhr noch laute Musik zu hören wäre. Daraufhin fiel ihnen nichts Besseres ein, als die Lautstärke ausgerechnet vor dem Top-Act in letzter Minute neu zu regeln. Danach sind die Killers nie wieder in Glastonbury aufgetreten. Wir übrigens auch nicht. Eigentlich weiß ich gar nicht, warum, denn uns hat es wirklich Spaß gemacht.«

Mark hielt einen Moment inne.

»Aber jetzt verstehe ich, warum du zu uns gekommen bist. Wir haben dort gespielt, sie kannte uns, und du denkst, dass sie mit uns zusammen dort gewesen sein könnte. An deiner Stelle wäre ich zum selben Schluss gekommen. Nur … dass es nicht so war.«

»Sie war nicht mit euch dort?«

»Ich fürchte nicht. Wir haben sie dort gesehen. Sie hat sich unser Set angeschaut. Aber danach hab ich sie nicht mehr zu Gesicht bekommen.«

»Hast du mit ihr gesprochen? Hat sie gesagt, was sie vorhatte?«

»Nein, gar nicht. Es war mehr so ein Hallo-und-Tschüss. So, wie man mit der Ex des besten Freundes spricht, wenn man ihr zufällig über den Weg läuft. Sie wollte sich auf einer anderen Bühne die nächste Band anschauen, und wir packten unsere Ausrüstung zusammen.« Er schenkte mir ein freundliches Lächeln.

»Oh … Ich verstehe.« Das bestätigte Bens Aussage: Du warst also nicht ihr Gast, und ihr hattet dort nichts miteinander zu tun. Mit wem warst du dort, Jenja?

»Und wer ist die Frau, wegen der du hergekommen bist?«

»Sie heißt Hannah Bellamy.«

»Wir kennen Hannah natürlich«, sagte Hugh, der längere Zeit geschwiegen hatte. »Du hättest ihr sagen sollen, dass du uns kennenlernen möchtest – das wäre viel schneller gegangen, als Mark im Einkaufszentrum anzusprechen. Das war übrigens ganz schön dreist, Respekt!« Er zwinkerte mir zu.

»Tatsache? Auf die Idee bin ich gar nicht gekommen.« Ich haderte mit meinen detektivischen Fähigkeiten. Allerdings hatte Hugh Woodward mich gerade zu meinem Mut beglückwünscht, und das war auch etwas wert!

»Hast du was dagegen, wenn ich ein bisschen Musik auflege?«, brach Hugh das nachfolgende Schweigen. »Ohne Musik wirkt es hier ziemlich sonderbar. Das war mal der lauteste Pub in der Stadt. Jetzt kommt er mir wie ein blasser Abklatsch seiner selbst vor. Das ist irgendwie traurig.«

Hugh entknotete seine irrwitzig langen Beine und ging hinüber zur Musikbox. Die Schritte seiner schweren Lederstiefel hallten in dem leeren Pub wider. Ich hörte, wie eine Münze eingeworfen wurde, dann folgte ein Geräusch, das mich an einen einfahrenden Zug erinnerte. Gleich darauf erkannte ich den Song: *I Wanna Be Adored* von den Stone Roses.

Ich erzählte ihnen von meiner Theorie über Ali. Angesichts der schwierigen Beziehung zwischen Mark und Chris erwähnte ich Letzteren nicht. Als ich fertig war, nahm Mark seine Brille ab und rieb sich die Augen.

»Ich kann mir wirklich nicht vorstellen, dass der arme alte Alister irgendwas damit zu tun hatte«, sagte Mark nach einer Weile. Wahrscheinlich hatte er so lange gebraucht, um sämtliche Informationen zu verdauen. »Er war ein echt netter Kerl, eine Art Philanthrop, der viel Gutes für die lokale Musikszene getan hat. Sein Tod war eine Tragödie. Weißt du, ich bedaure es immer noch, dass ich nicht auf seiner Beerdigung war. Aber im Sommer 2007 passierte so vieles gleichzeitig. Ich war emotional überfordert. Ich schätze mal, dass ich deswegen auch einen Moment gebraucht habe, ehe ich mich an deine Schwester erinnert habe. Es tut mir leid. Ich glaube, ich erfuhr von ihrem Verschwinden erst durch Hannah, als wir nach monatelangem Reisen wieder in die Stadt kamen. Das war schon ein seltsamer Sommer, irgendwie hatte ich nie Zeit zum Luftholen.«

»Ich kann mir kaum vorstellen, wie es für euch gewesen sein muss. Aus dieser verschlafenen Stadt rauszukommen und plötzlich in der großen weiten Welt unterwegs zu sein und entdeckt zu werden … Wow!«

»Es war ein ziemliches Abenteuer«, bekräftigte Mark mit ausdrucksloser Stimme.

»Erinnerst du dich, ob du im Zusammenhang mit Jens Verschwinden jemals von der Polizei befragt wurdest? Nach allem, was ich gehört hab, stand sie … Chris … ziemlich nahe, oder?«

Mark blinzelte, als bereite ihm der Klang des Namens Schmerzen.

»Nein, wir wurden nicht befragt. Sie hatten sich schon eine ganze Weile vor dem Festival getrennt … glaube ich.«

»Waren sie lange zusammen, Jen und Chris?«

»Weißt du, es war ungefähr ein Jahr lang eine echte Rock-'n'-Roll-Liebe. Zusammen, auseinander – meistens auseinander.«

Er sagte »Liebe«. Und etwas Lockeres bezeichnet man nicht als Liebe, nicht wenn man über dreißig ist und schon einiges erlebt hat. Mit dem Wort Liebe schmeißt man nicht einfach um sich.

»Ich weiß, dass sie kurz auch Ben nahestand …«, sagte ich vorsichtig. »Glaubst du, er könnte etwas mit ihrem Verschwinden zu tun haben? Ich wollte ihn heute besuchen, aber er wurde wütend und drohte mir mit der Polizei.«

Mark seufzte tief und trank einen großen Schluck Bier.

»Armer Ben. Um ehrlich zu sein, hättest du ihn damit nicht behelligen sollen. Er weiß nichts, und er ist ziemlich empfindlich. Er lebt in seiner eigenen Welt.«

»Wie meinst du das?«

»Während unserer ersten Tournee hatte Ben einen Nervenzusammenbruch«, mischte Hugh sich wieder ein. Ich hatte beinahe vergessen, dass er überhaupt da war. Als ich mich umdrehte, sah ich ihn am seitlichen Fenster. Er lächelte jemandem draußen zu. »Armer alter Ben.«

Ich drehte mich wieder zu Mark um, der bestätigend nickte.

»Das ist wahr. Ben ist eine zerbrechliche Seele, leicht aufzuregen und zu verwirren. Einmal hat er sich einfach geweigert, die Bühne zu betreten. Am Ende konnte ich ihn überreden, aber das war der letzte Gig, den er mit uns gespielt hat. Was natürlich unter uns bleibt.«

»Klar, das verstehe ich.« Plötzlich verspürte ich Mitleid mit Ben und schämte mich, einfach so in sein Leben geplatzt zu sein.

»Und wie sieht es mit Chris aus? Denkst du, ich sollte mit ihm sprechen? Und warum zum Teufel war er gestern Abend so gemein zu dir?«

Ich wusste, dass diese Fragen zu persönlich waren, doch ich musste es riskieren. Ich bezweifelte, dass ich jemals die Chance zu einem zweiten Gespräch mit ihnen bekommen würde.

»Chris ist ein dreckiger Prolet, sonst nichts«, schimpfte Hugh. »Mark, du hättest gestern Abend Teddy mitnehmen sollen, als du dir MacConnells Gig angeschaut hast. Teddy hätte dir geholfen, mit ihm abzurechnen. Dafür, dass er dir die Frau ausgespannt hat. Und deine Wohnung ausgeräumt hat. Auch wenn du ihn nicht anzeigen wolltest. Du hast ihm so viele Chancen gegeben, Mark. Er ist deine Liebe nicht wert, du großer, gutmütiger Dummkopf. Scheiß drauf, dass ihr zusammen aufgewachsen seid und euch gegenseitig zum Songschreiben inspiriert habt. Vergiss ihn einfach und schau nach vorn!«

Plötzlich fühlte ich mich fehl am Platz, so, als wäre ich unfreiwillig Zeugin eines Ehestreits bei einer Dinnerparty geworden.

»Du weißt nicht, wovon du redest, Hugh.« Mark warf ihm einen bösen Blick zu. »Was machst du überhaupt da am Fenster?«

»Ich kommuniziere mit unseren Fans. Sie haben ein Poster mitgebracht, auf dem steht, dass sie uns lieben, Mark.«

»Ich frag mich, woher sie immer wissen, wo du gerade bist«, brummte Mark.

»Jemand muss getwittert haben, dass wir hier sind oder so was. Du weißt doch, wie es in den sozialen Medien läuft.«

»Ja, klar.« Mark lächelte ironisch.

»Wenn du es unbedingt wissen willst«, sagte er nach einer kurzen Pause. »Chris verließ die Band, weil er ein Problem mit mir hatte. Ein kreatives Problem – wir konnten nicht mehr zusammen schreiben. Er wollte feiern, ich wollte, dass wir uns hocharbeiten und unser Publikum finden. Es war eine ziemlich miese Angelegenheit, aber ich kann dir versichern, dass es nichts mit deiner Schwester oder irgendwelchen anderen Themen zu tun hat, über die wir eben geredet haben.« Mark seufzte. »Er ist hochtalentiert, vielleicht talentierter, als gut für ihn ist. Ich glaube, er bekommt die kreative Energie in seinem Inneren nicht wirklich gebändigt und schaltet dann in einen selbstzerstörerischen Modus. Er geht abends häufig aus, gerät in Schlägereien, läuft weg und erzählt den Menschen, die er liebt, sie sollen sich verpissen. Aber er ist einer der großartigsten Musiker, denen ich in meinem ganzen Leben begegnet bin.«

»Mark, das sagst du nur, weil du ihm das Gitarrespielen beigebracht hast. Wie kann man nur so eitel sein!«, bemerkte Hugh spöttisch.

»Du weißt genau, dass es nicht darum geht«, erwiderte Mark in bitterem Ton. »Für mich ist er wie ein Bruder.«

»Mark, du musst aufhören, wie ein Kleinstadttyp zu denken, der an verschworene Bruderschaften und ritterliche Ehre glaubt. Du schuldest MacConnell überhaupt nichts.«

Mir fiel ein, dass ich irgendwo gelesen hatte – wahrscheinlich in einem Artikel, den Stu mir gezeigt hatte –, dass Hugh nicht aus Notown stammte. Er war in Richmond aufgewachsen. Ich glaube, sein Dad war Anwalt und seine Mutter Spanierin oder Portugiesin. Er hatte Grafikdesign an der Uni studiert, das Studium aber wegen der Band abgebrochen. Ich hatte keine Ahnung, wie jemand wie er Chris und Mark hatte kennenlernen können, aber sicher spielte Camden Town dabei eine Rolle.

»Wie ich schon immer gesagt habe, war sein Abschied ein Segen für die Band«, fuhr Hugh fort. »Er war verkorkst – total unzuverlässig, arrogant und verkorkst. Führte sich auf wie der verdammte Jim Morrison!«

Ich dachte, gerade darum ginge es beim Rock 'n' Roll – im Gegensatz zu einem normalen Job von neun bis fünf. Aber natürlich waren die Jungs auf diesem Gebiet die Experten.

»Verließ er die Band nach dem Gig in Glasto?«, fragte ich Hugh.

Er nickte.

»Hast du meine Schwester dort gesehen, Hugh?«

»Wie Mark schon sagte, sie schaute sich unseren Auftritt an, kam dann zu uns rauf und verabschiedete sich. Das war alles.«

»Hat sie irgendwas Ungewöhnliches gesagt?«

Hugh zuckte die Achseln.

»Deine Schwester war eine Nummer für sich. Ich würde sagen, sie hat nie etwas Gewöhnliches gesagt. Meistens war sie ziemlich versponnen.«

»Nika, ich hab dir schon am Telefon gesagt, dass wir nicht viel wissen. Sie war da, so viel können wir bestätigen«, sagte Mark mit sanfter Stimme.

»Nun kommt schon, versucht, euch zu erinnern, ich flehe euch an! Schon klar, dass es lange her ist, aber für euch Jungs muss es ein total wichtiger Abend gewesen sein! Der Abend, an dem Noel auf euch aufmerksam wurde, der Abend eures großen Durchbruchs. Und der Abend, der Chris dazu gebracht hat, die Band zu verlassen. Ihr müsst euch doch an jede Kleinigkeit erinnern, so was vergisst man einfach nicht!«

Mark starrte ausdruckslos auf den Boden seines Glases.

»Es gab da tatsächlich etwas, aber ich weiß nicht, ob es dir irgendwie hilft. Sie erwähnte, dass sie ihre amerikanischen Freunde treffen wollte.«

»Amerikanische Freunde?« Ich musste an die neuen Freunde aus dem Internet denken, die Hannah neulich erwähnt hatte.

»Ja, sie sagte so was wie: ›Ich muss jetzt los, meine Freunde treffen, die extra zum Festival aus den Staaten eingeflogen sind.‹ Aber an mehr erinnere ich mich wirklich nicht. Sorry.«

»Was trug sie an dem Tag?«

Mark zuckte die Achseln und lächelte entschuldigend.

»Ein blaues Kleid«, sagte Hugh. »Und Glitter.«

»Machte sie einen besorgten oder ängstlichen Eindruck?«

»Nein.« Mark schüttelte den Kopf. »Sie wirkte glücklich.«

»Weißt du was?«, fragte Hugh und trat an den Tresen. »Warum starten wir nicht einfach einen Aufruf auf unseren Social-Media-Seiten? Ich glaube, wir haben Millionen Follower auf der ganzen Welt. Vielleicht sind ein paar von ihnen da gewesen. Das kann man nie wissen!«

»Wow, danke, Hugh!« Ich strahlte. »Das wäre einfach großartig!«

»Prima! Dann bitte ich Shauna, alles für dich zu regeln.« Hugh lächelte.

Die Jungs tranken ihre Gläser leer. Mir war klar, dass sie nicht mehr lange bleiben würden. Und ich hatte meine letzte, wahrscheinlich wichtigste Frage noch nicht gestellt.

»Mark, glaubst du, dass Chris etwas mit Jens Verschwinden zu tun haben könnte?«

Ich sah, wie sich sein Kiefer verkrampfte. Mir war bewusst, dass ich zu weit gegangen war, aber ich musste etwas riskieren.

»Nika, ich weiß nicht, was du über Chris gehört hast, aber ich kenne ihn, seit wir beide zehn waren. Wir wohnten als Jungen in derselben Straße. Er hat die Rüpel vertrieben, die sich über mich lustig gemacht haben, hat sich tausendmal die langweiligen Kriegsgeschichten meines Opas angehört und so getan, als ob sie ihm gefielen. Und er hat die schrecklichen Kekse meiner Oma gegessen und dabei gelächelt. Er war lange Zeit mein einziger Freund, bis wir Ben kennenlernten. Chris ist für mich wie ein Bruder, Nika. Das musst du wissen, ehe du solche Fragen stellst. Er hat einen Haufen Sachen gemacht, die mich … genervt haben, aber so läuft es in Familien: Sie behandeln dich wie Dreck, weil sie wissen, dass sie damit durchkommen. Chris ist ein Großmaul, ein Trinker, und er hat manchmal ziemliche

Probleme. Aber ein Mörder ist er nicht, falls du das andeuten willst. Er könnte nie jemandem wirklich wehtun … außer mir.«

Ich nickte, nicht wirklich überzeugt. Mark liebte Chris zu sehr, das war offensichtlich, und Liebe beeinträchtigt das Urteilsvermögen. Außerdem hatte er eindeutig Schuldgefühle, weil es für ihn so gut gelaufen war. Ihre Beziehung war ziemlich kompliziert. Ich war mir nicht sicher, ob ich wirklich mehr darüber erfahren wollte.

In diesem Moment klingelte Marks Telefon. Ich wusste, dass das ihren Aufbruch bedeutete. Ich sprang von meinem Hocker und spielte einen Moment mit dem Gedanken, Nick um ein Foto von uns dreien zu bitten. Doch dann entschied ich mich dagegen. Ich wollte mich nicht wie ein Fan benehmen, denn schließlich war ich keiner.

»Nun, es war schön, dich kennenzulernen, Nika.« Mark schüttelte mir wieder die Hand. »Und es ist schön, dass dieser Pub sich nicht verändert hat.«

»Vielen Dank.« Ich lächelte. »Ich kann immer noch nicht glauben, dass ihr beide euch wirklich die Zeit für mich genommen habt. Ich hatte mit arroganten Säcken gerechnet, aber ihr seid wirklich nett!«

»Erzähl es keinem!« Hugh lachte und gab mir einen Kuss auf die Wange. »Die Leute sollen glauben, dass ich ein bösartiger Satansanbeter bin, der Kinder frisst und in Absinth badet!«

Ich brachte sie zur Tür. Als ich zurück an den Tresen kam, sah ich etwas Schwarzes über einem der Hocker hängen. Es war Hughs Lederjacke. Ich schnappte sie mir und lief nach draußen. Sie saßen bereits im Auto. Ich schwenkte die Jacke über meinem Kopf. Der Wagen hielt, Hugh sprang heraus und lief auf mich zu.

»Vielen, vielen Dank, Nika!« Er beugte sich vor und küsste mich noch einmal auf die Wange, wobei er meinen Mundwinkel mit seinen weichen, warmen Lippen berührte. »Dafür hättest du auf eBay eine Menge Geld bekommen!« Wie ein großer Bruder legte er seine Hände auf meine Schultern.

»Kein Problem.«

»Du musst wissen, dass deine Schwester wirklich ein tolles Mädchen war und immer versucht hat, anderen zu helfen. Weißt du, es gibt immer Hoffnung. Immerhin hatte sie ja das ganze Bargeld bei sich. Vielleicht ist sie einfach damit durchgebrannt.«

»Welches Bargeld?« Ich spürte, wie mir der Schweiß ausbrach.

»Ich dachte, das wüsstest du. Auf dem Festival hatte sie ein Bündel Scheine dabei. Sie lachte und riss mehrmals Witze darüber. Sie sagte, es hätte ihr geholfen, ohne Ticket reinzukommen.«

Einen Moment lang war ich sprachlos. Ich hatte keine Ahnung gehabt, dass du viel Geld dabeihattest. Deine beiden Bankkonten waren unangetastet geblieben.

Das Autofenster glitt hinunter, und Mark streckte den Kopf heraus.

»Hugh, wir müssen los!«

»Komme schon!«, rief Hugh und drehte sich wieder zu mir um. »Vielleicht ist sie mit diesen neuen Freunden in die Staaten gegangen?« Dann rannte er zum Auto. Die Szene wirkte wie die Flucht nach einem Banküberfall.

Status: *ungelesen.*

Von: Nika Lukina
An: Jen Lukina

Mittwoch, 24. Juni 2015
19:47
Bloc Party – *Hunting for Witches*

Du hast also Geld gehabt. Das ändert alles. Ich … ich würde gern sagen, dass ich jetzt ein bisschen Hoffnung spüre, aber das kann ich nicht, weil ich einfach zu viel Angst habe, mir diese Hoffnung zuzugestehen. Lieber konzentriere ich mich darauf, Antworten auf die Fragen zu finden, die diese neue Information aufwirft. Woher hattest du das Geld? Wer hat es dir gegeben? Wurdest du für irgendwas bezahlt? Oder solltest du für das Geld etwas tun? Steckte etwas Größeres dahinter, etwas Düsteres, Unheimliches?

Als ich in den kühlen, dunklen Pub zurückkehrte, hatte Nick seinem Bruder bereits haarklein erzählt, was zwischen der Band und mir geredet worden war. Jetzt berichtete er mit aufgeregter Stimme, dass Hugh eine alte Ausgabe des *Notown Chronicle* mit The Red Room auf dem Titelblatt signiert hatte.

»Er war supernett, oder?«, hauchte Nick. »Ich glaube, ich bin verliebt. Auf total männliche Art natürlich.«

»Hast du getwittert, dass er hier ist?«, fragte ich.

Er schüttelte den Kopf. »Auf keinen Fall, ich nicht.«

»Irgendjemand muss ihnen gefolgt sein«, sagte Stu. »Hugh ist dafür bekannt, sich total offen gegenüber den Fans zu verhalten. Er liebt sie. Trotzdem ist es ein bisschen heftig, ihm einfach so durch die Gegend zu folgen.«

»Ich will er sein!«, stellte Nick fest. »Er ist reich und kriegt alle Frauen. Und er war mit dieser blonden Schauspielerin zusammen, ihr wisst schon … aus den Marvel-Filmen. Wie heißt sie noch?«

»Jen hatte Geld bei sich!«, sagte ich zu Stu und ignorierte Nicks aufgeregtes Geplapper. »Das hat Hugh mir gerade draußen noch gesagt. Sie hatte in Glasto eine Menge Bargeld dabei. Wahrscheinlich hat sie jemanden bestochen, um reinzukommen.«

»Das bedeutet, dass sie das Land hätte verlassen können!« Stu strahlte.

»Aber warum hätte sie ihren Pass und ihre Bankkarten hierlassen sollen, wenn sie verreisen wollte? Ich dachte, das gehört zur Grundausstattung für eine Reise.«

»Es sei denn, man will ganz neu anfangen«, erwiderte Stuart nachdenklich.

»Auf jeden Fall muss ich rauskriegen, woher das Geld stammte, denn keine ihrer angeblich besten Freundinnen hat es erwähnt.«

»Nika!« Stu brüllte beinahe. »Ich bin ein totaler Idiot, weil ich vergessen hab, es dir zu erzählen: Heute Nacht ist mir eine Idee gekommen, wie wir den Facebook-Account deiner Schwester hacken können.«

»Wirklich?« Mein Herz setzte einen Moment aus.

»Kennst du ihre E-Mail-Adresse?«

»Natürlich.«

»Wir könnten ihr Passwort zurücksetzen. Dann wird das neue Passwort an ihre Mailadresse geschickt!«

»Ja … Aber dann brauchen wir immer noch das Passwort für ihren E-Mail-Account.«

»Dieser Account muss ziemlich alt sein, ich schätze mal bei Yahoo oder Gmail. Dann ist das Passwort durch eine Sicherheitsfrage geschützt. Du kennst deine Schwester gut. Oder du kanntest sie vor zehn Jahren gut, als sie den Account eingerichtet hat. Es sind Standardfragen – der Mädchenname deiner Mutter oder die Straße, in der du aufgewachsen bist. Jedenfalls etwas, das du mit Sicherheit weißt. Na ja, vielleicht nicht mit Sicherheit, aber höchstwahrscheinlich!«

Es war süß, wie sehr er sich in die ganze Sache reinsteigerte. Irgendwie wollte ich gern glauben, dass es so einfach war.

»Willst du es versuchen?« Stu erhob sich.

»Auf jeden Fall.«

Ich folgte ihm nach oben in das Zimmer mit Blick auf den Biergarten. Überall auf dem Boden von Stus Schlafzimmer standen Kisten mit Büchern und DVDs. Ich schaute auf die Titel, es waren überwiegend True-Crime-Dokus und Musikerbiografien. Wirklich eine hübsche Sammlung. Wir setzten uns auf ein schmales Bett in der Ecke, vielleicht das Bett, in dem du früher einmal geschlafen hast. Durch das Zimmer wehte ein kühler Luftzug.

Stus uralter Laptop fuhr mit einem leisen Summen hoch. Ich rief die Yahoo-Seite auf, tippte deine Mailadresse ein und klickte dann auf »Passwort vergessen«. Das Fenster mit der Sicherheitsabfrage öffnete sich: »Wie hieß dein erstes Haustier?«

»Das ist kinderleicht! Wir hatten einen Deutschen Schäferhund namens Strudel.« Ich tippte die Antwort ein, doch das Feld wurde rot. »Falsch? Das begreife ich nicht …«

Ich versuchte es noch einmal, weil ich hoffte, mich vertippt zu haben. Doch wieder leuchtete das Feld rot auf.

»Scheiße!«, brummte ich.

»Lass mich mal versuchen.« Stu beugte sich herüber und tippte etwas ein.

Wie durch ein Wunder gelangten wir auf die nächste Seite.

»Wie hast du das gemacht?« Ich warf Stu einen überraschten Blick zu.

Er lächelte mich geheimnisvoll an.

»Na los! Sag schon!«

»Ich hab deinen Namen eingegeben: n-i-k-a.«

Ich wusste nicht, ob ich beleidigt sein oder mich geschmeichelt fühlen sollte. Doch ich war viel zu aufgeregt, um jetzt darüber nachzudenken.

Dein Posteingang war mit Hunderten von Spam-Mails überschwemmt. Ich scrollte zurück bis ins Jahr 2007 und fand ein paar Nachrichten von deiner Uni – eine verkündete deinen Rauswurf wegen fortgesetzter Abwesenheit, eine andere mahnte nicht gezahlte Studiengebühren an. Außerdem gab es ein paar ungelesene Mails von Mama. Ich wagte es nicht, einen Blick darauf zu werfen. Eine Unterhaltung zweier Geister – plötzlich fühlte ich mich sehr allein.

»Was Verdächtiges entdeckt?«, fragte Stu, der meine Anspannung bemerkt hatte.

»Nein, nur E-Mails von … meiner Mum. Sie ist vor langer Zeit gestorben. Wie es aussieht, hat sie Jen ziemlich häufig geschrieben. Bis zu ihrem …«

»Tut mir leid.« Er nahm mich schüchtern in den Arm. Gern hätte ich geweint, doch ich konnte mir jetzt keinen Zusammenbruch leisten. Ich schaute in deinen Postausgang. Du hast Mama nie geantwortet. Warum?

»Schon gut«, sagte ich und riss mich zusammen. »Dann also los. Hacken wir uns bei Facebook ein.«

Keine fünf Minuten später waren wir drin. Ich weiß, dass es nicht ganz legal ist, und ich entschuldige mich für das Eindringen in deine Privatsphäre. Aber wir wissen beide, dass es die einzige Möglichkeit war.

»Weil das jetzt der erste Login seit Jahren ist, wird er wahrscheinlich als verdächtige Aktivität registriert. Was immer wir also tun, muss schnell gehen, bevor der Account ein für alle Mal gesperrt wird.«

Ich schaute mir deine eingegangenen Messages an. Natürlich stammten sehr viele von mir. Ich hoffte nur, dass Stuart das nicht bemerkte – es musste auf Außenstehende ein bisschen seltsam wirken. Ich scrollte herunter und öffnete ein paar Messages von Leuten, die dir zum Geburtstag gratulierten oder frohe Weihnachten wünschten. Mehrere fragten, wann du zurück an die Uni kommen und wo du dich herumtreiben würdest. Dann fand ich den Thread, nach dem ich gesucht hatte. Die Messages stammten von einer gewissen Donna Cirby aus Ohio.

Stu und ich lasen jede einzelne Nachricht sehr gründlich, von der allerersten bis zur letzten. Du hattest Donna auf Facebook kennengelernt. Sie war genauso verrückt nach den Libertines wie du und hatte vor, mit einem Freund nach Glasto zu kommen, um die seltene Gelegenheit zu nutzen, Pete und Carl zu sehen – wenn schon nicht gemeinsam auf der Bühne, dann immerhin am selben Tag. Du hattest vor, auf dem Festival »total aufzudrehen«, und sagtest, du wolltest zusammen mit deinem Freund hin, einem »verdammten echten Rockstar«, der selbst dort spielte. Es war ein ganz normaler Chat, bis ich entdeckte, dass Donna dir am 23. Juni drei Messages geschickt hatte. Du hast auf keine geantwortet.

»Jen, dein Telefon ist ausgeschaltet. Wo bist du?«

»Jeeeeennnnn? Wir sind zum Auftritt der Killers gegangen, wir stehen links, unter einem blauen Plakat mit der Aufschrift *Tea Party*.«

»Jen, wo bist du? ☹

Wie auch immer, wir fahren morgen nach Brüssel. Meld dich, wenn du mitwillst.«

»Siehst du das, was ich sehe?«, fragte ich und griff nach Stuarts Hand.

»Ich glaube schon …«, sagte er vorsichtig.

»Es bedeutet, dass sie nach Belgien gereist sein könnte.« Stu rutschte unbehaglich hin und her, und ich ließ seine Hand los. »Schick diesem Mädchen eine Message und frag nach, was passiert ist.«

Mit der Facebook-App auf meinem Smartphone öffnete ich Donnas Seite und schickte ihr eine Freundschaftsanfrage.

Plötzlich klingelte Stus Telefon. Jemand hatte etwas zu essen bestellt, und er musste runter. Ich blieb allein in seinem Zimmer. Nachdem ich mir ausgiebig seine eindrucksvolle CD-Sammlung angeschaut und zwei oder drei von seinen True-Crime-Büchern durchgeblättert hatte, rollte ich mich auf dem Bett zusammen. In diesem Zimmer fühlte ich mich sicher, ich wollte nicht weg. Ich schloss die Augen und fiel nach einem langen Tag voller Herumhetzen, Zuhören und Reden in einen Halbschlaf. Ich dachte an Chris. Jetzt, wo ich allen Bandmitgliedern begegnet war, sah ich ihn eindeutig als den größten Rockstar von ihnen, obwohl er eigentlich nur ein Kleinstadt-Playboy und Ex-Musiker war. Vielleicht hätte ich Hugh aber auch auf einer Bühne sehen müssen, ehe ich mir ein Urteil über seine Rockstar-Qualitäten anmaßen konnte. Ich googelte: *The Red Room live show* und klickte auf Play. Mit wilder Grazie betrat Hugh die Bühne. Er trug eine hautenge weiße Jeans, Motorradstiefel und eine Lederjacke – genau die Jacke, die er beinahe hier im Pub vergessen hätte. Er flirtete mit der Kamera, und seine dunklen, sanften Augen sahen mich unverwandt an. Das dreizehnjährige Mädchen in mir biss sich auf die Lippen. Dann stellte Hugh sich neben Mark und legte ihm den Kopf auf die Schulter. Der Songschreiber lächelte nicht mal, sondern spielte einfach weiter sein Solo bis zum Ende des Songs. Dann winkte er dem Publikum zu und ließ Hugh für sein akustisches Set allein auf der Bühne.

Ich las die ersten Kommentare unter dem Video: »Nimm mich, Hugh Leland Woodward. Ich will, dass du mein Erster bist. NIMM MICH JETZT.« – »Oh, ich wünschte, ich wäre noch mal vierzehn und stünde in der ersten Reihe.« – »Argentinien LIEBT Hugh.«

Ich weiß, warum sie ihn wollten. Er hatte diesen teuflischen Charme, der Mädchen einfach verrückt macht. Aber in seinem Inneren gab es keinen Kampf, keinen Schmerz, keine Wut. Er war einfach ein hübscher Junge aus einer netten Wohngegend. Jemand, mit dem Taylor Swift ausgehen würde. Wahrscheinlich sagt dir der Name gar nichts. Taylor ist eine Art moderne Britney Spears, nur klüger und keine Jungfrau. Ich konnte mir die beiden beinahe vorstellen, Hand in Hand an einem einsamen Strand, verfolgt von einer Horde Paparazzi. Wie sie das Tattoo des brennenden Hauses an seinem Hals berührt und dann einen Song darüber schreibt. Hugh ist der perfekte feuchte Traum eines Teenager-Mädchens. Wahrscheinlich würdest du ihn einen Heuchler nennen, aber damit habe ich kein Problem. Ich schätze nicht, dass er vorhat, mir die Seele zu rauben.

Dann dachte ich an Chris, seine Verrücktheit und Energie. Den fledermausförmigen Schweißflecken auf seinem T-Shirt. Seinen heiseren Bariton. Ich konnte mir nicht vorstellen, wie er die sanften, verliebten Zeilen von *Smokers Die Younger* singt. Das Einzige, was ich mir vorstellen konnte, war, wie er mich berührte, mich an sich drückte und küsste, als gäbe es kein Morgen. Was bin ich bloß für ein dummes Mädchen!

Status: *ungelesen.*

Von: Nika Lukina
An: Jen Lukina

Donnerstag, 25. Juni 2015
11:03
The Libertines – *What Katie Did*

Ich schlief in Stus Bett ein. Als das Smartphone in meiner Hand vibrierte und mich weckte, war es bereits dunkel.

»Nike, er ist hier!«, rief Nick.

»Wer?« Ich rieb mir die Augen.

»Chris MacConnell! Er hat sich allein hier unten hingehockt und lässt sich volllaufen. Er sitzt jetzt schon eine ganze Weile hier, aber du gehst ja nicht ans Telefon!«

»Ah, okay. Komme schon.« Ich legte auf.

Im Badezimmerspiegel sah ich, dass die Gesichtshälfte, auf der ich gelegen hatte, noch ziemlich verquollen aussah. Ich spritzte mir kaltes Wasser in die Augen, strich mir mit den Fingern durchs Haar. Innerlich wappnete ich mich gegen die nächste Panikattacke und ging hinunter in den schlecht beleuchteten Pub.

Chris war allein. Die Art, wie er den Rücken krumm hielt, legte nahe, dass er nicht gerade gehobener Stimmung war. Irgendwie wusste ich es einfach. Er stierte stumpf in sein Pintglas. Irgendwo tief in meinen Eingeweiden zog sich etwas zusammen, und mein Mund wurde trocken. Für einen Augenblick schloss ich die Augen, bekam meinen

Körper wieder unter Kontrolle und trat ins Dämmerlicht der Tresenbeleuchtung. Chris schaute nicht mal in meine Richtung. Ich spürte eine kalte, klebrige Welle der Panik. Ich musste mich an irgendwas festhalten, an etwas Stabilem, damit die Welt unter meinen Füßen aufhörte, sich so schnell zu drehen. Also trat ich zur Musikbox, wählte einen Song aus und drückte die entsprechende Taste. Nach dem langen, hohlen Klimpern der fallenden Münze erfüllten fröhliche, warme Klänge den Raum.

Ich sang leise mit und näherte mich mit federnden Schritten dem Tresen. War froh, meinen Körper dem Rhythmus der Musik zu überlassen.

»*Shoop, shoop, shoop de-lang de-lang.*«

»*Shoop, shoop, shoop de-lang de-lang*«, schloss Nick sich an.

Ich kletterte auf den Hocker neben Chris. Aus dem Augenwinkel warf er mir einen leeren Blick zu.

Ich bewegte meine Schultern im Rhythmus, drehte mich zu ihm und flüsterte dann mit Carl Barat: »*Oh, watchya gonna do, Katie?*«

Ich musste einfach lächeln, als ich sah, wie seine Lippen sich öffneten, um die nächste Zeile zu flüstern. »*You're a sweet sweet girl, but it's a cruel cruel world.*«

Endlich schaute er mich an.

»Na hallo, Süße«, waren seine ersten Worte.

»Ich hoffe, ich hab dir gestern Abend nicht auf die Schuhe gekotzt.«

»Die haben schon Schlimmeres erlebt.« Er deutete ein sanftes Lächeln an und pfiff die Melodie mit.

Wir warteten das Ende des Songs ab. Er war zu gut, um währenddessen zu reden. Als der letzte Akkord verklang, spürte ich die schwere Last des Schweigens auf unseren

Schultern. Chris sah heute anders aus – älter und ruhiger, wie ein Schatten seines gestrigen Ichs. Ich wusste nicht, was ich sagen sollte. Mein Kopf war leer, also hielt ich den Mund und trank einen Schluck von dem halben Pint Cider, das Nick mir hingestellt hatte. Nach etwa einer Minute oder so kippte Chris den Rest seines Pints hinunter und hämmerte das leere Glas auf den Tresen.

»Ich hasse es hier. Es ist hier viel zu ruhig. Ich will Musik!«

Ich wandte mich ihm zu. Unsere Knie berührten sich.

»Ja, die Stille ist deprimierend.« In einem einzigen riesigen Schluck trank ich mein Glas leer.

»Willst du mit zu mir kommen? Ein paar Vinylplatten hören? Ich glaube, ich hab noch Wein.« Wieder lächelte er. »Du kannst jederzeit auf Übelkeit machen und abhauen wie gestern Abend.«

Ich sprang von meinem Hocker. Nick bildete lautlos die Worte: »Yeah, Baby.« Ich zeigte ihm den Mittelfinger und folgte Chris zur Tür, unfähig, den Blick von seinem Hinterkopf abzuwenden – welch ein Déjà-vu.

Draußen war es menschenleer. Wir überquerten die Hauptstraße und tauchten ab ins Labyrinth der Reihenhaussiedlung. Die Fenster waren erleuchtet – ich sah Leute, die mit ihren Familien beim Abendessen saßen oder sich mit Videospielen vergnügten. Es fühlte sich gut an, schweigend nebeneinander herzugehen, mal im Schein der Straßenlaternen, mal in den dunklen Zonen dazwischen. Wir bogen rechts ab, und Chris suchte vor seiner Haustür nach dem Schlüssel. Die Tür glänzte von frischer Farbe.

»Was ist übrigens aus der berühmten roten Tür geworden?«, fragte ich.

»Ich hab sie schwarz gestrichen«, brummte er mit dem

Schlüssel in der Hand. »Achtung, die Farbe ist noch nicht trocken.«

Er drehte den Türknauf und ließ mich eintreten. Im Haus roch es nach Staub und Zigarettenqualm. Er schaltete das Licht an, ich zog die Schuhe aus und trat barfuß auf den verdreckten cremefarbenen Teppich. Die Wohnzimmertür rechts von mir stand weit offen. Ich folgte ihm und sah mich um. Die Wände waren mattweiß gestrichen, doch die Schicht war zu dünn, sodass ich Graffitis und Schriftzüge in Rot, Violett und Blau durchschimmern sah. In der gegenüberliegenden Ecke stand etwas, das wie ein Elefant mit Schleier wirkte – es war ein Klavier, über das ein weißes Laken gebreitet war. Gegenüber stand ein alter Fernseher. Die rote Gitarre von gestern Abend lag auf dem ramponierten, mit Brandflecken übersäten Ledersofa. Auf dem Couchtisch präsentierten sich überquellende Aschenbecher und leere Wein- und Ginflaschen in postapokalyptischer Pracht. Es gab weder einen Plattenspieler noch einen CD-Ständer – aber wen störte das? Mich sicher nicht.

Ich betrat die mit dem Wohnzimmer verbundene Küche und schaute aus dem Fenster. Wir befanden uns in der letzten Häuserreihe vor dem Park. In einiger Entfernung sah ich Laternenmasten und die dunklen Silhouetten von Bäumen. Ich drehte mich wieder um, ging zurück ins Wohnzimmer und setzte mich in eine Ecke des Sofas.

»Mach den Fernseher an, wenn du magst«, rief Chris aus der Küche. Seine Stimme klang warm und anheimelnd wie Irish Coffee an einem Winterabend. Ich hörte, wie ein Korken aus einer Weinflasche gezogen wurde.

Unter einer geöffneten Chipspackung auf dem Tisch zog ich die Fernbedienung hervor. Irgendwie war mir klar, dass ich besser nicht versuchen sollte, das Chaos aufzuräumen.

Ich schaltete den Fernseher ein, zappte durch die Kanäle und blieb bei *Taxi Driver* hängen.

Chris tauchte mit einer Flasche kalifornischem Zinfandel und zwei staubigen Gläsern auf. Er reichte sie mir und schob alles, was auf dem Tisch stand, in einen Müllsack. Ich stellte die Flasche und die Gläser auf die fleckige Tischplatte. Er schenkte uns Wein ein.

»Betrinken wir uns!« Chris nahm sein Glas, ließ sich in die andere Ecke des Sofas fallen und legte die Füße auf den Tisch. »Prost, Veronika!«

»Prost.« Ich probierte den Wein. Er schmeckte nach Sommer, billig, spritzig und trocken.

»Also, was führt ein Mädel wie dich an einen Ort wie Notown?«

Der Augenblick der Wahrheit war früher gekommen, als ich erwartet hatte. Ich musste nichts anderes tun, als ihm die Wahrheit zu sagen, ganz einfach. Ich schaute ihn an. Sein Gesicht wirkte entspannt, die Furche zwischen seinen Augenbrauen weicher. Mit den Fingern trommelte er eine Melodie auf die Armlehne des Sofas. Die ganze Situation kam mir surreal vor. Ich wollte nicht, dass sie endete, noch nicht. Ich wollte die Illusion noch eine Weile aufrechterhalten.

»Ich bin auf der Suche nach etwas.«

»Wow, sind wir das nicht alle?« Er trank einen Schluck. »Du hast einen Akzent. Woher kommst du?«

»Johannesburg.« Die Lüge kam mir leicht über die Lippen.

»Du klingst wunderbar. Sag irgendwas!«

Ich schüttelte den Kopf. »Nein, du machst mich ganz scheu.«

»Oh, warte!« Chris sprang auf und lief in die Küche. »Ich hab vergessen, dass ich Käse zum Wein hab.«

Er stellte eine Tüte Babybels vor mir auf den Tisch. Diese Geste brachte mich zum Lächeln. Er wollte mich mit Essen versorgen. Solch ein natürliches Bedürfnis – einem Gast Essen anzubieten. Plötzlich wirkte er irgendwie menschlicher auf mich.

»Wein und Käse!« Er wirkte zufrieden. »Und ein angenehmes Gespräch.«

Er setzte sich wieder aufs Sofa, nahm ein Stück Babybel und bastelte aus der Wachsumhüllung eine kleine Figur. Dann aß er den Käse und nahm ein weiteres Stück, damit die Figur sich nicht so allein fühlte. Dabei plauderte er über verschiedene verrückte, unzusammenhängende Themen: über die nervige Miley Cyrus und die Regierung, über Donald Trump und das Wetter, Hunde und seine Gitarre, dann wieder über Miley Cyrus, dann über Wimbledon, den Akzent der Leute aus Essex, Sci-Fi und Bands und seine Lieblingssandwichs und wie beschissen Notown wäre. Ich bemerkte gar nicht, dass wir die Flasche bereits geleert hatten.

»Ich gehe eben raus und besorge noch eine.« Chris stand auf. »Du sollst schließlich nicht abhauen, weil wir nichts mehr zu saufen haben.«

Ich hatte nicht vor abzuhauen, doch das sagte ich nicht laut. Er zog eine blaue Jeansjacke an.

»Kann ich mitkommen?« Ich stand auf.

»Wenn du willst, Schätzchen«, sagte er, und ich zog meine Schuhe an.

Draußen war es inzwischen dunkel, und die Luft war frisch. Es sah aus, als hätte es ein wenig geregnet, aber drinnen hatten wir nichts davon mitbekommen. Über dem Park stieg Nebel empor, und an der Ecke flimmerte eine einsame Straßenlaterne.

»Wow …«, flüsterte ich. »Notown ist irgendwie so …«

»Beschissen?«

»Gruselig, wollte ich sagen. Ich würde mich nicht wundern, wenn ich plötzlich eine Sirene hören würde und Pyramid Head um die Ecke käme.« Er lachte über meinen Witz, was ich nett fand.

Der Eckladen, zu dem Chris wollte, lag nur einen Straßenblock entfernt. Chris begrüßte den Besitzer, schnappte sich einen Stapel Schokoriegel und zwei Flaschen Zinfandel und ging zur Kasse. Ich lächelte den Mann hinter der Ladentheke an. Er sollte sich an mein Gesicht erinnern.

Status: *ungelesen.*

Von: Nika Lukina
An: Jen Lukina

Donnerstag, 25. Juni 2015
11:21
Tom Waits – *Watch Her Disappear*

Ich wollte, dass Chris mich noch einmal küsste. Am besten auf der Straße, vor seinem Haus, doch das tat er nicht. Er fischte einfach seine Schlüssel aus der Tasche und öffnete die schwarze Tür. Wir nahmen wieder unsere Plätze auf dem Sofa ein, er schenkte Wein in die Gläser, und ich starrte auf die Schriftzüge an der Wand. In der Ecke summte leise der Fernseher.

»Ich versuche, mich zu erinnern, seit wann ich nach diesen Dingern süchtig bin.« Chris nahm sich noch ein Stück Käse. »Eigentlich sind sie für Kinder gedacht.«

Er trank und trank und redete und lachte nervös und

spielte an seinem Armband aus Gummi herum, das er immer wieder auf die weiche Haut an seinem Handgelenk klatschen ließ.

Ich war ziemlich betrunken. Meine Lider fühlten sich heiß und schwer an. Ich wäre zufrieden gewesen, auf der Couch zum beruhigenden Klang seines albernen Geplappers und des Fernsehers im Hintergrund einzuschlafen. Wie eine Katze gähnte ich mit dem ganzen Körper. Chris hörte auf zu reden, beugte sich über die Couch und nahm eine verstaubte Blechkiste, genau wie deine, nur größer. Er öffnete sie mit einem sanften Klicken. Darin befand sich sein geheimer Vorrat.

Er häufte mehrere Lines auf, schnupfte eine davon und reichte mir einen zusammengerollten Zwanzig-Pfund-Schein. Ich nahm den Geldschein und betrachtete erst die Lines, dann das Geld.

»Nur ein bisschen Koks, um uns noch wach zu halten.« Er lächelte sanft. »Möchtest du mit mir wach bleiben, Veronika?«

Ich beugte mich vor und schnupfte das Pulver. Zuerst spürte ich nur ein Brennen in meinem Schädel, irgendwo zwischen meinen Augenbrauen. Ich hatte noch nie Kokain genommen, aber anderen dabei zugesehen. Ungefähr wusste ich, was mich erwartete. Ich würde geschwätzig werden und ihm alles sagen, was ich zu sagen hatte. Dann würde er durchdrehen, schreien und mit Sachen um sich werfen, bis er sich vielleicht irgendwann beruhigte und mir erzählte, was er wusste. Vielleicht auch nicht. Ich schnupfte die zweite Line. Chris tippte den Rest des Pulvers vom Tisch auf und leckte seinen Finger ab.

»Die Graffitis.« Ich deutete zur Wand. »Was steckt dahinter?«

»Man kann sie immer noch sehen, stimmt's?« Er wirkte verärgert. »Ich hab's echt versaut, als ich sie übermalt hab. Sie sind schon ziemlich alt. Früher hatte ich oft einen Haufen Leute hier – in diesem Haus hat die Band damals geprobt, und hier sind wir auch zuerst aufgetreten. Und es gab diese Tradition: Leute, die zum ersten Mal kamen, mussten etwas an die Wand schreiben. Das waren die guten alten Zeiten, verstehst du?«

Er leckte sich über die Lippen. Wenn er sprach, konnte ich die Augen nicht von seinem Mund abwenden. Ich stand auf und ging hinüber zum Kamin, um mir etwas aus der Nähe anzuschauen, das wie ein menschliches Profil aussah. Oder eher wie vier Profile, direkt auf die Wand gemalt.

»Was ist das?«

»Das? Oh, das sind wir, die Band. Jemand hat es mit einer Sprühdose gemacht.« Er drehte seinen Kopf, um mir sein Profil zu präsentieren. »Ziemlich gute Arbeit, was? Kannst du sehen, welcher davon ich bin?«

Ich nickte und zeigte auf einen Kopf mit kräftigem Kinn und halblangen Haaren.

»Warum hast du es übermalt, wenn du es cool findest?«

»Es hat mich genervt. Ich wollte nichts mehr davon sehen, weil es mich an Dinge erinnert hat, die ein für alle Mal vorbei sind.«

»Schade, dass du es zerstört hast. Soweit ich es beurteilen kann, war es gut.«

»Ich weiß.« Er drehte sich wieder zum Couchtisch um und zog neue Linien aus Pulver. »Ich bin ein Meister im Zerstören von guten Dingen, Veronika.«

»Erzähl mir von deiner Band.«

»Da gibt's nichts zu erzählen, es gibt keine Band.«

»Aber ich hab dich spielen sehen und singen hören, Chris.«

Er schnupfte eine Line und rieb sich dann mit dem Handrücken über die Nase.

»Wir sagten damals, dass wir dazu bestimmt wären, die größte Band der Welt zu werden.« Er schnupfte die zweite Line und reichte mir den zusammengerollten Schein. »Aber so kam es nicht, weißt du? Warum sollte ich also jedes Mal, wenn ich ein Spiel sehen will oder Leute zu Besuch kommen, auf die Erinnerungen an meinen dummen, zerbrochenen Teenager-Traum glotzen müssen? Verstehst du, was ich meine?«

Ich nickte. Dabei kämpfte ich gegen das Verlangen an, seine Hand zu nehmen und ihm zu sagen, er sei der Größte.

»Es ist schwer zu erklären ... Weißt du, du wachst jeden Tag auf, gehst zu deiner beschissenen Arbeit, verliebst dich, vögelst, trinkst, wirst high und bringst jedes Wochenende mit Raven durch ... Aber nichts, nichts von alldem kann das Loch in deinem Inneren stopfen, die Leere. Nichts außer Musik. Schon als Kind blieben mir Songs im Kopf hängen. Alle möglichen Arten von Songs. Sie spulten sich in meinem Kopf ab, die ganze Zeit, das tun sie sogar heute noch. Es ist wie Schizophrenie. Wenn du irgendwelche beschissenen Stimmen hörst, die dir Befehle erteilen. Ich hab jedenfalls immer schon den Rhythmus mitgeklopft oder mitgesungen. Und ich wusste nie, wie ich damit umgehen sollte, wie ich es kontrollieren konnte ... Bis ich Mark begegnet bin und er mich singen hörte. Er sagte, bei ihm wäre es genauso, dass sein Kopf voller Musik wäre. Er brachte mir das Gitarrespielen bei, und wir gründeten eine Band. Als wären wir die zwei Hälften eines Gehirns, Rhythmus und Melodie ... Ich weiß nicht, wie ich es beschreiben soll, ohne dass es klingt, als wären wir ein Paar Schwuchteln. Aber wenn wir zusammen Songs schrieben und spielten, fühlte es sich wie Liebe an, verstehst du? Und es kam mir vor, als hätte ich ständig diese Frage im Kopf gehabt, ohne es überhaupt zu merken: *Was ist der Sinn des Lebens?* Ganz plötzlich hatte ich die Antwort gefunden, und es schien mir, als gehöre die Welt mir, als gehöre sie … uns.« Er zündete sich eine Zigarette an. Seine Augen waren rot und wässrig. »Wir träumten davon, die größte Band der Welt zu werden. Jahrelang arbeiteten wir darauf hin, und irgendwann kam dann der Anruf: Glasto wollte uns. Das war der Moment, der alles veränderte. Mark war auf einmal ein anderer Mann, er führte sich auf wie … ein Produzent. Es war nicht mehr schön und machte Spaß, sondern es hatte was Gezwungenes und fühlte sich hohl an. Sein Ehrgeiz, berühmt zu werden, bekannt zu werden … Es war eklig. Erfolg hat man, weil man gut genug ist, man kann ihn nicht erzwingen. Es geschah in Glasto, an dem Abend, der unser Triumph hätte werden sollen. Stattdessen … wurde es der Abend, an dem alles den Bach runterging. Es regnete. Er führte mich aus dieser schicken Bar raus, in die seine vornehmen neuen Freunde uns eingeladen hatten, und zog mich in eine dunkle Ecke, als wäre ich eine durchgeknallte Tussi, die ihm eine Riesenszene machen könnte, wenn er ihr in der Öffentlichkeit den Laufpass gab. Dort sagte er mir, dass es vorbei wäre. Sie wollten mich aus der Band raushaben, weil ich dem Erfolg im Weg stünde, weil ich ein Chaot sei. Ich erklärte ihm, dass Rock 'n' Roll doch genau das ist – eine wunderschönes, fantastisches, schmutziges, magisches Chaos. Er sagte, ich sollte auf Entzug gehen und dass er sich für mich schämte. Wir waren seit dem Tag unserer ersten Begegnung wie Brüder gewesen, aber jetzt warf er das alles weg, einfach so, in einer dunklen Ecke in einer verregneten Nacht. Was für ein Verrat! Scheiße!« Mit der Faust hieb er auf die Tischplatte. »Ich hasse ihn dermaßen, dass ich irgendwas kaputt machen will!«

Dich selbst, zum Beispiel, dachte ich.

»Vor ein paar Tagen kam er auf mich zu, weißt du, wollte mir ein Bier ausgeben. Ein gottverdammtes Bier!« Seine Augen funkelten vor Wut. »Der verdammte Idiot … Führt sich auf, als wäre er im Buckingham Palace groß geworden. Aber ich kenne ihn, und ich weiß, wie er wirklich ist … Er wurde in Peckham geboren und hat dort mit seiner Mutter in einer Sozialwohnung gehaust. Sie war völlig durchgeknallt und ein professionelles Groupie. Seinen Dad hat er nie kennengelernt. Einmal hat er mir erzählt, genau hier, in diesem Zimmer, seine Mutter hätte ihm gebeichtet, dass Pete Townshend sein leiblicher Vater wäre. Und ich vermute, er hat's geglaubt, weißt du? So ein Schwachkopf war er, glaub mir! Seine Mum hat ihn total versaut, aber ihretwegen hat er sich auch in die Musik verliebt. Musik war immer das Einzige, das ihm etwas bedeutete. Als seine Mum starb – an einer Überdosis, glaube ich, auch wenn er das nie zugegeben hat –, holten seine Großeltern ihn zu sich nach Notown. Damals war er zehn und trug diese lächerliche Mod-Frisur. Sein Opa war ein harter Kerl, Ex-Militär, der nicht damit klarkam, dass seine einzige Tochter in der Gosse geendet war. Seine Oma war nett, Englischlehrerin am College. Mark lieh sich ihre Gedichtsammlungen aus und brachte sie mit zur Schule. Ich hielt ihn für einen Spinner, jeder tat das. Aber an jenem Nachmittag nach der Schule, als er mich singen hörte, änderte sich alles.«

Chris machte eine Pause. Sein Gesicht war angespannt und blass.

»Verrat ist etwas, das man sein Leben lang nicht verzeihen kann, weißt du?«

»Hat ihn jemand dazu angestachelt? Ich meine, dich zu bitten, die Band zu verlassen? Denn es klingt doch ziemlich seltsam, dass er jemandem, der ihm so viel bedeutet hat, so etwas antut … einfach so.«

»Sprichst du von Hugh?« Er lachte leise. »Er ist ein Clown, der einfach zur richtigen Zeit am richtigen Ort war, mehr nicht. Eigentlich gehört er in eine Band wie One Direction – außer gutem Aussehen und einem vornehmen Akzent hat er nichts zu bieten. Aber Mark scheint ganz glücklich damit, wie die Dinge gelaufen sind. Um ehrlich zu sein: Ich kenne Mark nicht mehr. Ich dachte, wir wären Brüder, aber dann … Die Antwort lautet Nein. Niemand hat ihn angestachelt, bloß seine eigene Gier und Selbstsucht.«

Wieder hatte sein Gesicht diesen müden und leeren Ausdruck angenommen. Ich goss etwas Wein nach und reichte ihm das Glas. Chris trank einen Schluck und lächelte.

»Veronika, wahrscheinlich bedauerst du es, heute mitgekommen zu sein. Mit einem alten Loser wie mir hat ein hübsches junges Ding wie du keinen Spaß!«

»Du bist kein Loser …«

»Aber dass ich alt bin, streitest du nicht ab?« Er lachte in sich hinein. »Ich kann ein Taxi rufen, wenn du gehen möchtest.«

»Du hast mir ein bisschen Musik versprochen, schon vergessen?«

»Hat dir schon mal jemand gesagt, wie cool du bist, Veronika aus Johannesburg?«, sagte Chris nach einer gründlichen Musterung meines Gesichts. »Du erinnerst mich an jemanden, den ich vor langer, langer Zeit kannte.«

»Ich geb mir Mühe.« Ich lachte angespannt und spürte, wie meine Wangen glühten. Dies war meine zweite Chance in dieser langen, trunkenen Nacht, ihm endlich die Wahrheit zu sagen.

»Mit Frauen hab ich immer dasselbe Problem, weißt du?« Er seufzte. »Sie versuchen immer, mich zu retten. Die meisten jedenfalls. Aber du bist anders. Du willst heute Nacht mit mir versumpfen, stimmt's?«

Ich nickte und starrte auf die Zigarette zwischen seinen Fingern, die bis zum Filter heruntergebrannt war.

»Wie alt bist du? Neunzehn? Zwanzig?«

»Einundzwanzig.«

»Wow, was für ein Alter! Ich bin vierunddreißig, traurigerweise. Ich hab Jim und Kurt um sieben Jahre überlebt.«

»Und Jimmi.«

»Und Jimmi«, wiederholte er.

Wir schnupften noch ein paar Lines und tranken Wein, dann schaltete er das Licht aus. Das Flimmern des Fernsehbildschirms reflektierte in seinen Augen und unseren Gläsern.

»Warst du mal in Glastonbury?«, fragte er nach einer Weile.

»Nein, noch nicht. Ich … höre am liebsten Musik auf meinem iPod.«

»Das ist das Dümmste, was ich je gehört hab«, sagte er mit einem kleinen spöttischen Lachen. »Du solltest mal hingehen, solange du noch jung bist und keine Angst davor hast, auf dem Boden zu schlafen. Oder gar nicht zu schlafen. Ich gehe praktisch jedes Jahr hin, aber inzwischen ist es anders.«

Ich wollte ihn fragen, inwiefern es anders wäre, bekam aber keine Chance mehr. Er stand auf und ging nach oben, ins Bad. Ich starrte an die Decke, weggetreten und glücklich.

»Der Abend heute erinnert mich an etwas, das vor langer, langer Zeit geschehen ist, weißt du?«, sagte er fröhlich, als er sich wieder aufs Sofa setzte. Ich spürte seine Ruhelosigkeit.

Er stand auf und begann damit, im Zimmer auf und ab zu gehen, eine dunkle Gestalt im bläulichen Dämmerlicht.

»Es ist so lange her. Wir waren vierzehn, in den Neunzigern. Raves waren damals eine große Sache, vor allem geheime. Man brachte eine Lautsprecheranlage auf irgendein Feld, besorgte Ecstasy und Wasser und dröhnte sich vierundzwanzig Stunden lang zu. Mein älterer Bruder nahm uns damals mit, mich und dieses Mädchen. Die Musik war fantastisch, der Freund von irgendwem hatte ein paar coole CDs aus London mitgebracht. Wir hatten Ecstasy eingeworfen und warteten auf den Kick, als wir plötzlich Sirenen hörten – ein Bauer musste die Polizei gerufen haben. Wir hatten solche Angst, mit den Drogen erwischt zu werden, dass wir alles einnahmen, was wir bei uns hatten. Wir hielten das für eine tolle Idee, und Gott sei Dank hatten wir keine allzu großen Vorräte dabei. Ich nahm ihre Hand, und wir rannten im Dunkeln über das Feld. Es war eine ziemlich abgefahrene Nacht. Nie im Leben bin ich schneller gelaufen. Wir sprangen über Hecken, stolperten und rissen uns die Klamotten in Fetzen. Einmal wurden wir von einem Hund verfolgt, dann stolperten wir wieder und rollten einen matschigen Abhang runter. Wir hielten erst an, als wir sicher waren, dass niemand mehr hinter uns her war. Auch von den Sirenen war nichts mehr zu hören. Ich sah, wie ihre Pupillen sich erweiterten, bis sie so groß waren wie der Mond. Ich hatte mir die Lippe blutig gebissen. Wir waren total high und hatten im Dunkeln komplett die Orientierung verloren. Keine Handys, nichts. Nur wir und der Mond und die Sterne. Ich war so high, dass ich glaubte, mein Herz würde zerspringen. Wir legten uns auf die Erde und redeten und berührten uns. Dann fingen wir an, uns zu küssen, und ehe ich wusste, was los war, liebten wir uns da im hohen, feuchten Gras. Ich konnte ihr Gesicht nicht besonders gut sehen, nur ihre Augen, aber ich weiß noch, wie weich ihre Haare waren und wie sie rochen und wie salzig ihre Haut schmeckte. Was wir zusammen machten, hat uns das Leben und den Verstand gerettet, weißt du? Am Morgen fand uns ein Spaziergänger, der seinen Hund ausführte, in den Büschen. Wir lagen da und hielten uns aneinander fest, fix und fertig und zitternd. Der Mann rief die Polizei und einen Krankenwagen. Wir kamen ins Krankenhaus. Beide waren wir dehydriert und leicht unterkühlt. Am nächsten Tag wurden wir entlassen. Für mich war es eine wunderschöne Geschichte, fast poetisch, ein Abenteuer, etwas, über das man einen Song schreiben konnte. Und das finde ich immer noch. Aber das Mädchen ... Für sie war es irgendwie anders. Aus irgendeinem Grund sah sie das alles als Zeichen, dass wir ... na ja ... zusammen sein sollten. Und das war völlig unmöglich, schon deswegen, weil wir blutsverwandt waren. Sie bekam es ... irgendwie in den falschen Hals. Sie machte aus diesem wunderschönen Abenteuer etwas, das es nie hatte sein sollen. So läuft es, wenn man darüber nachdenkt, mein Schatz. Das Leben ist voller schöner Abenteuer, verrückter Nächte, langer Gespräche und langem Schweigen im Dunkeln. Solche Dinge sammelt man, wenn man jung ist. Dann behält man sie ein Leben lang in Erinnerung und träumt noch dann von ihnen, wenn man irgendwann im Grab liegt und schläft. Man soll nicht nach Bedeutung suchen, sondern den Moment genießen, solange er da ist.«

Wieder spielte er an seinem Armband herum, zog es lang und ließ es auf seine Haut klatschen. In Gedanken war er Meilen, vielleicht sogar Jahre von mir entfernt. Mir war klar, dass es in der Geschichte um Hannah gegangen war, und sie tat mir leid. Ihr ganzes Leben lang war sie in ihn verliebt gewesen und musste dann zusehen, wie du dir den Mann schnapptest, der in ihren Augen für sie bestimmt war. Sie hasste dich, keine Frage. Aber hasste sie dich genug, um dich zu töten?

»Ein bisschen Musik?«, fragte Chris plötzlich. Vom vielen Reden war seine Stimme heiser geworden. Ich nickte. Er verschwand aus dem Zimmer und kam kurz darauf mit einem altertümlichen Plattenspieler zurück. Er stellte ihn auf den Couchtisch und holte dann von oben einen riesigen Karton mit Vinylplatten.

Ich sah, wie er die LPs durchstöberte.

»Scheiße! Kann mich nicht entscheiden! Ich will alles. Einen Moment noch!«

Es dauerte eine Weile, ehe er sich durch seine Schätze gearbeitet hatte und sich endlich für eine Platte entschied. Er nahm sie vorsichtig aus der Hülle und legte sie auf den Plattenteller.

Ich hörte ein entferntes Lachen, Pfeifen, Flüstern, dann den Klang eines Akkordeons, des Instruments, das die Russin in mir dazu bringt, gleichzeitig zu lächeln und Tränen zu vergießen. Dann begann eine krächzende Stimme zu singen. Den Song kannte ich nicht, aber die Stimme ... Ich kannte sie, als wäre es meine eigene. Es war Tom Waits, Mamas Lieblingssänger, den sie sich allein in der Küche anhörte, wenn sie glaubte, dass wir schliefen, und wenn Papa geschäftlich unterwegs war. Weißt du noch, wie wir sie durch den Spalt in der Tür beobachtet haben? Ich spürte, wie meine Augen feucht wurden, dann lächelte ich. O wunderschöne, betrunkene Nostalgie, wie ich dich liebe.

Chris starrte mich perplex an.

»Sag mir nicht, du weißt, wer das ist.« Er starrte mich aus sehr großen, ein wenig blutunterlaufenen Augen an. »Oh, Schätzchen, wie kannst du ihn kennen? Du bist zu jung, um Tom zu kennen.«

Er schenkte mir sein breites, jungenhaftes Lächeln.

»Meine Mama …«

»Ich hab im Leben nur eine Frau kennengelernt, die Tom Waits mochte«, unterbrach er mich. »Eine verrückte Russin. Sie liebte es, einen draufzumachen und zu dieser Platte durchs Zimmer zu tanzen. Aber sie war älter. Und jetzt du … es ist verdammt unglaublich.«

»*She was a middle class girl. She was in over her head. She thought she could stand up in the deep end …*«, sang Chris und zündete sich eine Zigarette an. Ich sah den Rauch über seinem Kopf schweben. Plötzlich schämte ich mich so. Ich hatte kein Recht, hier in diesem Zimmer zu sein, dem Zimmer, in dem du für ihn getanzt hast. Ich hatte kein Recht, diesen Song zu hören. All das hatte nichts mit mir zu tun. Ich war nur ein Geist, ein Schatten, der sich irgendwann in Luft auflösen würde wie ein Rauchkringel.

»Was ist aus der verrückten Russin geworden?«

»Sie ging fort.« Er saß auf dem Boden vor dem Plattenspieler und sah zu, wie sich die Schallplatte im Kreis drehte. »Menschen gehen fort. Ich schätze, dass es in ihrem Fall meine Schuld war. Aber es bringt nichts, jetzt darüber nachzudenken.«

Ich streckte mich neben Chris auf dem Teppich aus und

starrte an die Decke. Das Zimmer war von Toms rauer Stimme erfüllt. Der Fernseher schickte seine bläulichen Strahlen über unsere Körper und Gesichter, über den Plattenspieler und alles, was im Zimmer war. Ich fühlte mich, als lägen wir am Grund eines tiefen, dunklen Brunnens. Chris' Finger fanden meine. Der Song ging weiter:

»And now she's dead, forever dead, forever dead and lovely now.«

Status: *ungelesen.*

Von: Nika Lukina
An: Jen Lukina

Donnerstag, 25. Juni 2015
11:41
MGMT – *Indie Rokkers*

Ich setzte mich rittlings auf ihn und schaute ins verwaschene Blau seiner Augen. Dann küsste ich ihn sanft und zog ihm das T-Shirt aus. Nichts erschien mir wirklich. Schwerelos und frei trieb ich in der verrauchten Luft, verborgen hinter der roten Tür. Chris sah zu, wie ich ihn küsste. Mit der Miene eines unbeteiligten Zuschauers zog er zwischen meinen Küssen an seiner Zigarette.

Ich wollte ihn unbedingt, mit meinem ganzen Körper und meiner ganzen Seele. Die Schallplatte verstummte, und beinahe gleichzeitig war Chris' Zigarette heruntergebrannt. Er leckte sich die Finger und löschte zischend den Stummel, dann warf er ihn weg. Er legte die Arme um mich und drehte mich auf den Rücken. Als er mich küsste, schmeckte er nach Asche.

Ich wusste, dass es nie wieder geschehen, dass es eine einmalige Angelegenheit bleiben würde. Das hatte er mir mit seinen Geschichten ziemlich deutlich gemacht. Also wollte ich alles in Erinnerung behalten, hier und jetzt jedes kleine Detail in meinem Kopf bewahren. Das Flimmern des Spätprogramms, das Brummen des Kühlschranks, die Schriftzüge an der Wand, den Geruch von Staub und kaltem Rauch.

Er öffnete den Reißverschluss meiner Jeans, und ich ließ sie mir langsam ausziehen. Ich schaute ihm zu, wie er mir zuschaute, als ich die Beine breit machte, um es ihm zu erleichtern.

Wenn du es nicht wissen willst, Jenja, dann hör hier auf zu lesen, überspring die ganze Message. Aber ich kann nichts anders. Ich muss jemandem erzählen, wie wir gevögelt haben.

Ich war frei von der Angst vor der Vergangenheit, von dir, von allem. Die Drogen machten meine Haut empfänglich, und der Alkohol verwandelte mein Hirn in einen heißen, geilen Pudding. Ich packte seine Gürtelschnalle. Meine vom Alkohol betäubten Finger schafften es nicht, sie zu öffnen. Chris lachte, küsste mich und zog seine alte Levi's aus. Ich trug nichts mehr außer einem albernen Slip von Topshop. Wieder setzte ich mich auf ihn, spürte unter mir seinen Schwanz und küsste seine nach Asche schmeckenden Lippen.

»Fick mich«, flüsterte ich ihm zwischen den Küssen ins Ohr. »Fick mich, Chris.«

Er drehte mich erneut auf den Rücken und schaute mich an. In seinen großen Augen schien sich ein Wiedererkennen zu spiegeln. Sah er dich in meinen Augen? Es war mir egal. Im nächsten Moment spürte ich die leichte Berührung seiner Finger zwischen meinen Beinen, als er den Slip zur Seite schob. Dann spürte ich die heiße, harte Berührung und bog den Rücken durch, um ihm entgegenzukommen. Und dann ... ich weiß nicht, irgendwas lief schief.

»O Scheiße«, murmelte er. »Das verdammte Koks.«

Er lag neben mir, immer noch keuchend, aber er berührte mich nicht mehr. Plötzlich war es wieder da – das Gefühl von Scham, Schrecken, der brennende Selbstekel, das Gefühl, hässlich, dumm und wertlos zu sein. Ich stand auf und ging in die Küche. Ich beugte mich übers Spülbecken und trank lauwarmes Wasser aus der Leitung. Dann spürte ich seine Hände, wie er mich an sich zog und mich fest in den Arm nahm.

»Ich hab zu viel Koks intus, Schätzchen. Du bist toll, ich meine, schau dich bloß an, du bist ...«

Ich drehte mich um und drückte meine Wange gegen das große, kitschige Tattoo einer Rose auf seinem Brustkorb. In meinen Schläfen spürte ich bereits die Vorboten des Katers. Mein Rausch endete auf die harte Tour, und ich zitterte am ganzen Körper.

Chris war warm und groß, und plötzlich überwältigte mich das Gefühl von Hier und Jetzt, des besonderen Moments, den wir miteinander teilten. Er war ein sanfter, zärtlicher Rowdy, dein Ex-Freund.

»Bleibst du?«

Ich nickte.

»Warte oben auf mich, okay?«

Sein Schlafzimmer war klein, und überall stapelten sich CDs und Musikzeitschriften. Ich entdeckte zwei weitere Gitarren und einen Laptop. Keine Fotos oder Poster, nur blanke, cremefarbene Wände. Das Bett in der Mitte des Zimmers wirkte zerwühlt. Ich glaubte, noch den Umriss der Frau erkennen zu können, die letzte Nacht hier geschlafen hatte, und versuchte, nicht darüber nachzudenken.

Chris trat mit zwei Tassen milchigem Tee und einer Tüte Süßigkeiten durch die Tür. Er wirkte ganz darauf konzentriert, keinen Tee zu verschütten. Schließlich stellte er die Tassen neben das Bett und ließ Musik von seinem Laptop laufen.

Ich kroch unter die Decke, und Chris folgte mir. Wir hielten respektvollen Abstand, wie ein Paar, das seit dreißig Jahren verheiratet war. Meine Lider waren schwer, doch von den Drogen hämmerte mein Herz noch immer, und mir grauste vor einer ungemütlichen, schlaflosen Nacht. Chris rollte einen Joint, zündete ihn an, nahm einen Zug und reichte ihn mir. Ich stellte keine Fragen und inhalierte nur. Sofort spürte ich, wie sich eine warme Welle der Entspannung in meinem kalten Körper ausbreitete. Wir rauchten noch eine Weile und unterhielten uns wie freundliche Fremde an einer Bushaltestelle im Regen. Chris redete witzigen Unsinn wie zuvor im Wohnzimmer. Ich kicherte, trank von meinem Tee und kaute Marshmallows aus der Plastiktüte, die er mitgebracht hatte. Es hatte mehr von einer Pyjamaparty von Teenagern als von einer wilden Nacht mit einem bösen Buben.

»Willst du die Hälfte?« Er zog einen Twix-Riegel aus der Tüte. »Weißt du, wie man den richtig isst?«

»Wie?«

»Erst kaust du die Schokolade ab, so.« Er machte es mir an seinem Ende des Riegels vor. »Dann leckst du an dem Karamell. Nicht beißen, nur lecken, klar? Versuch's mal!«

Ich lachte und kaute die Schokolade an meiner Hälfte ab. Dann leckte ich an dem Karamell. Meine Finger waren feucht und klebrig.

»Und jetzt belohnst du dich mit dem Keks!« Er steckte das ganze Stück in den Mund. Mir kamen vor Lachen die Tränen.

»Und jetzt … Ich wette, du weißt auch nicht, wie man richtig Skittles isst!« Er schüttete mir die Dragees in die Hand. »Nimm eins und leg es dir mitten auf die Zunge. Dann drückst du es nach oben gegen den Gaumen und wartest, bis es schmilzt.«

Er streckte die Zunge heraus. Sie war grün, blau und rot. Vom vielen Zucker und dem Gras war mein Mund ganz trocken. Ich trank den Rest des Tees in einem Schluck und beugte mich zu ihm hinüber. Der Kuss war süß und schläfrig und lang. Chris löschte den Stummel des Joints in seiner Teetasse.

»Ich mag deine Art, Veronika aus Johannesburg.«

Aus meiner Hand fielen Skittles auf die Decke und weiter auf den Boden wie ein Schauer in allen Farben des Regenbogens.

Status: *ungelesen.*

Von: Nika Lukina
An: Jen Lukina

Donnerstag, 25. Juni 2015
12:04
Sonic Youth – *Halloween*

Als ich aufwachte, war das Zimmer ins orangefarbene Licht einer Straßenlaterne getaucht, das durch einen Spalt zwischen den dicken Vorhängen drang. Chris schlief neben mir und schnaufte wie ein Tier. Meine Kehle war ausgetrocknet. Ich zog mir ein T-Shirt über, das ich auf dem Boden fand, und ging auf Zehenspitzen nach unten. Der Fernseher lief noch, sodass ich kein Licht machen musste. Ich trank Wasser aus der Leitung, ging dann zur Hintertür und starrte hinaus ins Dunkel des Parks. Zweifellos war dies die sprichwörtliche dunkelste Stunde vor dem Morgengrauen. Plötzlich überkam mich das Verlangen nach kühler, frischer Luft. Ich drehte den Türgriff und trat hinaus auf die Terrasse. Ich wusste, dass der Park nur so tat, als schliefe er. Kleine Tiere versteckten sich im hohen, ungemähten Gras, die Baumwipfel schwankten und ächzten leise im Wind. Ich starrte so lange in die Dunkelheit, bis meine Lippen vor Kälte zu zittern begannen.

Ich schämte mich, weil ich das Gefühl hatte, dich irgendwie betrogen zu haben. Doch ich hatte Chris nahekommen, sein wahres Ich entdecken müssen. Und jetzt war ich sicher, dass er zu einem Mord nicht in der Lage war. Es hat mich schon immer fasziniert, wie viele Begriffe es in der englischen Sprache dafür gibt, dass man jemandem das Leben nimmt. Chris konnte sicher jemanden töten, aber niemals ermorden, wenn ich die Begriffe richtig verstand. Er war unbedingt in der Lage zu einem Verbrechen aus Leidenschaft – jemanden totzuprügeln, zum Beispiel. Aber er wäre niemals in der Lage, ein Verbrechen zu vertuschen. So, wie er auch seine frühere Liebe zu seinem musikalischen Seelenverwandten Mark – und seinen heutigen Hass auf ihn – nicht verbergen konnte. Hätte er dir etwas angetan, dann hätte er bei jedem Besäufnis seither allen davon erzählt. Seine Zornesausbrüche waren nicht kalkuliert. Und er dachte immer noch an dich, an dich und die guten alten Zeiten.

Ich wollte zurück ins Haus gehen, drehte mich um und stolperte über etwas Schweres auf dem Boden und knickte um. Ein scharfer Schmerz im Sprunggelenk ließ mich aufschreien. Eine Sekunde später ging das Licht in der Küche an. Ich schaute nach unten und sah, dass ich über einen Arbeitsstiefel gestolpert war. Dann kam Chris zur Tür, lehnte sich gegen die Scheibe und schaute hinaus. Ich ließ den Stiefel fallen, hatte aber genug Zeit, das Logo zu bemerken – es war ein Doc Martens.

»Was machst du hier draußen?« Er klang angeschlagen und sauer. Ich ergriff die Hand, die er mir anbot, und trat zurück in die Küche, ohne ihn dabei anschauen zu können. »Komm zurück ins Bett.«

Als wir wieder im Schlafzimmer waren, wirkte Chris' Gesicht durch das orangefarbene Licht seltsam entstellt. Er nahm mein Gesicht in beide Hände und musterte es gründlich. Dann drehte er mich um und stieß mich aufs Bett. Ich spürte eine Hand an meiner Kehle, die andere zwischen meinen Oberschenkeln. Das Einzige, dessen ich mir in diesem Moment noch gewiss war, war die Dunkelheit ringsum.

Status: *ungelesen.*

Von: Nika Lukina
An: Jen Lukina

Donnerstag, 25. Juni 2015
12:17
Arctic Monkeys – *Leave Before the Lights Come On*

Ein hämmerndes Geräusch auf der Straße weckte mich. Ich öffnete die Augen und fand mich in einer unvertrauten Umgebung wieder – Chris' Schlafzimmer im kalten, gnadenlosen Licht des Morgens. Alles war ein einziges Chaos.

Ich drehte mich im quietschenden Bett um, vorsichtig, um Chris nicht zu wecken. Doch er war nicht da. Ich lauschte den Geräuschen im Haus. Ein Teil von mir hoffte, dass er kurz hinausgegangen war, um Croissants und einen Kaffee von Starbucks zu holen. Doch Notown besaß kein Starbucks. Das Rauschen einer Toilettenspülung holte mich zurück in die Realität. Unmittelbar darauf öffnete Chris die Tür und trat ins Zimmer. Er trug Boxershorts und ein an der Schulter eingerissenes Kasabian-T-Shirt. Sein Gesicht wirkte angespannt und aufgewühlt. Ich fühlte mich in diesem Zimmer nackt und fehl am Platz.

»Bist du wach?« Er zog an seinem Armband und ließ es sanft zurückklatschen.

»Ja.« Ich zog mir die Decke bis zum Kinn. »Was ist das für ein Lärm?«

»Bloß Straßenarbeiten«, sagte er und wich meinem Blick aus.

»Wie spät ist es?«

»Halb zehn.«

»Mmmm.«

»Dann lasse ich dich mal allein, damit du dich anziehen kannst.« Endlich schaute er zu mir herüber. Ich weiß, dass ich die Decke einfach hätte beiseiteschieben und ihn überzeugen können, dass es keinen Grund zum Anziehen gab, nie wieder. Dass wir für immer und ewig hierbleiben konnten. Aber ich tat es nicht. Alles fühlte sich falsch an. Ich war froh, dass er das Zimmer verließ.

Ich stieg aus dem Bett. Mein linker Knöchel war geschwollen und tat weh, was mir meine fehlgeschlagene Mission gleich wieder ins Bewusstsein rief. Auf dem Fußboden fand ich meinen Slip und ging ins Bad. Mein Kopf hämmerte – ein morgendliches Gefühl, das langsam gefährlich vertraut wurde. Im Spiegel betrachtete ich mein Gesicht. Die Haut um meinen Mund herum und am Kinn war durch Chris' Bartstoppel gerötet. Ich fühlte mich, als wäre ich in einem Song der Arctic Monkeys gefangen, von einem ihrer frühen Alben, irgendwas über Kleinstädte und Mädchen aus Sozialsiedlungen. Ich zog meine Jeans und das T-Shirt an und ging hinunter in die Küche. Eine dampfende Tasse Tee stand auf der Arbeitsfläche. Für mich. Zum ersten Mal an diesem Morgen lächelte ich. Chris rauchte auf der Terrasse. Ich öffnete die Tür und leistete ihm Gesellschaft. Seine Arbeitsstiefel waren nirgends zu sehen, aber das hatte nichts zu bedeuten. Ich wusste, dass ich nicht bloß von ihnen geträumt hatte.

Es war so ein düsterer Morgen, an dem die Sonne sich in den Wolken verbirgt und das Licht alles grau und silbern erscheinen lässt. Ich atmete tief durch. Die Luft roch nach feuchtem Gras und Chris' Zigarettenqualm. Ich stand neben ihm, trank meinen Tee und versuchte, an nichts zu denken und mir keine Fragen mehr zu stellen. Ich spürte, wie seine Hand über meine strich – ein plötzlicher, lähmender Augenblick, in dem ich seine Haut spürte. Es musste ein Versehen gewesen sein.

Chris schnippte seine Zigarettenkippe in den Garten. Als wir wieder im Haus waren, setzte ich mich an den Rand des Sofas, schaute ihn an und versuchte zu ergründen, was er dachte.

»Ich kann dich mitnehmen«, erklärte er mit verbissener Miene und lief nach oben, um sich anzuziehen. Währenddessen schaute ich mich im Zimmer um. Ich hatte das schreckliche Gefühl, etwas Wichtiges zu übersehen. Ging es um etwas in diesem Haus, einen greifbaren Hinweis? Oder um etwas, das er letzte Nacht gesagt hatte? Ich konnte nicht geradeaus denken. Lag es an den Schuhen auf der Terrasse, meinen Schuldgefühlen oder einfach am Kater (benutzt man den Begriff eigentlich auch bei Drogen?), dass ich mich in Chris' Gegenwart so unbehaglich fühlte? Letztlich lief es einfach darauf hinaus, dass ich seit meiner Entdeckung nur noch möglichst schnell aus diesem Haus verschwinden wollte. Aber waren diese Arbeitsstiefel tatsächlich so bedeutsam? Ich wusste doch längst, dass er den Garten des Pubs betoniert hatte. Selbst wenn tatsächlich er diese Fußabdrücke hinterlassen hatte – welche neuen Erkenntnisse hätte ich dadurch gewonnen? Dass er nicht barfuß arbeitete? Warum gelingt es mir nicht, irgendwelche Zusammenhänge herzustellen? Warum mache ich das alles überhaupt? Inzwischen habe ich das Gefühl, meine detektivischen Fähigkeiten sind einfach nur beschissen.

Ich versuchte, meine Gedanken zu ordnen, doch meine aufgewühlten Gefühle ließen mich nicht zur Ruhe kommen. Ich brauchte Musik, Luft und Kaffee, und zwar schnell und dringend.

Chris kam wieder nach unten. Er roch nach Aftershave und war komplett schwarz gekleidet, abgesehen von einem Paar weißer Assi-Turnschuhe.

»Deine Schuhe ... die blenden ja richtig! Mir tun schon die Augen weh.« Es war ein jämmerlicher Witz, den er mit einem Pseudolächeln beantwortete. Er wollte mich endlich aus seinem Haus haben.

Vor der Haustür stieg ich auf den Beifahrersitz seines Wohnmobils.

»Wohin?«

»Bloß ... zum Marktplatz.«

Ganz anders als Chris' Haus war der Wagen innen makellos sauber. Er musste meinen überraschten Blick bemerkt haben.

»Tolle Kiste, was? Ich hab sie seit acht Jahren, und sie hat mich kein einziges Mal im Stich gelassen!«

In meinem Kopf rastete etwas ein. Acht Jahre.

»Im Handschuhfach sind CDs, falls du Musik hören willst.« Er griff über mich hinweg und öffnete es. »Hier.« Während er scharf rechts abbog, legte er mir ein paar zerkratzte Mix-CDs auf den Schoß.

Ich steckte die erstbeste CD, die noch intakt aussah, in den Player, der sie lautstark verschluckte. Aus irgendwelchen geheimnisvollen Gründen hatte ich die Arctic Monkeys erwischt.

Well, this is a good idea, sang Alex Turner in dem Moment, als Chris an der Bushaltestelle am Marktplatz hielt. *You wouldn't do it if it wasn't one.*

Status: *ungelesen.*

Von: Nika Lukina
An: Jen Lukina

Freitag, 26. Juni 2015
7:15
Stars – *Your Ex-Lover Is Dead*

Hi, Jenja,

es ist Morgen. Ich sehe die Uhr. Aber in meiner Wahrnehmung ist alles düster. Ich höre Autos am Pub vorbeifahren und Lieferanten auf der Straße reden. Ich kann nicht schlafen, weiß nicht, ob ich jemals wieder schlafen werde. Nicht nach dem, was passiert ist. Nicht nach dem, was ich gesehen und gehört hab. Nicht nach dem, was ich erfahren hab. Wäre dies ein Buch, dann würde ich jetzt schreiben: »Achtung, Spoiler!«

Du bist tot. *Ty mjortwa*. Ich bin total irre, weil ich dir jetzt wieder eine Message schicke, obwohl ich die Wahrheit kenne, weil der Mörder sie mir ins Gesicht gesagt hat. Aber ich kann nicht anders, als dir zu schreiben, Jenja. Du bist meine einzige Freundin, und ich liebe dich noch immer. Obwohl du ein total verdammtes Monster bist.

Also, das ist passiert:

Gestern Morgen erst habe ich Chris auf den Mundwinkel geküsst und bin am Marktplatz aus dem Wohnmobil gestiegen. Der letzte Kuss. Ich hätte irgendwas sagen sollen, hab es aber nicht getan. Ich ließ den Song, der gerade lief, für mich sprechen.

Mein Smartphone hatte ich nicht dabei, weil ich es am Abend zuvor im Pub vergessen hatte. Allerdings hatte ich ein paar Pfundmünzen, um mir eine schöne Tasse Kaffee zu genehmigen. Dann ging ich spazieren, obwohl mein Fuß noch etwas schmerzte. Als ich zum *Queen's Head* zurückkehrte und mein Telefon checkte, fand ich eine Nachricht von deiner amerikanischen Freundin Donna.

»Hi! Ich wusste nicht, dass Jen vermisst wird. Es tut mir so leid, das zu hören. Kann ich dir irgendwie helfen?«

Ich rechnete mir den Zeitunterschied aus. Bei ihr war es sieben Stunden früher als hier, aber vielleicht würde sie trotzdem noch antworten.

»Hi, Donna! Vielen Dank für deine Nachricht. Bist du Jen in Glasto tatsächlich persönlich begegnet?«

Ich wartete. Schließlich wurde sie aktiv. »Ja. Sie war toll. Wir haben ein paar Stunden zusammen verbracht.«

»Kam dir irgendwas merkwürdig an ihr vor?«

»Nein, sie wirkte ganz normal. Sie war ziemlich aufgeregt, weil ihr Freund an diesem Tag auftrat. Wir haben seine Band auch spielen sehen. Dann ist sie mit uns zum Steinkreis gegangen. Wir rauchten ein bisschen Gras und wollten uns dann die Killers ansehen. Aber irgendjemand rief ihren Namen, und sie sagte, sie würde gleich zurückkommen. Danach hab ich sie nicht mehr gesehen. Sie meinte, wir würden uns später im *Shangri-La* treffen. Aber dort tauchte sie nicht auf.«

»Kannst du dich erinnern, wer sie gerufen hat?«

»Nein, tut mir leid. Es wurde schon dunkel, es regnete, und ich war high wie ein Drachen.«

»War es ein Mann oder eine Frau?«

»Tut mir leid, Schätzchen. Als ich deine Message bekam, hab ich ziemlich lange darüber nachgedacht, aber ich weiß es wirklich nicht mehr.«

»Schon okay.«

»Wenn du willst, kann ich eine offizielle Aussage bei der Polizei machen.«

»Nicht nötig, danke. Nur eine Sache noch. Hatte sie Geld bei sich?«

»Du meinst Bargeld? O ja, sie hatte eine Menge dabei. Sie kaufte uns diese albernen Blumenkränze und gab uns immer wieder Bier aus. Sie sagte, Europa würde auf jeden Fall toll, weil sie steinreich wäre.«

»Tatsächlich? Vielen Dank für deine Hilfe, Donna.«

»Ich hoffe jedenfalls, dass du sie irgendwie findest.«

»Danke.«

Eine Sekunde später schickte sie mir ein Foto. Eine Gruppe Mädchen in Gummistiefeln und Kleidern standen auf einem matschigen Feld. Ihre Gesichter waren mit Glitter verziert und leuchteten in der abendlichen Sonne. Du warst dabei, in deinem blauen Kleid, barfuß, mit einem Kranz aus billigen Plastikblumen im Haar. Und zeigtest dein verrücktes Lächeln. Mir wurde warm ums Herz.

»Gib mir Bescheid, wenn ich dir noch irgendwie helfen kann.«

»Das werde ich.«

Dann ging sie offline.

Also hatten sowohl Hannah als auch Mark die Wahrheit gesagt: Es hatte tatsächlich eine amerikanische Freundin und einen Plan für eine Rucksackreise durch Europa gegeben. Jetzt, wo ich diese Sätze tippe, weiß ich bereits, wer auf dem Feld nach dir gerufen, dich von deinen Freunden getrennt, dir deine Pläne und deine Zukunft genommen hat, für alle Zeiten. Aber ich will dir die Überraschung nicht verderben, Jenja. Vielleicht hat dein Mörder dich auf den Hinterkopf geschlagen, sodass du sein Gesicht überhaupt nicht sehen konntest. Ich werde dir alles erzählen, so, wie ich es in Erfahrung gebracht habe.

Aber gestern Morgen, nachdem ich mit Donna geredet hatte, interessierte mich nur eins, nämlich inwieweit Chris in dein Verschwinden verwickelt war. Ich brauchte Hilfe, also rief ich jemanden an, der mir Hilfe angeboten hatte: Meg.

»Hey, Nika, wie läuft's?«, fragte sie fröhlich.

»Hi, Meg, ich brauche deine Hilfe.«

»Alles in Ordnung mit dir?« Sie klang besorgt.

»Ja, mir geht's gut. Ich rufe an wegen ... Jen.«

»Ah, okay. Was ist los?«

»Du arbeitest doch im öffentlichen Dienst, oder? Wahrscheinlich für die Führerscheinstelle. Ich vermute, dass es dort ein Archiv gibt, und ich bitte dich, etwas für mich zu recherchieren.«

»Wow, das kommt jetzt unerwartet.«

»Ich weiß. Lass es mich erklären. Ich hab gestern mit Hugh Woodward und Mark Rimmer aus der Band gesprochen, und sie … Also, eigentlich war es Hugh, der mir erzählt hat, dass Jen in Glasto einen Haufen Geld dabeihatte. Ein ganzes Bündel Scheine.«

»Also … Es tut mir leid, Nika, aber ich komme nicht ganz mit … Hugh Woodward ist nicht unbedingt …«

»Unbedingt was?« Ihr säuerlicher Ton verwirrte mich.

»Er ist ein Schwachkopf! Und Mark Rimmer auch. Sie wissen nichts über Jen, sie waren nicht mal ihre Freunde.«

»Gut. Aber ich bin ganz sicher. Sie hatte das Geld.«

»Na und, Nika?«

»Chris MacConnell hat vor acht Jahren sein Wohnmobil gekauft. Ist es möglich, den genauen Zeitpunkt festzustellen?«

»Du glaubst doch nicht wirklich, dass Chris die Liebe seines Lebens wegen ein paar Tausend Pfund umgebracht hat, oder?«

»Sie war nicht die Liebe seines Lebens. Das waren Mark und ihre gemeinsame Musik.«

»Und das weißt du woher?«

»Weil ich mit Chris gesprochen hab.«

»Und jetzt glaubst du, er hätte sie wegen des Geldes ermordet?«

»Meg, ich weiß nicht, was ich glauben soll. Ich will bloß wissen, wann er das verdammte Auto gekauft hat. Das muss doch irgendwo protokolliert sein.«

Sie schwieg einen Moment.

»Meg?«

»Nika … Es gefällt mir nicht, in welche Richtung das hier läuft. Ich sag dir, es war nicht Chris. Er liebte sie.«

»Aber du wirst es für mich herausfinden, oder? Und sei es nur, um zu beweisen, dass du recht hast?«

»Dann texte mir das Kennzeichen.«

»Danke, Meg.«

»Tschüss.«

Sie legte auf.

Ich ging unter die Dusche. Das heiße Wasser auf meinem Körper fühlte sich himmlisch an. Dieser Moment, so warm und geborgen, war der letzte friedliche Augenblick, den ich an diesem Tag hatte und vermutlich für den Rest meines Lebens haben werde. Aber das wusste ich zu diesem Zeitpunkt noch nicht. Ich stand einfach da und ließ noch einmal die Songs und die Küsse der Nacht zuvor Revue passieren. Voller Angst und Hoffnung. Ich Dummkopf.

Ich trocknete mir die Haare und zog dein altes T-Shirt an, das die Jungs zusammen mit ihrer Arbeitskleidung gewaschen hatten. Ich ging nach unten und wappnete mich gegen Nicks unvermeidliche Kommentare.

»Schau dich an!« Er kicherte. »An der Art, wie du gehst, sehe ich schon, dass die letzte Nacht echt Rock 'n' Roll war. Oder vielleicht doch eher Hardcore?«

»Könnte ich bitte was zu essen bekommen, Nick?« Seine dummen Witze ignorierte ich komplett. Aber nicht, weil sie mich geärgert hätten. Im Gegenteil, in Wirklichkeit gaben sie mir ein anheimelndes Gefühl. »Und einen Kaffee, bitte.«

»Okay. Aber danach erzählst du mir all das abgedrehte Zeug, das du erlebt hast. Ich wette, MacConnell ist im Bett ein ziemlich schräger Vogel.«

Nick redete mit mir, als wäre ich ein Kerl. Er war neugierig auf die schmutzigen Details. Ich lächelte und vertrieb mit einem Blinzeln die Erinnerung an Chris' Hände und das Rosen-Tattoo auf seiner Brust. Ich schauderte, als ich an sein halb in der Dunkelheit verborgenes Gesicht dachte und an die Grobheit, zu der er, wie ich jetzt wusste, in der Lage war. Dann spürte ich plötzlich, dass jemand hinter mir stand.

Als ich sah, wer es war, rutschte mir das Herz in die Hose.

»Gehst du eigentlich jemals ans Telefon?«, begrüßte mich Meg, ohne zu lächeln.

»Tut mir leid, ich war unter der Dusche. Hast du …«

»Ich bestelle erst was zu essen, okay? Das ist meine Mittagspause. Ich musste sie ein bisschen früher nehmen, um dich persönlich zu treffen.«

In meinem Kopf drehte sich alles. Als wir uns an einen Ecktisch gesetzt hatten und Meg schließlich zu reden begann, bereute ich es, sie um Hilfe gebeten zu haben.

»Er hat das Wohnmobil drei Tage nach ihrem Verschwinden auf seinen Namen umgemeldet. Ich meine, es wird schon eine Erklärung geben, denn er kann sie nicht einfach umgebracht haben, nicht einfach so, wegen des Geldes. Aber der Zeitpunkt ist eine Tatsache. Und weißt du auch, von wem er es hatte?«

Ich schaffte es nicht mal, den Kopf zu schütteln, und starrte sie bloß an.

»Von Ben Wickers.«

»Wow … Ben aus der Band.« Ich erschrak. »Wusstest du, dass Jen auch mit Ben zusammen war?«

»Ja, für ungefähr fünf Minuten – und zwar Monate vor ihrem Verschwinden.«

»Du hast es aber nie erwähnt.«

»Ich … Ich wollte nicht, dass du schlecht über sie denkst. Sie hat Fehler gemacht, aber damit wollte sie niemanden verletzen.«

Nick brachte das Essen, aber ich hatte keinen Hunger mehr.

»Also war es Chris«, sagte ich. Noch immer spürte ich seine Berührungen auf meiner Haut und war dankbar, dass ich bereits geduscht und mir seinen Geruch vom Körper gespült hatte. Vielleicht hätte ich mich sonst übergeben müssen.

»Ich hab dir doch gesagt, dass er ihr niemals etwas angetan hätte.«

»Schwachsinn. Er hat ihr wehgetan und sie benutzt und ihr das Gefühl gegeben, wertlos zu sein.«

»Aber laufen mit zwanzig denn nicht alle Beziehungen so?«

Ich erzählte Meg, was ich in seinem Haus gefunden hatte.

»Nika, das beweist gar nichts. In dem Punkt musst du mir vertrauen. Er hat deine Schwester geliebt. Sie stritten sich oft, aber das zwischen ihnen – es war Liebe. Wenn sie allein waren, gingen sie anders miteinander um. Sie küssten und kitzelten sich, stopften sich mit Süßigkeiten voll, hielten Händchen und kicherten.«

»Und du warst dabei und hast es gesehen?«

Sie antwortete nicht.

»Meg, Chris hat mit der Sache zu tun. So gern ich auch das Gegenteil glauben würde: Es ist so. Ich spüre es. Er fühlt sich ihretwegen schuldig.«

»Ich erinnere mich noch, dass sie mal krank war, schwer erkältet. Chris holte ihr eine Tüte Eiscreme. Jen lachte ihn aus und sagte, er wäre ein Idiot und das Eis eine dämliche Idee. Doch er bestand darauf, dass es helfen würde, und fütterte sie damit. Es half nicht, und sie schickte ihn los, um ein richtiges Medikament zu besorgen. Er kam mit Paracetamol in Pulverform zurück und schnupfte etwas davon, nur um sie zum Lachen zu bringen. Er blieb mehrere Tage, bis es ihr wieder besser ging. Sie lagen einfach auf der Couch, schauten sich irgendwelchen Mist im Fernsehen an und bestellten Essen vom Lieferservice. Nach ein paar Tagen hatten sie beide fettige Haare und hatten sich gegenseitig vollgerotzt und -geschwitzt. Er hat sein sonstiges Leben ihretwegen sausen lassen. Das tut man nicht für ein Mädchen, mit dem man einfach nur Sex haben will und das man nachher wegen Geld umbringt.«

Ich stellte mir euch beide auf seiner Couch vor, wie ihr sanft und liebevoll vögelt.

»Meg, ich möchte ja wirklich, dass er unschuldig ist. Ich mag ihn … Ich glaube, ich bin ein bisschen verknallt.«

»Dann hör auf, ihn für den Schuldigen zu halten.«

Status: *ungelesen.*

Von: Nika Lukina
An: Jen Lukina

Freitag, 26. Juni 2015
7:40
Radiohead – *Climbing up the Walls*

Ich musste auf der Stelle mit Ben reden. Der Schlagzeuger wusste etwas, wahrscheinlich alles – daher sein supermerkwürdiges Verhalten neulich. Um ehrlich zu sein, wollte ich von ihm – und jedem sonst – nur eins hören, nämlich einen Beweis, dass Chris dir nichts Böses angetan haben konnte. An diesem Punkt, der mir inzwischen wichtiger war als die Wahrheit, schulde ich dir nichts mehr, *sestra*, und ich kann frei reden. Ich wollte Chris für mich. Ich wollte zurück ins Dunkel seines Schlafzimmers, ich wollte seine Haut wieder spüren, über seine Witze lachen und mich zudröhnen. Ich wollte diesen Fall aufklären und dich von der Bildfläche verschwinden lassen. Aber tatsächlich sind die Dinge nicht so gelaufen, wie ich es gehofft habe.

Weißt du, ich habe oft das Gefühl, eine Figur in einem Film zu sein. Dieser hier spielt in Notown, und hinter den Kulissen aus Pappmaché ist gar nichts. Hier ist der einzige Platz auf Erden, wo du, ich und Chris existieren können. Deshalb lässt der Ort mich nicht los. Ich kann nirgendwo anders hin. Auf dem Weg durch die Stadt begegne ich hin und wieder vertrauten Gesichtern – den Statisten. Am Bahnhof, auf dem Weg zu Ben, sah ich jemanden, der mir bekannt vorkam, aber es ging zu schnell, als dass ich sein Gesicht hätte zuordnen können.

Bens Haus wirkte so geisterhaft wie bei meinem ersten Besuch. Ich klopfte an die Tür. Keine Reaktion. Dann wählte ich Bens Telefonnummer und hörte durch die Tür, wie es klingelte und klingelte. Er war nicht zu Hause. Ich setzte mich auf die Stufen, hielt mein Gesicht in die sanften Strahlen der Abendsonne, die sich zwischen den Wolken hervorschoben, schloss die Augen und wartete. Ich genoss den warmen, roten Glanz vor meinen Augen. Bald würde die Sonne verschwunden sein, verborgen hinter einer dicken, grauen Wolke. Immer noch keine Spur von Ben.

Ich dachte an das Gespräch mit den Zwillingen nach meinem ersten Besuch hier. Man kann jemanden über Jahre hinweg in einem Haus gefangen halten, ohne dass Außenstehende etwas bemerken. Ich stand auf und ging ums Haus herum. Der Zaun war zu hoch, um hinüberzuschauen. Ich blickte mich um und entdeckte ein paar Mülltonnen am

Straßenrand. Eine sah ziemlich neu und stabil genug aus, um mein Gewicht zu tragen. Ich zerrte sie bis zum Zaun, drehte sie um und stieg darauf – vorsichtig wegen meines immer noch empfindlichen Knöchels. Dann warf ich einen Blick über den Zaun. Der Garten war winzig. Vertrocknetes Gras wucherte zwischen Stapeln zertrümmerter Möbel und schwarzer Müllsäcke. Ich musste nur den Müll durchwühlen, um festzustellen, ob eine Frau in Bens Haus lebte. Das wusste ich aus Krimis. Und ich wusste auch, dass unbefugtes Betreten eines Gebäudes eine strafbare Handlung war. Noch einmal betrachtete ich den gewaltigen Haufen Krempel, der teils von Moos überwuchert war. Auf der Rückseite des Hauses befanden sich zwei Fenster mit dichten Vorhängen. Würde Ben wirklich die Polizei rufen, wenn er mich hier erwischte? Einen Moment lang dachte ich nach. Dann sah ich plötzlich, wie sich einer der Vorhänge bewegte wie durch einen Luftzug. Ich blinzelte und schaute noch einmal hin. Dort bewegte sich definitiv etwas, nur dass es kein Vorhang war, sondern etwas, das auf diesem Vorhang saß: Abertausende Fliegen, die ich für Punkte gehalten hatte und die träge über das Glas liefen.

Das Erste, was mir in den Sinn kam, war *Amityville Horror*, der Film. Das Zweite: Ich muss die Polizei verständigen. Doch fiel mir beides erst ein, nachdem ich bereits jenseits des Zauns auf meinem Hintern gelandet war. Ich würde ins Haus gehen – scheiß auf die Konsequenzen! Eine Unbesonnenheit hatte ich mir schon geleistet, nämlich mit Chris nach Hause zu gehen. Warum ausgerechnet jetzt damit aufhören? Vage kam mir der Gedanke, dass ich wahrscheinlich ausgewiesen würde, falls man mich hier erwischte, und dass Papa mich dann für den Rest meines Lebens in mein Zimmer sperren würde. Aber das war mir im Augenblick egal. Ich musste wissen, wovon diese Fliegen dort im Haus sich ernährten.

Ich drehte den Türknauf und drückte gegen die Tür. Sie öffnete sich einen Spaltbreit, doch irgendetwas blockierte sie. Dann nahm ich den Gestank wahr: Fäulnis. Ich drückte noch fester gegen die Tür und schaffte es, mich ins Haus hineinzuquetschen. Drinnen war der Gestank so schlimm, dass mir beinahe übel wurde. Ich hustete und bedeckte Nase und Mund mit meinem T-Shirt. Es war fast ganz dunkel, denn von draußen drang nur schwaches Dämmerlicht durch die Ritzen zwischen den Vorhängen hindurch. Zuerst nahm ich nur schwarze, riesige Schatten wahr. Meine Augen brauchten eine Weile, ehe sie sich an die Dunkelheit gewöhnten. Als ich endlich in der Lage war, die Umgebung zu erkennen, konnte ich nur mit Mühe einen Schrei unterdrücken. Der Raum, der früher einmal das Wohnzimmer gewesen sein musste, ähnelte einem riesigen Schrank, in den ein chaotisches Kind all sein Spielzeug gestopft hatte, nachdem die Eltern es zum Aufräumen des Zimmers verdonnert hatten. Bei jedem Atemzug glaubte ich, die Schimmelpartikel in der Luft zu spüren. Vorsichtig schob ich mich auf einem schmalen Pfad blanken Fußbodens vorwärts, der sich zwischen den Bergen von Müll hindurchschlängelte.

All diese alten Zeitschriften, CDs, Vinylplatten, zerbrochenen Schirme, Tapedecks, DVDs, Bücher und schwarzen Müllsäcke voller Kleidung türmten sich vor meinen Augen zu erschreckenden Gestalten auf. Du weißt, wie das menschliche Gehirn funktioniert – wohin wir auch schauen, lässt es uns Gesichter sehen. Ich sah aufgerissene Münder, die stumm schrien, dämonische Augen und Hände mit Klauen, die sich mir entgegenstreckten und mich zu packen versuchten. Ich gab mir alle Mühe, nichts umzustoßen, doch dann geriet ich unweigerlich ins Stolpern und fiel hin, wobei ich eine Lawine aus gerahmten Postern, kaputter Sportausrüstung und akustischen Gitarren in Gang setzte. Ich rappelte mich hoch und ging noch vorsichtiger weiter. Je näher ich Bens Küche kam, desto schlimmer wurde der Gestank. Als ich schließlich den Flur erreicht hatte, fühlte ich den sauren Geschmack von Magensäure im Mund, und ich zwang mich, sie hinunterzuschlucken. Die Küche sah wie eine Höhle aus. Ich konnte nirgends den Boden sehen, nur Mülltüten, schmutziges Geschirr und Stapel leerer Dosen mit den Resten von Thunfisch und Heinz-Tomatensuppe. Von dort, aus den ekligen Tiefen der Müllberge, drang das schreckliche Summen der wütenden Fliegen. Ich würgte.

Ich musste raus aus diesem Haus. Aber nicht jetzt. Nicht ehe ich wusste, was Ben hier versteckt hielt. Mir war klar, dass ich keine zweite Chance bekommen würde. Jetzt oder nie. Mein Herz hämmerte, an meinem Rücken klebte der Schweiß, und mein Fußgelenk schmerzte auf einmal höllisch, doch aufgeben kam nicht infrage. Ich stieg die Treppe hoch, wieder vorsichtig auf einem schmalen Pfad balancierend. Dabei versuchte ich, möglichst wenig zu atmen. Als ich das obere Ende der Treppe erreicht hatte, gestattete ich mir ein kräftiges Ausatmen und holte ein paarmal tief Luft. Ich sah mich um und entdeckte einen schmalen Lichtstreifen unter der Tür ganz am Ende des Korridors. Auf Zehenspitzen näherte ich mich ihr, den zahlreichen Hindernissen auf dem Fußboden ausweichend. Ich versuchte, nicht daran zu denken, was sich hinter der Tür befinden mochte. Einen Moment lang blieb ich vor ihr stehen und hielt den Atem an, als machte ich mich bereit, nach der Sauna in den Schnee zu springen. Dann drückte ich die Klinke.

Der Raum war winzig. Gedämpftes Tageslicht tauchte alles in ein staubiges Halbdunkel. Hier sah ich den Fußboden, und alles im Zimmer wirkte irgendwie aufgeräumt und sehr ordentlich. Es gab ein Regal mit alphabetisch sortierten CDs und zwei hohe Bücherstapel, überwiegend Klassiker – Shakespeare, William Blake, T. S. Eliot. Auf einem kleinen Schreibtisch unter dem Fenster standen ein uralter Laptop und drei angeschimmelte Tassen. Ich hob eine Ecke des Vorhangs an und spähte nach draußen. Das Fenster war vergittert. Ich sah eine Schar kleiner Kinder am Haus vorbeilaufen, fröhlich und ohne etwas von den Schrecken der Welt zu ahnen, in der sie lebten. Rechts in der Ecke stand ein schmales Bett. Die Wand darüber hing voll alter Fotos. Ich trat ein paar Schritte näher heran, um sie besser sehen zu können. Ich erkannte Mark und Chris … und dich. Unmengen Fotos von dir, teils Großaufnahmen deines lächelnden Gesichts. Auf einem davon trugst du einen Kranz aus billigen Plastikblumen und dein blaues Kleid – exakt dasselbe Outfit wie auf dem Video aus Glasto. Mir lief es eiskalt den Rücken herunter.

Neben dem Bett stand eine Kommode. Ich zog die oberste Schublade heraus. Darin befanden sich Kleidungsstücke, ordentlich gefaltet. Überwiegend T-Shirts und Socken. Ich schaute in die mittlere Schublade. Auch sie war voller Kleidung. Ein Muster aus violetten Blumen kam mir für einen Mann etwas merkwürdig vor. Ich zog das Kleidungsstück heraus und ließ es gleich zu Boden fallen. Es war ein Kleid, ein Frauenkleid. Ich griff nach anderen Teilen – alles Frauensachen. Und es war nicht die Kleidung irgendeiner beliebigen Frau. Sondern deine. Manches davon hatte ich dich selbst tragen sehen, anderes entdeckte ich hier im Zimmer, auf den Fotos an der Wand. Ich öffnete einen Karton, der neben der Kommode stand. Er war voll getragener Schuhe. Ganz oben lagen abgewetzte Converse All Stars. Es gab noch weitere Kisten, doch als ich sie gerade öffnen wollte, hörte ich draußen jemanden mit leiser Stimme reden. Ich sah aus dem Fenster. Es war Ben. Er zerrte sein Fahrrad die Stufen zur Haustür hoch und murmelte verärgert vor sich hin.

Sofort packte mich die Angst. Eine wilde, unkontrollierbare Angst. Ich rannte aus dem Zimmer, trat dabei Gegenstände aus dem Weg. Fast wäre ich die Treppe hinuntergefallen. Ich hörte, wie Ben mit seinen Schlüsseln klimperte und dabei Selbstgespräche führte. Es gab nur eine Richtung, in die ich laufen konnte, ins Wohnzimmer, und dann raus durch die Hintertür. Aber das war nicht so einfach, denn der Weg war dank der Lawine, die ich auf dem Hinweg ausgelöst hatte, blockiert. Ich musste über einen hüfthohen Müllstapel klettern, um hinauszugelangen. Ungelenk, wie ich mit meinem angeknacksten Knöchel war, trat ich auf etwas und löste eine neue Lawine aus. Und eine Menge Lärm. Ich erstarrte und betete, dass er nichts gehört hatte. Aber das hatte er. Ich hörte, wie die Tür sich schloss. Dann ging das Wohnzimmerlicht an.

Status: *ungelesen.*

Von: Nika Lukina
An: Jen Lukina

Freitag, 26. Juni 2015
8:03
Bright Eyes – *Haligh, Haligh, A Lie, Haligh*

Als Ben mich sah, wirkte ich wahrscheinlich wie ein Reh im Scheinwerferlicht. Genau genommen sahen wir beide so aus – erstarrt und verängstigt. Doch es dauerte nur eine Sekunde, bis Bens Blick von Zorn erfüllt wurde.

»Du bist es! Du schon wieder! Du bist in mein Haus eingebrochen!«, rief er mit hoher Stimme.

Ich trat einen Schritt zurück, doch es gab kein Entkommen.

»Hör zu, Ben, ich weiß, wie das hier aussieht. Aber die Tür stand offen, und ich … dachte … Ich dachte, du wärst zu Hause und hättest mein Klopfen nicht gehört.«

»Du lügst! Ich habe zwei Schlösser!« Er schwitzte heftig. »Das ist nicht nur unerlaubtes Betreten, das ist Einbruch!«

Er trat zur Seite und griff nach dem Telefon an der Wand.

»Ben … Ich wollte bloß mit dir über meine Schwester reden und sehen …«

»Was sehen?«

»Was du hier drin versteckst. Ich hab das Zimmer oben entdeckt und …«

»So, du hast es entdeckt! Und? Bist du jetzt zufrieden?«

Er nahm das Telefon in die Hand. Plötzlich verließ mich jegliche Kraft, und ich sackte zu Boden. Das war's: Ich war am Ende, er rief die Bullen an. Ich zermarterte mir das Gehirn auf der Suche nach einem Ausweg, aber letztendlich war es nicht das Gehirn, das mir zu Hilfe kam, sondern meine Hand. Ich ertastete etwas Kaltes, Langes auf dem

Fußboden, ein Stück Metall. Ich packte es und sprang auf. Es war ein alter, verbogener Mikrofonständer. Ich ging auf Ben zu, und er wich zurück.

»Leg den Hörer auf, du Irrer!«, schrie ich. »Du rufst die Bullen doch sowieso nicht an. Du bluffst bloß. Du hast ein ganzes Zimmer voller Sachen, die meiner verschwundenen Schwester gehören – ein richtiger Altar! Ist sie auch hier? Hast du sie umgebracht?«

Ich stieß meine Waffe in ein paar Müllsäcke, so, als suchte ich wirklich nach einer Leiche. Bens Gesichtszüge entgleisten, er ließ das Telefon fallen und sank auf die Knie.

»Hab ich recht? Ist sie hier?« Ich trat noch einen Schritt näher und schwang den Ständer über seinem Kopf. »Sag schon, verdammt! Was hast du meiner Jen angetan?«

Eine große Träne lief ihm über die Wange, direkt gefolgt von einer zweiten.

»Red, verdammt! Du Schwächling!«, rief ich und fühlte mich fast wie Chris MacConnell. »Wo ist meine Schwester?«

»Ich … Ich weiß nicht, wo sie ist … Tut mir leid …« Er weinte jetzt hemmungslos, sein Gesicht war rot und fleckig. Seine Verletzlichkeit brachte mich aus der Fassung. Ich wusste nicht mehr, was ich sagen oder tun sollte. Mit Schreien würde ich wahrscheinlich nichts mehr erreichen.

»Woher hast du ihre Sachen?«, fragte ich ruhiger und senkte den Arm mit meiner Waffe.

»Von Hannah. Sie …«

»Hannah? Ben, bitte hör auf zu weinen. Ich verstehe nicht, was du sagst.«

»Hannah hat mich gebeten, ihr zu helfen, ihre Sachen … loszuwerden.« Er umklammerte seine Knie. »Ich hab alles in den Kofferraum ihres Wagens gelegt und zu einem Wohltätigkeitsladen gebracht. Aber dann konnte ich es nicht weggeben, es ging einfach nicht. Ihre Kleidung … Sie roch immer noch nach ihr.«

Mir wurde das Herz schwer, denn dieses Gefühl kannte ich nur zu gut.

»Wann war das?«

»Drei Monate nach ihrem Verschwinden, als Hannah bei Mark einzog und …« Dann hörte ich nur noch Schluchzen und Stottern. Ich legte den Mikrofonständer beiseite, setzte mich neben Ben und klopfte ihm beruhigend auf den Rücken. Er wandte mir sein Gesicht zu, es war ein bemitleidenswerter Anblick.

»Tut mir leid, dass ich dich so angebrüllt hab, Ben.« Ich strich ihm leicht über den Unterarm. »Aber ich lasse dich erst in Ruhe, wenn du mir erzählst, was du weißt. Und du musst etwas wissen. Was ist mit ihr geschehen? Warum hat Chris dein Wohnmobil gekauft? Erzähl es mir einfach. Dann gehe ich und werde dich nie wieder belästigen. Versprochen.«

»Okay.« Er nickte.

»Können wir bitte draußen reden? Es ist ein bisschen … stickig hier drinnen.«

»Klar.« Er schenkte mir ein trauriges kleines Lächeln.

Ich stand auf, nahm ihn an der Hand und zog ihn hoch. Er war so leicht. Wir setzten uns auf die Terrasse. Die Luft war frisch und voller Sauerstoff, sodass mir leicht schwindlig wurde. Ben wischte sich mit dem Ärmel übers Gesicht und starrte zu Boden.

»Ben?« Er antwortete nicht und schien völlig in seinen Erinnerungen versunken. »Alles in Ordnung?«

Er begann, sich langsam hin und her zu wiegen, und schien mich überhaupt nicht wahrzunehmen. Er wirkte katatonisch.

»Also gut, lass mich zuerst reden. Ich heiße Nika, ich bin einundzwanzig. Als ich dreizehn war, verschwand meine einzige Schwester Jenja. Drei Monate später starb meine Mutter an Krebs. Ich habe nie befriedigende Antworten auf die Frage bekommen, was mit meiner Schwester geschehen ist, weder von meinem Vater noch von der Polizei. Im Wesentlichen hieß es, sie sei wahrscheinlich abgehauen, weil sie in irgendwelchen Schwierigkeiten steckte. Niemand scherte sich darum, keine Menschenseele, und nach dem Tod meiner Mutter war das Thema sogar für mich erst mal nicht mehr besonders wichtig. Aber die Vergangenheit holt einen irgendwann ein, weißt du? Jedenfalls entdeckte ich vor Kurzem ein Video von ihr in Glasto. Ich weiß, dass du auch dort warst, genau wie Chris und Mark. Und ich weiß, dass dort irgendwas passiert ist. Und dass du ganz genau weißt, *was* passiert ist, Ben. Deshalb hast du dich geweigert, mit mir zu sprechen. Aber ich werde nicht aufhören, ich werde dich nicht in Ruhe lassen. Ich muss die Wahrheit wissen, um mich wieder auf mein eigenes Leben konzentrieren zu können. Ich muss das große, schwarze Loch schließen, das ich in meiner Brust spüre.« Ich hielt kurz inne, um Atem zu schöpfen. »Weißt du, Ben, ich verstehe gut, dass du nicht mehr zu dieser Welt gehören willst, warum du allein wohnst und mit keinem mehr redest. Den Menschen ist scheißegal, was mit anderen geschieht, scheißegal. Das schockiert mich immer wieder. Ich hasse die Menschen. Und die Welt. Aber ich vermisse Jen unglaublich, Ben. Erzähl mir einfach von dem Abend, bitte. Auch wenn es schlimm ist, ich muss es wissen.«

Er wandte mir das Gesicht zu, und ich sah, dass meine Worte zu ihm durchgedrungen waren.

»Okay, ich werde dir alles erzählen.«

»Danke.«

Er schloss die Augen und sprach mit leiser, ruhiger Stimme.

»Als ich sie an diesem Abend sah, spürte ich sofort, dass etwas nicht stimmte. Die Magie war verschwunden. Unübersehbar.«

»Zwischen Jen und Chris?«, unterbrach ich ihn.

Er schaute mich an, und seine grauen Augen wirkten überraschend klar.

»Kapierst du es nicht?« Er blinzelte. »Es ging nicht um sie. Sie war nur ein Katalysator für die Tragödie zwischen den beiden. Die Geschichte drehte sich um Chris und Mark. Alle anderen sind nur Zuschauer. So ist es immer gewesen.«

Das war wirres Zeug, aber ich wusste ja schon, dass er ziemlich verpeilt war, also ließ ich ihn reden, ohne ihn noch einmal zu unterbrechen.

»Und so wird es auch immer sein, glaub mir. Hugh ist bloß ein vorübergehendes Hindernis. Und das galt auch für deine Schwester. Beide sind bloß Sackgassen, Umwege auf ihrem Weg zum riesengroßen Traum.« Mit einem Stock malte Ben einen Kometen mit langem Schweif in den Boden. »Bist du Chris schon begegnet? Er ist ein wildes Tier, das gezähmt werden muss, und nur Mark kann mit ihm umgehen. Zwischen ihnen besteht diese Verbindung, schräg und einzigartig. Sie kannten sich schon als Jungen, sie verstanden sich ohne Worte, waren wie ein einziges Lebewesen. Oder ein Geist, auf zwei Körper verteilt. Als sie mit der Band anfingen, waren sie gerade fünfzehn. Jedes erfolgreiche Duo in welchem Lebensbereich auch immer, Musik oder Politik oder Wirtschaft, ähnelt irgendwie Mark und Chris. Ein inspirierender, lauter Spinner und ein stiller, talentierter Denker. Chris ist ein großartiger Frontmann, er könnte der nächste Jagger oder Morrison werden. Und Mark ist ein fantastischer Songwriter, ein wahrer Künstler, der lieber im Schatten bleibt. Sie haben sich perfekt ergänzt. Sie schrieben ihre Texte auf Einwegservietten oder auf dem Papier aus Zigarettenpäckchen und komponierten dazu wunderbare Musik. Auch ich gehörte dazu. Wir spielten in Pubs und auf Hochzeiten, wir träumten vom Erfolg. Nach der Schule ging Mark aufs College, und Chris wurde Bauarbeiter. Sein ganzes Geld ging für Platten und Alkohol drauf. Ich arbeitete im Indie-Plattenladen von Notown. Dann spielten wir zum ersten Mal im *Dublin Castle* in Camden Town. Langsam, aber sicher ging es mit uns nach oben. Wir spielten unsere Gigs, gingen gemeinsam aus, warfen Acid ein und schrieben zusammen Musik.«

Er musste kurz Atem holen.

»Chris ist ein genialer Sänger. Von Geburt an, als wäre sein Talent einfach eine normale Körperfunktion. Und er ist für die Bühne geboren. Aber seine Fähigkeit verwandelte sich bald in eine Abhängigkeit. Es ist wie mit dem Zungenrollen – entweder du kannst es oder du kannst es nicht, und lernen lässt es sich nicht. Jetzt stell dir vor, du kannst deine Zunge besser rollen als jeder andere, aber irgendwas hält dich davon ab, es die ganze Zeit über zu tun. Dann wirst du verrückt und gehst die Wände hoch, weil du es unbedingt willst. Es verbrennt dich innerlich. Und weil du es nicht tun kannst, rennst du rum und zerstörst alles Mögliche, auch dich selbst. So fühlt sich Chris ohne Mark, weil nur Mark weiß, wie seine Sucht zu stillen ist. Es war ihre Musik, die den Dämon gezähmt hat. Das war keine Chemie, sondern Alchemie. Ganz normale Dinge, die für die meisten Leute uninteressant sind und die Chris und Mark in ihrem Alltag auffielen, verwandelten sie in pures Gold. Es war abgedreht und wild und schön, sie zusammen Songs schreiben zu sehen, Nika. Aber das fehlt ihnen beiden jetzt, und deshalb drehen sie durch. Wir waren auf dem Weg, die beste Band der Welt zu werden, aber dann … kam deine Schwester. Wir begegneten ihr in einer für uns ganz entscheidenden Phase – als wir nach jahrelanger Mühe endlich etwas zu erreichen schienen, als uns der große Durchbruch winkte.«

Ben musterte mich gründlich, als suchte er in meinem Gesicht nach Spuren von dir.

»Ich glaube, sie war eine Hexe. Nicht wie im Märchen, mit Besenstiel und schwarzer Katze, sondern eine reale, die wirklich Satan diente. Und das denke ich wegen dem, was sie … uns … angetan hat. Sie gab Chris das Gefühl, als wäre er schon ein Rockstar, als wäre alles schon unter Dach und Fach und er der verdammte Liam Gallagher. Weißt du, wenn ein Mädchen wie sie mit dir zusammen ist, musst du nichts mehr tun, du bist obenauf und hast das Gefühl, dass es nicht mehr viel besser werden kann. Aber sie war kein scheues, genügsames Groupie. Sie hatte ihre Launen, und immer, wenn sie sich nicht gerade um den Verstand vögelten, stritten sie rum und warfen sich irgendwelche Gegenstände an den Kopf. Sie erzählte allen aus der Band, dass Chris ein Genie und der Bandleader wäre. Und so oft, wie sie ihm erklärte, er wäre ein Rockstar, glaubt er das wahrscheinlich heute noch. Sie ließ ihn von der Leine, war aber nicht in der Lage, ihn zu zähmen. Sie beschwor eine Katastrophe herauf.

Zuerst hab ich ihr einfach zugesehen. Manchmal lächelte sie mich an, fast als würde ich existieren. Ich weiß noch, wie ich, als ich zum ersten Mal ihr Shampoo roch, heimlich ein Haarband mitnahm, das sie im Haus mit der roten Tür vergessen hatte. Kurz nachdem sie auftauchte, gingen die Streitereien zwischen Mark und Chris los. Chris schwänzte Proben und ignorierte Marks Bitten, sich vor den Gigs nicht total zuzudröhnen. Der Durchbruch war so nah, dass wir ihn beinahe anfassen konnten. Mark spürte das und war total nervös. Die Spannung wurde unerträglich. Dann trennte Chris sich von ihr – die erste von vielen Trennungen. Er widmete sich wieder der Band, und alles war toll. Aber sie hatte eine verrückte Macht über ihn. Wenn er sie zusammen mit anderen Männern sah, verlor er einfach die Kontrolle. Sie wusste das, und so kam deine Schwester eines Tages, nach einem heftigen Streit mit Chris, zu mir. Wir waren beinahe einen Monat zusammen. Vier Samstage, an denen wir hier aufwachten, einen Zug in die Stadt nahmen, händchenhaltend über die Market Street liefen und Kirschen und Äpfel kauften, die wir ungewaschen aßen. Vier Sonntage, an denen sie in dieser Küche Kaffee machte, nackt, mit einer Zigarette im Mund, und an denen wir uns auf dem Wohnzimmerboden zu *Revolver* von den Beatles liebten, zum kompletten Album in Endlosschleife. Sie kam ins Haus mit der roten Tür, wir küssten uns heimlich im Bad, und manchmal bumsten wir schnell und laut in Chris' Schlafzimmer, während er zusammen mit Mark unten war. Sie tanzte zu den Songs, die wir spielten, durchs ganze Zimmer, high und mit weit aufgerissenen Augen. Ich wusste, dass es nicht echt war, dass sie eine Show für Chris abzog. Und trotzdem ist mir bis heute nie etwas Besseres passiert.«

Bens Blicke waren unruhig, seine Wangen gerötet. Er dachte an dich, beschrieb deinen Geruch, dein Lachen, deinen Körper, deine Hände, deine Angewohnheiten, alles, was ich schon immer über dich hatte wissen wollen. Ich hatte Angst. Angst vor der Macht, die du noch immer über diesen armen Mann hattest. Und ich war wütend, stinkwütend über das, was du ihm angetan hast.

»Sie kam zu unserem Gig im *Dublin Castle,* was sie nicht sollte, aber trotzdem tat. Und Chris sang für sie diesen Song, *What Katie Did* von den Libertines, es war ihr Lied. Zehn Minuten später kniete sie vor ihm auf der Herrentoilette. Nicht mal die Tür haben sie geschlossen. Sie sagte anschließend nur: ›Es tut mir so leid, Ben, aber du wusstest es.‹ Und sie hatte recht. Ich liebte sie so sehr, aber ich wusste auch, dass sie zu wild für mich war, zu schön, zu exotisch. Aber schließlich können wir uns nicht aussuchen, in wen wir uns verlieben. An diesem Abend begriff ich, warum Seeleute keine Frauen an Bord haben wollen. Und irgendwie wusste ich, dass es für uns alle ein schlimmes Ende nehmen würde. Sie hat alles kaputt gemacht.«

Ich fühlte mich den Tränen nahe. Ich konnte es nicht glauben und wusste gleichzeitig, dass es stimmte. Du warst ein Monster und hast das ganze Leben dieses Mannes ruiniert.

Status: *ungelesen.*

Von: Nika Lukina
An: Jen Lukina

Freitag, 26. Juni 2015
8:22
Kubb – *Burn Again*

»Ich weiß nicht, was beim Festival genau passiert ist. Gleich als wir ankamen, hatte ich das Gefühl, dass irgendwas nicht stimmte«, sagte Ben leise und starrte dabei auf seine abgewetzten Turnschuhe. »Es begann schon am Abend zuvor. Die Band – Chris, Mark, Hugh und ich – traf sich im Haus mit der roten Tür zur letzten Probe vor der großen Show. Ich glaube, keiner von uns hätte sich in dem Moment vorstellen können, dass es unsere letzte gemeinsame Probe sein könnte oder dass es der Anfang vom Ende war. Alles sah vielversprechend aus. Chris und deine Schwester hatten sich einen Monat zuvor getrennt, und er brachte praktisch jeden Abend ein neues hübsches Mädchen mit nach Hause. Er hielt sich mit Alkohol und Drogen zurück und schrieb zusammen mit Mark an neuem Material. Wir versuchten, die Ruhe zu bewahren, obwohl jeder wusste, wie viel von unserem Auftritt in Glasto abhing. Ungefähr in der Mitte der Probe wollte Chris eine Zigarettenpause machen und ging zum Rauchen in den Garten. Wir anderen wollten eigentlich mitgehen, aber irgendwas hielt uns davon ab. Dann hörten wir das Fluchen und Schreien. Sie war im Nachbargarten und nahm ein Sonnenbad oben ohne. Irgendein Typ, ein Student, der ein paar Wochen vorher eingezogen war, cremte ihr die Oberschenkel ein. Dabei lächelte sie Chris triumphierend an. Er sagte, er wünschte, sie würde krepieren. Dann stürmte er los. Etwa eine Stunde später tauchte er sturzbesoffen mit zwei Mädchen auf. Wir warteten immer noch, dass er sich beruhigte und zurück zur Probe kam. Mark wurde langsam nervös, gab sich aber ganz gelassen und sagte, Chris bräuchte wohl ein bisschen Zeit, um runterzukommen. Chris nahm die Mädchen mit nach oben, ich hörte sie lachen. Hugh und Mark wollten Essen besorgen. Der Plan war, Chris gut zu füttern, ihn ein bisschen auszunüchtern und dann weiter zu proben. Ich blieb im Wohnzimmer und wartete auf der Couch. Da kam sie herein. Sie war wieder angezogen und lächelte mich freundlich und ein bisschen schuldbewusst an. Sie fragte nach Chris, begriff die Situation aber, ehe ich etwas sagen konnte. Dann weinte sie leise, vergrub ihr Gesicht an meiner Schulter und fing an, mich auf den Mund zu küssen wie ein Fisch, der nach Wasser schnappt. Aber ich konnte nicht … Ich wusste, dass sie mich nicht liebte und niemals lieben würde. Ich schob sie weg und ging. Sie hatte genau das T-Shirt an, das du jetzt trägst.«

Ich starrte auf den grinsenden Schädel auf meiner Brust. Mein Kopf fühlte sich taub an.

»Ich weiß nicht, ob die Jungs noch gespielt haben, nachdem ich weg war, aber irgendwas muss passiert sein. Denn als ich sie das nächste Mal sah, redeten sie nicht miteinander. Marks Lippe war aufgeplatzt, und Chris' linkes Auge war blau. Ich stellte keine Fragen, und sie erzählten nichts. Wir stiegen einfach in mein Wohnmobil und fuhren zum Festival. Es war sechs Uhr morgens.« Ben atmete durch. »Wir waren am späten Nachmittag dran. Ich war so nervös, dass ich vor dem Auftritt eine halbe Flasche Gin trank. Unsere Musik war auf Myspace ziemlich populär, sodass trotz der relativ frühen Uhrzeit ein Haufen Leute gekommen waren, um uns spielen zu sehen. Jedenfalls war die winzige Bühne von einem frierenden, vom Vorabend verkaterten Publikum umstellt – Jungs und Mädels in Gummistiefeln und Regenmänteln über ihren Badesachen. Damals war der Sommer ziemlich feucht. Kurz bevor wir loslegten, sah ich, dass Noel höchstpersönlich aus dem Backstage-Bereich zuschaute. Mein Herz stand still, unser Alles-oder-nichts-Moment war gekommen. Ich wusste, dass auch Musikjournalisten und Vertreter von Plattenlabels dort draußen waren. Wir galten als das kommende Ding. Und weißt du, für mich war es das großartigste High aller Zeiten. Ich hab mich niemals besser gefühlt als während dieser vierzig Minuten, in denen ich von ganzem Herzen glaubte, dass alles möglich wäre, dass wir es schaffen könnten. Aber ich irrte mich. Ich meine, wir hatten unseren Durchbruch, und ich spielte bei Jools Holland und Jonathan Ross und sah mein Gesicht auf Plakaten. Aber nichts hat je den Moment getoppt, in dem wir an diesem verregneten Sommernachmittag die winzige Bühne gerockt haben.« Ben hörte auf zu reden und sah mich mit Tränen in den Augen an. »Vielleicht lag es daran, dass sie uns zuschaute. Sie stand in der ersten Reihe, schön und wild, barfuß, mit einem Blumenkranz in den Haaren. Und während sie uns zuschaute, waren wir tatsächlich die beste Band der Welt.« Er seufzte.

»Hast du nachher noch mit ihr gesprochen?«

»Nein. Ich ging an die Bar und betrank mich. Dann spürte Mark mich auf und sagte, Noel hätte uns zu seiner Party am Abend eingeladen. Aber ich ging nicht hin. Stattdessen lief ich übers Gelände, schaute mir andere Bands an, trank noch mehr und war irgendwann klatschnass und von oben bis unten voller Schlamm. Dann ging ich schlafen. Mark weckte mich am anderen Morgen und sagte, Chris sei nicht mehr in der Band. Außerdem würden wir als Vorgruppe mit Noel und Liam auf Tour gehen. Ich sah Chris erst wieder, als er mir mein Wohnmobil abkaufte, aber ich stellte ihm keine Fragen, so nahe standen wir uns nicht. Und sie … Ich hab sie nie wiedergesehen.«

Er atmete schwer und blinzelte in schneller Folge, als wäre er aus einem langen, allzu vertrauten Albtraum erwacht.

»Warum hast du die Band verlassen, Ben?«

»Ich konnte nicht damit umgehen, ich bin einfach nicht

dafür geschaffen. Ich bin weder ein verwöhnter Schönling wie Hugh noch ein Genie wie Mark. Und sicher nicht so durchgeknallt wie Chris. Ich bin bloß ein ganz normaler Typ, der gern ein paar Songs spielt. Vielleicht lasse ich mich manchmal ein bisschen zu leicht beeindrucken. Ich hab das Drum und Dran gehasst, das der Erfolg mit sich bringt. Die Mädchen, die dich hingerissen anschauen, sich die Lippen lecken und dir einen blasen, nur damit sie näher an den Leadsänger rankommen. All diese Aufmerksamkeit … es war irrsinnig, abschreckend. Diese Mädchen wollten eigentlich gar nicht mich … genau wie deine Schwester. Sie benutzten mich mehr, als ich sie benutzte. Ich war immer der dritte Kerl, der Schlagzeuger, an dessen Namen man sich nicht wirklich erinnerte. Die anderen Jungs liebten es, sogar Mark. Er hatte Groupies, die wirklich auf ihn standen und versuchten, ihn in Gespräche über Poesie und russische Klassiker zu verwickeln – und ihm dann auf die Herrentoilette folgten. Zu der Zeit begriff ich auch, dass wir – als Band – wiederum von den Bossen des Plattenlabels benutzt wurden. Wir *mussten* diese Gigs spielen, diese Interviews geben und diese CDs aufnehmen. Wir mussten sogar diese Mädchen vögeln. Es gehörte zum Geschäft. Es war Routine. Vielleicht hatte Chris recht, dass er dagegen rebellierte. Vielleicht ist es besser, wenn die Leute dir einfach ein Bier ausgeben, um ihre Dankbarkeit zu zeigen, wie neulich bei Chris' Auftritt. Vielleicht sollte der Rock 'n' Roll gegen die Industrie und den Kapitalismus rebellieren, statt sich zum Marketingwerkzeug zu machen. Die Bands, die groß rauskommen, sind nicht automatisch die besten, sondern die zweckdienlichsten. Wir waren nicht mehr einzigartig, nicht mehr die beste Band der Welt. Ich begriff das, als wir nach dem Glasto-Gig anfingen, ohne

Chris aufzutreten. Plötzlich bekam ich vor den Konzerten Panikattacken. Das wurde schnell zum Problem, also beschloss ich aufzuhören.«

Dann war er also neulich im *Queen's Head,* dachte ich.

»Und du vermisst es nicht, reich und berühmt zu sein?«

»Kein bisschen. Ich hatte meine fünfzehn Minuten.«

»Ich glaube, ich verstehe, was du meinst.« Ich seufzte. »Und Hugh? Hat es ihm gefallen, anstelle von Chris im Zentrum der Aufmerksamkeit zu stehen?«

»Hugh? Ich kenne ihn nicht gut genug, um sagen zu können, wie es sich für ihn anfühlte, buchstäblich zum Star der Show zu werden, und das über Nacht. Zwischen ihm und Chris hat es niemals böses Blut gegeben. Selbst nach seinem Abgang hat Chris ausschließlich Mark die Schuld gegeben. Hugh ist okay, er ist ein anständiger Sänger und ziemlich professionell, aber nicht annähernd so gut wie Chris. Ihm fehlt das Brennende, Selbstzerstörerische, der wahre Rock 'n' Roll.«

»Und trotzdem tritt er in Wembley vor einem ekstatischen Publikum auf.«

»Vor einem ekstatischen Publikum aus Teenager-Mädchen.« Ben lächelte. »Zwei Drittel der Besucher bei ihren Konzerten sind Mädchen, und das letzte Drittel sind Jungs, die auf die Mädchen stehen, die auf die Jungs aus der Band stehen. Ihre Musik ist cool, hip und professionell rübergebracht. Und Hugh macht seinen Job richtig gut, wenn es darum geht, den Rockstar zu spielen.«

Mit einem süffisanten Grinsen fuhr Ben fort: »Manchmal glaube ich, dass irgendwann im Lauf der Zeit jemand ihren Traum ausgetauscht hat, ohne dass sie es auch nur bemerkt haben. Denn ich kann mich nicht daran erinnern, dass wir damals, als wir im Haus mit der roten Tür die ganze

Nacht Gitarre spielten und high wurden, davon träumten, die nächsten Coldplay zu werden.«

Ich nickte nur, denn ich wusste genau, was er meinte.

»Ich erinnere mich an den Abend, an dem ich Hugh kennenlernte. Es war in London, nach einem unserer Gigs. In jener Woche lief unser Song zum ersten Mal auf X FM, also muss es Februar gewesen sein. Hugh gab uns eine Runde aus und lud uns dann in seine Wohnung in der Nähe von Camden Lock ein. Wir tranken noch ein bisschen was und machten Musik, es war ein guter Abend. Ein paar Tage später fragte uns Mark, was wir davon hielten, wenn Hugh als Gitarrist in die Band einstieg. Chris war nicht mal sauer, für ihn schien es in Ordnung zu sein. Deine Schwester war die Einzige, die mit der Entscheidung nicht einverstanden war. Sie beharrte darauf, dass es Chris' Job war, Gitarre zu spielen, auch wenn alle – Chris selbst eingeschlossen – wussten, dass er damals kein sonderlich guter Gitarrist war. Sie hörte gar nicht mehr davon auf und provozierte einen heftigen Krach zwischen Chris und Mark. Nach ein paar Tagen hatte sich der Sturm gelegt, und alles war prima.

Dass Hugh singen konnte, war uns nicht klar gewesen, bis er zufällig beim nächsten Gig ein bisschen Hintergrundgesang beisteuerte. Es klang ziemlich gut. Von der Zeit ab übernahm Hugh das Singen, wenn Chris mal wieder eine Probe ausfallen ließ. Wir alle mochten ihn, denn trotz seines vornehmen Auftretens und seiner Erziehung konnte man locker mit ihm reden, sogar ich. Er schien sich für unsere Musik zu begeistern und hatte immer Geld für Getränke und Benzin. Er war das totale Gegenteil von Chris – der irgendwie ständig wütend, neben der Spur und pleite war. Obwohl ich zugeben muss, dass er den Großteil unserer Ausrüstung mit diversen Kreditkarten besorgt hat.«

»Und trotzdem hatte er genug Geld für dein Wohnmobil.«

Ben lachte.

»Das hat er immer noch nicht vollständig bezahlt, weißt du?«

Ich lächelte erleichtert. Das bedeutete, dass er dein Geld nicht genommen haben konnte. Oder zumindest erschien es weniger wahrscheinlich.

»Du hast eben davon gesprochen, dass Hannah damals bei Mark eingezogen ist. Waren sie zu dem Zeitpunkt schon länger zusammen?«

»Ich glaube nicht, nein. Hannah war irgendwie immer da. Sie brachte übrig gebliebenes Essen aus dem Pub, half uns bei unseren Finanzen, machte uns mit Ali bekannt – möge Gott seiner armen Seele gnädig sein. Ich glaube, Mark mochte sie schon, als sie noch Kinder waren. Er nannte sie nie beim Vornamen und war zu schüchtern, um sie zu berühren.«

»Mochte sie ihn auch?«

»Ja, nach einer Weile.«

»Aber war sie nicht eigentlich in Chris verliebt?«

Ben rollte die Augen.

»Zwischen ihnen lief es schon seltsam. Hannah und Mark hatten diese On-Off-Geschichte, meistens off. Jeder wusste, dass Mark in sie verliebt war. Chris behandelte sie, als wäre sie einer der Jungs, trotz ihrer offensichtlichen Avancen. Eine Weile wohnte sie in Chris' freiem Zimmer. Aber das war vor deiner Schwester. Als Chris mit Jen zusammenkam, verschwand Hannah für eine Weile von der Bildfläche. Später, nachdem Chris die Band verlassen hatte, ging sie häufiger mit Mark aus, und irgendwann verlobten sie sich und zogen nach London. Nachdem sie ihre Tochter bekommen hatten, dachten alle, sie würden heiraten.«

»Oh, wow! Ich wusste nicht, dass sie noch immer ein Paar sind.«

»Das sind sie auch nicht. Ungefähr vor drei Jahren hatte Chris eine ernsthafte Krise, und Hannah kehrte nach Notown zurück, um sich um ihn zu kümmern. Sie ließ ihre Tochter bei Mark zurück. Ich glaube nicht, dass die beiden noch zusammen sind, aber wer weiß. Diese Dreiecksgeschichte war für mich schon immer ziemlich mysteriös.«

Ich erinnerte mich daran, dass Hugh davon gesprochen hatte, Chris hätte Mark die Frau ausgespannt. Langsam schien Hannahs Verhalten mehr Sinn zu ergeben. Sie hasste dich. Die Frage war, ob sie dich genug hasste, um deinen Tod zu wollen. Auf jeden Fall hat sie für Chris viel geopfert, und damit meine ich nicht nur ihre katholische Jungfräulichkeit. Sie verließ ihr Kind und verriet den Mann, der sie sein Leben lang geliebt hatte. Es klang ein bisschen nach Shakespeare oder *EastEnders*.

»Hast du nicht gesagt, dass sie dich um Hilfe bat, als es darum ging, Jens Sachen zu entsorgen?«

»Ja. Sie zog damals aus. Alles stand in ihrem Zimmer, seit sie das Zimmer deiner Schwester hatte aufgeben müssen, weil niemand mehr die Miete dafür bezahlte. Zu der Zeit lebte jemand anderes in diesem Zimmer. Ich holte die Kartons ab und … brachte sie her. Und dann stellte ich sie in das leere Zimmer oben, in der Hoffnung, dass sie eines Tages zurückkommen und danach fragen würde. Dann wäre ich der Held gewesen, der alles jahrelang für sie aufbewahrt hat. Ich weiß, dass sie nicht zurückkommt, und trotzdem. Alles wegzugeben käme mir schrecklich vor.«

Ich dachte daran, wie Papa deine und Mamas Sachen in Kartons gepackt und in unsere *datscha* gebracht hat.

»Hat damit deine Angewohnheit angefangen, Sachen … zu sammeln?«

Er zuckte die Achseln.

»Deine Küche … Wie lange ist sie schon so?«

»Keine Ahnung, ein paar Jahre.«

»Wo isst du?«

»Oben. Oder außer Haus.«

Ben zündete sich eine Zigarette an und inhalierte tief. Er tat mir leid, aber ich wusste nicht, wie ich ihm helfen sollte.

»Ich schäme mich so, dass du das Haus in diesem Zustand gesehen hast«, sagte er und stieß eine schmale Rauchfahne aus. »Seit fast vier Jahren ist niemand mehr hier gewesen.«

»Nicht mal ein Installateur oder Elektriker?«

»Nein.«

»Das ist ziemlich gefährlich.«

»Ich weiß.«

»Und du bist Raucher.«

»Ich weiß.«

Ich wusste nicht, was ich noch sagen sollte. Es war Ben, der das Schweigen brach.

»Ich hab dich erkannt, als ich dich neulich Abend im Pub gesehen hab. Von den Fotos in ihrem Album.«

»Echt?«

»Ja.«

Er musterte meine Gesichtszüge auf der Suche nach Ähnlichkeiten mit dir. Noch so etwas Verstörendes, an das ich mich in den letzten paar Tagen hatte gewöhnen müssen. Es machte mich verlegen.

»Wie heißt du auf Myspace?«, fragte Ben plötzlich.

»Myspace? Das gibt's noch immer?« Ich war überrascht.

»Wie meinst du das?«

Bevor ich antworten konnte, meldete sich das Telefon in meiner Jacke. Eine Message von Meg war eingegangen.

»Chris hat eine unbezahlte Verwarnung wegen Falschparkens am 13. Juli 2007 in Notown. Er war es also nicht, der an diesem Tag Jens Smartphone benutzt hat. Hab ich gleich gesagt.«

Ich strahlte beim Lesen.

»Gute Neuigkeiten?« Ben lächelte.

»Ben.« Ich stand auf. Die Message gab mir einen guten Vorwand, mich zu verabschieden. »Ich bin ziemlich spät dran. Ich muss langsam los. Es war schön, sich mit dir zu unterhalten. Danke. Und es tut mir leid, dass ich ... uneingeladen gekommen bin.«

Ich beugte mich zu ihm und nahm ihn sanft in den Arm, so, wie man es mit alten Leuten macht. Er wirkte ziemlich zerbrechlich, und seine Kleidung stank nach dem Haus.

»Danke fürs Vorbeikommen.« Wieder lächelte er.

Ich schaltete deinen iPod ein und ging so zügig ich konnte los. Ich wollte nicht allzu viel über die Einzelheiten nachdenken, die ich gerade über dich und alle anderen erfahren hatte, die zu diesem riesigen Kuddelmuddel namens »die guten alten Zeiten« gehörten. Aus irgendeinem Grund musste ich stattdessen an John Lennon und Paul McCartney denken. Was hätte Paul wohl getan, wenn er vorher gewusst hätte, was Yoko der Musik von ihm und John antun würde, ihrer Freundschaft, ihrer Band?

Ich stand auf dem winzigen Bahnhof und wartete auf den Zug zurück nach Notown. Die Digitaluhr über meinem Kopf zeigte 19:11 Uhr. Die Sterne waren bereits zu sehen, winzige pinkfarbene Flecken, die im mächtigen Widerschein der Stadtlichter zu ertrinken drohten. Ich stellte mich unter die einzige Überwachungskamera, da ich das Gefühl hatte, beobachtet zu werden. Ich hatte Angst, jemand könne mich vor einen durchfahrenden Zug stoßen. Vielleicht hatte ich ja Grund zu dieser Angst? Jetzt, wo ich das hier schreibe, bin ich beinahe überzeugt davon.

Mein Zug sollte in sechs Minuten eintreffen. Ich ließ die Uhr nicht aus den Augen. Dann plötzlich vibrierte das Telefon in meiner Tasche. Ich schreckte zusammen und drehte mich um. Die Tür zum Bahnhofsgebäude schwang langsam hin und her, als hätte gerade jemand den Bahnsteig verlassen.

»Yo, Nike«, sagte eine fröhliche und vertraute Stimme am Telefon. »Kommst du heute Abend nach Hause?«

»Ja, ich bin auf dem Weg«, erwiderte ich, amüsiert darüber, dass Nick den Begriff »nach Hause« benutzte.

»Süß«, trällerte er. »Willst du mein kleiner Liebling sein und uns unterwegs etwas vom Chinesen besorgen?«

»Klar. Ich rufe an, wenn ich dort bin.«

»Danke! Und bis bald.« Er legte auf.

Der Gedanke an einen Abend mit den Zwillingen im Pub gab mir ein heiteres, warmes Gefühl. Der Sonne war untergegangen, und der kalte Wind trug den Geruch von frisch gemähtem Gras und Benzin mit sich.

Wieder klingelte das Telefon. Ich ging dran, ohne nachzuschauen, wer es war.

»Hier spricht der kleine Liebling«, meldete ich mich und musste kichern. »Hast du was vergessen?«

»Nika? Hallo, hier ist Ben«, sagte eine leise Stimme. »Ben, der Schlagzeuger.«

»Ben! Tut mir leid! Ich hatte jemand anderen erwartet! Was gibt's?«

»Bist du schon wieder in Notown?« Ich hörte, wie trocken sein Mund war.

»Noch nicht, aber am Bahnhof. Mein Zug muss jeden Moment kommen.«

»Verstehe.« Das Rascheln der Verbindung erinnerte mich an frisch gewaschene Laken in einem Hotel.

»Warum? Was ist los?«

»Es gibt noch etwas, das ich dir nicht erzählt hab.«

»Okay, dann sag's mir jetzt.«

»Ich weiß, dass …« Den Rest konnte ich nicht verstehen. Die Verbindung war so schlecht, dass ich nur Zischen und Knacken hörte.

»Ben?«

»… solltest zurückkommen … ihr … zeigen …«

Ich sah die Lichter des einfahrenden Zugs. Sollte ich einsteigen oder zu Ben zurückkehren?

»Ben, ich hab kein Wort verstanden, aber ich komme zurück. Okay? Setz den Kessel schon mal auf … falls du einen Kessel hast.«

Ich beendete das Gespräch. Die Tür des Bahnhofsgebäudes quietschte, als wäre gerade jemand nach draußen gekommen.

Status: *ungelesen.*

Von: Nika Lukina
An: Jen Lukina

Freitag, 26. Juni 2015
8:38
Interpol – *All Fired Up*

Auf dem Rückweg zu Ben – mein Knöchel machte mir wieder zu schaffen – sprang ich noch bei Tesco rein und kaufte eine Schachtel Jammy Dodgers, ein paar Sandwichs, eine Flasche Wasser, einen Viertelliter Milch und Pappbecher zum Trinken. Dann textete ich Nick, dass ich später kommen würde. Ich schätzte, dass ich den Acht-Uhr-Zug erwischen würde.

Im gelben Licht der Straßenlaternen wirkte die Straße wie gemalt. Irgendwo bellte ein Hund, dann ein zweiter. Wieder einmal sah ich auf meinem Weg zu einem dunklen Haus am Ende einer Straße Leute, die zu Abend aßen oder sich gemütlich auf ihre Sofas kuschelten.

Als ich an die Tür klopfte, bemerkte ich, dass sie einen Spalt offen stand. Ich steckte den Kopf hinein und rief nach Ben. Ich hoffte, dass der schreckliche Geruch mir nicht die Lust auf ein Sandwich und eine Tasse Tee verderben würde.

»Ben? Ich bin da!«, rief ich ins dunkle Haus hinein und lauschte. Eine Bodendiele knackte, dann wurde eine Tür geöffnet und wieder geschlossen. »Ben?«

»Komm rauf!«, antwortete er endlich.

»Bist du sicher? Draußen ist es warm, und man kann die Sterne sehen.«

Wieder Schweigen.

»Ben?«

»Bitte komm einen Moment rauf. Danach trinken wir draußen einen Tee.«

»Können wir den Tee nicht vorher trinken?« Um die Wahrheit zu sagen, wollte ich nicht noch einmal zurück in dieses Zimmer. Obwohl Ben auf mich wie ein harmloser Messie wirkte, kam mir das Zimmer – das ganze Haus eigentlich – wie die Kulisse für einen Horrorfilm vor.

»Nika, du musst das sehen.«

Ich benutzte mein Telefon als Taschenlampe, damit ich nicht über die Stapel von Müll, über halb volle Dosen Farbe und Petroleum, über Videokassetten und Plastikbeutel stolperte. Als ich die Treppe geschafft hatte, sah ich Licht unter der Tür zu dem freien Zimmer. Ich näherte mich auf Zehenspitzen und öffnete sie vorsichtig.

Ben saß mitten im Zimmer auf dem Boden, um sich herum ordentliche Stapel zerknitterter DIN-A4-Blätter, die mit winzigen, schrägen Buchstaben vollgeschrieben waren. Dazu alte Zeitungsausschnitte, Bücher und tonnenweise Fotos. Neben Ben stand ein leerer Pappkarton. Auf dem uralten Plattenspieler in der Ecke lief *The Man Who Sold the World* von David Bowie. Das matte, trübe Licht einer einzelnen Glühbirne ließ alles wie eine Szene aus *Sieben* wirken.

Ben klopfte auf ein freies Stück Fußboden. Ich setzte mich neben ihn und wartete, welche verrückte Geschichte er mir zu erzählen hatte.

»Warum hast du so lange gebraucht?«, fragte er. Seine Augen waren rot, als hätte er geweint.

»Ich hab bei Tesco was zu essen besorgt. Hier.« Ich reichte ihm die Tüte, die ich immer noch in der Hand hielt. »Was ist das alles?«

»Meine Nachforschungen.« Er blickte mich mit ausdrucksloser Miene an. »Du bist nicht die Einzige, die nach ihr sucht.«

»Hast du etwas herausgefunden?«

»Ja … nein. Vielleicht. Kommt darauf an, ob du bereit für die Wahrheit bist.«

Ich überflog die Zeitungsausschnitte. Auf mich wirkten sie ziemlich willkürlich zusammengestellt. Alles mögliche Zeug über die Sommersonnenwende, Vandalismus, eine Todesanzeige, ein Artikel über die Geschichte des Glastonbury Festival mit dem Schwarz-Weiß-Foto eines Mannes und einer Frau.

»Was weißt du über Glastonbury?«, fragte Ben mit ernster Miene.

»Es ist das berühmteste Musikfestival der Welt und …«

»Ich meine den Ort, nicht das Festival«, unterbrach er mich.

»Eine alte Stadt mit einer mittelalterlichen Kirche?«

»Ja und nein.« Ben fuhr sich mit beiden Händen übers Gesicht. »Was ich sagen will, klingt vielleicht verrückt, was mir völlig bewusst ist. Aber um deiner Schwester willen musst du mir unvoreingenommen zuhören.«

»Okay.«

»Glastonbury ist ein ziemlich heiliger Ort. Er ist so alt wie die Welt.« Ben starrte ins Leere. »Er ist das Herz der Zivilisation – der Ort, wo alles begann und alles enden wird. Er ist die Wiege und das Grab. Der Ort, wo sich die Götter zur Sommersonnenwende unter die Menschen mischen.«

Ben war irre, keine Frage. Ich musste weg. Aber ich konnte nicht. Schließlich war ich Detektivin, und mein Fall hatte mich in dieses Horrorhaus geführt. Ich hatte noch immer keine Ahnung, was mit dir geschehen war. Oder lass es mich anders ausdrücken: Ich ahnte etwas Schreckliches, hatte aber keinen richtig Verdächtigen. Vielleicht versteckten sich hinter seinem Hokuspokus ja doch irgendwelche Hinweise?

»Ben, was hat das mit Jen zu tun?«

»Sie war dort.«

»Mit hundertfünfzigtausend anderen Menschen.«

»Sie war im Steinkreis und wurde zur Königin gekrönt. Die Göttin in Weiß.«

»Ben, das ist verrückt. Wenn ich nicht auf der Stelle gehen soll, musst du mir etwas anderes erzählen als irgendwelche bizarren Ideen für den nächsten Roman von Dan Brown.«

Ich wollte gerade aufstehen, als er mir ein altes Foto in die Hand drückte. Ein einsamer Turm auf einem Hügel bei Sonnenuntergang.

»Was ist das?«

»Es wird St. Michael's Hill genannt, aber sein richtiger Name ist Avalon.«

»Bitte? Avalon ist eine Insel, kein Hügel. Und außerdem nicht real. Oder willst du mir erzählen, dass König Artus eine reale Figur ist?« Ich dachte an dieses Buch, das wir als Kinder gelesen haben, an das weiße Schloss, das von tiefem, blauem Wasser umgeben ist und in dem der große, tote König schläft.

»Er liegt dort begraben.«

»Wer?«

»König Artus, der Druidengott und Beschützer der Insel.«

»Ben ... Ich gehe. Bis dann.«

»Der Hügel war früher von einem See umgeben. Im Hügel liegt sein Grab – er bewacht das Tor zwischen den Toten und den Lebenden. Wenn seine Leute ihn rufen, wird er aufstehen, eine Armee von Toten mitnehmen und das immerwährende Britische Imperium ausrufen. Deshalb ist dieser Ort die Wiege und das Grab.«

»Na toll. Du schaust zu viel *Game of Thrones!* Toter König? Eine Armee der Toten? Komm, Ben, lass uns draußen einen Tee trinken, und dann muss ich los.«

»Ist dir niemals der Gedanke gekommen, dass das Festival aus einem bestimmten Grund genau an diesem Ort und genau an diesem speziellen Wochenende im Juni stattfindet?«

»Was ist so besonders an dem Datum?«

Er schaute zu mir auf und rieb sich mit beiden Händen über die knochigen Knie.

»Es ist das Wochenende nach der Sommersonnenwende.«

Ein Sommernachtstraum – das Buch, das ich bei deinen Sachen gefunden hatte, fiel mir ein. Geht es darin nicht um eine Feier auf den Feldern zu Ehren alter Götter? Konnte das etwas zu bedeuten haben? Oder war es Zufall? Immerhin besitze neuerdings sogar ich ein verdammtes Buch von Shakespeare. Was nicht heißt, dass ich darin nach Antworten suchen muss. Jedenfalls quittierte ich Bens Bemerkung mit Schweigen. Es war verrückt, irre, und doch wollte ich wissen, worauf all das abzielte.

»Die Begründer des Glastonbury Festivals könnten Druiden sein. Deshalb legten sie es so dicht an die Mittsommernacht. Denn sie wollen, dass in den Nächten, in denen sich die Geister unter die Menschen mischen, Hunderttausende ihre Götter feiern. Jedes Jahr wählen Druidenpriester ein Mädchen als Repräsentantin der Sommergöttin aus. Sie zeichnen sie in ihren Büchern als weiße Kuh. Dann opfern sie sie und vergießen ihr Blut auf dem Grund des Sees. Es ist ein Ritual. Man vergießt Blut, man opfert der weißen Göttin, und sie segnet einen dafür mit Reichtum. Man vergießt ihr Blut im steinernen Tempel und …«

Sein Vortrag wurde von einem grässlichen Husten unterbrochen. Ich griff nach der Einkaufstüte, um ihm die Flasche Wasser zu reichen, dabei wurde mir plötzlich schwindlig. Unwillkürlich lehnte ich mich gegen die Wand und schloss die Augen für einen Moment.

»Es ist ziemlich heiß hier drin.« Als ich mein Gesicht berührte, spürte ich die Schweißtropfen überall. Ich erhob mich, geriet aber sofort ins Taumeln und trat auf einen von Bens Papierstapeln.

»Sei bitte vorsichtig!«, schrie er.

Die Schallplatte war zu Ende. Ich hörte irgendwo ein lautes Summen, es schien von unter uns zu kommen.

»Was ist das für ein Geräusch?«, fragte ich Ben.

Er lauschte einen Moment.

»Das muss von draußen kommen.«

»Nein.« Ich schüttelte den Kopf und ging zur Tür. »Es ist im Haus.«

Ich zog am Türgriff. Als ich die Tür geöffnet hatte, traf mich eine Welle heißer Luft mitten ins Gesicht. Ich trat näher ans Geländer und schaute hinunter. Dort war alles in fauchende, helle Flammen gehüllt. Das Haus brannte.

Status: *ungelesen.*

Von: Nika Lukina
An: Jen Lukina

Freitag, 26. Juni 2015
8:50
The Maccabees – *About Your Dress*

Ich schloss die Tür, doch das Zimmer war bereits von dichtem, schwarzem Rauch erfüllt. Meine Augen und meine Gesichtshaut brannten.

»Ben!«, brüllte ich. Er war dabei, seine wertvollen Zeitungsausschnitte wieder sorgfältig im Karton zu verstauen. »Das Haus brennt, der Flur und die Treppe! Wir müssen raus!«

Wie weggetreten schaute er zu mir hoch und hustete.

»Ben, hörst du mich? Dein Haus brennt!«

Endlich drang es zu ihm durch. Er wurde bleich und griff sich in die Haare.

»Sie haben mich gefunden! Das sind sie. Ich hätte dir nichts von alldem verraten dürfen.«

»Ben, bitte, nicht jetzt! Wir müssen raus! Sofort! Der Boden könnte jeden Moment einbrechen!«

Ich wählte die 999. Während die Frau am Telefon mir erklärte, die Feuerwehr würde sich sofort auf den Weg machen, wir müssten aber nach Möglichkeit versuchen, sofort das Gebäude zu verlassen, bewegte sich Ben durchs Zimmer. Im nächsten Moment ging das Licht aus, was bedeutete, dass das Feuer auf die elektrischen Leitungen übergegriffen hatte. Wir mussten fliehen. Doch Ben stand wieder bei seinen Kartons und packte ganz ruhig die Dokumente zurück. Ich schaute aus dem Fenster. Draußen standen Leute, sahen zu, machten Fotos. Die Gitterstäbe vor dem Fenster waren dick. Ich hatte keine Chance, sie zu verbiegen.

»Ben, gibt es einen Weg auf das Dach?«

Er schaute mich verloren an.

»Ben?«

»Ich fürchte, der Dachboden ist nicht zugänglich.«

»Aber wie kommen wir hier raus? Wir müssen raus! Sofort! Unten steht alles in Flammen. Ben, hörst du mir zu?«

Er nickte.

»Was ist mit dem Raum gleich neben der Treppe? Was ist da drin?«

»Das Bad.«

»Dort gibt es ein Fenster, oder? Können wir dort hinaus? Oder ist es auch vergittert?«

»Kein Gitter, nein. Aber ich bewahre dort meine Sammlung von Schneekugeln auf... Du musst aufpassen, dass du keine zerbrichst. Ich hab zwei Jahre gebraucht...«

»Hast du den Verstand verloren? Das Haus brennt!«

Ich griff nach der Klinke, doch die Tür ließ sich nicht öffnen. Ich zog noch kräftiger – nichts. Dann drehte ich mich zu Ben um.

»Hast du die Tür abgeschlossen?«

Er legte die Arme um seine Knie und murmelte leise vor sich hin.

»Ben!«

»Wir sterben sowieso.«

Ich kniete mich neben ihn auf den Boden. Der Teppich war heiß, und das Dröhnen der Flammen wurde lauter und lauter.

»Ben, schau mich an.« Ich drehte sein Gesicht sanft in meine Richtung, damit ich ihm in die Augen schauen konnte. »Ben, ich will wirklich nicht sterben!«

»Das wirst du aber, meinetwegen. Ich hab dir zu viel erzählt.«

»Ben, es war bloß der Kessel. Du hast den Kessel aufgesetzt, weil ich dich darum gebeten hatte. Und dann hast du vergessen, ihn wieder auszuschalten. Das ist alles, ganz sicher.« Ich tat mein Bestes, um ruhig zu klingen. Langsam sagte ich: »Niemand versucht, uns zu töten. Es ist ein Unfall. So etwas passiert immer wieder … mit Kesseln.«

»Der Kessel?«

Ich sah schwarzen Rauch unter der Tür durchdringen. Bens Augen waren feucht. Mir war nicht klar, ob es am Rauch lag oder ob er weinte – oder beides.

»Es tut mir so leid, dass ich sie nicht davon abgehalten hab, dir das anzutun. Dass ich nicht verhindert hab, dass sie dich benutzen.« Mit den Fingerspitzen strich er mir sanft übers Haar. »Ich weiß, dass das Böse in dir nicht deine Schuld ist. Dass du mehr darunter gelitten hast als jeder andere. Es tut mir leid. Ich hab immer gewusst, dass du kommen würdest, um mich zu holen.« Mit glasigen Augen starrte er mich an. »Du kannst mich mitnehmen, ich gehöre dir. Ich hab immer dir gehört, meine Göttin in Weiß.«

Er brabbelte weiter vor sich hin, doch plötzlich sah ich, dass er den Schlüssel in der anderen Hand hielt.

»Du hast nichts falsch gemacht. Und selbst wenn du glaubst, etwas Böses getan zu haben …« Während ich sprach, versuchte ich, den Schlüssel aus seinem Griff zu lösen. »Ich verzeihe dir, Ben.«

Es funktionierte nicht, und sein Griff blieb fest. Seine Augen fixierten mich, und doch war es nicht ich, die er sah. Die Temperatur stieg rapide, das Atmen fiel mir schwerer und schwerer. Ich wusste nicht, was ich tun sollte. Sicher würde es nichts bringen, ihn anzugreifen, weil er dann wahrscheinlich den Schlüssel verschlucken oder etwas anderes Dummes tun würde. Also tat ich, was ich tun musste, um mein Leben zu retten. Ich beugte mich vor und küsste Ben auf die Lippen, langsam und sanft, bis sein Griff sich lockerte, der Schlüssel aus seinen Fingern glitt und auf den Teppich fiel. Ich griff schnell danach, rannte zur Tür und schloss sie auf.

Ich stürzte hinaus, blieb aber gleich wieder stehen. Es sah so aus, als hätten die Flammen, die bereits die Treppen heraufkrochen, den Luftzug durch das Öffnen der Tür gespürt. Das Feuer wälzte sich auf mich zu und machte sich über die Pfosten des Geländers her, einen nach dem anderen. Ich eilte zurück ins Zimmer.

»Wir sind gefangen!«, schrie ich Ben zu, der immer noch auf dem Boden saß. »Ben, wir müssen unsere Gesichter in feuchte Tücher wickeln und uns auf Händen und Knien bewegen. Anders geht es nicht.« Ich erinnerte mich an die Anweisungen, die ich am Telefon erhalten hatte.

Draußen vor der Tür hörte ich eine Explosion. Die Flammen mussten eine der Dosen mit Petroleum auf der Treppe erfasst haben. Ich nahm die Wasserflasche, die ich gekauft hatte, machte ein paar T-Shirts nass, die ich in der Kommode entdeckt hatte, und reichte Ben eines.

»Los jetzt.«

Er rührte sich nicht.

»Ben, die Dämpfe vergiften uns, dann können wir nicht mehr klar denken. Wir müssen raus hier.«

»Ich kann ihre Sachen nicht verbrennen lassen.«

»Doch, das kannst du, lass uns abhauen.«

Er stöhnte, wehrte sich aber nicht, als ich ihm den Stoff ums Gesicht wickelte. Ich ging als Erste.

Ich hatte Feuer immer für klar und hell gehalten, aber aus reiner Unwissenheit. Als ich in diesem brennenden Haus eingesperrt war, erkannte ich plötzlich, die Hauptfarbe der Flammen ist Rabenschwarz, dann kommen Blau und Rot. Nur die Oberfläche ist orange – die Farbe durchsichtiger goldener Wellen, die deine Haut schneller verbrennen, als du den Schmerz spüren kannst. Feuer ist Dunkelheit. Feuer ist laut, wie ein Stadionpublikum in dem Moment, wenn die Band die Bühne betritt. Der Stoff auf meinem Gesicht verwandelte sich schnell in eine heiße, erstickende Maske. Doch ich wusste, dass es der einzige Weg war, meine Lunge vor den Dämpfen zu schützen.

Ich bewegte mich langsam auf allen vieren vorwärts und versuchte, nicht nach links zu sehen, wo die Treppe sich befunden hatte. Immer wieder schaute ich mich um, ob Ben noch hinter mir war. Wir waren ganz dicht vor der Tür des Badezimmers – Gott sei Dank hatten wir sie schneller erreicht als die Flammen –, da spürte ich plötzlich Bens Finger an meinem Fußgelenk.

Ich drehte mich um. Er versuchte, etwas zu sagen, doch ich konnte ihn nicht hören – das Brüllen des Feuers war zu laut. Deshalb versuchte ich, von seinen Lippen zu lesen. Er sagte immer und immer wieder dasselbe. Endlich begriff ich.

»Ich hab sie getötet.«

»Nein, Ben! Das hast du nicht! Komm weiter!«

Doch er rührte sich nicht. Aus der Tasche seines Hoodies holte er etwas hervor. Eine Plastiktüte. Er zog ein Kleidungsstück heraus – ein Stück dünner, blauer Stoff mit großen, dunkelbraunen Flecken. Es dauerte einen Augenblick, ehe ich es kapiert hatte. Dein Kleid. Mit deinem Blut darauf.

»Es tut mir leid.«

»Komm schon, wir müssen weiter«, sagte ich, doch er bewegte sich keinen Millimeter.

Ich packte ihn am Arm. Ich musste ihn aus diesem Haus

schaffen, ich musste die ganze Geschichte hören. Genau in dem Augenblick brach der Boden direkt unter ihm ein. Ich hielt seine Hand so fest, dass meine Finger schmerzten, und versuchte, ihn aus dem brennenden Loch zu ziehen. Ehrlich, ich hab es versucht. Aber sein Körper war zu schlaff, er starrte mir nur ins Gesicht, während er in der anderen Hand das Kleid hielt. Er stürzte ab und nahm das Kleid mit sich. Mit einem Satz sprang ich zur Badezimmertür. Während ich die Tür aufriss, drehte ich mich ein letztes Mal um. Ben war verschwunden, und das galt für das halbe Haus.

Das Bad war mit allem möglichen Kram vollgestellt, doch irgendwie schaffte ich es bis zum Fenster. Ich öffnete es genau im richtigen Moment, denn jenseits der Tür hörte ich eine weitere Explosion. Ich schaute zurück. Dünne, gelbe Flammenfinger zerbröselten den Badezimmerboden, als wäre er ein Stück Toast. Ich öffnete das Fenster und sprang. Das Letzte, was ich hörte, waren Sirenen, dann umfing mich Dunkelheit.

Als ich zu mir kam, lag ich in einem Rettungswagen, mit einer Sauerstoffmaske auf dem Gesicht. Ich spürte sofort, dass ich unverletzt war. Ich musste auf einem Stapel Müllbeutel gelandet sein. Ein Sanitäter leuchtete mir in die Pupillen. Ich bat ihn um einen Schluck Wasser. Es ging mir gut, ich hatte nicht einmal eine Gehirnerschütterung, nur Kratzer und Verbrennungen. Ich weigerte mich, ins Krankenhaus zu gehen, wickelte mich in eine Rettungsdecke und stieg aus dem Wagen.

Das Erste, was ich sah, waren die Feuerwehrautos. Vier an der Zahl. Die Haustür lag flach am Boden, doch niemand schien hineinzugehen. Ich lief zu einem Polizisten, der die Szene beobachtete und in ein Funkgerät sprach.

»Warum geht niemand rein, um ihn zu retten?«

Verwundert schaute er mich an.

»Der erste Stock ist vor sechs Minuten eingestürzt. Ich fürchte, es ist niemand mehr zu retten. Sie hatten riesiges Glück, dass Sie entkommen sind.«

Ich setzte mich auf den Gehsteig und sah zu, wie die Feuerwehrleute weitere Schläuche bereit machten. Verzweifelt versuchten sie zu verhindern, dass das Feuer die andere Haushälfte erfasste.

»Das Feuer ist ausgebrochen, weil Ihr Freund so viel Gerümpel im Haus hatte«, sagte der Polizist, ohne mich anzuschauen.

»Das war kein Gerümpel. Es war ein echter Schatz.« In diesem Moment stürzte das Dach ein und wurde von den dichten Flammen verschluckt.

Status: *ungelesen.*

Von: Nika Lukina
An: Jen Lukina

Freitag, 26. Juni 2015
9:35
Smashing Pumpkins –
The Beginning Is The End Is The Beginning

Ich konnte nicht länger dort bleiben, konnte das Ganze nicht mehr mit ansehen. Ich musste raus aus diesen Klamotten, die nach Rauch und Tod stanken. Ich musste etwas trinken und mich gründlich ausheulen. Das Telefon hatte ich noch bei mir, aber der Ladestand des Akkus lag bei vier Prozent. Nick hatte inzwischen fünfmal angerufen.

Ich sah ihn und Stu vor mir, wie sie Hühnchen in schwarzer Bohnensoße mit gebratenem Reis aßen, neben der Arbeit irgendeinen Müll im Fernsehen schauten und darüber lachten. Ich sehnte mich danach, mit den Zwillingen im vertrauten Dämmerlicht des Pubs zu stehen und ihrem dummen, fröhlichen Gequatsche zu lauschen, als wäre nichts geschehen. Ich rief Nick an. Sein Telefon klingelte und klingelte, doch er ging nicht ran. Bei Stu dasselbe. Schließlich textete mir Nick, dass sie nach der Arbeit noch ausgehen und wahrscheinlich spät nach Hause kommen würden.

Ich wollte ihm gerade antworten, als einer der Sanitäter in Begleitung eines Polizisten auf mich zutrat.

»Wie geht es Ihnen? Sind Sie sicher, dass Sie nicht ins Krankenhaus wollen?«

Ich schüttelte den Kopf.

»Wir haben ja Ihre Kontaktdaten. Sie werden morgen eine Aussage machen müssen«, erklärte der Polizist. »Vielleicht wäre es doch eine gute Idee, die Nacht im Krankenhaus zu verbringen?«

»Jemand holt mich hier ab, vielen Dank«, log ich.

Ich scrollte durch die Liste meiner letzten Anrufe. Chris und ich hatten unsere Telefonnummern nicht ausgetauscht, es blieb nur eine Option, wenn ich nicht Hannah oder Meg kontaktieren wollte.

»Hallo«, meldete sich eine sanfte Männerstimme.

»Mark, hier ist Nika Lukina. Erinnerst du dich?«

»Hi, Nika.« Er klang fröhlich. »Alles klar bei dir?«

»Nein … überhaupt nicht.«

Dreißig Minuten später hielt ein dunkelgrüner alter Jaguar einen Block entfernt am Straßenrand. Die Scheinwerfer blinkten dreimal auf. Inzwischen war der Akku meines Handys leer, doch es konnte nur Mark sein oder jemand, den er geschickt hatte, um mich abzuholen. Mittlerweile war das Feuer gelöscht, und vom Haus waren nur vier verkohlte Wände und eine dünne Rauchfahne geblieben. Ein Nachrichtenteam der BBC drehte gerade vor dem Grundstück.

Ich stieg ein und setzte mich auf den Rücksitz. Mark drehte sich auf dem Fahrersitz um und warf mir einen langen Blick zu. In seinen sanften, klugen Augen lag Trauer.

»Ist er tot?«

»Ja.«

»Wie ist es geschehen?«

»Er ist durch ein Loch im Fußboden in die Flammen gefallen«, erwiderte ich mechanisch.

»Ich bin froh, dass du heil davongekommen bist. Bist du sicher, dass du nicht ins Krankenhaus willst?«

»Alles in Ordnung. Ich brauche nur eine Dusche und ein bisschen Gesellschaft. Danke, dass du gekommen bist.«

»Kein Problem.« Er lächelte kurz. »Sollen wir zu Hugh fahren, damit du duschen kannst und wir etwas essen? Falls du keine anderen Pläne hast.«

Angesichts der Tatsache, dass ich meinen Schlüssel verloren hatte und die Zwillinge ausgegangen waren, klang der Vorschlag gut.

»Okay.«

Mit einem leisen Aufheulen des Motors fuhr Mark los. Er verließ das Dorf und fuhr auf eine Landstraße, die im Zickzackkurs durch die Hügel führte. Von den Scheinwerfern abgesehen war es stockdunkel.

Ich machte es mir auf dem Rücksitz so bequem wie möglich. Vom Rauch und den Schmerzmitteln drehte sich mir alles im Kopf. Ich schmeckte immer noch den Brandgeruch und sah, sobald ich die Augen schloss, unweigerlich Bens

Gesicht vor mir. Vielleicht hatte ich mich nicht genug angestrengt, ihn hochzuziehen? Vielleicht hatte ein Teil von mir seinen Tod gewollt? Ich versuchte, nicht darüber nachzudenken. Stattdessen dachte ich an dich. Dein Mörder hatte endlich bekommen, was er verdient hatte. Und ich kannte nach all den Jahren die Wahrheit. Doch das tröstete mich nur wenig. Du warst ein Monster – ein grausames, rücksichtsloses, selbstsüchtiges Miststück, das ihn benutzt und missbraucht hat und es jederzeit wieder getan hätte. Es war eine Sache, jeden zu vögeln, auf den man Lust hatte, aber eine ganz andere, das Leben anderer Menschen zu zerstören. Was er dir angetan hatte, war … Ich dachte an das blutbefleckte Kleid. Du hast es nicht verdient zu sterben, das tut niemand. Aber ich glaube nicht mehr, dass ich dich kenne, *sestra*. Wahrscheinlich hab ich dich nie gekannt. Das Auto fuhr durch eine scharfe Kurve. Mir wurde übel, und ich bat Mark, am Straßenrand zu halten. Ich stieg aus und atmete die kühle, frische Luft ein – sie roch nach Sommer. Dann fuhren wir weiter, passierten schlafende Dörfer und glitten an kleinen Nachtraubtieren vorbei, die sich zwischen den Bäumen am Straßenrand versteckten. Ich war dankbar, dass Mark keine Fragen stellte. Mir war nicht nach Reden, noch nicht. Obwohl mir klar war, dass ich irgendwann alles laut würde aussprechen müssen, um das Geschehene auf die Reihe zu kriegen. Schließlich hielten wir vor einem eindrucksvollen Tor, das sich langsam und ächzend öffnete. Nach einer weiteren Minute hielt Mark auf der hell erleuchteten Auffahrt vor einem schönen, weiß getünchten Landhaus.

Drinnen wurden wir von einem winzigen und offenbar sehr jungen philippinischen Hausmädchen in einer aquamarinblauen Uniform begrüßt. Gleich darauf kam Hugh eine Treppe herunter. Sein wunderschönes Haar stand wirr in alle Richtungen ab, worin ich das Werk eines Top-Friseurs vermutete. Sein mitfühlendes Lächeln war den Umständen angemessen.

»Wie geht's meiner neuen Freundin?«, fragte er und nahm mich in den Arm. Ich nahm seinen vertrauten Geruch wahr, der an Kaugummi und Babyseife erinnerte.

Fragend zog ich die Augenbrauen hoch.

»Ich sehe, du hast noch keinen Blick in die Regenbogenpresse geworfen!« Er zog sein iPhone heraus und öffnete schnell einen Artikel. »Schau mal!«

Der Artikel stammte aus dem *Notown Chronicle*. Als Erstes sah ich ein Foto, auf dem Hugh mich vor dem *Queen's Head* küsste – scheinbar auf die Lippen. Obwohl er in Wirklichkeit nur kurz meine Wange gestreift hatte, war die Aufnahme so gemacht, dass sie etwas anderes nahelegte. Der Artikel begann mit den Worten: »Hugh Woodward ist anscheinend Hals über Kopf in seine neue geheimnisvolle Freundin verliebt.« Ich gab ihm das Telefon zurück.

»Keine Sorge.« Er lächelte. »Morgen redet keiner mehr drüber. Hoffen wir nur, dass dein Freund es nicht zu Gesicht bekommt. Aber egal, ich hab gerade im Fernsehen einen Bericht über den Brand gesehen. Geht's dir gut?« Seine Miene wirkte besorgt.

»So weit ja, glaube ich.«

»Hugh, könntest du bitte dafür sorgen, dass Nika duschen und sich etwas Sauberes anziehen kann?«, fragte Mark.

»Klar, klar.«

Hugh sprach in sanftem Ton mit dem Dienstmädchen und sagte, ich solle ihr nach oben ins Gästezimmer folgen.

Als ich aus der Dusche trat, fand ich ein nagelneues The-Red-Room-T-Shirt und eine Levi's, die mir einigermaßen passte. Sie musste Hughs Freundin gehört haben – der blonden Schauspielerin, die durch die Fantasien der Zwillinge geisterte. Ich bürstete meine Haare, die teilweise verbrannt waren, genau wie meine Augenbrauen. Auf mein knallrotes Gesicht und die Hände trug ich eine dicke Schicht teure Feuchtigkeitscreme auf.

Ich ging nach unten und fand Mark und Hugh auf der Terrasse, wo sie sich an einem zum Abendessen gedeckten Tisch leise unterhielten. Es war fast schon Mitternacht. Die Luft war sauber und frisch, doch ich roch die Asche in meinem Haar. Wir aßen vegetarische Gerichte, die Angie, das Hausmädchen, für uns vorbereitet hatte, und tranken dazu Wein. Als wir gegessen hatten, holte Hugh eine Flasche Rum und schenkte drei Gläser voll.

»Auf Benjamin. Möge seine Seele den Frieden und den Trost finden, nach denen er sich so gesehnt hat«, sagte er feierlich. Mark warf mir einen Blick zu. Er wollte eindeutig, dass ich ihnen alles erzählte, so, wie ich es am Telefon versprochen hatte. Und das tat ich, Wort für Wort, vom Anfang bis zum bitteren Ende. Als ich schließlich fertig war, war ich erschöpft und fror. Ich kippte den Rum hinunter und starrte in den Nachthimmel. Auch die Jungs waren eindeutig aufgewühlt von dem, was sie gerade gehört hatten. Keiner von ihnen stellte Fragen oder sagte etwas. Ich stand auf und schenkte mir noch einen Drink ein.

»Er hat den Mord an deiner Schwester gestanden?«, fragte Mark schließlich, ohne mich dabei anzusehen.

»Ja, ich hab ihr Kleid gesehen, das Kleid, das sie am Tag ihres Verschwindens trug. Es war voller Blutflecken.«

Mark nahm die Brille ab und putzte die Gläser mit dem Ärmel seines Hemds. Er wirkte schockiert wie jemand, der gerade nach einem Unfall aus dem Auto steigt.

»Wer hätte sich vorstellen können … Ben …« Er vergrub sein Gesicht in den Händen. »An jenem Abend … war er völlig neben der Spur. Er hatte was genommen, Acid vielleicht. So viel ist auf einmal passiert … Ich meine, dass Noel uns auf seine Party eingeladen hatte … und der Streit mit Chris.«

»Ich weiß«, unterbrach ich ihn. »Ben hat gesagt, du hast Chris aus der Band geworfen.«

»Oh, tatsächlich?« Mark goss sich nach, und Hugh lief mit brennender Zigarette auf der Terrasse auf und ab. »Ich weiß nicht mal, was Ben an dem Abend noch vorhatte. Ich dachte, er würde … sich einfach amüsieren und auf dem Festivalgelände rumlaufen.«

»Stattdessen hat er meine Schwester getötet und ihre Leiche weggeschafft«, sagte ich bitter.

»Hat er etwas darüber gesagt, was er mit ihr gemacht hat, nachdem …«, fragte Hugh.

»Dazu kam er nicht mehr. Der Boden brach ein, und er … wurde vom Feuer verschluckt.«

»Was für eine schreckliche Art zu sterben, selbst für einen Mörder«, bemerkte er seufzend.

»Weißt du, ich schaffe es selbst nicht, ihn einfach nur zu hassen und froh über seinen Tod zu sein. Jen war so gemein zu ihm, sie … Sie hätte wissen sollen, wie zerbrechlich seine Seele war. Ich weiß, dass man nicht schlecht von den Toten reden soll, aber ihr habt sie ja gekannt. Ich hätte nie gedacht, dass sie ihren Freunden so etwas antut – euch und Chris und Hannah. Sie war egoistisch und grausam.«

Sie sagten nichts, aber ich deutete die Art, wie sie meinem Blick auswichen, als Zustimmung.

»Sie gehörte zu diesen Mädchen, die … alles kaputt machen, was sie berühren. Sie tun es nicht mit Absicht, es liegt einfach in ihrer Natur«, sagte Mark schließlich mit leiser Stimme. »Ben hat sie geliebt. Und sie hat ihn zerstört, ihn buchstäblich verrückt gemacht. Er hatte damals einen schrecklichen Zusammenbruch und unternahm einen Selbstmordversuch. Wir haben das alles unterm Deckel gehalten und mit seinen Tantiemen vom ersten Album, das er mit uns aufgenommen hat, sämtliche Rechnungen bezahlt. Ich dachte, dass er sich mit seiner Sammelmanie und seinem Leben als Eigenbrötler eingerichtet hat, aber dann bist du aufgetaucht ... Es ist nicht deine Schuld, du hattest ein Recht auf Antworten ... Vermutlich hätte ich es ahnen sollen, ich hätte darauf kommen können, dass er ihr irgendwas angetan hat. Nach diesem Abend war er ein völlig anderer Mann. Seine Besessenheit von ihr wurde immer größer, obwohl sie gar nicht mehr da war. Aber ich war zu beschäftigt, zu stark auf die Band fokussiert, um zu kapieren, was sich direkt vor meinen Augen abspielte. Armer Ben ... arme Jen.«

»Glaubst du, er hat es absichtlich getan?«, fragte mich Hugh.

»Wie meinst du das?«

»Dass er das Haus in Brand gesetzt hat, als er wusste, dass du zurückkommst?«

Ich zuckte die Achseln. Diese Frage hatte ich mir noch nicht gestellt, aber es erschien mir nicht ausgeschlossen angesichts des Wahnsinns, der ihn befallen zu haben schien.

»Hat er euch gegenüber jemals von Druiden und der Sommersonnenwende gesprochen?«

»Ständig!« Hugh drückte seine Zigarette aus und zündete sich eine neue an. »Er war davon überzeugt, dass es eine Verschwörung gab. Auf jeder Party hat er diese Geschichte erzählt, über das Glastonbury Festival und seine Begründer, unter denen eine Nichte Churchills war. Und da

Churchill eine Art Druide war, hielt Ben das Festival für eine Feier der Druiden. Er glaubte, dass sich dort alle möglichen seltsamen Dinge abspielten. Niemand nahm ihn ernst, es war einfach eine irre Theorie. In den Augen der Leute war er … ein Sonderling.«

»Na ja, er hat dieses Zeug wirklich geglaubt«, sagte ich. Inzwischen fühlte ich mich ein wenig betrunken und benebelt. »Ich frage mich, wie er es gemacht hat. Ihr Kleid war voller Blut – große, rotbraune Flecken.«

»Wahrscheinlich war es ein Unfall. Ich kann mir nicht vorstellen, dass er bewusst auf sie losging, nicht Ben, nicht unser guter alter Ben«, erwiderte Mark mit zittriger Stimme. »Er wollte ihr nicht wehtun, nicht mit Absicht jedenfalls.« Er rieb sich mit beiden Händen übers Gesicht, eine Geste, die ich inzwischen schon etliche Male bei ihm gesehen hatte. »Ben war dafür zuständig, unsere Ausrüstung ein- und auszuladen. Er könnte sie in seinem Wohnmobil versteckt haben. Sie war so klein und wog praktisch nichts.«

»Und dann verkaufte er das Wohnmobil an Chris. Das ergibt irgendwie Sinn. Vielleicht hat Chris ihm sogar dabei geholfen, die Leiche loszuwerden. Und jetzt liegt sie dort, unter dem Beton im Biergarten des *Queen's Head*. Was hat Chris eigentlich den ganzen Abend über getan?« Meine Gedanken trudelten durch die Luft wie halb leere Ballons.

»Chris hatte nichts damit zu tun«, erklärte Mark mit überraschend scharfer Stimme. »Er ist überhaupt nicht in der Lage, Geheimnisse zu bewahren. Er war den ganzen Abend mit mir zusammen und hat mit mir geredet, gestritten, geweint, sich verabschiedet.«

Ich nickte. Ich glaubte selbst nicht wirklich, dass Chris mit alldem etwas zu tun hatte, nicht mehr. Aber ich wollte Marks Reaktion sehen. Ich starrte in den dunklen Garten, lauschte auf das Zirpen der Grillen und sah einen einsamen, rosafarbenen Wasserball auf der blauen Oberfläche des Swimmingpools treiben.

»Falls noch irgendwas in seinem Haus war, irgendein Beweis, dann würde die Polizei Monate brauchen, um es zu rekonstruieren. Und sie würde auch nur dann suchen, wenn sie wüsste, dass es etwas zu finden gibt«, sagte Hugh plötzlich. »Wirst du mit der Polizei reden?«

»Ich weiß nicht«, sagte ich. Eine ehrlichere Antwort hätte ich in diesem Moment nicht geben können. Die Lage hatte sich geändert, und alles war irgendwie schmutziger geworden. Du warst nicht die Person, die ich gekannt hatte. Oder sollte ich sagen: Du warst nicht die Person, die ich mir vorgestellt hatte? Du hast einen Mann so lange gequält, bis er dir den Schädel eingeschlagen oder dich erstochen hat. Für mich war er nicht weniger ein Opfer als du. Und jetzt hatte ich ihn sterben sehen – hatte gesehen, wie er von den Flammen verschlungen wurde. Wahrscheinlich hätte ich mehr tun können, um ihm zu helfen. Aber das hatte ich nicht. Vielleicht war ich froh, dich als manipulatives Miststück sehen zu können, weil du auf diese Weise kein Opfer mehr warst, sondern ein Monster. Ich jedenfalls wäre lieber das fieseste, hässlichste Monster der Welt statt ein verängstigtes kleines Opfer, das skrupellosen Typen ausgeliefert ist. Das alles war zu kompliziert. Ich war zu müde und hatte zu viele Medikamente und zu viel Alkohol intus. Daran hat sich bis zu diesem Moment, in dem ich diese Zeilen tippe, auch nichts geändert.

Wieder schaute ich hoch in den Himmel. Plötzlich wusste ich, wohin ich wollte.

»Könnte einer von euch Jungs mich zurück nach Notown bringen?«

»Nach Notown?« Ich hörte die Überraschung in Hughs Stimme. »Willst du denn nicht nach Hause? Oder hier übernachten?«

»Das ist sehr nett von dir, aber ich habe dort … noch etwas zu erledigen. Morgen früh nehme ich dann den Zug zurück nach London.«

»Kein Problem.« Er ging ins Haus.

»Mark«, sagte ich und nutzte den Moment mit ihm allein. »Chris vermisst dich wirklich, ist dir das klar?«

»Ich weiß.« Er zündete sich eine Zigarette an und nahm einen tiefen Zug. »Und außerdem hasst er mich, wozu er jedes Recht hat.«

»Ehe Ben starb, sagte er, ihre beide wärt füreinander bestimmt. Ich hab ihn auf der Bühne gesehen, Mark. Er leidet.« Ich beobachtete seine Reaktion, doch seine Miene blieb völlig unbewegt. »Es tut mir so leid.«

»Was tut dir leid?«

»Was sie euch angetan hat … euch allen.«

»Sie …« Er sprach nicht zu Ende, da Hugh wieder auf der Terrasse auftauchte.

»Das Auto wartet draußen, Nika. Bist du sicher, dass du nicht hierbleiben willst? Wir brechen morgen früh auf und sind dann die nächsten sieben Monate mehr oder weniger nonstop auf Tour. Du kannst so lange bleiben, wie du willst, und Angie Gesellschaft leisten.«

»Danke, Hugh, das ist sehr nett, aber ich will heute Abend wirklich zurück nach Notown.«

Ich umarmte sie beide und stieg ins Auto. Dabei hatte ich das Gefühl, dass ich sie nie wiedersehen würde.

Status: *ungelesen.*

Von: Nika Lukina
An: Jen Lukina

Freitag, 26. Juni 2015
9:54
Placebo – *The Bitter End*

Ich hatte schon alle Hoffnung aufgegeben und drehte mich gerade um, als sich schließlich doch noch die Tür öffnete.

»Chris!« Ich stieß die Luft aus und wollte mich ihm beinahe an den Hals werfen, mein Gesicht in dem Rosen-Tattoo auf seiner blanken Brust verbergen.

»Verdammt, was denkst du dir dabei, mitten in der Nacht an meine verdammte Tür zu hämmern?«, blaffte er und trat zurück.

In diesem Augenblick begann es zu regnen. Ich spürte die warmen Tropfen auf meinem Gesicht. Ohne die leiseste Ahnung, was ich falsch gemacht hatte, starrte ich in sein wütendes Gesicht und auf seine geballten Fäuste.

»Chris, was ist los?«

Er senkte den Blick von meinem Gesicht hinunter auf meine Brust.

»Ich bin so ein verdammter Idiot. Ich hätte drauf kommen sollen, als du mich nach der verdammten Tür gefragt hast. Ich hätte kapieren sollen, wie du wirklich bist.« Er schlug gegen die Tür. »Scheiße!«

»Was hättest du kapieren sollen?« Langsam begann ich zu begreifen. Er wusste, wer ich war und warum ich seine Nähe gesucht hatte. Ich spürte, wie meine Unterlippe zitterte.

»Mädels wie du sind mir schon öfter über den Weg gelaufen, nur waren es bisher nie Ausländerinnen. Du lässt dich von mir abschleppen und gibst dich so cool, dass ich nicht mal bemerke, wie viele Fragen du stellst. Aber das Einzige, was du wirklich willst, ist, diesem Dreck da näher kommen.« Er deutete auf meine Brust, auf die lächelnden Gesichter von Hugh und Mark. »Beschissener Groupie-Abschaum bist du, sonst nichts.«

Plötzlich ging hinter ihm im Flur das Licht an. Dann schob sich ein Lockenschopf zwischen Chris und den Türrahmen.

»Was ist los, Babe?«, sagte ein hübsches Mädchen, gähnte und drückte ihren schönen Mund an seinen Hals. »Alles in Ordnung?«

»Ja, prima. Ich sage nur einem durchgeknallten Fan Gute Nacht.« Er funkelte mich böse an.

Das Mädchen warf mir einen gleichgültigen Blick zu.

»Soll ich die Bullen rufen, Babe?«

»Nicht nötig, Schätzchen. Sie geht schon.« Er warf die Tür vor meiner Nase zu. Ich hörte sie kichern, dann stieg Chris mit schweren Schritten die Treppe hoch. Das Licht ging aus.

Inzwischen regnete es richtig, doch das war mir egal. Ich starrte auf die schlampig gestrichene Tür vor meinen Augen. Scheiße! Das Mädchen war echt schön. Er hatte alles falsch verstanden. Inzwischen hatte der englische Sommerregen meine Kleidung durchnässt. Plötzlich packte mich eine Welle der Wut.

»Du beschissener, abgefuckter Loser! Ich hasse dich, verdammt, du blöder Dreckskerl.« Ich schrie, so laut ich konnte, griff nach einem Ziegelbrocken im Rinnstein und warf ihn gegen das Fenster des Wohnmobils, das auf der anderen Seite der Straße parkte. Dann rannte ich los.

Ich lief, so schnell es mir mit meinem wieder schmerzenden Knöchel und meinem benebelten Kopf möglich war.

Zwischendurch verlor ich die Orientierung, aber ich rannte einfach weiter, bis ich völlig außer Atem war. Schließlich blieb ich stehen. Direkt vor mir befand sich ein Schaufenster mit Aluminiumrollläden. In schiefen Buchstaben hatte jemand die Worte »Alles hinterfragen? Warum?« darauf gesprüht. Langsam bekam ich wieder Luft, und nachdem ich noch ein paarmal falsch abgebogen war, fand ich den Weg zum *Queen's Head*.

Ich weiß nicht, was ich dachte. Wahrscheinlich hatte ich trotz besseren Wissens gehofft, dass der Pub noch geöffnet wäre, dass ich Musik hören und auf Leute treffen würde und dass die Lichter niemals ausgehen würden. Stattdessen lag das Lokal dunkel und wie ausgestorben vor mir. Ich ging zur Rückseite, stieg die Feuertreppe zum Balkon hoch und klopfte in der Hoffnung, dass die Zwillinge schon zurück wären, gegen die Tür.

Schließlich tauchte Stu mit verquollenem Gesicht in einem alten Cypress-Hill-T-Shirt und Boxershorts auf. Bei seinem Anblick überkam mich irgendwie der Drang zu weinen. Wir gingen in die Küche, und da ich zitterte, setzte er den Wasserkessel auf. Dann rollte er einen Joint. Wir wickelten uns in Decken und setzten uns draußen auf die Treppe. Hinter uns würde schon bald die Sonne aufgehen. Im grauen Morgenlicht wirkte alles um uns herum wie die billige Pappkulisse einer Stadt aus einer Seifenoper. Ich wollte dringend nach Hause. Nicht nach London, sondern in unser altes Zuhause, in die Küche der alten Wohnung, in der Mama ihre Kassetten abspielte. Ich schätze, das waren meine guten alten Zeiten, mein Haus mit der roten Tür – ein Ort und eine Zeit, in die es kein Zurück mehr gab.

Schweigend tranken wir Tee und rauchten, wobei sich unsere Hüften ganz leicht berührten. Schon bald hörte ich auf zu zittern. Mein Körper fühlte sich schwer und warm an, das Fauchen des Feuers, das immer noch meinen Kopf erfüllte, wurde leiser.

Als der erste Sonnenstrahl auf die graue, nasse Straße fiel, begann ich zu reden. Ich erzählte Stu alles, jede kleinste Einzelheit, angefangen von jenem Abend in der Kneipe der Studentenvereinigung bis zu dem Moment an Chris' Haustür. Als ich fertig war, nahm er mich in den Arm, und ich konnte mein Gesicht an seinen Hals drücken. So blieben wir eine ganze Weile sitzen, hörten uns gegenseitig atmen und badeten im kalten Sonnenlicht des Morgens und dem süßen Geruch der Carlsberg-Brauerei.

Jetzt kenne ich die Wahrheit. Ben hat dich getötet. Ich hab dein Blut gesehen. Und vielleicht hatte er irgendwie recht – du warst Gift für ihn. Und es stellt sich heraus, dass die Geschichte, die ich erzähle, sich nicht um dich dreht. Sondern um zwei Jungs in einer Band, die sich eines Sommerabends gegenseitig an den Kopf geworfen hatten, sich zu verpissen. Und die seitdem kreuzunglücklich waren. Vielleicht spinne ich ja, aber ich glaube diesen Typen, wenn sie sagen, sie wären auf dem Weg gewesen, die beste Rock-'n'-Roll-Band der Welt zu werden. Da waren Mark, der Poet und die Melodie, und Chris, der Rhythmus und der Rebell. Und da warst du – das totale Chaos, die Hexe, das Mädchen, das alles ruiniert hat. Und schließlich Hugh, der schöne Junge, der zufällig zur richtigen Zeit am richtigen Ort war. Und der traurige Irre, der dir das Leben genommen hat. Aus alldem ließe sich ein tolles Musikvideo für die Killers basteln.

Seit langer, langer Zeit hatte ich mich nicht mehr so zu Hause gefühlt wie an Stus Schulter.

Ich schätze, es gibt etwas in unseren Genen, *sestra*, das

uns dazu bringt, Dinge zu zerstören. Ich hob den Kopf und betrachtete sein scharfes Profil im Morgenlicht, seine langen Augenbrauen und nervösen Lippen. Ich las die Songtexte, die er sich auf Unterarme und Hals hatte tätowieren lassen. Es waren ausschließlich Liebeslieder. Dann beugte ich mich hinüber und berührte seine Lippe mit meinen. Ich schätze, so hatte es von Anfang an sein sollen.

Status: *ungelesen.*

Von: Nika Lukina
An: Jen Lukina

Freitag, 26. Juni 2015
14:17
My Chemical Romance – *Famous Last Words*

Ich fühle mich beschissen.

Die Ereignisse der letzten achtundvierzig Stunden blitzen immer wieder als grelle Erinnerungen auf. Mir ist nur noch jämmerlich zumute. Mein Kopf schmerzt, *golowa bolit.* Vielleicht habe ich doch eine Gehirnerschütterung. Das Einzige, was mich halbwegs beruhigt, ist der Umstand, dass ich endlich nirgendwo mehr hinmuss, nicht mehr mit irgendwem reden oder irgendwelche Fragen beantworten muss. Heute Vormittag habe ich meine Aussage bei der Polizei gemacht. Und auch meine eigenen Nachforschungen sind endlich erledigt, aus und vorbei.

Ich will nicht hier sein, in diesem Pub und in dieser Stadt. Ich will in Kalifornien meinen Master-Abschluss machen und mit Papas Schlampe von Ehefrau Handtaschen kaufen. Ich will nicht mehr in diesem Loser-Land mit all den Durchgeknallten hocken. *Rock is dead.* Du bist tot. Dein Mörder ist tot. Ich will so lange schlafen, wie es nötig ist, um diesen lächerlichen Schwachkopf Chris aus dem Kopf zu bekommen. Ich will MCR hören. Und mir ist scheißegal, ob die Mist sind.

Status: *ungelesen.*

Von: Nika Lukina
An: Jen Lukina

Freitag, 26. Juni 2015
15:11
My Chemical Romance – *Famous Last Words*

Scheiße. Mir ist gerade eingefallen, dass ich heute Nacht mit Stu geknutscht hab. Ich bin eine echte Zumutung, du musst stolz auf mich sein. Armer Stu. Ich hab ihm eine Stunde lang erzählt, wie wunderbar Chris MacConnell mich in der Nacht zuvor gevögelt hat und wie jede einzelne meiner Körperzellen scharf auf ihn war. Und dann kam ich zu ihm. Scheiße.

Ich kann mir kaum ausmalen, was er jetzt wahrscheinlich von mir denkt. Und sicher kann ich ihm nicht gegenübertreten, heute nicht, überhaupt nicht. Du und ich, wir sollten ein Buch darüber schreiben, wie man es sich mit den Leuten verdirbt, die gut zu einem sind.

Status: *ungelesen.*

Von: Nika Lukina
An: Jen Lukina

Freitag, 26. Juni 2015
15:33

Sorry für den Emo-Scheiß von vorhin. Ich bin nicht du. Ich bin in der Lage, mich zusammenzureißen und mich den Konsequenzen meiner Handlungen zu stellen. Und das tue ich bald. Aber noch bin ich todmüde.

Status: *ungelesen.*

Von: Nika Lukina
An: Jen Lukina

Freitag, 26. Juni 2015
17:58
Bright Eyes – *Easy/Lucky/Free*

Ich habe fertig gepackt. Zum dritten Mal innerhalb von nicht mal einer Woche bin ich bereit, diese Stadt zu verlassen. Ich frage mich, ob sie mich diesmal wirklich ziehen lässt.

Übrigens hat dein Grateful-Dead-T-Shirt, das ich in dem brennenden Haus getragen hab, alles gut überstanden. Stu hat meine Sachen heute Morgen gewaschen. Es hing sauber und trocken gleich neben seinem Cypress-Hill-T-Shirt. Nur der Ärmel ist ein bisschen verbrannt, was irgendwie cool wirkt. Nick und Stu haben versprochen, mich in London zu besuchen. Ich schätze mal, Laura wird Nick mögen, er ist ihr Typ. Stuart tut so, als wäre nichts passiert, sodass ich mich langsam frage, ob ich ihn heute Nacht wirklich geküsst hab. Vielleicht war es nur ein Traum.

Ich bin unten und sitze auf demselben Hocker wie an meinem ersten Abend hier. Meg müsste jeden Moment kommen, um sich zu verabschieden. Sie weiß noch nichts, hat es aber definitiv verdient, die Wahrheit zu erfahren. Es ist Freitagabend, und der Pub füllt sich mit Leuten, die trinken und lachen und sich im riesigen, nagelneuen Fernseher die Übertragung von Glastonbury anschauen. Nick hat gerade ein Pintglas auf den Boden fallen lassen, wo es in tausend winzige Stücke zerbrochen ist, aber die Leute haben – wie es hier so üblich ist – gelacht und gejubelt, weil es angeblich Glück bringt. Wenn es wirklich Glück bringt, etwas kaputt zu machen, dann müssten du und ich die allergrößten Glückspilze sein. Vielleicht sollte ich mal Black Jack spielen und die These überprüfen.

Vorhin war ich bei Chris. Der Nachmittag war trist und regnerisch, und die schweren Wolken hingen tief wie der Bauch einer schwangeren Hündin. Ein wenig neblig war es auch, und das riesige, schiefe, neonrosafarbene Kreuz auf dem alten Kino, in dem sich jetzt das Hauptquartier der Jesus Army befindet, tauchte die Umgebung in einen hellen, künstlichen Schimmer. Es wirkte bedrohlich und feierlich wie Gott selbst. Ich starrte das Kreuz eine Weile an und übersah dabei die Grünphase der Ampel. Als ich den Fußgängerknopf noch einmal drückte, öffnete sich die große Kirchentür. Ein dünner Teenager streckte den Kopf heraus und schaute mich an. Er trug ein winziges Plastikkreuz um den Hals und rollte die Ärmel seines Hemds runter, um seine verblassten FC-Liverpool-Tattoos zu bedecken.

»Hast du die Orientierung verloren?«, fragte er leise.

»Die Orientierung verloren?« Kurz war ich verwirrt. »Nein. Ganz im Gegenteil, schätze ich. Danke.«

Er senkte den Blick, verschwand wieder hinter der Tür

und ließ den Geruch von billigem Aftershave zurück. Ich überquerte die Straße.

Dann ging ich am Tor zum Friedhof und an verschiedenen Geschäften vorbei, deren Namen mir inzwischen vertraut waren. Irgendwie genoss ich meinen Spaziergang. In diesem Moment ließ Notown seinen bescheidenen Charme spielen, auch wenn die Stadt ansonsten eine absolute Spaßbremse ist – ein Sumpf, der dich lebendig verschluckt, sobald du kurz innehältst und es verpasst, dich rechtzeitig wieder in Bewegung zu setzen. Obwohl London nur eine Stunde entfernt ist und das Bahnticket bloß zwanzig Pfund kostet, liegt es doch in einer anderen Welt. Und von hier zu entkommen ist nicht leicht. Entweder du wirst ein Rockstar. Oder du bringst jemanden um. Oder beides.

Chris war nicht zu Hause. Ich stand vor seiner schwarzen – ehemals roten – Tür, klopfte und wartete. Drinnen war es still, und in den Fenstern sah ich kein Licht. Als ich mich schließlich abwandte, knirschte etwas unter meinen Füßen. Es waren Glasscherben von der Scheibe seines Wohnmobils. Ich wollte Chris sehen. Ich wollte ihm die ganze Wahrheit erzählen, aber vermutlich würde ich das in einem Brief tun müssen. Er ist ja nicht mal bei Facebook. Andererseits: Vielleicht ist es auch gar nicht nötig, alles loszuwerden, vielleicht ist er gar nicht so scharf auf die Wahrheit. Und eigentlich war es sowieso am besten, ihm nicht mehr zu begegnen. Chris war das Spiel, das ich nicht gewinnen konnte. Es war buchstäblich Zeit zum Weiterziehen. Ich hatte ja schon ein Bahnticket und alles.

Ich mag das Gefühl, Dinge loszulassen. Wenn man weiß, dass man einen Ort verlässt und niemals zurückkommen wird, fühlt sich der ganze Körper leicht an, und die Gedanken färben sich in einer kristallklaren Traurigkeit, die einfach nur guttut. Ich schätze, ich setze gern Schlusspunkte. Und ich male mir schon Lauras Gesicht aus, wenn ich ihr alles erzähle. Ich werde versuchen, mich enger mit ihr anzufreunden – sie ist toll. Ich werde ihr alles erzählen. Auch von meinen Gefühlen für Chris, die dadurch ihre Macht über mich verlieren. Auch von dem Abend in der Studentenkneipe werde ich ihr erzählen und von dem Morgen danach. Wenn ich zurück in London bin, werde ich ein neuer Mensch. Ich bin dem Tod begegnet, hab mich verliebt und die Wahrheit über dich herausbekommen. Und auch wenn du ein Monster warst, werde ich weiter deine Playlists hören. Ich werde dich immer noch lieben, aber mein Bestes tun, nicht wie du zu werden. Vielleicht versöhnen sich Chris und Mark eines Tages. Dann gehe ich zu einem Gig von ihnen, stelle mich in die erste Reihe und denke an diese Woche in Notown. Aber wahrscheinlich lebe ich dann längst an einem Ort wie Kalifornien, und diese Stadt hier wird ihre Macht über mich verloren haben, sodass ich an alles mit einer bittersüßen Melancholie denke und nur die Erinnerungen – die guten wie die schrecklichen – in meinem Herzen bewahre. Denn das ist es, was die Wahrheit tut: Sie befreit dich.

Ich kehrte in den Pub zurück, wartete auf Meg, nippte an meinem Wein und schaute im Fernsehen Glasto. Als sie kam, bestellte sie am Tresen ein Pint und setzte sich zu mir. Ich wartete, bis sie einen Schluck getrunken hatte, und erzählte ihr dann von Ben. Es war das dritte Mal, dass ich von seinen letzten Augenblicken im brennenden Haus erzählte, aber noch immer erschien mir alles irreal.

»Ich hab gesehen, wie er in die Flammen fiel.« Wieder sprach ich den Satz laut aus und starrte Meg dabei an. »Er ist tot, Meg.«

»Wer schert sich schon um diese verdammten Irren?«, rief sie aus. »Er hat unsere Jen umgebracht, ihr das Leben genommen. Hör auf, so zu tun, als täte er dir leid!«

»Und wenn ich nun nicht nur so tue? Sie hat ihm sehr wehgetan. Sie hat ihn zerstört.«

»Na und, Nika? Leute tun einander ständig weh. Wie ich schon mal sagte, darum geht es in Beziehungen. Sie sind eine legale Form der Folter.«

Ich trank meinen Wein aus und bestellte ein weiteres Glas.

»Ich hab das Gefühl, sie war nicht diejenige, für die ich sie gehalten hab ...«

Meg zuckte zusammen.

»Nika, natürlich war sie das! Hör auf, dich wie eine beleidigte Fünfjährige zu benehmen.« Sie seufzte. »Wie konnte ich bloß so blind sein? Ich bin froh, dass er verbrannt ist, weißt du? Ich freue mich, dass er gelitten hat.«

»Sag das nicht ... Er war auch ein Opfer. Er litt unter einem Wahn, und sie behandelte ihn wie Dreck ...«

»Hör dich mal reden, Nika! Sie hat sein Herz gebrochen?! Verdammt, na und? Es gibt Schlimmeres, was man anderen antun kann, körperliche Gewalt zum Beispiel. Aber das gibt keinem das Recht, jemanden zu erstechen, selbst wenn man jeden Abend vor dem Einschlafen an nichts anderes denken kann. Du solltest ihn hassen! Und froh sein, dass er tot ist.« Sie trank einen großen Schluck. »Geh zur Polizei!«

»Warum? Er ist tot, und sein Haus ist komplett abgebrannt.«

»Willst du denn nicht, dass sie ... gefunden wird?«

»Meg ... Darüber habe ich mir gestern Abend ziemlich viele Gedanken gemacht. Lass mich dir etwas erklären. Nur ein Beispiel: Ich hab Hugh Woodward seine Jacke gebracht, und schon stand es am nächsten Tag in der Zeitung. Stell dir vor, wie es wäre, wenn die Polizei Untersuchungen in einem Mordfall aufnimmt und der Täter mit einer Berühmtheit wie Hugh in Verbindung gebracht werden kann. Stell dir den Dreck vor, den die Presse über Jen auskippen wird … Mit wem sie geschlafen hat, welche Drogen sie genommen hat und woher sie dieses Bündel Bargeld hatte. Und als Gegenleistung für diesen Shitstorm würde ich die minimale Chance erhalten, ihre Knochen zu finden.« Ich trank noch einen Schluck. »Ich will, dass sie in Frieden ruhen kann.«

Schweigend tranken wir.

»Wen hattest du im Verdacht?«, fragte ich nach einer Weile.

»Das ist jetzt egal. Ich hab mich geirrt.«

»Manchmal ist es gut, sich zu irren, was?«

Meg lächelte bitter. »In diesem Fall nicht.«

Status: *ungelesen.*

Von: Nika Lukina
An: Jen Lukina

Freitag, 26. Juni 2015
21:18
Babyshambles – *Delivery*

Das war's also. Ich bin zu Hause, in London. Laura ist beim Festival, sodass ich die ganze Wohnung für mich allein hab. Ich hab gerade gebadet, einfach in dem warmen Wasser gelegen und versucht, mich zu entspannen. Im Zug hab ich noch mal über alles nachgedacht. Du warst kein schlechter Mensch. Es ist nicht deine Schuld, dass durch dein Auftauchen das Leben so vieler Leute versaut wurde. Eher war es eine Art Fluch. Ich liebe dich und werde dich immer lieben. Ich hoffe, es gibt einen Himmel, und du sitzt dort mit Mama. Aber ich schaffe es immer noch nicht, Ben zu hassen.

Gerade als ich ins Bett gehen wollte, hörte ich, dass eine neue E-Mail auf meinem Telefon eingegangen war. Ich schaute in meinen Posteingang und sah, dass sie über Myspace gekommen war – von Ben. Er hatte mir eine Freundschaftsanfrage geschickt. Das muss er getan haben, nachdem ich den Bahnhof verlassen hatte. Wow. Die Mail hatte vierundzwanzig Stunden gebraucht. Die verstörendsten vierundzwanzig Stunden meines Lebens. Plötzlich verspürte ich den Drang, mehr über Ben zu erfahren. Vielleicht würde es mir helfen, ihn zu hassen, wenn er sich online als Ekel entpuppte. Also registrierte ich mich und akzeptierte seine Freundschaftsanfrage. Mit Toten befreundet zu sein ist für mich nichts Neues.

Seine Seite ist so vollgestopft wie sein Haus. Unmengen von Fotos, auf vielen warst du zu sehen. Es schien so, als hätte er die Aufnahmen gemacht, wenn du gerade nicht hinschautest. Keine große Überraschung. Außer Bildern hat er Links gepostet oder repostet, meist zu Artikeln über Verschwörungstheorien, übersinnlichem Zeug und ungelösten Mordfällen an jungen Frauen. Er hatte fünfundvierzig Freunde, bei denen es sich zur Hälfte um Bands handelte und ansonsten um Geisterprofile von Leuten, die zu Facebook gewechselt waren und sich nicht mehr um Myspace kümmerten. Zu diesen Freunden gehörtest auch du. Von deinem Myspace-Account hatte ich nichts gewusst. Ich klickte auf deinen Namen – Jenny Libertine.

Dieses Bild von dir hatte ich noch nie gesehen – du trägst purpurroten Lippenstift und eine zu große Lederjacke. Deine Augen sind riesig wie zwei Vollmonde. Dein Status lautete: »Heute war der beste Tag meines Lebens.« Das Update ist vom 23. Juni 2007. Dem Tag, an dem du gestorben bist. Ich bin froh, dass es ein glücklicher Tag war, *sestra*.

Deine Pinnwand entpuppte sich als Sammlung von Liebesbriefen. Die Leute haben sich noch lange nach deinem Verschwinden an dich erinnert.

Natürlich suchte ich nach Bildern von Chris. Und ich fand tatsächlich ein ganzes Album mit dem Titel »Die Jungs aus der Band«. Du trägst sein T-Shirt über einem Kleid, er hat schulterlanges schmutzig blondes Haar. Ihr seid bei einem Gig, und du sitzt auf seinen Schultern. Ihr seht aus wie Kurt und Courtney. Ich wette, das Foto stammt aus der Zeit, kurz bevor du seinen Hoffnungen und Träumen den Todesstoß versetzt hast. Aus der Zeit kurz vor deinem Tod. Dein Ex-Freund sieht mit langen Haaren so trashig und göttlich aus. Und du bist wunderschön. Ein echtes Rock-'n'-Roll-Paar.

Auch deine Videos schaute ich mir an. Sie stammten überwiegend von Konzerten, aber ein paar waren auch im Haus mit der roten Tür aufgenommen. Eins davon hieß »Die Jungs«. Hast du es vom Küchenfenster aus aufgenommen? Spionin! Der Moment war sehr, sehr intim.

Mark sitzt auf dem Boden, die Gitarre auf dem Schoß, Chris auf der Couch ihm gegenüber. Nervös befördert er Fetzen eines Papiertaschentuchs aus seiner Jackentasche. Er wirkt angespannt, schiebt sich ständig eine blonde Locke hinters Ohr und leckt seine Lippen. Dann hellt seine Miene sich plötzlich auf – er hat gefunden, was er gesucht hat.

»Hier ist es! Einen verdammten Moment lang hab ich gedacht, ich hätte es verloren!« Er schwenkt das Taschentuch in der Luft wie eine Trophäe. »Puuuh!«

»Komm schon, Kumpel, her damit«, sagt Mark und schnappt sich das Taschentuch. »Herrlich, das ist es! Ich war drauf und dran, dir eine reinzuhauen, weil du es verschlampt hast. Dieser Text ist ein Geniestreich, sogar für meine Verhältnisse.«

Beide lachen zufrieden, dann reicht er Chris das Papier zurück.

»Fangen wir mit der Bridge an, bist du bereit?«

»Klar.«

Sanft schlägt Mark die Saiten an, und Chris beginnt zu singen. Es ist ein leichter, optimistischer Song darüber, wie man in der Hitze einer Samstagnacht den Kopf verliert und unter der Waterloo Bridge wieder zu sich kommt. Ohne die Bitterkeit und Heiserkeit, die ich neulich im *Queen's Head* wahrgenommen hatte, klingt Chris jungenhaft und fröhlich und ein bisschen wie Liam Gallagher. Dann verhaspelt er sich bei einem Wort, und beide brechen in Gelächter aus. Anschließend konzentrieren sie sich wieder, wie Wissenschaftler in einem Labor, und fangen von vorn an, wobei sie sich die ganze Zeit in die Augen schauen. Der Song kommt diesmal ruhiger und nachdenklicher rüber. Als er zu Ende ist, steht Chris auf und beginnt zu tanzen. Er führt einen dieser albernen Stepptänze auf, bei denen man die Hacken zusammenschlägt. Ich hatte das Gefühl, eigentlich nicht zusehen zu dürfen, als wäre ich eine Voyeurin bei einer Szene, die nicht für Außenstehende bestimmt war. Die beiden hatten pure Freude empfunden, eine Ekstase, die nicht dafür bestimmt war, mit jemandem geteilt zu werden. Dann passierte etwas. Wahrscheinlich musstest du niesen oder so etwas, denn Mark dreht sich um, schaut direkt in die Kamera und hört sofort auf zu spielen.

»Was machst du da?«, fragt er in scharfem Ton und verwandelt sich in den spröden, kühlen, distanzierten Mark Rimmer, den ich persönlich kennengelernt hatte.

»Entspann dich, Mark«, erklingt deine sanfte, süße Stimme mit dem unüberhörbaren russischen Akzent. »Das ist für später, für euer Archiv. Mein Freund, der Rockstar, bei einer Bandprobe. Die Leute müssen Chris' abgefahrene Tanzschritte sehen.«

Chris küsst in Richtung der Kamera und sagt etwas Unverständliches. Mark zieht den Kopf zwischen die Schultern. Die Magie ist verschwunden. Dann war das Video zu Ende.

Da ist noch ein anderes, das ich sehen will, ich glaube, du tauchst darin auf. Aber warte einen Moment, ich hab gerade eine Message bekommen.

Status: *ungelesen.*

Von: Nika Lukina
An: Jen Lukina

Samstag, 27. Juni 2015
16:35
Dirty Pretty Things – *Truth Begins*

Ich weiß, dass ich aufhören sollte, dir Messages zu schicken, aus dem offensichtlichen Grund, dass du tot bist. Aber nicht heute. Heute brauche ich dich, du bist der einzige Mensch, dem ich vertrauen kann. Und wenn mir etwas passiert, wird sicher irgendwer diese Message entdecken.

Wäre das hier ein Film oder ein Buch, würde ich wohl von einer unerwarteten Wendung sprechen. Kann man den Begriff auch fürs normale Leben benutzen? Egal, hier kommt die Wendung: Ich bin auf dem Glastonbury Festival. Na ja, nicht als richtige Besucherin, aber ich sitze vor dem Eingang im Gras, am Bronze-Tor. Wie eine Idiotin starre ich aufs Display meines fast leeren Telefons. Für den Fall, dass du dich fragst, wie ich hier gelandet bin, erzähle ich erst mal das.

Es war ungefähr um drei Uhr heute Morgen, als mir klar wurde, dass ich unbedingt hierherkommen muss. Ich erspare dir die Details, jedenfalls geht es darum, dass ich unbedingt noch einmal mit Mark Rimmer sprechen muss. Und da sein Telefon ausgeschaltet war, dachte ich, dass ich am besten nach Glasto komme und versuche, persönlich mit ihm zu reden. Es hatte schon einmal geklappt, warum also nicht noch mal?

Ja, ja, *da, da*. Mir ist schon klar, dass man unmöglich an Tickets kommt, dass schon acht Monate vor dem Festival alles ausverkauft war und dass die ganze Idee idiotisch ist. Jetzt ist es mir klar. Heute Nacht allerdings sah ich das noch anders, wie jede echte Russin glaubte ich, dass ich mit Geld alles kaufen kann. Nun ja, in Großbritannien offenbar nicht. Aber wie gesagt: Als ich heute Nacht einem Typen zweihundert Pfund überwies, der versprach, mich auf die Gästeliste für den Hospitality-Bereich zu setzen, war ich noch nicht so schlau. Und zweihundert Pfund sind eine Menge Geld, denn seit deinem Tod ist die Weltwirtschaft mindestens zweimal eingebrochen, wodurch der Rubel gegenüber dem Britischen Pfund etwa die Hälfte seines Werts verloren hat – was irgendwie gut für Touristen ist, die Russland besuchen, aber ziemlich beschissen für jemanden, der sich mit Bestechung Zugang zu einem Musikfestival verschaffen will.

Genau genommen war ich anfangs sogar dankbar für diesen Deal, weil das Hospitality-Paket offiziell deutlich teurer gewesen wäre. Nachdem er mir ein paar Backstagefotos von sich selbst zusammen mit einigen Berühmtheiten und Michael Eavis persönlich gemailt hatte, vertraute ich ihm. Und zu guter Letzt erhielt ich sogar eine Bestätigungsmail, dass ich auf der offiziellen Gästeliste stehen würde.

Ich kaufte eine Zugfahrkarte nach Castle Cary. Sobald ich Waterloo Station erreicht hatte, konnte ich den Weg nicht mehr verfehlen. Ich folgte den Scharen von Jungs und Mädels in Kleidern und Regenmänteln, neongrellen Hunter Boots und verrückten Sonnenbrillen zum richtigen Bahnsteig. Ich hoffte auf einen Fensterplatz, damit ich unterwegs Musik hören und hinausschauen konnte. Stattdessen stand ich eingezwängt im Durchgang zwischen zwei Wagen nicht weit weg von den Toiletten, so überfüllt war der Zug nach Castle Cary. Ich lehnte an der Wand, trank meinen Kaffee und beobachtete die Leute ringsum. Zwei Mädels saßen auf ihren Rucksäcken, aßen Obstsalat aus Plastikschüsseln und teilten sich eine Flasche Rosé. Beide trugen rosafarbene Tutus und dazu passende Armreifen. Ein älterer Typ links von mir goss sich ein bisschen Whisky in seinen Kaffee. Er sah mich an, ich lächelte, er bot mir etwas an, doch ich lehnte höflich ab. Jemand ließ Tanzmusik laufen. Eine Gruppe Mädels in The-Red-Room-T-Shirts und mit Plastikblumen im Haar schob sich an mir vorbei und verschwand in der Toilettenkabine. Ich hörte sie lachen. Ich fragte mich, was sie sagen würden, wenn sie wüssten, was ich wusste.

Bei jedem Halt drängten weitere Fahrgäste in den Zug.

Am Ende stand ich in die Ecke gequetscht, gleich neben den Mädels in Rosa, aber der Platz war nicht schlecht. Ich schaute zum Fenster hinaus, und meine Blicke saugten das satte Grün des Grases und das strahlende Blau des Himmels auf. Es war so schön, dass ich beinahe vergaß, warum ich in diesem Zug saß. Die Zeit verging im Flug, bis der Zug endlich an meinem Zielbahnhof hielt. Na ja, dem Zielbahnhof von allen, wie es schien. Als die Menschenmassen ausgestiegen waren, ließ der Zug den winzigen Bahnsteig hinter sich und verschwand zwischen den Hügeln. Ich folgte der Menge und stieg in einen vorsintflutlichen Doppeldeckerbus, in dem es nach Benzin und Erbrochenem roch. Ich setzte mich oben in die vorderste Reihe und behielt ungeduldig die Straße im Auge, weil ich damit rechnete, jeden Moment das Festivalgelände vor mir zu sehen. Dem Zickzackkurs der schmalen Landstraße folgend, kroch der Bus träge die Hügel hinauf und hinab. Schließlich erreichten wir den Parkplatz und hielten an. Draußen roch es nach Gras, Kuhscheiße und Marihuana. Ich drehte mich um. Dann sah ich es.

Alles ging so schnell. Der Entscheidungsprozess, der Weg hierher. Ich hatte keine klaren Erwartungen, keine Bilder im Kopf, wie es hier aussehen würde. Ich war vorher nie auf einem Musikfestival gewesen und dachte an ein paar Bühnen auf einem Feld, eine riesige Menschenmenge und einen Campingplatz. Stattdessen sah ich eine richtige Stadt, die sich in einem Tal zwischen den Hügeln erstreckte. Tausende Zelte in allen Größen und Formen bildeten einen Kreis um die Senke, in der nicht eine oder zwei, sondern ein Dutzend Bühnen standen, alle in verschiedene Richtungen ausgerichtet. Überall waren Leute. Menschenströme drängten sich wie Ameisen aneinander vorbei. Ich hörte Musik, laut und fröhlich. Von irgendwoher weiter entfernt spürte ich den Rhythmus eines gleich bleibenden, tiefen Basslaufs in meinen Ohren. Ich folgte den Schildern am Zaun und ging zum Kartenschalter.

Auf halber Strecke klingelte mein Telefon. Es war Papa. Ich zögerte, ehe ich das Gespräch annahm, wusste aber, dass ich keine andere Wahl hatte. Er hasst es, wenn man nicht rangeht, und ruft immer wieder an, bis man sich meldet.

»*Priwet*, Papa! Bist du aus dem Urlaub zurück?«

»Was? Nein … noch nicht.« Er klang betrunken. »Alles in Ordnung, Nika? Ich hoffe, du machst nichts Dummes und jagst keine Gespenster.«

»Nein«, erwiderte ich. Und musste nicht mal lügen. Dass ich hergekommen war, hatte nichts mit dir zu tun.

»Wo bist du?«

»Bei einem … Picknick mit meiner Mitbewohnerin Laura.« Das war immerhin die halbe Wahrheit. Laura und ich wollten uns treffen, und da wir auf dem Boden sitzen und essen würden, zählte das für mich als Picknick.

»Ich mache mir Sorgen um dich … Ist dir das klar?«

»Ja, Papa.«

Einen Moment lang sagte er nichts. Es rauschte in der Leitung.

»Papa?« Ich dachte, ich hätte ein Schluchzen gehört, aber das konnte nicht sein. »Bist du noch da?«

»Ich hab's mir mit ihr versaut. Ich hab mir geschworen, sie zu behandeln wie mein eigenes Kind, aber ich konnte es nicht.«

»Wovon redest du?«

»Von Jenja. Sie war sechs Monate alt, als ich deine Mama kennenlernte.« Er schluckte laut und schwer. »Sie war nicht von mir.«

»Was?« Ich spürte, wie sich die Härchen in meinem Nacken aufrichteten. Es war ein Schock, doch sobald ich kurz darüber nachgedacht hatte, ergab es tatsächlich Sinn. »Jenja war nicht deine Tochter?«

»Nein. Deine Mama war mit einem Hippie-Rocker *sukin syn* zusammen, einem Dreckskerl. Er schwängerte sie und ließ sie dann im Stich. Sie hat mir nie seinen Namen verraten.«

»Oje …«

»Zuerst war alles gut … Aber dann musste ich immer an die Vergangenheit deiner Mutter denken, sobald ich Jenja anschaute. Ständig ging mir durch den Kopf, dass deine Mama diesen Nichtsnutz geliebt hatte. Und sie hat ihn weiter geliebt, bis ganz zum Schluss. Wenige Tage vor ihrem Tod bat sie mich, ihr die Kassetten vorzuspielen, die sie von ihm bekommen hatte – was war sie doch für eine undankbare Idiotin. Sie hat nie begriffen, was ich für sie getan habe, als ich ihr Kind adoptierte und wie mein eigenes großzog …«

Ich dachte daran, wie er Jenja angebrüllt hatte, wenn sie zu spät zum Essen erschien, wie er ihre Kleidung weggeschmissen hatte, wenn sie Stubenarrest hatte.

»Wusste Jenja Bescheid?«

»Deine Mama hat es ihr erzählt, als sie sechzehn war. Sie meinte, Jenja hätte das Recht, es zu erfahren. Aber sie … Sie wurde einfach immer wilder. Als sie mich dann um Geld bat, damit sie im Ausland studieren konnte, war ich froh, weil ich ihren Anblick nicht mehr ertragen konnte. Ich hätte alles getan, damit sie von mir wegbleibt, von unserer Familie.«

Ich schwieg.

»Ich liebe dich, Nika. Du bist mein Kind, mein Fleisch

und Blut. Ich entdecke meine Züge in deinem Gesicht. Und du bist hartnäckig und stark, so habe ich dich erzogen.«

Nein, dachte ich verbittert. So bin ich trotz deiner Erziehung. Doch ich sagte nichts.

»Sie war eine Belastung und eine Schande. Ich war erleichtert, als sie das Geld nahm und abhaute.«

»Welches Geld?«

»Das für ihre Studiengebühren – achttausend. Das ist der Grund, warum ich nie nach ihr gesucht habe. Sie wollte verschwinden, sie verachtete uns, selbst deine Mama, nachdem sie ihr von ihrem richtigen Vater erzählt hatte. Du wirst sie nie finden.«

»Oh ...« In meinem Kopf drehte sich alles. Ich setzte mich ins Gras beim Zaun.

»Ich muss jetzt auflegen. Olga ist sauer, weil ich sie allein gelassen hab. Pass auf dich auf, *dotschka*. Gott segne dich.«

»Tschüss, Papa.«

Ich schloss die Augen. Tief im Innersten hatte ich immer gespürt, dass zwischen uns beiden ein fundamentaler Unterschied bestand. Schon physisch. Du warst dünn, wild, hattest große Augen und den Kopf voller Ideen. Ich war immer pragmatischer, durchschnittlicher, einfacher, langweiliger. Jetzt weiß ich, warum. Jetzt weiß ich alles – sogar dass Mama und Papa nicht die Ersten füreinander waren, trotz all der Geschichten, die Papa uns erzählt hat. Und du ... vielleicht hast du dein Leben von einer unerfüllbaren Liebe bestimmen lassen, weil Papa dich nie aus ganzem Herzen geliebt hat ... Freud wüsste die richtige Antwort bestimmt.

Status: *ungelesen.*

Von: Nika Lukina
An: Jen Lukina

Sonntag, 28. Juni 2015
4:11
Crystal Castles – *Crimewave*

Der Akku meines Telefons ist leer. Im Augenblick benutze ich ein geliehenes Smartphone, um auf Facebook posten zu können. Dir zu schreiben ist zu einer Art Sucht geworden.

Aber zurück zum Samstag und dem Bronze-Tor. Ich atmete ein paarmal tief durch und beschloss, alles, was Papa gesagt hatte, in einer Kiste zu verstauen, sie abzuschließen und den Schlüssel so lange wegzupacken, bis ich fertig bin mit dem, was mich eigentlich hergeführt hat. Ich stand auf und ging zum Kartenschalter. Es gab keine Schlange, und ich trat direkt an das Fenster.

»Hallo, vielleicht kannst du mir helfen«, sagte ich freundlich zu dem molligen Mädel mit Piercings, die mit ihrem Handy herumspielte.

»Oh, hi«, sagte sie und legte das Gerät beiseite. »Kommst du, um ein hinterlegtes Ticket abzuholen?«

»Ja.«

»Dann brauche ich bitte deinen Ausweis.«

Ich reichte ihr meinen Pass und wartete ein paar Minuten.

»Hmm …«, sagte die junge Frau schließlich. »Es sieht so aus, als könnte ich dein Ticket im System nicht finden.«

»Ich bin Gast von Mister …« Ich nannte den Namen des Mannes, den ich bezahlt hatte.

»Hmm.« Sie runzelte die Stirn. »Was meinst du mit Gast?«

»Er wollte mich für heute und morgen auf die Gästeliste setzen.«

»Ah, ich verstehe. Und hast du ihm zufällig Geld aufs Konto überwiesen?«

»Ähm …« Ich wusste nicht, ob ich das verraten durfte. Wahrscheinlich nicht.

»Warte doch bitte einen Moment hier«, sagte sie und schloss das Fenster. Ich sah, dass sie jemanden anrief. Kurz darauf trat eine Frau Ende dreißig in einer gelben Weste auf mich zu.

»Hallo, ich heiße Kerry Ann. Würden Sie bitte kurz mitkommen?«

Endlich, dachte ich. Sie bringt mich in den Hospitality-Bereich. Doch wir schlugen die andere Richtung ein, zurück zur Bushaltestelle.

»Entschuldigung, wohin gehen wir? Komme ich jetzt rein oder nicht?« Langsam wurde ich nervös.

Die Frau blieb abrupt stehen und drehte sich zu mir um.

»Ich fürchte, Sie sind Opfer eines Betrugs geworden.«

Mir war schon klar, dass ich richtig Mist gebaut hatte, aber ich musste es weiter versuchen.

»Aber ich hab ein Ticket für den VIP-Bereich bezahlt. Wieso ist das Betrug?«

»Ja, ich vermute mal, dass Sie das Ticket nicht über die offizielle Website gekauft haben?«

»Stimmt, aber ich hab trotzdem zweihundert Pfund bezahlt! Wohin gehen wir?«

»Ich habe die Polizei gerufen. Sie wird gleich Ihre Aussage aufnehmen. Es tut mir wirklich leid.«

»Was? Ich will keine Aussage machen, ich will einfach rein. Vielleicht könnten Sie mich irgendwo reinbringen, und wir vergessen die ganze Sache?«

Sie lächelte trocken und schüttelte den Kopf. »Das ist nicht möglich. Sie haben kein Ticket.«

»Hören Sie, ich muss hier wirklich rein. Es ist lebenswichtig … Bitte, Kerry.«

»Kerry Ann«, korrigierte sie mich.

»Kerry Ann, ich bin eine Freundin von … Hugh Woodward von The Red Room. Er wird mich reinlassen … Ich habe bloß seine Nummer nicht. Und das Telefon von Mark Rimmer ist ausgeschaltet.« Ich nahm mein Smartphone aus der Tasche. »Das sind Hugh und ich, am letzten Mittwoch. Sehen Sie, ich bin seine Freundin. Da steht es …«

Kerry Ann lächelte. Ich dachte, ich hätte sie.

»Vielleicht könnten Sie irgendjemanden bei Hugh anrufen lassen … bitte …«

»Hören Sie, Miss, Sie wollen mir erzählen, dass Sie die Freundin eines der Headliner sind und trotzdem einem Kriminellen zweihundert Pfund bezahlt haben, um hier reinzukommen? Warten wir einfach auf die Polizei. Dann können Sie alles erklären, und man wird Ihre Aussage gern aufnehmen.«

»Aber ich will nicht mit der Polizei reden, ich will rein … Bitte, Kerry Ann, es ist sehr wichtig.«

»Wenn Sie sich weigern, mit der Polizei zu reden, muss ich Sie bitten, das Gelände zu verlassen.«

»Was? Ich soll gehen? Ich kann nicht gehen!« Ich packte sie am Ärmel. Das war ein Fehler. Ich begriff es sofort, aber es war zu spät.

»Ich rufe die Security«, sagte sie in scharfem Ton und griff nach einem Funkgerät.

»Schon gut, schon gut … Ich gehe schon.«

Ich drehte mich um, ging los und achtete darauf, mich nicht mehr umzusehen. Ich verließ den Parkplatz und ging an mehreren alt aussehenden Kalksteingebäuden vorbei die Straße entlang. Dann blieb ich stehen und wählte Lauras Nummer.

»Ich komme nicht, sie lassen mich nicht rein.«

»Oh, Scheiße! Wie kann das sein? Ich dachte, du hättest … Beziehungen.«

»Das dachte ich auch. Aber das war ein beschissener Betrüger. Ich bin so eine Idiotin, Laura.«

»Und was hast du jetzt vor?«

»Keine Ahnung. Wahrscheinlich fahre ich zurück nach London.«

»Ah, gut … dann eben nächstes Jahr«, entgegnete sie fröhlich. »Die Foo Fighters haben übrigens abgesagt.«

»Oh, wirklich? Wer spielt stattdessen?«

»Die Libertines, glaube ich. Das behaupten die Leute jedenfalls.«

»Wow!« Ich musste daran denken, dass du Bilo und Biggles hattest sehen wollen. Jetzt waren sie endlich zusammen und spielten sogar hier, an dem Ort, wo du gestorben bist. Verdammt symbolisch, findest du nicht?

»Ja. Also, dann sehen wir uns am Montag zu Hause«, sagte Laura und legte auf.

Nochmals wählte ich Marks Nummer, landete aber direkt auf der Mailbox.

»Scheiße!«, brüllte ich. »Scheiße, Scheiße, Scheiße! Ich bin erledigt!«

»Hey, was ist denn los?« Ich hörte eine Männerstimme hinter mir.

Ich drehte mich um und sah drei Jungs in T-Shirts mit Band-Logos, Jeans und Wanderschuhen. Alle drei trugen riesige Rucksäcke. Typische Festivalbesucher, dachte ich.

»Ratet mal.« Ich lächelte säuerlich.

»Du kommst nicht rein?«, fragte einer der Jungs.

»Ich hab einem Arschloch zweihundert Pfund gezahlt, und er entpuppt sich als Betrüger!«

»Zweihundert Pfund?« Der Typ stieß einen Pfiff aus. »Das ist doch Wahnsinn, was hast du erwartet?«

»Wo du recht hast ... Aber ich muss verdammt noch mal da rein ... dringend. Das war meine einzige Chance.«

Die drei Jungs sahen sich gegenseitig an.

»Wie heißt du?«, fragte derjenige, der bisher das Wort geführt hatte.

»Willst du meine Lage ausnutzen, um dich an mich ranzumachen?«

»Nein, ich versuche nur, höflich zu sein.«

»Prima, Mister Höflich. Ich heiße Nika.«

»Cool, sehr erfreut, Nika. Ich heiße Jack, und die beiden sind Rob und Mike.«

»Dann sag mal, wie dringend du reinwillst«, sagte Rob und trat näher.

Ich musterte ihre Gesichter. Wie Drogenabhängige wirkten sie nicht, dafür waren ihre Gesichter zu rosig. Und Assis waren sie auch nicht. Studenten. Ich wurde neugierig, worauf das alles hinauslaufen würde. Auf jeden Fall hatte ich nichts zu verlieren.

»Es ist ziemlich entscheidend.«

Jack, der mir der Anführer zu sein schien, trat auf mich zu.

»Bist du bereit, das Gesetz zu brechen?«, fragte er leise.

»Vielleicht«, erwiderte ich zögernd.

»Abgesehen von den Eingangstoren gibt es zwei Möglichkeiten, aufs Gelände zu kommen. Wir sind jetzt zum dritten Mal hintereinander umsonst hier«, erklärte Jack. »Es ist schwierig, aber nicht unmöglich.«

»Wie kommt es dann, dass ihr jetzt nicht drinnen seid?«

»Na ja, wir haben gestern Abend einen erfolglosen Versuch gestartet. Danach hat unser vierter Beatle beschlossen, die Sache aufzugeben. Heute Abend, wenn es dunkel ist, versuchen wir es noch mal. Und wir brauchen jemanden als Ersatz für unseren vierten Mann.«

»Wow! Was habt ihr vor?«

»Wir haben eine ausziehbare Leiter.«

Ich warf ihm einen zweifelnden Blick zu.

»Hey, wir sind nicht irgendwelche hergelaufenen Loser, weißt du? Wir haben das schon öfter gemacht. Es wird nicht leicht, und wir werden ein bisschen laufen und uns verstecken müssen. Aber ich weiß, wovon ich rede. Wir sind deine einzige Chance.«

Er legte den Kopf schief und wartete auf meine Antwort. Sie brauchten mich für irgendwas. Ich fragte mich, was es sein mochte.

»Was war die Aufgabe des Typen, der gestern Abend die Biege gemacht hat?«, fragte ich und deutete ein Lächeln an. »Welcher Beatle soll ich sein?«

»Mmm ... George Harrison, schätze ich.« Er grinste.

»Weil ich die schönsten Haare hab?«

»Nein, weil er der Spirituellste war.« Er zog ein kleines Päckchen hervor, ungefähr zigarettenschachtelgroß und mit Alufolie umwickelt. »Du musst unsere Schlüssel zur spirituellen Welt auf dem Gelände bei dir tragen.«

»Was ist das? Drogen? Und wenn ich erwischt werde?«

»Dann wirfst du es weg. Ansonsten besteht die Security überwiegend aus Männern, und die dürfen dich nicht filzen.«

»Und wenn sie mir Handschellen anlegen?«

Sie kicherten.

»Das werden sie nicht tun. Es sind ja keine echten Bullen, sondern nur die Sicherheitsleute des Festivals.«

Ich schwieg, noch längst nicht überzeugt.

»Was passiert mit Leuten, die erwischt werden?«

»Das Schlimmste, was passieren kann, ist, dass sie uns irgendwo am Arsch der Welt absetzen und wir den Weg zurück zum Parkplatz komplett im Dunkeln zurücklegen müssen.«

Ich wischte meine verschwitzten Hände an den Knien ab. Ich wusste nicht, was ich tun sollte, aber die Entscheidung musste schnell fallen.

»Übrigens haben die Glasto-Tickets im allerersten Jahr ein Pfund pro Person gekostet. Und jetzt nehmen sie nicht nur ungefähr zweihundertmal so viel, sondern lassen auch Kanye West auf der Pyramid Stage spielen«, sagte Rob, bei dem es sich, wenn man sein fröhliches Grinsen betrachtete, wohl um Ringo handeln musste. »Das ist ein Frevel, wenn du mich fragst.«

»Ja, es ist lächerlich!« Ich nickte.

»Also, bist du bereit, es der kapitalistischen Geldmaschinerie heimzuzahlen?«, fragte Jack mit einem Lächeln. »Bist du bereit, dir widerrechtlich Zugang zu einem fremden Grundstück zu verschaffen?«

»Es wäre nicht das erste Mal!« Kurz musterte ich ihre Mienen. »Dann gib mir das Ding da, John … oder bist du Paul?«

Status: *ungelesen.*

Von: Nika Lukina
An: Jen Lukina

Sonntag, 28. Juni 2015
4:39
Kasabian – *L.S.F.*

Tatsächlich waren die Jungs bestens vorbereitet. Sie hatten eine riesige Umgebungskarte dabei, die aus drei verschiedenen alten Karten zusammengeklebt und ziemlich detailliert war – im Gegensatz zu denen, die man im Internet findet, wie mir einer der Jungs erklärte. Darauf hatten sie das Festivalgelände mit verschiedenfarbigen Textmarkern eingekreist. Jede Farbe stand für das jeweilige Sicherheitslevel und die Höhe des Zauns. Wie sich herausstellte, hatte Mike, der Stillste von ihnen, vor ein paar Jahren als freiwilliger Helfer fürs Festival gearbeitet und dabei alles über die Security und deren Schwachstellen in Erfahrung gebracht. Mit jedem Wort, das sie sagten, fühlte ich mich ein Stück sicherer. Die Herausforderung, umsonst hineinzukommen, schien den dreien fast so viel Spaß zu machen wie das Festival selbst.

Neben der Karte verfügten sie über eine viereinhalb Meter lange Klappleiter, die in einen Rucksack passte. Jack hatte sie online bestellt und einen Monat auf die Lieferung gewartet. Scheinbar sollte diese Leiter nur ein einziges Mal benutzt werden, denn sie würden sie, sobald sie ihren antikapitalistischen Zweck erfüllt hatte, an Ort und Stelle zurücklassen müssen. Sie war das einzige Eintrittsgeld, das zu zahlen die Jungs bereit waren.

Wir tranken ein bisschen Whisky, um uns Mut zu machen, und setzten uns dann in Bewegung.

»Wir gehen Richtung Südosten«, übernahm Jack mit leiser Stimme das Kommando. Dabei deutete er auf die Büsche hinter einem Feldweg. »Zu den Bäumen dort drüben und dann den ganzen Weg bis zum Steinkreis.«

Bei der Erwähnung des Steinkreises zuckte ich ein wenig zusammen. Aber zum Glück glaube ich nicht an böse Vorzeichen. Wir überquerten den Parkplatz, wobei wir sorgfältig darauf achteten, nicht die Aufmerksamkeit der Ordner auf uns zu ziehen, deren Job es war, alle ankommenden Festivalbesucher zu den Toren zu schicken. Es war Samstagabend, und sie waren zu müde und zu beschäftigt damit, SMS zu verschicken und miteinander zu flirten, als dass sie auf ein Freundesquartett geachtet hätten, das gegen den Strom den Parkplatz überquerte. Wir ließen den Feldweg hinter uns und wollten uns gerade in die Büsche hinter dem Mitarbeiterparkplatz schlagen, als wir jemanden ganz in der Nähe, hinter einem tragbaren Zaun, in ein Funkgerät sprechen hörten. Jack zog mich am Arm.

»Mir nach!«, flüsterte er. Er schlug einen Haken, und wir verschwanden im Gebüsch, wo wir warteten, bis der Wachmann an uns vorbeigegangen war. Es wurde langsam dunkel, und über dem Tal lag milchig blaues Zwielicht. Wir traten aus dem Gebüsch heraus und folgten Jack an einer Hecke entlang. Ich war die Letzte in der Reihe und achtete sorgsam darauf, meinen Fuß wegen dem immer noch empfindlichen Knöchel richtig aufzusetzen. Die Jungs benutzten zur Orientierung einen Kompass – einen echten, keine App. Sie sahen aus, als hätten sie mächtig Spaß. Rob reichte mir einen Flachmann mit Whisky. Ich trank einen kleinen, feurig brennenden Schluck und lächelte. Dabei deutete ich mit dem Kopf in die Richtung, aus der die Musik von den Bühnen zu uns herüberdrang. Wie es aussah, hatte auch ich an der Sache Spaß. Ich weiß nicht, wie viel Zeit vergangen war, schätzungsweise eine Stunde, als wir mit einem Mal das Ende der Hecke erreichten. Es war praktisch unmöglich, irgendetwas vor uns zu erkennen, da der Nebel, der inzwischen aufgekommen war, die letzten Sonnenstrahlen in eine pfirsich- und rosafarbene Glut verwandelte, als steckten wir mitten in einer riesigen Wolke aus Zuckerwatte. Ich musste pinkeln, also blieb ich kurz zurück, damit die Jungs mich nicht sehen konnten. Als ich fertig war, stand ich auf und machte einen Schritt direkt in den Nebel hinein. In diesem Moment bemerkte ich, dass etwas sehr Großes sich auf mich zubewegte. Ich blieb stehen. Das Ding kam noch näher. Ich war wie gelähmt vor Angst und verschluckte beinahe meine Zunge im Bemühen, nicht aufzuschreien. Was immer sich mir da näherte, schien über dem Erdboden zu schweben. Eine Sekunde später tauchte unmittelbar vor mir ein riesiges Gesicht mit großen schwarzen Augen und Hörnern auf. Es stieß einen schrecklichen Schrei aus, ein langes, furchterregendes Brüllen, das durchs ganze Tal hallte. In diesem Moment schrie auch ich. Dann hörte ich Stimmen – nicht weit weg, ein Stück rechts von mir –, die nicht von den Jungs zu stammen schienen. Plötzlich legte sich eine Hand um meinen Unterarm und zerrte mich zu Boden. Das Gras war taufeucht, schlüpfrig und kalt.

»Alles in Ordnung«, flüsterte Jack mir ins Ohr. »Es ist nur eine Kuh, eine weiße Kuh. Davon gibt's hier jede Menge. Wir sind auf dem Gelände eines Milchbetriebs, schon vergessen?«

Ich nickte. Bloß eine Kuh, eine weiße Kuh. Wo hatte ich erst kürzlich von weißen Kühen gehört?

Wir kauerten noch einen Weile am Boden, sodass mein Arm langsam einschlief. Schließlich wurden die Stimmen leiser. Das Einzige, was ich noch hörte, waren die Geräusche vom Festival. Dröhnendes Lachen und das Hämmern eines gleichmäßigen, unaufhörlichen Beats. Jack packte meine Hand, und wir gingen schnell weiter. Inzwischen senkte die Nacht sich schnell auf uns herab. Meine Schuhe wurden schlammig und feucht. Dann endlich, an einer Gruppe maroder, halb toter Bäume, trafen wir auf die anderen. Die Jungs beratschlagten sich leise und kamen zu dem Entschluss, mich in die Mitte zu nehmen, da ich neu war und mich verlaufen oder auf weitere Kühe stoßen konnte. Langsam bewegten wir uns auf die Lichter und die Musik zu. Inzwischen war es beinahe stockdunkel, sodass ich überrascht war, als ich zwischen den Bäumen etwas weißlich Leuchtendes ausmachte. Als wir näher kamen, begriff ich, dass es eine Wand war. Sie wirkte überraschend modern und solide für eine Milchfarm, die von Hippiebauern geführt wurde. Sie war hoch, etwa zweimal meine Körpergröße, und die Oberfläche bestand aus kaltem, glattem Metall. Direkt davor verlief ein Feldweg, auf dem, wie Jack erklärte, die Geländewagen der Security regelmäßig Patrouille fuhren. In Abständen von etwa hundert Metern standen Türme mit riesigen Scheinwerfern, die auf den Feldweg gerichtet waren. Im Augenblick waren die Lichter ausgeschaltet, doch es war offensichtlich, dass die Wand wie ein Weihnachtsbaum strahlen würde, sobald man unbefugte Eindringlinge vermutete. Fast wie die Mauer in Berlin, dachte ich, als ich das hellgraue Metall betrachtete. Leute wie uns wollen sie dort drinnen nicht. Der Gedanke verblüffte mich, entsprach aber irgendwie meinen Grundüberzeugungen: Lieber würde ich über eine vier Meter hohe Wand klettern, als mich damit abzufinden, dass man mich abwies.

Wir gingen noch ein Stück an der Wand entlang, bis wir

die dunkelste und ruhigste Stelle zum Auspacken der Leiter gefunden hatten. Gerade hatten Jack und Rob es geschafft, sie möglichst geräuschlos gegen die Wand zu lehnen, als wir die Lichter sahen – riesige, strahlende Autoscheinwerfer, die um die Ecke bogen. Das Einzige, wozu Jack noch die Zeit hatte, war, die Leiter in ein Gebüsch zu werfen und hinterherzuspringen. Das Auto fuhr langsam, und ich spürte, wie die Wachleute in das Gebüsch starrten, in dem wir vier uns versteckten. Ich hörte das inzwischen vertraute Knacken von Funkgeräten und versuchte, sämtliche Energie auf einen einzigen Gedanken zu fokussieren: Bitte nicht anhalten, bitte nicht anhalten, bitte nicht anhalten. Und wundersamerweise hielten sie nicht an, obwohl sie eigentlich gehört haben mussten, wie wir ins Gebüsch gesprungen waren. Vielleicht war es ihnen egal, vielleicht sehnten sie sich nach einem Kebab und wollten ihren Freundinnen in Ruhe texten, wer weiß. Fast eine halbe Stunde lang verhielten wir uns völlig ruhig, dann hörte ich Jack flüstern, dass wir hier verschwinden müssten, da sie wahrscheinlich irgendwann zurückkämen. Die Jungs packten die Leiter zusammen, leise und vorsichtig. Wir überquerten eine mit Tau bedeckte Weide und erreichten einen verlassenen Kuhstall. Der Himmel war von der Festivalbeleuchtung erhellt, und die Musik war inzwischen lauter geworden. Ich hatte keine Ahnung, wie spät es war, doch ich machte mir nicht die Mühe, auf mein Telefon zu schauen.

Wir betraten den Stall, und Rob nahm seinen Flachmann heraus, um einen Schluck zu trinken. In diesem Moment hörten wir eine Bewegung in der Ecke. Jack schaltete seine Taschenlampe ein, und wir entdeckten eine Gruppe junger Leute, wahrscheinlich noch unter zwanzig, die schuldbewusst ins Licht starrten.

»Hallo, Kampfgenossen!«, sagte Rob fröhlich. »Wo ist eure Leiter?«

»Wir brauchen keine Scheißleiter!«, erwiderte einer der Teenager, der wahrscheinlich der Anführer war. »Wir steigen uns gegenseitig auf die Schultern und springen rüber.«

Die Jungs tauschten vielsagende Blicke und brachen in Gelächter aus.

»Dann ist es wohl euer erstes Mal!«, stellte Jack kichernd fest.

»Verpisst euch!«, zischte der Teenager.

»Das erinnert mich total an unsere Premiere!« Wieder kicherte Jack. »Ein langer Spaziergang im Dunkeln zwischen Elektrozäunen …«

Wir blieben noch eine Weile, solange der Whisky reichte.

»Gut, wie es aussieht, haben sie die Zahl der Wachleute in diesem Jahr erhöht.« Jack runzelte die Stirn. »Irgendwelche Vorschläge für eine geeignete Stelle?«

»Ich denke mir …« – zum ersten Mal hörte ich die Stimme von Mike, dem Typen, der als Freiwilliger in Glasto gearbeitet hatte – »… wir sollten zum Campingplatz des VIP-Bereichs gehen. Oben auf dem Hügel. Und von dort ein Stück runter zum Campingplatz der Mitarbeiter. Im VIP- und Mitarbeiterbereich ist grundsätzlich weniger Wachpersonal unterwegs.«

»Brillant!« Rob strahlte. »Dann mal los jetzt. Ich will heute Abend in Block 9 stehen! Ich hab gehört, Idris Elba tritt dort als DJ auf.«

»Viel Glück, Kinder!«, rief Jack, als wir den Stall verließen. »Und schmiert ordentlich Bepanthen auf eure Verbrennungen … mit Elektrozäunen ist nicht zu spaßen!«

Inzwischen hatte ich keine Angst mehr, im Dunkeln herumzulaufen. Der Nebel hatte sich gelichtet und war von einem kalten Nieselregen abgelöst worden. Mike übernahm an Jacks Stelle die Führung, und wir alle folgten ihm. Um uns herum lauerten kleine Nachttiere. Einmal glaubte ich, den Schwanz eines Fuchses zu erkennen, der vor dem Strahl von Mikes winziger Taschenlampe floh. Ein paarmal wären wir fast mit anderen Guerilla-Trupps zusammengestoßen und grüßten unsere Kameraden winkend und lächelnd. Der Musik vom Festivalgelände nach zu urteilen standen die Headliner schon auf der Bühne, es musste also nach zehn sein. Als wir endlich die richtige Stelle gefunden hatten, gab Mike uns ein Zeichen, und wir blieben stehen. Der Regen wurde inzwischen stärker, meine Klamotten waren feucht und schwer, mein Haar roch wieder verbrannt, meine Verbrennungen und Schnittwunden schmerzten.

Jack und Rob nahmen die Leiter, bauten sie leise zusammen und stellten sie auf. Wir warteten einen Moment und lauschten vorsichtig, ob sich auf der anderen Seite des Zauns etwas tat. Ich glaube, dass dort drüben nicht viel los war, weil alle sich zum Höhepunkt des Abends vor den Bühnen versammelt hatten – ausgenommen ein paar Weggetretene und die, die in ihren Zelten vögelten. Jack stieg die Leiter hoch und schaute sich um.

»Die Stelle ist gut zum Springen. Aber es gibt da ein Problem. Da steht noch ein innerer Zaun. Warum auch immer«, sagte Jack, als er wieder unten war. »Aber keine Sorge, zwischen den beiden Zäunen ist genug Platz zum Landen. Sobald wir drin sind, müssen wir raus aus dem Campingbereich und in der Menge untertauchen. Beim Verlassen des Campingplatzes werden keine Einlassbändchen kontrolliert. Das sollte also problemlos funktionieren. Habt ihr verstanden?«

Er schaute mich an. Ich nickte und versuchte, mir seine Anweisungen einzuprägen.

»Wir treffen uns am Steinkreis«, fuhr er fort. »Nika folgt mir als Erste. Okay?«

»Roger«, erwiderte ich und verstaute alles, was ich in meinen Taschen hatte, mit Ausnahme des kleinen Päckchens, das ich für die Jungs transportierte, sicher in meinem Rucksack.

»Okay. Los geht's.«

Nachdem er alle kurz, aber zärtlich umarmt hatte, kletterte Jack die Leiter hinauf und verschwand auf der anderen Seite. Dreißig Sekunden später folgte ich ihm. Die Sprossen waren glitschig vom Regen, und die ganze Leiter wackelte heftig. Mein Knöchel schmerzte von den Strapazen der stundenlangen Wanderung wieder und sorgte dafür, dass ich mich ungeschickt und schwerfällig bewegte. Und ich begriff nicht wirklich, was Jack mit dem »inneren Zaun« gemeint hatte. Als ich oben ankam, stellte ich fest, dass die Oberkante zu einem aufrecht stehenden »V« gebogen war. Es schien fast unmöglich, hinüberzuklettern. Und doch musste ich rüber, ich hatte praktisch keine Wahl. Und jemand, der vor nicht einmal achtundvierzig Stunden aus einem brennenden Haus entkommen war, sollte eigentlich keine Angst vor einer beschissenen Wand haben. Kurt Cobain hatte es über die Mauer geschafft, dann musste auch ich es hinkriegen.

»Beeil dich!«, hörte ich einen der Jungs von unten zischen. »Wir haben nicht die ganze Nacht Zeit.«

»Doch, eigentlich schon«, sagte ich, zog mein Bein über die Kante, schloss die Augen und sprang.

Ich landete in Jacks Armen, und er setzte mich mitten im berühmten Schlamm von Glastonbury ab.

»Alles klar?«

»Ja.«

Ich schaute mich um. Direkt vor mir entdeckte ich einen hüfthohen provisorischen Zaun von der Art, mit der man mehrere Warteschlangen voneinander abtrennt. Dahinter standen Reihen mit Zelten. Musik und grelles Licht drang durchs Gebüsch ein Stück weiter den Hügel herab. Genau dort lag mein Ziel. In dem Moment, als ich den ersten Schritt auf das Licht zumachte, landete Rob direkt vor mir, wobei er mit dem Rücken böse gegen den inneren Zaun prallte.

»Scheiße!«, schrie er. »Mein Rücken!«

Jack legte ihm schnell eine Hand auf den Mund, doch es war zu spät. Ich bemerkte, dass drei Gestalten in Leuchtwesten auf uns zukamen, mit Taschenlampen und Funkgeräten bewaffnet.

»Scheiße! Sie haben uns gesehen!«, murmelte Jack und rannte auf das Gebüsch zu.

»Alles in Ordnung, Rob? Kannst du laufen? Wir müssen jetzt Gas geben!« Ich beugte mich über ihn und streckte ihm die Hand entgegen. Die Wachleute kamen näher, befahlen uns, stehen zu bleiben.

»Lauf schon los! Ich bin erledigt«, sagte er mit einem dummen Grinsen.

»Aber …«

»Alles bestens!« Er zwinkerte mir zu. »Die Kugel war für mich bestimmt, jetzt lauf schon!« Dann hörte ich ihn rufen: »Bitte holen Sie einen Krankenwagen! Ich glaube, mein Becken ist gebrochen! Ich hab solche Schmerzen!«

Ich drehte mich um und sprang über den inneren Zaun. Doch kaum hatten meine Füße wieder festen Boden unter sich, spürte ich einen Ruck nach hinten. Ich drehte mich um. Mein Rucksack hatte sich in einem Kabel verfangen, das zwei Zaunelemente zusammenhielt. Ich zog fester, so fest ich konnte. Mein Rucksack riss an der Seite auf, und ich sah, wie meine Habseligkeiten im Schlamm landeten.

»Hey du!« Einer der Ordner war höchstens noch ein Dutzend Schritte hinter mir, und seine Taschenlampe leuchtete mir mitten ins Gesicht. »Bleib sofort stehen!«

Rob stöhnte theatralisch. »Ich hab mit das Rückgrat gebrochen! Ich werde das Festival verklagen!« Meine Verfolger zögerten kurz, und ich nutzte den Moment, um loszulaufen, so schnell ich konnte: auf die Musik zu, auf die Menschen und auf das Licht, das niemals ausgeht.

Status: *ungelesen.*

Von: Nika Lukina
An: Jen Lukina

Sonntag, 28. Juni 2015
5:17
Pulp – *Sorted for E's & Wizz*

Ich rannte zwischen Reihen schief stehender Zelte hindurch, stieß mit Leuten zusammen und rutschte den matschigen Abhang hinunter wie ein olympischer Skispringer, der sich im Slalom versucht. Am Rand des Campingbereichs schlug ich mich ins Gebüsch und kam auf der anderen Seite wieder heraus. Vor mir sah ich eine Art Straße, auf der sich die Menschen drängelten wie Autos im Berufsverkehr. Links sprachen zwei Ordner in ihre Funkgeräte, doch es gelang mir, in die Menge einzutauchen, ehe sie mich entdeckten. Ich zog meine Ärmel bis über die Hände hinab, damit niemand bemerkte, dass ich kein Einlassbändchen trug. Für eine Weile ließ ich mich einfach im Strom der Menschen treiben, bis zu einem Platz, an dem sich vier Wege trafen. Ich versuchte, so normal wie möglich zu gehen, trotz des stechenden Schmerzes im Fuß und des Gefühls, dass der Schlamm mich zu verschlingen versuchte. Zum Glück sah ich so aus, als gehörte ich dazu, denn auch die anderen Festivalbesucher trugen vom Regen durchnässte, schmutzige Kleidung. Nur der Glitter, den fast alle hier irgendwo am Körper trugen, fehlte. Die meisten Mädchen hatten ihre Gesichter damit geschmückt, sodass sie wie Masken aussahen. Ich musste an Bens Worte denken, dass die ganze Angelegenheit hier eine riesige heidnische Feier darstellte.

An der Kreuzung hielt ich inne und sah mich um. Hier und dort entdeckte ich Ordner, von denen mir aber keiner besondere Aufmerksamkeit zu schenken schien. Und niemand folgte mir. Allerdings drängelten die Leute. Alle schienen dringend irgendwo hinzuwollen, wie in der U-Bahn zur Hauptverkehrszeit. Ich setzte mich wieder in Bewegung. Schließlich wollte ich nicht auffallen, indem ich so wirkte, als hätte ich die Orientierung verloren oder gehörte nicht hierher. Die Menge schob mich weiter den Weg entlang und durch einen hölzernen Durchgang bis zu einem Tor, an dem in riesigen glitzernden Buchstaben *Shangri-La* geschrieben stand. Es sah aus, als stünde ich in der Schlange, die dort hineinwollte. Ich befand mich in äußerst pittoresker Gesellschaft: bärtige Jungs, die als Glamour-Girls verkleidet waren und Perücken in Neonfarben trugen, grüne Feen mit Gummistiefeln, die sich gegenseitig Glitter ins Gesicht sprühten, kostümierte Steampunk-Pärchen, Frauen, die nur Bikinis und Regenmäntel trugen. Alle wirkten glücklich, grinsten von einem Ohr zum anderen und hatten Augen groß wie Vollmonde. Ich hatte den Schriftzug erreicht und musste einem Mann im förmlichen Anzug ausweichen, der die ausgesprochen hässliche Maske eines Greises mit einer langen, krummen Nase trug. Lärm und Rhythmus erfüllten meinen Kopf. Obwohl ich Angst hatte und allein war, spürte ich deutlich die Euphorie, die in der Luft lag. Plötzlich merkte ich, dass jemand meine Schulter berührte. Ich drehte mich um und sah einen wunderschönen barfüßigen Engel – keine Ahnung, ob männlich oder weiblich –, über und über funkelnd von silbernem Glitter. Der Engel beugte sich herüber und brüllte mir ins Ohr, den Lärm der Party übertönend.

»Willst du in den Himmel?« Sein Atem roch nach Wodka und etwas Bitterem. Ich schaute in die großen Augen mit silbrig-weißen Kontaktlinsen und verspürte den Impuls, wegzulaufen. Der Himmel war kein passender Ort für mich. Und ich lief tatsächlich, so gut ich konnte, schob Leute aus dem Weg und hielt nicht ein einziges Mal an, bis ich zurück auf dem Hauptweg war. Nach einer Weile drosselte ich mein Tempo. Der Adrenalinrausch, den das Übersteigen der Mauer und die anschließende Verfolgung ausgelöst hatten, war abgeflaut. Nun fror ich und musste so schnell wie möglich Laura finden. Mein Telefon war tot, doch vor mir entdeckte ich ein Zelt mit einem Schild: »Ladestation.« Ich griff nach meinem Telefon … Aber natürlich fand ich es nicht in meiner Tasche, wo es hingehörte. Ich hatte es in meinen Rucksack gesteckt, ehe ich auf die Leiter gestiegen war, und jetzt war es wahrscheinlich ruiniert und im Schlamm begraben. Das galt auch für mein Geld, meine Klamotten und alles andere. Ich verließ den Weg und ging auf mehrere Stufen zu, die zu einer Lichtung führten, auf der eine Menschenmenge tanzte – vor und in einem Gebäude, das eher nach Gotham City als auf einen Milchbetrieb zu gehören schien. Ich blieb am Rand der Lichtung stehen, die ins rote Licht des Neonschriftzugs »Hotel« an der Wand des Gebäudes getaucht war. Aus einem Loch in der Wand schaute ein Auto heraus. Die ganze Szene erinnerte mich an *Blade Runner*. Ich zog alles, was ich hatte, aus den Taschen – das in Folie gewickelte Päckchen der Jungs, ein altes Zugticket und ein paar Münzen. Brillant. Ich hätte mich ohrfeigen können.

»Scheiße! *Wot gowno!* Scheiße, Scheiße, Scheeeiiiße!«, brüllte ich voller Wut, was ich sofort bedauerte, als ein Ordner auf mich zukam, offenbar um seine Hilfe anzubieten. Ich stopfte alles zurück in die Taschen und zog mich in den Schutz der Menge zurück. Drängelnd bahnte ich mir den Weg zwischen erhitzten, durchnässten Körpern hindurch, die nach Schweiß, Alkohol und Gras rochen und deren Augen von allen möglichen Highs glänzten. Schließlich schaffte ich es zurück auf den Hauptweg und eilte auf ein Schild zu, das mir den Weg zum Steinkreis wies. Da ich ohnehin keine Chance hatte, Laura zu finden, würde ich eben Jack am Steinkreis suchen. Immerhin bestand die Chance, dass er nicht erwischt worden war.

Ich folgte den Pfeilen und versuchte zu ignorieren, wie nass ich war und wie sehr ich fror. *Wie spät war es eigentlich?* Auf jeden Fall nach Mitternacht. Und doch war fast überall die Party noch in vollem Gang. Ich sah eine junge Frau, die einem Säugling die Brust gab. Das Kind trug einen riesigen roten Kopfhörer und sah aus wie ein winziger Bauarbeiter, der sich an eine nackte Brust drängte. Ein großer Kerl mit einem gewaltigen Schnurrbart und einem Kind auf den Schultern ging an ihnen vorbei. Eine Gruppe Mädels mit blauen Regenmänteln, die Gesichter mit Strasssteinen beklebt, schwamm vorüber wie ein Schwarm Regenbogenforellen in einem rauschenden Gebirgsbach. Ihr frisches, sorgloses Lachen hallte in meinen Ohren.

Schließlich erreichte ich den Steinkreis. Er stand auf einem Hang auf halber Höhe eines Hügels. Überall waren Leute. Kleine Gruppen saßen auf dem matschigen Boden oder lagen auf ihren Regenmänteln. Manche schliefen, andere küssten sich, aber alle schienen den Abend zu genießen.

Hinter dem Steinkreis sah ich ein paar dicht belaubte alte Eichen und eine weiße Wand. Dies musste die Stelle sein, an der wir zuerst versucht hatten herüberzuklettern. Ich versuchte, zielstrebig zu wirken, so, als wäre ich nicht allein, als wäre ich hier mit meinen Freunden verabredet und würde mich bestens amüsieren. Der Kreis war ins weiche, warme Licht eines nahen Lagerfeuers getaucht, und als ich näher kam, stellte ich fest, dass er nicht annähernd so eindrucksvoll war, wie ich ihn mir vorgestellt hatte. Einige der Steine waren nicht größer als ich. Auf dem größten saßen ein paar Mädels, die einen Joint rauchten und die Sterne betrachteten. Jemand spielte auf einer Mundharmonika. Vier barfüßige junge Frauen in Regenmänteln tanzten zu einem aus der Ferne herüberwehenden Rhythmus, ein Mann mit einer langnasigen venezianischen Maske und einem Radiohead-T-Shirt jonglierte mit irgendwelchen brennenden Gegenständen. Jemand bot mir einen mit Lachgas gefüllten Ballon an. Jack war nirgends zu sehen. Ich ging mehrmals um das Areal herum, entdeckte aber keine Spur von ihm. Ich kannte hier niemanden. Ich setzte mich auf einen matschigen Grasflecken in der Nähe des Feuers und streckte die Beine aus, um sie zu wärmen. Inzwischen war meine Kleidung fast trocken, doch ich zitterte noch immer. Vor mir, ein Stück weiter den Hügel hinunter, funkelte und pulsierte das Festivalgelände, lebendig und gigantisch wie ein feuerspeiender Drache. Am Himmel zeigten sich Spuren von Purpur, was bedeutete, dass der Sonnenaufgang nicht mehr lange auf sich warten lassen würde. Wieder eine schlaflose Nacht.

Mit einem Anflug von Neid beobachtete ich eine Clique nicht weit von mir, die vertraut und fröhlich wirkte. Ich hörte sie über die Bands reden, die sie den Tag über gesehen hatten, und über den anschließenden Rave. Sie warteten auf den Sonnenaufgang, bevor sie sich schlafen legen wollten, fest entschlossen, jeden einzelnen Festivaltag so lange wie möglich auszudehnen. Währenddessen reichten sie einen Joint herum und aßen Cheerios. Ich muss sie ziemlich angestarrt haben, denn eines der Mädchen lächelte mir schließlich zu.

»Hey! Geht's dir gut?«

»Ja, prima, danke.« Ich scheiterte kläglich bei dem Versuch, eine fröhliche Miene aufzusetzen.

»Möchtest du?« Sie bot mir den Joint an.

»Lieber ein paar Cheerios«, erwiderte ich lächelnd. Sie kicherte, dann aber begriff sie, dass ich keinen Witz gemacht hatte.

»Komm zu uns rüber.« Sie rutschte ein Stück beiseite, damit ich mich zwischen sie und ein anderes Mädchen setzen konnte. »Ich heiße Lisa. Und wer bist du?«

»Nika«, sagte ich und quetschte mich zwischen Lisa und ihre Freundin. »Danke.«

Sie reichten mir erst den Joint und dann ein volles Päckchen Chips, das ich für mich allein behalten durfte.

»Das sind Robin, Helen und Miles«, stellte Lisa ihre

Freunde vor. Sie alle sahen aus wie Hippies. Wie Leute, die ernsthaft glaubten, das Jahr 1969 würde bis in alle Ewigkeiten dauern.

»Toll, euch alle kennenzulernen«, erklärte ich höflich, nachdem ich eine Handvoll Chips verschlungen hatte.

»Hast du deine Leute verloren?«, fragte Lisa.

»So ungefähr. Ich wollte hier Bekannte treffen, hab aber mein Telefon verloren und …«

»Bist du zum ersten Mal in Glasto?«

»Merkt man das?«

Sie kicherte. »Leute, das glaubt ihr nicht! Nika ist Glasto-Jungfrau und total allein hier.«

»Du kannst bei uns bleiben«, sagte ein Mädchen mit Bubikopf. »Wir haben ein richtig großes Zelt.«

»Echt? Vielen, vielen Dank!«

»Kein Problem!« Wieder reichte mir Lisa den Joint. »Aber wir wollen den Sonnenaufgang abwarten, ehe wir zurück ins Camp gehen. Ist das okay für dich?«

»Klar, absolut.« Ich stieß eine warme, blaue Rauchfahne aus und lehnte mich zurück auf die Ellbogen. Ich hatte das Gefühl, mich für die Großzügigkeit dieser freundlichen Clique revanchieren zu müssen, indem ich wenigstens etwas zum Gespräch beitrug. »Was ist das Coolste hier in Glasto? Warum kommt ihr her?«

Lisa starrte mich an, als hätte ich gerade etwas durch und durch Dummes gefragt.

»Hey, Leute«, wandte sie sich an die anderen. »Nika hat mir gerade eine absolut unmögliche Frage gestellt, bei der ich eure Hilfe brauche. Seid ihr bereit? Also: Nika will wissen, warum wir hierherkommen.«

»Das ist doch leicht!«, rief Robin aus. »Es ist der beste Ort auf Erden.«

»Nein, eigentlich nicht der beste Ort«, warf Miles ein. »Die beste Kombination von Ort und Zeit, denn wenn du nicht zur richtigen Zeit kommst, ist es einfach nur ein Bauernhof.«

»Es ist nicht nur ein Bauernhof!«, erwiderte Lisa. »Der Ort hier ist eine Legende, er ist historisch!«

»Aber ist in Großbritannien nicht alles historisch?«, fragte ich.

»Schon«, meinte Lisa. »Aber der Ort hier ist wirklich etwas Besonderes. Es heißt, Jesus sei hier gewesen.«

»Jesus? Was redest du da?« Miles runzelte ungläubig die Stirn. »Glastonbury wird in der Bibel nicht erwähnt, glaube ich jedenfalls, und immerhin war ich auf einer katholischen Schule!«

»Na ja, er soll die fehlenden Jahre hier verbracht haben, die Zeit, die in der Bibel nicht erwähnt wird. Bevor er Gott wurde.«

»Leute! Ich meinte das Festival – das Musikfestival.« Ich beeilte mich, das Thema zu wechseln. »Welche Bands wollt ihr euch anschauen?«

»Wie gesagt, der Ort ist voller Geheimnisse.« Lisa lächelte. »Und eins davon hab ich gestern entdeckt – einen Überraschungsauftritt der Libertines auf der Pyramid Stage. Es war fantastisch!«

»Sie saß auf meiner Schulter«, sagte Miles. »Ich dachte schon, es hätte zu regnen angefangen, aber es waren nur ihre Tränen, als sie Peter Doherty und Carl Barat am selben Mikrofon sah. Stimmt's, Lisa?«

»Auf keinen Fall!« Sie stieß ihn sanft gegen die Schulter.

»Und ob.«

»Sagt der Mann, der bei Kanye West getanzt hat!«, sagte Robin kichernd.

»Ja, und es war toll! Na und?«

»Ich hab schon die Polizei von Camden Town angerufen. Sie werden dich und Kanye bald verhaften, weil ihr den Geist des Festivals ermordet habt!« Robin grinste hämisch. »Ich bin froh, dass wir Pussy Riot gesehen haben. Sie haben auf einer der kleineren Bühnen gespielt und ein bisschen erzählt. Diese Mädels bewundere ich wirklich! Echte Feministinnen und Freiheitskämpferinnen.«

»Und morgen wollen wir alle die Rede des Dalai-Lama hören, stimmt's?«, sagte Helen, das dritte Mädel.

»Morgen kommt der Dalai-Lama? Wow!« Ich war wirklich überrascht. Mir war nicht klar gewesen, dass Glastonbury mehr war als ein Open-Air-Konzert. Anscheinend war es ein kulturelles Ereignis, das viele unterschiedliche Themen, die den Leuten wichtig waren, miteinander verband.

»Ja, morgen wird der beste Tag des Festivals«, stellte Helen fest. »Und es gibt die besten Headliner – The Red Room. Seit ich von ihrem Auftritt weiß, bin ich total aufgeregt. Hin und weg! Ich hab das Gefühl, es wird ein Abend, an den wir uns noch lange erinnern.«

O ja, ganz sicher, dachte ich, sagte aber nichts.

Etwa eine halbe Stunde später trafen wir mit einer anderen Gruppe zusammen, Freunden von Lisa, die ebenfalls Hippies waren. Von ihnen erfuhr ich, dass der Steinkreis bei den Insidern »Kifferkreis« genannt wurde, weil das bizarre Ambiente traditionell die Kulisse für ein friedliches High und tiefsinnige Gespräche lieferte. Ben hatte recht gehabt, es handelte sich tatsächlich um einen Druidentempel. Einer der Hippies am Lagerfeuer erzählte eine wunderschöne Geschichte über den Kreis.

»Man nennt diesen Ort den Schwanenkreis. Wisst ihr, warum?« Er schaute sich um und kratzte die Haut unter seinem rotblonden Bart. »Seht ihr diesen Stein, der ein Stück außerhalb des eigentlichen Kreises steht? Er wird Schwanenkopf genannt, weil die Sonne genau über ihm aufgeht. Der Erbauer dieses Tempels hat mir erklärt, dass genau dort das Tor zur Unterwelt liegt. Wenn man durch den Kreis geht, trägt man für den Rest seines Lebens einen kleinen Teil der Geisterwelt in sich.«

»Mal langsam«, unterbrach ich ihn, ein wenig benebelt vom Gras. »Wie kann der Erbauer dieses Tempels mit dir darüber gesprochen haben? Es sei denn, du unterhältst dich mit Druidenpriestern, die seit Hunderten von Jahren tot sind. Der Ort hier existiert doch seit tausend Jahren.«

»Genau genommen nicht.« Der Hippie warf mir einen langen, glasigen Blick zu. »Es gibt ihn seit exakt dreiundzwanzig Jahren. Er wurde 1993 von einem gewissen Evan Macbeth entworfen und gebaut. Er ist ein Steinflüsterer. Aufgewachsen ist er in Dartmoor, mitten im Moor. Schon als Junge konnte er die Steine reden hören. Eines Tages trat Mr Eavis, der Gründer von Glastonbury Festival, an ihn heran und bat ihn, hier auf dem Farmland einen Tempel zu bauen. Macbeth streifte monatelang zu Fuß durch Somerset und lauschte dem Wind und den Steinen. Man erzählte ihm die Geschichte von Orpheus, einem Mann, der alle mit seiner göttlichen Musik bezauberte und in die Unterwelt reisen musste, um die Frau, die er liebte, vor dem ewigen Tod zu bewahren. Als Orpheus starb, verwandelten ihn die Götter in einen Schwan und stellten ihn als Sternbild in den Himmel. Dort ist er immer noch und versucht jede Nacht, seine Geliebte zu erreichen. Und wenn die Sonne am Tag der Sommersonnenwende aufgeht – über dem Schwanenkopf –, dann erhebt sich die Göttin und mischt sich unter die Lebenden. Es ist also ein Ort der Verehrung.«

Wow, dachte ich und schaute in den rosafarbenen Himmel, *die Geschichte von Orpheus. Damit kann ich auf jeden Fall etwas anfangen.* Und da war noch ein anderer Gedanke, der sich in meinem Hinterkopf regte und hinauswollte wie eine in den Schrank gesperrte Katze. Ich hatte ihn schon beinahe zu fassen bekommen, als plötzlich ein langer, kristallener Lichtstrahl die Oberkante des Steins berührte. Dann erhob sich die prächtige Krone der Sonne über den Horizont, langsam und stetig, als wäre sie der Höhepunkt der Show. Dazu erklangen ringsum Trommeln und Jubel.

Die Leute um mich herum tanzten, inhalierten Lachgas, schliefen, sangen, liebten sich. Ich wollte ein Teil von alldem sein, beobachtete stattdessen aber einfach die wechselnden Farben des Himmels. Ich fühlte mich dir nahe, Jenja, glaubte fast, deine Berührung zu spüren – meine kalte, weiße Morgengöttin. Ich bat Lisa, mir ihr Telefon zu leihen, und nun hab ich dir alles erzählt. Und während ich diese letzten Worte tippe, steigt die Sonne über dem Schauplatz des letzten Akts meiner Geschichte höher und höher. Sie taucht alles, was am Fuß des Hügels liegt, ins rote Morgenlicht.

Status: *ungelesen.*

Von: Nika Lukina
An: Jen Lukina

Sonntag, 28. Juni 2015
20:01
Blur – *Park Life*

Jenja, bald hat das alles ein Ende. Wahrscheinlich fragst du dich, warum ich das tue, was ich tue. Aber du musst mir vertrauen und dich noch ein bisschen gedulden. Im Moment sitze ich in der Garderobe von Mark und Hugh hinter der Pyramid Stage. Was gesagt werden musste, ist gesagt, und ich warte nun einfach, dass die Konsequenzen daraus ihren Lauf nehmen. Hinter mir singen hundertfünfzigtausend Leute gemeinsam mit Mister Paul Weller. Der Himmel wird langsam purpurrot, und bald wird die Sonne untergehen. Ich höre auf Marks iPod *In Rainbows*. Ich kannte die CD, hatte aber scheinbar nie richtig zugehört, falls du verstehst, was ich meine. Sie wurde kurz nach deinem Tod veröffentlicht und ist das Schönste, was Radiohead je gemacht haben, vom ersten bis zum letzten Ton. Derart beruhigend, dass ich vor nichts mehr Angst habe, auch nicht vor dem, was noch kommt.

Heute Morgen erwachte ich in einem Zelt. Mein Rücken schmerzte vom Schlafen auf der kalten, nassen Erde. Die Luft im Zelt war feucht und mehr oder weniger sauerstofffrei. Ich steckte den Kopf hinaus und sah Miles, der Wasser in eine Aluminiumtasse schüttete. Lisa und die anderen saßen auf Klappstühlen, die langsam im tiefen, kaffeebraunen Schlamm zu versinken schienen. Im Mittelpunkt des Kreises stand ein Campingkocher mit einem Kessel darauf. Meine großzügigen Gastgeber servierten mir zum Frühstück Nudelsuppe, Kekse und eine Tasse Instant-Kaffee. Alles schmeckte himmlisch.

Eine Weile aßen wir schweigend. Ich hatte mir Lisas Telefon geliehen, um festzustellen, ob Laura online war, doch das war sie nicht.

»Also, was hast du heute vor?«, fragte Helen, als wir mit dem Frühstück fertig waren.

»Ich … Ich muss jemanden finden.«

»Aber du hast kein Telefon?« Miles warf mir einen neugierigen Blick zu. »Und übrigens auch kein Festival-Armbändchen.«

»Oh …« Ich merkte, dass ich mir die Ärmel hochgerollt hatte und alle deutlich sehen konnten, dass ich nichts an meinen Handgelenken trug. »Ich … Ich hab's verloren.«

»Schon gut, mach dir keine Sorgen«, sagte Lisa in beruhigendem Ton. »Von uns wird dich keiner verpfeifen. Wir sind bloß ziemlich neugierig, wie du reingekommen bist.«

»Na komm, sag schon«, forderte Miles mich auf.

Bei einer Dose Lagerbier erzählte ich ihnen die Geschichte von dem Betrug mit der Gästeliste und dem Abenteuer mit der Leiter. Ungläubig hörten sie mir zu.

»Dann hast du buchstäblich nichts bei dir? Wie willst du hier überleben?«, fragte Robin.

»Na ja, das Einzige, das ich besitze, ist in dem Päckchen, das die Jungs mir zur Aufbewahrung gegeben haben.« Ich zog es aus der Tasche und zeigte es ihnen.

»Weißt du, was drin ist?«, fragte Lisa mit unschuldigem Lächeln. »Vielleicht sollten wir mal nachschauen.«

»Ja, zeig uns, was drin ist …« Miles nahm es mir ab und löste die Alufolie. »Wow!«

»Was ist das?«, fragte ich, als ich die Erregung in seiner Stimme wahrnahm.

»Pillen!« Er nahm eine heraus und warf einen gründlicheren Blick darauf. »E.«

Ich seufzte. »Ihr könnt es haben, wenn ihr wollt. Ich kann damit nichts anfangen.«

»Machst du Witze?« Miles zog die Augenbrauen hoch und gab mir das Päckchen zurück. »Nika, damit bist du steinreich! Wenn du ein paar davon verkaufst, kannst du dir ein Zelt, einen Schlafsack, Gummistiefel und sonst was kaufen.«

»Echt?«

»Ja.« Er nickte.

»Aber ich bin keine Dealerin. Also nehmt sie, wenn ihr wollt, als Dankeschön für das Essen und alles.«

»Wow, danke, das ist sehr großzügig!«, sagte er. »Aber behalt ein paar, für alle Fälle. Damit kommst du hier weiter als mit Geld, es ist die ideale Währung. Falls du Essen, einen Unterschlupf oder eine Mitfahrgelegenheit nach Hause brauchst. Oder das Bedürfnis nach ewiger Liebe spürst. Aber sei vorsichtig. Nimm nie mehr als eine pro Stunde und trink eine Menge Wasser dazu.«

»Danke!« Ich kippte die Hälfte der Pillen in eine leere Zigarettenschachtel und reichte sie ihm. Dann stand ich auf, streifte mir die Kekskrümel von den schmutzigen Klamotten und bereitete mich auf den Abschied von meinen neuen Freunden vor.

»Eigentlich könnte ich dir etwas zum Anziehen geben«, sagte Lisa aus heiterem Himmel. »Als Zeichen unserer Freundschaft.«

»Danke.«

Wir gingen zurück ins Zelt. Ich muss zugeben, dass ich mich ein bisschen wie Aschenputtel fühlte, als Lisa und ihre Freunde mich kämmten und mein Gesicht mit Glitter bemalten. Sie liehen mir ein langärmeliges Kleid mit Blumenmuster und mehrere Armbänder, mit denen ich kaschieren konnte, dass ich kein Einlassbändchen trug. Draußen teilten wir uns eine Dose Bier, um meine Runderneuerung zu feiern. Dann trennten wir uns. Langsam gewöhnte ich mich daran: Man lernt Leute kennen, verbringt ein bisschen Zeit mit ihnen und verabschiedet sich wieder. Das ist in Ordnung, so ist das Leben. Es bringt nichts, traurig zu sein oder sich gegenseitig falsche Versprechungen auf ein Wiedersehen zu machen.

Ich verließ den Campingbereich und kehrte auf den Hauptweg zurück. Es war bereits nach Mittag, doch auf dem Weg war längst nicht so viel los wie gestern Abend. Schwere Wolken am Himmel kündigten einen regnerischen Nachmittag an, aber die Leute ringsum lächelten, als würde sie das kein bisschen interessieren. Diese Einstellung gefiel mir.

Das Festivalgelände kam mir vor wie ein LSD-Trip von Lewis Carroll. Bizarr, überfüllt und ziemlich laut. Und dieser ganze Schlamm … Ich meine, ich hatte ja erwartet, dass es matschig sein würde, aber am Sonntagnachmittag war das Gelände ein einziger Sumpf. Du erinnerst dich an den Glasto-Schlamm, stimmt's? Dick, klebrig und dunkelbraun. Er ist überall: in deinen Haaren, unter deinen Nägeln, in deinem Mund und unter deiner Kleidung. Ich wette, dass ich ihn noch in einigen Wochen schmecken werde. Der Matsch ist so tief, dass man kaum vorankommt, er saugt deine Füße an und begleitet jeden Schritt mit einem schmatzenden Geräusch. Man muss sich bloß zweihunderttausend Paar Füße vorstellen, die gleichzeitig dieses Geräusch machen. Es vermischt sich mit Geplauder, Rhythmen, Melodien und Lachen – so klingt Glasto! Und neben dieser Geräuschkulisse gab es auch noch den Geruch. Oh, dieser Geruch! Es stinkt. Wenn ich den heutigen Tag überstehe, wird er mich für den Rest meines Lebens verfolgen. Schlamm, Pisse, Marihuana und frisch gemähtes Gras, dazu Zimt, Kaffee und Speck. Bitte schön, die ganz besondere Glastonbury-Note!

Trotz alldem – oder vielleicht auch deswegen – genieße ich es, hier zu sein. Wie gern hätte ich mich in der Menge der Feen und Elfen und Hippies verloren, mit einem freundlichen Fremden einen Pappbecher Wein geteilt, mir die hübschen Jungs angeschaut, die unter der Kuppel des gestreiften Zirkuszelts Feuer schluckten, zu Patti Smiths *Because The Night* vor der Pyramid Stage getanzt und meine Haare fliegen lassen, um dann zum guten Schluss im *Shangri-La* auszuflippen. Doch das kam nicht infrage. Fast schien es mir, als ob alles, was um mich herum geschah, nur dem einen Zweck dienen sollte, mich von meiner Mission abzulenken.

Ich musste einen Weg finden, zu Mark zu gelangen. Er und die Band sollten um Viertel nach neun auf der Hauptbühne auftreten. Sie mussten schon irgendwo in der Nähe sein. Gründlich studierte ich die Karte vom Gelände. Der Bereich zwischen Pyramid Stage und The Other Stage war auf der Karte als Zone mit beschränktem Zugang ausgewiesen, was bedeutete, dass sich dort wahrscheinlich ihre Garderobe befand. Ich ging zweimal um den Bereich herum, der von einem grünen, rund zwei Meter hohen Zaun umgeben war. Darüber zu klettern kam nicht infrage – zu viele Menschen. Es gab verschiedene Zugänge, die von Ordnern in gelben Neonwesten blockiert wurden. Sie kontrollierten bei allen, die hineinwollten, die VIP-Pässe. Ich blieb in der Nähe des Eingangs stehen, der genau zwischen den beiden Bühnen lag. Einen Plan hatte ich nicht. Oder um es genauer zu sagen: Ich hatte von Anfang an keinen Plan gehabt, seit dem Moment, als ich in das unselige Chaos hineingeraten war, mit dem ich mich seit über einer Woche herumschlage. Vielleicht war es Zeit, endlich loszulassen? Ich hatte die Wahrheit über dich herausgefunden, dein Mörder war einen schrecklichen Tod gestorben, und eigentlich war das für mich ausreichend. Vielleicht war es Zeit, mit alldem abzuschließen und einfach zu verschwinden? Denn das, was ich jetzt vorhatte, betraf mich eigentlich nicht direkt. Außerdem war es gefährlich und würde Konsequenzen für eine Menge Leute haben. Aber wie wäre das möglich? Wie sollte ich vergessen, was ich wusste? Es ging einfach nicht. Solches Wissen ist wie eine unheilbare Krankheit. Egal, wie angestrengt man versucht, damit zu leben, man wird sich nie völlig davon erholen. So, wie ich mich nicht ganz davon erholen würde, dass ich Ben hatte fallen sehen oder dass ich eben erst ganz neue Wahrheiten über dich und unsere Familie erfahren hatte. So, wie ich mich nicht ganz davon erholen würde, was mir in diesem Studentenwohnheim angetan worden war ... Ich wünschte, ich könnte jenen Tag noch einmal leben und einfach nicht in die Studentenkneipe gehen. Aber das ist unmöglich. Letztlich war dieser Vorfall der Auslöser von alldem hier und gehört jetzt zu mir – wie das, was mit dir, Mama, mir und Ben geschehen ist ... und wie das, was ich Mark nun erzählen muss. Auch das ist ein Teil von mir. Vielleicht ist es Schicksal? Vielleicht war mein ganzes bisheriges Leben eine Vorbereitung auf diesen Moment? Vielleicht ist alles, was geschehen ist, nur geschehen, um mich an den Punkt zu bringen, an dem ich jetzt bin? Als ich dort am Tor stand, stellte ich mir diese Fragen, und ich stelle sie mir noch immer. Vielleicht ist es noch nicht zu spät zum Weglaufen?

Es fing an zu regnen. Ein riesiger kalter Tropfen landete auf meinem Gesicht und malte einen langen, schimmernden Streifen auf meinen Hals. Es war Zeit, in die wirkliche Welt zurückzukehren, mein normales Leben wieder aufzunehmen und das alles hier zu vergessen. Schließlich war ich nicht dafür verantwortlich. Ich machte einen Schritt in Richtung des Campingbereichs, um Lisa zu suchen und bis zum Ende des Festivals mit ihr und ihren Freunden zusammenzubleiben. Vielleicht sollte ich etwas E nehmen und die ganze Nacht raven, bis der erste Sonnenstrahl auf den Steinkreis fiel. Und dann würde ich lachen, tanzen und zu der Göttin in Weiß beten. Ganz langsam ging ich durch den Schlamm, weg vom VIP-Bereich, lächelte und fühlte mich gleichzeitig beschämt und erleichtert – ein Gefühl, das man nur hat, wenn man sich eine Schwäche eingesteht. In diesem Moment wurden meine Gedanken von einem plötzlichen lauten Hupen unterbrochen. Ich blickte auf. Direkt vor mir stand ein Auto, ein Jeep. Offenbar war ich ihm direkt in den Weg gelaufen. Auf dem Vordersitz entdeckte ich ein vertrautes Gesicht. Ich brauchte einen Augenblick, um es zuzuordnen, und dann fiel mir der Name nicht ein. Inzwischen hatte die Frau das Fenster heruntergekurbelt und rief mit einem ausgeprägten amerikanischen Akzent: »Würden Sie bitte aus dem Weg gehen, Miss?«

»Shauna!« Jetzt dämmerte es mir. »Shauna Rossi!«

Sie starrte mich ausdruckslos an. Ich lief zur Fahrertür und steckte den Kopf durchs Fenster.

»Hi, Shauna! Ich bin's, Nika Lukina, erinnern Sie sich, aus Notown?«

Sie blinzelte.

»Hugh hat Sie gebeten, auf der Facebook-Seite von The

Red Room einen Aufruf wegen meiner verschwundenen Schwester zu posten.«

»Oh, Scheiße!« Sie riss die Augen auf. »Tut mir so leid, dass ich es vergessen hab. Ich kümmere mich sofort darum, nur sag Hugh bitte nichts. Er war sauer auf mich wegen … du weißt schon, dem kleinen Missverständnis bei der Signierstunde.«

»Schon okay, kein Problem.« Ich lächelte ihr beruhigend zu. »Ich frage mich gerade, Shauna, ob Sie mir einen kleinen Gefallen tun könnten.«

»Klar.«

»Ich hab mein Telefon verloren. Könnten Sie Mark bitte die Nachricht zukommen lassen, dass ich hier bin und mit ihm reden muss?«

Zweifelnd runzelte sie die Stirn.

»Keine Sorge, ich verrate auch nicht, dass Sie vergessen haben, worum Hugh Sie gebeten hat«, fügte ich augenzwinkernd hinzu.

»Okay, ich sag's ihm. Aber wo finden wir dich?«

»Ich bleibe hier, gleich am Tor.«

Sie fuhr los und ließ mich im Matsch zurück. Nun war ich einen Schritt näher an dem dran, was ein Teil von mir nicht tun wollte. Ich lehnte mich an einen ausladenden Baum, um Schutz vor dem Regen zu finden, und betrachtete die Vorbeikommenden. Nach einer Weile hörte ich, wie jemand meinen Namen rief. Ich drehte mich um. Es war Shauna. Sie hielt einen Plastikausweis in der Hand.

»Hier«, sie legte mir das Band um den Hals. »Komm mit. Aber du hast nicht viel Zeit. Sie sind in zwei Stunden dran. Mark muss sich ausruhen. Sie haben gestern auf einem großen Festival gespielt und sind gerade erst wieder zurück im Land.«

»Ja, klar«, sagte ich, zeigte dem Ordner meinen Pass mit der Aufschrift: Sonntag, Gast, The Red Room. »Es dauert nicht lange.«

Das war eine Lüge.

Wir gingen ungefähr zehn Minuten, bogen in eine Gasse zwischen Toiletten- und Duschkabinen und kamen an einer Bar vorbei, wo Leute Champagner für fünfhundert Pfund pro Flasche aus Pappbechern tranken. Schließlich erreichten wir eine Reihe Garderobencontainer, an deren Türen DIN-A4-Blätter mit Bandnamen klebten. Im VIP-Bereich war es genauso matschig wie überall, und irgendwie befriedigte es mich, dass die Leute hier, bekannte Gesichter aus dem Fernsehen, dasselbe Problem hatten wie die Festivalbesucher. Ich fragte mich, ob Hugh dieselben Motorradstiefel trug wie neulich. Wir gingen noch ein Stück, bis wir uns in unmittelbarer Nähe der Pyramid Stage befanden. Dort stand ein Garderobencontainer, der ein kleines Stück größer war als die übrigen. »The Red Room« stand an der Tür.

Shauna klopfte und ließ mich als Erste in den warmen, grauen Raum treten. Mark saß auf einem Sofa in der hintersten Ecke und war mit seinem Telefon beschäftigt. Links vom Eingang stand ein Tisch mit Snacks und Getränken, rechts gab es ein paar Stühle und ein paar schwarze Kunststoffbehälter mit aufgesprühtem Red-Room-Logo, wie man sie für den Transport teurer Musikinstrumente verwendet. Mark blickte auf. Ohne Brille wirkte sein Gesicht jünger.

»Nika, was für eine angenehme Überraschung.« Er stand auf und lächelte aufrichtig.

Ich bemerkte die dunklen Ringe unter seinen Augen. Sein Atem roch nach Rum.

»Hallo, Mark.« Mitten im Raum blieb ich stehen und

wartete, bis Shauna beim Hinausgehen die Tür hinter sich geschlossen hatte. »Ich muss dir etwas wirklich Wichtiges sagen.«

Von: Nika Lukina
An: Jen Lukina

Sonntag, 28. Juni 2015
20:33
Bright Eyes – *Devil in the Details*

Es war Barbora, die mir neulich abends, als ich mir deine Myspace-Videos anschaute, eine Message schickte. Ausgerechnet sie, die dich so hasste. Eine von etlichen Leuten, die dich hassten – wie ich inzwischen weiß.

Sie fragte, ob wir uns treffen könnten. Es war schon spät, aber ich stimmte trotzdem zu. Mein Gefühl sagte mir, dass sie sich nicht gemeldet hätte, wenn es nicht um Leben und Tod gegangen wäre. Und ich hatte recht, aber lass mich genau erzählen, wie es ablief.

Wir verabredeten uns in einem Pub gegenüber von meiner Wohnung. Da Freitag war, hatte er bis ein Uhr geöffnet. Obwohl ich vor der vereinbarten Zeit kam, war sie bereits da. Sie stand an der Bar und trank einen WKD Pink, passend zu ihrer Haarfarbe. Sie war dünn, irgendwie punkig und hätte gut ausgesehen, wäre da nicht ihr Gesicht gewesen. Es wirkte leicht verwittert, wie es bei Party-Girls oft der Fall ist, wenn sie die dreißig erreichen: Ihre Augen waren verquollen, die Lippen merkwürdig und unnatürlich geformt, und ihre Haut war blass und fleckig. Als ich näher kam, wandte sie sich zu mir um.

»Nika!«, begrüßte sie mich lässig, als würden wir uns

schon seit ewigen Zeiten kennen und uns nicht zum ersten Mal überhaupt zu nächtlicher Stunde in einem halb leeren Pub begegnen. »Hallo!«

»Hi.«

Ich bestellte einen Fruchtsaft, da ich keinen Alkohol trinken wollte.

»Tut mir leid, dass ich beim letzten Mal so unfreundlich war. Diese ganzen Fragen nach der Vergangenheit kamen so unerwartet. Ich denke nicht oft an die Zeit zurück. Ich hoffe, du bist nicht sauer?«

Ich schüttelte den Kopf. »Tut mir leid, dass ich dich gezwungen hab, wieder daran zu denken.«

Sie spielte nervös an ihrem Lippenpiercing. Ich wartete.

»Es ist eine lange Geschichte. Hast du Zeit?«, sagte sie schließlich.

»Ja.«

Sie leerte ihr Glas und bestellte ein neues.

»Ich komme aus der Tschechischen Republik, weißt du? Vor zehn Jahren kam ich her, um Geld zu verdienen. Ich hab eine Tochter, sie ist jetzt zwölf. Ich ließ sie bei meinen Eltern in Jeseník zurück, als ich herzog. Dann begegnete ich Ali. Er wollte mich heiraten, weißt du, an seinem letzten Weihnachtsfest hat er um meine Hand angehalten. Und er wollte meine Tochter nach England holen. Damit wir eine richtige Familie sind … und dann starb er.« Mit der Spitze ihres Zeigefingers rieb sie sich den Augenwinkel, wobei sie sorgfältig darauf achtete, ihr perfektes Make-up nicht zu ruinieren. »Nach seinem Tod zog ich nach London und machte wieder das, was ich schon gemacht hatte, bevor ich ihn kennenlernte. Ich arbeitete als Hostess. Und das war okay, ich verdiente gut und dachte nur daran, endlich genug zu haben, um meine Tochter herzuholen … Ein

Jahr verging, vielleicht auch achtzehn Monate. Dann wurde ich zu dieser Party eingeladen, wie soll ich es erklären? Eine bestimmte Sorte Party – eine private. Da hab ich ihn gesehen.«

Sie machte eine Pause und schaute sich nervös um.

»Rauchst du, Nika?«

Ich schüttelte den Kopf.

»Hast du was dagegen, wenn wir kurz rausgehen? Ich brauche eine Zigarette.«

Ich folgte ihr in den Biergarten, wo wir uns einen Tisch in der Ecke suchten, von dem aus wir alles im Blick hatten. Sie zog ein Päckchen Superkings aus der Tasche und rauchte gierig.

»Wen hast du auf der Party gesehen, Barbora?«

»Warte. Bevor ich es dir erzähle, muss ich wissen, wie nahe du … der Band stehst, The Red Room.«

»Na ja, Mark hat mir sehr bei meiner Suche geholfen, er ist wirklich ein netter Kerl …«

»Vor ein paar Tagen hab ich dein Bild in der Zeitung gesehen.«

»Ach, das?« Ich lächelte und schüttelte den Kopf. »Es ist nicht so, wie es aussieht. Ehrlich gesagt, kenne ich ihn kaum. Hugh war nur …«

»Er war es.« Sie unterbrach mich. »Es war Hugh Woodward. Ihm bin ich auf der Party begegnet. Er erkannte mich sofort, er war so süß und charmant. Er tat sogar so, als wäre ihm nicht klar, dass ich für meine Anwesenheit bezahlt wurde. Als wären wir alte Freunde, verstehst du? Wir tranken etwas und redeten über die guten alten Zeiten. Er riss ein paar Witze über die berühmten Leute, die er kennengelernt hatte. Als er ging, bat er mich um meine Telefonnummer. Ich hätte nie gedacht, dass er mich anruft, schließlich war er ein aufstrebender Star, sein Gesicht war oft in der Zeitung, und er hatte diese wunderschöne Moderatorin als Freundin. Aber nach ungefähr drei Wochen meldete er sich. Wir gingen etwas trinken und landeten hinterher zusammen im Bett. Anfangs trafen wir uns in verschiedenen Londoner Hotels. So ging es ungefähr drei Monate. Dann gab er mir das Geld, um eine Wohnung zu mieten. Es war nichts Besonderes, eine winzige Dreizimmerwohnung in Shepherds Bush, aber plötzlich hatte ich die Möglichkeit, meine Tochter nach England zu holen. Ich arbeitete weiter als Hostess, und er hatte kein Problem damit. Manchmal verschwand er für mehrere Monate, manchmal verbrachte er das ganze Wochenende in der Wohnung und benutzte sie als Rückzugsort, wo er tun konnte, was er wollte. Ich bin keine Idiotin und machte mir keine Illusionen, aber das heißt nicht, dass ich nichts für ihn empfunden hätte. Ich fühlte mich sicher, zum ersten Mal seit … Ali.« Sie hustete, drückte die Zigarette aus und zog eine neue aus dem Päckchen. »Aber dann … Er war schon immer exzentrisch im Bett gewesen, wenn du verstehst, was ich meine. Ich erspare dir die Einzelheiten, aber er stand nicht auf Dinge, die Männer normalerweise gern machen. Mir war es egal, ich wollte, dass er zufrieden war. Manchmal glaubte ich sogar, dass es auf Gegenseitigkeit beruhte.«

Barbora lächelte bitter und rieb sich wieder das Auge.

»Ich erinnere mich an den Moment, als es mir zum ersten Mal auffiel. Ich meine, tief im Innersten hatte ich es von Anfang an gewusst, aber an diesem Tag … Er war in meiner Wohnung. Es war früh am Morgen, und ich ging in die Küche und sah ihn mit meiner Tochter. Er hielt ihr Gesicht in den Händen und sagte, sie hätte etwas im Auge und er wollte ihr helfen, es herauszuholen … Aber irgendwie stimmte es nicht. Plötzlich fielen mir Dinge auf. Wie er sie anschaute. Dass er immer einen Grund fand, sie zu berühren und in ihrer Nähe zu sein. Ich versuchte, es auf die Drogen zu schieben, die wir zusammen genommen hatten, und auf meine Paranoia. Ich wollte nicht, dass es stimmte. Und dann kam er eines Tages nach einem wichtigen Gig zu mir, völlig fertig vom Alkohol und Gott weiß was noch. Seine Augen wirkten ganz wild. Er war total geschwätzig, redete und redete, vor allem über seine Fantasien.«

Sie vergrub das Gesicht in den Händen und schwieg eine Weile.

»Sobald er am nächsten Morgen gegangen war, packte ich unsere Taschen und zog aus. Das war vor vier Jahren, als sie bei MTV den Preis für das Album des Jahres gewannen. Ich wohnte für ungefähr sechs Monate bei einer Freundin. Er rief mich kein einziges Mal an. Und dann fand ich heraus, dass er die ganze Zeit übers Internet mit meiner Tochter kommuniziert hatte. Ich las ihre Messages. Es klang süß und anrührend. Er sagte, er würde mich und sie und die Wohnung vermissen. Ich fragte mich, ob es vielleicht an meinem Meth-Konsum gelegen hatte oder an meiner Paranoia. Vielleicht war alles gar nicht so schlimm? Vielleicht hatte er mich bloß auf den Arm genommen, als er mir von diesen Dingen erzählte, um die seine Fantasien kreisten? Wie sehr wünschte ich mir, mich geirrt zu haben. Ich rief ihn an, und wir trafen uns in dem Hotel, in dem wir zum ersten Mal miteinander geschlafen hatten. Er wirkte irgendwie verändert. Kälter und rauer. Mittlerweile nahm er mehr Drogen. Er hing ständig am Telefon, plauderte, lächelte, kicherte, machte Fotos von sich selbst im Spiegel, von uns beiden. Eine Weile trafen wir uns gelegentlich. Als ich ihn schließlich auf diese Fantasien ansprach, sagte er, dass er sie nicht mehr hätte, weil er einen Weg gefunden hatte, sie wahr werden zu lassen. Ein bestimmter Typ Mädchen, Minderjährige, postete Kommentare auf Facebook, schickte ihm Messages, erwähnte ihn auf Twitter. Es war leicht. Er suchte sich diejenigen raus, auf die er stand, er musste sie nicht mal anlocken, weil sie sowieso alles für ihn getan hätten. Er mochte sie jung und frisch. Es machte ihm Spaß, sie zu entjungfern, immer neue Mädchen. Das waren seine Worte. Überall auf der Welt arrangierten sie Treffen und benutzten dazu gefälschte Accounts. Er war stolz darauf. Er nannte sie seine Superfans. Du hättest ihn sehen sollen, als er mir das alles erzählt hat. Er strahlte von innen heraus, so überwältigend, so makellos, dass ich den Blick nicht von ihm abwenden konnte. Ich hoffte, dass er mich anlog, mich nur irgendwie testen wollte oder etwas in der Art. Eine Weile trafen wir uns noch, und jedes Mal, wenn wir die Nacht zusammen verbrachten, fragte ich ihn nach diesen Mädchen. Er erzählte mir immer neue Geschichten, bis in die Einzelheiten, wie er es mit ihnen in irgendwelchen Hotelzimmern trieb. Ich wollte Beweise. Um zur Polizei gehen zu können, brauchte ich Beweise. Also forderte ich ihn auf, mir Fotos von sich und diesen Mädchen zu zeigen, wie sie es taten. Und dann stellte sich raus, dass er nicht nur Fotos gemacht, sondern sie auch gefilmt hat. Alles, was er mit ihnen gemacht hat, Nika … Sie waren noch Kinder, nur wenige Jahre älter als meine Tochter. Ich sah in diesen Videos, wie er sie kaputt machte, wie er ihre Seelen zerstörte. Und ich musste so tun, als würde es mir gefallen, als würde mich der Anblick scharfmachen … Du willst gar nicht wissen, was dort passiert ist, in diesen Hotelzimmern.«

Ich nickte, sprachlos. Ich sah die leeren Hotelzimmer vor mir – gedämpftes Licht, Hughs makellose Lockenpracht und seine schiefen Zähne. Das grelle Aufleuchten eines Blitzlichts. Ein widerlicher Geschmack im Mund. Die Kälte. Die Gewissheit, die diese Mädchen mit sich herumtrugen, dass sie niemandem davon erzählen konnten, weil sie es gewollt hatten, weil sie freiwillig gekommen waren, ohne Zwang. Ihr Gefühl der eigenen Dummheit, Schwäche und Naivität. Und dass sie niemandem außer sich selbst die Schuld geben konnten. Ich wusste genug über diese Zimmer und was in ihnen geschah.

»Als er davon überzeugt war, dass es mich genauso aufgeilte wie ihn, erzählte er mir seinen Plan. Er wollte mir helfen, meine Tochter großzuziehen, wollte ihr Daddy sein. Zu der Zeit war sie neun. In diesem Moment musste ich mich wirklich zusammenreißen, um ihm nicht den Kopf einzuschlagen. Ich wurde high und blieb über Nacht, damit er keinen Verdacht schöpfte. Dann, am nächsten Morgen, ging ich sofort zu den Bullen. Aber ich hatte keine Beweise. Er hatte mir nie Fotos oder Videos geschickt. Alles, was ich gesehen hatte, befand sich auf seinem Telefon. Sein Ruf war makellos, bei der Polizei hatte nie etwas gegen ihn vorgelegen. Ich war ein Callgirl. Sie lachten mir ins Gesicht und nannten mich eine Lügnerin. Was sollte ich tun? Ich traf ihn weiterhin. Ich schickte ihm Messages und sagte, ich würde an ihn und diese Babys in den Hotelzimmern denken. Er antwortete und beschrieb, was er mit meiner Tochter tun würde. Dann schickte er mir schließlich ein Foto. Man konnte sehen, dass er es war: sein Körper, seine Tätowierungen. Er war mit einem Mädchen zusammen. Ich machte einen Screenshot und ging zurück zur Polizei. Diesmal nahmen sie meine Aussage auf und versprachen mir, die Angelegenheit zu untersuchen. Ich weiß nicht, wer mich verraten hat, aber als ich nach Hause kam, wartete

Hugh schon auf mich. Er drohte mir und boxte mich in den Bauch. Er sagte, ich solle mich hüten, seinen Namen zu nennen, sonst würde er meine Tochter zum Pornostar machen und dafür sorgen, dass ich ausgewiesen würde. Und ich könnte nichts dagegen unternehmen. Zwei Tage später tauchte ein Anwalt bei mir auf. Ich musste einen Knebelvertrag unterschreiben, dass ich nicht darüber rede. Der Typ sagte, es wäre alles belegt – Hugh hätte mich die ganze Zeit über bezahlt. Für meine Dienste. Und juristisch gesehen hätte ich kein Recht, den Inhalt von Gesprächen aus der Zeit, für die ich bezahlt worden wäre, Dritten gegenüber zu erwähnen. Dabei hatte ich nie Geld von ihm bekommen, er hatte nur die Wohnung bezahlt. Aber der Anwalt behauptete, das liefe aufs Gleiche hinaus.«

Sie machte eine Pause, um sich eine neue Zigarette anzuzünden. Ihr Gesicht wirkte völlig blutleer. Ich wusste nicht, was ich sagen sollte. Ich war nicht sicher, ob ich ihr glauben konnte. Doch irgendwo tief im Innersten spürte ich, dass sie die Wahrheit sagte.

»Willst du Beweise?«, fragte sie, als könnte sie meine Gedanken lesen. Schon öffnete sie ihre Handtasche.

»O nein, bitte. Ich will das nicht sehen.«

»Unglücklicherweise sieht man auf dem Bild nicht, wie alt sie ist. Es nützt also nichts, solange nicht irgendjemand den Mund aufmacht.«

»Hat das die Polizei so gesagt?«

Sie nickte.

»Glauben sie dir?«

»Nein.«

»Und wenn die Mädchen auspacken?«

»Das werden sie nicht. Denk darüber nach. Du bist vierzehn und unsicher, und plötzlich taucht der Mann deiner

Träume auf und dreht ein kleines Filmchen mit dir. Würdest du etwas Schlechtes darin sehen?«

»Aber er hat ihnen wehgetan.«

»Das begreifen sie entweder noch nicht, oder sie geben es aus Angst und Scham nicht zu.«

Ich kannte dieses Gefühl, dass es keinen Sinn hatte, jemandem etwas zu erzählen. Dass die Leute dir bloß die Schuld geben würden. Dass sie denken, du hast zu viel getrunken und dich einem Fremden angeboten. Dass sein Wort gegen deines stehen würde. Und dann die endlose Scham …

»Warum erzählst du mir das alles, Barbora?«

»Du musst mir helfen.«

»Wobei?«

»Ich weiß, dass du Kontakt zu Mark Rimmer hast. Er ist ein guter Kerl und hat wahrscheinlich keine Ahnung, mit wem er den Wohnwagen teilt. Aber er muss es wissen, denn er hätte die Chance, an Beweise zu kommen.«

»Warum redest du nicht selbst mit ihm? Er kennt dich doch.«

»Ich hab schon zweimal versucht, mit ihm Kontakt aufzunehmen. Das erste Mal endete mit einem gebrochenen Kiefer. Das zweite Mal mit einem Kontaktverbot. Ich werde verhaftet, sobald ich mich ihnen nähere. Und das kann ich nicht riskieren wegen meiner Tochter.« Sie seufzte.

»O Scheiße … Dann kannst du damit also nicht an die Öffentlichkeit. Und die Polizei ignoriert dich, weil sie dich für durchgeknallt hält …«

»Ohne etwas Solides wagt sich die Polizei nicht an Hugh heran. Sie wird einen Gewinner bei den Brit Awards und Botschafter von einem Dutzend Wohltätigkeitsorganisationen nicht einfach solcher Verbrechen beschuldigen.«

»Wahrscheinlich nicht.«

»Weißt du, dass sie auf Tournee gehen? Gleich am Montag, nach ihrem Gig in Glastonbury? Sie werden acht Monate am Stück unterwegs sein. Stell dir vor, was er in der Zeit alles anrichten kann, stell dir all die Hotelzimmer vor, die er mietet, und die vielen Filme, die er dreht. Das kann ich nicht zulassen. Entweder wir stoppen ihn, oder ich bringe ihn um.«

Zweifelnd schüttelte ich den Kopf. »Meinst du, Mark würde mir glauben? Denn ich hab nichts in der Hand außer deinem Wort.«

»Hör zu, du brauchst ihm nur zu sagen, dass er kommen und mit mir reden soll. Er kennt mich. Und ich sag dir, er ist echt ein netter Typ. Wusstest du, dass er seine Tochter Jen genannt hat? Genau wie deine Schwester, wahrscheinlich sogar nach ihr.«

»Und wenn du es anonym ins Netz stellst?«

»Da findest du es schon, du musst nur gründlich hinschauen. Diese Mädchen haben Instagram und Twitter, sie unterhalten sich mit ihm darüber, machen Witze, laden Screenshots hoch. Niemand sieht etwas Belastendes darin, es ist ja bloß Gerede von Mädchen. Und er ist clever, er benutzt nur gefälschte Accounts, drückt sich vage aus und postet verwackelte Fotos.«

»O Gott ...«

»Deshalb musst du mir helfen, du musst mit Mark sprechen. Und selbst wenn er dir nicht glaubt, kann er es doch nicht alles völlig abtun. Du hast keinen Grund zu lügen. Du stehst in keinerlei Beziehung zu Hugh. Es sei denn ...«

»Nein, niemals ... nicht mit ihm, nein.«

»Gut.« Wieder zündete sie sich eine Zigarette an. Ich nahm auch eine. »Das ist sehr klug von dir. Lass dich nie mit Jungs aus einer Band ein. Die sind alle verrückt.«

Und wenn Barbora nun log? Wenn sie mich bloß benutzte? Sie hatte die Polizei schon einmal belogen, als es um Ali ging. Wenn sie nur ein durchgeknallter Fan war? Oder generell durchgeknallt?

»Was ist mit deiner Schwester passiert? Weißt du es?«, fragte sie in die Stille hinein. »Es muss einer der Jungs gewesen sein, mit denen sie geschlafen hat. Sie wurden alle ein bisschen zu anhänglich. Sie kam nicht gut mit ihnen zurecht. Männer nutzen ihre körperliche Stärke uns gegenüber immer aus.«

»Es war Ben.«

»Oh, der Schlagzeuger? Der Stille? Warum sind es immer die Stillen, auf die man besonders aufpassen muss? Wie hast du es erfahren?«

»Er hat gestanden.«

»Kommt er jetzt ins Gefängnis?«

»Er ist tot.«

»Gut. Da bin ich froh. Das ist die einzige faire Strafe dafür, dass man jemandem das Leben nimmt. Meinst du nicht auch?«

»Ich weiß es nicht.« Ich drückte die Zigarette aus. Mein Mund war trocken, und ich schmeckte die Asche.

»Wirst du mir helfen?«

»Ich muss jetzt los.« Ich stand auf und ging.

Zu Hause öffnete ich meinen Laptop und kroch unter die Decke. Nach etwa einer Stunde war mir klar, dass sie nicht log. Es war überall. Im hellen Tageslicht verborgen. Screenshots, Kommentare, Zeichnungen und erfundene Geschichten von Fans. Für sich genommen hatte nichts davon etwas zu bedeuten, aber in der Zusammenschau ergab sich ein ziemlich klares Bild von Hughs Persönlichkeit. Als Beweis allerdings reichte das alles nicht aus. Ich schaute mir ein

Bild von ihm an, das ein Fan aus Argentinien kürzlich aufgenommen hatte. Jetzt, wo ich Bescheid wusste, nahm ich sein Gesicht anders wahr als zuvor.

Warum ich?, dachte ich. *Warum muss ich diejenige sein, die etwas dagegen tut?*

Status: *ungelesen.*

Von: Nika Lukina
An: Jen Lukina

Sonntag, 28. Juni 2015
21:02
Radiohead – *Videotape*

Ich war erst in der Lage, Mark anzuschauen, als ich zu Ende geredet hatte. Seine Augen waren groß und gerötet, sein Mund empört zusammengekniffen.

»Also ist sie jetzt bei dir gelandet.« Seine Stimme klang enttäuscht.

»Wie meinst du das?«

»Die Frau hat ein Problem mit Hugh. Weißt du, ich hab das alles schon mal gehört. Sie hat es mir auf die Mailbox gesprochen. Ich dachte, Hugh hätte das mit ihr geklärt. Aber ich schätze, bei solchen Verrückten muss man die Sache anders anpacken.«

»Dann wusstest du also Bescheid?«

»Nika, bitte setz dich. Nimm dir einfach einen von diesen Stühlen.« Ich gehorchte. »Es gibt nichts zu wissen. Die Frau lügt. Es tut mir leid, dass sie dich da reingezogen hat.«

Er sah plötzlich müde aus.

»Aber Mark, das glaube ich nicht. Deswegen bin ich doch

gekommen. Weil ich tatsächlich davon überzeugt bin. Du findest alles im Internet, für alle sichtbar versteckt, wie man so schön sagt. Du kannst das nicht als irres Gerede einer von Hugh besessenen Frau abtun. Wenn du mir dein Telefon gibst, zeige ich dir, wovon ich rede.«

Er zuckte die Achseln und reichte mir einen iPod Touch. Die Verbindung war schlecht, sodass ich nervös wurde und feuchte Hände bekam. Schließlich fand ich einen der Posts, die ich neulich abends entdeckt hatte.

»Hier, lies nur den Kommentar. Und hier. Das ist ein Foto von ihm, man sieht es an den Tattoos. Er hat seinen Schwanz in der Hand. Das Bild hat er an eine 15-Jährige geschickt! Schau einfach hin.«

Mark scrollte die Seite herunter und runzelte die Stirn.

»Das ist eine Fälschung. Weißt du, dafür wurde das Internet erfunden. Damit Leute per Photoshop Montagen von Prominenten mit irgendwelchen Schwänzen posten können.«

»Das ist keine Fälschung, Mark.« Ich zeigte ihm noch mehr.

»Nika, ich bin überrascht, dass du ihr die Story abgekauft hast. Auf mich hast du einen ziemlich vernünftigen Eindruck gemacht.« Seine Miene drückte Enttäuschung aus, und er schaute zur Uhr.

Ich versagte kläglich. Ich brauchte etwas, irgendwas Solides, um ihn zu überzeugen.

»Wenn Barbora lügt, warum verklagt er sie dann nicht wegen Rufmord? Stattdessen hat er sie dazu gezwungen, diesen Knebelvertrag zu unterschreiben.« Das war meine letzte Möglichkeit.

»Welchen Knebelvertrag?« Mark schaute mich überrascht an.

»Offenbar hat Hugh das alles von einem Anwalt arrangieren lassen. Du kannst es nachprüfen, wenn du ihr nicht vertraust … oder mir.«

»Das hat er nicht getan. Davon wüsste ich.«

»Prüf es nach, dann siehst du, dass ich recht habe. Und falls nicht – werde ich mich entschuldigen, und wir vergessen, dass ich dich jemals mit diesem Blödsinn belästigt habe.«

Er zögerte einen Moment, zog dann ein uraltes Nokia aus der Tasche und wählte eine Nummer. Ich verstand nicht, was er sagte, denn er ging ans andere Ende der Garderobe, sobald sein Gesprächspartner abgenommen hatte. Schließlich legte er auf und nahm wieder seinen Platz auf dem Sofa ein.

»Sie geben mir Bescheid, wenn es stimmt. Es kann nur einen Moment dauern.«

Kurz darauf vibrierte sein Nokia und zeigte eine SMS an. Der Ausdruck auf seinem Gesicht verriet mir, dass er eine Antwort erhalten hatte.

»Ich halte es trotzdem für eine Lüge«, sagte Mark, ohne mich anzuschauen.

»Du wünschst dir, es wäre eine Lüge.«

»Ich begreife einfach nicht, wie es funktionieren soll. Wir touren zusammen, wohnen in denselben Hotels und alles.«

»Ich weiß es nicht, Mark. Seid ihr im selben Flieger hergekommen?«

»Nein«, sagte er nach kurzem Zögern. »Nach dem Gig gestern Abend wollte er eine Freundin in Paris besuchen.« Nervös fuhr er sich über die Lippen.

»Und wo ist er jetzt?«

»Er gibt der BBC ein Interview.« Mark stand auf, ging um

den Tisch herum und schenkte sich ein Glas Rum ein. »Natürlich sind wir nicht die engsten Freunde, mehr eine Art Geschäftspartner in einem sehr erfolgreichen Projekt. Aber ich hätte doch nicht übersehen …«

»Mach dir keine Vorwürfe, Mark. Ich …« Ein Klopfen an der Tür unterbrach mich. Sie öffnete sich einen Spalt, und Shauna steckte ihren blonden Kopf herein.

»Mark, du bist in einer Stunde dran.« Sie lächelte mich höflich an.

»Danke.«

Sie schloss die Tür.

»Was wirst du tun, Mark?«, fragte ich vorsichtig. »Willst du vor oder nach dem Gig zur Polizei gehen?«

»Zur Polizei? Aber ich habe nichts …«

»Dein Wort wird reichen.«

»Nika, ich … So einfach ist das nicht, okay? Du kannst keinen eines Verbrechens beschuldigen, nur weil seine Ex-Freundin, eine Nutte, ein paar Videos gesehen hat.«

»Aber Mark, ihr geht diese Woche auf Tournee. Denk mal an die angeblichen Freundinnen, die er in dieser Zeit treffen wird. Diese Mädchen sind nur ein paar Jahre älter als deine Tochter … als deine Jen.«

Mark stürzte seinen Drink hinunter und rieb sich übers Gesicht.

»Und du hattest wirklich keine Ahnung?«

Er schüttelte den Kopf. »Meinst du, ich hätte ihn einfach machen lassen, wenn ich etwas gewusst hätte?«

»Und warum willst du dann nicht zur Polizei? Denn weißt du, wenn ich ihn erst anzeige und die Polizei dahinterkommt, was er getan hat, wird sie dich auch verdächtigen. Ich schätze mal, dass die Leute kaum glauben würden, dass du ahnungslos warst. Schließlich nennt er dich in jedem Interview seinen besten Freund – wahrscheinlich erzählt er Joe Whiley genau in diesem Augenblick, wie sehr er dich liebt.«

»Du willst zur Polizei?« Er zog eine Augenbraue hoch.

»Wenn du nicht gehst, hab ich keine Wahl. Mir ist egal, was die Leute von mir denken. Und auf keinen Fall würde ich mich von Hugh einschüchtern und zum Schweigen bringen lassen. Schon vergessen, dass ich zur Russenmafia gehöre?«

Er lächelte nicht mal über meinen Witz. Ich saß dabei, während seine Welt zusammenbrach.

»Weißt du was, ich stelle ihn zur Rede und gebe ihm eine Chance, alles zu erklären. Vielleicht ist alles bloß ein Missverständnis.«

»Mark, wir sind nicht in einem Jane-Austen-Roman ...« Er ließ mich nicht ausreden. Stattdessen kippte er ein weiteres Glas Rum hinunter und verließ den Raum.

Ich saß allein in der Garderobe und hielt Marks iPod immer noch in der Hand. Aus einem kleinen tragbaren Lautsprecher drang Radiohead. Mark war inzwischen rund zehn Minuten fort. Ich spürte das Adrenalin in meinen Adern. Ich glaube, ich hab dir schon einmal erklärt, dass mein Körper so funktioniert, mit leichter Verzögerung. Sollte ich also jemals von einer Klippe springen müssen, so würde ich es ohne zu zögern tun. Ich loggte mich mit Marks iPod auf meiner Facebook-Seite ein und fand zwei Messages vor. Eine stammte von Laura, der es leidtat, dass ich nicht aufs Gelände kam; und Stu hatte ein Zitat aus einem Song geschickt, den ich nicht kannte.

Weißt du, die wichtigsten Dinge geschehen dann, wenn du am wenigsten mit ihnen rechnest, wenn du gar nicht daran denkst. Wie eine SMS von einem Typen – sie kommt in dem Moment, wo du gar nicht mehr an ihn denkst.

In Rainbows lief in einer Endlosschleife, zart und perfekt, vor allem der letzte Song des Albums, *Videotape*. Schließlich hörte ich laut und deutlich die letzte Textzeile: *Today has been the most perfect day that I've ever seen,* und dachte: Was für ein schönes Zitat.

Aber warum Zitat, es war doch nur eine Liedzeile? Wo war mir diese Liedzeile kürzlich begegnet? Dann fiel es mir plötzlich ein – es war das Letzte, das du im Internet gepostet hattest, auf Myspace, am Tag vor deinem Tod. Die letzte Zeile des letzten Songs auf *In Rainbows*. Eine Zeile aus *Videotape*.

Ich spielte den Song noch einmal und hörte aufmerksam auf den Text:

... This is my way of saying goodbye ...

Leise, traurige Akkorde rollten ununterbrochen heran:

... talking to you after it's too late from my videotape ...

Ein Videoband. Eine Nachricht aus der Vergangenheit von jemandem, der schon fort ist, der nicht mehr da ist. Der nur auf diese Weise etwas mitteilen kann. War ich nun an dem Punkt, an dem die Spur, die du mir hinterlassen hast, wirklich endete? Ich rief deine Myspace-Seite auf und öffnete dein letztes Video, den Clip, den ich mir an dem Abend hatte anschauen wollen, als Barbora sich bei mir meldete, und den ich dann vergessen hatte.

Du hast ihn am 22. Juni 2007 hochgeladen. Was immer er enthalten mochte, war so etwas wie dein Testament. Ich drückte auf Play, und das Laden der Daten dauerte ewig. Schließlich funktionierte es. Das Erste, was ich auf dem winzigen Bildschirm sah, war Marks Gesicht, jung und schüchtern, hinter einer Hipster-Brille mit dicken Gläsern.

Plötzlich löste sich sein Gesicht in Pixel auf, und als sich das Bild wieder zusammensetzte, sah ich dich. Du zeigtest das betrunkene Lächeln, das ich von all den Fotos, die Ben von dir gemacht hat, so gut kenne. Einen Moment lang blieb das Video stehen. Ich betrachtete den Bildhintergrund – die Wand mit den roten und lilafarbenen Graffitis. Also war der Clip in Chris' Wohnzimmer aufgenommen worden, im Haus mit der roten Tür. Dann liefen die Bilder weiter.

»Läuft die Kamera? Filmst du mich, Mark?«, fragst du in einem schräg-schönen Akzent, während du dir die Haare hinter die Ohren schiebst. Es ist eine Geste der Konzentration, die ich noch aus der Zeit von dir kenne, als du deine Algebra-Hausaufgaben machtest.

»Ich denke schon.«

»Sooo …« Wieder dieses verrückte Lächeln wie ein Kätzchen. »Eine Sache wollte ich immer schon sagen, ich bin nur nie dazu gekommen. Ich weiß, warum du mich hasst, Mark. Du hast natürlich jedes Recht dazu. Ich will nur sagen, dass es mir leidtut, dass alles so ist … wie es ist. Alles, was ich falsch gemacht hab, hab ich aus Liebe gemacht. Wir haben so viel gemeinsam, du und ich. Wir lieben ihn beide.« Du zeigst nach oben, als meintest du Gott persönlich. »Und er ist einfach … wie er ist.«

Du blinzelst mehrmals, weil dir Tränen in den Augen stehen.

»Ich hab das ruiniert, was ihr zusammen hattet, eure Verbindung, eure Bruderschaft … Aber es ist noch nicht zu spät, sie wieder zu reparieren. Ihr werdet groß rauskommen, du und er, ich weiß das, ich spüre es im Innersten, wenn ich euch spielen höre. Und einem Groupie kannst du ruhig glauben, haha. Bitte, Mark, hass mich nicht.«

»Ich hasse dich nicht, Jen … Ich kapiere bloß nicht, worauf das hinausläuft. Es ist schon spät, und wir haben morgen eine lange Fahrt vor uns.«

Du zuckst leicht zusammen und bewegst unruhig die Hände in deinem Schoß. »Es dauert nicht lange, ich verspreche es. Ich bin einfach froh, dass ich ein Teil eurer Geschichte geworden bin. Denn egal, was jetzt passiert, ich werde dich, ihn, die Band und dieses Haus nie vergessen. Ich werde euch verlassen. Nach Glasto bin ich weg. Ich hab das Geld und alles, ich werde ihm nicht mehr nachlaufen. Er hat ziemlich deutlich gemacht, dass er mich nicht mehr will. Aber es gibt noch eine letzte Sache, die ich loswerden will. Nämlich einen Song, den ich über ihn geschrieben hab.«

»Einen Song?«

»Ja, er hat mir beigebracht, auf der akustischen Gitarre zu spielen. Und ich hab einen Song geschrieben. Es ist meine Art, alles zu erklären und mich für alles zu entschuldigen, was ich angerichtet hab.«

Du beugst dich übers Sofa und greifst nach einer ramponierten Gitarre. Plötzlich verpixelte das Bild wieder, als wäre ein Geist durchs Zimmer gegangen. Als Nächstes sah ich dich mit der Gitarre auf dem Schoß.

»Ich möchte, dass du es aufnimmst, damit er meinen Song irgendwann hört, denn ich werde ihn nicht mehr belästigen«, sagst du und fängst an zu spielen. Ich registrierte, dass du Chris nicht beim Namen nanntest, so, wie Ben deinen Namen nie aussprechen konnte. Du befeuchtest deine Lippen, streichst wieder Haarsträhnen hinter die Ohren und zupfst an einem Gummiband an deinem Handgelenk. Dann fängst du an zu spielen, und das Zimmer – nicht deins, sondern das, in dem ich saß – begann sich im Takt zu wiegen.

Because all I can see in the smoke is your face, flüsterst du. *But I've got to remember that smokers die younger ... die younger.*

»O Scheiße.« Ich ließ den iPod zu Boden fallen.

Ich hatte mit allem danebengelegen. Ich hatte mich täuschen und belügen lassen. Plötzlich wurde alles sonnenklar, wie wenn man in einem Club plötzlich nüchtern wird und die Lichter angehen und man alles als das wahrnimmt, was es wirklich ist: verschüttete Drinks, Erbrochenes und das eigene blasse, fleckige Gesicht, das man kaum erkennt.

Es war Mark. Verdammt, er hat dich umgebracht. Wegen des Songs. Wegen des Songs, mit dem seine Band sich in die Herzen aller spielte, musste er dein Herz zum Verstummen bringen. Ich erinnerte mich an das, was er in einem Interview über eine magische Nacht gesagt hatte, über das Mädchen, das ihm ihr Herz geöffnet hatte, und über den Song, der ihm anschließend zugeflogen war. All das war die Wahrheit, bloß dass der Song von dir stammte.

Ich schicke das jetzt ab, weil ich hinter der Tür Stimmen höre. Jenja, ich liebe dich für immer. Ich hoffe, jemand wird diese Message entdecken, falls ich nicht nach Hause komme.

Status: *ungelesen.*

Von: Nika Lukina
An: Jen Lukina

Dienstag, 30. Juni 2015
4:02
Interpol – *Evil*

Dies ist das erste und letzte Mal, dass ich darüber sprechen werde.

Ich erinnere mich an alles, ans kleinste Detail. An den Geruch im Raum – leichte Spuren von Zigaretten und Aftershave über den Kunststoffausdünstungen des Teppichbodens. An die Geräusche der Welt draußen, das schwindende Sonnenlicht. An die Schmerzen. Doch vor allem erinnere ich mich an Hughs Gesicht.

Er stand an der Tür und lächelte mich unschuldig an. Er trug enge Jeans und ein schwarzes T-Shirt mit dem kursiven Schriftzug *Garmonbozia*. Ich riskierte einen Blick auf seinen Adamsapfel, auf das brennende Haus.

»Nika.« Er trat ein paar Schritte auf mich zu. »Dein Look ist der Hammer. Du bist so hübsch heute Abend.«

»Wo ist Mark?«

Er machte eine weit ausholende Geste mit seinem dünnen, tätowierten Arm. »Ich dachte, du wärst meinetwegen gekommen.«

Als er noch einige Schritte auf mich zumachte, stand ich vom Sofa auf. Sein düsterer, funkelnder Blick schüchterte mich derart ein, dass ich kein Wort herausbrachte.

»Ich muss mich für die Show umziehen.« Lässig zog er sein T-Shirt aus. Über seine Brust und seinen Rücken zogen sich zahllose Tattoos, unheimliche und primitive Motive wie auf Kinderzeichnungen: eine Straße im Mondlicht, ein Mann ohne Gesicht, ein Kaninchen und ein Wolf, ein Rind mit langen, gewundenen Hörnern. Und das brennende Haus. Nie zuvor habe ich etwas Derartiges gesehen.

»Worüber wolltest du mit mir sprechen?« Er kam noch näher. So nahe, dass ich diesen verstörenden Geruch wieder wahrnahm, süßlich und sauber wie bei einem Baby.

»Ich weiß alles.« Ich schluckte hart und blickte auf, schaute ihm geradewegs ins Gesicht, um den Eindruck zu erwecken, ich hätte keine Angst. »Über die Mädchen und wie du ihr Leben ruinierst, sie ausbeutest ... Ich gehe zur Polizei, mach dir nichts vor.«

»Ich mache mir gar nichts vor, Nika, vor allem, wenn es um dich geht. Nicht nach dem, was du Ben angetan hast.«

»Ben? Nichts habe ich getan.«

»Wirklich? Da hat er uns neulich eine andere Geschichte erzählt. Du bist in sein Haus eingebrochen und hast ihn bewusst provoziert, was natürlich leicht war, wenn man berücksichtigt, dass er den größten Teil der letzten Jahre in der Klapse verbracht hat. Und dann hast du ihn in einem mysteriösen Feuer umkommen lassen, das praktischerweise plötzlich ausbrach ... nicht wahr?« Er sah beinahe traurig aus. »Verstehst du, Nika, es ist alles eine Frage der Perspektive. Du siehst, was du sehen willst. Du betrachtest mein Hobby als etwas Böses, während ich es als kleines Abenteuer sehe. Und da bin ich übrigens nicht der Einzige.«

Er zog ein neues T-Shirt über, ohne Aufdruck und weit ausgeschnitten.

»Ein kleines Abenteuer? Du nennst es ein kleines Abenteuer, wenn du einer Dreizehnjährigen Meth gibst und sie dann vor laufender Kamera vergewaltigst? Du bist nicht ganz richtig im Kopf.«

»Dann hast du also meine kleinen Filme gesehen? Haben

sie dich angemacht, Nika? Denn ich hab schon bemerkt, wie du mich anschaust, hier und jetzt.«

»Also streitest du es nicht mal ab?«

»Ich hab nichts abzustreiten, Süße. Was du mir vorwirfst, beruht allein auf Hörensagen. Jedem einzelnen Rockstar der Geschichte wird vorgeworfen, dass er ein paar feuchte Teenagerträume hat Realität werden lassen. Wo sind deine Beweise, mein tapferes kleines Mädchen?« Mit dem Handrücken strich er mir übers Kinn. »Du siehst deiner Schwester ein wenig ähnlich, nur dass du nicht so ... locker bist. Bei dir wird es ein bisschen Mühe brauchen, das muss ich dir lassen.«

»Was wird Mühe brauchen?« Ich runzelte die Stirn und trat zurück, um seiner Berührung auszuweichen. »Hast du das hier übrigens schon mal gesehen?« Ich nahm Marks iPod und drückte auf Play.

Ich sah zu, wie er dir bei deinem Gespräch mit Mark und dem Spielen deines Songs zusah. Seine Miene blieb undurchdringlich. Als das Video zu Ende war, redete ich weiter und versuchte dabei, abgebrüht und selbstsicher rüberzukommen.

»Wie würdest du das nennen, Hugh? Ich würde von Plagiat sprechen, aber das ist wahrscheinlich auch eine Frage der Perspektive?«

Er gähnte und sah auf die Uhr. »Na und, dachtest du, ich wüsste nicht, dass sie diese kleine Hymne auf die Liebe geschrieben hat? Natürlich wusste ich das! Es sind ja auch Mädchen wie sie – dreckige kleine Schlampen –, die ausflippen, wenn sie es hören. Nur dass ich es besser singe. Jens Mund war für vieles zu gebrauchen, aber Singen gehörte definitiv nicht dazu. Wo hast du übrigens das Video her?«

Also wusste er Bescheid! Das konnte ja nur eines bedeuten – dass er und Mark gemeinsame Sache gemacht hatten.

»Es steht auf ihrer Myspace-Seite.«

»Myspace? Das gibt's noch? Wird es tatsächlich noch von irgendwem genutzt?«

»Von Ben, zum Beispiel.«

»Na klar, unser verrückter, alter Benjy.«

Er runzelte die Stirn und trat wieder dichter an mich heran. Ich wich ihm aus und stieß mir dabei das Bein an einem Schminktisch. Hugh machte einen weiteren Schritt auf mich zu und drückte mich dagegen.

»Spürst du die Schwingungen, Nika? Ein Rockstar und ein junger Fan allein in einer Garderobe.« Er leckte sich über die Lippen. »Ein Traum wird wahr, eine magische Nacht, alles ist möglich.«

»Ich werde dich anzeigen.«

»Tatsächlich?« Er nahm mein Gesicht in seine Hände. »Was für ein tapferes Mädchen!«

Plötzlich hörte ich, wie sich die Tür hinter ihm öffnete.

»Oh, tut mir leid, dass ich störe«, sagte Mark.

»Hey, Marky.« Hugh ließ mich los und wandte sich um.

Ich machte einen Satz Richtung Tür, doch Hugh erwischte im letzten Moment meinen Arm.

»Willst du etwa schon gehen?« Er zog mich zu sich und legte mir einen Arm um die Schultern. »Dabei hat die Show noch gar nicht angefangen! Bitte setz dich und plaudere noch ein bisschen mit uns, liebe Nikky. Es ist uns ein Vergnügen, dich hier zu haben.«

Er drückte mich aufs Sofa und setzte sich neben mich.

»Marky, würdest du dir kurz etwas anschauen?« Er warf ihm den iPod zu. »Spiel es einfach ab.«

Ich sah, wie Marks Gesicht beim Klang deiner Stimme jede Farbe verlor. Als hätte er ein Gespenst gesehen.

»Was ist das?« Angespannt starrte er Hugh und mich an. »Noch einer deiner beschissenen Tricks?«

»Was es ist?« Hugh hob die Augenbrauen. »Eigentlich wollte ich dich das fragen. Es steht auf Myspace und klingt ein wenig nach unserem Song.«

»Oh …«, brachte Mark bloß heraus. Ich sprang auf und packte ihn an den Aufschlägen der Jacke, so wie Chris vor wenigen Tagen.

»Mark …« Ich flüsterte, obwohl ich lieber geschrien hätte, doch meine Kehle war voll bitterer Tränen. »Mark, bitte sag mir, dass es nicht das bedeutet, was ich glaube. Bitte sag mir, dass nicht du sie umgebracht hast.«

Sanft löste er meine Finger von seiner Jacke und goss sich einen Drink ein. Hugh betrachtete uns offensichtlich amüsiert. Die Menge draußen war in ein ekstatisches Grölen ausgebrochen.

»Ich wollte ihr nicht wehtun«, sagte er schließlich mit leiser, aber fester Stimme.

Ich schob Mark zur Seite und lief zur Tür. Meine Finger hatten sich bereits um das kalte Metall der Klinke geschlossen, als ich spürte, wie mich jemand am Kragen packte und mit aller Kraft nach hinten zog.

»Lass mich raus, du Schwein!« Ich versuchte, Hughs Gesicht mit den Fingernägeln zu zerkratzen. »Ich gehe zu den Bullen, und ihr beide werdet für alles bezahlen, was ihr getan habt.«

Er schleuderte mich grob zu Boden. Dann trat er neben mich und betrachtete mein Gesicht, während ich nach dem Sturz noch darum kämpfte, die Kontrolle über meinen Körper wiederzuerlangen.

»Vorsicht, Nikky, der Boden ist ziemlich glatt.« Er streckte den Arm aus, half mir auf die Beine und schenkte mir einen Drink ein. Mark stand mit dem Rücken zur Tür, den Blick von uns beiden abgewandt. »Nun denk mal eine Sekunde nach. Warum sollte Mark, das Songwriter-Genie des modernen Rock, den Song eines Groupies stehlen?«

»Weil er, wie du richtig sagst, ein Genie ist.« Ich stürzte den Drink hinunter. »Er hörte den Song und wusste augenblicklich, dass er ein Hit werden konnte. Und von dem Moment an wollte er ihn dermaßen verzweifelt für sich haben, dass er bereit war, seine Seele zu verkaufen. Was mir in den Einzelheiten ziemlich egal ist, da er gerade gestanden hat, Jen getötet zu haben! Und du hast mich tätlich angegriffen.«

»Nika, sei doch nicht dumm.« Hugh lächelte und tätschelte mir die Stirn. »Du tauchst hier mit einem Haufen alberner Anschuldigungen, aber ohne jeden konkreten Beweis auf. Du drohst uns mit der Polizei, du brüllst uns an. Und das alles am größten Abend unseres Lebens! Meinst du nicht, dass wir *dich* anzeigen könnten?«

»Mark hat gestanden«, wiederholte ich.

»Hat er nicht. Er hat nur gesagt, dass er ihr nicht wehtun wollte – stimmt doch, Marky, oder?« Hugh betrachtete den immer noch glasig blickenden Mark. »Und soweit ich das beurteilen kann, hat er definitiv nichts getan. Und gestatte mir eine Bemerkung, was den Song betrifft. Marky ist zweifellos sehr talentiert, aber er ist kein Simon Cowell – wenn ihm ein betrunkenes Mädel etwas vorsingt, würde er niemals erkennen, ob ein Hit daraus werden könnte. Der Song war ein versteckter Track auf unserem ersten Album. Versteckt! Kapierst du es? Es war eine Art Huldigung an unsere liebe Freundin Jen, die auf tragische Weise einem Psychopathen zum Opfer gefallen ist. Und ein kleines Extra für die Fans, die geduldig genug waren, das Album bis zum Ende anzuhören. Niemand hat hier irgendwas plagiiert, es war eine verdammte Hommage!«

Ich war schockiert, doch seine Worte schienen Sinn zu ergeben. Es passte, jedes einzelne Wort. Das Einzige, was nicht so recht ins Bild passen wollte, war Marks ausdrucksloses, bleiches Gesicht.

»Mark?«, rief ich.

Er schaute mich an und sagte mit ruhiger Stimme: »Ich habe Jen getötet.«

Plötzlich kam mir alles irreal vor, wie in einem Traum, wenn plötzlich die Realität auf den Kopf gestellt wird und nichts mehr gilt, was noch vor einer Sekunde selbstverständlich schien. Plastikmöbel, herausnehmbare Wände, der Geruch nach frisch verlegtem Teppich, die wachsartigen Äpfel auf dem Tisch.

»Sie war so zerbrechlich. Ich …«

Hugh ließ ihn nicht ausreden. Er schlug Mark ins Gesicht. Von dessen Lippen floss dort, wo Hughs Ringe die Haut aufgerissen hatten, eine kleine Blutspur hinab. »Halt's Maul, verdammt! Krieg dich endlich ein, Mark!« Doch Mark ignorierte Hugh und wandte den Blick nicht von mir ab.

»Wir haben sie in jener Nacht zusammen begraben.« Mit einer Zigarette in der Hand ging Mark schnell im Raum auf und ab. Beim Rauchen verschmierte er das Blut an seinem Kinn.

»Du und … Chris?«

»Wag es bloß nicht …«, zischte Hugh.

»Nein, Chris weiß nichts darüber. Es war Hugh, der mir geholfen hat.«

Mark hielt abrupt inne und blinzelte. Eine Weile herrschte

Schweigen, als wären wir nach einer Bombenexplosion plötzlich alle blind und taub. Ich war die Erste, die wieder zu sich kam, und verspürte den Impuls, von meinem Platz aufzuspringen und loszulaufen. Doch Hugh musste das gespürt haben, denn er beugte sich über mich, schaute mir geradewegs in die Augen und sagte in ruhigem Ton: »Du und dieses Video, ihr werdet diesen Raum nicht verlassen, Schätzchen. Da draußen sind Tausende von Menschen – die verdammte BBC überträgt alles live. Glaubst du wirklich, ich lasse dich jetzt gehen, damit du mit einem Reporter vom NME über unsere Privatangelegenheiten plaudern kannst? Du wirst den größten Abend unseres Lebens nicht kaputt machen, kleines Mädchen.«

»Ich sage keinem etwas«, bettelte ich und spürte, wie seine Finger sich in die Haut unter meinen Rippen bohrten. »Bitte lasst mich gehen. Meine Freunde suchen nach mir! Es gibt Leute, die wissen, dass ich hier bin.«

Hugh lächelte ironisch. »Nein, sie wissen es nicht. Du hast dein Telefon verloren. Du bist allein.« Ich sah, wie in seinen tiefdunklen Augen eine schwarze Sonne aufging. Er würde mich nicht fortlassen.

»Marky, mal ehrlich, warum sagst du das jetzt? Warum musst du ausgerechnet heute mit deinem kleinen Verbrechen rausrücken?«

»Kapierst du es nicht?« Mark rieb sich die Augen. »Ich weiß über dich und diese Mädchen Bescheid. Und sie weiß es auch. Und bald wird die Polizei Bescheid wissen. Es ist eine Zeitbombe. Die Sachen stehen überall im Internet. Und wenn du untergehst, wirst du mich mit runterziehen, das weiß ich. Ich wusste es gleich in dem Augenblick, als sie es mir erzählt hat. Es ist vorbei. Wir müssen uns stellen. Ich hab die Schnauze voll von all den Lügen, von diesem Damoklesschwert, das schon so lange über meinem Kopf schwebt.« Seine Stimme klang völlig leblos.

»Und in einer Gefängniszelle werden deine Schuldgefühle verschwinden, Marky? Dadurch, dass du gestehst, wird Jen auch nicht zurückkommen.«

»Ich weiß. Aber es ist sowieso alles vorbei.«

»Mein Gott, Mark! Hör dir bloß zu, zitierst du gerade *Bring Me The Horizon*? Du klingst so verdammt emo!«

»Halt's Maul.« Mark ging zur Tür.

Als Hugh ihm hinterherstarrte, spürte ich, wie sein Druck auf mich nachließ.

»Hör zu, Mark, ich gebe dir ja recht«, bemerkte er kühl. »Wir gehen vor die Hunde. Egal, was ich für richtig und falsch halte, es wird bei den Leuten nicht gut ankommen. Auch wenn ich persönlich der Ansicht bin, dass ich keinem etwas Böses angetan hab. Als Band sind wir am Ende. Aber der heutige Abend bleibt uns noch. Denk daran, wie sehr du dich danach gesehnt hast: Headliner des größten Musikfestivals der Welt zu sein! Da draußen warten Leute auf uns. Hunderttausend Menschen, um genauer zu sein. Es hat so viel gekostet, bis hierhin zu kommen, an diesen Punkt. Wir haben sogar Freiwillige angeworben, um Armbänder mit LEDs zu verteilen. Und zwar doppelt so viele, wie Coldplay bei ihren Shows unter die Leute bringen! Der Gig wird geil, wahrscheinlich historisch. Wir können uns jetzt nicht einfach verpissen. Lass uns rausgehen und spielen, und morgen früh stellen wir uns. Wir sagen die Tour ab. Aber die Leute da draußen können wir nicht enttäuschen.« Er zeigte zur Tür. »Es ist unsere verdammte Pflicht, rauszugehen und zu rocken, als gäbe es kein Morgen.«

Mark blieb stehen, die Hand immer noch an der Türklinke.

»Bist du bereit, das für Ben und Jen zu tun? Denn irgendwie haben sie beide ihr Leben dafür geopfert, dass wir hier sein können. Es ist deine Entscheidung.«

Mark runzelte die Stirn.

»Und Nika?« Mark drehte sich zu mir um. »Du gehst so oder so zu den Bullen, stimmt's?«

»Ja.« Unbehaglich rutschte ich ein Stück von Hugh weg, der mit einem Getränk in der Hand wieder Platz auf dem Sofa genommen hatte. Mark seufzte schwer.

»Wirklich?« Hugh drehte sich zu mir um und schlug mir sein schweres Kristallglas gegen den Kopf. Eine brennende Welle von Schmerz vernebelte mir die Sicht. Ich blieb bei Bewusstsein, die Augen fest geschlossen.

»Was zum Teufel machst du da?«, schrie Mark wütend. Ich spürte Finger in meinem Gesicht.

»Etwas, das schon bei dem Brand hätte geschehen sollen. Bitte leg etwas Musik auf, Mark.«

Das Letzte, was ich hörte, bevor ich durch den zweiten Schlag das Bewusstsein verlor, waren die Rolling Stones mit *Anybody Seen My Baby*.

Status: *ungelesen.*

Von: Nika Lukina
An: Jen Lukina

Dienstag, 30. Juni 2015
4:22
IAMX – *After Every Party I Die*

»Hugh, hör auf. Es muss einen anderen Weg geben.« Irgendwo in der Dunkelheit hörte ich Marks dünne, zittrige Stimme. »Sie kann nicht ... Du kannst nicht ...«

»Was sagst du?«, fragte Hugh laut. Im Hintergrund lief noch immer Musik, laut und schnell.

»Wir kommen niemals damit durch, wenn sie verschwindet.«

Durch meine zitternden Lider hindurch sah ich ihre dunklen Silhouetten im Dämmerlicht. Ich beschloss, mich tot zu stellen.

»Was du da sagst, leuchtet mir ein«, sagte Hugh nachdenklich. »Noch ein vermisstes Mädchen würde verdächtig wirken – wo es Handys und GPS und all das gibt. Wir müssen uns etwas Besseres ausdenken.«

Er kniete sich neben mich und tastete mich ab, auf der Suche nach einem Telefon. Als seine Hand auf dem linken Körbchen meines BHs liegen blieb, hielt ich nur mit Mühe still. Seine kalten, gleichgültigen Finger schoben sich darunter und berührten meine Haut. Vor Ekel wurde mir beinahe schlecht. Er fand das Päckchen mit den Pillen und sagte triumphierend: »Was haben wir denn hier? Sieht so aus, als hätte unser Mädchen sich gut vorbereitet.« Ich hörte, wie er die Alufolie abwickelte.

»Hmm ... Mark, ich hab eine Idee. Reich mir bitte mal meine Jacke.«

Ich lag vollkommen still, und im Raum herrschte Stille.

»Willst du mir nicht helfen, Mark? Na gut, dann hole ich sie halt selbst.« Ich sah, wie er den Raum durchquerte und sich seine Lederjacke schnappte. »Aber eine Sache muss dir klar sein. Mich davon abzuhalten oder mir nicht zu helfen sind zwei völlig verschiedene Dinge. Du ziehst es mal wieder vor, halbe Sachen zu machen, Mark. Wie immer.«

Aus der Innentasche seiner Jacke förderte er ein Zigarettenpäckchen und ein Fläschchen zutage, das Tabletten zu enthalten schien.

»Sie ist leicht, fünfzig Kilo, schätze ich. Wenn ich zehn von ihren Pillen mit ein paar Valium und etwas Ketamin mische und unsere süße kleine Nikky dazu bringe, das alles zu schlucken, wird sie auf einen Wahnsinnstrip gehen. Wir warten ab, bringen sie dann zu einem der Campingplätze und lassen sie einfach dort. Eine unglückselige Angelegenheit, aber leider kein Einzelfall. Immer wieder sterben Leute, weil sie auf Musikfestivals zweifelhafte Pillen geschluckt haben. Nika kommt hierher, an den Ort, wo ihre Schwester möglicherweise zum letzten Mal gesehen wurde, sie regt sich auf, feiert zu heftig, übertreibt alles ein bisschen und nimmt dann einen Downer zu viel … Sehr, sehr traurig. Das hat man davon, wenn man allein und ganz ohne Telefon auf einem Festival rumläuft.«

Vor lauter Angst drohte ich den Verstand zu verlieren. Hugh drehte mir den Rücken zu, also nutzte ich den Moment, um aufzuspringen und zur Tür zu laufen. Tatsächlich schaffte ich es bis dorthin und drückte die Klinke. Nichts passierte.

»Nika! Du bist wach.« Ich spürte Hughs Arme, die mich nach hinten zogen. »Ich fürchte, du kannst jetzt nicht einfach gehen. Vorher musst du noch auf eine kleine Reise.«

So fest ich konnte, stieß ich ihm meinen Ellbogen ins

Gesicht. Ganz egal, dass die Tür abgeschlossen war. Ich würde es ihnen jedenfalls nicht leicht machen.

»Du Miststück!« Hugh schlug mich in den Unterleib, hart und präzise. Von der Intensität des Schmerzes geschockt, sank ich auf die Knie. Er stieß mich zu Boden.

»Mark, bitte hilf mir!«, schrie ich, und die Tränen strömten mir übers Gesicht. »Du musst das nicht tun, bitte ... Ich sage kein Wort. Ich ...« Seine einzige Reaktion bestand darin, den Blick von mir abzuwenden.

Hugh kniete neben mir. Er verschloss meinen Mund mit einem Streifen Klebeband.

»Mark, gib mir die Pillen und das Fläschchen«, verlangte er energisch. Mark rührte sich nicht. »Verdammt, was ist los mit dir, Mark?« Hugh drehte sich zu ihm um.

In diesem Augenblick versetzte ich Hugh einen Kopfstoß. Ich hatte das nie zuvor getan, kriegte es für eine Anfängerin aber ziemlich gut hin, denn praktisch auf der Stelle begann das Blut über sein weißes T-Shirt und mein Gesicht zu fließen. Er fluchte und schrie vor Schmerz auf. Ich stieß ihn zur Seite und machte einen Satz auf Mark zu. Doch Hugh war schneller als ich. Er zerrte an meinen Klamotten, ich stürzte zu Boden und schlug so hart mit dem Hinterkopf auf, dass mir übel wurde. Im nächsten Moment erwischte mich die Spitze seines Birek-Stiefels unterhalb des Brustkastens. Um mich herum leuchtete alles in grellen Neonfarben auf. Niemand suchte nach mir. Niemand wusste, dass ich hier war. Niemand würde kommen, um mich zu retten.

»Verdammte Scheiße, das ist eine Menge Blut.« Hugh wischte sich mit dem T-Shirt übers Gesicht, während ich mich auf dem Boden zusammenkauerte. Dann holte er die Pillen und die Rumflasche vom Tisch. »Willst du mir jetzt helfen oder nicht, Mark? Ich weiß doch, dass du nicht vorhast zu gestehen, nicht ernsthaft. Es ist dir noch nie schwergefallen, Kompromisse mit deinem Gewissen zu schließen wie damals bei Chris. Du bist zu schwach, um den Tatsachen ins Auge zu blicken, und zu viel steht auf dem Spiel … vor allem, wenn man bedenkt, dass ich für uns beide einen perfekten Ausweg gefunden habe und nur ein bisschen Hilfe brauche …«

Als er sich auf mich setzte und meinen Kopf fest zwischen seinen Knien einklemmte, konnte ich mich nicht einmal wehren. Dann öffnete er mir den Mund, so, wie man es bei Hunden macht – man muss bloß auf die Kiefermuskeln drücken, bis es so wehtut, dass sie ihn bereitwillig öffnen. Und genau das tat ich auch. Er schob mir eine Handvoll Tabletten in den Mund, die bitter schmeckten, so bitter, dass ich würgen musste. Doch er schüttete einfach Rum hinterher und drückte mir die Nase zu, sodass ich keine Luft bekam.

»Im Namen des Vaters, des Sohnes und des heiligen Scheißes«, flüsterte er mir ins Ohr, als ich die erste Portion schluckte. Ich leistete nicht mal mehr Widerstand und wusste, dass mein Ende gekommen war. Hughs Gesicht war immer noch wunderschön, selbst zerschlagen und blutig, selbst auf dem Kopf stehend. Mein Gehirn wurde von Bildern voll leerer, schlecht beleuchteter Räume überflutet, in denen Gesichter von Fremden auf mich herabschauten. *Das alles ist meine Schuld, meine und ganz allein meine,* dachte ich, als ich Hughs Finger wieder in meinem Mund spürte.

»Hugh … du blutest.« Mark trat auf uns zu. »Wir müssen gleich auf die Bühne. Mach dich frisch und wasch dich ein bisschen, Mann.«

»Erst muss ich das hier erledigen«, knurrte Hugh.

»Hugh, es ist nicht dein Problem. Sie ist meinetwegen hier, also kann ich mich darum kümmern, klar?« Mark klang lässig, als ginge es um einen Anruf bei einer Telefongesellschaft oder ein unangenehmes Gespräch mit dem Vermieter. »Du hast in allen Punkten recht, Hugh. Danke, dass du die Initiative übernimmst und mir ein echter Bruder bist.«

Hugh betrachtete ihn mit offensichtlichem Zweifel und legte mir dann die Hand über den Mund. Dieses Wort, Bruder, hatte Chris benutzt, als er über Mark gesprochen hatte. Offenbar besaß es auch eine gewisse Macht über Hugh, denn sein Griff lockerte sich.

»Ich hab mich schon die ganze Zeit gefragt, wann du wieder zu Verstand kommst, Mann.«

»Wie du siehst, habe ich mich von dem Schock erholt und nehme die Sache jetzt in die Hand.« Mark kniete sich neben mir auf den Boden. »Ich glaube, es ist besser, wenn wir diese Pillen zerbröseln. Das erleichtert ihr das Schlucken, sodass es weniger Gegenwehr und weniger Blutergüsse in ihrem Gesicht gibt.«

»Daran habe ich gar nicht gedacht.«

»Weil du müde und gestresst bist. Geh raus, hol dir an der Bar einen Drink und geh duschen. Wegen eines Mädchens dürfen wir nicht die ganze Show versauen.« Nun legte Mark mir anstelle von Hugh die Hand auf den Mund. »Du hast sechzig Kisten Rum für die After-Show-Party bestellt, schon vergessen? Wenn du bis morgen durchhalten willst, brauchst du eine Verschnaufpause. Außerdem musst du das T-Shirt wechseln und ein bisschen Eis auf deine Nase packen, sie sieht ziemlich übel aus. Ich kümmere mich hier um alles. Ich schulde dir was, Mann, du bist mein Bruder. Ich geb ihr die restlichen Tabletten und schließe sie dann hier ein. Nach dem Set bringen wir sie weg.«

Plötzlich drückte Hughs Gewicht nicht mehr auf meine Brust. Dann hörte ich ihn sagen: »Grüß deine reizende Schwester.« Er küsste mich auf die Lippen, wechselte das T-Shirt und verließ den Raum.

Als die Tür hinter ihm mit einem leisen Klicken ins Schloss fiel, nahm Mark die Hand von meinem Mund und hob meinen Kopf. In der anderen Hand hielt er eine Flasche Wasser. Ich schob ihn weg. Kaum war ich von Hughs dämonischer Präsenz befreit, fühlte ich meine Kräfte zurückkehren. Vielleicht setzte aber auch nur die Wirkung der Drogen ein.

»Nika, es ist nur Wasser. Trink es schnell, du musst deinen Magen füllen. Wie viele hast du geschluckt?«

Mein ganzer Körper zitterte unter dem verspätet einsetzenden Adrenalinrausch. Ich musterte Mark, er wirkte besorgt.

»Scheiß auf dich.« Ich lag immer noch auf dem Boden und wandte das Gesicht von Mark ab. Sobald ich meine Kräfte halbwegs beisammenhatte, wollte ich aufstehen und weglaufen.

»Nika, ich tu dir nichts. Ich will dir helfen …«

Ich nahm ihm das Wasser aus den Händen und stürzte es hinunter. Dann setzte ich mich auf und beugte mich über den Abfalleimer, den Mark aus einer Ecke holte. Ich steckte zwei Finger in den Mund und spürte, wie sich mein Magen in einem langen, schmerzhaften Krampf zusammenzog. Ich legte mich auf den Boden, keuchend und zu keiner Bewegung mehr fähig.

»Nika, geh jetzt, hol die Bullen«, sagte Mark schnell. »Erzähl ihnen alles. Keine Angst, ich mache keinen Rückzieher.«

Er half mir auf und brachte mich zur Tür. Meine Finger

hatten sich bereits um die Klinke geschlossen, als die Tür sich ohne mein Zutun weit öffnete und Hugh vor uns stand.

»Verdammt, ich wusste es!«, brüllte er beinahe triumphierend und stieß mich wieder zu Boden. »Mark, Mark, Mark … Was soll ich mit dir und deiner idiotischen Sehnsucht nach Vergebung bloß anfangen? Du hast einen perfekten Plan ruiniert.«

»Mark, ruf die Polizei …«, schrie ich.

»Hugh, du bist verrückt«, sagte Mark und trat einen Schritt zurück.

»Das mag sein. Aber weißt du, zumindest bin ich dann durchgängig verrückt. Ich will immer dasselbe. Ich wechsele nicht ständig die Seiten wie du. Ich schmeiße nicht meinen besten Freund aus der Band, die wir zusammen gegründet haben, und versuche dann über Jahre hinweg, es wiedergutzumachen. Ich schlage niemandem den Schädel ein, um dann über der Leiche zu jammern und zu klagen. Denk nur an all das, was du auf dich genommen hast, um heute Abend hier zu sein.«

Mark schwieg. Ich hatte mich aufgerappelt und blieb an seiner Seite stehen, wagte es nicht, Hugh anzuschauen.

»Du hast Menschen getötet, um heute hier zu sein, Mark. Wenn du jetzt den Schwanz einziehst, ist Jen umsonst gestorben, das weißt du.« Hugh setzte sich aufs Sofa. »Denk an deine Mum. Sie hat dich so geliebt, Mark. Alles hat sie für dich geopfert. Denk an sie. Sie würde deinen Erfolg wollen, von ganzem Herzen. Wenn du nicht auf die Bühne gehst, wirst du sie verraten. Du würdest sogar Chris verraten, weil es bedeuten würde, dass du ihn völlig umsonst rausgeworfen hast.« Hugh schob sich die Haare aus dem Gesicht. »Nicht aufzutreten wäre das größte Verbrechen, das du bisher begangen hast.«

Mark ging zur Tür, und ich folgte ihm.

»Schön, wir müssen ihr ja nichts antun. Aber wir können nicht zulassen, dass sie uns davon abhält, heute Abend auf diese Bühne zu gehen. Heute spielen wir, und morgen lassen wir die Hosen runter. Können wir uns darauf einigen?«

Mark öffnete den Mund, um etwas zu sagen, wurde aber von einem lauten Klopfen an der Tür unterbrochen. Hugh trat schnell auf mich zu und legte seine Hand auf meinen Mund, dann nickte er Mark zu. Der öffnete die Tür einen Spalt. Ich hörte ihn reden, doch die Musik war zu laut, als dass ich etwas hätte verstehen können.

»Wir müssen los«, sagte Mark, als die Tür wieder geschlossen wurde. Er wich meinem Blick aus. »Nur heute noch.«

»Du bist dabei?« Hugh strahlte und ließ mich los. »Ich liebe dich, Mann. Also los.«

»Scheiß auf dich!«, sagte ich ruhig. »Mark, wir gehen jetzt zur Polizei, du hast es versprochen. Du musst auf deinen Triumph heute Abend verzichten.«

»Auf gar nichts werde ich verzichten«, hörte ich Hughs Stimme hinter mir. »Ich bin Gott.«

Und alles wurde dunkel.

Status: *ungelesen.*

Von: Nika Lukina
An: Jen Lukina

Dienstag, 30. Juni 2015
4:41
Black Rebel Motorcycle Club – *Need Some Air*

Jetzt kommt der schwierigste Teil. Was nun folgte, kommt mir fast wie ein Traum vor, wie etwas, das ich mir ausgedacht haben könnte. Schließlich wusste ja niemand, dass ich überhaupt dort war.

Es war dunkel, und ich konnte mich nicht bewegen. Nicht, weil ich gelähmt gewesen wäre, nein. Es war anders. Ich war gefangen. Mein Körper lag im Dunkeln wie ein Embryo in einem dunklen, engen, nach Plastik riechenden Mutterleib. Ich versuchte zu schreien, doch ein Knebel steckte tief in meiner Kehle.

Von draußen hörte ich Musik und gedämpfte Stimmen. Also war ich nicht begraben. Plötzlich hörte die Musik auf.

»Alles klar hier drinnen, Jungs?«, fragte eine heitere weibliche Stimme – Shauna. »Himmel, was für ein Chaos!«

»Das ist unser Job«, erklärte Hugh vergnügt. »Wir sind Rockstars. Wir schlagen Garderoben kaputt und lassen uns volllaufen. Du wirst dich schon dran gewöhnen, Shauna, meine Liebe.«

»Besser das hier kaputtschlagen als noch ein Hotelzimmer für zehntausend Pfund pro Nacht«, erwiderte sie trocken. »Soll ich diesem Mädchen, das euch besucht hat, übrigens einen Backstage-Pass besorgen?«

Ich versuchte zu schreien, doch aus meinem Mund drang nur ein leises Stöhnen.

»Nicht nötig, sie ist schon gegangen, meine wunderbare Shauna.«

»Sind wir bereit? Sie warten auf euch«, sagte sie.

»Und ob wir das sind! Komm, Mark, auf geht's! Der beste Abend unseres Lebens kann beginnen.«

Ich hörte, wie die Tür zugeworfen wurde, kurz darauf brandete entfernt Jubel auf, und ein gleichmäßiger Beat setzte ein.

Das Plastik unter meiner Wange wurde feucht von meinem Atem und meinen Tränen. Ich versuchte, mich zur Ruhe zu zwingen, da ich wusste, dass man in einem geschlossenen Raum umso mehr Sauerstoff verbraucht, je nervöser man ist. Und je mehr Sauerstoff man verbraucht, desto schneller stirbt man. Eine Stimme in meinem Hinterkopf wollte mir einreden, dass nichts von alldem hier real war. Ich versuchte, mir einzureden, dass ich bloß während eines Films, den du und ich uns zusammen ansahen, eingeschlafen war. Und dass Mama bald hereinkommen und mit dir schimpfen würde, weil du mich so gruseliges Zeug anschauen lässt, obwohl ich am nächsten Tag zur Schule muss. Ich hörte beinahe Mamas Stimme, die uns »dumme kleine Mädchen« nannte, weil wir gar nicht überlegten, wie schwer uns das Aufstehen morgen fallen würde. *Mama, es gibt kein Morgen,* dachte ich, *aber dumme kleine Mädchen sind wir auf jeden Fall.* Was zum Teufel bildete ich mir eigentlich ein? Dass ich die Macht hätte, die Welt zu verändern? Dass ich mich einem Monster entgegenstellen konnte? Diese Mädchen retten konnte, die innerlich für alle Zeiten in irgendwelchen Hotelzimmern gefangen sein würden? Ich war eine von ihnen. Mein Zimmer mochte nicht so riesig gewesen sein wie die, die Hugh normalerweise mietete, sondern bloß ein Wohnheimzimmer. Doch das änderte nichts daran, dass ein Teil von mir für immer dort gefangen sein würde, für immer an dieses quietschende, schmale

Bett gefesselt, auf dem ich wieder und wieder von einem Fremden vergewaltigt wurde. Ich wollte die Mädchen retten, konnte aber nicht mal für mich selbst sorgen. Ich war schwach, wertlos, dumm. Ich war ein Opfer, und wie ein Opfer würde ich sterben. Draußen vor der Tür feierten deine Mörder ihre schwarze Messe. Sie mussten sich so angehimmelt, unantastbar und göttlich fühlen. Ich würde in einer Kiste ersticken, und dass ich hier gelandet war, war einzig und allein meine Schuld.

Der Sauerstoffmangel machte sich bemerkbar. Ich fühlte mich schläfrig und fror. Ich versuchte, mich an das letzte Mal zu erinnern, als mir warm gewesen war. In Chris' Bett. Der Schmerz in meiner Schläfe pochte wie ein Metronom, scharf und blendend. Wellen von Übelkeit schwappten über mich hinweg. Ich dachte an das Kratzen von Chris' Bartstoppeln an den Innenseiten meiner Oberschenkel, dachte an dich, an Mama, an Ben. Ich sank tiefer und tiefer, ertrank in etwas Dickflüssigem, Öligem. Eine leise, traurige Melodie wiegte mich in den Schlaf. Riesige Buchstaben in Neonfarben – Pink und Blau und Gelb – trieben vor meinen Augen vorbei. Dann kam das Licht.

Status: *ungelesen.*

Von: Nika Lukina
An: Jen Lukina

Dienstag, 30. Juni 2015
5:41
The Libertines – *What Became of the Likely Lads*

»Chris«, wollte ich sagen, doch der Knebel hinderte mich daran.

Er hob mich aus der Kiste. Es war einer dieser Behälter für Instrumente und Ausrüstung, die ich in der Ecke aufgestapelt gesehen hatte, als ich vor einigen Stunden hereingekommen war. Chris durchtrennte das Klebeband auf meinem Gesicht und zog den Knebel aus meinem Mund.

»Chris«, flüsterte ich. Dann musste ich husten. »Chris …«

Ich drückte mein Gesicht an seine Leuchtweste und schluchzte.

»Hier, trink ein bisschen Wasser.« Er trat einen Schritt zurück und reichte mir die Flasche. Ich trank, hustete und trank noch mehr, bis ich mich ein bisschen besser fühlte. »Bitte sag mir, was passiert ist.«

»Hugh hat mich auf den Kopf geschlagen.«

»Warum?«

»Weil ich alles weiß.«

Ich legte die Arme um seinen Hals und drückte ihn fest an mich.

»Chris, ich hab dich angelogen. Ich komme nicht aus Südafrika. Ich bin Russin. Jen Lukina war meine Schwester. Ich bin nach Notown gekommen, um mit Hannah zu sprechen, weil ich wusste, dass Jen vor acht Jahren hier war, an dem Abend, als die Band kaputtging. Es tut mir so leid, dass ich dich angelogen hab. Ich wollte … Ich wollte nicht, dass du glaubst, ich würde dich nur als Informationsquelle benutzen. Denn so war es nicht. Ich hab dich noch mehr gewollt, als ich die Wahrheit über Jen wissen wollte. Und das ist immer noch so.«

»Ich weiß.«

Ich küsste ihn auf Mund und Hals und spürte, wie sich in meinem Mund der vertraute Geschmack seiner Haut mit der metallischen Note von Blut mischte.

»Mark hat Jen getötet. Er hat es gestanden. Sie hat den Song geschrieben, du weißt schon, *Smokers Die Younger*. Er hat ihn gestohlen. Aber das ist noch nicht alles. Hugh hat ihm geholfen, ihre Leiche zu beseitigen. Und noch was … Hugh schläft mit minderjährigen Fans, Chris, ich meine mit richtig jungen Mädchen, Dreizehnjährigen. Das macht er schon ziemlich lange. Und als ich ihn zur Rede stellte, versuchte er … mich umzubringen.«

Chris starrte mich ausdruckslos an.

»Und was hat Mark unternommen?«

»Er wollte wegen Jen ein Geständnis ablegen. Soweit ich es beurteilen konnte, hatte er keine Ahnung, was Hugh all die Jahre getan hat.« Dann musterte ich Chris' Gesicht gründlich. »Warte mal, woher wusstest du überhaupt, dass ich hier bin?«

»Hannah hat es mir erzählt. Sie ist hier, wir sind uns vorhin an der Backstage-Bar über den Weg gelaufen. Sie hat mir erzählt, dass sie dich mit irgendeinem Mädel in die Garderobe hat gehen sehen. Aber davor hat sie mich noch beschuldigt, Jen ermordet und ihre Leiche im Biergarten des *Queen's Head* begraben zu haben, unter dem Beton. Sie hat mich all die Jahre für einen Mörder gehalten. Sie kam nicht damit klar, dass du und ich miteinander geschlafen haben. Sie schrie rum und erzählte mir, wer du bist und warum du in die Stadt gekommen bist. Und dass sie dir eine Menge Lügen erzählt hat, um dich noch mehr zu verwirren und mich zu beschützen. Sie hat auch gesagt, sie hätte ein paar Jungs hinter dir hergeschickt, die dafür sorgen sollten, dass du nicht zurückkommst. Jedenfalls war mir nach alldem klar, warum du nach Glasto gekommen bist. Und ich wusste, dass ich dich finden muss.«

»Dann wusstest du Bescheid?« Mit einer Faust rieb ich mir die Tränen aus den Augen.

»Worüber?«

»Über das, was Mark getan hat …«

Er wandte sich ab.

»Scheiße, du wusstest es!«, schrie ich und schlug ihm ins Gesicht. Ich spürte hämmernde Kopfschmerzen. Ich musste hier weg, raus aus diesem Raum. Also rannte ich zur Tür. Sie öffnete sich direkt vor meinen Augen.

»Nika?« Mark klang überrascht. »Chris?«

Als er MacConnell sah, wurden seine Gesichtszüge weich. Sie zeigten denselben unverstellten Schmerz wie am Abend von Chris' Gig im Pub.

»Mark? Warum bist du nicht auf der Pyramid Stage, wo du hingehörst?« Chris erhob sich vom Sofa.

»Im Moment ist Hugh mit seinen akustischen Nummern dran. Ich bin hier, weil er Nika in diese Kiste gesperrt hat … Ich wollte sie rauslassen. Aber du bist mir anscheinend zuvorgekommen.«

Chris schlug ihn erst ins Gesicht, dann in den Magen. Er trat einen Schritt auf ihn zu, und einen Moment lang glaubte ich, sie würden sich in die Arme fallen. Doch sie starrten sich bloß an wie zwei Hunde, die jederzeit bereit waren, sich gegenseitig an die Gurgel zu gehen.

»Du hast Jen umgebracht!«, zischte Chris. »Du bist nicht

nur ein Verräter, sondern auch ein Dieb und Mörder. Ist es das, worüber du all die Jahre mit mir reden wolltest? Dann rede jetzt, du Stück Scheiße! Meine Aufmerksamkeit ist dir sicher.«

»Sie ist meinetwegen gestorben. Aber ich hab sie nicht ermordet.«

»Verdammt, dann erzähl uns, was passiert ist!«

Mark spuckte einen Klumpen Blut auf den Boden und schüttete sich einen Drink ein.

»Es war unser großer Abend. Wir hatten so hart gearbeitet, um es bis dorthin zu schaffen ... hierhin. Alles hing von diesem Auftritt ab. Ich weiß, dass ich uns allen eine Menge Druck gemacht hab, die stundenlangen Proben. Es war falsch, aber damals dachte ich, es ist das Einzige, was zählte. Es war wichtiger als alles andere ... wichtiger sogar als die Musik selbst.« Er schüttete noch ein Glas ein und reichte es Chris. »Als Jen zum ersten Mal auf der Bildfläche erschien, dachte ich, sie wäre bloß eine deiner schnell wechselnden Inspirationsquellen. Sie würde kommen und bald wieder verschwinden. Aber ich lag falsch. Sie traf dich mitten in Kopf und Herz. Sie machte dich süchtig. Es war schlimmer als verdammtes Heroin. Sie hatte diese Macht über dich, und ich konnte nichts daran ändern. Jedes Mal, wenn ich dich davon überzeugt hatte, dich von ihr zu trennen, fing sie dich wieder irgendwie ein.«

Chris hörte ihm aufmerksam zu.

»Sie redete dir ein, du wärst der Größte. Das hatten sie und ich gemeinsam. Wir sahen es in dir: das Feuer, die Kraft, das Charisma. Und sie schaffte es, dass du dich durch ihre Augen sahst. Das hat alles ruiniert.«

Chris zündete sich eine Zigarette an und nahm einen tiefen Zug.

Dann sagte er: »Nein, Mark. Dein Verrat hat alles ruiniert, sie hatte nichts damit zu tun. Als wir herkamen, war sie schon seit Wochen von der Bildfläche verschwunden.«

Mark neigte den Kopf zur Seite.

»Wirklich? Am Abend vor dem Gig tauchte sie in deinem Haus auf. Erinnerst du dich an den Streit, Chris? Die Narbe habe ich bis heute.« Er deutete auf seine linke Augenbraue.

»Damit hatte sie nichts zu tun.«

»Und ob sie das hatte. Sie schlief mit deinem Nachbarn, bloß um dich sauer zu machen. Sie provozierte dich und brachte dich dazu, dich volllaufen zu lassen, statt für Glastonbury zu proben. In jener Nacht hatten sie und ich ein sehr persönliches Gespräch. Als sie diesen Song spielte, begriff ich endlich, was wirklich zwischen euch ablief.«

»Also stimmt es? Sie hat ihn tatsächlich geschrieben?«

»Ja. Und sie hat ihn mir an dem Abend vorgesungen. Weißt du das nicht mehr? Als du runterkamst, um dir ein Bier zu holen, hielt sie deine Gitarre in den Händen?«

»Sie hatte deine Zunge im Mund, daran erinnere ich mich! Du warst drauf und dran, sie zu vögeln, Mark. Wie willst du mir das erklären, ohne das Wort ›Verrat‹ zu benutzen?« Chris ballte die Fäuste.

»Es lag an dem Song ... Er handelte von dir. Ich kapierte endlich, was sie für dich fühlte, wie sehr sie dich liebte. Wir hatten eine einzige Gemeinsamkeit – dich. Und wir standen beide davor, dich zu verlieren, den Menschen, an dem uns am meisten lag.«

»Du klingst echt schwul!«

»Chris, bitte ...«

»Hör doch auf.« Chris begann, im Zimmer auf und ab zu gehen. »Du hast mich verraten, hast das Haus mit der roten

Tür verraten, hast unsere Band und unsere Träume verraten. Du hast mich durch einen verdammten Pädophilen ersetzt! Du wolltest meine Freundin vögeln und hast sie dann umgebracht! Und dann hast du alles umgedreht, damit alle mir die Schuld gaben. Auf einmal war ich der durchgeknallte Idiot, der fünf Minuten vor dem großen Durchbruch die Band verlassen hat.«

»Das stimmt so nicht.« Marks Stimme klang ruhig und sanft, als versuchte er, einem Kind etwas zu erklären. Einem sturen, schlecht gelaunten, aber heiß geliebten Kind. »Ich hab nie behauptet, dass es deine Schuld war. Hör mir doch zu.«

Ich sah, wie Chris' Fäuste sich lösten und die Furche zwischen seinen Augenbrauen sich ein Stück glättete. Begierig wartete ich darauf, dass Mark endlich alles erzählte, was in jener Nacht geschehen war. Ich vermutete, dass er Chris nicht belügen würde.

»An dem Abend vor Glasto hat sie mir gesagt, sie würde die Stadt verlassen. Sie hätte genug Geld und wüsste, dass sie nicht gut für dich wäre. Ich erfuhr, dass sie zum Festival kommen wollte, um dich ein letztes Mal zu sehen, aber dann wäre es vorbei.« Mark setzte sich auf einen der Klappstühle mitten im Raum. »Dieser schicksalhafte 23. Juni 2007, Chris. Erinnerst du dich an den Tag?«

»Und wie. Für mich wurde ein Traum wahr wie für uns alle. Als wir auf der Bühne standen, kam die Sonne hinter den Wolken hervor. Und sie stand dort, direkt vor der Bühne, in ihrem blauen Kleid. Wir waren fantastisch, stimmt's?«

»O ja.« Mark lächelte. »Auch wenn du betrunken warst und durchs Mikrofon mit ihr geplaudert hast, ihr erzählt hast, wie sehr du sie liebst und all das. Alkohol, Mädchen,

Drogen … nichts konnte dich davon abhalten, auf der Bühne ein Gott zu sein.«

Wieder starrten sie sich an. Irgendein Telefon klingelte. Doch die Welt draußen spielte jetzt keine Rolle.

»Ich war so aufgeregt, als ich Noel nach dem Gig traf«, sagte Mark. »Er meinte, wir müssten uns unterhalten, und lud uns zu einer Party im VIP-Zelt ein. Auch sein Bruder würde kommen.«

»Die sind echt schwul, weißt du?«

»Sie sind Brüder!«

»Das kommt aufs Gleiche raus, und außerdem sind sie Fans von Manchester City. Ich hätte niemals zugestimmt, in ihrem Vorprogramm aufzutreten!«

Mark lächelte sanft.

»Genau das waren deine Worte an der Bar, als sie sagten, sie überlegten, uns auf ihre USA-Tournee mitzunehmen. Sie waren stinksauer, und ich musste dich rausbringen. Als ich zurückkam und mich entschuldigte, erklärte mir Noel, er wüsste genau, wie es sich anfühlte, einen so launenhaften Typen in der Band zu haben. Aber er würde mir eine Chance geben. Falls ich dich durch jemanden ersetzte, den er mochte – und zwar schnell –, würde das Angebot weiterhin stehen. Die beiden waren meine Idole … Noels Aufmerksamkeit hat mich geblendet. Also tat ich, was ich tat.«

»Dann soll ich jetzt also dieser Schwuchtel aus Manchester die Schuld an allem geben, was?« Chris lachte leise. »Dann hast du also seinetwegen alles ruiniert? Mich seinetwegen abserviert wie eine blöde, klammernde Zicke? Am Abend, der eigentlich der größte Abend unseres Lebens hätte werden sollen?«

»Es tut mir so leid, Chris. Aber was hättest du an meiner Stelle getan?«

»Da muss ich nicht lange überlegen. Ich hätte ihm den Finger gezeigt. Du warst mein Bruder. Ohne dich hätte ich diese Bühne da nie betreten!« Er deutete zur Tür.

»Weißt du was?« Mark fuhr sich durchs Gesicht. »Ich hätte nie gedacht, dass du mir so schnell zustimmen würdest. Ich dachte, du würdest mich krankenhausreif schlagen, durchdrehen, mich lieber umbringen, als die Band zu verlassen. Aber ich lag falsch. Du sagtest nur: ›Prima, dann verpiss dich, Mark.‹ Nicht einen Schlag hast du mir verpasst. Stattdessen hast du mir ein Ultimatum gestellt: Ich sollte dir die ganze Ausrüstung bezahlen, die wir mit deinem Geld gekauft hatten. Sonst würdest du alles in Stücke schlagen, was wir in Bens Wohnmobil verstaut hatten, und dafür sorgen, dass Noel uns nie mehr zu irgendwas einladen würde. Ich erinnere mich noch an deinen Gesichtsausdruck, so ernsthaft. Eigentlich hatte ich dich noch nie so ernsthaft erlebt. Und mir war klar, dass du es tun würdest, ich sah es an deinem Blick. Keine Kompromisse, nichts. Ich musste dir auf der Stelle das Geld beschaffen. Und natürlich war klar, dass du genau wusstest, dass ich niemals so viel Geld beschaffen konnte. Du hast nur einen Vorwand gesucht, um alles kurz und klein zu schlagen.«

Voller Zorn starrten sie sich an.

»Da bin ich in Panik geraten. Ich wusste nicht, was ich tun sollte. Und ich verfluchte mich wegen meiner Dummheit, dir alles an Ort und Stelle zu erzählen. Ich hätte warten sollen, bis wir zurück in Notown waren. Aber ich war betrunken, und diese Tour und Noels Meinung waren auf einmal furchtbar wichtig.« Mark warf mir einen Blick zu, als wäre ihm gerade klar geworden, dass ich auch noch da war. »Dann fiel mir ein, was Jen über das Geld gesagt hatte. Sie hatte ein Bündel Fünfziger bei sich. Diese verrückten Russen mit ihrem Bargeldtick. Alles wäre anders gelaufen, wenn sie es zur Bank gebracht hätte … Ich versuchte, sie anzurufen, aber ihr Handy war ausgeschaltet. Da verlor ich alle Hoffnung und wollte querfeldein zurück zu unserem Zeltplatz gehen. Und plötzlich entdeckte ich sie am Steinkreis.«

Einen Moment lang hielt er inne, um Atem zu holen. Einen Moment, der mir wie eine Ewigkeit vorkam. Ich sah seine roten Augen und die Umrisse eines riesigen blauen Auges, das sich langsam bildete. Ich sah das Gesicht des Menschen, der dich getötet hat.

»Es war beinahe dunkel, es regnete, und das Tal wirkte wie ein Stapel glimmendes Holz nach einem Lagerfeuer. Auf der Pyramid Stage machten sich die Headliner bereit, das waren damals die Killers. Erinnerst du dich an den Schlamm in diesem Jahr? Nach dem ganzen Regen war der Campingplatz überflutet. Das Feld war ein einziger Sumpf, doch das hielt Jen nicht davon ab, mitten im Steinkreis zu tanzen. Sie war völlig high, wie immer, und wirkte total glücklich. Ich rief sie. Sie lief barfuß auf mich zu, als würde nichts von all dem Matsch und Schmutz an ihr kleben bleiben. Ich sagte, wir müssten über dich, Chris, reden, und sie folgte mir. Ich nahm sie mit zu den Bäumen hinter dem Steinkreis, wo der Drachen-Wasserfall liegt. Es war dunkel, und außer uns war niemand dort. Ich erzählte ihr alles, und zwar ehrlich. Ich erklärte, wofür ich das Geld brauchte. Aber sie begriff es nicht. Sie lachte nur und sagte, ohne dich gäbe es keine Band. Ich wäre ein totaler Idiot und sollte zu dir gehen und mich entschuldigen. Ich erklärte, das wäre nicht möglich und ich bräuchte ihr Geld und würde es ihr so schnell wie möglich zurückzahlen. Sie weigerte sich und wollte gehen. Als ich sie am Arm packte, um sie aufzuhalten, schrie sie wie wild. Sie sagte, sie könnte mir das Geld nicht geben, weil sie nichts anderes mehr hätte; weil es ihre Chance wäre, nie wieder nach Notown zurückzumüssen. Ich schnappte mir ihren Geldbeutel. Sie schrie noch lauter – lauter als Brandon Flowers auf der Pyramid Stage. Ich legte ihr die Hand auf den Mund, doch sie biss mich, und ich stieß sie weg, wie im Reflex, wegen der Schmerzen. Sie stürzte.« Mark schwieg einen Moment und starrte auf seine Schuhe. »Ich benutzte mein Handy als Taschenlampe. Auf dem Stein war Blut. Es floss in den Bach. Ihre Augen waren geschlossen, und sie atmete nicht mehr.

Mir wurde übel. Ich stand einfach da und wusste nicht, was ich tun sollte. Dann hob ich sie hoch und legte meinen Hoodie um sie, sodass ihr Gesicht bedeckt war. Ich trug sie bis zu unserem Zelt. Niemand bemerkte etwas – es war dunkel, und die Killers spielten noch. Ich trug sie die ganze Strecke über das Feld am Steinkreis. Im Zelt legte ich sie dann in meinen Schlafsack, damit ich sie nicht ansehen musste. Sie war drauf und dran gewesen, meine Pläne zu ruinieren, aber ich hab nicht vorgehabt, ihr etwas anzutun.«

»Wo ist ihre Leiche?«, fragte ich, doch er hörte mich nicht.

»Ich stand dort mit ihr, als Hugh plötzlich reinkam und sagte, die Killers würden beschissen klingen. Dann entdeckte er sie. Ich erzählte ihm alles. Und dann fragte ich ihn, ob er deinen Part übernehmen wollte, auch wenn das in dem Moment keine Rolle mehr spielte. Er sagte nichts und ging einfach raus. Ich dachte, er würde die Polizei holen. Aber kurz darauf kam er mit zwei Schaufeln zurück, die er sich irgendwo ausgeborgt hatte. In dem Jahr stand alles so tief unter Wasser, dass die Camper Gräben um ihre Zelte anlegten, damit der Boden darunter ein bisschen trocknen konnte. Als Nächstes schnitten wir den Zeltboden raus. Das Zelt war riesig, weißt du noch? Wir hatten es einmal für einen Schulausflug gekauft, als wir dachten, wir könnten die Mädchen dazu bringen, mit uns zu feiern.« Mark lächelte vage. »Hugh sagte irgendwann, ich sollte dich erst mal suchen und das mit dir regeln, und das tat ich. Ich gab dir das Geld, das ich Jen abgenommen hatte, und damit war die Sache erledigt. Dann kehrte ich ins Zelt zurück und grub zusammen mit Hugh ein Loch in den Boden. Der Schlamm war schwer und blieb überall kleben. Als wir fertig waren, verließen wir das Zelt und gingen zur Pyramid Stage. Die Killers sangen gerade *All These Things That I've Done.*«

Ich spürte, wie mir die Tränen übers Gesicht liefen.

»Und weißt du was? Seit diesem Abend ertrage ich die Stimme von Brandon Flowers nicht mehr. Sie macht mich … Sie ruft Erinnerungen wach. Als ich ihm vor ein paar Jahren in New York begegnete, bekam ich eine Panikattacke. Es war so schlimm, dass ich mich übergeben musste, nachdem er mich begrüßt hatte. Ironisch, nicht wahr? So ist Musik, sie füllt die leeren Stellen in deinem Kopf und …«

Ich hörte ihm nicht mehr zu. Nichts von dem, was er noch sagte, hatte eine Bedeutung. Ich hatte dich gefunden, Jen.

Status: *ungelesen.*

Von: Nika Lukina
An: Jen Lukina

Dienstag, 30. Juni 2015
9:01
Tricky – *Veronika*

»Bring mich sofort zu ihr!«, hörte ich mich schreien.

Mark starrte mich einen Augenblick an. »Ich weiß nur noch, auf welchem Campingplatz wir waren, nicht mehr die genaue Stelle.«

»Du musst dich erinnern, Mark.«

»Weißt du, sechs Wochen nach dem Festival ist das Gras wieder nachgewachsen. Abgesehen vom Skelett der Pyramid Stage mitten auf dem größten Feld ist das hier dann ein ganz normaler Milchbetrieb«, erklärte er entschuldigend. »Ich dachte, dass sie irgendwann gefunden würde. Dass die Füchse sie ausbuddeln würden oder ein Traktor … Wir müssen damals ein ziemlich tiefes Loch gegraben haben.«

Ich hörte, wie Shauna draußen an die Tür hämmerte.

»Mark, bist du da drin? Mach auf! Hughs Set ist gleich zu Ende. Wir brauchen dich für die Zugabe.« Wieder klopfte sie laut. »Ihr beide benehmt euch heute Abend ziemlich seltsam. Gibt es irgendwas, das ich wissen sollte?«

Arme Shauna, dachte ich. Sie hatte noch nicht die leiseste Ahnung, was ihr bevorstand. Sonst hätte sie wahrscheinlich längst das Weite gesucht, um mit alldem nichts zu tun zu bekommen.

»Wer hat im Juli in Kent ihr Handy benutzt?«, fragte ich, als mir dieses wichtige Detail plötzlich wieder einfiel.

»Das war ich. Fliegen … Ich hasse es noch immer. Ich konnte nicht mit den anderen zusammen an Bord gehen, also fuhr ich mit dem Zug nach Amsterdam. Ich weiß nicht, warum ich ihr Handy behalten und es eingeschaltet hab. Als ich es tat, war ich überwältigt. Ich hatte schon vergessen, dass ich dieses Video je aufgenommen hatte. In dem Moment wurde mir plötzlich klar, wie ich es ein Stück weit wiedergutmachen konnte. Ich würde den Song aufnehmen. Als Verbeugung vor ihr und vor dir, Chris. Ich dachte, sie würde es so gewollt haben. Aber natürlich war es nicht möglich, ihren Namen zu nennen.«

»Wusstest du, was mit ihr passiert war?«, wandte ich mich an Chris.

»Du kennst mich so gut, Mark. Ich hätte nie gedacht, dass du in der Lage sein würdest, das Geld aufzutreiben. Ich wollte nur irgendwas kaputt machen. Als du zurückgekommen bist und vollkommen fertig aussahst, dachte ich, du wärst wieder zur Vernunft gekommen. Ich dachte, du würdest sagen, alles wäre nur ein dummer Witz gewesen und wir sollten uns jetzt zusammen betrinken und versuchen, ein paar Mädels abzuschleppen. Aber du hast mich angesehen, als würdest du mich hassen, als wäre alles meine Schuld. Als du mir wortlos das Geld hingehalten hast, wusste ich, dass alles kaputt ist. Dass es kein Zurück mehr gibt. Du wolltest mich aus der Band raushaben, und ich ging. Für immer. Ich landete in einem der Raver-Zelte, wo ich mir von der Zunge eines Mädchens Ecstasy in den Mund schieben ließ und sie dann die ganze Nacht gevögelt hab. Ben entdeckte mich am frühen Sonntagmorgen. Ich muss ziemlich blass ausgesehen und Nonsens geredet haben. Er nahm das Wohnmobil und fuhr los. Das Mädchen brachte mich am Montagmorgen zum Bahnhof. Ich schlief vierundzwanzig Stunden am Stück. Als ich auf dem Sofa in meinem Wohnzimmer aufwachte, fand ich ein Bündel Geldscheine in meiner Tasche. Es war mit einem Gummi umwickelt, einem Armband.« Er berührte das Band an seinem Handgelenk. »Es gehörte Jen. Ich versuchte, sie anzurufen, aber ihr Telefon war ausgeschaltet.«

»Warum hast du keinem davon erzählt?«

»Weil mir nach allem, was passiert war – nachdem Mark mich aus der Band geworfen hatte –, so ziemlich alles egal war.«

Es fühlte sich an, als wäre die Welt irgendwie stehen geblieben – die Zeit, die von der Klimaanlage ausgelösten Luftbewegungen, die Musik, der Beat … Das Einzige, was noch blieb, waren das Hämmern an der Tür, lauter und lauter, und die Rufe nach Mark. Ich wusste, dass irgendwo außerhalb dieses Puppenhauses aus Pappkarton hunderttausend Menschen warteten wie ein vielköpfiger Drache. Doch keiner von uns scherte sich darum.

»Weißt du«, begann Mark leise. »Ich hab es verloren, dieses Feuer, das ich hatte – das wir hatten –, wenn wir in deinem Wohnzimmer Gitarre spielten. Im Haus mit der roten Tür, besoffen und high. Als unser Publikum aus betrunkenen College-Studentinnen und grimmigen Drogendealern bestand, denen wir Geld schuldeten. Als wir die Wände bemalten und die ganze Nacht aufblieben. Als du dann weg warst, kam es mir vor, als hättest du das alles mitgenommen. Aber in Wahrheit war ich es, der alles zerstört hat. Es tut mir so leid.«

Marks Augen funkelten. Chris spielte an seinem Armband herum, an deinem Armband.

»Als ich hörte, dass du eine Überdosis genommen hast, wusste ich, dass es meine Schuld war. Ich hatte dir das genommen, was du am meisten liebtest. Genau genommen die beiden Dinge, die du am meisten liebtest. Ich wollte mit dir ins Reine kommen, obwohl du nicht mehr mit mir reden wolltest. Also kaufte ich das *Queen's Head*. Es sollte wieder dein Zuhause sein – der Ort, wo du deine Bühne und dein Publikum hast. Der Ort, wo du hingehörst.«

»Du hast den Pub gekauft?«

Mark nickte.

»Dann hast du die guten alten Zeiten also auch vermisst?« Chris hörte auf, an dem Armband herumzuspielen, und schaute Mark in die Augen.

»Jeden einzelnen verdammten Tag«, erwiderte Mark, plötzlich mit unverfälschtem Südlondoner Akzent. »Ohne dich war es nicht mehr mein Traum.«

Mark trat auf Chris zu. Sie umarmten sich.

»Ich hab einen schrecklichen Fehler begangen. Ich werde alles tun, um wieder mit dir ins Reine zu kommen. Und ich werde gestehen, was ich getan hab, verlass dich drauf. Bitte sag mir, was ich tun kann, damit du mir verzeihst, Chris.«

Chris trat einen Schritt zurück.

»Ich weiß nicht. Mit mir auf der Pyramid Stage spielen?«, sagte er kichernd. »Weißt du, du bist mein Bruder und wirst es immer bleiben, aber was du mir und Jen angetan hast … Das wird nicht verschwinden. Es ist genauso unmöglich wie die Vorstellung, dass ich auf dieser Bühne auftrete.«

Beide schwiegen einen Moment, dann öffnete sich völlig unerwartet die Tür. Hugh betrat den Raum, verschwitzt, mit ungläubigem Blick und einem Schlüssel in der Hand. Er ließ seinen Blick über die Szene schweifen und schloss die Tür wieder ab.

»Na, na, na. Wenn das nicht die Wiedervereinigung des guten alten Rockduos ist! Hey, Chris, tolle Weste, echt stylish. Oh, warte mal, du arbeitest hier?« In gespielter Überraschung zog er die Augenbrauen hoch. »Ich wusste es doch, deine wahre Berufung – Festival-Security. Tut mir leid, wenn …«

Chris unterbrach den Monolog mit einem schnellen, harten Schlag an seine Kehle. Wie ein abgebrochener Ast fiel Hugh zu Boden, stöhnend vor Schmerzen.

»Chris?«, rief Mark. »Mir ist alles egal. Morgen früh gehe ich zur Polizei und gestehe den Mord. Ich hab keine Wahl. Nika weiß alles. Ich bin am Ende. Der Abend heute ist alles, was mir noch bleibt. Komm mit, lass uns zusammen auf diese Bühne gehen.«

MacConnell starrte ihn einen Moment lang an. Shauna hämmerte an die Tür.

»Sei kein Idiot, Marky«, machte sich Hugh mit heiserer Stimme bemerkbar. »Man hat immer die Wahl. Wir sind verdammte Götter. Sie haben nichts gegen uns in der Hand. Niemand wird wegen der Aussage eines dahergelaufenen Mädchens anfangen, das ganze Dorf Pilton umzugraben. Reiß dich zusammen, Mark, es war ein verdammter Unfall. Du wolltest ihr nichts tun. Und wir streiten sowieso alles ab. Vor wem sollten wir uns fürchten? Sie« – er deutete mit dem Finger auf mich – »ist ein Niemand, bloß eine kleine Immigrantin, ein Fan auf der verzweifelten Suche nach Aufmerksamkeit. Sie hat sich an mich rangehängt, das Foto war sogar in den Zeitungen. Dann hat sie Ben provoziert, was ihn das Leben gekostet hat. Sie hat sogar Chris gebumst, was doch zeigt, wie verzweifelt sie nach Aufmerksamkeit giert. Niemand wird ihr glauben. Wenn sie erst begreift, was ein Besuch bei der Polizei sie kostet, macht sie einen Rückzieher, wart ab. Und was Chris angeht: Wenn du unbedingt willst, Marky, kannst du ja mit ihm ein Nebenprojekt starten, jetzt, wo ihr beiden Turteltäubchen euch versöhnt habt. Er kann auch nicht wollen, dass du zur Polizei gehst, denn er hat Jens Geld von dir genommen. Und jede Wette, ihm war klar, was mit ihr passiert war – es muss ihm klar gewesen sein. Vielleicht ist er ein bisschen asozial, aber sicher kein Idiot. Also komm schon, Mark, reiß dich zusammen und lass uns ihren Song spielen als Hommage an unsere geliebte verstorbene Freundin.«

»Du hast das Video vergessen«, sagte Mark mit ernster Stimme.

»Weißt du, ich hab über dieses Video nachgedacht, und … Ich will es an die Öffentlichkeit bringen, es über unseren offiziellen YouTube-Kanal verbreiten. Es ist eine wunderschöne Liebesgeschichte. Wir bringen es neu heraus, geben einen Teil des Geldes Nika und ein paar Wohltätigkeitsorganisationen, vielleicht einer Stiftung, die sich um Angehörige von Vermissten kümmert. Alles wird gut. Also bitte … Mach dich nicht zum Idioten.«

»Du Stück Scheiße«, blaffte Chris ihn an. »Kapierst du es nicht? Es ist vorbei!«

»Für dich – vielleicht. Wenn du keine Ruhe gibst.« Hugh setzte sich auf und fing an zu rauchen. »Du wirst wegen Körperverletzung angeklagt. Und wenn du deine Sozialstunden erst mal abgeleistet hast, wird dir niemand mehr Arbeit geben, einem Assi mit Vorstrafe. Also wirst du wieder eine Überdosis nehmen und diesmal hoffentlich dafür sorgen, dass du nicht wieder aufwachst. Und du« – er grinste mich höhnisch an – »wirst von unseren Anwälten wegen Belästigung verklagt. Und nach der Abschiebung bekommst du keine Erlaubnis zur Wiedereinreise ins Vereinigte Königreich oder irgendein anderes Land, in das es ein junges Ding wie dich ziehen könnte. Dann verrottest du im geliebten alten Russland. Also überleg es dir gut, ob du den Mund aufmachst und uns anschwärzt. Was dich angeht,

Marky«, fuhr er mit irrem Lächeln fort, das seine blutigen Zähne sehen ließ, »merke ich, dass MacConnell dir verziehen hat. Da hast du dein Happy End. Also lass uns weitermachen – das Publikum dreht durch, hörst du das nicht? Ich bin schon zu lange von der Bühne runter. Sie warten auf die Zugabe. Und eine Sache noch, Marky, als Kirsche auf dem tollen, riesigen, cremigen Kuchen meiner Liebe zu dir: Du hast sie nicht getötet.«

»Was?«, krächzte Mark.

Mit den Fingerspitzen berührte Hugh seine Kehle und zuckte vor Schmerz zusammen.

»Als du weg warst, wachte sie auf. Die Wunde an ihrer Schläfe war ziemlich beeindruckend, aber nicht tödlich. Sie öffnete die Augen und machte diese komischen Geräusche, halb Stöhnen und halb Husten. Sie wollte aufstehen, aber ich hielt es für besser, wenn sie liegen bleibt und sich ausruht. Inzwischen konnte sie auch wieder sprechen. Sie wusste, dass du Chris rausgeworfen hattest und ich ihn ersetzen sollte. Richtig toll fand sie es nicht. Und außerdem wusste sie etwas über mich, ein Geheimnis, mit dem sie zu den Bullen gehen wollte. Weißt du, sie war mit einem Mädchen aus Notown befreundet, das ich einmal gevögelt hatte. Damals war sie fünfzehn gewesen, was die Angelegenheit in den Augen unserer lieben Jen zu einem Verbrechen machte. Sie drohte mir. Und auf Drohungen reagiere ich ziemlich allergisch.«

»Was hast du gemacht?« Aus Marks Gesicht war jede Farbe gewichen.

»Sie umgebracht, natürlich.« Er legte sich die Hände um den Hals und streckte höhnisch die Zunge heraus. »Es war leichter, als ich gedacht hatte, sie hat sich nicht mal gewehrt. Als hätte sie uns gern verlassen ...«

Ich kann meine Gefühle in diesem Augenblick nicht beschreiben. Er war im Lauf einer Woche der Dritte, der gestand, dich getötet zu haben. Allerdings war mir sofort klar, dass er nicht log. Sie alle haben es getan, Jen. Sie alle haben dich ermordet, jeder auf seine Weise.

Irgendein Telefon klingelte. Jemand klopfte an die Tür und brüllte etwas. Doch die Zeit war stehen geblieben, die Welt draußen hatte aufgehört zu existieren.

»Wisst ihr, was das Komischste war?« Hugh genoss ganz offensichtlich den Anblick unserer geschockten Mienen. »Als ich mit ihr fertig war, kam Ben zurück ins Zelt. Er hatte zum ersten Mal Acid genommen, und ich merkte gleich, dass er auf einem üblen Trip war. Er sah sie auf dem Boden liegen. Inzwischen hatte ich sie ausgezogen und wollte ihre Sachen verstauen. Jedenfalls umarmte Ben ihren nackten Körper. ›Was hast du getan, Ben?‹, sagte ich. ›Warum hast du sie getötet, Ben?‹ Ihr hättet sein Gesicht sehen sollen. Er flippte komplett aus und rannte weg. Und ohne dieses dämliche Miststück Barbora wäre alles prima gelaufen.«

Deshalb also hat Ben dein Kleid besessen. Er hatte es an dem Abend aus dem Zelt mitgenommen.

»Und? Sind alle zufrieden? Jetzt könnt ihr alle mich hassen anstatt euch selbst. Aber unternehmen könnt ihr nichts, das ist euch hoffentlich inzwischen klar.« Er lächelte wie ein Wahnsinniger. »Meine Kehle tut verdammt weh, MacConnell, ich hoffe nur, dass es nichts Ernstes ist. Mark, bitte sei ein Schatz und hol das Tütchen Koks aus meiner Tasche. Ich brauche ein kleines Stärkungsmittel, ehe wir wieder rausgehen.«

Chris erwischte ihn, ehe ich mich auch nur fragen konnte, warum niemand etwas sagte. Er packte Hugh an der Kehle und ließ den Schädel auf seine Nase krachen. Plötzlich war überall Blut. Chris hielt Hugh am Boden und löste die Hände nicht von seinem Hals.

»Du bist erledigt!«, zischte er und spuckte Hugh ins Gesicht. »Fühlst du dich jetzt immer noch wie Gott? Ich werde dich vernichten, ganz egal, was dann mit mir passiert.«

»Nein«, hörte ich mich sagen. »Bitte, Chris, tu es nicht.«

Ich blickte Hugh in die Augen. Er starrte mich an, nicht mehr lächelnd. Alle schauten auf mich, und keiner wusste, was als Nächstes geschehen würde. Ehrlich gesagt, ich wusste es selbst nicht.

»Ich hab eine bessere Idee.« Ich sammelte die auf dem Boden verstreuten Tabletten auf, eine nach der anderen, als würde ich im Wald Beeren pflücken. Dann nahm ich die Flasche mit seinen Tabletten vom Tisch, in einem Glas zerkleinerte ich Hughs Pillen zusammen mit den E-Pillen und goss Rum darüber. Hugh sah mir mit aufgerissenen Augen zu. Vielleicht war er sogar stolz, weil es ursprünglich seine Idee gewesen war.

»Wie viel wiegt er? Ich schätze, um die fünfundsiebzig Kilo … Also, lasst mich die richtige Dosis ausrechnen. Oh, Moment. Ich hab davon nicht die geringste Ahnung!« Ich lachte. Es war witzig, echt witzig. Ich genoss es tatsächlich. »Halt ihm den Mund auf, Chris«, sagte ich und kniete mich neben Hugh. »Nein, hier musst du drücken, fest, so!« Ich schüttete Hugh die magische Flüssigkeit in den Mund und hielt ihm mit der linken Hand die blutige Nase zu, damit er auch wirklich alles schluckte. Er wehrte sich nicht mal. Als würde er uns gern verlassen …

»Eine unglückselige Angelegenheit, aber leider kein Einzelfall. Immer wieder sterben Leute, weil sie auf Musikfestivals zweifelhafte Pillen geschluckt haben, nicht wahr, lieber Hugh? Wieder ein toller Künstler, der seiner Drogensucht zum Opfer fällt.« Ich lachte, während Hugh verzweifelt versuchte, sich Chris' Griff zu entwinden. Schließlich riss Chris der Geduldsfaden, und er schlug Hughs Hinterkopf auf den Boden. Hugh verlor das Bewusstsein, sein Körper wurde schlaff. Einen Moment lang schauten wir zu dritt auf ihn hinab und sagten kein Wort. Es gab kein Zurück mehr. Und ich spürte kein Bedauern, nicht das geringste. Ich fühlte mich wie Gott.

Wieder klopfte jemand an die Tür. Mark lief hinaus. Chris und ich hörten ihn reden.

»Was zum Teufel?«, sagte eine weibliche Stimme. »Das ist Vertragsbruch! Die Veranstalter werden uns vor Gericht zerren. Und wir reden über mehrere hunderttausend Pfund. Was ist eigentlich mit deinem Gesicht passiert?«

»Wir kommen gleich, ehrlich, nur einen Moment noch«, erwiderte Mark ruhig.

»Ihr kommt jetzt sofort!«

»Eine Minute nur, wir sind gleich da, okay?«

»Wenn ihr nicht wollt, dass das Festival eine Vertragsstrafe fordert, beeilt ihr euch besser!«

Mark kehrte zu uns zurück.

»Geht jetzt«, sagte ich mit fester Stimme. Ich wusste, dass ich nicht mehr das kleine Mädchen war, das Befehle befolgte. »Geht und spielt. Jen hätte es so gewollt. Dann bekommt ihr Tod wenigstens ein bisschen Sinn.«

Sie schauten sich an wie zwei Kinder, die beschlossen hatten, zusammen wegzulaufen. Und ich war die Mutter. Ich zog Hugh den Bühnenpass aus der Tasche und hängte ihn Chris um den Hals.

»Vielleicht solltest du diese Weste ausziehen.«

»Veronika, ich kann dich nicht hierlassen. Er wird … Der

Anblick wird nicht schön. Alles wird voller Scheiße und Kotze sein, er wird schreien …«

»Das wird er nicht. Dafür sorge ich schon. Jetzt geht bitte. Ihr müsst da raus und das tun, wozu ihr bestimmt seid – die beste Band der Welt sein.«

Ich küsste Chris. Sie gingen. Ich setzte mich neben Hugh, verschloss seinen schönen, blutigen Mund mit Klebeband und drehte die Musik auf.

Allen Prophezeiungen von Chris zum Trotz starb er beinahe friedlich. Er stöhnte nur leise. Ich betrachtete sein Gesicht – obwohl Chris ihm übel zugesetzt hatte, war es noch immer perfekt. Ich berührte seinen Hals, er war glühend heiß. Hugh schwitzte, und sein Herz schlug schnell, als wäre er in mich verliebt. Er griff mit seinen langen, weißen Fingern nach mir, und ich ließ ihn meine Hand halten. Ich sah, wie seine Augäpfel sich verdrehten, seine Lider zitterten. Dann plötzlich öffnete er die großen dunklen Augen und starrte mich an. Er wollte aufstehen, doch sein Körper gehorchte ihm nicht. Wahrscheinlich hätte ich in diesem Augenblick nicht in seine Augen schauen sollen, doch ich konnte es nicht lassen. Er sah wunderschön aus und ohne Zweifel lebendiger, als ich ihn je zuvor gesehen hatte. Ich setzte mich auf seine Brust, damit er sich nicht bewegen konnte, und nahm ihm das Klebeband ab, für den Fall, dass er ein paar letzte Worte loswerden wollte. Was nicht der Fall war. Ich spürte, wie jeder einzelne Muskel in seinem Körper hart wurde. Blassgelber Schaum trat ihm aus dem Mund. Dann kam die Erlösung.

Ich räumte auf, wischte mit Hughs T-Shirt überall meine Fingerabdrücke ab und legte seinen Körper dann hübsch zurecht. Ich dachte an all die Fotos verstorbener Rockstars, die ich im Internet gesehen hatte. Ich hatte immer gewusst, dass mir all dieser nutzlose Mist, den ich spätabends in True-Crime-Dokumentationen gesehen hatte, irgendwann einmal nützlich sein würde.

Als ich fertig war, sah ich mich um. Dann zog ich Chris' Leuchtweste über und schlüpfte hinaus in die Nacht.

Status: *nicht gesendet.*

Von: Nika Lukina
An: Jen Lukina

Dienstag, 30. Juni 2015
10:02
The Killers – *Midnight Show*

Sobald ich den Backstage-Bereich verlassen hatte, warf ich die Weste fort und mischte mich unter die Menge. Wieder fiel mir auf, wie leicht alles gewesen war, trotz des Umstands, dass meine Kleidung zerrissen und von Blut und Erbrochenem versaut war; dass meine Haare eng am Gesicht anlagen, um die Blutergüsse von Hughs Schlägen zu verbergen. Der Schlamm, die Dunkelheit und die Gleichgültigkeit der Menschen ließen einen mit allem davonkommen.

Ich muss sie sehen, dachte ich. *Ich muss mit eigenen Augen sehen, ob sie das alles wert waren.* Es regnete wieder, doch die beglückten Festivalbesucher hatten es nicht eilig, irgendwo Unterschlupf zu suchen oder ihre Köpfe zu bedecken. Ich hielt mich links und benutzte den Bretterweg, der im Schlamm verlegt worden war. Auf diese Weise war die Strecke ein wenig länger, doch ich kam schneller voran. Die Zuschauermenge war gigantisch, die Menschen standen den ganzen Hügel hinauf bis zu den Zeltplätzen, die sich langsam leerten. Die anderen Konzerte waren vorbei, und alle sahen den Auftritt von The Red Room. Die Leute mochten ein wenig sauer wegen der verspäteten Zugabe sein, freuten sich aber erkennbar, dass die Show nun weiterging, obwohl es längst elf Uhr durch war.

Ich sah zwei winzige Gestalten vor einem Hintergrund, der wie ein schwerer, purpurroter Theatervorhang wirkte. Dann entdeckte ich ihre Gesichter auf einer Leinwand. Mark spielte gerade ein raues, aufwühlendes Solo, während Chris mit ebenso glückseliger wie angespannter Miene den Mikrofonständer hielt. Ich hörte die verblüfften Fragen im Publikum: Wo zum Teufel ist Hugh? Wer ist der Sänger? Ist das ein Überraschungsauftritt irgendeiner Berühmtheit? Niemand konnte sich einen Reim auf das Geschehen auf der Pyramid Stage machen. Ich versuchte, näher heranzukommen, indem ich mich durch die Reihen von Menschen drängte. Doch die Bühne war zu weit entfernt. Als das Solo zu Ende war, trat Mark zu Chris ans Mikrofon und wandte sich an die Menge.

»Alles klar, Glastonbury?« Er schirmte die Augen vor den Scheinwerfern ab und schaute sich auf dem Feld um. Jemand in der ersten Reihe musste so laut gerufen haben, dass Mark die Frage verstanden hatte. »Nein, Hugh wird heute nicht mehr auf die Bühne kommen. Ehrlich gesagt … Ich hab eine Neuigkeit, die alle hier interessieren dürfte, vor allem unser Management und die Presse. Hugh hat sich entschieden, The Red Room zu verlassen und sich auf seine Solokarriere zu konzentrieren … Deshalb die Verzögerung vor der heutigen Zugabe.« Das Publikum wurde unruhig, einzelne Pfiffe ertönten. »Wartet … einen Moment noch. Ihr werdet nicht enttäuscht sein, na ja, zumindest unsere wirklichen Fans werden nicht enttäuscht sein, denn heute

Abend gehört das Mikrofon seinem rechtmäßigen Besitzer – Mr Christopher James MacConnell.«

Die beiden schauten sich gegenseitig an, was die Kameras auf die großen Leinwände links und rechts der Bühne übertrugen. Zwei Profile vor dem purpurroten Hintergrund.

»Eins-zwei, eins-zwei-drei.« Mark schlug die Saiten mit einem Plektrum an. Der Schlagzeuger versuchte ein wenig hilflos, dem unvertrauten Rhythmus zu folgen.

Nach wenigen Augenblicken begann Chris zu singen und die Pfiffe und Buhrufe des Publikums zu übertönen. Seine Stimme erfüllte meinen Kopf und das ganze Tal und ließ keinen Raum für irgendwelche Zweifel, genau wie an dem Abend, an dem ich ihn das erste Mal hatte spielen sehen. Mit seinem unübersehbaren blauen Auge und der aufgeplatzten Lippe sah er wie ein echter Rockstar aus. Dies war der Ort, an den er gehörte: ins Rampenlicht einer Bühne vor hunderttausend Zuschauern, die ihre Arme mit den weiß und rot leuchtenden LED-Bändern hochreckten.

Sie spielten einen alten Song, den ich von deinem iPod kannte – ihr altes, unveröffentlichtes Material aus früheren Jahren. Die Menge verstummte und regte sich kaum, so, als wären sie alle irgendwie auf der falschen Party aufgetaucht. Doch das war egal, jedenfalls für Chris und Mark. Ich beobachtete ihre Gesichter auf der Leinwand. Sie ließen einander nicht aus den Augen, so, als existierte das Publikum nicht, als wären sie wieder im Haus mit der roten Tür und spielten zu laut für den Abend vor einem Werktag. Als hätten die Nachbarn bereits die Polizei gerufen, die der Party jeden Moment ein Ende machen würde.

Weißt du, in diesem Moment begriff ich, was Ben wirklich gemeint hatte, als er sagte, die Geschichte habe sich nie um dich gedreht. Genauso wenig drehte sie sich um mich. Es war immer die Geschichte der beiden gewesen, in der wir nur als falsche Abzweige, Sackgassen und Ablenkungsmanöver Platz hatten. Und jetzt verstehe ich auch, dass du diejenige bist, die mich hierhergelockt hat, die mich auf die verborgene Fährte gesetzt hat. Ich wusste, dass Musik dir mehr bedeutete als alles andere in der Welt, sogar als ich. Du hast mich nur hergelockt, um diesen Abend möglich zu machen.

»Wir spielen noch einen Song, dann ist Schluss.« Mark hatte sich wieder an die Menge gewandt, die jubelte. »Das Mädchen, das den Song geschrieben hat, ist heute Abend hier. Genau genommen war sie, auf eine spezielle Weise, seit sehr langer Zeit bei jedem einzelnen unserer Konzerte dabei. Jen, das ist dein Song, und heute Abend wird ihn der Mensch singen, für den du ihn geschrieben hast.«

Chris runzelte leicht die Stirn, zog seinen Gitarrengurt zurecht und berührte das Armband, das er immer noch trug. Mark spielte die ersten Akkorde von *Smokers Die Younger*. Im Tal wurde es für einen Augenblick ganz leise, alles schien stillzustehen. Dann begann Chris zu singen. Seine Stimme schwebte über unseren Köpfen. Ich atmete tief ein, bis meine Lunge schmerzte, und sämtliche Gedanken verschwanden aus meinem Kopf. Mark warf sein Haar zurück, trat einige Schritte auf Chris zu und beobachtete jede einzelne seiner Bewegungen. MacConnell schloss die Augen und drückte den Rücken durch. Von dort, wo ich stand, sah es so aus, als würde er über der Bühne schweben. Das Publikum begann mitzusingen, eine Kamera blitzte auf, dann eine weitere.

Mark trat noch näher und blieb einen oder zwei Schritte von Chris entfernt stehen. Der öffnete die Augen und sah

Mark an, als wäre er gerade aus einem langen, öden Traum erwacht. Mark sang mit Chris zusammen ins selbe Mikrofon, sah ihm in die Augen, und ihre Schultern und Gitarrenhälse stießen aneinander. Chris' Lippen berührten das Metallgeflecht des Mikrofons, sanft wie bei einem Kuss. Mark flüsterte ihm etwas ins Ohr, unhörbar fürs Publikum, und Chris lächelte wie ein glückliches Kind. Sie schlossen die Augen und ließen sich vom Klang einhüllen wie vom Schweif eines Kometen. Tränen traten mir in die Augen. Sie waren das einzig Wahre – auf einmal begriff ich, was du damit gemeint hattest. Ich schloss die Augen und wiegte meinen Körper im Rhythmus der Menschen um mich herum. Dann plötzlich stieß die Menge einen lauten Schrei aus, eine Mischung aus Freude und Überraschung, als wäre vor ihren Augen gerade etwas Magisches geschehen. *Endlich hat das Publikum es auch gespürt,* dachte ich und öffnete die Augen.

Er lebte und stand an einer Ecke der Bühne, weiß gekleidet. Auf der riesigen Leinwand wirkte sein Gesicht fleckig und zerschrammt, doch seine Augen waren voller Leben. Das Licht einer schwarzen Sonne schien sich aus ihnen zu ergießen – direkt über die ekstatisch schreienden Menschen vor der Bühne. Einen Moment lang waren Chris und Mark die Einzigen, die Hugh nicht bemerkten. Sie machten einfach weiter mit ihrem Song.

Sein Gesicht zuckte vor Schmerz, doch er brachte ein Lächeln zustande. Dann trat er an den Bühnenrand und breitete die Arme aus wie Jim Morrison oder der gekreuzigte Christus. Einen Moment lang verharrte er reglos, tauchte in den Lärm der ihn liebenden Menge ein, atmete ihre Energie und trat dann an Marks verwaisten Mikrofonständer in der rechten hinteren Ecke der Bühne. Als er das

Mikrofon an seine geschwollenen Lippen drückte, dachte ich für einen Moment, alles wäre zu Ende. Er würde meinen Namen aussprechen, er würde jedes einzelne seiner schrecklichen Versprechen halten. Dann öffnete er den Mund, und sein ganzer Körper schwankte, als würde er jeden Moment umfallen.

»Was für eine Nacht, Glastonbury!«, sagte er und starrte ausdruckslos über die Menge hinweg, auf die in der Luft wehenden Fahnen und die leuchtenden Feuer weiter hinten bei den Imbissständen. »Absolut zum Sterben schön, findet ihr nicht ...«

Was als Nächstes geschah, war schlichtweg großartig. Ich hätte mir kein passenderes Finale für die Geschichte ausdenken können. Er stand dort mit dem Mikrofon vor sich, die Arme ausgebreitet, die Beine zittrig. Dann plötzlich packte er sein T-Shirt an der linken Seite des Brustkastens, seine Augen wurden größer und röter. Er drehte sich nach rechts und ging auf Mark zu, einige Schritte, dann blieb er stehen. Die Leute um mich herum lachten, als sie ihn wie einen Betrunkenen schwanken sahen. Er schaffte es beinahe bis zu Mark, aber nicht ganz. Abrupt blieb er stehen, die Hand an seiner Brust ließ das T-Shirt los, und seine Beine versagten den Dienst. Er schaffte es noch, mit der rechten Hand einen langen Streifen des purpurnen Vorhangs zu packen, hinter dem sich der Aufgang zur Bühne verbarg, und sich an ihn zu klammern. Das alles wirkte wie eine Filmszene, und das ganze Festival schaute auf den großen Leinwänden zu.

Was für ein Abgang! Im letzten Moment konnte ich sein Gesicht nicht sehen, denn er hatte dem Publikum den Rücken zugekehrt. Aber ich kann mir vorstellen, dass sein Mund offen stand und die kleinen krummen Zähne zu sehen waren, die seine Schönheit für mich so real hatten erscheinen lassen. Und dass seine Augen überrascht wirkten, weil er sich endlich doch seiner Sterblichkeit bewusst wurde. Der Vorhang fiel wie ein Wasserfall über ihn herab und verbarg seinen schlanken Körper unter purpurnen Wellen.

Alles, was dann folgte, sah irgendwie lächerlich aus – und fühlte sich auch so an. Zuerst starrten sämtliche Zuschauer wie gebannt auf die Szene. Dann stieß jemand einen ängstlichen Schrei aus, und eine Million Blitzlichter leuchteten auf. Die Menge geriet außer sich, und zwei Menschenströme stießen miteinander zusammen: diejenigen, die alles aus der Nähe sehen wollten, und die, die nicht schnell genug wegkommen konnten. Leute in Leuchtwesten stürmten auf die Bühne. Von irgendwoher mahnte eine laute und nervöse Stimme alle, sich zu beruhigen. Zwei Männer in dunklen Jacken zerrten Hugh unter dem roten Vorhang heraus, legten seinen schlaffen Körper auf eine Bahre und trugen ihn von der Bühne. Wenige Minuten später erhob sich ein roter Hubschrauber wie ein gigantisches Insekt über der Bühne und eilte in die Nacht davon. Doch es bestand kein Grund mehr zur Eile. Wie ich am nächsten Tag auf Twitter las, war sein Herz noch auf der Bühne explodiert. Es war zu spät.

Status: *nicht gesendet.*

Von: Nika Lukina
An: Jen Lukina

Dienstag, 30. Juni 2015
15:51
Placebo – *Protect Me From What I Want*

Als ich das Feld vor der Bühne verließ, lief ich ziellos drauflos. Doch irgendwie trugen meine Beine mich zum Steinkreis. Im Rückblick allerdings erscheint es mir logisch, denn dort waren Menschen und ein großes Lagerfeuer. Hier wusste noch niemand, was auf der Pyramid Stage passiert war. Die Leute hier genossen den letzten Abend des besten Festivals der Welt und scherten sich nicht um all die Sirenen und Hubschrauber. Eine Weile blickte ich einfach in die glücklichen, vom warmen Licht erleuchteten Gesichter. Ich wollte mich dazugesellen, doch etwas hielt mich davon ab, ein innerer Widerstand, den ich noch nicht benennen konnte. Irgendjemand fing an, in einem archaischen Rhythmus zu trommeln. Ich weiß nicht, was über mich kam, jedenfalls hob ich ein grünes Plastik-Tamburin vom Boden auf, das irgendein Hippie dort hatte liegen lassen, und trat in den Kreis. Der Schlamm wurde inzwischen fester, da es zu regnen aufgehört hatte. Ich tanzte. Der Himmel über mir klarte sich auf, die Sterne glänzten – winzige Löcher im dunklen Stoff des Nachthimmels. Ich tanzte und tanzte wie eine heidnische Priesterin und feierte die Freiheit und auch die Traurigkeit, die zusammen mit ihr gekommen war. *Ich lasse dich jetzt ziehen, Jenja,* dachte ich. *Flieg davon, meine Göttin in Weiß. Das Tor zum großen Königreich der Toten wird sich öffnen, und der König wird dich zu seinem prachtvollen Boot führen und dich über den See hinüber nach Avalon bringen.* Ich tanzte, bis ich meine Füße nicht mehr spürte. Dann kletterte ich auf einen der Steine und blieb dort lange, lange sitzen, bis ich spürte, wie jemand sanft meine Hand berührte.

»Chris?« Ich schaute zu ihm hinunter.

Er hatte immer noch Hughs Backstage-Pass um den Hals und hielt eine Flasche Rum in der Hand. Ich beugte mich hinab und küsste ihn auf den Mund. Seine Lippen schmeckten nach Asche.

»Ich wusste, dass ich dich hier finden würde«, sagte er, als unsere Lippen sich voneinander lösten.

»Wie geht es Hugh?«

»Er ist tot.«

»Wo ist Mark?«

»Er wird noch vernommen.«

»Was sollen wir jetzt tun?«

»Uns besaufen.«

Ich ließ mich vom Stein hinabgleiten. Chris fasste mich vorsichtig um die Taille und setzte mich auf dem Boden ab. Gemeinsam ließen wir uns in den Schlamm sacken und lehnten uns an den Stein. Er öffnete die Flasche und nahm den ersten Zug. Mit meinen kalten, schmutzigen Fingern berührte ich seine Hand. In meiner Brust zerbrach etwas und machte einer kalten, unbekannten Empfindung Platz. Es war vorbei. War irgendetwas davon jemals real gewesen?

»Wahrscheinlich müssen wir hier schnell verschwinden«, sagte ich mit einem Blick auf die Blaulichter unten im Tal. Dann schaute ich auf unsere Füße, sah die dicke, schwere Schlammkruste, die sich bis hoch zu den Knöcheln gebildet hatte. Chris trug seine ramponierten Doc Martens. Er schaute mir in die Augen und reichte mir die Flasche.

»Was ist los, Schätzchen?« Er rieb sich die müden Augen.

»Deine Stiefel. Ich hab sie damals in deinem Haus gesehen. Warst du derjenige, der im Biergarten eine Fußspur hinterlassen hat?«

»Dann hast du dich neulich also deswegen so seltsam benommen? Wegen der Stiefel?«

»Hmm.«

»Ja, es sind meine Fußabdrücke.«

»Was ist unter dem Beton versteckt?«

»Nichts.«

»Wirklich nicht?«

Er seufzte.

»Nach allem, was an dem verhängnisvollen Abend mit Mark und der Band passiert war, war ich ziemlich fertig. Nicht nur, weil ich alles verloren hatte, sondern wegen der Aussicht, den Leuten, die an mich geglaubt hatten, gegenübertreten und ihnen erklären zu müssen, was für ein gewaltiger Versager ich war. Leuten wie Ali … Ich wollte Notown ein für alle Mal verlassen, einfach meinen Kram packen und abhauen. Der Plan war, mit dem Geld, das ich von Mark bekommen hatte, Bens Wohnmobil zu kaufen und einfach loszufahren. Aber in dem Augenblick, als ich dieses Gummibändchen sah, war mir klar, dass irgendwas nicht stimmte. Ich brachte es nicht mal fertig, es zu berühren, vor allem, als sich herausstellte, dass Jen nicht aus Somerset zurückgekommen war.«

Er trank einen Schluck und reichte mir die Flasche.

»Ben war ein guter Kerl, weißt du? Was immer auch geschehen war, er ließ nicht zu, dass unsere Freundschaft darunter litt. Also überließ er mir das Wohnmobil, nachdem ich ihm einen Riesen bezahlt hatte, und sagte, den Rest könnten wir später regeln … Danach hat er das Geld nie wieder erwähnt. Jedenfalls war ich bereit zum Aufbruch, als Ali anrief und sagte, er brauche meine Hilfe im Biergarten.

Im Juli sollte das Rauchverbot in Kraft treten. Ich konnte es ihm nicht abschlagen. Und es tat mir gut, mich körperlich zu verausgaben. Als ich fertig war, sagte ich ihm, er solle den Boden ein paar Tage lang nicht betreten, um ihn gut trocknen zu lassen. Als ich später zurückkam, um nachzuschauen, ob der Beton richtig hart geworden war, war der Pub geschlossen. Ich klopfte und klopfte – aber Ali machte nicht auf. Also ging ich ums Haus herum und kletterte über den Zaun. Der Beton dort war fast trocken, aber noch nicht ganz.«

»Was hast du gesehen, als du hineingegangen bist?«, fragte ich und griff selbst noch mal nach der Flasche.

»Ali war tot. Er muss es an dem Tag getan haben, als ich mit der Arbeit im Garten fertig war. Er hing nackt über dem Tresen. Alles war total chaotisch – leere Flaschen, kaputte Gläser und Sachen wie … Drogen und ein uraltes Polaroid von einem schlafenden Mädchen in einem blauen BH. Ich konnte nicht zulassen, dass man ihn so fand. Er war ein guter Mann. Ich wollte nicht, dass diese boshafte Stadt über ihn herzog, Nika. Also stopfte ich den ganzen Müll in einen Sack, ging nach oben und holte einen Bademantel, den ich ihm anzog. Anschließend schloss ich die Tür hinter mir und verschwand mit dem Sack durch den Biergarten, wobei ich in meine eigenen Fußabdrücke trat.«

»Also liegt dort nichts vergraben?«

»Nicht dass ich wüsste.«

Er zog Tabak und Blättchen aus der Tasche und drehte sich eine ordentliche kleine Zigarette.

»Erzähl mir von ihr, Chris.«

»Was willst du wissen?« Er nahm einen tiefen Zug und stieß den Rauch gleich wieder aus. »Es gibt so viel zu erzählen …«

»Was lässt dich an sie denken?«

Er ließ das Gummiband auf sein Handgelenk klatschen.

»Vieles, aber vor allem Songs. Weißt du, sie hat sich bloß in mich verliebt, weil ich in einer Band war.« Er lächelte. »Ihre Leidenschaft für die Musik stand über allem anderen. Ich meine, wir haben uns über vieles gestritten, aber meistens über Bands, die sie toll fand – die Libertines vor allem. Sie wollte mich immer wieder davon überzeugen, dass sie die beste Band der Welt waren, manchmal wurde sie richtig rabiat deswegen. Sie schaute sich alte Videos auf YouTube an und weinte, weil die Band sich aufgelöst hatte. Ich nahm sie damit auf den Arm, das war so leicht. Sie bezeichnete sie als Poeten, und ich nannte sie einen Arsch und einen Penner. Aber weißt du, als sie hier gespielt haben, hab ich mir ihren Gig angeschaut. Ich musste die ganze Zeit daran denken, wie glücklich sie gewesen wäre, ihre neuen Songs zu hören, auch wenn sie genauso beschissen sind wie ihr altes Zeug.«

»Sie hat sie spielen gehört, denn sie ist hier, weißt du?«

Er schaute mich an, als hätte ich etwas Verrücktes gesagt, doch ich wusste, dass ich recht hatte. Schweigend starrten wir eine Weile in den Himmel und lauschten den Gesprächsfetzen von Leuten, die den Hügel hinauf zum Campingplatz kamen. Dann stellte ich ihm eine letzte Frage.

»Was hast du mit dem Geld gemacht, Chris?«

»Vor ein paar Jahren hab ich etwas davon gekauft.«

»Was?« Ich trank den Rest aus der Flasche.

»Eine Gitarre. Die rote Gibson. Du hast sie bei dem Gig am Dienstag gesehen.«

Ja, ich hatte sie gesehen, dasselbe Modell, das Pete Doherty besitzt. Das also ist der Preis für dein Leben, *sestra*, eine rote elektrische Gitarre. *Krasnaja elektrogitara.*

Wir blieben im Steinkreis, bis der Himmel im Osten fahlrosa wurde. Chris stand auf und streckte mir seine Hand entgegen.

»Wir müssen gehen.«

Langsam machten wir uns auf den Weg zur Pyramid Stage. Du weißt ja, dass Verbrecher immer an den Tatort zurückkehren. Das Feld, auf dem es noch vor wenigen Stunden von Hunderttausenden Besuchern gewimmelt hatte, war jetzt menschenleer. Was aus der Entfernung wie Blumen aussah, die aus dem Schlamm sprossen, entpuppte sich aus der Nähe betrachtet als Abfall. Pappbecher, Chipstüten, Bierdosen, Hüte, Klappstühle, Gummistiefel, Turnschuhe und anderes, wofür die Besucher keine Verwendung mehr hatten. Riesige, laute Möwen bedienten sich an den Essensresten und scheuchten sich gegenseitig von den Gipfeln schlammiger Abfallhügel.

Die Pyramid Stage sah aus wie ein verlassenes Raumschiff. Die Uhr ganz oben war stehen geblieben und würde erst im nächsten Jahr wieder ihren Dienst aufnehmen. Dünnes, blau-weißes Absperrband tanzte im Wind und markierte die Stelle, wo Hugh gefallen war. Der purpurrote, mit einem überdimensionalen Red-Room-Logo geschmückte Vorhang hing noch am hinteren Bühnenrand.

»Lassen die Leute ihr Zeug einfach hier, wenn sie gehen?«, fragte ich mit einem Blick auf die müllübersäte Hügelflanke. »All die Zelte und Gummistiefel … Wer räumt das auf?«

»Freiwillige. Ungefähr tausend Leute bleiben noch eine Woche hier, bringen alles wieder auf Vordermann und sorgen dafür, dass die ursprüngliche Schönheit des Farmgeländes wieder zum Vorschein kommt. In einem Monat blüht hier wieder alles, mach dir keine Sorgen.«

Das tat ich auch nicht. Ich stellte mir vor, dass dort, wo tief in der Erde deine Knochen lagen, Blumen sprießen. Die Blumen waren wichtig, weißt du, da ich dir keine ans Grab bringen konnte. Deshalb musstest du selbst diese Blumen hervorbringen.

Wir kamen an sich leerenden Campingplätzen vorbei, sahen Kunstgewerbler und Essensverkäufer ihre Wohnwagen packen. Wir schauten in die Gesichter von Festivalbesuchern, die – wie wir – überhaupt nicht geschlafen hatten oder früh aufgestanden waren und nun in ihren Alltag zurückkehrten. Ihre Elfenkostüme würden erst im nächsten Jahr wieder Verwendung finden. Wir sahen, wie diese kleine Welt an ihr Ende kam. Dann stiegen wir ins Chris' Wohnmobil und fuhren Richtung Notown. Wir redeten nicht viel, da alles gesagt war. Uns beiden war klar, dass wir nach allem, was wir zusammen getan hatten, weder ein Paar noch Freunde werden konnten.

Hannah hatte recht gehabt mit ihrer Bemerkung, dass ein Mädchen jeden Typen dazu bringen kann, mit ihr zu schlafen, aber nur einmal. Ich hatte eine Nacht mit einem Typen verbracht, der auf der Pyramid Stage gespielt hatte. Manche Mädchen, die ich kannte, wären stolz darauf gewesen. Mir war es völlig egal.

Jenja, ich habe deine Facebook-Seite deaktiviert. Als Zeichen, dass du jetzt wirklich und für immer von uns gegangen bist. Auf Wiedersehen.

Status: *nicht sendbar.*

Von: Nika Lukina
An: Jen Lukina

Sonntag, 24. April 2016
9:17
Royal Blood – *Blood Hands*

Seit meiner letzten Nachricht an dich sind zehn Monate vergangen. Es tut mir leid. Ich schätze, es liegt daran, dass sich mein Leben seitdem so verändert hat.

An jenem Montagmorgen Ende Juni hielt Chris mit dem Wohnmobil an der Hintertür des Pubs. Er gab mir einen Abschiedskuss und verschwand. Seitdem hab ich ihn nicht mehr gesehen.

Ich lief die Treppe hinauf und hämmerte an die Tür. Stu öffnete mir, verschlafen und bettwarm, und nahm verblüfft den Zustand meines Gesichts und meiner Kleidung zur Kenntnis. Ich vergrub mein Gesicht an seinem Hals – er roch nach etwas Essbarem. In seinem Zimmer zog er mich aus und versorgte meine Wunden. Dann krochen wir unter die Decke und schliefen ein, aneinandergekuschelt wie zwei Fuchskinder in ihrem Bau.

Spät am Nachmittag wachte ich auf, zog Stus Jeans und das Cypress-Hill-T-Shirt an und ging nach unten. Im Pub war es leer und still. Das war gut. Ausnahmsweise stand mir der Sinn nicht nach Musik.

»Morgen, Nike!«, begrüßte mich Nick. »Ich wusste, dass du zurückkommst. Du und mein Emo-Bruder, seid ihr jetzt ein Paar?«

»Ich weiß nicht, vielleicht.« Mit einem geheimnisvollen Lächeln bestellte ich etwas zu essen.

»Hast du das Neueste schon gehört?«, fragte Nick, während ich ein Päckchen Chips verschlang.

»Ich schätze nicht.«

»Es geht um Hugh.«

»Oh, tatsächlich? Ich meine, es ist noch keine Woche her, seit wir hier gesessen und gequatscht …«

»Ganz genau. Er war hier und wirkte völlig normal … Sogar charmant, würde ich sagen.«

Er schaltete den Fernseher ein und zappte durch die Sender, bis er bei Sky News landete. Ich sah die Hubschrauber und die Lichter, die Menschen, die Fahnen – und Hughs Gesicht.

»Was ist passiert?«

»Es heißt, er hätte eine Überdosis genommen, vielleicht mit Absicht.«

»Echt?« Ich zog die Augenbrauen hoch.

»Wie sich herausgestellt hat, war der Typ ein Pädo. Und Mark hat es entdeckt. Sie hatten Streit und lösten die Band praktisch während des Konzerts auf. Total abgedreht! Aber es wird noch verrückter! Mark und Chris haben sich versöhnt. Mark hat es getwittert. Sie werden wieder gemeinsam Songs schreiben.«

»Warte mal, hast du gesagt, Hugh ist ein Pädo?«, fragte ich stirnrunzelnd.

»Ja. Nachdem die Nachricht von seinem Tod durch die sozialen Medien gegangen ist, rückten Leute mit ihren Geschichten heraus. Inzwischen sind es drei, ein Video steht auf Facebook. Und weißt du, von wem es stammt? Von dem Mädchen aus Notown, das dich neulich hier besucht hat, Meg. Dieses kranke Stück Scheiße hat sie vergewaltigt, als sie 2007 hier arbeitete – damals war sie gerade fünfzehn! Kannst du dir das vorstellen? Grauenhaft! Das arme Mädchen … Ich frage mich, wie viele es noch waren …«

»O nein … Das ist ja unglaublich. Er machte so einen

netten Eindruck.« Ich trank einen großen Schluck eiskalten Strongbow.

Stu tauchte in seinen weißen Arbeitsklamotten an der Küchentür auf und brachte einen Teller mit Essen, das er extra für mich gemacht hatte. Er setzte sich auf den Hocker neben meinem, und ich lehnte den Kopf an seine Schulter. Ich schätze mal, dass endlich alles so war, wie es sein sollte. Dass die ganze Geschichte endlich ihr natürliches Ende gefunden hatte.

Seitdem ist fast ein Jahr vergangen, und ich bin immer noch in Notown. Ich versuche, so wenig wie möglich über die Zukunft nachzudenken, denn das ist sinnlos. Diese Stadt ist mein Fegefeuer. Ich könnte ewig hierbleiben, weil ich keine Reue spüre. Zusammen mit Stu wohne ich in deinem alten Zimmer. Er hat mir nie irgendwelche Fragen gestellt, und ich hab ihm nichts erzählt. Trotzdem glaube ich, dass er irgendwie Bescheid weiß. Er hat das Blut auf meiner Kleidung und die Prellungen an meinem Körper gesehen. Aber das ist egal, denn er würde mich nie verraten. Er ist ein guter Mensch, besser, als du und ich es je sein könnten.

Die Polizei hat beinahe sechs Monate gebraucht, um Hughs Tod zu untersuchen. Schreckliche Dinge sind ans Tageslicht gekommen, über die ich auf keinen Fall sprechen will. Offenbar hat er die meisten Filme, die er gedreht hat, in seine iCloud gestellt. Terabytes an Videos aus schummrig beleuchteten Hotelzimmern. Die Medien sind ausgeflippt, und ich glaube, für eine Weile war er noch berühmter als zu Lebzeiten. Aber das dauerte nicht allzu lange. Neue Nachrichten machten Schlagzeilen, und man vergaß ihn wieder. Die Alben von The Red Room wurden aus iTunes entfernt und nicht mehr im Radio gespielt. Mit Hughs Ruhm ist es vorbei, und das dürfte die schlimmste Strafe für ihn sein – in Vergessenheit zu geraten.

Du wärst sicher überrascht, aber es gibt eine Menge Leute, die ihn selbst jetzt noch lieben, obwohl er als Monster enttarnt wurde. Hin und wieder sehe ich auf Instagram Mädchen, die sich als Hugh-Babys oder etwas in der Art bezeichnen. Sie reden darüber, dass sie wünschten, er hätte mit ihnen gemacht, was er den anderen angetan hat.

Sein Tod wurde als Überdosis und potenzieller Selbstmord behandelt. Mark hat der Polizei von ihrem Streit erzählt. Dabei sei es um Gerüchte über Filme und Vorwürfe von Pädophilie gegangen, die Leute im Netz gepostet hatten. Am Ende hätte er ihn aus der Band geworfen. In seinem Blut wurden MDMA, Meth, Alkohol und verschreibungspflichtige Medikamente gefunden. Offenbar waren die Tabletten ziemlich stark.

Du siehst also, alles nimmt ein glückliches Ende. Meg hat sich an der Polizeiakademie eingeschrieben und als Lesbe geoutet. Hughs Tod wirkte wie eine Befreiung auf sie. Barbora hat vom Staat eine hübsche Geldsumme erhalten, nachdem herauskam, dass sie Hugh vor Jahren angezeigt hatte und dafür ausgelacht worden war.

Chris hab ich seitdem nicht gesehen, aber ich weiß von Hannah, dass es ihm gut geht. Er und Mark haben eine neue Band auf die Beine gestellt. Ihr erster Song ist unglaublich gut, ich wünschte, ich könnte ihn dir vorspielen. Als ich ihn zum ersten Mal hörte, wurde mir klar, dass es das alles wert war – alles, was geschehen ist. Ich versuche, nicht an Chris zu denken, auch wenn ich mir manchmal sein Gesicht vorstelle, wenn Stu und ich uns lieben. Es löst keine Gefühle in mir aus. Er war deine große Liebe, nicht meine.

Und jetzt hat er endlich bekommen, was er immer gewollt hat.

Es ist nie herausgekommen, wodurch der Brand in Bens Haus ausgelöst wurde. Ich weiß nur, dass allein im Erdgeschoss Spuren von neunzehn hochentzündlichen Stoffen gefunden wurden. Wahrscheinlich werde ich niemals aufhören, mich zu fragen, was Hughs Tattoo, das brennende Haus, wirklich bedeutete und ob er irgendwie für Bens Tod verantwortlich war.

Im Lauf der Zeit ist mir immer klarer geworden, dass nichts von alldem mit dir oder mir zu tun hat. Es ist bloß eine dubiose Episode in der Geschichte der größten Band der Welt, so wie all das Gerede über den fünften Beatle.

Es ist die Geschichte von zwei Jungs mit Träumen, die zu groß für die Kleinstadt waren, in der sie aufwuchsen. Und über ein wildes Mädchen, das ihre Pläne durchkreuzt hat. Du warst schlimmer als Heroin, Jenja, hat Mark mir gegenüber einmal gesagt. Stell dir nur vor, wie alles gelaufen wäre, wenn du nicht zu diesem Gig gegangen wärst. Aber ich mache dir keinen Vorwurf, du bist meine *sestra*, und ich liebe dich über alles.

So lahm es klingen mag, ich bedaure nichts. Ich genieße es, an Hughs letzte Momente zu denken. Und ich stelle mir gern vor, wie sein Körper in der Erde verrottet, wie die Würmer all die schrecklichen Kreaturen verspeisen, die in seine glatte Porzellanhaut tätowiert waren. Ich bin froh, dass ich getan hab, was ich getan hab. Ich hab uns beide aus jenem schummrig beleuchteten Raum befreit, in dem man uns vergewaltigt und schlägt und auf unseren Seelen herumtrampelt.

Ich zähle die Überwachungskameras nicht mehr, ich bezahle nur mit Kreditkarte, wenn es wirklich nötig ist, ich schlafe ohne Decke, wenn es im Zimmer zu warm ist. Unter dem Bett sind keine Monster. Und selbst wenn – sollen sie doch kommen.

Eine letzte Sache noch. Ich hab deinen iPod mit all den anderen Sachen beim Festival verloren. Es tut mir leid. Zuerst war ich traurig, aber dann wurde mir klar, dass ich in meinem Leben ein paar neue Songs brauche.

Status: *nicht sendbar.*

Von: Nika Lukina
An: Jen Lukina

Samstag, 25. Juni 2016
18:27
The Libertines – *Gunga Din*

Vor der Bühne hatte sich eine ziemlich große Menge versammelt, aber wir schafften es bis ganz nach vorn. Mein Herz raste, und ich beruhigte mich mit einem weiteren Strongbow. Stu drückte meine Hand ganz fest. Mein süßer, liebevoller Stu.

Als Chris die Bühne betrat, wurde ich von Gefühlen überwältigt. Seine Haare waren inzwischen länger, doch er trug immer noch dieselben weißen Turnschuhe. Er ließ dein Armbändchen gegen sein Handgelenk klatschen und begann zu spielen. Dann setzte Mark ein. Sie teilten sich wieder ein Mikrofon, lächelten sich an und flüsterten miteinander wie Kinder.

Der Song war neu. Er hieß *The Hidden Track* und rief alle möglichen Bilder und Erinnerungen in mir wach. Lächelnd beobachtete ich zwei Mädchen, die mit nackten Füßen in der ersten Reihe tanzten. Alles war in Ordnung, so, wie es sein sollte – Songs, die um fünf Uhr morgens in einer verräucherten Bude von zwei Typen geschrieben wurden, die wie Brüder waren.

Nach dem Stück flippte das Publikum aus. Chris schaute Mark an und hob dann die Augen zum Himmel, wo vor der untergehenden Sonne Fahnen im Wind zappelten wie Fische in einem Netz. Chris wirkte glücklich. Ich versuchte, Augenkontakt herzustellen, doch er bemerkte mich nicht. Das war in Ordnung. Denn schließlich, wer war ich schon? Nur ein betrunkenes Mädchen, das barfuß im Schlamm tanzte und auf die Jungs in der Band abfuhr.

Status: *nicht sendbar.*

Nachweise

Soundtrack

Nirvana – *Lithium*
My Chemical Romance – *The Ghost of You*
Arcade Fire – *We Used to Wait*
The Killers – *Bones*
Radiohead – *How to Disappear Completely*
The Enemy – *We'll Live and Die in These Towns*
The Specials – *Ghost Town*
The Clash – *Should I Stay or Should I Go*
The Smiths – *Back to the Old House*
The Cure – *Secrets*
Elvis Perkins – *While You Were Sleeping*
Bright Eyes – *Devil Town*
Bloc Party – *Like Eating Glass*
Kooks – *Ooh La*
Incubus – *Monuments and Melodies*
Nick Cave and The Bad Seeds – *The Kindness of Strangers*
The Streets – *Dry Your Eyes*
The Fratellis – *Chelsea Dagger*
The Libertines – *Can't Stand me Now*
Kasabian – *Shoot the Runner*
Oasis – *Don't Look Back in Anger*
The Wombats – *Let's Dance to Joy Division*
Razorlight – *In the Morning*
The Pigeon Detectives – *I Found Out*

Kings of Leon – *Fans*
Pulp – *Common People*
The Smiths – *Charming Man*
Bloc Party – *Hunting for Witches*
The Libertines – *What Katie Did*
Tom Waits – *Watch Her Disappear*
MGMT – *Indie Rokkers*
The Cure – *A Forest*
Arctic Monkeys – *Leave Before the Lights Come On*
Stars – *Your Ex-Lover is Dead*
Radiohead – *Climbing up the Walls*
Bloc Party – *I Still Remember*
Kubb – *Burn Again*
Interpol – *All Fired up*
The Maccabees – *About Your Dress*
Smashing Pumpkins – *The Beginning Is the End Is the Beginning*
Placebo – *The Bitter End*
My Chemical Romance – *Famous Last Words*
Bright Eyes – *Easy/Lucky/Free*
Babyshambles – *Delivery*
Dirty Pretty Things – *Truth Begins*
Crystal Castles – *Crimewave*
Kasabian – *Club Foot*
Pulp – *Sorted for E's & Wizz*
Blur – *Parklife*
Bright Eyes – *Down in a Rabbit Hole*
Radiohead – *Videotape*
Interpol – *Evil*
Black Rebel Motorcycle Club – *Need Some Air*
The Libertines – *What Became of the Likely Lads*
Tricky – *Veronika*

The Killers – *Midnight Show*
Placebo – *Protect Me From What I Want*
Royal Blood – *Blood Hands*
The Libertines – *Gunga Din*

Quellennachweis

Das Motto auf Seite 7 stammt aus:
F. M. Dostojewski: *Arme Leute. Der Doppelgänger.*
Zwei Romane. Übertragen von E. K. Rahsin.